ERSHIYI SHIJI
ZHONGGUO WENXUE DAXI

顾 问
丁 帆　陈思和　林建法　洪子诚
总主编
何言宏
总策划
何言宏
策 划
丁亚芳　王政红　王欲祥
编委会成员
丁亚芳　丁晓原　王 尧　王光东　王政红
王家新　王彬彬　王欲祥　吕效平　何言宏
张学昕　张清华　张新颖　陈晓明　施战军
徐 蕾　黄发有　彭志斌

（以姓氏笔画为序）

二十一世纪
中国文学大系

2001—2010

总主编 何言宏

短篇小说卷2

本卷主编 张学昕

南京师范大学出版社
NANJING NORMAL UNIVERSITY PRESS

图书在版编目(CIP)数据

二十一世纪中国文学大系：2001～2010．短篇小说卷．2／张学昕主编．— 南京：南京师范大学出版社，2014.11
 ISBN 978-7-5651-1774-9

Ⅰ．①二… Ⅱ．①张… Ⅲ．①中国文学－当代文学－作品综合集 ②短篇小说－小说集－中国－当代 Ⅳ．①I217.1 ②I247.7

中国版本图书馆CIP数据核字(2014)第116518号

书　名	二十一世纪中国文学大系(2001—2010)·短篇小说卷2
本卷主编	张学昕
责任编辑	王政红
出版发行	南京师范大学出版社
地　址	江苏省南京市宁海路122号(邮编:210097)
电　话	(025)83598919(总编办)　83598412(营销部)　83598297(邮购部)
网　址	http://www.njnup.com
电子信箱	nspzbb@163.com
照　排	南京理工大学印刷照排中心
印　刷	南京爱德印刷有限公司
开　本	660毫米×970毫米　1/16
印　张	28.25
字　数	421千
版　次	2014年11月第1版　2014年11月第1次印刷
书　号	ISBN 978-7-5651-1774-9
定　价	70.00元
出版人	彭志斌

南京师大版图书若有印装问题请与销售商调换

版权所有　侵权必究

目 录

拾婴记　苏　童/001

彼此　全仃顺/015

花牤子的春天　迟子建/034

向黄昏　戴　来/056

拾花的早晨　欣　力/067

跟月亮结婚　红　柯/087

推销员为什么失踪　王　手/097

蜜蜂圆舞曲　范小青/119

镜子与刀　徐则臣/134

西江月　韩少功/150

良宵　乔　叶/161

阿来小说二题　阿　来/176

赶街　罗伟章/189

为好人李木瓜送行　海　飞/204

今天有鱼　林那北/224

新闻线索　劳　马/242

灰袍子　石舒清/245

伴宴　鲁　敏/255

隆冬　尤凤伟/279

伊琳娜的礼帽　铁　凝/297

放生羊　次仁罗布/309

酒窖　张　炜/323

清明　郭文斌/335

汉泉耶稣　麦　家/347

莲舞　储福金/359

公羊　蒋一谈/373

艾多斯　邱华栋/400

爱情到处流传　付秀莹/414

香炉山　叶　弥/426

1956年的债务　铁　凝/439

拾婴记

苏 童

一

一只柳条筐趁着夜色降落在罗文礼家的羊圈。

母羊被惊醒了，它有限的智慧受到了从未遭遇的挑战。柳条筐散发着湿润的青草之香，里面盛着的却不是夜草，是一件被露水打湿了的女装棉袄，蓝底黄花的灯芯绒面料，上面均匀地分布着几朵葵花，母羊以为陌生人送来了一堆葵花，细看之下，葵花掩映的是一张婴儿的小脸！葵花也好，婴儿也好，那都不是饲料，但母羊仍然执拗地停留在柳条筐边，用鼻子辨别着婴儿身上所散发的微妙的香气，那香气让母羊想起了春天清晨的草地，还有夏天在河边失散的一头小羊羔。

看起来那几朵棉袄上的葵花一直在守护熟睡的婴儿，葵花闪烁着金黄色的光芒，在黑暗中与母羊尖锐地对峙，仅仅过了一会儿，葵花便获得了胜利，软弱的母羊放弃了主人的权利，躲到角落里去了。

那天夜里枫杨树乡的狗零星地吠了一阵，对岸花坊镇北边似有群狗回应，是较量的回应，带着一种天然的傲慢。河两岸的狗也许是听见了什么，也许只是尽一点义务，狗很快就安静了，只有罗家的羊圈萌动着神秘的迷宫般的气氛。只有三只羊是事情的目击者，凭着那天夜里的月光，它们应该看得见窗洞外面弃婴者的身影，羊耳朵也灵敏，它们一定能够分辨出来那人的脚步声是从哪儿来的，又是在哪里消失的。可惜三只羊都是羊，从不承担看门的义务，对什么事情都习惯了沉默。

羊这么固执地沉默，它的主人罗文礼一家也没办法追究，你即使把浑水河两岸所有的青草割来，也无法收买一头羊，人可以收买，可谁有本事从羊嘴里套出什么秘密来呢。

二

他们开始是把柳条筐放在家门口的，有点失物招领的样子。罗文礼的大儿子庆来看着柳条筐，心不在焉的，一会儿蹲下，一会儿又站起来，庆来手里捧着个大碗喝粥，喝几口喊一声，来看看，来看看，谁往我家羊圈塞了个孩子？

男人们一早都去花坊监狱送白菜了，孩子们上学去了，闻讯而来的大多是村里的妇女，他们小跑着奔过来，有的手里还拿着镰刀，有的肩上搭着毛线和编针，那么多丰满的身体和蓬乱的脑袋组成一道篱笆，把柳条筐热情地围了起来，后来者只能从人缝里看见筐子里的几朵金黄色的葵花，踩着脚对庆来说，哪儿有孩子？看不见，就看见葵花了！

先来的妇女们细细地观察柳条筐里的女婴，嘴里啧啧地响，多标致的小女孩，怎么扔了呢？扔了还不哭，你看她还笑呢。有人贸贸然地问庆来，是谁家的孩子呀？庆来瞪着眼睛反问道，要知道是谁家的孩子，还放在这里让你们参观？他们知道庆来脾气坏，不跟他说了，蹲在柳条筐边窃窃地讨论起来。有人说，那做大人的什么铁石心肠，怎么把孩子扔羊圈里了呢？笨死了！

庆来在一边用手指敲着碗沿，说，你们才笨，说话不动脑子，这么冷的天，扔在外面不冻死才怪，羊圈怎么的，我们家羊圈比你们家温度高，不懂，你们就别乱说！

那妇女回头说，我们什么都不懂，你什么都懂，你什么都懂就教教我们，这孩子，怎么造出来的？

庆来冷笑道，你以为这就难住我了？怎么造出来的？一男一女，×出来的！

庆来大了，对许多事情莫名其妙地烦躁，见到饶舌的妇女就更烦，他不愿意守着柳条筐，一碗粥喝光就走了，走到羊圈外面，对他母亲喊，你自己吆喝去，我吆喝来那么多人，都是看热闹来的，没一个要抱孩子！

卢杏仙就出来了，抖着围裙上的草灰对别人说，你们看看这叫个什么事？早上起来出羊粪的，一眼看见这筐子，吓我一大跳，我这辈子手黑，从来没捡到过一分钱，这下好了，一下子让我捡了个孩子，你们说，这枫杨树乡谁不知道我家穷，那丢孩子的是瞎了眼，怎么偏偏丢我家来了？

  妇女们大致上是默认卢杏仙的说法的，只是不好指明谁家富裕，谁家适合丢孩子，给她火上浇油，他们都默契地遥望着河那边花坊镇方向，七嘴八舌的，说的是一个意思，杏仙呀，这枫杨树的姑娘媳妇肚子里有个什么动静，也逃不出你的眼睛，这不是我们枫杨树的孩子呀，是花坊镇扔过来的孩子！也有像长炳的女人那样在任何场合都要显示其素养的，她就在人堆里发出不同的声音，撇嘴说，杏仙，你别老是钱呀钱的，钱生不带来死不带去的，哪儿有人好？你家再穷还养着羊，多一张小嘴吃饭，也不能把你家吃垮了，看看这小女孩多水灵，自己留下养嘛。

  卢杏仙的目光尖利地落在长炳女人身上，说，她要是一头羊，我还就留下她了！羊吃草，不花钱不占口粮，可你没看见吗，这是孩子，不是羊！你让我给孩子也喂草呀？

  谁说让你给孩子喂草了？我们这里，谁不是粗茶淡饭吃大的？杏仙，这孩子不管扔得是不是地方，跟你家也是个缘分，自己养着吧。

  缘分不能当口粮！你不是不知道我们家人多口粮紧，怎么张嘴就给我下这个指示呢？卢杏仙悻悻地折她的围裙，一边折一边眼睛亮起来，对女邻居说，你们家就两个女孩，口粮够，你不口口声声说女儿迟早要嫁人，一嫁人，连说话的人都没有，不如你把她抱走，陪你说话去。

  长炳的女人说，是送到你家羊圈的呀，要是送到我家，我一定养。

  卢杏仙的脸沉了下来，斜睨着长炳的女人，说话的口气里有了威胁的意味，好呀，那我养她一天，她说，明天早晨孩子在谁家门口，孩子就归谁养！

  让卢杏仙这么一说，长炳的女人翻了个白眼就走了，其他邻居也莫名地恐慌，很快都散开了，有个女邻居在离开之前提醒卢杏仙，杏仙呀，孩子不管给谁，你先去报告政府，捡孩子不比捡小狗小猫，婴儿也是人口，是人口都要去花坊镇登记的！

登记登记,我怎么不知道要登记?卢杏仙把围裙当毛巾拍打着裤子,一只手突然向后义愤地一挥,指着院子里的一匾晒干了的萝卜,我哪儿忙得过来呀,你们各家的腌菜倒都好了,没看见我家的缸个个底朝天,腌萝卜的盐还没买呢。反正我家庆来要去花坊镇买盐,如果这孩子没人抱,让庆来顺路送到政府去!

三

早晨九点,越过河流,枫杨树少年罗庆来来到了花坊镇。

罗庆来提着那只柳条筐从花坊码头下来,码头上锣鼓喧天,他看见一群穿白衣蓝裤的人在储运仓库前敲铜鼓,文化站的一个干部正拿着电喇叭指挥排练。男孩在后排敲大红鼓,敲一阵举起鼓槌,齐声高喊:毛主席,万岁!女孩腰间用红绸绑着小腰鼓,组成几个圆圈,每人都沿着圆圈跳,一边跳一边敲小腰鼓,敲一会儿人身体都斜过来,脑袋朝天,喊道:祖国,万岁!好多路过码头的人都停下脚步,罗庆来也站在台阶上听了一会儿,说,敲什么敲?敲得一点也不整齐。旁边有个男人,一定是哪个敲鼓学生的家长,对罗庆来不满地瞪了一眼,说,不整齐?那你去敲。罗庆来的脸莫名其妙地红了,转身就跑,一边跑一边说,我才不敲鼓,要敲就敲你们的头!

他的手里提着一只柳条筐。柳条筐里装着一个陌生的女婴。女婴乖得有点出奇。罗庆来一直提防着她哭,她要是哭了他就要找个僻静的地方喂她,可是她不哭,不哭他就不用停下脚步。母亲在筐里塞了一个盐水瓶改装的奶瓶,里面是热过的羊奶,她说,孩子已经把过屎了,她要哭一定就是饿了,饿了你就喂她一口奶。罗庆来知道凡是婴儿都要哭,他为这常识焦灼不安,这个婴儿不会哭,她不哭!罗庆来一边向政府所在的八一街那里走,一边狐疑地看着柳条筐里的女婴,他看见女婴在柳条筐鲁莽的颠簸中坦然地前进,那么红润那么神秘的一张小脸,脸颊上有一层细细的金色的茸毛,乌黑的眼睛忽而睁开,迎接阳光,阳光来了,却又害怕地闭上了。

罗庆来说,你不哭才好,不哭就不要喂了,多谢你了,你不哭就省得我去做妇女的事情！罗庆来研究着女婴在阳光下的脸，脑子里蹦出一个奇怪的念头，你长得很像一头小羊，羊也从来不哭的，你会不会是个羊人呢，你吃不吃草的？罗庆来看见街边一户人家的窗台上种了一盆菊花，菊花枯萎了，土里的一丛草倒是绿的，他就去拔草，草是拔出来了，但他犹豫着，最终放弃了探索的念头，罗庆来把草往柳条筐内一扔，说，开玩笑的，你这么小，我怎么会欺负你？

花坊镇半新半旧，旧的寂静和荒凉藏在那些花格木窗和老墙青苔后面，街上的水泥路永远是热闹的，罗庆来尽量地躲避人多的地方，还是有那些好管闲事的人追着他的柳条筐，喂，你筐子里装的什么好东西？经过供销合作社门口时，他想起母亲关照的买盐的事，要看看价格，是不是六分钱一斤的盐，他把柳条筐放在玻璃门外面，脑袋探进去看盐缸上的那面小红旗，价格没看清，却听见一个妇女在他身后又惊又喜地叫起来，这孩子倒是聪明呀，怎么把你妹妹装在筐子里，没见过！

罗庆来说，谁说她是我妹妹？她是一头羊！

罗庆来不愿意和那些妇女多费口舌，他想反正盐可以回去时候再买的。他提着柳条筐向八一街跑，路过老杜的桌球摊子时他的脚步一下迟疑起来。他看见他的小学同学罗小正弯着腰，站在那儿，有板有眼地打桌球，罗庆来正在纳闷他的桌球什么时候打得有板有眼了呢，罗小正也看见他了，罗小正向他摇着球杆，慷慨地邀请他，过来，一起打，我包了桌子，还有一个小时！

他几乎立即决定要去打白赚的桌球了，唯一让他放不下的是那柳条筐，他不想让罗小正笑话他。罗小正说，你手里提的什么东西？罗庆来顺口编了一句，盐！他指了指前面，说，你等等我，我把筐子交给我三姨去。

白打的桌球，还有一个小时，这让罗庆来心急如焚，他后来就向着镇政府方向一路小跑起来，奔跑的时候他听见了女婴和奶瓶在柳条筐里左右滑动的声音，女婴仍然像奶瓶一样安静，也许她不敢哭，也许她喜欢他奔跑。然后罗庆来经过了花坊镇的红旗幼儿园，幼儿园的风琴声引起了他的注意，他猛然刹住了脚步，心里生出个大胆的念头。他想起那个神秘的弃婴人丢孩子的方法,你可以把柳条筐丢在我家羊圈里,我为什么不可以把柳条筐丢在幼儿园里呢?罗庆来这样思索着,人紧张起来,他看看四周没有人,就去推幼儿园的窗,窗后是一排排漆成天蓝色的小床,如果瞄得准,他甚至可以直接把孩子倒在小床上。可不巧的是窗子被反插上了,他一推窗,里面有个小孩子哇地一声哭起来,然后他看见好多小孩子摇摇晃晃地从床上站了起来,朝他这里张望,他没来得及打开窗子,一个保育员已经冲到大屋里来了。

窗子碍事,罗庆来最终没能把女婴倒到床上去,惊惶之下,他把柳条筐往幼儿园的窗下一放,人一阵风似的逃了。他跑过李六奶奶家门口时,没注意到出来倒痰盂的李六奶奶,一条挥舞的胳膊把李六奶奶手里的痰盂撞翻了。

李六奶奶没有看清罗庆来的模样,只看见那个愣头青的少年一阵风似的跑出去,转眼之间人就不见了,空气中留下一丝可疑的气味,李六奶奶吸着鼻子闻了一会儿,觉得那不是痰盂打翻的气味,是羊身上的淡淡的膻味。

四

李六奶奶发现了幼儿园窗下的女婴。李六奶奶站在窗下敲玻璃,快出来个人啊,你们阿姨怎么看孩子的?怎么把孩子丢到外面来了?

三个幼儿园阿姨惊恐地挤到窗前,看清了外面的柳条筐,都松了口气,说,不是园里的孩子!不是的!又不无指责地说,六奶奶你吓我们一跳,怎么不看看清楚再说,这是个婴儿呀,最多两个月大,我们这里只收三岁以上的孩子,从来不收婴儿的!

李六奶奶见不得他们推脱责任的样子,撇嘴说,什么两个月八个月的,幼儿园就是收孩子的,哪来这么多规矩?你们出来个人嘛,把孩子端回去。

一个中年阿姨不屑于理睬李六奶奶,背过身低声骂了一句老糊涂,就走了,剩下一个老阿姨和年轻阿姨,仍然伏在窗台上研究柳条筐里的女婴,一个说,肯定是那个乡下孩子丢下的,脑筋不正常了?把自己的妹妹丢在这里。年轻的阿姨说，孩子又不是垃圾，怎么可以随便乱扔的？就算是垃圾也不能随便扔！老的那个阿姨突然拍拍窗台，说，也不一定是妹妹呀，我看那乡下男孩胡子都黑了一圈了，没准是和哪个女孩闯了祸，孩子钻出来，没办法了，抱出来一丢了事。

李六奶奶说，你们怎么说起闲话来了？不管是谁的孩子，你们是幼儿园不是？幼儿园管的就是孩子，你们倒是出来个人呀，外面风这么大，孩子吹坏了怎么办？

两个阿姨都冷静地看着李六奶奶，一个口气还算缓和，说，六奶奶你不懂的，我们是幼儿园，不是儿童福利院，幼儿园有规章制度的，不允许随便收孩子，六奶奶你自己想想，要是别人不要的孩子都往这窗下一扔，我们这幼儿园不成马蜂窝了？另一个对李六奶奶的无知多少有点烦，朝她嚷起来，我们三个人就三双手，三双手要伺候几十个孩子，本来就忙不过来，你还来给我们添麻烦！

李六奶奶说，怎么是我给你们添麻烦了？我又不要你们把屎喂饭，是这个小宝宝呀，人心都是肉长的，外面风这么大，你们怎么就站在那儿看，偏偏不肯出来呢？

一个阿姨说，出来了也不能收的，李六奶奶你不懂，我们这里收孩子都有手续！

李六奶奶说，我怎么不知道手续？我知道手续，你们就不能先收下孩子，再补办一个手续？

那阿姨对着李六奶奶苦笑起来，说，跟你是说不清楚了，李六奶奶，我们是日托，下午各家父母都要接回家的，我现在要是把她抱回来了，下午把她交给谁去？你不是看不出来，这孩子没父母呀！

没父母的孩子才可怜！李六奶奶蹲到地上，手先探进向日葵棉袄里摸索了一下，又抽出来，在女婴的额头上摸了摸，说，不像是个病孩呀，眉眼也秀气，好好的一个女孩子，怎么丢在这里没人管呢？李六奶奶又闻到了一股淡淡的羊的气味，她吸着鼻子，判断出那气味就是羊的气味，但她对窗台上的两个阿姨报告的是另一个消息，她向她们招手说，你们快来闻闻,这女孩子身上香呢,像奶油饼干的香味。

两个阿姨聪明地拒绝了李六奶奶的邀请,说,孩子身上的味道,我们闻多了,不爱闻。

李六奶奶绝望地瞪着窗台,突然冷笑一声,说,谁说人心都是肉长的?有的人的人心呀,是冰凌子长的。

年轻的阿姨对李六奶奶终于忍无可忍了,你心好,你自己抱回家去!丢下这句话,她就把幼儿园的窗子砰地关上了。

五

他们看见李六奶奶拖着小木轮车在街上蹒跚地走,有人跟她打招呼,六奶奶,去买煤呀?李六奶奶摇头,说,不买煤,买什么煤,看见煤就想起他们的人心,现在的人心比煤还黑呀。她苍老的脸上残存着委屈而义愤的表情,看上去愈发苍老了。

中午时分花坊镇上的人都行色匆匆,很少有人注意到小木轮车驮着的柳条筐里,装的是一个婴儿,大多数人以为是李六奶奶脱下来的一件棉袄,棉袄上鲜艳的向日葵图案倒是引人注目,他们说,哟,六奶奶老来俏,穿那么一件大花棉袄!

李六奶奶的小木轮车停在外甥张胜家门口了,张胜媳妇半敞着毛衣,手里抱个婴儿迎出来,她看见李六奶奶弯着腰,从柳条筐里也抱出一个婴儿来,李六奶奶说,快来快来,快给这孩子喂两口奶吧。

张胜媳妇一边喂奶一边听李六奶奶诉说幼儿园那些阿姨的不是,她关心的是女婴的来历,偏偏李六奶奶说不出个来龙去脉。李六奶奶只是盯着女婴的嘴和张胜媳妇蓬勃的乳房,说,多喂几口,你奶多,本来也要挤掉的。张胜媳妇说,几口奶是不稀奇的,可六奶奶你怎么随便在街上捡孩子呢,现在外面流行黄疸肝炎,万一——李六奶奶打断她的话说,哪来这么多万一的,你看看这孩子的脸色,白里透红,哪里会有什么病?张胜媳妇不时地回头看床上自己的婴儿,似乎在比较两个婴儿的异同,过了一会儿她平缓地将乳头从女婴嘴里抽出来了,六奶奶,你闻到这孩子身上有什么味道吗？她说，怎么有点羊膻味呢？

李六奶奶犹豫了一下，笑起来说，什么羊膻味？是香味，我闻着像奶油饼干的味道。

张胜媳妇喂好了奶，把女婴放回到柳条筐里，看见筐里那只盐水瓶改制的奶瓶，拿出来晃了晃，说，人家给孩子准备了奶的，你偏要让她喝我的。李六奶奶说，就那么半瓶，得省着喝，等会儿把孩子送政府去，谁知道政府里有没有奶？张胜媳妇去抱自己的孩子，回头问了一句，等会儿你用木轮车把孩子送政府去？这一问把李六奶奶问得不高兴了，沉下脸说，你们这些年轻人，共产党白教育你们了？别人丢掉的孩子也是孩子，怎么都是一个腔调？我这把年纪了，腿脚又不好，说话干部也听不懂，你们年轻人不送让我去送？张胜媳妇说，没说让你去送，六奶奶你为什么要管这闲事呢？李六奶奶嚷起来。这不是闲事，是个孩子！

毕竟是长辈，李六奶奶一嚷张胜媳妇就不吱声了，抱着自己的孩子在屋里走，走了几圈说，反正我也腾不出手来，反正张胜马上要回家吃饭了，要送让张胜去送。

六

贮木场的张胜在中午时分到过政府大楼，他去得不巧，是饭后的午休时间，花坊镇政府的五层楼里寂静无声，信访处、妇联、计划生育领导小组的办公室都关着门，只有五楼的一间办公室引起了他的注意，那一间的玻璃草草地糊了报纸，里面有人声，张胜便爬到窗台上从气窗向里面张望，看见几个干部正围在一起打扑克，有一个干部的鼻子上粘了两张小纸条，张胜就笑着跳下来了，说，他们也打这种牌啊。

他敲了很长时间的门，里面安静了一会儿，终于有人问了，是哪位？出来开门的是一个穿橘红色西装的女干部，她侧着身体，在半开的门缝里警惕地看着张胜，说，现在是午休时间，现在不办公。

张胜记得她是妇联的，妇联管孩子，他这么叨咕着从地上捧起那只柳条筐来，以一种夸张的姿态献给女干部，你们午休，我可是要赶去上班了。

他说，我姑姑在幼儿园外面捡了这孩子，让我交给政府。

女干部下意识地闪避着那只柳条筐，嘴里惊声道，孩子是哪儿的？

张胜道：丢在街上的！

女干部又尖声问：你是哪儿的？

张胜把柳条筐放在地上，说，我是贮木场的革命职工，你那么瞪着我干什么？我送来的是孩子，又不是颗炸弹！你快接着，你不接我就放这儿了。

屋里的其他几个人也涌出来了，其中有个保卫干事认识张胜，说，怪不得呢，是这个愣头，前几年经常到派出所挂号的！看张胜要跑，一个年轻干部冲上来拽住他，你不能把孩子扔这儿，这不是儿戏，要调查要登记的。

张胜说，调查个鬼呀，路上捡了钱要交给你们，捡了孩子难道不交公吗？

少来狡辩，交公也要办公时间来，你把筐子抱起来，下楼等着，两点半到计生组登记！

张胜不肯去抱那个柳条筐，身体一直在往楼梯口悄悄移动，其他两个男干部反应快，识破了他的心计，干脆一起过来，把柳条筐强行塞到他怀里，然后他们一边一个，几乎是架着张胜下了五层楼。

张胜在楼下的传达室里坐了大约有五分钟，五分钟内他一直骂骂咧咧的，看门的老年费了好大的劲才弄清楚事情的原委，他不好多说什么，就给张胜倒了一杯水，还递了支烟给他。张胜气得厉害，不喝水也不抽烟，就是一心要把柳条筐留给老年。老年说，我一辈子打光棍，没弄过孩子，你把这孩子扔给我，不是为难我吗？张胜愤怒地看着窗外，又看看老年，脸上掠过一种决绝的强硬的表情，我不为难你，他说，我走，我把孩子放到外面去！

老年是亲眼看见张胜把柳条筐放在楼外花坛边的。张胜走的时候替女婴掖了掖棉袄，掖棉袄也没用，老年隔窗监视着张胜，嘴里忍不住骂了一声，混账东西！他后悔给张胜倒了那杯茶，递的那支烟，这张胜不是个东西嘛，上班再要紧，也不能把孩子这么丢在花坛边，那是个孩子，又不是一盆花。

午后的阳光爽朗地照耀着政府大楼外面的花坛，花坛里的菊花半开半靡，对热情的阳光有点爱理不理的样子，倒是那只柳条筐，每一根柳条都接纳了阳光，看上去闪烁着一圈淡金色的光晕。

第一个注意到柳条筐的是一只猫，不知道是谁家的猫匆匆地跑过来，绕着柳条筐转了几圈，猫把爪子搭在筐沿上，脑袋探下去很细致地闻了闻婴儿的气味，气味不对胃口，猫转了几圈，最后心灰意懒地走了。紧接着又跑来了一条狗，撒着欢往花坛边奔，是食堂的大师傅养的那条黄狗，看见狗也来凑热闹，老年冲出去，把狗撵回去了，老年说，那是个孩子，不是鱼骨头肉骨头，你们畜牲来凑什么热闹！

老年隔窗守望着柳条筐，他等着筐里传来女婴的哭声，可是始终没等到，女婴出奇地安静让老年疑虑重重，怎么就不哭呢？这么苦命的孩子，偏偏就不哭。老年想，这孩子会不会是个哑巴？如果是个哑巴，谁抱她都是抱一个麻烦回去，也怪不得别人心不善呢。

后来两个跳牛皮筋的小女孩来到了国旗的旗杆下，他们把牛皮筋的一端捆在旗杆上，另一端谁也不肯拿，都要先跳，正吵闹着，一个小女孩先看见了柳条筐，丢下同伴跑到花坛边去了，很快老年就听见了两个小女孩的惊叫声，谁的孩子？谁把孩子扔了？有坏人扔孩子啦！

老年看见两个小女孩拖着牛皮筋向传达室奔跑过来，一下就慌了。老年要紧把门反锁了，回头一看，可供藏身的只有一张简易床，他急中生智地跑到床边，鞋子一蹬，掀开被子就钻了进去，他钻进被窝时门已经被擂响了，老年装作没听见，他用被头蒙住脸，在被子里面埋怨两个小姑娘，笨丫头笨死了，小宝宝的事情，怎么找老光棍管？我是看门的，不是看孩子的！

两个小姑娘离开之后老年仍然躲在被窝里，他没法起来了，不起来也没问题，他看着墙上挂钟的时间呢，他会在两点三十分领导们进楼上班之前起来，那时候柳条筐一定有人接手了。窗外开始有人声一浪一浪地传进传达室，看来小姑娘尖利的叫喊声惊动了附近的文化站和卫生院里的人，老年从被子里探出脑袋，偷偷地窥望窗外，看见花坛那里的人影子动荡不安，在一片嘈杂中老年突然听见了女婴清脆响亮的啼哭声，那啼哭与别的婴儿相比没有任何异常，但老年的耳朵被震得又痒又疼的，他一边抠着耳朵，不知怎么松了口气，嘀咕道，还是会哭的嘛，不是哑巴！

大约下午两点一刻，老年从床上起来了，和衣假寐时间长了，人乍然感到一丝阴冷，他从门后摘下了冬天的棉衣披在身上。外面乱哄哄的声音已经平息了，老年在窗边朝花坛那里张望了一会儿，看见几个人还站在那里，指手画脚地说话，柳条筐不见了。人一多，果然就有热心肠的来解决问题了，老年说不出来自己心里是什么滋味，他披着那棉衣朝外面走，觉得外面的空气中残留着一股淡淡的羊膻味，那气味若有若无的，压倒了花坛里残菊的香气，老年记得那是柳条筐和女婴的气味。

是食堂的几个女师傅还站在花坛边，她们忘情地议论着那只柳条筐的归宿，那个惊人的消息也是几个女师傅告诉老年的，一个女人说得简明扼要，是疯女人瑞兰把柳条筐端走了！另一个补充得比较详细，是疯女人瑞兰把柳条筐抢走了，她抢呀，谁也拦不住，她说是她的女儿呀，花坊镇人人知道她女儿在浑水河里淹死了，她偏偏一口咬定，是她的女儿！

老年张大了嘴巴，过了一会儿反应过来，突然大叫一声，她是疯的，你们也疯？怎么看着她抢孩子呢，一个疯子怎么能养孩子？女师傅们发现一贯温厚的老年有点莫名其妙的冲动，便开始安慰老年，说，你就别担那个闲心了，瑞兰她领不去的，她哥哥瑞昌也在旁边呢，瑞昌说等她的疯劲过去了，孩子该送哪儿就送哪儿，他负责！老年说，说得轻巧，他负责，神仙也不知道孩子是谁的，他准备把孩子送哪儿去？一个女师傅说，送到河对岸去呀，送枫杨树乡去！老年不明白，为什么认定孩子的父母在枫杨树乡？那女师傅说，这还不明白，乡下人重男轻女嘛，养个女孩就扔掉！另一个女师傅这时候很不客气地打断了她，说，你刚才又不在，胡说些什么，让对岸的乡下人听见了，拿锄头来砍你！她看来是掌握了足够的信息，一番话让老年信服多了，原来是一个顺藤摸瓜的思路，她说卫生院打针的小陆刚才也来了,是小陆透露了孩子的枫杨树乡的身份背景。小陆认得那筐里的奶瓶呀,那女师傅说,你们看见那个盐水瓶了吗,里面还灌了半瓶奶,枫杨树乡的妇女,最喜欢到卫生院来偷盐水瓶,拿回家做奶瓶!

七

一只柳条筐趁着夜色降落在罗文礼家的羊圈。

第二天早晨卢杏仙起来出羊圈,一眼便看见了归来的柳条筐。柳条筐又回来了。卢杏仙惊叫起来,她突然意识到自己家的羊圈已经被谁偷偷地改造成了一个迷宫,迷宫般的羊圈半明半暗,羊藏身在暗处,柳条筐却大胆地沐浴着早晨的阳光。卢杏仙蹑足走过去,发现那件葵花棉袄还在,女婴已经不见了。她壮着胆子摸了摸葵花棉袄,棉袄有点湿漉漉的,有夜露打湿后不易消退的潮气,摸上去有点黏手。卢杏仙嘴里叫起丈夫的名字来,文礼文礼你快来,我们家羊圈闹鬼了!可是勤快的罗文礼已经出门去耕地了,她逃到栅门边,回头望着柳条筐,又大声地唤起儿子来,庆来庆来,快起床,你到底把那孩子送哪儿去了,怎么孩子送走,筐子又回来了呢?

回头之间,卢杏仙突然发现羊圈里多了一头小羊,怯懦地站在角落里。昨天夜里喂草的时候还是三头羊,早晨起来就多了一头羊,过度的惊愕使卢杏仙怀疑自己看化了眼睛,她朝屋里喊,庆来庆来你快起床,我的眼睛怎么啦,我看不清我家有几头羊!

庆来穿了个短裤就出来了,他看见柳条筐,心虚地转过头看看母亲,又去看羊,脸色大变。他伸出手指数羊,说,是多了一头,跟夏天时候一样,是四头羊了。庆来走过去要拉那头小羊的羊角,手伸出去又缩回来了,回头对母亲说,妈你别怕,我认识它,是夏天走散的那头羊,它回来了。

卢杏仙说,你还在做梦呢,羊又不是狗,认识回家的路,你给我看清楚了,这是谁家的羊,怎么跑到我家羊圈里来了?

庆来蹲下来,向地上吐了口唾沫,开始严厉地审视飞来的小羊,过了一会儿,所有的恐惧和疑惑都消失了,你是羊,我还怕羊吗?他嚷了一句,手毅然向前一扑,抱住了小羊的脑袋,他自己的脑袋也转过来转过去,端详着羊，突然，庆来叫起来，妈快来看，这头羊在哭，羊眼睛是潮的！

卢杏仙拿起一根扁担在儿子的屁股上打了一下，我都吓糊涂了，你还吓我？她说，羊怎么会哭，我养了几十年羊，从来没见过羊哭，会哭的是牛！

庆来说，妈，我没吓你，这羊的眼睛不一样，你自己来看呀！

卢杏仙走过去，按住儿子的肩膀，看那头小羊的眼睛，羊眼睛里似乎是覆盖着一层泪光。这是谁家的羊呀，怎么还会哭？卢杏仙大声叫起来，菩萨观音苍天在上，我们家对羊有多好，你们是看在眼里的，我们家人吃得半饥不饱，羊肚子从来都吃得鼓鼓的，怎么让我们家的羊圈闹起鬼了呢？

庆来没有像他母亲那样慌乱，那天早晨幸亏了他的冷静和聪明。庆来瞥了一眼窗洞下的柳条筐，又看了看那头羊，突然一个寒噤，打了个响亮的喷嚏。

卢杏仙说，受凉了？你回去穿上衣服再来，把羊牵出去，看看是谁家的羊？

庆来迷茫地注视着母亲，说，妈，再别撵它走了，撵不走它的，都怪你，你昨天说错话了！

卢杏仙说，我说错什么话了？

庆来说，你昨天说那孩子要是一头羊，你就能养，你说错话了！

卢杏仙说，你这孩子怎么回事，怎么云里雾里的，一直在说梦话呢？

庆来沉默了一会儿，把卢杏仙拉了出去。在羊圈的栅门外面，在第二天早晨初升的太阳下面，少年罗庆来对他母亲透露了枫杨树乡间历史上最大的一个秘密。他说，妈妈，我告诉你你别怕，你别怕，那不是夏天走散的羊，也不是别人家的羊，我告诉你你别怕，是你说错话，那个孩子认准我家的门，又回来了！

（选自《上海文学》2006 年第 1 期）

彼 此

金仁顺

　　这次他们是去一个风景秀美的小城市。三年前，黎亚非第一次跟周祥生出门，就是去这个地方。

　　出门之前她还有些忐忑，周祥生为什么找她去呢？科里的医生有二十几个呢，男医生尤其多，他跟她孤男寡女的，这么一路走下来，算怎么回事儿？黎亚非犹犹豫豫地收拾好东西赶到会合地点时，才发现周祥生的助手不只她一个，还有麻醉师吴强。

　　吴强开车，手脚不闲，嘴也不闲，黎亚非这一路上听到的信息，比她在院里待三年听到的还多。原来，科里大部分的医生都跟周祥生出去过，她算是最后一拨儿。而且不光是周祥生，其他三四位主任医生也经常在周末带着主治医生们出去。

　　"您的名气大，来的病人多，"吴强对周祥生说，"他们大树底下好乘凉。"

　　黎亚非坐在后面，望着外面的风景。他们走的是一条盘山公路，左一弯右一转，山上树木郁郁葱葱，树根处沁出凉湿的气息，正是早秋时节，山色总体还是绿色的，但偶尔的，会有一棵枫树烧着了似的闪现出来。

　　"黎医生沉默是金啊。"吴强见黎亚非一声不吭，从后视镜里打量她一眼，笑着说道。

　　"我一向笨嘴拙舌。"黎亚非说。

　　"寡言少语，"周祥生说。"是女人最重要的美德之一。"

　　"怪不得我们院里的女医生一个比一个矜持，"吴强哈哈大笑，"这下我找到病根儿了。"

　　他们到达时，病人家属们已经等在宾馆里了，七八个人像迎接救星似的欢迎他们的到来。两个女人殷勤地陪黎亚非进了房间，一个给她洗水果，一个替她沏茶,她们在房间里来来回回,弄得黎亚非坐也不是站也不是,又不知道该跟她们说什么。

周祥生经过黎亚非的房间,在门口站住了,两个女人立刻热情地招呼他进来坐坐,周祥生邀她们出来到大堂跟他谈谈病人的情况,"让黎医生洗把脸,我们待会儿去医院。"

洗脸的时候,黎亚非想周祥生这个人,他是他们科里、乃至院里的招牌人物,身边总是簇拥着病人、医药代表、好学上进的实习医生,领导们架子虽然大,但对专家也总是谦让尊重的。

黎亚非跟周祥生一起做过几次手术,他平时话不多,不大正眼看人,可一进了手术室,就像演员化好妆上了舞台,整个人都不一样了,他跟没有全麻的病人开玩笑,跟医生们聊正在上映的电影或者正播的电视剧,让护士放流行歌曲。如果不是亲眼所见,黎亚非很难相信一个人能把手术做得那么精彩,同时又能兼顾到手术室里那么多的细节。

那个小城市中心医院的手术室跟他们院里的没法儿比,但也能将就着用。看完手术室,安排好第二天做手术的相关事宜,他们出去吃饭,饭桌上,盘子大得吓人,点的菜太多,后上来的盘子摞到了先上的盘子上面。

吃完饭,一个家属用问询的目光看看三位医生,在黎亚非身上略微迟疑了一下,望着周祥生问,"我们去桑拿还是KTV?"

"我们回酒店休息,"周祥生说,"早睡早起。"

第二天他们做了两个手术,上午一个下午一个。回来时,还是吴强开车,一直把黎亚非送到楼下,她跟他们道别,准备下车,周祥生转身把一个信封递给她,"这个别忘了拿。"

她把信封接过来,人在地面上刚站稳,车就开走了。

黎亚非上楼放下行李,看着手里的信封,她知道里面是钱,但里面的数目是她想象中的两倍。

只要周祥生的时间能调配开,请他做手术的人多的是。起初的半年,周祥生偶尔带黎亚非出去,但慢慢地,她变成了他的固定搭档。吴强经常跟他们一起,但也有一些时候,病人从费用角度考虑,更愿意请当地医院的麻醉师。那时候,周祥生就得自己开车。

一年四季,他们以自己居住的城市为中心,辐射到周围七八个中等城市,以及五六个医疗设备说得过去的县级市。周五下午出门,开车几个小时,到达某个地方,晚上休息,周六做一天手术,如果病人多,周日再做一上午。

为了减轻周祥生的压力,黎亚非到驾校找了一个陪练,每天抽出一个小时练车。有一个周末,他们做了三个手术,第二天上午又做了两个,下午三点钟才吃上饭,周祥生好像连拿筷子的力气都没有了,病人家属还在不停地提问。黎亚非替他回答了一些问题,但那些病人家属在对她报以微笑后,会拿同样的话题再问一遍周祥生。

吃完饭,出来上车时,她跟周祥生说,"我来开吧,你在车上睡一会儿。"

周祥生愣了愣,但什么也没问,就把车钥匙给了她。

黎亚非戴上墨镜,放了一张蔡琴的碟片。

周祥生笑着打量她。

"这样我会觉得自己是个老司机。"她说。

有很长的一段路,笔直笔直,从盐碱地中间像刀痕一样划过去,路两边是发白的土地,植被像癣块分布其上,有一棵树孤零零地站在远处,那么绝对,让人想起"大漠孤烟直"这样的诗句。

周祥生坐在副驾驶的位置上,蜷在外衣下面,发出低低的鼾声。

黎亚非很喜欢这种度过周末的方式,不光因为那些收入——她把那些钱单独存到一张卡里,偶尔在提款机上看到数目,总会让她感到惊异——更令她高兴的是,她拥有如此冠冕堂皇的不在家的理由。

周末她老公总往外跑,举行读者会,约重点作者见面谈选题,要么就是跟编辑部同事吃饭、喝茶,跟朋友或者同学打球、游泳,忙得不亦乐乎。

她留在家里洗洗涮涮，累了，就给自己煮杯咖啡，去她老公那几千部碟片里头翻翻，碰上有兴趣的，就放进影碟机里看一会儿。

她不喜欢看青春片，也不喜欢纯粹的喜剧或者悲剧，她喜欢的是一些跟生活贴得很近的故事片，她发现，电影里那些跟她年龄相仿的女人们，面对的问题跟实际生活中她们面对的问题差不多少——

丈夫有外遇了，或者自己有外遇了；不再相信爱情，或者开始相信爱情。

她审视着自己的生活，没有什么不好，也体会不出有什么好；有时候，她觉得有必要改变改变，更多时候，又觉得应该以不变应万变。

黎亚非喜欢在路上。春天，草色铺展在远处，像一块水彩，嫩生生的，毛茸茸的，她的心都跟着变软了。草色略微变深的时候，树叶像小虫子似的，从树枝里面钻出来，有一次，陷进座位里长久无言的周祥生，忽然指着街边的树，问她，"那算不算是萌动？"

她放缓了车速，往树上打量，那些小叶片，宛若婴儿半握的手，颤颤巍巍地，好奇地伸向寒意尚存的空气中。

"算是吧。"她说。想到他这样的年纪，这样的身份，却为几片叶子如此字斟句酌，忍不住笑了起来。

"笑话我？"他看她一眼。

"没有。"她用手抹抹唇角，试图抹去那些笑纹。

"年轻的时候，我是一名诗歌爱好者。我为诗歌失眠的夜晚比其他所有的事情加起来还要多。"他坐起来，把椅背调到正常的位置上，"但现在每天和我打交道的，是一些生了肿瘤的膀胱。"

周祥生伤感的语气让黎亚非吃惊。他在病人面前，是专家，是权威，是威信与威严并重的神，黎亚非看着他应对那些饱受死亡威胁的病人，以及过度焦虑的病人家属时，会不自觉地融入到他们中间去，仰视着周祥生，信任他、依赖他，把自己不愿承担、或者承担不了的包袱，搭到他的身上去。

她一直以为他对自己的工作是无比自豪的，有幽默感的，手术的时候，他曾让她用一句成语概括他们的工作。她被问懵了，完全没有方向。

"这么简单都答不上来，"他一边把摘除下来的肿瘤扔进盘子里，一边悠然说道，"探囊取物咧。"

"我一向没有幽默感。"她说。

周祥生看了她一眼，发现她并不是在赌气耍性子，而是非常真诚地为自己的乏味道歉。

黎亚非是一个文静、优雅的女人，她身上几乎没有缺点。但也因此，她在男人眼里，也缺少了必要的性感。"大理石美人"，男医生们私下里这么叫她。周祥生不知道她是天生如此呢，还是情感上面遭遇过什么挫折。

在她之前，周祥生带科里另外几位女医生出去过。只要是跟他独处，或者几分钟或者几小时，她们总会把话题转到情感生活方面，其中一些事情在他看来属于绝对隐私类，但她们照样坦然道来。

黎亚非是女人中间的另类。她第一次跟他出门时，坐在车后座上，如果不是吴强问话，她几乎变成了隐身人。她不用嘴说话，也不用眼睛，或者肢体说话。她的沉默是百分之百的。他不无惊喜地发现，她的工作态度也是百分之百的，没有一点儿矫情、挑剔、抱怨，工作就是工作。在报酬方面——他一向出手大方——他猜她不会嫌少，但她也从未像其他人那样，因为满足，而直接、或者委婉地向他表达感激之情，以及对继续合作的期待。

周祥生对这种单纯关系有种久违的亲近感，当然也有那么一些时候，他注意到她身上的女性特质，温情、娴静、稳重，她能在很长时间里保持着同一个动作，注视久了，他觉得她像油画人物。

有一次周祥生带着黎亚非出去，手术结束后吃晚饭时，东道主跟他们提起一个小镇，说小镇有一个小店，火极了，他卖关子没说火的原因是什么，但馋涎欲滴地强调了好几遍那店里的东西，"逆风香百里啊"。

他们回程的时候，决定绕个弯路去那个小店吃顿饭。地方很好找，小镇里的人没有不知道"仙珍一锅"的。店面不大不小，门口的车挤得满满当当的，沿街排出去，像一溜麻将牌。店里的桌子都是灶台式的，水泥磨的台面，中间盘着一个水盆大小的铁锅，里面炖着杂七杂八的东西，菜品只有一样，在后面大铁锅里炖到八成熟，就餐的客人只需点出是几个人的分量，就有服务员替他们把东西放到桌上的小铁锅里，边炖边吃。

东西确实香极了，而且不油腻，黎亚非怀疑店主往里放了特殊的香料，或者大烟葫芦什么的，他们快吃完的时候，呼啦啦涌进来一群人，高声大嗓地说话，把几张预留的空桌子填得满满的，有个红脸膛卖弄自己是熟客，跟朋友讲菜里的成分：蘑菇、板栗、黄花菜、桔梗、土豆、辣椒都是配料，最要紧的是，蛇、野猪、獾子、山鸡、麻雀、蛤蟆——

他们回到车上继续往回走，每隔二十分钟，黎亚非就要下车吐一次，胃液、胆汁都吐了出来，吐完后黎亚非用矿泉水拼命地漱口。

"你的胃早就吐空了，"快到高速公路入口时周祥生说，"你还想再吐的话，已经不是因为你自己的，而是我胃里的东西让你觉得恶心了。"

"不是的，"黎亚非让他说得不好意思了，"我老觉得自己的胃里有个动物园，不时地就有个什么东西要跳起来"。

在高速公路入口处，周祥生顺着岔路把车开进树林中间，阳光斑驳地从树梢间漏到地上，圆圈套着圆圈，光斑叠着光斑，空气又凉又湿，黎亚非觉得肌肤像刚做完面膜，开了差不多十分钟，在树林深处，出现了一栋古堡样儿的建筑，四周的庭院被铁栅栏围着，庭院里面有喷泉和汉白玉雕像，周祥生对两个保安出示了一张会员证后，被放了进去。

酒店里面的东西色调柔和，品质上乘，沙发颜色并不统一，室内摆放了很多植物，有草有花，间隔出一个个谈话空间，阳光穿过屋顶玻璃直接照射进来，咖啡的香气则浮动着向上涌去，音乐声不高不低，把咖啡吧置于流水中间。

客人并不少，周祥生带着黎亚非找了个靠窗的角落，点了两杯咖啡，给黎亚非要了份新烤的饼干。

"充充电吧。"他对她说，自己把双腿放平，在沙发里面伸了个懒腰。

黎亚非道了谢，扭头看着窗外的景观，庭院里的树木花朵因为没有污染，颜色分外艳丽、醒目。她转回头时，发现周祥生审视地看着她，他的眼角已经有皱纹了，但眼睛还是黑亮黑亮的，盯着人时，有一股咄咄逼人的劲头。

黎亚非的心扑腾扑腾地跳了几下。

"你的话总是这么少吗？"周祥生问。

"你不是说，寡言少语是女人的美德吗？"

"但你过分了些。"周祥生责备她，语气温柔。

随着黎亚非的频繁外出，她老公郑昊倒开始越来越多地待在家里了。周日傍晚她回到家，十有八九，他躺在客厅沙发里读书，见她进门，他把书扔掉，从沙发上坐起来。

"我饿得前胸贴后背了。"郑昊说。

黎亚非在最短时间内冲完淋浴，换好衣服，跟郑昊出去吃饭。

郑昊在生活中很多方面，是很有本事的，跟黎亚非单独吃饭时，他总能找到美味、干净又便宜的小店，小小的门脸儿，热情的老板娘，满脸笑容的服务员，当着黎亚非的面，郑昊跟她们开暧昧的玩笑，把她们逗得面红耳赤。

"你不管管他？"她们说黎亚非。

黎亚非笑笑，细嚼慢咽地吃自己的饭。郑昊在哪儿都有女人缘儿，他们刚认识时，郑昊恰巧处于一段热烈恋情的灰烬期，黎亚非的冷静寡言、从容不迫，宛若一泓湖水，让他安定安宁，进而觉得这是酷味儿十足的恋情。

"你是雪山，我是飞狐。"郑昊对黎亚非说。他对她的追逐确实像一团火球，整天跟随在她的身后。鲜花、礼物、吃饭、唱歌，他还在自己的杂志上面给她写情书，明晃晃是她的真名实姓。

直到结婚那天，黎亚非一直觉得爱情是一杯醇酒，让人脚底发软，浑身轻飘飘的。

婚礼那天，她一大早起来，里三层外三层地把婚纱穿好，然后化妆，化妆师是从影楼里请来的，她给她打粉底的时候，黎亚非的姐姐把一个女人送进门来，笑着说，"你的好朋友来了。"

不是什么好朋友，黎亚非甚至没见过她。

那个女人说她是郑昊的前女友，她是来恭喜黎亚非的。"我知道郑昊挑选女人很有眼光，但你还是比我想象的更漂亮、更优雅，"她毫不吝惜对黎亚非的赞美，"你是我所见过的最美的新娘！"

她很自来熟地在黎亚非的房间里转来转去，有时停下来看看墙壁上的油画，偶尔拿起一个小物件儿赏玩，而黎亚非自己倒被牢牢地钉在椅子里，下巴被化妆师固定在某个角度上。她拿不定主意，是坐起来跟那个女人面对面，眼睛对着眼睛，进行无声的斗争呢，还是就眼下这样，以熟视无睹的方式显示自己对她的不在乎和胜利者的自信呢。

那个女人转了一会儿，离开了，临走前，她送了黎亚非一份礼物。这个礼物是一个秘密。

"昨天郑昊一整天都待在我的床上，我们做了五次，算是对我们过去五年恋情的告别演出。"那个女人的手搁在黎亚非的肩头，随着她的话，她的手指很有节奏地敲击着，"从今天开始，他归你了。"

那女人离开后很久，黎亚非都没动。她变成了一个树脂模特儿，全身披挂着累累赘赘的丝绸、雪纺、蕾丝、珠串、刺绣，她僵硬的肢体倒是有助于化妆工作的顺利进行。

郑昊来接新娘的时候，在大门外被黎亚非的姐姐以及朋友们提的难题绊住了，他好言好语，笑脸相迎，还给每个人发了红包，才得以进入黎亚非的房间。进门后，他从额头上抹出一手汗水给新娘看。

"你昨天一整天在哪儿？"黎亚非问他。

她眼看着她的话像一句咒语把郑昊定在原地，动弹不得。

黎亚非的目光越过郑昊，打量着房间远处镜子里的自己，她打扮得像个公主，头发挽成发髻，戴着小小的王冠，腰身收得瘦匝匝，裙摆阔阔大。这是她期待已久的一天，这是她一生最心仪的裙裳，但那个女人把一切都弄走了味儿。

黎亚非努力忘掉那个女人，但她的恶毒就像缓释胶囊里的药物颗粒，随着时间的流逝，持续地保持着毒性。而且这种毒性在他们上床时，会加倍地爆发，弄得她浑身无力，手足冰冷，有一天郑昊从她的身上一跃而起，冲进浴室，哗哗哗冲完淋浴，穿好衣服到另一个房间去睡了。

那个女人如愿以偿了。黎亚非想。她应该伤心难过、痛哭流涕、濒临崩溃边缘了，结果却是，她迎来了婚后半个月来最香浓的一次睡眠。

尽管黎亚非和郑昊的关系已经降到了零度以下，在外人看来，他们还是恩恩爱爱的，一个风趣幽默，一个小鸟依人。黎亚非并不是在演戏，她确实不讨厌郑昊，他身上那些曾经让她目眩神迷的优点，现在仍然能令她欣赏。

如果郑昊在性上没什么要求的话，黎亚非觉得他们这么过下去也没什么不好的。如果没有在古堡那个喝咖啡的下午，就算郑昊偶尔有一些性生活上的要求，黎亚非也不会觉得日子有多么难过。

结婚三周年那天早晨，黎亚非送了郑昊一台新型数码相机，他送了她一条尼泊尔薄羊绒披肩，他们还亲了亲对方的脸颊。

吃早饭时，郑昊说，晚上杂志社的同事，以及他的一些朋友，差不多有三十个人呢，要为他们举行结婚三周年庆典。

"这有什么好庆祝的？"黎亚非说，"这是我们俩的事情，跟别人有什么关系？"

"我们不能拒绝别人的善意和祝福啊。"郑昊说。

"你一个人去吧。"黎亚非说，"我下午还要去外地出诊，反正我既不会喝酒，也不会应酬。"

"这是我们俩的结婚纪念日,你让我一个人出席?"郑昊的表情变严肃了。"无所谓吧,"黎亚非说,"我反正就是你的花瓶。"

"你是我老婆。"郑昊说,"你是周祥生的花瓶还差不多。"

"你把周祥生扯进来干什么?"黎亚非对郑昊的阴阳怪气儿有些反感。

"是我扯进来的吗?"郑昊脸上笑嘻嘻,但眼睛里头一点儿笑意也没有,"那我们今天就打开窗子说亮话,这一年半多了,我跟他一直在玩拔河比赛,你还想让我们再玩多久?"

"什么拔河?什么乱七八糟——"

"黎亚非,"郑昊挥手示意她不要再说下去了,"都是老中医,少来这些偏方儿。"

黎亚非不说话了,收拾东西准备上班。

"我想不通的是,你喜欢他什么?"郑昊在她身后追问,"他比我老,比我矮,常年摆弄膀胱,手上那股尿味儿你不觉得恶心?"

黎亚非开车上班,脑子里盘旋着郑昊的话,日子过不下去了,她想。

黎亚非走进医生办公室时,被一大片欢呼声包围了,她的桌上摆着一大束粉红色的玫瑰,花梗上面夹着的卡片已经被打开了,上面是郑昊的字迹:老婆老婆我爱你,就像老鼠爱大米。

黎亚非没想到郑昊有这份儿心思,虽说他擅长搞这一套,但结婚以后,这还是她第一次收到他送的花儿。她随即又想,这是不是郑昊故意做给周祥生看的呢?

周祥生确实看见花儿了,呵呵一笑,"好浪漫啊。"他说。

他往手术室走的时候,黎亚非追上他。

"外地那个手术,我明天一早赶过去行吗?"黎亚非知道最恰当的方式是让周祥生换人,但她实在不想让别人顶替自己,她看着周祥生,"我天亮前出发,保证不会耽误的。"

"你也不用太着急,"周祥生沉吟了一会儿,说,"我跟吴强先走。我把手术时间改到下午,你明天中午之前到就行。"

中午休息时，黎亚非去了商场，很长时间了，她既没有心情也没有时间为自己买新衣服。

下午，郑昊见到她打扮一新地出现在办公室，笑容满面地迎上来，给了她一个热烈的拥抱，引起了同事们的尖叫。晚上吃饭时，郑昊把所有别人敬黎亚非的酒也抢过来，拍着胸脯跟人家讲，"肝好，酒量就好，身体倍儿棒，喝啥啥香。您瞅准了——"他一仰脸，把酒倒进嘴里。

大家都叫好。

郑昊喝醉了，一见有人上厕所，他就冲人大声喊，"怎么了？膀胱有问题？别上厕所，找黎亚非。黎亚非是解决膀胱问题的专家。"

黎亚非笑笑。

"真的真的真的，"郑昊认准了这个玩笑，逮谁跟谁开玩笑，说，"黎亚非真是膀胱专家，哎，老婆，你过来给他讲讲。"

黎亚非渐渐意识到，他们早晨在餐桌边儿的争吵并没有结束，膀胱、尿，都是周祥生的临时代名词。

忍了又忍，还是没忍住，她说郑昊，"闭嘴吧，你的嘴还不如膀胱干净呢。"

整个晚上闹哄哄的，偏偏在黎亚非说话的时候，出现了一个短暂的、真空般的安静，好在，即便在愤怒的情绪之中，口出恶言，黎亚非给人的感觉仍然是优雅从容、慢条斯理的。

郑昊带头笑了起来，笑得很大声，还指着黎亚非给朋友们看，那意思像是说：你们看见了吧？这才是黎亚非呢。

"你们夫妻都很幽默，一个是冷幽默，一个是热幽默。"有个女人目光跟踪着郑昊，笑嘻嘻地拉着黎亚非说。她的手有些湿，还有些不干净，黎亚非试图把手抽出去，但她把她抓得紧紧的。

饭局结束，两个人坐上车回家，"我还不如一个膀胱？"郑昊笑嘻嘻地问。

黎亚非不说话。

"我还不如一个膀胱?!"郑昊问。

过了一会儿，郑昊把手机狠狠地朝车窗前面一砸，吓了黎亚非一跳，一脚踩在刹车上，幸亏距离短，手机没有把玻璃砸坏。

黎亚非吃了一惊，心扑扑地乱跳了一阵。

"——我不想吵架。"黎亚非说。

"——我他妈的也不想。"郑昊吼叫的时候，脸孔像被人从嘴唇处撕裂开了。

黎亚非继续往前开，两人都不再说话，车子陷落在黑暗中间，偶尔车灯、路灯以及街边店门口的灯光照射进来，他们的皮肤变成了金属质地，黎亚非觉得车就像一颗子弹，飞奔在道路上，她不知道它最终会要了谁的命。

黎亚非把车开到楼下，郑昊刚下车，她就把车开走了。

黎亚非并未想好去哪里，但她清楚的是她不想跟郑昊回家。他发脾气的样子与其说是让她害怕还不如说是厌恶。最近几个月，郑昊越来越多的在客厅里对着电视过夜，有的时候清晨她起来上班，发现郑昊还没睡觉，她问他看什么，他说看一部美国的电视剧，《绝望的主妇》。

他们谈恋爱的时候，他拉着她一起看《欲望都市》，只看了一个碟就打住了，"这里面的女人太坏了，会把我的小白兔教坏的。"郑昊说。

郑昊追她的时候，黎亚非是受宠若惊的，这场恋爱里面她像一个拉满的弓，紧张、饱满、有攻击力，天知道郑昊哪根弦不对了，居然认准了她，"装酷的女孩儿我见多了，但你不是，你是真酷。"他用那种找到珍宝的语气跟她说话，让她惶恐不已，早晚有一天，郑昊会发现她是个赝品。

黎亚非在一种惯性下把车开上了高速公路，她经过那个通往城堡咖啡馆的树林，林间岔路在墨汁般的树阴中消失了。

整个旅途吴强都在跟周祥生讨论玫瑰和女人的关系。他们这些做医生的男人，从来不会觉得女人是玫瑰，女人对他们而言是具体的、真实的，里里外外都清晰无比。只有黎亚非老公那种职业的男人，才会觉得女人是玫瑰，是诗，结果呢，我们这些当医生的，能救女人的命却不一定能得到她们的心，或者说爱，而黎亚非老公这类男人，却能要了女人的命。

周祥生笑了笑。他也想着那束玫瑰，漂亮的花朵，娇艳的颜色，还有那些刺——千万别忘了那些刺，他不无讽刺地想。

那天在古堡喝咖啡，黎亚非像说别人的故事似的，讲她结婚那天，一个女人登门送了份特殊的礼物，好几年过去，她仍然不知道该拿这份礼物怎么办。

"当它是肿瘤，"他说。"摘了就完了呗。"

黎亚非有些嗔怒地看着他，这种在她身上极少流露的女性动作让他觉得很有意思。

"我真的觉得这事儿不算什么。"他想了想，又说，"甚至，这是件好事儿，跟往事干杯，大醉一回，然后开始新生活。这有什么不对的？这就像人的身体，绝对清洁，绝对健康是不存在的，有对立面，有矛盾冲突，通常更能加强免疫能力。"

黎亚非让他说笑了。

"医院里有人在传你和黎亚非的闲话呢。"沉默了一阵，吴强又说。

"你现在只带着她出来，"吴强说，"难怪人家议论。"

"我收到短信，上面写着，走自己的路，让别人打车去吧。"周祥生伸了伸腰，活动了一下双臂，说。"明天中午手术，今晚可以喝点小酒儿了。"

"就是，好久没放松放松了。"吴强说。

晚上是六个男人一起吃饭，都是熟人，上来就干杯，很快把酒喝到醺醺然、飘飘欲仙的状态，吃完饭，他们去酒店对面的KTV唱歌，医院的办公室主任出去转了一会儿，笑嘻嘻地回到包房，提醒了一句，"我们今天可不是什么医生啊，别说走嘴了。"

话音未落，几个女孩儿敲敲门进来，燕瘦环肥，有高有低，年纪很轻，裙子都短到大腿根儿处。

陪周祥生的女孩子头发又黄又弯，像个洋娃娃，皮肤在暗暗的光线里面像缎子一样闪动，跳舞的时候，她偎进周祥生的怀里，双臂环住他的腰，身体随着音乐节拍在他身上擦来擦去。

　　服务员进来送酒，门在开合之间，周祥生看见黎亚非站在包房外面的走廊里，包房里的彩光照在她脸上，闪闪烁烁的，他再定睛看时，她已经不在那里了。

　　周祥生追到 KTV 门口，看见黎亚非站在一盏路灯下，瘦伶伶的身子，脚下拖着暗影，像个折了脚的感叹号杵在那儿。

　　"你怎么来了？"他问。

　　"——搅了你们的好事，是不是？"黎亚非本来想把这句话讲得冷冷的，讲得像刀片一样锋利，但鼻子堵堵的，一开口倒像在跟人赌气、撒娇。

　　"你看你，"周祥生让她逗笑了，"像个无知少女。"

　　"如果我搅了你们的好事儿，我也不是故意的，你快回去吧，就当我没来过。"

　　"别胡说八道。"

　　"谁胡说八道？我是认真的。"

　　"别胡说八道！"周祥生加重了语气，他眼睛四周的皱纹像某种光芒，让他的目光更深沉："别哭了。"

　　"——我哭我的，关你什么事儿？"黎亚非的眼泪又决堤似地冲出来。她转了个身背对着周祥生，双手捂住了脸。吴强出现在门口，朝他们这边看着，周祥生冲他摆摆手，吴强笑笑，转身回去了。

　　第二天手术结束后，吴强找了个借口先开车走了，周祥生跟黎亚非坐一辆车往回返。

　　周祥生早就习惯了跟黎亚非在一起时不说话，但以前他们之间的沉默是宁静从容的，这回，沉默像八爪鱼，东抓西挠，让人不安生。

　　黎亚非昨天夜里痛哭失声，但今天一早就又恢复了大理石本色，她不苟言笑，对工作认真负责，周祥生工作时倒还能全神贯注，手术完吃饭时，他失手打了个杯子，啤酒沫喷了半桌子，也弄脏了他的裤子，全桌的人都动起来，只有黎亚非端着碗，用筷子夹了饭放进嘴里，吃得那么优雅从容，让他顿生恨意。

他不敢相信这个大理石女人对他动了感情，但显然她是对他动了感情，他不敢轻慢她，像对待其他投怀送抱的女人那样草率从事，黎亚非是个认真的、较劲的女人。

他们开在盘山公路上，一辆丰田越野从后面超过他们，车窗开着，一些男女高声笑唱的声音传到他们耳朵里时，已经被风声刮成丝丝缕缕的了。

二十分钟后他们遇上了车祸现场。跟丰田车相撞的捷达车有三分之一处于悬空状态，从碰撞角度上看，它没有直接翻下公路简直是一种力学奇迹。后座位的人被抬了出来，惊吓过度加上头部受伤，意识有些模糊，司机和副驾驶位置上的一对夫妇还没拉出来。

丰田车上四男四女，不同程度地受了伤，现场哭声一片，到处是血渍。

周祥生走到捷达旁边摸了摸伤者，冲黎亚非摇摇头。

"人死了。"围观的人注意到他的动作。

黎亚非也走进伤者中间，有一个女孩子腿断了，脸比纸还苍白，汗珠凝结在额头上，嘴唇抖抖的，黎亚非俯下身子把耳朵凑过去才听清她的话，"——我疼——"

黎亚非把女孩子抱在怀里，眼泪涌上来，她轻抚着她的头发，说，"我知道，一会儿救护车就来了。"

他们闻到酒味儿，跟血的腥气混在一起。

他们忙活了一个小时，才等来救护车。回到自己车上时，他们身上的血腥气充满了车厢。天慢慢黑透了，救护车车顶上的红蓝标志灯灯光异常地醒目。

黎亚非的眼睛哭肿了，身上的新套装血迹斑斑，"真可怜。"她说。

周祥生伸手把她搂进怀里，她像个小动物，轻轻抽搐着。

他揽住她，在她耳边轻声说，"我爱你。"

周祥生没想到自己在四十五岁时又变成了一个少年。

他在单位搜寻黎亚非的身影,她总是在人群中间,但如今她的安静沉着不再令她隐形,而是变成一座山,或者一泓湖水,一团雾。他沉浸在自己的感觉里,也惊异于自己的感觉。

外出时,如果吴强不在,他们会一起过夜。黎亚非总是要求他把灯全都关掉,她的身材很好,但总是试图用衣物、被子之类的东西遮挡住自己。

她的羞怯让他感到好笑,"你是医生啊。"他说。

"这会儿不是。"她强调。

周祥生有许多年没有和女人一起睡觉的经验了。他的老婆十年前就成了别人的老婆,他们偶尔会因为孩子的事情见个面,曾经,她的脸让他厌恶到不能正视,但时间长了,他们变得心平气和,甚至开开玩笑。

"谈上恋爱了?"最近一次见面时,她打量着他问。

他不明白她打哪儿冒出这么一句话来。

"你看上去容光焕发。"她说。"你没当上院长,那就肯定是有艳遇了。"

"我经常有艳遇。"他说。

"这次有些不一样。"她说。

确实有些不一样。他以前最怕女人纠缠,但却对跟黎亚非一起过夜有着强烈的期待,他们朝一个方向微蜷着身体,像两把扣在一起的勺子,她的头发软滑如丝缎,散发着洗发水的味道,比任何催眠的药物更有效用。

"今天,我跟他办完手续了。"有一天夜里,他快要入睡时,黎亚非轻声说道。

他的睡意像受惊的鸟飞走了。

黎亚非却很快睡着了。她的身体非常松弛,像一个浆汁饱满的果实偎在他的怀里。

有一次他们出门,赶上了一场春雪,雪花很大,白花花地飘下来,落到地上很快就化掉。天气是下雪天特有的温暖,但地面上化掉的雪水又把冷凉之气返上来,"一半是冬,一半是春。"有人说。

"外面是冬,里面是春。"有人补充说。

周祥生和黎亚非上午做完手术，中午吃了饭开车回家，雪一直没停，雪片似乎变得更大了，棉朵似的飘下来。在到达高速公路路口之前，有一段从两山之间通过的二级公路，公路两边的田野把雪留住了，白花花的一片，在黄昏变得黯淡的光线中，车子仿佛从一望无际的奶油中间穿行。

黎亚非突然把车停了下来。

周祥生往外看，车灯照射处，雪花棉絮似地飘飞着。

"怎么了？"他问她。

"让它们先过去。"她说。

周祥生往外看了看，除了雪花，看不见别的。黎亚非指了指车灯射程的边际线处，他定睛看去，发现路中间，一只动物支着身子，正向他们凝视着。

"——好像是黄鼠狼。"黎亚非说。

他们对峙着，黎亚非向黄鼠狼挥了挥手，周祥生笑了，低声说，"它哪能看得见！"

又过了一会儿，黄鼠狼似乎确定了他们不会突然辗轧过来，便又迈步往前走，它的后面，跟着另外四只，它们保持着相隔一米的距离，一个接一个通过公路。他们屏息凝神看着它们过去，又待了十分钟，确信不再有要通过的黄鼠狼了，黎亚非才接着往前开。

周祥生激动不已，他兴奋地转向黎亚非，想说点儿什么，一时却又不知如何说起。黎亚非侧脸的弧线，是那么精巧优美，他没问什么，她却轻声回答了他的问题："我也从未遇上过这样的事情！"

"我们结婚吧！"周祥生说。

黎亚非转头看了他一眼，"我们结婚吧。"周祥生又说。

黎亚非一言不发，开到高速公路路口时，她把车停到了路边。雪这时越下越大，棉团似的罩下来，他们听得见雪团拍打车顶的啪啪声。

"我同意。"黎亚非说。

婚礼定在春末。满城的桃花都开了，黎亚非不想穿那累累赘赘的婚纱了，她定了一套日常也能穿的小礼服，浅桃色跟这个季节很相衬。

黎亚非最后一次试衣服的时候，郑昊来了。

自从离婚后，这还是他们第一次见面，他瘦了很多，头发很长，胡子拉碴儿的。

"你怎么变成这样儿了？"黎亚非问。

"挺好的呀，"郑昊看一眼镜子，"失恋艺术家嘛。"

黎亚非把他以前送她的婚戒拿出来放在桌上，"这个还你。"

郑昊看着戒指，笑了笑，"不是我小气，这个戒指是我们家的传家宝，传了好几辈子了，带你回家之前，我带过好几个女孩回去，我妈都不给，见了你，我妈才拿出来。没想到，我们还是没缘分。"

"她恨死我了，是不是？"

"她恨我，"郑昊笑笑，"搬回家时，我跟她说，是我有外遇你才跟我离婚。从那天开始她就没正眼看过我，也不给我做饭，要不我能这么瘦吗？"

黎亚非的眼泪涌出来，湿了满脸。

"你哭什么哭啊？"郑昊笑，"我还没哭呢。"

黎亚非哭得更厉害了。

"再哭把衣服弄脏了——"郑昊说。

黎亚非回房间把衣服脱下来，换了家常服出去，看见郑昊坐在沙发上看电视，电视里播放着赵本山和宋丹丹的小品，郑昊泪流满面。

黎亚非拿了盒纸巾过去，抽了几张递给郑昊，他伸出手，没拿纸巾，却把她的手腕攥住了，黎亚非说不清楚，是他把她拉进怀里的，还是她自己主动扑进他怀里的。

周祥生跟郑昊一前一后进的小区。他一眼就认出了那辆车，黎亚非离婚时，房子留给自己，车子给了郑昊。

郑昊和他想象得差不多少，即使他自己不当自己是艺术家，别人也会认为他是艺术家。

周祥生没下车，他想等郑昊从楼上下来再上去也不迟。他没想到，他会一直等到天完全黑下来。

依黎亚非的意思,结婚典礼是在教堂里办的。除了周祥生和黎亚非的家人朋友,观礼的大多数是医院里的同事。

他们选了城市东郊新建了没多久的教堂。教堂三层楼高,是拜占庭式,面朝田野,簇新簇新的。四周用铁栅栏围出一个院子,庭园里面的丁香树刚刚爆出花蕾。

教堂里面举架很高,说话声音一高,便有轰隆隆轰隆隆的回响。给他们主持婚礼的神父年轻得让人起疑,头发好像打了一整瓶的发胶,一丝丝像细铁丝似地挺着,黑色法衣领口露出来的白衬衫则像两把小刀支在他的脖子下面。

"永恒的上帝,汝将分离之二人结合为一,并命定彼等百年偕老;汝曾赐福于以撒和利百加,并依照圣约赐福于彼等之后裔;今望赐福于汝之仆人周祥生和黎亚非,引彼走上幸福之路。"

神父指导他们交换戒指时,周祥生把戒指掉到了地上,他弯腰四下找戒指时,坐席上传来笑声。

周祥生低着头四处搜寻,还是黎亚非的爸爸拣到戒指递给他,他举着戒指回到黎亚非的身边,医院里的医生护士们可能是觉得刚才笑得有些失礼,现在热烈地鼓掌、欢呼起来。神父把目光转向他们,示意他们安静。

"赐予彼等以节操与多子,使彼等儿女满膝。赐福他们,就像赐福给以撒和利百加、约瑟、摩西和西玻拉一样,并且使他们看到他们儿子的儿子。"

神父合上了手里的《圣经》,分别打量着周祥生和黎亚非,自始至终,他的脸上一点儿笑容也没有,严肃地吩咐他们:

"您吻您的妻子,您吻您的丈夫。"

他们的嘴唇都是冰凉的。

(选自《收获》2007年第2期)

花牤子的春天

迟子建

青岗这地方，大概由于祖辈人曾饲养牤牛的习惯吧，爱管男人叫牤子。老人们被叫做老牤子，不同的是在前面加个姓氏，如"王老牤子、张老牤子、胡老牤子"；年轻人呢，多数叫小牤子，"李小牤子、郑小牤子、刘小牤子"等。像"张、王、李、刘"，由于姓的人多，就依据人的脾性，再细分一下。勤快的刘老牤子，叫做"勤老牤"，懒惰的呢，自然是"懒老牤"；脾气大的李小牤子，被叫做"犟牤子"，性情温顺的，是"蔫牤子"。爱胡搅蛮缠的王小牤子，就像块嚼不烂的肉，被称做"柴牤子"，而大大咧咧的，叫"虎牤子"。说话女声女气的张小牤子，人称"奶牤子"，见着自家女人跟别的男人打声招呼都要火冒三丈，头上戴的自然是"醋牤子"的帽子了。

在这众多的牤子中，有个叫"花牤子"的。花牤子打小就喜欢看女人的奶子和屁股，看见它们，就像穷苦的人望见了神灯，满心欢喜，双目生辉。成年以后，他见着容颜俏丽的女孩，就要搂搂抱抱，青岗那些有点姿色的女孩，都躲着他。即便这样，他十八岁那年，还是把一个女孩摁在草垛上，干了那事。女孩的家人找到花牤子的父亲高老牤子，说是你们是想见官了事呢，还是私了？高老牤子知道见官的话，儿子会被判强奸罪而坐牢，就说私了。结果高家的一亩好田，再加上一口肥猪，被生生赔掉了，气得高老牤子直骂儿子，说是要把劁猪的徐老牤子找来，骟了他那败家的玩意。以前，高老牤子的儿子是叫高小牤子的，出了这档子事后，大家都说高小牤子是青岗有史以来少见的拈花惹草的主儿，都叫他花牤子了。

高小牤子变成花牤子的最初两年，老实了不少。见到女孩虽然仍是目光灼灼，但绝不敢造次。然而好景不长，花牤子二十岁时，故态复萌。腊月天，他瞄上了一个上坟的小寡妇，当她路过废弃的砖窑时，把人给拖进去糟践了。小寡妇本来是去坟上哭自己的男人的,遭到凌辱,羞愤之极,要死要活的。没办法,高老牤子只得又把家中的一亩地分给寡妇,再赔上两只鸡。高老牤子气得嘴斜眼歪,吆喝了两个壮汉,把花牤子捆上,打得他屁滚尿流。花牤子挨打时声泪俱下,说是对不起祖宗,可是青岗的日子实在没有意思,唯有那事儿是个乐子,谁知道这个乐子是不能随便要的啊。

青岗的人,听说花牤子这般辩解,都笑,说这人不但"花",还有点"痴"。花牤子的母亲死得早,只留下他这么个儿子,大家都劝高老牤子,干脆早点给花牤子成亲,他炕上有了人,就不会出去撒野了。可是又有哪个姑娘愿意跟他呢?就这样,花牤子二十二岁时,又跟柴牤子的媳妇、豆腐房的陈六嫂做了那事。丰满白皙的陈六嫂胃口大,把高家最后一亩好田要去不说,还牵走了他家的羊,搬走了衣柜,扛走了桌椅,就连暖瓶和茶壶也不放过,顺手牵来,弄得高家快要倾家荡产了。花牤子这次很委屈,他不断地跟父亲申辩:"这回赔东西赔错了,是陈六嫂把我拉上炕的,她干那事比我还乐呢,恣儿得直叫!"高老牤子劈手给了儿子一巴掌,说:"那你说是陈六嫂把你欺负了,人家该赔咱家东西不是?"花牤子很认真地说:"是!她家的毛驴好,拉磨时从不偷懒,咱该让她赔毛驴!"高老牤子又给了儿子一巴掌,叫着"孽障啊!"

高老牤子大病一场后,做出了一个决定,他要领花牤子离开青岗,投奔远方的亲戚,让花牤子进深山伐木,那里没有女人,会彻底断了他的念想。否则的话,花牤子在青岗再犯一次事,家中房屋都将不保,他就得住在风中了!

高老牤子把家中仅存的一亩薄田让人代种着,锁了屋门,和花牤子各扛了一套行李,上路了。他们出发的时候,去村口为他们送行的,都是男人。女人们巴不得花牤子走,说是凶恶的鹞鹰飞走了,村里的女人就有太平日子了。

青岗是个小村子,住着五十多户农民。这儿土地肥沃,主要农作物是小麦、大豆和土豆。如果是风调雨顺的年份,家家都会仓廪坚实,生活富足。但要赶上年景不好,大旱大涝、早霜或者病虫害的话,庄稼收成差,温饱自然也就成了问题。所以，青岗人有祭天的习俗。祭天通常在春播前进行，人们在大地摆上一个条桌，算是祭坛，张家往上放个苹果，李家放上两个橘子，王家可能放上几块糖，总之，敬奉给天的，都是素净芬芳的食物。

　　青岗的历史不长，不过百年。最早是几个赶着牤牛贩盐的盐商，看上了这儿的草场和河流，在此落脚，踏出了一条羊肠小道。接着又来了两户人家，他们开荒种地，使这儿炊烟渐浓。但由于它地处偏远，所以真正扎根的人不多。新中国成立后，乡政府在此建村，拓宽了路，荆棘不见了，但路面仍是坑坑洼洼，每逢雨季，就成了泥路，难以通行。几十年下来，道路虽然几经重修，铺了砂石，但架不住人马车辆和风雨的侵蚀，仍是一副破败相。住在这里的人，出门要么步行，要么套上马车，要么乘坐近些年才有的农用小四轮。青岗离深井乡有四十里路，步行要多半天，马车呢，要逛荡上两个小时，就是机械的四轮车，也得突突地跑上一个多钟头。由于这儿交通闭塞，邮路不畅，再加上少有识文断字的人，青岗人对外部世界了解得很少。他们日出而作，日落而息，落寞而知足地活着。他们的娱乐，是田间地头说点荤故事，看牤牛顶架，看猪狗交配，冬闲时聚集在一起，盘腿坐在热炕头喝烧酒。五年一次的村委会换届选举，是青岗最热闹的事情。乡政府的人大主任会带着人，来发放印着候选人名字的选票。青岗人按照既定程序选出村长后，还要依照自己的一套选举法，选出另一个村长，这也是他们的一项娱乐。他们会把村上每个成年人的名字写在同一格式的纸条上，放在帽兜里，由村上最小的娃娃抓阄，抓出谁，谁就是村长。所以青岗不同别的村子，总是有两位村长。因为这儿，还闹出了笑话。有一回，刚出满月的奶娃哼哼呀呀地抓出一个纸条，这人竟是傻牤子！他是个痴呆，东西南北不分，见着女人爱说两个字：丫丫！见着男人只说：牛牛！他被选为村长，大家的快乐可想而知了。

　　花牤子离开青岗四年后，又回来了。他们父子走的时候，肩上扛着两套行李，回来仍然如此，不同的是那行李更破旧了，他们就仿佛是扛着败军的旗帜似的。高老牤子还是以前的模样，不同的是更老更瘦了，可是那个曾经生龙活虎的花牤子，完全变成另一个人了。他原来高大威猛，四方大脸，头发和胡须茂盛，目光炯炯，声如洪钟，步履铿锵；可归来的他却是面色寡白，脸颊塌陷，头发半秃，目光散漫，弯弓着腰，一步三叹，看上去像个痨病鬼。原来，花牤子在深山里出了事故。他伐木时，一棵红松在倒下时，像出膛的子弹一样产生了强大的后坐力，将他掀倒。他倒地时叉着腿，那棵粗壮的红松的根部，狠狠地砸向他的裤裆，就像捣一个鸟窝似的，把他男儿的零件打得稀烂，从此花牤子就成了石榴裙下的废物。高老牤子跟人说，花牤子出事后，足足哭了三天。花牤子开始大把大把掉头发，面色变白，声音变细，而且腰也弯了，伐木时连锯都拉不动。高老牤子一想儿子出不了大力气了，他没了男人的家伙，等于一个武士丧失了宝剑，不能再对女人兴风作浪了，于是就带着花牤子，踏上了归乡的路。

青岗的男人可怜这对父子的遭遇，帮着他们把房屋修葺了，还帮他们开荒，使高家又有了三亩地。女人们呢，她们对花牤子也心生同情，将自家的鸡雏、鸭雏和猪崽送给他们饲养，高家的院子，渐渐又有了生气。

花牤子刚回来的头三年，精神萎靡。他去田间干活，干着干着就会撇下锄头或镐，把垄沟当成被窝，呼呼大睡。他见了男人顶多"哼"一声，算是打过招呼；见着女人呢，更多的是低下头，叹息一声。春天时撞见发情的牲畜，他就像躲避洪水一样，撒腿就跑；他最痛苦的时候，就是谁家要迎娶新娘了，一听见欢快的唢呐声传来，他就捂起耳朵，连屋门都不敢出。他也因此憎恨吹唢呐的陈老牤子，见了他会啐一口痰。陈老牤子很生气，说："我胡子都白了，那些老狗见了我都得给我蹭蹭裤脚，你一个做晚辈的，凭什么吐我？"花牤子带着哭腔说："谁让你把唢呐吹得那么响呢！"

花牤子振作起来，是由于电的到来。他归来的第四年，由政府出资，把深井乡的电，引向与它毗邻的三个小村：三面村、落雁岭和青岗。这三个村的农民得知这个消息后，欢天喜地。电线杆一根根地在大地上竖起，它们就像一排列整齐的士兵，雄赳赳地挺进小村，给黑暗中的人们带来光明。以往人们照明，使的是蜡烛和油灯，这瘦弱而贫瘠的光颤颤巍巍的，坐在灯下做活的女人，常嫌那光伤眼睛。而且烛光和油灯的光都像没魂儿的人似的，没力气把屋子的每个角落都照亮。电却大不一样，它能让满室生辉。

虽然青岗通的不是国电，而是乡发电厂发的电，这电的习性跟鬼一样，傍晚来，日出前回，但人们已经大喜过望了。通电的那天，花牤子坐在灯下捧着脸哭了。他鼻涕一把泪一把地对父亲说："这电灯多么好啊，咱家的屋顶往后就是有了一只金色的小鸟了！它每天晚上都能飞来，我的心里就不凉了！要是它不来，还是过着老日子，我都想好了，给这世上省点粮食吧，我喝上一瓶农药，到阎王爷那儿去算了！"高老牤子老泪纵横地说："儿啊，爹对不起你，要是不把你带到深山伐木，你就不会出事，咱高家也不会在你这儿断了香火啊，老天真是不长眼啊！"花牤子抽噎着说："爹啊，你别埋怨老天啊，我估摸着老天是好意啊！它看那棵红松太像一杆蜡烛，就想送给咱家照亮儿。我的腿一叉开，老天以为那是烛台，就把它插上来了！可是老天怎么没想到，我这么小个烛台，怎么插得上那么杆大蜡烛呢！我没见到光，倒弄得两眼一抹黑！爹呀！"

有了电后，高老牤子见儿子比以前活泛了，就把爷俩伐木时赚的那点钱拿出来，进城买了台电磨，加工小麦，磨面粉。以前，青岗人磨面，总得把麦子运到乡里。现在高家有了电磨，人们自然都到他家磨面，花上三块五块钱，一袋面就磨好了。花牤子磨的面细发，麸皮少，面的成色好，做出的面食自然上乘，青岗人都夸赞他的手艺。渐渐地，他磨面的名声传了出去，邻村的人，也来磨面了。由于电磨只能晚上启动，所以花牤子一到黑天，就开始忙活了。电磨旋转着，麸皮飞扬，麦香味在星光下飘荡，花牤子的脸上有了笑影。若是外村人来这儿磨面，就得在高家住上一宿，所以高老牤子把西屋腾了出来，留给客人住，他和花牤子住一个屋子。一个深秋的黄昏，太阳刚落，西天上如火的晚霞正如戏台上当红的花旦，散发着绚丽的光芒，高家门口出现了个牵着毛驴的女人。毛驴驮着两袋麦子，一看就是来磨面的外村人。花牤子迎上前，帮着这人卸麦子的时候，身子颤抖了一下：这不是紫云么！

虽然她已消尽了青春的容颜，苍老憔悴，瘦弱不堪，花牤子还是一眼就认出了她。当年她可是青岗最俏丽的姑娘啊。她那时脸蛋鼓鼓的，睫毛长长的，大眼睛忽闪忽闪的，梳着两条又粗又亮的长辫子，喜欢咯咯地笑。花牤子每看她一眼都要热血沸腾。尽管紫云躲着花牤子，但是那年夏天她去割猪草时，还是被他盯上，给摁在草垛上。紫云失了身后，本想嫁给花牤子的，可家人说花牤子不是个本分人，进了他家的门，等于踏进了牲口棚，别想有好日子过，不如朝他家要东西。这样，高家的一亩好田和一口肥猪就成了紫云家的。花牤子连连犯事而被高老牤子带进深山伐木时，紫云嫁到落雁岭。她的遭遇十里八乡的人都知道，所以条件好的男人都不要她。娶她的是个跛子，他比紫云大八岁，脾气暴，爱喝酒，三天两头就打媳妇。紫云先后怀了三个孩子，都被他生生给打掉了，弄得她再也不能生养，跛子因此加倍折磨她，每次在她身上撒过野，就得用皮鞭抽她一顿。紫云嫉恨父母当年贪财，没有让她嫁给花牤子，才落到一个残暴的跛子手里，所以从不回青岗探望他们。

　　花牤子是从父亲那里听说紫云的遭遇的。高老牤子唉声叹气地说："哎，你作践的这三个人，数她命苦啊！"父亲一这样说，花牤子就气得青筋直暴，他喊着："是两个，不是三个！陈六嫂不算！是她睡了我，和柴牤子合伙，抢了咱家的东西！"高老牤子说："陈六嫂纵有千般不是，可她一个女人家，怎么睡你？混说啊！"花牤子急了，他攥紧拳头，"嘭嘭——"地砸自己的脑门，吓得高老牤子赶紧说："啊，你说得对，是陈六嫂睡了你，害了我儿！"

　　花牤子成了废人回到青岗后，发现小寡妇已经改嫁给劁猪的徐老牤子，虽然两人相差十五岁，过得倒也恩爱，下地时并着肩走，有说有笑的，这减轻了花牤子心中的愧疚。只是徐老牤子来高家劁猪时，下手不如在别人家利落，把猪弄得很痛，嗷嗷叫，高老牤子很不痛快。还有，高家有了电磨后，徐老牤子来磨面，从不给钱，花牤子朝他要，他就翻着白眼说："你亏欠我老婆，这辈子都还不清对她的债，还敢要钱？"花牤子说："我亏欠她的，不亏欠你的！再说了，她那时寻死觅活的，说是我进了她那里，她坟里的男人不得安生，现在你那鸟玩意不也进了她那里了吗，她怎么就不管坟里的男人的安生了?!"徐老牤子跳着脚说:"我跟她是明媒正娶,你对她是强奸,你个呆子,懂个俅啊!"可花牤子执意要收钱,他说:"就算是吧,我把她的钱免了,可你不行!男人比女人能吃,一袋面你得吃多半袋,你得把那份钱给我!"徐老牤子把磨好的面往肩上一扛,说:"我给你个屁!",抬腿出了高家的院子。从那以后,花牤子就不给徐老牤子磨面了。

除了徐老牤子,青岗还有一个人来磨面时,花牤子也是不搭理的。她就是陈六嫂。她不如过去白胖了,脸上的褶子也多了,可还是喜欢穿红戴绿,跟男人眉来眼去的。她扛着麦子来高家时,花牤子不是嫌她家麦粒的成色差,不宜磨面,就是说活多,排不过来。有一回,陈六嫂"啧啧"地拍着电磨说:"这东西真是好玩意,插上电,它就能干活!要是我家也有一台,用它磨豆子做豆腐,就省得养驴拉磨了!"花牤子知道陈六嫂打电磨的主意,他用庆幸的口吻说:"我现今可是沾不了你的身了,你想要电磨,那是白惦记啊!"把陈六嫂臊得满脸通红,好没趣地扛起麦子,走了。从那以后她长了记性,不找花牤子来了。

就在紫云来前不久,有天晚上,花牤子上炕早,他关了灯,躺在黑暗中和父亲说话。花牤子叹了一口气,说:"爹啊,你原来说我作践了三个女人,我跟你说是两个,陈六嫂不算,现在看呢,那个小寡妇也不能算啊!"高老牤子咳嗽了一声,问此话怎讲?花牤子很认真地说:"我下晌看见徐老牤子老婆的肚子大了,她喜滋滋的,要给这个劁猪的生小牤子了!爹你想啊,要不是我日弄了她,凭她那么受看的长相,她就是再找主儿,哪能轮到徐老牤子?没想到她跟了他,日子过得倒比以前美了!"高老牤子很少听花牤子说这么富有条理的话,他很高兴,说:"对呀,那小寡妇是因祸得福!你没坑害她!"花牤子蔫蔫地说:"可我坑了紫云啊。爹啊,我想着将来磨面要是赚了钱,能不能让我帮着她把落雁岭家中的房子翻修了?你不是说,她男人不管家,房子都快倒了吗?"高老牤子说:"儿啊,你可不能操那个心!你要是给她修了房子,那个跛子吃起醋来,能揪掉紫云的耳朵下酒,再剥了她的皮,包饭团来吃!再说了,当年咱给她家赔了地,又赔了口肥猪,两清了!"花牤子便不吭声了。

现在，紫云就站在花牤子面前。她穿一双沾着泥巴的绿球鞋，一条打着补丁的蓝布裤子，一件高粱米色的套头秋衣。她齐耳短发，发丝干涩，两鬓斑白，额头和眼角都有深深的皱纹。她的眼睛虽然大，但毫无光彩，这样的眼睛就给人枯井的感觉，看一眼就心凉。花牤子想跟她说话，可不知说什么，于是就指着轰轰烈烈的晚霞说："今儿那里热闹啊。"紫云歪着头，看了一眼西边的天际，说："那里热闹的时候多了。"花牤子"唔"了一声，先把麦子抬进院子，再把驴牵进来。高老牤子听见动静，从屋里端着饭碗出来，一看是紫云，差点没失手打了碗。他问紫云："你这是回来看你爹娘，顺路来磨面？"紫云说："我不回娘家，我就是来磨面的。落雁岭的人说，花牤子的面磨得比乡里的都好。"高老牤子说："那你晚上住哪儿啊？"紫云很干脆地说："外村人来磨面不都住在你家吗？我就住这儿了！"高老牤子倒吸一口凉气，说："那炕上的被褥谁都用，你不嫌埋汰？"紫云说："我晚上待着也没事，今儿是阴历十六，月亮圆，我帮你们把被褥拆了，拿到青泥河洗干净了！"

花牤子想紫云还没吃晚饭呢，就张罗着烙油饼，紫云说："我出来时带着干粮，路上吃过了。你不用管我，快磨面吧，明儿一早我就得回去。"

晚霞落了，电闪闪烁烁地来了，花牤子在灶房的电磨前开始干活时，紫云不仅把西屋客人用的那套行李拆了，还把东屋高家父子的被褥也拆了。她朝花牤子要了条肥皂，将床单被罩装在洗衣盆里，去了青泥河。花牤子磨面时，不时地来到院子朝青泥河方向张望。高老牤子对花牤子说："看啥看？她打小就爱在青泥河洗衣服，大明的月亮，丢不了。"花牤子说："秋水扎手凉啊，她可别洗病了！"高老牤子说："唉，她也怪可怜的，年岁不大，看上去像半大老婆子了！看来她真是恨她娘家人啊，这么多年不回来，回来了呢，连家门都不进，看来心里对她爹娘结着个大疙瘩啊！"

快十一点了，月亮似乎高得不能再高了，也明得不能再明了，紫云这才挎着洗衣盆回来。她放下盆，先是看了看毛驴，然后站在院子中，把床单被罩使劲抖搂着，抻开褶痕，一条条地挂在晒衣绳上，挂得满满的，层层叠叠的，好像给高家的院子修了一面墙。不过这墙不是密不透风的死墙，而是散发着皂香味的活泼的墙，月光能从被磨得发薄了的纤维中透过来。

高家的电磨，安置在东西屋之间的灶房里。紫云晾好被罩褥单，走进来。电磨嗡嗡旋转，花牤子的头上落了层麸皮，好像刚从鸡窝里钻出来的一只芦花鸡。花牤子大声问："把你的手给冰着了吧？"紫云摇摇头，说："你爹的被子缝得还真不错，我拆的时候看了，那么匀的针脚，比我的活儿都好！"高老牤子闻听此言，从东屋走出，说："孩儿他娘死得早，我年轻时就学会了女人的这套活啊！"紫云叹了口气，把剩下的肥皂放在灶房的窗台上。先前那条厚厚实实的肥皂，已被磨得像片油炸的土豆片，薄而透明。紫云指着它说："估摸着还能洗件衣裳呢，就没舍得扔。"高老牤子说："紫云啊，你把被子都拆洗了，晚上只能盖着被胎睡了，要不你回娘家去住？"紫云沉下脸，说："我累了一天，困了。"说完，抬腿进了西屋。高老牤子讨了个没趣，回东屋歇着去了。

花牤子磨了一夜的面，他也因此听了一夜紫云的咳嗽声。天明了，电回了，花牤子刚把磨好的面装好，紫云起来了。她帮着打扫干净了灶房，就要回落雁岭。高老牤子也起来了，他打着哈欠说："我这就烧火做饭，你可不能空着肚子走啊。"紫云说："我还有两个火烧呢，路上吃。"说完，张罗着套驴。花牤子无奈，只能听从。他把面袋挂在驴身上，看着紫云牵着驴出了院子。那天有晨雾，虽然花牤子一直望着紫云的背影，可她和毛驴的影子很快就模糊了，不见了。花牤子回到屋里，发现电磨上有十块钱，这一定是紫云悄悄留下的磨面的钱。花牤子拿着那张钱，哭了。那张钱被他的鼻涕和眼泪弄得潮乎乎的。

三天后，从落雁岭传来了紫云的死讯。紫云的娘家人听到噩耗，赶到落雁岭，抢天呼地地朝跛子要人，说是他害死了紫云。跛子说："她是自己撑死的，干我屁事？！"跛子说，紫云想吃新麦，就牵着毛驴，驮着麦子，说是到乡里磨面去了。不过落雁岭的人看见，紫云牵着毛驴，不是往深井乡走，而是朝青岗来，他估摸着，她这是找花牤子磨面去了！紫云磨面回来的第二天，发了个大面团，蒸了两笼屉香喷喷的馒头，坐在炕头，一声不吭，一个连一个地吃。那馒头每个都有拳头那么大，她足足吃了十二个！

吃完馒头，她躺在炕上，一动不动，不出一个钟头，人就没气了。跛子骂道："妈的，花牤子害了她，她还惦记人家！这饿死鬼托生的烂女人，死得活该！"

花牤子听说紫云没了，足足三天没有磨面，也没有吃一口饭。他拿着紫云留下的那张钱，呆呆地看。高老牤子急得满嘴是泡，换着样地给儿子做好吃的，糖饼、葱花鸡蛋面、虾米疙瘩汤，可花牤子碰都不碰。他绝食的第四天早晨，高老牤子做了一碗馄饨，递给花牤子，说："儿啊，你要是再不吃，就是不想给爹养老送终了！"花牤子这才接过碗，吃了馄饨。吃完，他指着那张十块钱背后的山水问："这是哪儿？"高老牤子看了一眼，说："我怎么知道？能上了钱的，一准是有名的山水！"花牤子说："我看这水不如青泥河好，太宽了，人不能蹲在河边洗被子。谁要是能帮我把青泥河和草垛印在钱上，我就给他磨一辈子的新麦！"就在这天晚上，花牤子又开始磨面了。不过子夜时分，灶房突然传来花牤子凄惨的叫声，他的左手搅进电磨，顷刻间就被碾成了泥！

花牤子失去了左手后，霜来了，天气越来越凉。有一天晚上，高老牤子蒸了一条咸鱼，炝了一盘土豆丝，跟儿子一起喝了酒。酒后他拎着一把铁镐进了灶房，开始砸电磨。他边抡铁镐边骂："该死的东西，你明明知道我儿成不了家了，就得靠手艺吃饭了。可你断了他的手，是不给他留活路啊！我打死你个黑心烂肺的东西！"电磨坚如磐石，高老牤子年龄又大了，力气不济，他砸了一刻钟，便头晕眼花，扔下铁镐，趴在电磨上，哆嗦着，呼哧呼哧地喘粗气。花牤子知道，父亲想干的事情，十头老牛也拉不回，就没有上前阻拦他。这样，高老牤子歇息了一会儿，再次抓起铁镐，咣咣砸起来。这回他是拼尽了全身的力气，砸得激情飞扬，"啊嘿——啊嘿——"地叫着，电磨终于断肢解体，高老牤子哈哈笑了两声，高喊着："我他妈把你也弄残疾了！"撒下镐，"咕咚"一声倒在地上，归西了！

葬了高老牤子后，花牤子把碎了的电磨，装在麻袋里，分三次背到青泥河。河面已经结了层薄冰，花牤子向里面投碎石时，冰就绽裂了，裂纹弯弯曲曲的，好像一群体态俊秀的鱼游出水面。

雪花来了，冬天来了。花牤子再看电灯时，心里就没有那种暖洋洋的感觉了，他想那只金色的小鸟已经从他家中飞走了。他没了左手，什么活儿都得指望着右手，这让他很不习惯。他用一只手烧火做饭，用一只手扫地洗碗。以前半个小时就能做完的事情，现在得用一个小时了。他没了左手，但左胳膊还在，抱柴和搬东西时，它也能派上用场。生活的事情好应付，可是他应付不了自己的心，不管屋子烧得多么暖，他的心是凉的。坐在灯下时，他甚至冷得浑身直起鸡皮疙瘩。后来，他索性把电灯关了，坐在黑暗中。高老牤子刚走的那段日子，青岗人还很关心花牤子，谁家蒸了馒头，会送过来几个；谁家炖了肉，会端来半碗。但时间久了，尤其是进入腊月后，家家开始忙年了，就没人顾上他了。人们去乡里买春联年画、鞭炮灯笼、糖果花生、衣服鞋帽，他仿佛是被世人遗忘了。他可以上午十点起来，一天只吃一顿饭；也可以下午三点就躺进被窝，子夜即起，披衣望着窗外黑沉沉的夜色。他想自己不如死了算了，可是一想他要是死了，将来都没人给爹娘上坟了，就觉得自己死不起。

　　年味越来越浓的时候，青岗出了一桩大事，徐老牤子被县公安局的人给抓走了！徐老牤子一心想得个大胖小子，给怀孕的老婆吃得太好了，什么春天的蛤蟆，夏天的鱼，秋天的肥鹅。这下好，胎儿太大了，小寡妇临产时羊水破了，可她喊破了嗓子，就是生不下来，憋得满脸青紫。接生婆没了辙儿，她让徐老牤子赶紧把人往乡医院送，去做剖腹产。赶巧那天有电动小四轮的人家，都到乡里办年货去了，徐老牤子急得团团转。如果套马车去乡里，估计不等把人送到地方，就得交代了。徐老牤子一看老婆已经昏厥，急中生智，拿出劁猪的刀子，在她肚腹上划了一道长长的口子！孕妇皮开肉绽，鲜血一汪一汪地涌出。徐老牤子的两只手就像鹰爪，锐利地伸向伤口，将胎儿稳稳地掏出来。接生婆眼疾手快，拿起剪子，"咔嚓"一声剪断脐带。不过这胎儿出来时动也不动，接生婆赶紧接过来，将他倒提着，用手拍打胎儿的背部，终于使这男婴身子颤动起来，哇哇哭出来！孩子活了，可小寡妇却死了，当徐老牤子拿出老婆纳鞋底的针线想给她缝伤口时，她已断了气了。

徐老牤子本不该被抓走的。他埋了老婆后，就抱着儿子，走东家串西家，找那些有奶的女人，给孩子讨口奶吃。青岗人很喜欢这个白白胖胖的男娃娃，都叫他"小乳牤子"。谁知接生婆嘴巴快，不管见到谁，她都要讲一遍徐老牤子拿劁猪刀给老婆开刀的事情，说要不是徐老牤子当机立断，小乳牤子早没命了。她讲的那场面实在太血腥了，把人听得唇齿间生了寒意。终于有一天，这事传到乡里，被派出所的一个人听到了，他说："徐老牤子没有行医执照，凭什么给老婆开刀？他这是蓄意杀人嘛！"于是，把此事上报给县公安局。县公安局立刻出动一辆警车，它一路颠簸，像挨宰的猪一样，嗷嗷叫着开到青岗。

青岗人这是第三次见到警车了。最早青岗还叫人民公社，人们吃着大锅饭的时候，喂牲口的金老牤子偷了公社的一头牤牛，在野地宰杀了，将肉分割了，埋在雪窝里，时常取出一块，掖在怀里，偷偷带回家，夜半煮着吃。最终是他家锅灶飘出的肉香味检举了他，青岗迎来了历史上的第一辆警车。第二次呢，是土地私有化的第二年，郭小牤子在自家地里耕田时，得到一枚铜镜，那上面有葡萄鲤鱼的图案，郭小牤子进城把它卖了一个文物贩子，用得来的钱，给老婆买了个梳妆台，雇了台马车，神气十足地拉回来。结果没出多久，郭小牤子就被警车带走了。青岗人于是知道，虽然地是白家的，但要是挖出宝贝，那就是公家的了。

人们看警车停在徐老牤子家门前，便纷纷围聚过来，异口同声地说："一个劁猪的，能犯什么罪呀？"徐老牤子抱着裹得严严实实的儿子，面色凄惶地出来了。先前在屋里，公安局向他出示逮捕令，说他涉嫌谋杀妻子时，他就大喊"冤枉呀！"，现在看到青岗人，他就像见了救星，哭叫着："乡亲们啊，我徐老牤子对媳妇咋样你们都知道吧？我疼她还疼不过来，怎舍得杀她啊！她生不下孩子，往乡医院送又不赶趟了，人都背过气了，我才动了劁猪刀啊！"青岗人这才明白，徐老牤子是因为老婆的死而犯了法。他们不忍心看着小乳牤子没了娘后，再没了爹，都帮他求情。可公安局的人不为所动，执意要带走他。徐老牤子见花牤子也在人群中，就把孩子交到他怀里，"扑通——"一声跪下了，说："花牤子，我对不起你，不该不给你磨面的钱啊！如今我这一走，要是被投进深牢大狱，就不知几时回来了！我知道你菩萨心肠，没后人，这小乳牤子送给你养，我是最放心的！"说完，像祭天一样，"咚咚"地给花牤子磕头。

花牤子接过小乳牤子的那一刻，等于接过了一盏灯，他照亮了花牤子暗淡的生活。小乳牤子虽然还没出满月，但他白胖白胖的，黑亮的眼珠，粉嫩的嘴唇，毛茸茸的鼻头，煞是可爱。他很省心，只要保持他垫的尿布干爽，他就从不哭闹。花牤子没有想到一个咿咿呀呀的小人，能这么招人喜欢。花牤子手不灵便，给小乳牤子穿衣把尿时费尽周折，可是他满怀喜悦。他怕冻着小乳牤子，不断地往火炉填柴草。他把洗好的尿布相挨着晾在火墙上时，觉得它们就是一片最美的晚霞。青岗的女人可怜小乳牤子，能给他喂奶的，不等花牤子把孩子抱去，就主动上门奶孩子了。每当花牤子看见小乳牤子叼着女人的奶头，"吱咕吱咕"地吃奶的时候，就感动得直想哭。他在心里对自己说："没想到女人的奶子，娃娃的笑脸，也是这世上的灯啊。有这么好的东西在，我断不可寻死了！"

除夕那天，花牤子家比谁家都热闹。一大早，由小孩子抓阄选出的村长，给花牤子送来一袋冻饺子，让他半夜时煮了吃。花牤子刚送他出门，正式的村长拎着几条带鱼来了。两个人碰见时，互相叫着"村长"。午后，来给小乳牤子喂奶的女人，带来了豆豉蒸鲅鱼和红烧鹅肉，说是给花牤子下酒的。到了傍晚，虎牤子领着媳妇，给小乳牤子送来一双虎头鞋，并帮助花牤子扫了尘。花牤子的这个年，可以说是过得有声有色。

花牤子心里一美，脸色就好看了。正月里，小乳牤子出满月的那天，他请了个厨子，在家摆了两桌酒席，把街坊邻里都请来。席间，大家都议论着，不知徐老牤子怎么样了？要是说他杀死了老婆的话，他会不会被枪毙？要是那罪名不成立的话，他什么时候能回来？在青岗人的心目中，村上唯一的老师可以缺，而劁猪的，是不能没有的。他们盼着他早点回来。花牤子一想徐老牤子要是回来，小乳牤子就会被抱走，就伤心地放下筷子，没了笑脸。大家明白花牤子心里想的什么，都安慰他说："只要被警车带走的人，起码得关个三年五载的！等他出来，小乳牤子也大了，谁把他养大，他就认谁是爹！徐老牤子就是回来，恐怕也不好抱回他吧？"听大家这么一说，花牤子又操起了筷子。

然而让花牤子担心的事还是发生了。出了正月，青岗就来了穿制服的人，向接生婆询问给孕妇接生的整个过程，还向村民调查徐老牤子的为人，问他们夫妻感情如何？接生婆说："我接了半辈子的生，懂得他那时要是不使劁猪刀，大人孩子都保不住啊！"村民则说："他一个劁猪的，岁数大了才娶了这小寡妇，疼着呢！要说他的为人，这村里除了猪恨他，没人恨他啊！"大家说的，都是对徐老牤子有利的证词。不过他并没有被释放回来，花牤子渐渐又安了心。谁想到春播前，人们正在祭天的时候，徐老牤子回来了！他蓬头垢面，胡子拉碴，但乐呵呵的，他被无罪释放了！那天花牤子背着小乳牤子，正在祭坛前烧香，看见徐老牤子翩然归来，他立时腿就软了，手一抖，香火从他手中滑落，断了。

徐老牤子把儿子抱走了。虽然他当众表示，花牤子可做小乳牤子的干爹，他随时随地可以去看孩子，可花牤子知道，小乳牤子不是自己的了。生命中好不容易盼来了一盏灯，可它说没又没了。花牤子没有祭完天，就跟跄着回家了。他茶饭不思，彻夜难眠，一心只想着小乳牤子。他想要是能生个自己的娃就好了，谁也夺不走，可是他没了那本钱了！花牤子悲凉极了，觉得这个春天跟冬天一样的寒冷。

这一年青岗大旱，庄稼歉收，青岗人种的粮食亏了，人们都说，别的村的人，这两年都外出打工，赚的钱比种地强多了，咱也不能死心眼，老是守着土地刨食儿啊，明年咱也出去！转年春天，春播完，年轻力壮的人相邀着，打点行李，准备外出谋生了。走前，又到了村换届选举的日子，正式的村长连任了，而村上人自行选村长的任务，交给了小乳牤子。那天村民们欢快地聚集在徐老牤子家，捧着写有村民名字的帽兜，让小乳牤子抓阄。小乳牤子手大，一家伙抓起三个，大家都笑，说是三个和尚没水吃，青岗岂不要像去年一年大旱？于是把那三个阄儿放回帽兜，让他重抓。小乳牤子这回抓出的是一个，大家夸他聪明的话音还没落下，小家伙竟然把这阄儿当成糖，投进嘴里。但他很快品出它没好味道，"噗——"一声吐出来。人们小心翼翼地展开被口水濡湿的阄儿，一看，竟然是花牡子的名字！大家都愣了，当着徐老牡子的面不好说，可心里都想："花牡子没白伺候小乳牡子啊，他跟他还是连心的！"由于花牡子那天没到现场，人们就相约着去他家，告诉他当选村长了！花牡子一听说是小乳牡子把他抓出来的，眼睛潮湿了，他颤着声说了句："这小东西啊。"要外出打工的男人，其实早就商量好了，想让花牡子帮着他们照看家，他们最担心的，不是庄稼荒芜了，而是把老婆一撂半年，她们身下荒芜了，再寻别的雨露去，那就糟了。留在村上的男人，虽然都是老弱病残之流，但因为他们还是男人，外出的人信不过他们，纷纷想到了花牡子。现在花牡子当了民间的村长，他们就怂恿他行使村长的权利，村上的事情都要过问。为此，出发的前一夜，他们各自带着酒菜，来花牡子家聚餐，把家托付与他。他们把正式的村长、徐老牡子和学校唯一的老师白牡子，列为重点看护对象。犟牡子说："花牡子，你最该看住的，就是村长。我们一走，他会找各种名堂，去我们家。他要是上我们家，你就跟着！他不走，你也不走！他是村长，你也是村长啊，不用怕他！"虎牡子说："那个白牡子，别看他一脸斯文，对咱村的女人瞧不上眼的样子，他那是装的，猫儿哪有不沾腥的？他那是没得到下口的机会呀！白牡子要是晚上出门家访，你可得跟着！"醋牡子则说："这徐老牡子也得防着，别看他有了小乳牡子，可他从小寡妇那儿尝到过甜头，我们一走，他没准就打歪主意了！"花牡子犯愁了，他面露难色地说："要是他们三个晚上都出门，我跟哪个呢？"大家没了主意，有人说跟重点对象，可每个人对重点对象的理解是不同的，于是大家就让他随机应变，看当时的情况决定，谁的嫌疑最大，就跟谁。花牡子叹了一口气说："那玩意藏在裆里，它是什么动静我也瞧不出来，怎么跟？"把大家惹得大笑。男人们说，你手残了，种地费劲，从今年起，你就把地撂荒吧，你帮着我们做事，谁能不给你口粮食？每人给你点，就够你一年吃的了！我们走时，跟屋里的女人会说好了，你可以换着家去白吃，她们要是怠慢了你，回来我们收拾这群花母鸡，拔她们的毛！

酒席将散时，新婚不久的奶牡子，代表全体外出打工的人，把一件衣服送给花牤子,那是一件半旧的灰色咔叽布中山装,上下各两个兜。奶牤子的姑父当过副乡长,他去世时,奶牤子去深井乡奔丧,姑姑把它当做遗产分给了奶牤子。奶牤子瘦小,这件衣裳肥大,他穿上身,人好像被缩了一圈,就像罩在蚌壳里的一小团肉,再加上种地的没谁穿四个兜的衣裳,所以奶牤子一直把它压在箱底。现在,大家把这件衣服给花牤子穿上,就像给他行加冕大礼一样,都夸他穿上带劲,有派头,天生就是当村长的料子!把花牤子说得心花怒放,他的心,从严冬又过渡到春天!

打工的人离开后,是春末的时令了。花牤子穿着中山装,白天时走东家串西家,看女人们都干些什么。晚上呢,他就像夜游神一样,在街巷中游荡,对那几个重点对象进行监视。他发现村长是不用看的,他一出门,不是他老婆跟着,就是他家的狗尾随着。那狗被村长老婆训练得跟人一样精灵,村长进屋,它也得进去。要是被拒之门外,它会一路狂奔回家报信,村长的老婆就会跟着狗去找她男人。白牤子呢,他看来是真看不上村上的女人,他晚上只待在学校他的小屋里读书,他的灯,黑得最晚。最值得提防的,是徐老牤子,小乳牤子一旦睡着了,他就会溜出来,找女人说个话。但花牤子瞄着他,他也说不痛快。有时他会支使花牤子:"到我家稀罕小乳牤子去吧,他差不离睡醒了。"花牤子心想:"我去稀罕小乳牤子,你就得稀罕娘们了!"仍是寸步不离地跟着,徐老牤子只能灰溜溜地回家。

花牤子不仅管女人,还管田地的事情。麦苗出来了,他就吆喝女人下地铲除杂草。初夏土豆快开花了,他督促她们打垄。麦子在风中一天天黄熟的时候,他提醒她们扎稻草人,戳在麦田里,恫吓那些来吃麦子的鸟儿。女人们忙过了家里的活儿,又要忙田里的,累得唉声叹气的。不过她们对花牤子是友好的,他进谁家吃饭,谁都恭敬着。从春天到夏天,吃了百家饭的花牤子滋润了,春风满面,腰也直了。正式的村长见了他,酸溜溜地说:"你比我管的还宽,明年我也出去挣钱,你守着村子吧!"花牤子很真诚地说:"我看行!"气得村长揪着他中山装左上面的口袋说:"你还真把自己当盘菜啊?"花牤子急了,说:"哎,别揪别揪,要是揪掉了一个兜,那就是四轮车丢了个轮子,不值钱了!"

秋天来了，外出打工的男人归来了，他们每人都挣了两、三千块钱，乐陶陶的。回家的头一夜，他们就感受到老婆新婚般的热火，知道花牤子是尽职尽责的。女人们缠绵过后，把花牤子帮着操心庄稼的事说了，男人们望着丰收的情景，对花牤子说不出的感激。人人都把他当成了家中的一员，给他带来了礼物：香烟、鞋子、奶糖、糕点、刮胡刀、电子手表、腊肠、仿皮的腰带、毡帽、酥油炒面，总之，吃的用的都有，堆了一桌子。他们收割完麦子，起完土豆和白菜后，每家又送给花牤子一些，还帮他拉了几车麦秸做烧柴。这样，花牤子这一年是不劳而获，粮草充足。他学起了抽烟，说话时仰着脸，在别人家的饭桌前大口喝酒大块吃肉，神气极了。这年腊月，他给父母上坟时，跪在坟前说："爹啊娘啊，儿子现在是青岗的村长了，每年能管半年的事呢，你们再不要惦记儿啦！"

　　尽管花牤子有吃有喝的，但男人们归来后，他觉得日子过得没有兴味了，于是就盼着春天快来，盼着他们早些离开青岗。

　　男人们尝到了打工的甜头后，第二年春播完，又把家交代给花牤子，走了。从春天到秋天，花牤子觉得自己过的就是一个漫长的春天。这回他不但管女人和庄稼，连牲畜也管了。哪头猪该劁，哪只鸡该杀，哪只羊该卖，他都要参与。狗见了他要是不摇尾巴，他会上前踹上一脚。陈六嫂的豆腐房已经改头换面，成了青岗的第一家小卖店，经营着油盐酱醋、烟酒糖茶之类的东西。柴牤子知道老婆生性风骚，怕她借上货的名义到乡里找人偷情，临出发前，给小卖店上了半年的货。花牤子为此常到小卖店提醒陈六嫂："你睡觉前可得把火弄灭啊，要是引起火灾，囤的那些货物可就成灰了！"陈六嫂气得抓起笤帚，轰着花牤子，骂："你个没用的花牤子才成灰呢！"

　　这年，虽然因为虫害有点歉收，但男人们回来收秋时，看到家中平安，对花牤子仍然是感激的，他也仍然得到了各色小礼物：治汗脚的鞋垫、花哨的塑料杯子、芝麻糖、钥匙链、布鞋、手套之类，虽然比以前的礼物要轻薄许多，但花牤子很知足。他家的仓房也依然有了过冬的粮食，院子堆起了充足的柴草。只是到了落雪时节，虎牤子家打起来了！虎牤子的媳妇光着脚丫，穿着背心，披头散发地站在门前的雪地里，哭叫着，说是要让老天把自己冻死！花牤子听到吵闹声，胆战心惊地赶去，心想是不是自己没看好虎牤子的女人，人家才把她赶出屋？听来听去，他明白了，虎牤子归来，他们连日亲热后，小媳妇渐渐觉得身下不舒服，奇痒难耐，流脏脏的东西，看来虎牤子在外搞了女人，把埋汰病传染给她了！花牤子这才明白，男人们打工明着带回了钱，暗着把性病也捎带回来了。这么说，他们在外也是寻乐子的啊。这样一想，花牤子就很不痛快，觉得自己严管女人，是上了这些男人的当！他气咻咻地回到家后，把中山装脱下来，撇在炕上，连晚饭都没吃，一夜无眠。因了这事，随之而来的除夕，也变得没有滋味了。对于春天，他也没有那种热盼了。

男人们猫冬时，唯一做的事情就是往田里运肥料和选种子。此外，他们会扛着冰钎，带着挂网，到青泥河凿冰取鱼。进了腊月呢，他们会宰猪宰鹅，为年做着准备。有了鱼和肉，就得有酒，陈六嫂家小卖店的酒类生意红火了。人们聚集在一起喝酒时，总要叫上花牤子。花牤子不像从前，一叫就去。现在他总是推三阻四，男人们就说："这花牤子当了村长，又管着女人，牛气起来了！"并没介意。

又是春天，男人们春播完，惯例请花牤子喝了一顿酒，把家托付与他。席间，花牤子当着众人的面，郑重地对虎牤子说："别人家的女人我都管，你家的女人我是不管的！"虎牤子拍着桌子吼："为啥？"花牤子从容不迫地说："你知道为啥。"虎牤子反应过来了，他急赤白脸地说："我倒霉啊，别的兄弟在外也干了那事，你想想啊，半年沾不到荤腥，谁受得了啊！可我摊上了个不干净的，晦气啊！今年出去，打死我也不干那事儿了！"他这一解释不要紧，把其他人也都出卖了。花牤子阴沉着脸，瞪着眼，恨恨地看着每一个男人，呼哧呼哧地喘着粗气。男人们赶紧打溜须，说是今年回来给他带好东西，这个说给他买电热杯，那个说买牛皮鞋，另一个又许诺买毛料裤子。但花牤子的脸上并未开晴，所以男人们离开青岗的时候，都有点忧心忡忡的。

花牤子又穿上了中山装，不过不像从前那样，把扣子一个不落地系着，而是敞着怀儿，露着里面四处是窟窿眼的土黄色背心。他步态疲沓，腰也不像以前那么直了。他依然像往年一样在街巷中游荡，不过常常呵欠连天。他去女人家吃饭时，胃口也不如从前了，常常吃着吃着就撂下筷子。徐老牤子见他无精打采的，警惕性大不如从前，便常常把小乳牤子独自放在家中玩耍，自己到陈六嫂家里。但因为小卖店往来的人多，徐老牤子并未得手。有一天，花牤子眼见着徐老牤子进了小卖店，接着，陈六嫂就挂出了"盘点"的招牌，落下板窗，把门反锁上。花牤子并没制止他们，而是到了徐老牤子家，把他的家当看了个遍，然后对着在院子里摔泥巴玩的小乳牤子说："你家的那桶豆油，明儿就得成人家的了。小东西，你沾不到油星了！"果然，第二天陈六嫂来到徐老牤子家，东瞅瞅，西看看，理直气壮地拎走了那桶豆油。从那天开始，陈六嫂家的灶房，不是飘出炸麻花的甜香气，就是炸萝卜丸子的菜香味。徐老牤子一闻那味儿，就要骂一句："臭娘们，该放到热油锅里炸了！"

麦苗抽穗的时节，县财政和广播电视局联合拨款，实行"有线电视村村通"的工程，于是，青岗来了一伙人。他们开着辆面包车，一行六人，载着一捆一捆的线，白天出去架线，晚上回到青岗歇息。他们住在小学校的教室里，在院子里垒起锅灶。他们花着工程款，在村里抓鸡逮鹅，吃得满嘴流油，把小孩子馋得见天地流口水。陈六嫂家的小卖店，从未有过的兴旺。他们买酒成箱，买烟成条，出手大方。而且，他们付给村民的，都是现钱。女人们觉得这是送上门的好生意，整日里往工程队的驻扎地送鸡鸭鹅狗，好不热闹。学校成了集市，白牤子没法讲课了，他提前给学生放了暑假，回城了。

青岗的女人很欢迎这些架线的男人，说是从今以后，晚上能看到电视，那多带劲啊。她们听说电视年底就能通，都说男人们今年打工挣回的钱，不用做别的，就买电视机了！她们兴高采烈，帮他们做饭、刷碗、洗衣，花牤子吆喝她们下田干活时，她们爱理不睬的。他到女人家吃饭时，常常遇到冷脸子。她们吃了晚饭，喜欢聚集到小学校，听那些男人酒足饭饱后，山南海北地胡侃，把她们惹得一阵一阵地笑。花牤子明白，青岗到了最危难的时候了！虽然他每天吃了上顿没下顿的，但还是打起精神，看护着这些女人。花牤子想，肥水不流外人田，你们这些架线的男人，休想占咱们青岗女人的便宜！所以，这些人一回来，花牤子就跟着，他们喝酒吃肉，他蹲在一旁抽烟；他们撒泡尿，他也要跟着上厕所一趟。除非他们去陈六嫂那里买东西，他才不跟着。那伙人看出花牤子有些愚痴，又听说他不是个真正的男人了，常常拿他开心。他们说他穿着中山装不应该待在村里，起码应该到县城去，说是电视上那些穿中山装的，都是大干部。他们还说他嗓音比女人还单细，在青岗可惜了，应该进剧团唱青衣。花牤子听不大懂他们的话，见大家笑，也跟着笑。有一回，其中的一个人捉了只青蛙，几个人合伙把花牤子摁在地上，当着女人们的面，解开他的裤腰带，把青蛙扔进去，说是给他裆里安上个活物，这回他们把花牤子作践哭了。他落泪的时候，男人女人笑得就像沸腾的水一样，哗哗响。

　　架线的男人在夏末时完成了任务，终于撤了。花牤子松了一口气，疲累得昏睡了一天。他回顾了一下，除了陈六嫂，别的女人是清白的。这些人买酒买烟，陈六嫂总是索要高价，他们呢，从不讨价还价，痛快地付钱，想来是睡了她才会这样。陈六嫂本不是个干净人，所以花牤子心无愧疚。现在最要紧的，是让那些女人，赶快去照应田里被荒疏了一季的庄稼。然而庄稼跟人一样，在生长期要是没看护好，就会做下病。麦田里纵横的蒿子已经阻碍了麦子的生长，麦子长得跟狗尾巴草一样枯瘦。土豆呢，因为打的垄不深，起出来的比牛眼珠大不了多少。秋白菜由于没有及时喷洒农药，被虫子啃得千疮百孔的。这些已经到了收获期的庄稼，算是没救了。

　　外出打工的男人们在大雁南飞的时候，又回来了。他们这次归来神情沮丧。原来，他们在一家建筑工地干了五个月的力工，工程结算时，老板横挑鼻子竖挑眼，克扣了他们一半的血汗钱，他们拿回的钱微乎其微。原指望着家里的庄稼大丰收，弥补点在外的损失，谁想它也是一派委靡，看来女人们在家偷了懒儿，花牤子没有尽责。尽管如此，他们还是磨了各色农具，准备着割麦和起土豆。可是收割还没开始，人们听说，奶牤子的媳妇怀孕了!

奶牤子的媳妇寒葱,模样俊秀,是个性情温顺的女子。她和奶牤子结婚三四年了,一直没有生产的迹象。村里人私下都议论,说寒葱是只不会下蛋的母鸡。可这次奶牤子一回来,却发现她有了身孕!奶牤子离开时,媳妇正在月事期,这显然不是他的孩子!奶牤子气坏了,抽出裤腰带,鞭打寒葱,问这究竟是谁的野种?寒葱咬着牙,死不交代。花牤子一听说寒葱揣上了孩子,也慌了,难道说他光顾了防备外人,出了家贼?花牤子苦思冥想,突然想起寒葱曾经进过一次城,说是娘家舅舅病危,前去探望。没准孩子就是那次怀上的?

寒葱挨打时,发誓要留下肚中的孩子。奶牤子说:"我打掉那个鬼东西,看你怎么留?"他把寒葱打得爹一声妈一声呼叫的时候,男人们都来劝阻,说是错误不在寒葱,在花牤子,跟他说好了看好女人,怎么还会出事?寒葱出事,别的女人保不齐也出事了!咱们应该找花牤子算账去!他今年不但没有看好女人,庄稼地也没照应好,成了废园,该千刀万剐!于是,奶牤子撇下寒葱,一行人去教训花牤子。寒葱趁机逃出了村子。

男人们是在小卖店门前碰见花牤子的,他听说寒葱的事后,正想去跟奶牤子解释一下,走在半路上。然而未等花牤子开口,他就被虎牤子一拳打倒在地!接着,奶牤子上前把他穿的中山装撕烂了,挠他的脸。跟着,犟牤子狠踢了他几脚。柴牤子呢,他也踢花牤子,不过他专往裆里踢,把花牤子疼得打着滚儿地嚎叫,围观的陈六嫂啧啧叫着,夸她男人会打。就连平素跟花牤子最客气的蔫牤子和醋牤子,也在他身上动了拳脚。这样,花牤子被打得气息奄奄。村长闻讯赶来了,他制止住这场打斗后,把肇事的和看热闹的人都驱散了,然后对花牤子悻悻地说:"这下你懂了吧?村长没那么好当的!"说完,也走了。

花牤子站不起来了,他浑身酸痛,满脸是血,一路爬回家,尾随他的,只有两条呜呜叫着的狗。花牤子回家后四天没有出门。这四天中,只有目睹了花牤子挨打的小乳牤子,每到傍晚,会从家中偷个馒头,悄悄给花牤子送来,这样,花牤子又有站起来的力气了。于是,第五天上,刚收完秋的青岗人,看见花牤子又出来了。他面色灰黄,青着眼眶,佝偻着腰,用那只好手提着只篮子,摇晃着朝别人家收割后的麦田走去。他站在瑟瑟秋风中,常常把拾起的麦穗又扔掉了,因为很少有麦穗是饱满的。

(选自《佛山文艺》2007年第3期)

向黄昏
戴 来

午饭后,老童照例靠在客厅的沙发上听着《午间书场》打个盹。陈菊花有午睡的习惯,同时还有神经衰弱的毛病,常年睡眠不好,所以每一回睡觉她都搞得很郑重其事,拉窗帘、铺床、烫脚,程序一样都不能少。

迷迷糊糊快要睡着时,陈菊花感觉老童爬上了床。她猛然睁开眼,只见老童脱得只剩下棉毛衫和短裤,双膝跪在床沿,正伸手过来掀她的被角。老童的手冰凉冰凉的,还湿漉漉的。厌烦从陈菊花心里油然而生,干什么,你?她一把从老童手里扯回被子,掖掖好,身体往里床缩了缩。

老童并不回答,面无表情地又把手伸了过来。陈菊花蜷着身子,被子裹得紧紧的,露出一张面色暗淡的脸。不知为什么,老童想到了他常吃的早点,面饼包油条,也叫荷叶包死人。

拉不开被头,老童就去拉被脚,可完全找不到下手的地方。陈菊花把自己裹成了一只粽子。老童转而又去拉被头,还是没门。他试图从被窝卷的中间打开突破口,然而被子和陈菊花的身体一样僵硬。最后,借助床垫的弹性,老童将左手从被窝和床之间插进了被窝。

进去后,老童感觉到了温暖和湿润,这里面完全是另外一个季节。他暗中观察着陈菊花的反应,后者似乎并未察觉到他进来了。老童多少有点得意这次突袭的成功,那只手谨慎地沿着床面一点一点往前挪动着,从位置上判断,这里应该是陈菊花身体的中间部分。

有那么一会儿,老童觉得陈菊花也在耐心地等待着他下一步的动作。在这方面,陈菊花从来就是个被动者。老童的左手现在就是个负责侦察的排头兵,这只手从来都没有像此刻这样被委以重任过,它因此难免有些紧张。它小心翼翼地匍匐前进着,一点一点,它碰到了一个绵软的障碍物,它的主人正在想这是敌人的哪个部位,整个被窝卷剧烈地一抖,然后它就被一个硬邦邦的东西坚决地顶了出来。

大白天的，你发什么神经。陈菊花怒目圆睁，斥责道。

老童的脸涨红了，一绺花白的头发耷拉在前额，使他看起来有些狼狈。出于自尊，老童继续着手里的动作，同时犹豫着是否该结束这件已经变得越来越没有意思的事。

而陈菊花那头，尽管身体做着抵抗，心里却迟疑着是不是放弃，因为上个礼拜，她已经拒绝过老童一次了。她觉得老童马上就要恼羞成怒了。老童有高血压，陈菊花最怕看到他脸红，她想老童要再坚决一点，她的放弃也就显得自然了。

对峙的局面就这么形成了，在这个安静的午后，两人的呼吸声被放大了般地粗重。

老童又一次把手伸进了被窝，陈菊花往里床一个翻身，老童的手就暴露在了外面，它干巴巴的，而且青筋毕露，出现在床上仿佛是个意外。它只能跟着往里床去，连老童都能感觉到自己的动作生硬而勉强。陈菊花已经退缩到了床边。她已经无路可退了。

突然间，老童就收回了手，颓然地长吁了一口气。下床穿拖鞋的时候，老童遇到了一点麻烦，一只拖鞋底朝天远远地斜躺在大衣橱那边。他穿着另一只拖鞋一颠一颠过去，一手扶着衣橱，打算用那只光脚的大脚趾去翻拖鞋，翻了两次都没成功，情急之下，他干脆把脚上的那只拖鞋也踢掉了，光着两只脚走出了卧室。

足有五分钟的时间，客厅里一点声音也没有，陈菊花支着耳朵，耳边还回响着刚才卧室门被狠狠摔上的声音。她看了一眼床头柜上的闹钟，快两点了。下午的时间，老童雷打不动地是交给街心花园的，那里有他的聊友，看他那劲头，兴许还有个把勾着他魂的女人。

大门打开了，然后又关上了，接着是重重的下楼的脚步声，那动静，说明老童恼火极了。

和陈菊花想的一样，老童去了街心花园，否则，他还能干吗呢。

三年前，老童是背着手走进这个街心花园的。虽然在退休之前，他仅仅是个车间副主任，手下管着二十来号人，而在他上头，却有三十多号人可以对他指手画脚。退休，在老童看来就是再不用看谁的脸色，再不用赶着点儿去上班，他终于可以领导自己的身体和时间了。不过，真退下来，老童一时还真不知道该如何处置这身体和时间。经邻居提醒，他来到了街心公园。他东走走，西瞧瞧，竟然没有人搭理他。察言观色了大半辈子的老童迅速地看清了形势，调整了心态，两只手悄悄地从背后移到了身体两侧。

街心花园里的常客基本就是那些老面孔，按照年龄、兴趣、曾经的社会身份自觉地分成几个圈子，大家各有各的活动天地和活动主题。

那些七老八十腿脚不便的，固定地坐在一个地方，也不太说话，努着嘴，眼神空洞，偶尔眼睛一亮是因为有那么一个女人在他们视野里经过。时间的长河在那一刻起了一点波澜。到了他们这个年纪，还能在外面走动的女人在他们眼里都是年轻的。换句话说，一个男人，看谁都觉得年轻，那说明他老了。他们凑在一起更像是在取暖。

公园里最大的那块空地是女同志们的领地。她们一早一晚在这里跳两场健身舞。当她们舞蹈起来的时候，整个公园都有了生气。她们显然清楚这一点，所以跳得很卖力。在这个几乎没有年轻女性的场合，她们顺利地找回了自信。她们的存在也是男同志们聚集在这里的原因之一。

最大的那个圈子人员最杂，流动性最大，也最热闹，就像是一个信息发布站，国内的，国外的，经济的，文化的，什么都说。反正谁都可以过来听上两耳朵，但也就听听，因为主角就那么几个，都站在内圈。其中有两个是坐惯了主席台的，虽然现在已经没有机会在台上发言了，可只要走到三人以上的公共场合，依然有着强烈的发表个人意见的欲望。他们离休之前的主要工作就是开会、发言以及和人握手。现在环境和对象尽管变了，他们还是习惯背着手，挺着肚子，说不了几句话就会带出一两个手势，他们关心的依然是宏观的涉及政策调控方面的问题。年前，一度官居副市长的那个中风后，当区长的这个就成了眼下公园里曾拥有职务最高的。

这会儿，老区长正在就虚高不下的房价发表高见，老童也有满腹牢骚，不过一时半会儿还轮不到他说话。这时，老童忽然发现站在他身边的老范正在朝不远处使眼色。不用看，他都知道那是冲小赵去的。

小赵二十多年前和老范共过事，据说两人之间是有故事的。小赵后来的离婚，也和老范有着间接的关系。有好事者不止一次旁敲侧击地向老范打探过，均被当事人断然否认了。老范是个内向温和的人，在这件事上过于激烈的反应被大家理解为做贼心虚。而单身的小赵由此有了某种公共的想象。

小赵五十有五。年龄在这里有了重新的划分，四十多岁的是小年轻，五十多岁的尚年轻，六十来岁的正当年，七十岁以上才是老人。尚年轻的小赵有时候会把孙女带到这里来，男人们普遍对那个长着一对斗鸡眼的小女孩表现出过分的喜爱。大家心里都清楚，男人们与其说是在逗小孩，不如说是在逗颇有几分姿色的小赵。老童是不凑这个热闹的，他一般会把自己安排在外围，淡淡地看看这些跃跃欲试的男人，同时趁小赵不注意，使劲看上她两眼。小赵似乎对木讷少言的老童很有几分好感，偶尔会主动和他说说话。老童分外珍惜，每逢此时，他总会搜肠刮肚地说出几句让小赵感动的话。

老范不知道是什么时候离开的，悄无声息地。他是一个沉闷的人，极少主动开口说话，就是听别人说话也是一副心不在焉的样子，所以有人就猜测，老范每天来公园，既不是健身也不是打发时光，其实是为了掩人耳目地将这段婚外情进行到底。

老童下意识地扭头去找小赵，果不其然，她也不见了。老童本就低落的心情又一次滑落下去，他觉得没意思透了，于是返身出了公园。他也不知道要去哪儿，先出来了再说吧。

老童开门进来，还在床上躺着的陈菊花有些意外，随口问道，你怎么回来了？陈菊花注意到老童没穿拖鞋。他的两只拖鞋还一东一西互不买账地在房间里躺着，就像她和老童的关系。

怎么，我的家我不能回来？老童板着个脸，径直走到衣橱前。

我说你不能回了吗？真是的，你爱回不回。

那你还废什么话。

废话？你倒说两句不是废话的话让我听听，真是的，夫妻间有多少正经的事可以说，可不就是些日常的废话嘛。

夫妻？笑话，我们还是夫妻吗？

平常两人互不主动搭理，因为不管说什么，说不了几句就会掐起来。陈菊花认为老童从骨子里是看不起自己的，没有文化，没有美貌，没有他认为的好脾气。结婚头二十年迫于她在事业上的成功和对这个家庭所做出的贡献，他低声下气地扮演着一个惧内的丈夫的角色，后来她退休了，他立马变了嘴脸，不但把家务活完全扔给了她，不到吃饭的时间，连家也不回。她一直怀疑老童在外面有人，但苦于没有证据。

老童蹲下，站起，一阵忙活，最后翻出一件厚毛衣，换下身上薄的那件。卧室的窗帘拉得严严实实的，陈菊花依稀听见外面起风了。

陈菊花明白老童指的是自己不和他过夫妻生活，难道过了夫妻生活就算是夫妻了？对陈菊花来说，这件事早就变得全无乐趣，甚至是一种负担。想想年轻时，他挺着个脸央求忙了一天累得动都不想动的她做这事时的样子，再看看他现在，真没见过这样的男人，做这种事还阴沉着个脸，仿佛她是一个没有生命的物件，好像是她反过来要求他做似的。老童根本就不顾及她的感受，就知道把自己的快乐建立在别人的痛苦之上，没错，这些年他就是这么对待她的。

什么少年夫妻老来伴，他们在一起更像是一对仇人。陈菊花无数次在电话里对两个孩子哭诉，自己这一辈子活得太亏了。儿子总是默默地听着，末了，答上一句，你多保重，该吃吃，该喝喝，别舍不得。儿子八年前去了新西兰，没多久就和当地的一个女人结了婚，不过好像过得并不好，陈菊花至今也没见过这个洋儿媳妇。有时候，她禁不住怀疑这个儿媳妇是否存在。女儿是个直肠子，一听她诉苦，反过来批评她作为一个妻子和母亲的失职。

女儿说得也有道理，以前自己的婚姻好像仅仅是事业的一个附属品，压根儿就没把那当回事，包括在孩子的成长上，她也没怎么操过心。但那都是因为工作，陈菊花在心里辩解说。

　　老童也退休后，女儿建议两人一起出去散散步、买买菜什么的，老童当时答应得就比较勉强，一起出了几趟门，每一次都不欢而散。陈菊花明显地感觉到老童和她在一起不自在，明明是一起散步，两人却不平行，老童不是疾疾地走在她前面，就是落后十来步，似乎和她并排走是一件难为情的事。

　　去卫生间撒了泡尿后，老童走了。这回关门的声音不重，但也不轻。这时，陈菊花对着楼道里的脚步声把哽在喉咙口的话吐了出来，不是夫妻，不是夫妻那算是什么？

　　刚才还有些阴沉的天，回一趟家的工夫，又放晴了。老童把外套扣到头的纽扣解开两颗。刚才扔给陈菊花的话让他感到非常解气，似乎自己回家就是为了把这一情绪发泄出来的。有时候，老童也反思自己是否过分了，可只要一想到陈菊花以前的样子，尤其是对待和他们一起生活的老童母亲的态度，他又认为自己现在的言行并不出格。自己现在这么做无非就是把以前她对自己和母亲的态度还给她。

　　早些年，陈菊花可是个厉害角色。六十年代末期，她顶替其母亲进了纺织厂，在随后的二十年里，她以平均四年一大步的速度从一名普通的纺织女工干到了副厂长，那是何等的风光啊。当年巷子里的那些老邻居至今记忆犹新，陈菊花每天风风火火的，早晨像一阵穿堂风似的穿过巷子赶着去厂里指挥四千来号工人，晚上回到家继续指挥家里的老老少少。他们说得好，这个陈菊花真是不得了，穿上风火轮简直就是哪吒嘛。而直到八十年代中期，老童都还只是个普通的工人，白天看班长的脸色，晚上看老婆的脸色。

　　角色的转换是在九十年代初期完成的，在企业关停并转的大潮中，陈菊花所在的纺织厂关停了，她也被精简了下来，象征性地给了她一个留守副厂长的职务。为了表达怨怼的情绪，她打了请求内退的报告，没想到上级部门爽快地批准了。归根结底，还是文化水平不高，陈菊花是这么总结的，反正她算是吃了没有文化的亏了。

令老童没有想到的是，陈菊花内退之后，他的工作却有了起色。在不知不觉中，两人在家庭中的位置发生了换移。原先由老童承担的家务，名正言顺地转移到了陈菊花身上，老童在有了职务之后，慢慢地又有了脾气，有了嗓门。他和陈菊花在家庭中的地位有点像跷跷板，反正从来没有达到过平衡，因此他们的日子过不好。

快到公园的时候，老童一眼看见站在水果店门口和人说话的小赵。他的精神为之一振。小赵也看见他了，冲他招招手，并且说了一句什么。他没有马上过去，而是左右观察了一下，确定老范不在之后，他才走上前去。

快四点了，陈菊花从床上坐起来。在黄昏来临之前，她有两件事要做，拖地板和准备晚饭。下床后，她首先打开了电视。电视是她生活中唯一的娱乐。

退下来之后，陈菊花忽然发现，不工作她什么也没有了，她的快乐和痛苦、她的成就感，居然都和工作联系在一起。

也就是在陈菊花退下来的那一年，他们家搬到了这个小区。那正是陈菊花最萎靡的时候，提了二十年的精、气、神突然泄了下来，并且一泻千里，她满肚子的委屈，看什么都不顺眼，可没人给她一句安抚的话，她甚至在老童和两个孩子的眼里看到了幸灾乐祸。当她指责老童对她不闻不问时，后者竟然振振有词地回敬她，在你向这个家庭索取的时候，你首先应该想想自己曾给过这个家庭什么。

以前给的是不多，可那都是因为工作，工作。老童和孩子们的态度让陈菊花意识到自己对这个家的亏欠比原来以为的要多得多。她也做过努力，想缓和跟老童的关系，然而后者摆出一副一切都晚了的架势，并不打算接受也不稀罕她的补救。由此，她更认定了老童在外面有寄托。

这些年，除了每礼拜主动和待在老家由哥哥赡养的父亲打个电话，陈菊花差不多断了与所有人的联系。她最怕听到别人问她这些年过得怎么样，她不想接到那些日子过得比她好的人的电话，而过得不好的很少给她打电话，时间长了，她和外界几乎断了联系，越不联系还就越怕联系，久而久之，也就完全没了联系。

陈菊花很少下楼，她既不愿意和邻居打招呼，又不愿意回应别人的招呼，实在需要下楼，也是等天黑了。她知道在邻居们眼里，自己是个怪人。她还知道，就算邻居们不这样看她，老童也是这么介绍她的。

电视里正在播放《动物世界》。陈菊花懊恼地拍了一下自己的脑袋，怎么把这给忘了。她对动物不感兴趣，她喜欢的是画面背后赵忠祥那浑厚低沉的嗓音。每次看见赵忠祥从大大的眼睛和厚厚的眼袋中挤出来的慈祥的笑容，她都倍感亲切温暖。

《动物世界》节目，陈菊花是每期必看的。只是这些年赵忠祥露面的次数太少了，好几次，她琢磨着给中央电视台领导写封信，反映一个普通观众的收视要求。有时候她会对着屏幕上的赵忠祥说上几句心里话，当然是老童不在的时候。她觉得自己心里的苦也许赵忠祥能理解也愿意理解。

拖完地板后陈菊花在椅子里坐了下来。所有房间的窗户都开着，地板上水渍未干，她有些木然地看看这块自己照了十来年的地面，每天下午都擦一遍，就像早起洗脸一样，是程序化的，动作机械，基本无感觉。与此同时，脑子也进入了一种惯性的思维，那就是老童在干什么。

尽管早十来年陈菊花就对自己说，这个人干什么和我无关，爱干什么就干什么吧，可只要闲下来，这个问题还是冷不丁会冒出来，还是困扰着她。

此时的老童正在超市里，他推着一辆购物车跟随在三个中老年妇女身后。老童总是对别人说，我老婆是个怪人，所以他更愿意和别人家的老婆一起逛街、聊天。

三个女人叽叽喳喳地品头论足着，不时停下步子来挑挑拣拣着两边货架上的商品。比起琳琅满目的商品，老童对前面的三个女同志更有兴趣。虽然她们的平均年龄已经超过五十了，然而她们是健康的，活泼的，温暖的。如果非要他排出个一、二、三来，那小赵毫无疑问是那个第一。

到了五十五岁这个年龄，身材还能保持得这么好，不容易；为人热情、大方，不做作，对谁都客客气气的，不笑不说话，不容易；作为一个女人，得到了男人们普遍的喜爱，不容易；更不容易的是跟周围的女人们也相处得不错。老童颇为感慨地冲着小赵的后背点了点头，刚好小赵扭过脸来，关切地问，怎么啦？老童连忙摆手，没事，没事。

在小赵面前，老童始终竭力塑造着一个稳重得体的男人形象，从不主动打听她以前的生活，对她眼下的生活也保持着一定的距离。一句话，不做让小赵不舒服的事。当然，老童并不妄想和小赵有什么事，就这么不近不远地看着她，他已经感觉非常美好了。

再看家里那个陈菊花，浑身上下哪有一点女人样，不把自己当女人已经够成问题的了，更要命的是她还不把男人当男人。在外面指东画西惯了，家里人也成了她的手下，吆五喝六的。老童认为，一个女人当了领导，把权力使用得硬邦邦的，把自己搞得硬邦邦的，从本质上来说，她就已经不是女人了。

女儿一贯是同情老童的，他退休之前，女儿就有言在先，随时欢迎老童和她一起生活。有一次她甚至暗示他实在过不下去可以离婚，她的意思是做儿女的希望他把后半辈子过得快乐些。老童想好了，只要小赵还来这个公园活动，他就在自己家住下去。

不想了，不想了，老童摇了下头，摇完他看了一眼前面的小赵。

陈菊花起身走到窗前。楼下的小径上两只小狗在嬉戏，那是隔壁9号楼的那对老夫妻养的。搬到这个小区十三年了，陈菊花几乎每天黄昏都能看见这两口子挽着胳膊出来散步。看看别人的婚姻，再看看自己的，剥去穿了三十二年的婚姻的外衣，露出来的内里让陈菊花不忍细看。除了失望，还是失望，她一直在调整着期望值，直到再也不在老童身上寄托期望。

让陈菊花失望伤心的还有两个孩子，感情上和自己不亲不说，言行上从来都是毫无原则地站在父亲那一边的。尤其是女儿，往家里打电话，一听父亲不在，三言两语地就把电话挂了。陈菊花想好了，哪一天自己的父亲走了，她就离开老童，离开这个家，去老年公寓生活。

9号楼前的草坪上，一个老头在夕阳里坐着。只要天气不错，他每天都坐在那里，佝着背，拱着肩，身体和膝盖几乎合为一体，从陈菊花所在的三楼看过去，一点样子也没有。他坐在那里，却一点样子也没有。你能感觉到他老了,并且还在衰老下去。他不时地把假牙从嘴里拿出来,看看,又塞回去。

我也会有这么一天的,陈菊花想,很快的。然后她想到了自己的八十三岁的老父亲,自己已经有三年没去看他了。想到父亲,陈菊花瞬间热泪盈眶。

不容自己多考虑,陈菊花收拾开了行李。她的心脏剧烈地跳动起来。她动作很快,像是怕自己又改变主意了。依稀中,她找到了十多年前接到一项重大的生产任务时的感觉,那个雷厉风行、干练果断的自己又回来了,那个日程安排得满满的、手里做着这件事脑子里已经在想着下一件事的自己又回来了。

陈菊花的心脏跳得更快了,都有点喘不上气来,她整个人被一种新鲜的将要开始新生活的冲动裹挟着,不允许她停下来多想,连换鞋、锁门和下楼的动作都是连贯的,一气呵成的。

下到楼底的时候,陈菊花深深地吸了口气,习惯性地眯起了眼睛抬头看了眼天空。光线并不如她以为的那么强烈,已经是黄昏了,白天就快要过去了,趁着夕阳的余晖,她迈开了步子。好了,上路了。

老童提着大包小包跟在三个谈笑风生的女人后面。女人聚在一起,就算上了年纪,还是叽叽喳喳的。分量最重的三个马甲袋,老童坚持由他来提着。小赵不时回过头来看他一眼,让老童觉得手里的分量也不是很重。另外,他认为小赵其实是想和他并排走的,只是碍于那两个女人。

此刻,心情愉悦的老童已经把午饭后那不愉快的半小时从这个黄昏里剔除掉了,就因为小赵那一句:没事的话,和我们一起去超市吧。更因为小赵比平时多看了他两眼。

远远的,老童看见一个挺像陈菊花的女人朝他们这边过来。真是挺像陈菊花,那体态,那闷着头向前冲的架势。走近了,他发现连她手里提着的那只旅行包也像是他们家里的。她这是要去哪里?看见陈菊花,老童下意识地板起了脸。

陈菊花也看见他了,但只看了一眼,目光仅仅是从他脸上掠过。老童诧异地看看陈菊花目光坚毅面带微笑地朝这边过来,并且从自己身边走过去。她走得很急,似乎赶着要去做一件什么事。

老童不安地回过头去,他以为陈菊花也会回头,可她走得异常的坚定,那个往西而去的背影让他觉得又熟悉又陌生。

走出去一段后,老童想,也许在擦肩而过的时候,自己应该叫住她,问问她这是要去干吗。

(选自《收获》2007年第4期)

拾花的早晨
欣　力

　　拾花在名流家园给人当保姆。这儿的人，家家住着上百万的房子。拾花做的这一家，小夫妻俩带个孩子，那么年轻的一对，就挣下了不小的家业，孩子也争气，成绩好又长得标致。唯一美中不足的是，男的很少回家。

　　女主人不上班，却也忙，美容健身打牌购物，没有牌局的时候，还要出去喝茶。拾花起先不解，喝茶为甚要出门去，厨房柜里的茶叶罐罐多得能装一车斗了。后来拾花解下了，喝茶是要说话的。那个说话可不是一般的说话——女主人说，是要有氛围的。拾花茫然，一时不知怎么接话。女主人笑了，说："氛围就是情调，就是气氛，就是就是，唉，说了你也不懂。"拾花说："咋不懂？就像我们那儿赶大集，不就是图个热闹吗？"

　　女主人这就对着镜子噘起了嘴巴，她左手拿个小瓶瓶，右手拿个小棒棒，上嘴唇一下，下嘴唇一下，将两片嘴唇抹得亮晶晶水润润，比新鲜的花瓣还好看。这个，叫唇彩，是女主人新近的喜好，是比口红更时兴的玩意儿。

　　脸上的妆搞妥了，女主人朝镜子里甜甜地笑了一下，说："氛围嘛也是各种各样的，舞会有舞会的氛围，婚礼有婚礼的氛围，不过喝茶嘛可得去安静的地方。"说完一扭身，拎了小皮包，一身喷香地出门找"氛围"去了。

　　孩子上学，女人出门，拾花每天的工作就是伺候这总不在家的母子二人，基本上，一天只做一顿饭。有时候，孩子上完家教，女人要请老师在外头吃，那就连晚饭也不用做了。没事做，拾花就找事做。主人的心思她懂得，人家不在家不是说你就可以不做活，人家越是不在家，你才越发要做得好，做得精，否则女主人的眼睛是雪亮的，哪把椅子腿儿上的灰尘没擦，都不会逃过她的眼睛，早晚那个不满意就会从话里带出来："瞧我这记性,昨儿一天没给你安排活儿,来,受累,把这家具上的土掸掸!"女主人越客气,拾花脸皮子越薄,她把镜子擦亮,把鞋子擦得比镜子还亮。到周末,母子都在家的时候,她就早早来,烤面包给他们吃。方法是女主人照说明书念给她的。拾花识字不多,可她是聪明的,那个画着洋字码码的面包机,她只用了一回,就学会了。她照书上说的,在面包机里放了葡萄干核桃仁蜂蜜果酱青红丝,烤出来的面包就香味飘出去老远。

家里常来些女客,女主人就给人家说新买的面包机如何的好,说:"礼拜六早上啊,在新鲜面包的香味里醒来,那真是……"女主人微闭了眼,轻摆了头,咽一口桂花乌龙说,"幸福。"一个女客说:"真是,有这么好的日子。还要男人干什么?"女人们就笑成一团。

拾花在厨房里听见她们笑,也跟着笑,她本就是个喜性人,女主人虽然没提她的辛苦,可面包是她做的,说面包好,不就是说她好么?

对于拾花,女主人是满意的,实在满意得狠了,还替她抱不平,说:"你这么聪明的人,要是上了学,准能有大出息。"拾花笑笑说:"咱们那地方穷,学都紧着兄弟们上呢。"女主人噘了噘花瓣似的嘴,安慰地说:"其实你也不错了,你老公不是本市户口么?"拾花说是啊。女主人说:"那你也算是个嫁得好的。我告诉你,女人家,学得好不如嫁得好。你们那儿有这说法么?"拾花笑了说:"嫁汉嫁汉,穿衣吃饭么。"女主人拍手道:"就是说呢!不过你那老公也忒老实,怎么连个孩子的户口都上不成呢?"

这一来,就捅到了拾花的痛处。

拾花每月工资一千块,比春意略多些。春意人老实,不是赚钱的脑筋,可他是本市户口。跟了他,拾花有了城里户口,他们的娃自然也是城里人了。拾花觉得行。所以,拾花心里挺美气,从不抱怨,她觉得活人活的就是个心劲儿,苦也不怕,穷也不碍,只要跟个可心人,有个好娃,日子就像日子了。

娃生得好,圆圆的脸儿鼓脑门儿,大大的眼睛翘翘的嘴儿。这么好的娃怎么会得下那么个病呢?先天性心脏缺瓣,什么怪名堂嘛,难怪娃哭起来像小猫。拾花和春意先还美着呢,听医生一说就蒙了,醒过来,二话没说，就往最好的医院去。跑了多少家医院，都是一个说法，要治得花好多钱，不治就落一辈子残疾。

春意说："不行！就是倾家荡产……"

他说不下去了。他们俩，哪有什么家产？

拾花说："就是借钱……"

她也说不下去了。一班的穷亲戚。谁能借给谁多少钱？再说，借了钱，咋还呢？

拾花这一回忍不住想抱怨了，她想，这样的事为什么偏偏落在我韩拾花的头上？

拾花的姨妈出来得早，在城里入了教会，总劝拾花入教。拾花忙，没工夫理会，再说，春意也不赞成。这一回，为了娃的事，拾花跟着姨妈进了教堂。

礼拜堂高大幽深，圣像背后的彩绘玻璃有屋顶那么高，上头画着怀抱了婴儿的圣母。那个圣母，也有屋顶那么高。早晨的阳光将圣母照得通体透亮，七彩的光辉洒遍礼拜堂的每一个角落。拾花在那光辉里仰起头，看见了俯视着她的圣母，脸是琥珀色的，嘴唇殷红，眼睛从那么高的地方望下来，仁慈而安详；她是神，可她也有娃啊。有生以来头一次，拾花有了对主说话的冲动。

她在心里叫："主啊！"

拾花将双手抱在胸前，闭上眼睛。阳光暖暖地照在身上，那是主的目光主的恩泽。姨妈说过的，永远不要对主存抱怨之心，受苦是主对你的修炼，要千锤百炼，才能进得天堂。拾花想，她不仅不抱怨主，她该怪罪自己才对，怎么早没来呢？什么法子都想过了，什么人都求过了，就是把这个事情抛在脑后，这是她拾花的不对啊！让她受苦受罪，那才是活该呢！她要跟主把这个事情说清楚，求得她的原谅。

拾花睁开眼，仰望着七彩的圣母说："主啊，我早没信你，那不是我不想，真的不是！我急啊忙啊，娃的病那么重，我没了主意啊。"阳光抖动了一下，玻璃上的圣母像是朝地点了点头，拾花的心猛然颤动了，她说："主啊，你看见我啦？看见我娃啦？你能帮就帮帮我吧！"

阳光不动了，圣母也不动了，拾花听见自己的呼吸，那么急促。她耐心地等着，直到两条腿都跪麻了。她再一次想起姨妈说的不要心存抱怨的话，就闭上眼，将头垂到胸前，深深地叹了口气。

"你不能帮我，我也不恼你，"她说，"世上那么多苦命人，个个都叫你帮，你哪能帮得过来呢。"

给主说了话之后，拾花觉得好受多了。回家她把这事说给了春意。

春意最烦拾花的姨妈，说那样碎嘴嚼舌搬弄是非的婆娘教会也要，那个教你还是别入。可这回春意没烦，他呆盯着拾花，等着她的下文。拾花说："主说，让咱好好养着娃。"

春意说："好歹也养着。"

拾花说："养他一辈子。"

春意将拾花揽在怀里，两人看着襁褓里睡熟了的娃俊俏的脸儿。春意说："谁说咱娃有病？"拾花说："有病能小脸儿这么好看？"春意说："可不？跟你一样好看。"拾花咬着嘴唇瞟了春意一眼，春意的手就不老实了。

自从娃得病，他们就没有了"生活"，好几个月了。这会子，事情想开了，日子还得过，他们就"生活"了一下。完了事，拾花懒懒地躺在男人怀里，听着他的微鼾想，这日子，其实，还是有几分过头的。

小睡之后的男人来了劲，从床上一跃而起说："我这就给咱娃上户口去。"

男人走了，娃醒了，拾花决定给娃洗澡。她本可以等春意回来一块儿弄的，可她等不及了，她想等春意拿着新户口本回来，能看见一个干干净净香喷喷的小人儿，那多好。拾花一边洗，一边跟娃说话，说："娃啊瞧你这样儿，你到底像谁啊？你咋那么会长呢？你爸鼻子高你就长高鼻子，你妈眼睛大你就长大眼睛。你个鬼精鬼精的小东西，倒不吃亏呢！"娃舒服了，小手小脚踢蹬得有劲极了。

拾花他们租的这农民房，用水要到村口去挑，而且有时间限制，过点就没水了。用水不便，娃洗澡不怎么勤，拾花就想让他多洗会儿，可着劲儿地由他弄了一地的水。洗完澡，喂了奶，倚着床头，娃安静地睡了，拾花想起身去收拾地上的水塘。

这个屋子地面在中间凹下去，有点水就积住。拾花想撑起身子下床去，却只觉得头昏昏的，倦意如洪水一般袭来，她身上一软，就跟娃一块儿睡着了。

拾花是给很大的声音惊醒的。那声音很闷很重，就像有谁将一个装了粮食的大麻袋摔在了当地一样，还啪啦啦溅起些水来。

拾花慌忙起身，发觉天已经黑透了，她摸索着拉开灯，看见地上躺着春意。她惊呼着扑过去，脚下一滑，一个趔趄，正压到春意身上，就觉得春意的手在她身上捏了一把，痒得她咯咯笑起来。

拾花可有一段没这么笑了。这一笑，就把这么些日子的晦气和郁闷全笑没了，拾花的心啊，在这开了灯也不怎么亮的屋子里，像春天的太阳，亮堂起来，轻松起来，活泼泼地往外散发着热气儿。拾花说："骚情个甚哩，跌了跤还不老实？"说着就去拉春意。这一拉，才发觉事情不对。春意动不得了。春意原本有腰病，这全没防备地一跌，腰整个不能动了。躺在地上，春意说："户口没办成。"拾花伸手去架他说："我背你去医院。"春意并不抬手说："不去。"拾花两手插在春意腋下说："不去那咋办？"春意将她的手拨拉开说："先把户口办了再去医院。"拾花看着男人，扑哧一声又笑了。她想这男人好也好，傻也傻，他心里反正是不能装个事。这个家，要说，还得她拾花撑着。

拾花撑着家，户口的事却只能由春意去办。春意已经两个月没上班了，他干的是力气活，身上没了力气，他不请假，人家也不能用他了。春意说了，也好，集中精力把娃的户口跑下来。拾花不是本地人，对本地话总听不真着，她觉得怪，那户口不是办，竟是跑的？可是，她听惯了春意的话，男人说咋就咋。

户口的事却怎么也跑不成。春意是本市集体户口，派出所要求单位出证明,才能给儿子上个人户口。可春意的单位早在十年前就解散了。解散后的档案究竟归了哪里,谁也说不清。春意拖着病身子跑了几个地方,还是没有结果,就去找街道。街道上说,你不是街道上的人,我们哪儿去寻你的档案?春意说:"档案是没有了,可人有啊!"人家说:"什么人有?"春意说:"我啊,我这个大活人,又不是孙悟空,总不会是从石头缝里冒出来的嘛!"

管事的是个五十开外的黑脸婆娘,先还板着脸,听了这话,扑哧一声笑了说:"我知道你不是孙悟空,孙悟空没档案有他师父证明呢,你没档案,谁给你证明啊?"春意急了说:"您嘛您给我证明嘛!"黑脸婆娘斜一眼春意,笑容倏地落下去说:"我?办不了。"春意说:"大妈,"这两字才出口,黑脸婆娘就抬了头,两眼刀似地朝春意狠剜了一下。春意知道错了,立即改口叫大姐。春意说:"大姐,您就写,李春意住在哪门哪户,特此证明,不就得了?"黑脸婆娘叹了口气,脸色缓和了说:"你这个人啊,看来还真缺个人指点呢。"

照着黑脸婆娘的指点,春意去派出所送礼。黑脸婆娘说得对,"遇事嘛先莫急慌,要分析,你这事儿,眼睁儿的就是派出所的事儿。单位没了,档案没了,不找他们找谁去?拿了礼,去寻条路。要想从此过,留下买路钱嘛,古往今来,都这么回事儿!"春意没想到,这黑乎乎凶巴巴的婆娘脸丑心不孬,还真有几分见识,难怪在街道上主事儿呢。他想照这样若真能办成,也得好好谢谢人家的指点。

可是,送礼却没那么容易。报纸上成天说,政府部门收受贿赂的事多啦。要办事,得送礼,在这个年代,是连娃娃们都晓得的事。可是,春意送礼却遇到了困难。

人家不收。派出所里头,从前台那个脸儿煞白黛眉绿鬓的女警察,到户籍处吞云吐雾的胖警察,再到英俊潇洒,背头油亮,总是急匆匆才开会回来又开会去的年轻所长,对他的礼物,连正眼都不眨一下。春意生来脸皮薄,宁死不愿惹人嫌。这不是出汗流血的事,要是倒好啦,这是放下自尊。一个人没了自尊——春意想——那还有什么活头?可是为了娃,他只能硬着头皮上。

连续两个月这样跑下来，事没办成，腰又不能动了。春意没了办法。

可是，没有户口，娃将来怎么在这城里活呢？不说别的，连学也上不了。拾花说干脆回老家上户口吧。春意不愿意，其实拾花也不愿意，再说，要想上农村户口，还得先把娃过继给老家的人。这个事，拾花跟妈和继父合计了。妈在家不主事，继父把条件摆得清楚，每月给几百块养老钱，娃的户口跟他们。春意一听就闭了眼，他想自己这个腰不是一日半日的事，腰病就在个养，好不利落，等于废人。春意的眼里渐渐湿了，他苦笑一声说："一千块钱养五个人？亏他们想得出。"拾花说："我再去找个晚上的活儿。"春意说："你不要命了？你月子本来就没坐好。"他定定地看着女人叫拾花，说："跟了我这没用的，你悔不悔？"拾花没言语，扭了脸，进厨房去了。

春意原本是个勤快人，即便养病在家，也总挂着个拐，干这干那，把娃也侍弄得好，腰好一点的时候，还让拾花一下班就吃上热饭热菜。拾花觉得行，她想再苦的日子，只要跟春意心贴心，她都过得。

可是突然间，春意啥也不做了。拾花回来，只见得冷锅冷灶，娃的身上透湿冰凉，早上她走时给娃准备的奶粉，才只下去了一半，那就是说，春意他，根本没按时喂娃吃饭！再看春意，正听广播。

春意听的是《自然与探索》。每晚六点三十至七点三十，雷打不动，正是娃娃吃奶，大人吃饭的时候。春意可不管，他找个最不碍事的地方，就是饭桌靠窗那一侧的旮旯。那原本是拾花的专座，因为地方小，根本容不下春意那样个汉子。可是这会儿。他居然把自个儿塞了进去，缩着肩袖了手，耳朵竖起，两眼发直，整个人钻到"广播"里去了。

听完广播，春意坐着发呆，忽然间笑了，说："人啊其实还没动物聪明呢。"

拾花刚进家，正解了怀给娃喂奶，一边琢磨着一会儿做什么饭，没理会他。春意却不以为意，自顾自地说："你就说鳄鱼吧，木头桩子似的，其实是很聪明的一种动物。比如啊，它就知道什么时候危险来了。刚生完产的母鳄鱼知道自己没能力保护幼崽，为了免得小鳄鱼被其他野兽吃掉，它就自个儿把小鳄鱼咬死，然后吞掉。鳄鱼一吃东西，眼睛就流水，你以为它在哭它娃么？错啦！那是地地道道的生理反应……"

春意这一通关于鳄鱼的话，拾花没大听进去，她朝男人坐着的地方看一眼。饭桌和床之间也就三四米的距离吧，可拾花觉得饭桌边的男人离她很远，不是他的身子，而是他的心思。她不知道说些什么，这个津津乐道着鳄鱼比人更聪明的男人，她以为不是她的春意呢。

就沉默。女人不说话，男人不说话，娃娃更不会说话，这屋里静得没人似的。

拾花喂罢奶，将娃在床的里侧放好说："过两天我想回趟家，把这个月的钱给妈他们送去，把娃的户口上了。"春意又笑了，说："看你傻的，娃要户口干吗？那劳什子户口，有啥用？"拾花莫名其妙，说："什么？"

许是窗边有风，春意的脖子全缩进领子里去了，那做派让拾花想起街边上晒太阳的老头。就听春意说："我说那劳什子户口，没个屁用。"拾花有点耐不住了，语调不由得高了起来。

"没用？没户口就没身份证，娃将来上学工作，怎么办？"

春意愣愣地看着拾花，"娃这么小，要什么身份证？咱跑了那么多医院，哪个医院也没要过娃的身份证嘛！"拾花苦笑了说："傻子，那咱俩结婚登记的时候要没要身份证啊？"

春意还愣着，拾花可有些恼了，就冷了脸说："没有户口，连媳妇也娶不上！"春意嘻嘻笑了，说："媳妇？娃他，能活到娶媳妇么？"

拾花这就抬了头。深秋的天黑得早，才七点，窗外的天色已经蓝黑墨水似的，浓得化不开了。屋里点了灯，可不怎么亮，惨淡的灯光打在男人的脸上，那张脸看上去青白得很，眼睛下头两个黑黑的眼圈，熊猫似的。拾花心中一颤，想那俊气的男人啥时毁成这样了？他刚说的，那叫个啥话？拾花的眼里渐渐浮上一层泪来。

拾花心里有了负担，真的，娃的病也没让她负担成这样子，连女主人都看出了她的变化，问是不是家里出了什么事。拾花照实说了，女主人就叹气。正好这天家教，女主人说："晚上不用做饭，你早点回吧，给你老公做顿热乎饭去。"

拾花从名流花园往外走的时候，也就四点吧。阳光没了白天的轻盈和躁动，安静地照着那成群的楼房的一个个窗子。拾花抬头看去，那些百叶窗、白纱帘后面的生活，在从前是很会吸引她的目光的。有一回她偶然看见一对男女在二楼的白纱帘后头接吻，女人穿了件镶花边的黑裙子，领口开得很低，脖子又白又长，天鹅似的。拾花看着，不由得脸红心跳。

这会儿，拾花却看也不往那些窗子里看了，她的目光是飘忽的，脚步是犹疑的，难得早下班，却不那么急着回家。

家，是什么呢？男人和孩子，男人的腰孩子的病，还有那个进退两难的户口。拾花的心给压得沉甸甸的，有种头重脚轻的感觉，她觉得自己要生病了。拾花几乎就是飘到了大门口，熟识的保安朝她点头，她没看见。一个新立的广告牌，挡在前头。确切地说，不是广告牌挡了她的路，而是她撞上了广告牌。

牌子上，浅天蓝色底上黑色粗体字清晰稳健：白安娜博士主理心理诊所隆重开业免费咨询。下面的小字写着：针对抑郁、焦虑、失眠、臆想、记忆力衰退等症状，一行粉红的字儿花边似的摆在最后：把心里的愁烦告诉我，让我来帮助你……

拾花站住了。她想起了春意。这些症状，春意都有。比如昨天，她让他把婴儿床加固一下，他才找出的榔头，转眼就不见了。他屋里屋外地找，搓着手，两眼发直，自言自语。拾花先没在意，后来仔细听了，他说的是活不成就一块儿死吧，那个死字，他重复了好多遍。拾花有点怕，想莫非春意真在心里头坐下病了？

这么想着，拾花就进了诊所。

诊所里一色的浅色家具，浅粉的柜台，苹果绿的沙发，嫩黄的靠垫，迎上来的护士衣裳雪白，帽子雪白，脸儿雪白，拾花觉得，这个诊所比那些全国知名的大医院还干净还专业。

护士亲切可人，先问了拾花的住址，说我们的免费咨询是面对业主的。拾花不动声色，把主人家的门牌号说了，她想如果护士问她是不是业主，就说是。或许因为没有病人，护士没再多问就将拾花让进了诊室。

诊室里头，坐着面如满月的白医师。白医师五十出头，一头短发挂面似的，由两个大黑卡子别在耳后，面色极佳，笑容可掬。她从巨大的写字台后欠起身来，说："请进请进，你是我今天的第一位病人。"拾花心里一凛，想怎么才进屋子，就成了病人？又想也是，没病找医生干吗？可这个病不是一般的病，这个病是精神病，她忽然间后悔了进来。门，却在身后悄没声地关了。

白医师慈眉善目，白医师耐心细致，白医师还循循善诱，最后，白医师给拾花的男人春意指出一条明路——到白安娜诊所来治疗一个疗程。

拾花站起来往外走，她谢过了白医师。她是诚心诚意谢她的，一谢她明明看出了自己的非业主身份，还热情地接待了她，二谢她那长达半小时的心理指导，让自己找到了需要的东西，那是她力所能及的，比起昂贵的一个疗程切合实际得多。

拾花快步如飞地往主人家走，她不知道女主人是不是已经带着孩子和家教出去吃饭了。可是这个事，她必须今天就做，一天也等不得了——她要跟女主人借那个面包机。

刚才白医师说到营造家庭气氛，她说："抑郁症患者一方面需要调整心理，一方面也需要调整环境，要营造有益于他的生活环境，使他放松紧张的心态，比如在对你先生的治疗过程中，我们就需要你的配合。"拾花说："我也很着急啊，您说我该怎么配合？"白医师说："你着急是着急，可不能让他看出来你着急，不仅不能让他看出来你着急，还得让他觉得你很放松，心理学上叫做心理暗示。"拾花说："那，可怎么个暗示法哩？"白医师说："我给你举个例子。我有个病人，跟你情况差不多，当然啦，从你的描述看，她的先生跟你先生所处的社会环境和地位是不同的，可是他们心里的压力是一样的，就是面对生活的负担和困扰，产生了严重的自责自卑情绪，以至于厌倦人生，甚至产生轻生的念头。"

白医师说着用手整整衣领。白医师的白大褂里穿着天蓝色的衬衫，跟广告牌的天蓝色一模一样的。白医师说话的过程中不时地整整衣领，一回，两回，三回，拾花心里就有些发毛，她忽然想，约莫这就是那个暗示？拾花像白医师那样，将手放到自己的衣领上时。才发觉穿的是件圆口套头衫，根本没有领子可整，便有些窘了，那只举到脖子下的手一时没了地方安放。她抬头，希望白医师不至于注意到了自己的窘态，却只见那张银盘大脸上，一双小眼正炯炯地盯着自己，那里头内容可多，有赞许、欣慰、兴奋……还有些什么拾花说不出，只隐隐觉得，她这个病人没有让医生失望。

白医师轻轻嗽了嗽嗓子说："我说的这个人啊，其实是一个成功人士，平时应酬很多，从不在家吃饭，跟家庭相当疏离。可是，那并不等于他不需要家庭啊。我就给他太太出了个主意，非常有效。我建议她买一个面包机，选择一个周末的早晨——你知道我就是自己烤面包的——我让她把面包机的定时器定在夜里一点，第二天早上八点正好完成，让一家人在烤面包的香味中醒来。结果你猜怎么样？"拾花说："面包我会烤啊。"白医师将一个白胖的指头伸出来说："那你也不妨试试——结果她的先生醒来，闻见面包的香味，非常奇怪。直到他们的儿子兴高采烈地叫爸爸吃面包，他太太就说啦，你总在外面忙，好辛苦的啦，这个面包就是专为你烤的啊——他才知道，是自己家厨房里来的香味。他感动得很呐！他本来已经很自闭了，那一天，却把憋在心里的许多话都跟他太太说了。你知道，倾诉是心理学上一个很重要的治疗方法，人在倾诉之后，会获得明显的心理减压。这个先生说完了，轻松了，睡眠自然就有了改善，治疗就很有进展了。"拾花给她讲得睁大了眼说："烤面包能当这么大事么？"白医师说："当然，这只是其中的一个办法。我们还有许多非常专业有效的心理治疗和物理治疗方法，同时配合药物治疗，一定能把你先生的心理问题解决掉。"

这后面的话，拾花没大听进去，她的心思全在了烤面包上。

拾花赶回到主人家，女主人正带了孩子和家教要出门，见拾花回来，颇为惊讶。拾花将白医师的话学说一遍，然后说想借面包机。女主人二话没说，开了厨房门说："你自个儿拿，只要能解决你家春意的问题，我力所能及的，你尽管说！"末了还非将剩下的半袋面包粉给了拾花，说："什么时候了，你再去买哪来得及？"拾花千恩万谢，将面包机放进个塑料袋里裹了，抱着回家去。

　　正是周末的晚上，街上的气氛跟往日不同，尽是些成双成对的情侣，老的少的，在霓虹闪烁之间相携而行。拾花看见一对白医师那个年纪的男女手拉着手，朝一个橱窗里的服装模特仰着脖，怕是女的想买模特穿的衣裳。男的拉她走，女的不肯；男的凑到女的耳边说了句什么，女的伸手打他，两人相拥着进了服装店。拾花暗暗笑了想，瞧人家这个年纪了，日子也过得有味呢。

　　拾花忽然间就有了一个决心。

　　拾花一向只听春意的，春意的决心就是她的决心，拾花从不自个儿下什么决心。可是，在这个周末之夜，走在城市最繁华的大街上，拾花决定了——她要改变生活，改变春意，她要让他们的生活快乐起来！孩子有病怕什么？没有户口怕什么？这些事本来也不是怕就能解决得了的。主说：人活着就是含辛茹苦；白医师说：调整心态，好的心态才有好的结果。拾花就在心里将明天早上计划好了。

　　这一夜真是美好。他们先给娃洗了澡，洗干净了的娃俊气得很，让两人都生出些骄傲来。拾花说："娃像我。"春意说："都像了你，那我呢？"拾花身子故意往春意身上靠，拿了春意的两手放在自己腰间，那一会儿，她突然想起了名流家园白纱帘后头的那个女人。

　　娃睡了，两人都累了，可他们还是"生活"了一下。拾花真是高兴，春意今天这么配合她，除了脸色不好，这个春意简直就是从前的春意了。临睡前春意说了一句话，他说："今儿街道防疫站的来了，说娃得办个蓝卡。"拾花知道就是那个儿童防疫注射的小蓝本本，头回带娃打针的时候，人家就说了，没办的尽快补办。拾花黯然。她知道，办那个小本本，得要户口本，可是她不想睡觉前说这事，她知道，这个事再说下去，他俩今夜都甭睡了，就说："这事你甭管，我明儿去问问，缓两天行不。"

夜深了，拾花躺在床上。身边的春意一动不动，男人累了就睡得快么；娃也没声响，洗了澡舒服了，就睡得稳么。只有拾花醒着。她想到那个蓝本本，没有蓝本本，娃打防疫针就成了问题。可是她决计不想这个事，她想明天。明天，每个人都得有条路可走。她想，活人，不就是对付一个又一个的灾和难么？爸刚死那阵，妈非要跟了爸去，到了不是还得奔前走，接着活人么？比起妈来，她是幸运的，她有春意。有了春意，就有了指望；有了春意，什么灾和难，她都能顶住。

拾花的头正对了厨房的门，门帘是挑上去的，就见一星橘红色的亮光，像黑夜中的一朵小花，静静地绽放。没人知道那是什么，只有她知道，那是面包机，将给她明天的生活，不，不光是明天，将给她整个的生活带来幸福的面包机。她想，春意吃上她烤的面包，得多喜欢呢！

拾花是含笑睡着的，许是累了，她睡得很沉，醒来的时候，太阳已经照透了窗帘。

这是一个美好的早晨。拾花这么觉得，还没打开窗帘，她就这么觉得了——天准是瓦蓝瓦蓝的，又高又远；太阳光透亮亮的；风呼啦啦地吹；肥绿的树叶像无数面小旗子，在阳光里招展。拾花喜欢这秋天，这样的秋天让她想起家乡来了。拾花决定起身拉开窗帘的时候，记起了烤着的面包，她吸了吸鼻子。

很浓的酒气，是从人的鼻口里散发出来的酒气。拾花猛支起身，看见旁边的铺上，春意大张了嘴，脸通红，鼾声如雷。拾花这才想起自己就是给这鼾声弄醒来的。春意睡觉从不打鼾，春意睡觉跟猫儿似的静。拾花一向觉得男人脏，可春意不，春意干净，干净的男人才不打鼾。

拾花这回可真是奇怪了，昨晚她是最后睡的，春意并不曾喝酒，莫非他半夜起来，将自己灌得烂醉如泥？拾花这就看见了地上的酒瓶子，横七竖八，倒了一地。她可做梦也想不到，春意啥时候学会喝酒了，还疯汉似的将自己弄得一身臭烘烘，睡在她旁边！她回头又看春意，原本俊气的脸儿因充血而有些变形，那个睡相，拾花怎么看怎么觉得——苦得很呢！拾花的心软了。她想春意他，一准儿是心里难受，他心里难受不说呢。现在她明白了，他这个人，就像白医师说的，把难受忍在心里。想到这，拾花的眼眶眶热起来，她掀开被子，衣裳都顾不得披，就那么跪在了床上。她要帮男人翻个身。瞧他直撅撅地趴着，脸都给挤歪了，口水都流出来了，好像那不是睡觉，而是在跟床较劲。拾花不能看春意这么苦揿揿的睡相，她要让他睡得舒服一点。

拾花才要搬动春意的身子，就想到了娃。她给这突如其来的酒气熏昏了头，这半天竟没想起娃来。原本娃是睡在他俩中间的，这会儿却睡在了靠床沿的一边。拾花想准是春意半夜里弄的，把娃放到他那一边，还用那长胳膊使劲搂着，是怕娃掉下去吧？拾花又气又笑，可是她马上看清了，娃给春意的膀子紧紧地压在了下面！春意那膀子是有分量的。谈对象那会儿，他总愿意把一只膀子架到她脖子上，手耷拉下来，正好碰到她的胸脯。她老是红着脸甩他的膀子说："沉，压死人了。"其实，她甩，可不全是因为那膀子沉。

拾花急了，迅速扑上去，搬那膀子。她于是发现，岂止是一只膀子啊，春意的大牛个身子都压在了娃的身上！拾花尖叫起来，但她立即噤了声。

娃脸色惨白，白里透青，嘴唇没一点血色，眼睛半开半闭——娃死了。

春意醒了。他先嚷头疼，抱住自己的脑袋揉，然后发现跪在床上的女人和她面前的娃。他坐了起来，看见女人惊恐万状的脸。

"干、干吗？"他咕哝一句，睁开眼又闭上。

"娃死了？！"女人说，那话，像是询问，又像是告知，在春意听来多半还是询问。

"死了？"春意支起身，艰难地将脑袋凑到娃的脸上。他不用去感觉呼吸或是触摸皮肤，娃小脸儿上的颜色已经明确地告诉他发生了什么。他沉重地将自己摔回到铺上。

"死了。"他又说，"死了就了了。"

"你，把他压死啦？"女人的声音抖动着，像铺房顶的油毡，在风里拍打着顶棚，让人想起冬天。他的心也跟着抖了一下。他没吭声。

"你把我娃压死啦?!"

女人的声音刹那间变成了火苗，春意的心立时给灼得糊了一片。女人猛扑过来，抓他，十个指甲深深掐进他的肉里。他听见她的尖叫。他没觉得疼，真没觉得疼，就是有点烦。他推开女人，下了床，进了卫生间。

卫生间，在这方圆几里是稀罕物。这院子里的房，原先是给一个教授买下的，就营造了些稀罕物，像卫生间、阳光房什么的。后来不知怎的，教授造了一半突然走了，就留下了这个在许多租户眼里华而不实的房子。因为卫生间，房租多出五十块。其实水管没水，马桶就是个摆设，冲水是要自己端了盆冲的。可女人喜欢。女人喜欢，春意就豁出去了。女人成天在豪宅里给人做活，见识多了，说话也讲究了，说卫生间是社会文明的标志。听听！文明，还标志！这话多有学问！女人把卫生间收拾得很干净，还撒上花露水，弄得比人家的新房还叫人爽心，春意进去就不想出来。赶上女人唠叨他的时候，更是一头扎将进去，不到外头风平浪静不出来。后来女人识破了，把卫生间的门从外头锁了说："你把那儿当家啦？有本事你就永远别出来！"

下意识地，春意又进了他的避难所。他听见了女人的嚎哭。那哪是他的女人？那哪是他的脸儿葵花似的女人？那分明是个母兽！春意觉得很不真实，他觉得自己在做梦。他想梦醒了就好了，梦醒了就什么事都没有了。他坐在马桶盖上，抱住了头。

卫生间的门哐当一声开了，女人杀气腾腾地站在门口。

"你，为么压死娃？"女人问。女人已经完全变了样，头发凌乱，两眼血红，满脸是泪。她声音并不大。女人虽然偶尔唠叨，却不是个大嗓的女人，可是此刻，这喑哑的声音却有了极尖锐的穿透力，像刀，一下子将男人的心捅了个窟窿！他不吭声。他想他是故意的么？昨夜他并没睡着，他是听见女人睡了又起来的。他悄悄地喝酒，没弄出什么声响。借了酒力，他做了那事。对，他是故意的。他早就想了。娃活着是受罪，娃活着，谁都得受罪。既然只有受罪，为什么要活？他想，他不是懒不是怕，他什么法子都想过了，甚至还去了教堂，那个曾经令他不齿的地方。

从教堂出来，他明白了一件事。那个事，近来常挂在女人嘴上。比如她说："男人来自金星，女人来自火星。"见他不懂，就解释说："说的是啊男人和女人，就像两个星球上的动物似的，不、一、样！"女人从前不说这个，女人从前哪懂什么金星火星，女人这些话，当然是从她做活的人家趸来的。春意不以为然，说："什么金星火星，不都是两个肩膀夹一个脑袋？有啥不一样？"

现在他懂了，男人跟女人果然不一样。比如这个主，就是给女人预备的——主能安慰女人，却安慰不了他。

春意感觉到饿，他没吃早饭，饿得狠了，脊背上渗出虚汗来。

教堂对面就是热闹的街市，小吃店门口卤煮火烧的大锅上，一团团白色蒸气风起云涌。卤肉的香味像无数根针，直扎进他的胃里。可他没吃。他不能吃。娃受着罪。娃就要死了。他怎么还能混混沌沌地活着？

"你为什么？！"女人撕心裂肺地喊，同时伸手拉他，要将他从那个狭小逼仄只能容纳一个人的卫生间里拉出来。

"死了就死了吧，活着也是受罪。"他抗拒着女人的拉扯。他本不想这么说，可不知怎么就说出来了。

"你是故意的？"女人忽然放低了声问。

他不说话了，垂了头，盯着袜子上的一个破洞。

"你故意压死我娃的！"女人用无可置信的语气大喊出这句话之后，昏了过去。

世界突然变得安静了。一点声息也没有。春意听见外面的鸟叫，多么欢快，可那是外面的。在这里面，在他的家里面，他的世界里面——女人和娃都没了声息。他把女人抱到床上，给她盖上被，并不急于救醒她，好像他留恋这才获得的一点点安宁甚于那个活生生的女人。他静静地守着这一大一小两个人，觉得踏实。好久没有这样的安静和踏实了，娃出生以来的种种快乐和折磨一下子变得遥远而不真实，只有这安静是真实的。他要静静地享受这安静，不要人打扰。

春意面带微笑地坐着，想起武侠小说里常说的舍下这身家性命的话。他想这面前的两个人就是他的身家性命，他们都去了，他也可以去了。他想这样去倒也好着呢。他想起好多事，想起跟女人的初次相见，想起自己问她的傻话："人家都拾麦，你咋拾花呢？"他想起她俊俏的脸儿可爱的笑样儿，多像一朵九月的葵花！春意这么坐着想着，直到女人有了动静。

女人苏醒后的第一个动作是扑向电话。她从床上下来，鞋都没穿，就拨通了电话，先抽抽搭搭地哭，然后对着话筒说："他、他……"好半天才将气倒匀了，说："他压死了我娃！"然后，许是对方问门牌号，她就一五一十说给了人家。

春意静静地看着女人做这一切，站起来，又进了卫生间。他在里面哗啦啦弄了一阵子水，出来，从床底下摸出个包。那个包，是他往常跟车送货出远门的时候才用的。

"干吗？"女人从桌边问。她已经报了警了，现在安静地坐在桌边，等警察来抓他。春意是这么看的。可他不怪她，他是故意压死娃的，是故意的，他应该偿命，他也愿意，他是真愿意。他曾经一百次一千次地想，把娃的病弄到自己身上来，让娃好好的，一辈子没病没灾。现在娃不在了，他不在了！而他，可以用自己的命去偿还对娃的亏欠——可怜的娃，多小个人就受了那么多的罪啊！春意这会儿觉得浑身轻松，他想能为娃偿命。是福哩。

他没说话，一样样，将毛巾牙膏肥皂，耐心地放进包里。

"你做什么？！"女人从桌边站起来。

"他们，这就要来啦。"他没看女人，平静地说。

拾花像一个撒癔症的人，呆呆地盯着男人。她是认识他的，春意，她最中意的男人。她从那么远的山里出来，经过了那么多的艰难和折磨才遇上的这个可心的男人，是她生活的全部。娃也没他重要，这话她没说出来过，可她心里清楚。娃死了可以再生娃，天底下却只有一个春意。对于男人刚才的话，她一时不大明白。谁要来了？他们？他们是谁？她愣愣地看着男人收拾东西，觉得自己的心干了瘪了，像风中的果子，渐渐没了汁水了，缩成一团了！她扑上去，抱住了男人的腰。

"咱们再生个娃吧！"她说。

他没吭声。这个男人，到了关键时刻就是这样子，愿意不愿意都是个不吭声。拾花是习惯了的，她转到男人身前，仰起头踮起脚，捧住他的脸，轻声地说："春意，我一准……再给你生个娃！"

拾花看见春意笑了。

酒劲已经过去，男人的脸又恢复了原本的俊秀，只是气色不大好。她想，晚上累了的男人，第二天早上要进补呢，何况又醉了酒！她想给他甩两个荷包蛋，再煮一大碗面，她突然想起了面包机。

拾花深深地吸了吸鼻子，一股浓香就进了她的肺里，烤面包的味道已经出来了。她很想让男人也闻闻，可一时还顾不得，她要先把这句重要的话说给他。

"咱们再生一个最好最好的娃。户口上到老家去，那点钱咱能挣出来。咱娃在哪儿都是个好娃！"

她看见春意又笑了，这个笑容比刚才那个还俊气，令她心头一醉。她忽然想起家乡大片的油菜花，黄到熟透的时候就是叫她这个醉法。

"他们这就到啦。"春意说着，膀子一阔，将她搂在怀里。

拾花猛然挣扎出男人的怀抱，跑向门口，咔的一声将门反锁了。她回过身，靠住门，颊上红彤彤的，像暴风雨前的云彩，目光烧灼得烫人。她大声说，像宣布一件无比庄严的事："我会跟他们说，你不是故意的！不是故意的！"

春意又笑了，手伸进包里头摸索，转眼摸出个鲜红的玩意儿。拾花定睛一看，是去年圣诞节她陪姨妈去教堂，抽奖得的圣诞老人的尖帽帽。春意将那帽帽扣到头上。帽子大，一下子将两眼都遮了去。拾花的泪哗地涌了出来，她扑到男人身上，伸手揭了那帽帽，像鸟儿一样，将自己的头埋进男人的怀里。

敲门声，在这时候响起来了。

拾花是听见了敲门声的，可她当没听见，她想起白医师说的心理暗示——心里再紧张也得做出放松的样子来。在走过去开门之前，她还有一件重要的事要办，她要去拿一把刀，给男人切一块面包。

拾花转身拿刀去的时候，门开了，一干人吸着鼻子进来，将凉风灌了满屋。一个洪钟般的声音说："嘿，做什么呢这么香啊？"与此同时，窗帘给拉开了，阳光满室。

拾花听见了那声喝叫。拾花从那声喝叫里听出了好多东西，她笑了，想主啊，谢谢你来救糊涂的拾花啊！这个警察是个好警察，听他那口气，串亲戚拉家常似的，他是不会抓春意的，肯定不会抓春意的！

拾花笑着转过身来，拿眼找春意。春意在哪儿呢？拾花的心恍惚起来，一会儿就飞远了——

那个秋天，天也这么蓝，阳光也这么好，动物园前的人可多，拾花找啊找啊，怎么也找不见春意。她想莫非自己听差了？莫非春意先走了？她想她不能走，就是等到天黑，也得等，万一春意来了不见她，那可怎么好。她就出了汗了。拾花走到画着动物的大广告牌下头去，想在那儿歇口气——就看见了春意，正在那个吃竹子的熊猫下头，两眼一眨不眨地瞧着她呢！她欢喜极了，想自己死命地找也找不到，这人说出来就出来了，唉，他其实原本就在这儿的！她想这世界上的事啊，其实就是这么回事呢。

屋子本不小的，装了三四个大汉，忽然显得小了。春意呢，原本也是个精壮汉子，这阵子折腾得瘦了老了身子薄了，给几个大汉一衬，竟不显了。拾花仔细观瞧，才发现原来春意正给夹在两个汉子中间，手上明晃晃地戴了两个银圈子。

拾花的心抖了一下。她想说请大家吃面包。不，她要先说："春意压死娃不是故意的。"不，不能那么说，得说："娃根本就是自己去的。娃他，实在受不了那个苦了。"可是她的喉咙里好酸好酸,像灌了一坛子醋似的那么酸,叫她失了音,她只能在脸上绽一个笑容。她知道自己笑得不好看,就去看春意,她看见他,正两眼一眨不眨地瞧着她呢。

拾花的眼前模糊起来,可她咬住了牙。拾花将两个槽牙咬得快碎了,才憋回了泪去。她稳住身子,用力地朝春意又笑了一下。她觉得这回笑得该比刚才好得多,她要用这个笑容告诉春意,不要怕不要愁,她会说她该说的话,做她该做的事,只要她说了做了,他们就会有长长的有滋有味的日子。

早晨的阳光从窗口照进来,将窗格子画在地上,也画在拾花的身上。面包的香味越来越浓,拾花还闻出了葡萄干和甜橄榄的味道,她深深地吸了口气,朝为首的警察转过身去……

(选自《西部·华语大学》2007 年第 4 期)

跟月亮结婚

红　柯

中午十一点马一鸣和李海莉领了结婚证，就等着举办婚礼了。这时马一鸣的手机响起来，老总用试探的口气告诉马一鸣，有一大宗业务，最好你去做，效果会更好，当然喽这要看你方便不方便。大家都知道马一鸣马上要结婚了，老总显然做好被拒绝的准备，当然也透着老总的精明，老总很含蓄地告诉马一鸣这宗业务完成后马一鸣的实际利益，那是一个很诱人的数字，马一鸣忍不住把手机从右耳换到左耳，同时也看了李海莉一眼，李海莉给他一个肯定的眼神，马一鸣就答应了。老总说：两小时后他们的车来接你。

以往都是挤班车，老总不忍心让一个快做新郎的得力干将受委屈，就非让对方派车不可。其实人家的车一大早就出发了，快要到奎屯了，那时候老总就知道马一鸣不会拒绝。

剩下的时间恰到好处，马一鸣和李海莉去一个安静的饭馆吃饭，南方风味，清蒸鳜鱼、西芹炒百合、蘑菇排骨汤，主食是米饭，全由李海莉做主，李海莉已经进入主妇角色。李海莉的父母是江苏支边青年，依然保持着南方人特有的精致的习惯。李海莉一直在改造马一鸣这个真正的西北土著。马一鸣吃饭不讲究，大盘鸡揪片子拉条子便是天下最好的美食，跟李海莉吃饭等于去了一趟江南，在她家吃饭就更讲究了。今天是特别的日子，李海莉连鳜鱼都点了。平时都是鱼香肉丝什么的。李海莉不停地给马一鸣夹鱼，都是扒了刺的鱼肉，大半条都让马一鸣吃了，连鱼的汤汁都浇到米饭上。李海莉是不容反抗的。李海莉更像马一鸣的老总，李海莉同志说了："下礼拜就举行婚礼，这是你多干的一份工作，不过呢，在我们的计划之外，又多出一笔收入。"李海莉同志跟所有的老总老板领导者一样，话到紧要处总要停顿一下，李海莉同志跟老头品酒一样呷一小口蘑菇排骨汤，微微一笑："我们旅游的城市可以加上杭州了。"在原来的计划里有李海莉的老家江苏一个小县城,重点是大上海,从上海直接回新疆,体现着李海莉一贯的少而精的战略思想。这个天堂般的杭州是计划外的收获,是个意外的惊喜。马一鸣跟老总通电话时,李海莉就当机立断用她漂亮的丹凤眼给马一鸣下了命令。用李海莉的话讲:这简直是老总给你的一个天大的人情。马一鸣有点跟不上李海莉的思想,李海莉同志只好深入浅出地点破这个秘密:"同志呀,这于公于私皆大欢喜的事情不是人人都可以碰到的。"李海莉同志进而伸出纤纤玉手弹了一下马一鸣的脑袋:"说明你小子人脉很旺呀。"

在大家眼里马一鸣是个很精明的人,生意人嘛,能干到部门经理,备受老总重视就是一个相当成功的标志,可在李海莉跟前,马一鸣的脑子就不够用了。李海莉绝不像那些聪明女子那样用污辱性的语言对待自己的未婚夫,李海莉是和风细雨式的,是随风潜入夜润物细无声式的,一个含笑的眼神,一个细腻的动作,比如手指比如胳膊肘,就这么一点一点剥掉了马一鸣这个西北农民儿子身上厚厚的尘土。在大家眼里,马一鸣他妈的太顺了,从偏远的农村小学县城中学读到乌鲁木齐的大学,毕业实习在新兴的城市奎屯,干得不错,就留下了。一年后爹妈上下一新,两年后房子翻修,上初中的妹妹有了自行车,又过两年,带着漂亮洋气的李海莉回一趟老家,在村子里的轰动都不用细说了。交上女朋友的第三年,马一鸣有了自己的房子,就意味着他在城里真正安家落户了。记得刚认识李海莉时,马一鸣才感觉到自己是个老土,念了四年大学、工作了三四年,走南闯北见过世面呀,衣着打扮很时尚,李海莉走进他的生活就像他当年怀揣着大学入学通知书第一次走进乌鲁木齐一样,惊慌中透着淳朴。李海莉就像一个艺术大师,在他的淳朴上增加着精致。

吃饭四十五分钟,步行十五分钟到新房休息一个小时,接马一鸣的车就到了。喇叭在楼下响。马一鸣招呼李海莉一起走,李海莉马上要去单位,李海莉说:"你先走,不要等我。"马一鸣就急了:"顺车送一下嘛。"李海莉就用她的微微一笑加上妩媚至极的轻轻摇头,就让马一鸣安静下来了。马一鸣下楼的时候还是不明白李海莉的用意,马一鸣坐到车里的一刹那一下子就明白了，因为他进入了生意人的角色，是生意上的合伙人派来的车，李海莉坐进去确实不合适。马一鸣忍不住朝楼上的新房望一眼。新房在三楼，这时候窗帘拉开一角，李海莉笑着跟他招手，看着车子缓缓离开，李海莉那灿烂笑容久久不散。

没人打扰马一鸣，司机和陪司机来的人都不吭声，把美好的空间留给马一鸣，让马一鸣慢慢享受。出了市区，过了五公里，马一鸣自己打破了沉默，跟人家打招呼。司机不认识，司机旁边的人跟马一鸣挺熟，业务上有来往嘛。那人说："两个月没见，你胖了。""我胖了吗？"马一鸣摸自己的脸。那人笑："自己胖是摸不出来的。""那是那是。"马一鸣的手就收起来了。那人说："咱们认识有些年头吧，你一直是紧绷绷的，处于高度警觉的临战状态，你咋就一下放松了？"马一鸣当然不能告诉人家他刚领了结婚证，下礼拜他就做新郎，马一鸣胸有成竹，就给人家微微一笑，那笑容简直是李海莉的翻版。

闲聊开玩笑，就好熬时间。天南海北什么都聊，就是不聊女人，女人在心里装着呢，那可是实实在在的一个女人，生怕受到损害，就小心翼翼地捂着，捂紧。有那么几次，快要说到黄段子了，快要见荤了，马一鸣成功地把话头引开了。马一鸣自己都奇怪自己有这么一副好脑子，马一鸣甚至怀疑李海莉就坐在他身边亲自坐镇指挥。那人跟司机坐在一排，后排就他一个，他频频往身边看，给人感觉他身边有人呢。每当他成功地化解对方的危险话题，对方就不甘心地扭过头往后看，那是满脸的惊讶与困惑呀。都是熟人嘛，以往都讲荤话讲黄段子呀，这马一鸣是咋啦？尤其重要的是李海莉那张笑容灿烂的脸出现在窗帘的一角，不但给马一鸣留下深刻的印象，车里那两位也同样印象深刻呀。人家就猜他们的关系，话题就老往这方面扯。马一鸣越来越狡猾，完全可以用狡兔用老狐狸来称呼了，有好几次他都在问自己，谈谈李海莉又有何妨？告诉人家李海莉是他老婆人家就不说黄段子不说荤话了。可直觉告诉他李海莉不喜欢这样。马一鸣惊出一头汗，马上庆幸自己没有犯路线错误，及时把话头引开了。他又一次为自己的灵活与敏锐心中喝彩。已经不用狡兔和狐狸形容自己了。马一鸣的脑子多好使呀，一边与对方胡吹海聊，一边给自己开表彰会，而且及时地总结经验。那经验只有一条，就是马一鸣同志完全放松了。就是傻瓜也明白，人在完全放松的状态下才能超常发挥。对方应该明白，打马一鸣上车，他就看出来马一鸣胖了嘛！心宽体胖嘛，体没胖，是心宽了，开朗了，放松了嘛，咋就忘了最初的印象呢？对方的错误，是构成自己正确的基础呀。就让他继续错下去吧。马一鸣誓死捍卫自己的新娘，马一鸣真理在握，理直气壮。关键的问题是马一鸣同志彻底地放松了。

　　车子停下来。新疆大地，车子疾驰如飞，但要停那么好几次，车上的人要解手，俗称唱歌。大漠就是辽阔的厕所。往路边一站，就可以自由发挥了。三个大男人站在两个地方撒尿。马一鸣独处一处，跟高压水泵一样突突突，浑身颤抖，干燥的荒漠土着火似的冒起白烟，根本见不到湿痕，白烟升起散开。一只四脚蛇亲眼目睹了马一鸣酣畅淋漓的撒尿过程。马一鸣系裤子的时候也发现了这条手指长短的四脚蛇，它有一对小而亮的眼睛，就针眼那么大，那么清晰，趴在干燥的荒漠上，身体跟干土一个颜色，不留神还以为是枯枝败叶呢。这是大漠常见的小生物，也是马一鸣小时候的亲密伙伴。乡村生活总是跟牛羊马驼野兔蝗虫四脚蛇连在一起。还有冲天而起的野火。这些乡野的孩子们总是点燃干沟里的荒草，野火冲天而起，整个荒原成了轰轰燃烧的火炉。这些景象全都凝缩在四脚蛇的小眼睛里，跟屏幕一样让时光倒转，又让记忆复苏。四脚蛇站起来了，就像大地竖起的大拇指，在赞扬他。他还认识四脚蛇。小家伙功夫过硬，直挺挺站着，跟荒漠卫士一样，车子开了，它还挺着，好像在招手。

　　第二次解手的地方是在戈壁滩上，黑石头就像涂了漆皮，他在手里掂了掂又丢下了。

　　在路边饭馆吃过一次饭。饭馆后边有一棵白杨树，树叶闪闪发亮，哗哗喧响，万里无云，天蓝得让人吃惊。大家埋头吃饭，没人注意树叶和蓝天。马一鸣还是到树跟前去听了一会儿，好像树顶上有人在讲演。马一鸣好久没听到树叶的哗哗声了。回到车上，人家跟他说话，他都是啊啊，跟哑巴一样，人家就不理他了。后半截路，马一鸣一直没说话。不等于马一鸣冷漠无情。他满脸兴奋,眼睛亮晶晶的,全神贯注看外面的戈壁滩。猛然出现的小块绿洲,转瞬即逝,恍若梦幻,后来又出现骑马的哈萨克牧人,赶着一群风尘仆仆的羊,车子很快就把羊群和牧人甩开了。前边那两位大概觉得太冷落马一鸣了,就嗨嗨喊他:"想啥呢?丢了钱包是不是?"这回马一鸣没动脑子,不假思索地说出心里话:从四脚蛇到黑皮石头到白杨树到牧人和羊群,"这些年忙着挣钱,忙得没日没夜,连这些身边的东西都认不出来了,我都怀疑我是不是新疆人了"。这显然是个挺严肃的话题。马一鸣把这些都归功于这次出行。马一鸣与其说是袒露心声,还不如说是自言自语。从中学就开始进入紧张状态,大学都没有松懈,走出校门,更是万分紧张。用熟人的话讲他整个人都是紧绷绷的,年轻气盛,精力旺盛,心气很高,老总总是把大宗业务交给他,他总是给公司带来极好的效益。李海莉的出现加快这种高速度。精明女子是催化剂,是发动机,是润滑油,是一股让人亢奋的力量。直到今天上午十一点,把结婚证领到手,他都听见自己长长出口气,正好埋头签名字,没让李海莉觉察到他这种可怕的情绪。李海莉是快马加鞭的主儿。在下礼拜举行婚礼之前,他可以长长地松口气了,他可以彻彻底底地松弛上那么一阵子了。婚礼肯定要紧张起来的,婚后呢?当然更紧张。不过那已经不要紧了,有这么几天的空余时间,他完全可以养精蓄锐。以后呢?他没想那么远。他还是享受目前的放松状态吧。他看外边的蓝天白云。他要仔仔细细看看蓝天有多么蓝,白云都有什么形状。

一群野马似的白云驰过天空,巨大的投影在地上移动,车子就跟在投影后边,好像车子就是云的投影。这样的话,真正的车子应该在天上了。他果然看到一朵小车模样的云,但要比车子柔软祥和舒展,不是发动机和轮子,是一股自由自在的力量随心所欲地在天上伸展。没有风,云自己在运行,没有任何目的,连灯和喇叭都没有,连窗户都没有,它只是概括了车子的大体形态,像车子又不像车子,就像一个绘画大师,寥寥几笔就勾勒出车子的神韵。车子进入阿尔泰山大峡谷,云依然相随,依然保持车子的神态。峡谷转弯的时候,云正好爬过山顶,就像山的灵魂出窍一样。车子拐过山峰得好半天，给人的印象云一直悬在车顶，就不是山的灵魂出窍，而是车的灵魂升到天上了。车子突然下降，奔向山谷底部的小盆地。

要去的那个县城就在山间小盆地里。盆地上空停了一大半云，就像海港停泊了许多巨轮一样。在马一鸣眼里，整个县城的灵魂就悬在那些安详的云里。

从车子里出来的时候，马一鸣那么从容舒缓，对方的部门经理也吃了一惊。都是老熟人，马一鸣一向精明干练，利索，曾有人怀疑马一鸣不是大学出来的而是特种兵训练营出来的。人家以为认错了人，马一鸣上去抓住人家的手，喊人家的名字，人家才缓过神。

晚宴上大家都说马一鸣胖了。生意人对灵魂对心态对精神不感兴趣，弦绷得太紧就瘦就精神，弦松下来就有胖的感觉了，另一层意思就是慵懒不精神。

这宗业务两天就处理完了，马一鸣的脑子简直不是人脑，处理结果报告给老总，连老总都感到意外，尽管老总想到结果可能比较顺利，如此顺利还是叫人吃惊，老总用一句话总结，你的业务水平整整上了一个台阶啊，言下之意，在年终的时候要奖励的。对方对马一鸣是钦佩至极。对马一鸣的老总就有些恨了，狗日的把一个快要结婚的新郎官打发上阵，男人的成就感之一就是跟心爱的女人领本本子，马一鸣顺手牵羊把情感的成功扩大到事业上了。这是对方事后了解到的，一个电话打到奎屯，马一鸣最近有什么好事？天大的好事嘛。接他的人就明白了他们在窗口看到的微笑的女人是马一鸣的新娘。这狗东西捂得那么紧，给人家的印象好像是情人不是爱人。直到现在，狗日的还是把话题往外引。只能证明俩人感情好，再纠缠就没意思了。现在真正松懈下来的是对方，车子接马一鸣回来，又跑阿勒泰市了，两天以后才回来，另一辆是老总的专车，随时听老总调拨。马一鸣就有两天闲暇时间，李海莉说了：放松放松，出去转转，山里空气好。

马一鸣就懒洋洋地在街头溜达。住在县城最好的宾馆，县城就两条大街，一个小时就从头走到脚。人也不多，都是慢腾腾走路，汽车喇叭像鸟叫，群山腹地，太安静了。宾馆的饭也吃腻了，街上任何一家饭馆随便，公司挂账，填个名就行。马一鸣出道以来还没有这么自在过。他乐意在小饭馆里吃饭，有人情味嘛。

　　他在小饭馆吃第一顿饭的那天中午，街对面响起琴声，不是冬不拉也不是都它尔马头琴这些新疆常见的乐器。叮叮咚咚，就像泉水跳跃，就像云上山顶，轻飘柔曼，清脆悦耳，马一鸣都能看见自己的耳朵跟马耳朵一样在动，耳朵大了，薄了，整个脑子跟清水洗过一样。一群孩子围着弹琴的人，大人也围上去了。看不出弹琴人的模样。马一鸣的一切都慢下来了，跟牛吃草一样细嚼慢咽。这些年，李海莉把马一鸣的什么都改造过来了，包括吃饭的吧唧声，喝汤的咕噜声，唯一没有改过来的就是吃饭的速度，风扫残云的劲头没有了，但大舌头一忽隆就下肚的粗放型进食习惯一直没变，速度就意味着粗糙啊。李海莉同志显然把这一顽疾列入婚后的一五计划，而且是重中之重。如果李海莉同志现在过来目睹一下琴声中的马一鸣吃饭，她会感到十分欣慰，她会用录音机把这琴声录下来，作为未来小家庭的用餐进行曲。马一鸣不但细嚼慢咽，而且一口一放筷，完全是钟鸣鼎食之家的吃饭方式。马一鸣甚至相信这个弹琴的人是专门为他而奏的。

　　马一鸣就过去了，也不往前挤，缝隙里可以看见是一个破破烂烂白发白须的老头，那把琴像古老的弓箭，六根弦就绷在弓上，发射出的叮叮咚咚的乐声直抵人心。地上摊开一张白毡，老头就坐在毡上，琴也放在毡上，还空出大片的毡，大家就把钱币、奶子疙瘩和馕放到毡上。再仔细看，老头是个瞎子。这是中亚细亚典型的行乞方式，用乐器行乞，同时也是流浪艺人，凭一张毡毯一把乐器，就可以四海为家。这个老头你甚至分不清他是什么民族，他来的地方非常遥远，那种沧桑感只有阿尔泰山上被风化的锈迹斑斑的石头可以相比。没有人看见马一鸣失神的样子。有一个声音在告诉他云是有心灵的。他就抬头看山顶的云。云停在山顶上，就像青灰色山峦的帽子。山忽然摘下帽子，朝他致意，任何问候都要脱帽，再点头，没有戴帽子的马一鸣就给山点一下头，山也不用再戴帽子了，云团飘到森林上空，成为云海的一部分。老头的琴声果然捕捉到风，风穿过白桦树，穿过山杨树，风到了云杉和红松中间了，森林开始喧响轰鸣。马一鸣必须赶到风的前边,风快要到草地上了。阿尔泰草原是中亚细亚最美的草原。

马一鸣买来伊犁特曲,马一鸣给老头鞠躬,双手献上美酒。酒瓶就蹾在竖琴跟前。太阳被收到瓶子里了,酒瓶上的红标签很容易被看成太阳的照片。老头没有喝酒就已经有了醉态。你听他的琴声,他醉了,他不用眼睛就感觉到酒的存在,这是琴声进入草原的最佳状态。老头刚到阿尔泰,竟然知道《黑走马》。冬不拉曲子《黑走马》从竖琴上发出来另有一番风味,在场的大人小孩随着琴声翩翩起舞。这是哈萨克人庆祝丰收的欢乐之歌。老头在曲子结束的时候告诉马一鸣:你的收获最大。马一鸣的眼睛就大了。老头说:"你的新娘是月亮般的姑娘。"老头指着城外的山顶。

"今晚那里将升起阿尔泰最好的月亮。"

老头从行囊里摸出两个木碗,倒上酒,跟马一鸣一起干。

"能喝到喜酒可是最大的福分啊。"

人群中的姑娘们都用一种神奇的目光看马一鸣。马一鸣把老头的举动当成仪式性的表演了,就假戏真做,配合默契,但心里还是暗暗称奇,莫非领了结婚证的人有什么异常?能让那些江湖高人识别出来?他忍不住看一眼酒瓶上的红标签,现在这个红标签不再是太阳的形象,怎么看都像那个大红大红的结婚证。有个姑娘很调皮地问他:"嗨,喜酒都喝了,你的新娘在哪里呀?"老头大手一挥:"月亮升上山顶的时候,他就有新娘了。"他心里乐呀:"我已经有新娘了,下礼拜就入洞房,我要把阿尔泰的这一幕原原本本讲给李海莉。"他想象李海莉听到月亮新娘会有多高兴。

老头是瞎子,可老头对周围的地形了若指掌,老头告诉马一鸣:"千万不要错过机会,月亮升上来的时候你要赶到山顶,你比我眼睛好使,你应该看得见那山顶是凹下去的,知道那山形叫什么吗?那叫月亮的托盘,也是月亮停下来的地方。美丽的女人都很傲慢,心气都高得要命,只有幸运的男人才能让月亮停下来,在古歌里把月亮停下来的地方叫月亮的托盘,盘子嘛,把山当盘子才是大男人,才是儿子娃娃巴图鲁,美丽的女人应该把她的一生托付给这样的男人。"老头从怀里摸出一块馒头大的石头,简直就是一个浓缩的凹形山顶,托在手里一会儿闪射出金色的光芒,一会儿闪射出玫瑰色的光芒，一会儿闪射出白色和浅黄色的光芒。老头告诉他金光灿烂的是云母，玫瑰色的是石榴石结晶，白色和浅黄色的是石英石。

"美丽的女人应该有这么丰富的色彩也应该有这么灿烂的光芒。"

这是老头从遥远的乌拉尔山带过来的，那地方蒙古人叫石带，石头多矿石更多。老头采集矿石的地方还真的叫"月亮的托盘"，用当地草原民族巴什基尔语叫"塔加那伊"，千百年来来来往往的各个民族都在那里留下动人的爱情故事。老头贴着马一鸣的耳朵小声说："月亮的托盘，多好的说法呀，巴什基尔语最初的意思是最初的明月安眠的地方，那可是男人和女人的好时辰啊。"老头把乌拉尔山的矿石塞到马一鸣手里，"小伙子，谢谢你的美酒，这是我喝到的第一百次喜酒，比我自己当新郎还高兴哪，阿尔泰是人间天堂，我可以在这里结束我的一生。"老头收起行囊，一晃一晃地走了。

天很快就黑了。马一鸣没吃晚饭，马一鸣抽烟。一包烟都抽完了，白白净净的烟卷噙在嘴角，很快就化成青烟从肺腑间升腾而上，那简直就是灵魂出窍，灵魂上天。二十支香烟，让他的灵魂一次次上升，上升，一直在升。

等月亮升上山顶的时候，马一鸣已经坐在山顶的大石头上了。大石头基本上是个石槽，那块来自乌拉尔"塔加那伊"高峰的矿石就揣在怀里。老头说的没错，月亮从森林那边从额齐斯河的支流之一少女额尔齐斯河那边过来了，跟羞涩的新娘一样缓缓上到山顶就停下来了，把马一鸣全都覆盖了。马一鸣分不清是梦幻还是现实，他竟然触摸到活生生的肉体，还有肉体的芳香，还有体温，喘息声，歌声，美妙的乐曲混杂着森林的涛声、河水的喧哗、骏马的嘶鸣，最后就剩下天和地了。他意识中唯一清晰的就是他竟然有那么大力量，双手把女人端起来，一次一次地欢乐，一会儿冰凉一会儿热烈，他知道热的是女人，凉的是月亮。此时此刻月亮圆到了极限，女人也圆到了极限，月亮亮，女人也亮，月亮香，女人也香。这种似梦似幻的状态维持到后半夜。

马一鸣后来意识到自己到了马背上。他在前女人在后，女人的奶子暖着后背。马一鸣还记得他是徒步上山的，走得很累，出了好几身汗，下山就轻松多了，在马背上嘛。马一鸣还记得他最疯狂时的举动。当时过于疯狂，记不清了。这种男女欢乐的最佳状态叫端盘子。途中还有一些零散的残留记忆，印象最深的是大泄后的放松，山崩地裂似的四面散开。他估计不错的话，是这匹了不起的马从四面八方把他失散的魂魄和形体找回来了。那女人也真有力气，到宾馆跟前亲一下他的耳根，女人的体温体香最后一次弥漫天地，然后轻轻一托，他就到了地上，那马嗖地一下，跟一股风一样消失了。

可以想象李海莉见到马一鸣的情景。李海莉跟豹子一样冲上来。马一鸣闭上眼睛等待沙尘暴。马一鸣都做好坦白交代的准备了。落在马一鸣身上的是李海莉的拥抱，还有疯言疯语："我以为你回不来了。我梦见好多女人在追你，她们个个都比我有魅力。"马一鸣脸都白了，忧郁中的苍白，还在发抖。李海莉说："你太累了，太辛苦了。"李海莉给马一鸣脱鞋，双脚泡在热水里，还给马一鸣搓脚。这在以前是不可想象的。李海莉还要看着马一鸣吃饭，李海莉还要告诉马一鸣："我怎么搞的，以前就没发现你小子很有男人风度，你可不许背叛我，梦中那么多女人争你。"马一鸣的小脸已经不发白了，腿肚子也不发抖了，马一鸣点一支烟，告诉李海莉："梦是反的，是我担心失去你。"李海莉相信了。一直是这样嘛。

没过多久，也就是他们婚礼后的一个月，李海莉又不自信了，忍不住问马一鸣："你这狗东西，我怎么越来越害怕失去你。"马一鸣就说：你想多了。李海莉有点歇斯底里，越担心马一鸣，就把马一鸣看得越紧。

马一鸣总是一个人待在角落抽烟。还有那块五光十色的矿石，就摆在客厅的架子上当艺术品。那确实是一件不错的艺术品，完全是大自然的造化，夜晚它都会闪射出神奇的光芒。只是马一鸣抽烟的样子太可怕了，老婆不在家的时候，他就坐在"塔加那伊"矿石跟前，一支接一支抽烟。每支香烟都是白白净净进去，清清爽爽出来，还要盘旋几圈，跟灵魂出窍一样飘出窗户飘到楼顶一直飘到天上。

（选自《小说界》2007年第4期）

推销员为什么失踪
王 手

一

现在做生意是一定要有手段的。就拿我母亲做的这个行当来说，别看它做的人比较多，做起来也容易，但真正做得好的人是少之又少，大部分都是"空打喊"。空打喊什么意思呢？换了北京话就是"赚吃喝"。我曾经替母亲做过这方面的调查，十个里面有两个是亏的，有三个是空忙保本的，有三个只混个吃的，剩下的两个才是赚的。赚的那两个还一定得有手段。

手段基本上有两种。一是家里有人吃得住劲的，或有件衣穿穿的，公安、工商、税务，税务还分国税地税，最差的就是开发区里的保安也行。说我家什么人做什么生意，要厂家给个面子，也不叫厂家吃亏，反正你也要到别处买的，那就买我家什么人的吧。厂家这还不给面子吗？不给，除非他自己也不要饭吃了。

还有个手段就是，虽然不是穿什么衣的，但身居某某显赫部门，比如我父亲，在市委宣传部工作，能呼风唤雨，要操作个什么动静，一句话的事情。这手段更厉害，让厂家觉得你有能量，搬得动人。父亲曾经叫报社给母亲做过采访，报纸登了一版，也曾经叫电视台做过专题，访谈了一下。母亲说，后来在市场上出入，背后都有人指着看，还说，来店里看货的人也突然多了起来，不一定都做成什么生意，但人气旺了。

母亲做的是弹力片生意，弹力片是做鞋的辅助材料，做鞋的主打材料是牛皮和鞋底，但弹力片也很要紧，鞋头鞋跟要挺拔，靠的就是弹力片。所以，弹力片虽然是辅助材料，但也是不可替代的，换了另外的话说就是，竞争同样激烈，甚至残酷。

前段时间，市场上突然出现了一种新弹力片，质地又细又韧，还省时省电,也就是说,衬到鞋里面,烘干的时间短,厂家很喜欢。市场上有新产品,有那么多优点,这是好事。本来,这件事和母亲没关系,桥归桥,路归路,母亲眼红不来,心急也没用,但是它冲击着母亲挂钩的厂家。

母亲做的是中档的弹力片,母亲的心比较平,想自己做做中档的已经不错了,够吃够用了,她不贪发展。但现在,母亲危机四伏,前有荆棘,后有追兵。

那些厂家见了母亲就说,你有这个吗?这个东西好,我们换做这个。厂家拿着新弹力片的样品给母亲看,确实像油糕一样细,像橡胶一样韧,这不能怪厂家三心二意。母亲摇摇头。

厂家又说,我们是老关系了,你若有这个,我们还照样做,我们做生意也不是一天两天了,面子总是有的。母亲密密点头。

但是,厂家强调说,你若没有这个,我们就只好对不起啦,我们也要与时俱进,我们总不能面子大于质量是不是?母亲就像束手就擒一样,只好说是是是。

那些天,母亲心里就像油煎一样到处乱窜。她手里也拿着新弹力片样品,进出于生产弹力片的厂家,进出于使用弹力片的厂家。她焦急地问,你们知道这种弹力片是谁做的吗?听者愕然,他们也没有见过这种弹力片。你们知道是谁在推销这东西吗?问题让使用的厂家也感到茫然,但他们提供了一条有价值的线索,说,是一个生人拿过来的,没多少时间。

生人?什么样的生人?不是市场里的生意人?要是市场里的生意人,母亲闭着眼睛也能数出个大概。看来,这行里杀进来一个生猛的新人,搅得狼烟四起,惊吓了平静的生意。

过后的几天,母亲布置的眼线不断地报回信来:这个人专门在夜间出来活动,挑的都是月黑风高的天气……又说,这个人不走厂长路线,专攻下面的车间管理……还说,这个人来去无踪,没根没底,既不办厂,也不开店。也就是说,没有线索能牵扯到这个人,他也和现有的"体系"没什么瓜葛。

这哪是什么推销员,简直是昼伏夜出的特务。这些报信非但没有给母亲减轻压力，反而更乱了母亲的阵脚。

母亲没魂的时候就会拿父亲出气，说，你就看别人裤裆下也不拉一把？这是句本地粗话，在这里，我理解是：关键的时候也不帮她一下。

父亲其实是个没有办法的人，他的工作性质决定了他只会出谋划策，而具体到找人找东西，这不是他的强项。他唯一能做的也就是上上网，找找这东西的出处。依他的思路，无风不起浪，市场上横空出世这么一个东西，推销有动静，使用有过程，不会像飞碟光顾那样悄没声息吧。那时候，父母都没为这事找过我，怕影响我学习。

父亲上网的水平其实很有限，无非是找找雅虎，顶多再进一下百度，他的手段也很低劣，把"弹力"输进去，跳出几百条信息，再把"片"查一查，查出解释无数，就是没有两者合二为一的、用来做鞋的东西。这样弄了半天，满头大汗的父亲自嘲地说，别的什么更先进的技术我还来不及掌握，到目前为止，我已经尽力了。

但是有一天，母亲蓬头散发地回到家，挂着门框说，我找到了，我终于找到他了！那正是情境浓郁的傍晚时分，天渐渐地暗了，对面的楼群里已逐个掌起了温馨的灯光，父亲已烧好了饭菜，满房间都洋溢着酒店一样的荤香，这会儿，正坐在沙发上等母亲回来。父亲开玩笑说，同志，你辛苦了，我代表组织谢谢你。这是电影里的腔调。

父亲的幽默也影响了母亲，她夸张地疾走几步，样子像失散的战士找到了部队，就差没有瘫倒。给我水，我要水。喝过水之后的母亲稳定住情绪，然后说，他叫张国粮，都是他干的好事，他害得我们好苦。

二

张国粮是谁？近郊农民也。从名字上看，还是一个渴望温饱的农民。这是我的理解。

情况是一点点明朗起来的：张国粮原先种田，嫌劳作辛苦，一心想扔掉锄头。后来开始做钉，农民就这一点好，限制和约束较少，在自己家里放两台机器，就是工厂了，就从农业过渡到工业了。做着做着，又嫌工业肮脏，嫌不太好看，想做商业了，觉得商业有谱，商业精神。具体就是做推销，就是把别人的东西拿过来转手倒卖，赚个中间差。偏偏做的是弹力片，就威胁到母亲了。

母亲说，农民进城我们不是不欢迎。母亲的意思是：市场是个大熔炉，欢迎一起来炼炼。

父亲毕竟是宣传部出来的，看出了其中的可怕，说，农民想扔掉锄头，就是个危险的信号。农民如果连工业也看不上了，说明身体和思想都解放了，要革命了。

母亲说，我只是怕他一个古怪的说法，就是把生意和养猪相提并论。他说，我就当自己是在养猪，不着急。养猪是什么概念？说白了就是不在乎赚钱，平时不计时间，也不想回报，细水长流，到时候有几斤肉就可以了。有这样的想法和心理，我们还做得过他的？

没有张国粮的时候，母亲的生活是很有规律的。她一般七点半起床，吃好父亲烧的早饭，碗筷往桌上一推，说声走了啊，就笃笃地出门了。这时候，父亲总会站在窗前，看母亲从楼下的花径里走过，看她走入斜对面的车库，然后等着，听汽车发动引擎的声音，听汽车倒车的声音，听汽车的轮胎有力地咬着锯齿形坡度上来。等汽车哗啦啦钻出来，父亲会说，应该打一下转向灯，然后，微笑着看母亲的小车朝小区外驶去。

没有张国粮的时候，母亲的生意也很有秩序。每天上午，她先是在店里停留一下，擦一擦干净的桌子，扫一扫并无垃圾的地，然后，在十点左右光景打电话约人，厂长在呀，那我过去了啊。一切都是那样的优雅而放松。她从来没有仓促地去见一个厂家，碰不着人又尴尬地回来，那样她会觉得很狼狈。她要的是一份从容和沉稳。

母亲就为数不多的几套衣服，不好，但非常得体，她很有计划地穿着，穿出了一种新鲜。厂家经常会发出这样的感叹，你怎么每天一个样子啊。母亲觉得，这时候的衣着，不仅仅是个装束，而是她作为城里人的品质、修养、公信度。

在我们家还不很富裕的时候，父亲去贷款买了辆车，不好不坏的"广本"。车是专门为母亲买的，有了车，母亲又多了一份微妙的感觉。她开着车去那些厂家，沙沙沙的，还没等她在门口轻按喇叭，传达室的门，就像自动的，悄没声息地开了。

不仅仅是传达室，母亲觉得那些厂长也是这样，他们对车有笑脸，对车有好话。确实，对于一个生意人来说，车是生意稳定的象征，是生意做得好的象征，是有足够的收入养足够的开销的象征。因此，很多的时候，母亲觉得，那些厂长是冲着她的车和她谈生意的。

前面说张国粮像"特务"一样，我们是完全可以想象的。

白天，张国粮的拖拉机不能上路，像一堆废铁。午夜过后，他的拖拉机才渐渐地有了生命，可以爬出来了。

这时候的开发区，喧闹了一天的厂房都已疲惫；宽敞的马路也像水洗了一样冷清；入口处的"鹰眼"，自动地跳了闸，瞎了；困顿的保安，也开始哈欠连天，到处找睡。这时候，如果有一辆拖拉机冒着黑烟，突突突地匍匐蜗行，那就是张国粮。他躲过检查，趁着夜深人静，送货来了。

送完货的张国粮并不急着回家，他躺在拖拉机里，以臂枕头，仰望星空。天是那么的冷，风是那么的紧，我们想象着，就算张国粮是在休息，他也是辛苦的，不安的，因为他还有重要的任务没完成。

凌晨，那些加班加点的车间才会真正地停歇下来。那些管理累了一天了，这会儿才放风出来，伸腰，撒尿。黑暗里，张国粮不失时机地迎了上去，他要请这些管理喝酒。

他把他们带到过境路上，那里有各式各样的排档帐篷，样子很诱人，他们迫不及待地钻了进去，烫黄酒，吃海鲜。这些农村来的车间管理啊，在家时都是有一餐没一顿的，到了我们这里才刚刚学会了三餐的习惯，是张国粮又让他们养起了消夜的毛病。他们很愿意做享受的俘虏。他们吃了张国粮的夜宵，屁股就坐到张国粮那边去了，他们异口同声地诋毁母亲的东西，众口一词地说张国粮的东西好。生产要紧，质量是第一位的，耳软的厂长就会考虑，是不是先把母亲的东西缓一缓，放一放？

三

现在我们知道了,张国粮不是在光明磊落地做生意,而是在暗中使劲,在小处上下功夫。他综合了农民的狡猾和吃苦精神,很好地运用在了新时期生意实践中,程度比母亲厉害,但手段有点龌龊。

还是父亲有思路,他说,以身份的代价去赢得市场是不合算的。他主张不与张国粮正面交锋,应该曲径通幽,追根溯源,从张国粮的新弹力片入手。打蛇打七寸,只要找到那东西的出处,凭我们的智慧,生意还怕做不过张国粮?父亲说的智慧,包括母亲的市场形象,以及他可以影响别人的手段。不过,父亲也说,《红灯记》里有一句话,一个共产党员藏起来的东西,就是一万个人也找不到的。换一个句式就是,一个聪明的农民搞到的东西,肯定也是非常难找的。

这次,父亲把任务交给了我。我现在在学校读大三,理解这些应该没有问题。弹力片的原理主要是:棉花布是主体,热熔胶是化学反应,快速成型是它的效果。而弹力片是我们市场的习惯土话。我就把"棉花布快速热熔胶"输进电脑,立刻有信息跳了出来:这东西产于广西,发明于日本,原来是用来做箱包的,现在有人用于做鞋。广西的经济不活跃,广西的劳动力便宜,所以它占尽了成本和质地上的优势,一来就把母亲的东西打倒了。

做箱包和做鞋是什么概念?父亲打比喻说,一个是广西的北海,一个是我们这里的东海,不可同日而语,北海充其量是个内湖,而东海,那可是汪洋大海啊。

方向有了,接下来就是父母去广西攻关了。

父亲操作这类事是驾轻就熟的。他把自己安排了两天年休,再匀上一个双休日,这样有四天时间,别说是去会一个企业老板,就是去会见自治区主席也绰绰有余了。关键是父亲利用职权和我们驻广西的商会接上了头,商会也愿意拉宣传部这个关系,在电话里就领导领导地叫开了。由他们出面接待,等于走了好多捷径。我们这里去广西有一趟火车,隔天一班,是夕发朝至的,车设计得非常合理,这一路都是大山和隧道,没什么好看的风景,上车睡觉是再好不过的安排了。父亲上车后发了一会儿短信,短信是发给我的,"我们在外面你要自己照顾好自己噢"。又说,"注意学习噢,你看,这次就是你的知识派上了用场"。又发了一条,"你妈太上心,太沉重,我怕她垮了。"后来又发了一条,"你有空给你妈灌输些思想,比如,人生一世,草木一秋;比如,生意诚可贵,生活价更高"。前面那两条我都回了"嗯",后面的最后一句,我觉得父亲有所指,就回了"你是不是和母亲不和谐?"我说的是他们的"私生活"。母亲牵挂着生意,有些事肯定会疏忽的,甚至是荒废的。这一次父亲没有回,等了半天还没有回,他大概是睡着了。母亲睡不着,她一路听着火车铿锵有力的声音,一会儿过桥了,一会儿进隧道了,车厢里有灯光照进的时候,母亲知道,是一个小站到了。她就这样一路听过去,一路判断过去,倒也不觉得累。有一阵,母亲突然慌得很,就推了推熟睡的父亲,说,你那边应该都安排好了吧?母亲放不下这件事。父亲惊醒过来,但神魂还在梦里,嘴巴莫名其妙地张着,盯着车厢顶看了半天,才说,噢,没问题,等会儿你就知道了。到了广西,母亲才知道,父亲的胸有成竹是有道理的。来接站的就是我们在当地的商会会长,这个五十多岁的男人还带了一个可人的小姑娘,是个大学生。父亲小声地对母亲说,名义上是秘书,实际是小老婆,你看,弄得像真的一样。不知为什么,母亲并没有觉得反感,反而从他们的做派中看到了会长的能量和魄力。商会在当地俨然一个小政府,这个小政府给当地带来了市场,带来了活力,带来了就业指标,带来了三产的发展,因此,商会宴请父母的时候,当地的一位副市长也积极要求作陪。他们把父亲当巡视的领导,把母亲当投资的大老板,毕恭毕敬的。这个架势,也影响了同时请来的做弹力片的厂长,把他吓得不轻,拼命说,是会长的领导,那也是我的领导。下一句话,心意和倾向都在里面了。有副市长在,母亲提要求的口气也大了。酒过三巡,脸耳开始发热,借着那个劲,母亲对那个厂长说,我一个月给你做一百万,你把张国粮断了怎么样?厂长只顾笑着,含糊地说了一句戏剧里的话,手心手背都是肉。又说，我有张国粮，还只是一只手，现在我有了你，等于有了左右手。父亲装作劝解母亲，大度地说，断的事以后再说吧。父亲的话外音是：到时候我们把张国粮灭了让你看看！事情办得异常顺利，父亲想把多出的几天玩掉，会长和厂长也都做了安排，桂林的漓江，南宁的溶洞，柳州的柳公祠，北海就不用说了……但母亲的兴奋使她想快快地赶回家。在回来的火车上，父母买的是软卧，广西到我们这儿的人不多，软卧更是像专列一样，一车厢就父母两个人。也许是环境的诱发，也许是高兴的驱使，父亲突然想起了做爱，他已经有好长时间没有做爱了，今天真是天时地利人和。他站起来关上门，还咔嗒把门锁上。母亲猜出了父亲的心思，惊诧地看着他，说，在这里？你昏了头了！父亲嘿嘿笑着，说了句只有母亲才能听懂的话。母亲又说，躺在被窝里不觉得冷，你倒是心宽。这话，算是拒绝了。母亲的话里有责备的意思。父亲是安乐的，而母亲是劳碌和辛苦的。要是在家里，这样的时候，父亲就会悻悻地来到客厅，抽一支烟，有时候抽两支，让自己的尴尬在烟雾里慢慢消解。但现在是在车厢，父亲只能待在里面，他一声不响地表示着自己的生气，无奈地和母亲一起，听火车咣当咣当的声音，看窗外的一切在黑暗里退去。

四

从广西回来的母亲明显的底气足了。在这个行当里，母亲具备了许多优势，她作为城里人的自信，她拥有众多厂家的实力，现在又有了新弹力片，就像一个会武功的人又插起了双枪，连脚指头都威风凛凛了。

现在，她见了那些厂长会说，我把你做的东西换掉怎样？我现在有个好东西，换了，你的鞋就提高了一个品质。过了一段时间，母亲又会对厂长说，我又有个新东西，东西绝对好，但价格会稍稍地高一点点，这种东西不多，我先拿给你试试。母亲的话很诚恳，即便是有点稍稍涨价的嫌疑，也早就被她的诚恳掩盖了。

厂长们听了都非常舒服，觉得母亲看得起他，好东西先介绍给他，给他留着，不会把一些烂货便宜货推销给他。企业到了想吃便宜货的时候，这个企业也开始垮了。

这是母亲的诀窍，话往高里说，往好里说，她要让厂家觉得她是做品牌的，不仅在信誉上有品牌，东西上也做品牌，她的东西一分钱一分货，从不掉价。不像张国粮那种短命的做法，人家给你多少，我再打个折给你，这不是做生意，这是搬起石头砸自己的脚，自己掐自己的脖子。

一切都在悄没声息中进行。母亲有她的如意算盘，她手头有自己的五十个厂家，她先把他们做好，夯实自己的基础再说。为此，她还更换了自己的运货车，把原来那种敞篷的小四轮换成了厢式的东风小霸王。这个感觉好，就像运海关货物，像运集装箱，她的东西就这样隐蔽地源源不断地运往她的厂家。

她这种隐蔽的做法主要是想麻痹张国粮，让他以为只有他有这种东西，以为自己是独家，让他在得意中松懈，在满足中高枕，等他醒来，母亲的播种已经完成，早就遍地开花了。那时候，他就哭吧。

那个张国粮，据我所知，他其实也没有松懈。他不知道自己在这个市场上占了多少份额，应该占多少份额，多少份额才是他力所能及的。他不会算，也不去算。他只知道做生意就是不择手段，就是不断地扩张，初涉生意的亢奋让他像日本侵略者一样到处扫荡。

为了能跟得上自己的节奏，张国粮也把自己的拖拉机换了，换成载货量大的农用车，就是三只轮的、开起来震天响的那种。不是我们笑他，这种农用车除了有个车样子外，其实还是拖拉机的本质，说得难听点，它连自身的平衡都成问题。有一次张国粮心狠，东西装多了，它就像嘶马一样前脚打跳，把驾驶室里的张国粮摔了个狗吃屎。还有一次，它右边的一个轮胎爆了，整个车顷刻侧翻，差点没把一旁的张国粮压死。可惜，这种车还是不能走白天，所以，张国粮虽然有了一点点进步，但还是做着偷偷摸摸的勾当。

张国粮走的是基层，母亲走的是高层，高层有决策权，但也架不住基层造反。他照样在深夜里出来活动，请那些外地管理消夜。现在，张国粮的夜宵也在不断地花样翻新，他现在请他们洗脚。其实，他们那些脚洗和不洗有什么两样呢？但他们愿意尝试。

我们这个地方的人有个特征，就像资料上说的"龙的传人的眼睑不一样"，我们这里的人脚小，男的很少有超过四十码的，女的一般也在三十六码以内，因此，我们这里的洗脚屋盆小。那些管理从小到大在田野里奔走，他们的脚又粗又大，又大又硬。但他们说，泡泡就会软的，泡泡也挺舒服的。他们的大脚往脚盆里一放，药水就满出来跑地，这样，他们一次只能泡一只脚，而另一只脚要在外面等一等。这样看上去就很别扭，好像他们不是在洗脚，而是在疗伤。

就是"疗伤"也要洗，这不是效果的问题，而是待遇的问题。张国粮给他们待遇高，也许以后还会高，请他们异性按摩，捉一只廉价的鸡给他们吃吃。我们很快发现，母亲手下的一些厂家已渐渐倒戈，慢慢被张国粮蚕食了。

听说张国粮还在钻研会计业务，他对母亲的库存感兴趣。他从广西方面了解母亲的进货情况，从管理那里结算出母亲的销售情况，母亲的仓库就好像张国粮自己的仓库，一点点风吹草动都在他的掌控之中。当母亲的东西接济不上，当广西方面的货还在途中，当厂家的需要频频告急，张国粮就会像牛皮糖一样粘上那些厂家，恬不知耻地说，你不是急需这些东西吗？我有。这些厂家，正急得团团转，正嗷嗷地等米下锅，你叫他们怎么办？肯定都是"有奶便是娘"的。

生意人有好多种，为什么做生意也不尽相同。像母亲，她是下岗了走投无路才做的生意，从生意初始就身负压力。生活的压力，经济的压力，所以她会心急，她经不起时间的煎熬。她的目的是赚钱，而不是热身。

张国粮不是这样，他做生意是为了改变身份，他的起点本来就低，又有农民的底线稳定身心，所以，他的出发点就不同，除了学习生意，他的任务是进入圈内，赚钱不是他的当务之急。

就像我们地方的一句话，好汉怕赖汉。母亲显然是条好汉，她端着架子，循规蹈矩；而张国粮无疑是条赖汉，没有框框，天不怕地不怕。

五

　　坐以待毙肯定是不行的，母亲想尝试一下斗争。她首先选择的是"文斗"。

　　文斗就是打广告，打广告就得用钱，母亲不相信，用钱压不垮张国粮。

　　广告是父亲帮助策划的，口号要叫得响，语句要动听，把自己的身价和规模亮出来，告诉厂家我是"市场第一"。关键是在报纸上持续，这证明了我们的实力。为此，父亲发短信给报社的头，开了门说，我老婆要打广告，请酌情照顾。

　　酌情是父亲客气，要的还是照顾，报纸就给了他很大的意思意思，比如名片大那么一块，给别人一千，给母亲三百，母亲想都没想，说，打一个月再说。她要把开发区炸得家喻户晓。

　　张国粮也学着母亲打广告，不过，他打在协会的"资讯"上，语句也写得土头土脑，什么好消息，大削价，等等。母亲不屑地笑笑。

　　这些资讯母亲最清楚了，在上面广告的都是些小打小闹的厂家，报纸舍不得打，在资讯上过过瘾，和自慰差不多。这种免费的资讯像苍蝇一样在开发区乱飞，飞得到处都是，越是这样，人家越瞧不起它。而我们家，母亲店里，仓库里，大家都知道这些资讯的用处，只要它飞进来，要么把它当垃圾扫地出门，要么当场把它裁了，折成纸盒，吃饭当"骨盘"用！

　　说起吃饭，父母都吃得不如意，都是为了张国粮。等不到一起，就吃不到一块去；等得晚了，吃得就冷冷冰冰。看着母亲味同嚼蜡的样子，父亲心疼了，说，你不和他一般见识不行吗？你就是少做一个厂家又怎么样？母亲潸然泪下，说，你气死我了！

　　许多来过我家的人都说，我们家有一股鞋味，鞋味不知从哪里钻出来，又浓郁又顽固。他们开玩笑说，卖鱼人家里有腥味还马马虎虎，你们家有鞋味没有道理啊。我知道这是母亲的杰作。曾经有个厂家积压了几千双鞋子，愁得满头白发。母亲想拉他的关系，就谎称有亲戚在俄罗斯开店，狠了狠心，通吃了他的鞋子。厂家像死里获救一样，和母亲结下了友谊，但我们家却多了几千双鞋子。这些鞋子被母亲运回家，锁进了父亲的书房里。这是秘密，一般不说，说起来不好听。

父亲也曾经帮过一个大忙，这些忙又转换成厂家的情谊，落到了母亲头上。事情是这样的，一个厂家的保险箱被贼撬了，厂家去报了警，渴望尽快破案。不知从什么时候起，公安有了这样一个规定，除打击犯罪外，对没有做好防范的单位也要进行处罚。这话听起来有点别扭，但道理是对的。为什么这类案件屡屡发生？为什么犯罪分子能轻易得手了就是因为你们缺乏必要的保障，措施不力，没有防范意识，警钟不长鸣。那段时间，正是抓典型抓落实的风头，这个厂家就被列为典型进行试点。整改、培训、罚款、验收，厂家头都大了，后悔报警了，他们的生产也停了下来。母亲把这个消息带回家，问父亲能不能帮忙。父亲说，你再等几天看看，等他们忍无可忍了，想跳楼自杀了，问你公安有没有熟人时，你再见机行事。父亲这样说了，母亲就知道有把握，就去把厂家的要求应了下来。后来，父亲找了他的县处班同学，那是个公安局长，就说这失窃的厂家是自己的亲戚，叫他们睁只眼闭只眼算了，不处理算了，不当典型算了。一句话，就当没报警行不？自认倒霉行不？保险箱白撬了行不？有父亲的面子，这当然行啦。厂家感激母亲的帮忙，对母亲说，你以后有什么东西就尽管送过来好了。母亲高兴得哎哎哎。

这就是母亲和厂家的关系，字字血声声泪都有一本血泪账。

六

寒假的时候，我每天待在母亲店里，这是父亲的命令，他让我帮母亲做点事，比如，汇总一下库存，到工商交涉一些事情，去银行办理承兑汇票，倒不是母亲店里人手不够，主要是陪母亲说说话，让母亲身心放松开来。

有一天在店里，见母亲站在远处与一青年说话。母亲是那样的精致，而青年则有点邋遢，他的头发又乱又长，身上是看似很重的"牛仔"，具体长什么样看不清。这是非常和谐的一幕，精致与邋遢，年长与年轻，女性与男性，在市场纷乱的背景里，他们这样站着就很生动。他们的身边车来车往，有车来，他们就让一让，偶尔也有人走到他们面前，也许是熟人，他们会点头致意一下。他们在说什么我听不见，但他们有说有笑，有严肃也有松弛，有停顿也有延续，身边的嘈杂没有影响他们。有几下，母亲的手机进来了电话，母亲侧着身接听，青年在一旁等着，他们这样的造型也很和谐，动与静的和谐，动作和声音的和谐，身形和站位的和谐。他们在说什么？这么有话说？好像这个市场就是他们说话的地方……

后来，母亲回到店里，我问母亲这人是谁，母亲说，这就是张国粮。就是这个人啊！你跟他说什么？母亲说，我告诉他某某厂是我做的，生意不能抢，这是规矩，就好像朋友的妻不能欺一样。我跟他说市场的秩序，说秩序不能乱，乱了谁都不好做，稳定了大家才有饭吃。

我看着母亲，觉得母亲真伟大。她有市场观念，她追求生意的和谐，她不喜欢在血雨腥风中去拼一份商机，那不是她的理想。她一定也看到了张国粮的辛苦，同时也看到了他的勤奋，一定是欣赏他的意志，把他当个"对手"，才给他一个面子，和他客气地说话。

但是我也发现，母亲在说起张国粮的时候神色有拘谨，眼里有惊恐。母亲说，她心里没有底，她和他说不清道理，她不知道张国粮会做出什么。

张国粮并不把母亲的忠告放在眼里。他从农村来，他是近郊农民，他自由散漫惯了，他不喜欢约束，他视秩序和规矩如粪土。这段时间，他心火正旺，热血沸腾，夜里拼命地送货，白天还出来踩点，他的破坏非但没有收敛，反而在不断地升级。

现在，张国粮像个特务一样盯梢在母亲的仓库门口，他知道，只要盯住了母亲的仓库，母亲的厂家就等于一览无余，他就可以各个击破。反正盯梢也不是什么本事，农民出身的张国粮完全可以自学成才。没有盯梢跟踪的工具怎么办？这难不倒张国粮，他早就准备好了，他消费不起"的士"，"摩的"他还是坐得起的。这会儿，被他雇来的摩的就停在他的身边，甚至已发动了引擎，蓄势待发。他在等母亲仓库的动静。仓库的货车开出来了，张国粮也随之亢奋起来，他跨上摩的，像电影里演的那样，对摩的下达命令：前面那辆车，保持距离，跟着它……

　　这场战争母亲打得很吃力，因为与她较量的不是"黄埔"出来的校友，就像正规军碰上了游击队，他们不是力量和装备上的较量，而是意识形态和思维逻辑上的较量。

七

　　现在好了，母亲想通了，她不想忍了，她觉得自己已仁至义尽，她想"先礼后兵"，想"教育"一下看看。

　　教育分两个层面，一是深入灵魂，还有就是触及皮肤。一般认为，触及皮肤是最直接的，也最为有效。

　　有一点可以肯定，母亲说的"先礼"不是礼节的礼，礼貌的礼，礼仪的礼，更不是礼品的礼。当然，这些"礼"母亲是一直在奉行的，并始终贯穿在自己的生意中。但这些礼对张国粮没有用。母亲说的"先礼后兵"实际上是"先轻后重"。"轻"，就是教训他一顿。

　　现在母亲清楚了，为什么张国粮不开店？为什么张国粮不租仓库？他就是怕人找他，就是怕揍。他在乡下多好啊，狡兔三窟，如鱼得水，乡下就是他的根据地，到处都是他们的人，他就像游击队一样神出鬼没，母亲就是想找他算账，想揍他，总不能跑到乡下去找他吧，跑去也找不到。但这事母亲上心了，张国粮就难逃"法网"。

　　那些天，母亲派出的"杀手"一直在开发区巡逻。月黑风高夜，杀手一身夜行打扮，黑衣皂靴，青纱蒙面。第一次没找到，张国粮也许窝在乡下没出来。第二次也扑了个空，张国粮送完货凯旋回去了。第三次，杀手在一个厂家门口发现了农用车，这是张国粮的标志性装备，杀手就猫在农用车旁边等。其间，杀手轮流去买了一些点心，轮流去撒了一泡尿。后来张国粮出来了，懵头懵脑的，杀手就一哄而上，拳脚淋雨一样下来。打得张国粮抱头鼠窜鬼哭狼嚎，老大，你们为什么打我啊？我有什么地方做错了啊？我有错你们可以告诉我啊，我会改的啊！这就是我们说的"赖汉"，赖皮赖脸的赖汉，死猪不怕烫的赖汉，一打就求饶，一打就露出一副可怜相，这样的人，打根本就起不了作用。

对于打，父亲不是很赞成。父亲有时候会心生恻隐，说，他不这样，光明正大的，在你们的地盘上，他做得过你们城里人吗？母亲就是这样气父亲，说，白白在机关待傻了，待得是非都分不清了！

母亲后来又给了张国粮一次机会。她请来了广西上家。他们同为上家的左右手，左右手不能自己把自己砍了是不是？但这只手能不能砍，她得听听主人的意见。

她请上家到自己的店里看看，到仓库看看。这段时间，母亲努力地推销，做下了辉煌的业绩，有些是靠过去的友谊延续下来的局面，有些则是在张国粮的逼迫下，拳打脚踢新发展起来的，总之，母亲的家底谷满屯粮满仓，一派兴旺景象。

母亲在燕风楼摆下酒席，一方面为广西的上家接风，一方面也请了张国粮，她要上家主持公道，做个见证，把她和张国粮的事情处理好。上家说，你们这有点像板门店谈判。母亲说，不是。板门店是停战谈判，他们还没到"敌我"的性质，他们是行业内部调解，或者叫协商。协商的目的只有一个，是为了维持秩序，不要恶意突破，更不要抢占，不是为了要消灭谁。当然，新的资源，各人凭能力可以共享。

但是，张国粮那天没有来，他甚至拒绝母亲的提议，他想一头黑到底，谁的面子不吃。他还给广西上家打来电话，说了一句没头没脑的话——命长做得了皇帝！上家一头雾水，狐疑地问母亲，他这话什么意思？母亲说，我怎么知道他什么意思。他本来就是一本天书，一般人读不懂。

对于张国粮，上家是无奈的。对于母亲，上家爱莫能助。为什么这么说呢，农民张国粮，这段时间的打拼还是卓有成效的，他现在已经占了这里市场的一小半份额，上家抱歉地说，这只手，他剁不下来。

母亲当然知道张国粮那句话的意思，她只是不愿意在上家面前说起罢了。这是对母亲的宣战，是在向母亲挑衅。母亲今年也有四十五六了，张国粮才二十七八，他占着年轻的优势，占着体力和精力的资本，他要跟母亲耗，市场是年轻人的天下，他的意思是看谁耗得过谁？他在等母亲自行淘汰，他是最终的市场皇帝。母亲愤怒了。张国粮可以不懂规矩，可以不守秩序，但他不能没有大小，不能没有礼貌！

现在，母亲真的要"后兵"了。前面说的"轻"，母亲是煞费苦心的，从轻，轻柔，轻松，轻描淡写，能轻则轻，只触及皮肤，不深入灵魂。但张国粮不吃母亲的"轻"，母亲就只好"后兵"了。兵反倒不是动武，不是兵戎，兵谏，兵临城下，刀兵相见，而是"先轻后重"的"重"，与轻正相反，是严重，沉重，出重拳，施重刑。当然也和兵有关，是兵法的兵，兵不厌诈的兵。

八

要把一个同行变成敌人也是痛苦的。母亲找到了一个朋友，这个人可以利用。

这件事梳理起来有点困难。

有一天母亲找到张国粮，说什么型号的东西接济不上，要在他那儿进点货。

张国粮很高兴，他看到的是母亲在挣扎之后的妥协，他接受母亲的示好。他在心里说，缴枪不杀。

母亲进了一些货之后向张国粮提出了要降低进价的要求，这合情合理。母亲不是厂家，母亲还要转手不是？

张国粮同意了，他得意地说，你就当我的二道贩子吧。他开给母亲的收据是每件两百元。

母亲想到的那个朋友叫龙海生，名义上是"飞阿达"的老总，暗地里大家知道他的社会兼职，叫他黑社会军师。母亲和他的生意始于他初涉鞋业的时候，他老是来母亲店里拿东西，老是赊账。母亲起先很难受，父亲开导说，你就当花钱买一个朋友嘛。现在龙海生当然是财大气粗了，他也念母亲的情，他的生意，母亲都是一个电话的，根本不用费什么口舌。

龙海生说话很随便，他说，他就喜欢母亲那种矜持素面的样子，好像随时都准备宁死不屈似的。母亲也是的，对别人笑得很亲和，对龙海生却确实有点冷，保持着一定的距离。不知为什么，有一次龙海生对母亲说，我和你都做了这么多生意了，就没看见你真心地笑过，都是些职业的微笑，皮笑肉不笑。当时母亲正押了一车东西到他厂里，听他这么一说，转身就把东西拉了回来。母亲的意思是，生意是正常的社会供需，大家都是靠资源生存着，不存在恩赐和乞讨的问题。父亲开玩笑说，他要是想睡谁，还不是问一个肯一个，他是欣赏你的气质，他没有花你的意思。

那些天，母亲故意不给"飞阿达"送货，龙海生催，她就说没有，库存就缺这个型号，广西那边也是十八个捣臼还在岩里。母亲有意把"飞阿达"让开一条缝。这是母亲腌下的一块咸肉，故意把它腌臭了，无孔不入的张国粮果然像苍蝇一样叮了上去。

张国粮兴奋地把东西送到"飞阿达"，而且是源源不断的。其间，他去结了一次账，他开给龙海生的价格是每件两百六。这时候，母亲把那张每件两百元的收据送给了龙海生。这张收据表明，张国粮心狠，他欺到龙海生头上去了，打倒了人还咬去了睾丸。龙海生看着收据，咬牙切齿地说，这狗生的，他饭不要吃了。

张国粮再次去龙海生那里的时候，龙海生就没有好脸色了。他待人接客有好几种形式：一般做生意的，就坐在沙发上；他喜欢的人，像我母亲，他就请到办公桌前的软椅里；还有就是站着，三言两语打发走；还有就是放狗咬他。龙海生让张国粮站着，他要看看张国粮的表现。

张国粮站着还在抖脚，他不计较站着还是坐着。在他心里，送货结账是天经地义的事。但他不知道，在龙海生这里，惹火了不给钱也是天经地义的事情。

两个人像上次那样谈到了价格。龙海生之所以还和他谈，是想让他诚实一点，编出个中听的理由，小孩子毕竟不懂事。但张国粮显然辜负了龙海生，他还把话往大里说。他说，给你的价格是最便宜了，给别人都是两百八，给你和给开店的一个价，都放到底了，放得血流满地。龙海生失望地叹口气，看看压在记事板上的母亲的那张收据。

龙海生说，你在蒙我，你把我当傻瓜了，你让我在同行面前出了丑，你把我的神气塌大了。龙海生的声音嗡嗡的，像阴天天边滚动的闷雷。

龙海生说，我告诉你，叔叔很生气，后果很严重。

龙海生又说，你现在不用问我要钱，你问问我门口的柱子肯不肯。

张国粮莫名其妙，我问柱子干吗？柱子关我什么事？说是这样说，但他的脚已经站不稳了，心也突然地慌乱起来，似乎看到了自己连本带利泡汤的前景。

"飞阿达"的门口有两根柱子，一高一矮，用花岗岩砌成，有三人抱那么粗。不知道的人会觉得这两根柱子破坏了大门的整体形象，但圈内人知道，这是一种特殊的象征，表明这家厂是黑道开的。这些人过去都曾叱咤风云，在社会上说一不二，脑袋系在裤腰上，大刀插在背脊上，是"打出少林的和尚"。现在他们年纪大了，收心养性了，办一个厂给自己养老，但他们的威风还在，尊严尚存，哪容得张国粮这些小孩胡作非为。

张国粮当然不知道柱子的典故。他后来还心怀侥幸，又跑了几趟"飞阿达"，想要回他的货款，但到了门口都被里面的狼狗镇住了。狼狗吐着长长的舌头，舌头血红血红的冒着热气，狼狗的喉咙在酝酿着咆哮，在积蓄着力量，好像马上会扑上来，也好像在说，张国粮，你给我滚远点，你要是再让我看见，见一次咬你一次！

九

父亲心底里是支持母亲的。在亲情面前，认识是可以打折扣的，是非也是可以打折扣的。现在，父亲也把张国粮的事提到了斗争高度。他说，不守规矩，不懂礼貌，敬酒不吃，说和也不干，他还想做什么？他这是自绝于人民啊。父亲还说，由此看来，张国粮是个喜欢斗争的人，尤其喜欢和母亲斗，那我们肯定要同心协力地和他斗。很多人是喜欢斗争哲学的，比如希特勒，比如萨达姆，这没有办法，斗争的血在他们血管里流着，但这些人的结局都不好。我们被他立为对立面，也是注定要和他斗的，不斗不解决问题。

但张国粮也是要正确看待他的，这个我们要实事求是。有张国粮，我们才知道市场还有空间；有张国粮，市场才不会死气沉沉；有张国粮，才暴露了母亲生意上的一些不足；有张国粮，母亲才有了对手，从某种意义上说，才更有意义，才会有进步。

现在，我们都摩拳擦掌，严阵以待，期待着张国粮出现破绽，我们好歼灭他。

一天，父亲在吃饭时突然兴奋地欢呼起来，说，天助我也。我们都纳闷不解，难道这饭桌上会有什么"战机"？原来，父亲在吃饭吐垃圾时发现了"骨盘"里的秘密。就是市场里到处乱飞的"资讯"，我们都把它裁了折成骨盘用的资讯。那上面有一则张国粮的新广告——张氏辅料厂，投巨资引进德国设备，生产红灯牌鞋用弹力片，真棉材料，化学配制，现代化科技加工……

红灯牌就是广西上家的注册商标，还是个驰名产品。

父亲哈哈大笑，说，他这牛吹大了。

母亲说，还说自己投巨资引进设备，他说自己是中外合资多好。

父亲说，吹牛也要有常识的，德国怎么会做制鞋设备呢？德国做海得堡印刷设备还差不多。

母亲说，他本事还不小，还不做一般的东西，专做名牌产品。

父亲说，这就是他致命的地方，做生意也得素质和文化啊。

母亲说，我们现在做什么？

父亲狡黠地说，我们现在什么都不用做。

这件事对张国粮来说也许是卖弄，是开玩笑，是自鸣得意。但对我们来说，特别是对在体制内的父亲来说，他马上敏感地意识到，这是玩火，是过头了，是要吃官司的。

父亲说的"不做什么"是指不用"大动干戈"，他只是叫母亲到市场去再收集一些有张国粮广告的资讯过来，他把这些东西装上信封贴上邮票，写上广西上家的地址，寄了出去。而我，则把资讯扫描下来，做成邮件，发到广西上家的网址上。这不用匿名，当然也不是实名，也不算举报，这是我们一家三口出于公心，真实地反映情况。

接下来的事情非常简单，不是我说得简单，而是事实本身就这么简单。据说，张国粮一天就接到好几个上家的电话，他还不知道，以为是上家和他亲近，实际上是上家在取证，说不定还在电话里录了音。后来，上家就直截了当地告诉张国粮，他们已经起诉，法院也启动了司法程序，过几天传票就会到他手里。

他们说，他们这个产品是国家扶持项目，创这个品牌花了他们几代人的心血，张国粮现在扰乱视听，他们将向他进行巨额索赔。

张国粮本来就被龙海生黑得伤了元气，现在又有法律在追打他。法律是什么？法律可不是市场秩序，不是生意规则，不是人际关系，法律是陌生，想不出是什么东西，法律是石头，你撞不过它，它可以砸死你，所以张国粮害怕，他选择了逃。

曾经有人说，父母这样的搭配是最合理的，一个公务员，一个做生意，一个立志，一个安邦。以前母亲总说，父亲只适合于纸上谈兵，其实，他要是冲锋陷阵了，也是很威猛的。

说话间，母亲也有很长时间没看见张国粮了，按母亲的话说，就像虱子烫了一样舒服。她从来没有像现在这样踏实，在市场踏实，去厂家踏实，自己开车踏实，送货出去踏实，店里踏实，仓库里踏实，她只需按照自己的意图去安排生意，不用再担心有人惦记她，盯梢她，算计她。

母亲最终是胜利者，其实，前面一段时间，母亲也只是在一些小小的战役上受了点挫，从大的战略上说，张国粮是注定要失败的。张国粮是什么？一个近郊农村刚进城的愣头青，他还真以为自己天不怕地不怕呢。他不知道自己面对的是什么对手——勤劳勇敢的母亲，能呼风唤雨的父亲，也算半个知识分子的我，还有母亲后面强大的社会关系。我们不和他计较也就算了，我们要联手起来，就像那句话说的：再狡猾的什么也斗不过我们这样的好猎手。

十

父亲一直感慨着生活，自从母亲做了生意，他已经很久没有和母亲做爱了，至少没有酣畅淋漓。他支持母亲的生意，但不希望母亲把生意带回家，来影响他们的生活。但母亲太投入了，继而被生意束缚，有了张国粮之后更是活在他的阴影里。现在好了，拨开云雾见天日，站在山头唱山歌，父亲和母亲的亲热应该是顺风顺水顺水推舟了吧。

但母亲的身体已不听话了，不听父亲的话，也不听自己的话。她的身体顺从着父亲，眼睛则看着别处，好像她的身体在做一件事情，而她的脑袋却游离出来，在做着另外一件事情。

母亲说，你说，张国粮现在在哪儿？父亲说，你怎么老是念念不忘？你不提他不行吗？还嫌他害我们不够吗？母亲继续着自己的思路说，听说他在山西挖煤，也有人说他在大庆打油，也有人说在哪儿看见他在讨饭。父亲说，你管他是讨饭还是当皇帝。母亲说，他像一枚楔子打入了我的脑子，有他，我睡不着，没他，我也睡不着。父亲生气地说，看来你也是条斗争的命，你闲着难受是吧，你独孤求败是吧，你求他来和你斗吧，斗烦你，斗死你。

父亲放开母亲。黑暗里，他迅速穿好衣服，用力地开门，又用力地关门。他又坐在客厅里吸烟了。我想，我必须和父亲交流一下，他虽然是我父亲，但有些事他还真的不一定懂。

我踱出自己的房间，微笑着和父亲打招呼，我说，母亲是不是不会做了？父亲看了我一眼，说，你说什么呢？又说，小孩子不知道的事，别吵。我告诉父亲一则我看到的资料：一个人被妻子瞧不起，被妻子抛弃了，他咽不下这口气，发誓要做件事让妻子看看。他把自己的心血都花在培养子女上，一心一意，没其他丝毫杂念。后来他熬出了头，子女也出息辉煌了，他想着讨个老婆弥补一下自己，却发现自己没有欲念了，什么也不会做了。我对父亲说，你得体谅母亲。父亲笑笑说，慢慢来吧，会好起来的。突然，父亲好像意识到什么，对我说，你在学校不能乱来啊。我告诉父亲，我们同学倒是挺随便的，想睡就睡，不过，我把这件事看得挺重。

母亲当然也为这件事内疚，她想和父亲沟通一下，但张开嘴，蹦出喉咙的又是那些生意上的事。母亲说，张国粮在的那半年，我们被刺激起来，拼命跑，拼命奋斗，寸土不让，寸土必争，我们虽然辛苦，但收获也挺大的，我们赚了四十万。这半年没有了张国粮，身心安逸，生意很好做，我们就像独家经销一样，等客上门，不怕没生意，没有危机感，但我们满打满算，应收款都算进去，才赚了三十万，你说这是为什么？

父亲听了也愣在那里，他皱起了眉头，好像在自言自语，怎么还有这样的事？

（选自《人民文学》2007年第5期）

蜜蜂圆舞曲

范小青

　　一只离群的蜜蜂飞到老乔家的饭桌上，停下来，也不吭声。老乔看了它一眼，说"你不说话，就以为我不知道？"客人惊奇地看着老乔。乔世凤说："他就是这样，他和蜜蜂说话，我们听不懂，他们听得懂。"乔世凤为她的男人骄傲，从她的口气里能听出来。客人连连点头，"果真是这样的，果真是这样的，我们在外面就听说老乔的蜜不一般。蜜蜂听老乔的话，酿的蜜肯定是不一般的。"老乔站起来往外走，蜜蜂跟着他。乔世凤说："要起风了，老乔收箱去。"

　　过了一会儿果然起风了，乔世凤问客人："你是带走还是预订？要多少斤？"客人没有听见，渐渐起来的风声让他有点心神不宁，起风了，湖面上的浪会大起来，船就不好走了吧。乔世凤看出来了他的心思，跟他说："三五级风不停船的。"客人朝她看了看，寻思着，三五级风？她怎么知道是三五级风呢？他的心思又让乔世凤看出来，乔世凤说："只来了一只蜂。"客人"咦"了一声，要是来两只蜜蜂，是多少级风呢，要是来一群蜜蜂，就是很大的暴风雨了吧。客人心里奇奇怪怪的，但却把心思放下了一点。但接着他又上了另一个心思，到底要多少蜜呢？他犹豫着。乔世凤也不催他。老乔的蜜不是催出来的。既然人家能从很远的地方坐着船寻到这个小岛上来买蜜，肯定他是知道老乔的蜜好。

　　如果乔世凤背着老乔说了什么自吹自擂的话，老乔总会知道的，他会生气。从前老乔年轻时刚刚接手父亲的蜂群，他出岛到街上去买书，可街上的书店里没有养蜂的书，营业员给他找到一本外国人写的《蜜蜂的生活》，老乔也想看看外国人是怎样养蜂的，就买了，后来才知道这个外国人不是写的怎样养蜂，他只是在借蜜蜂说些其他的话。这些话跟老乔养蜂关系不大。老乔揣着那本书，到了一家小酒馆，他要喝掉他的最后一顿酒。

养蜂人是不能喝酒的，酒味会刺激蜜蜂，使它们不采花粉不酿蜜。从此以后老乔就要和酒绝缘了。

小酒馆在一条小巷子里，生意很冷清，老乔跟酒馆老板说，你把酒馆放在这里，谁会来呢？老板说，你不是来了么？小伙子，你年纪太轻，你不知道什么是酒香不怕巷子深。老乔的一生受到小酒馆老板的影响，他至今记得那老板的牛样，说话的时候，脑袋和脸皮都纹丝不动，甚至连嘴皮子都没动。

老乔收了箱回来，客人已经走了，他要了十斤蜜。乔世凤说他还会来的。她不说客人有没有夸老乔的蜜，但她说客人还要再来，就等于在说老乔的蜜好。老乔朝乔世凤瞄了一眼，女人就是好哄，每次人家说什么她就信什么，还眼巴巴急吼吼地等人家再来呢。有一次还非说一个头一次上岛的人以前来过，那个人乐得跟她套近乎，就把价钱压了下去。

这个客人带着十斤蜜跟着风一起走了，他跟乔世凤说他还要再来，可老乔知道他不会再来了。不过这没有什么，他不来，自会有别人来。老乔的客人，从来就没有断过。

这时候客人正惊恐万状地随着波浪起伏，他惊心动魄地叫喊着"不好了，不好了，要——"下面的话他没敢说出来，他也知道一点船家的规矩，船家连吃鱼都不敢吃另外的半条，别说那个恐怖的"翻"字，连"反"、"泛"这样的字眼他们也都不说的。客人惊慌失措地从船头爬到船尾，船家坐在船尾那里把着舵，他笑眯眯地看着这个爬来爬去的客人。客人有点窘，支吾着说："这风，风！"船家也不抬头看天，也不低头看水，他仍然不说话，他的神态好像在说，风，哪里有风？船家的镇定并没有让客人也镇定下来，他仍然惊魂不定，他想，这是你的想法，你是吃这碗饭的，你天天风里来雨里去，五级风对你没什么了不起，可我是旱鸭子，我经不起五级风的，我也经不起四级风和三级风，我有恐水症，我再也不会来了。哪怕老乔的蜜好到天上去，我也不来了。

船终于靠岸了，客人差一点丢掉了他买的蜜。老乔的蜜。他是慕名而来的，他新办了一家食品厂，需要很多的蜜。他本来是想来订货的，要订很多货，可是现在他知道他和老乔的缘分就是这十斤蜜了。

除非有桥。

船家奇怪地看着他，桥？怎么会有桥，只听说在河上建桥，哪有在这么宽的湖上建桥的。

那也不一定。

船家回头碰到老乔的时候，跟老乔说："奇怪了，那个人说要在湖上建桥，这桥要多少钱？这么小的岛。岛上有什么，值得吗？"

建了桥你的船就没有用了，所以你反对建桥，老乔想，你的目光真是短浅，你还守着赵州问赵州，岛上有什么，岛上有老乔的蜂蜜，这还不够吗？船家被老乔的眼神提醒了，他知道自己说错了，赶紧补回来说："是有东西的，有老乔的蜜。"老乔却说："我的蜜，是不用桥的。"船家说："那是，我这么多年，来来回回摇了多少买蜜的人，有桥没桥是一样的。"乔世凤听船家这么说，也忍不住说："有一次我到街上去，街上的人也说笠帽岛的蜜，他们不知道我就是笠帽岛的，更不知道我就是——"老乔瞟了她一眼，她就不说了。

有桥没桥是一样的。

可是说着说着，桥竟然就真的建起来了。有人欢喜有人忧，船家失业了，老乔发达了。

一只蜜蜂飞到了老乔家的饭桌上，停下来，也不吭声，老乔看都没看它，说"你不说话，就以为我——"老乔忽然觉得嗓子硬硬的，后面的半句话竟哽在里边吐不出来了，老乔有一点异样的感觉，他回头看了它一眼，顿时变了脸色，你是谁？蜜蜂仍然不说话。老乔尖利地说："你以为你不说话，我就会错认你？你不是我家的人，你从哪里来，你要到哪里去？你不属于这里，你不能待在这里。"蜜蜂朝老乔笑了笑，老乔说："你笑也没用。"

老乔知道，有人进岛了，不是一般的人，是一个养蜂人。

没那么容易的，岛上有些人家也曾经学着老乔养蜂，可他们屡试屡败，他们不会像老乔那样和蜜蜂说话，他们不知道蜜蜂在想什么，最后他们先后都放弃了自己的想法，任由老乔一个人去养蜂了。

老乔见到那个进岛的养蜂人，他在村东头面湖的空地搭了自己的窝，老乔用眼角的光一扫，知道他有二十箱蜂。

只有二十箱。

他一个人，还带着一只狗，狗很温和，它和主人的蜜蜂和睦相处，蜜蜂咬它的鼻子，它也笑呵呵的。它看到老乔，和老乔打招呼，老乔不想理睬它，但是觉得面子上过不去，还是冲它点了点头。

养蜂人是个老头，老乔看不透他有多老，他告诉老乔，他叫朱小连，他走过的地方，人家都叫他小连，老乔如果愿意，也可以叫他小连。

这么老了还自称小连。

老乔说："我叫你老朱吧，你比我年纪大，我不能叫你小连，不礼貌。"朱小连说："你还是叫我小连吧，你叫我小连，我就觉得自己还小呢，心情会好一点。"老乔看了看朱小连的蜂箱，它们都朝东南方向搁着，老乔说："你是意大利蜂。"朱小连说："意大利蜂不会打架，就算它们搞糊涂了，进错了箱，它们也不打架。"

老乔笑了笑。

我虽然一直待在岛上，但我二十年前就养意大利蜂了。

意大利蜂需要很大的蜜源，朱小连早就听说笠帽岛上遍地奇花异草，所以他来了。其实从前他就来过，可是半路上被大风大浪打回去了。还有一次，倒是风平浪静的，可是小船在湖上迷了路，转来转去又转回去了。我还以为我和这个岛没有缘分呢，朱小连想，哪里想到竟然有桥了。

桥，真是个好东西。但有时候也不见得。

朱小连用泥巴垒了一个小行灶，他有一口小锅，他拣来的柴火，是岛上的果树的干枝，柴火噼噼啪啪燃烧着，朱小连吸了吸鼻子，满脸的满足，连柴火都是香的，是枇杷味。何止是柴火，空气都是香的，泥都是香的。老乔说："水开了。你烧水做什么？"朱小连说："我下挂面，我喜欢吃挂面的。"

喜欢吃挂面，谁会喜欢吃挂面？

老乔停了停，说："朱小连，到我家吃饭吧，我女人烧好了晚饭。"

狗一路上绕着老乔转圈子。

它怎么不绕着它的主人转呢，它不会认错人的，它是在拍马屁，朱小连的狗都会做人的事情。

老乔回头朝走在后面的朱小连看看，朱小连涨红着脸，嘀嘀咕咕说："不好意思的，不好意思的，你太客气了。"老乔说："也不是特意为你烧的，我家也就两个人，顺便吧。"朱小连说："老乔，说好了，只能这一次啊，天长日久的，你不能这么客气的。"

天长日久？你想在岛上待多长日子，天长日久？什么叫天长日久？

乔世凤看到老乔把朱小连领回来，她脸上不好看，但还是忍着的，要讲一点风度。饭菜上桌后，朱小连脸也不红了，嘴也不客气了，他右手动筷子左手动勺子，一边大嚼大咽，一边含糊不清地说："哎呀呀，是红烧肉，哎呀呀，是红烧肉。"乔世凤说："你没有吃过红烧肉？"朱小连说："吃是吃过的，要不然我怎么知道是红烧肉呢，不过有很长时间，我都记不清有多长时间没吃过了。"

皮真厚。

乔世凤说："多吃肥肉会得胆囊炎的。"朱小连快乐地哼哼着，香味从他的鼻子里哼了出来，"你放心，我不会得胆囊炎的，我肚子里一点油水也没有了，我已经好多年没有回家了，只有在家里，才能吃到这样好的红烧肉啊。"乔世凤还是想说话，她快要刹不住车了，但老乔只是轻轻地瞟了她一眼，她就刹了车，把通道让给老乔。

女人就是女人，一点都不懂含蓄。

老乔说："朱小连，你是哪里人？"

他为什么不肯叫我小连呢，朱小连想，但是他又想，不叫就不叫吧，叫什么都行，他还给我吃红烧肉，他真是个好人，他老婆也是个好人。朱小连说："你听得出我的口音吗？"老乔想了想，说："像是东北的，又不太像，像是西北的，也不太像，北方人说话，在我们听起来，都差不多的。"

朱小连笑了，他脸上的褶子像秋天的金丝菊花，又黄又皱。朱小连说："时间太长了，太长了，我都快忘记我是哪里人了。"

原来他是假老实，他真狡猾，连家乡都向人保密，他想干什么？老乔吃得有点噎，他生气地说乔世凤"你今天的饭煮得太硬了"。乔世凤说："你喜欢吃硬米饭的。"你个笨女人还跟我顶嘴，老乔更生气了，说："硬米饭不等于叫你煮了石子让人吃。"朱小连说："这不是石子，这是最好的硬米饭，在我家乡，家里来客了，就要煮硬米饭，要是煮烂了，客人会不高兴，以为主人省米。"乔世凤说："我没有省米吧？你没有不高兴吧？"朱小连说："没有没有。"老乔说："你还是记得你的家乡的。"朱小连说："那是，哪能连家乡都忘记了。"他说话是可以随心所欲的，刚才说快忘记了，现在又说哪能忘记。

老乔送朱小连出门，看到朱小连的狗，正在院子里和他家的鸡鸭套近乎，它们切切磋磋说着什么，亲亲热热的像一家人。老乔心头有些不快，这条狗。朱小连对狗笑了笑，狗也对他笑了笑，他们是心领神会的样子，相伴着一起走了。

老乔的一只鸡在老乔鞋帮上拉了一泡屎，老乔踢了它一脚，它尖叫着跑到一边生气去了。乔世凤站在门框那里看着老乔的脸色，说："他怎么好意思跑到我家来吃饭？"老乔说："我请他的。"乔世凤张了张嘴，停顿了一下，又忍不住说："他到我们岛上来干什么？"老乔说："岛是你的？"乔世凤说："岛不是我的，也不是他的。"老乔撇了撇嘴。女人就是女人，沉不住气。朱小连才有二十箱。他已经看过朱小连的蜂。意大利蜂。贪吃的东西，岛上花多，你们几辈子都没见过这些奇奇怪怪的花，要胀你们的肚子了。

朱小连打着饱嗝往自己的窝里去，狗默默地跟着他，他跟狗说："狗，我们碰到好心人了。"狗吸着鼻子。朱小连又说："我们从北走到南，从西走到东，颠沛流离，碰到过好人无数，也碰到过坏人无数。"狗又吸了鼻子。朱小连踢了它一脚说："你滑头，你就不能说一句话？"狗闻到朱小连嘴里的肉香，打了个喷嚏。

朱小连已经有点老态了，他的蜂和他不一样，它们体格强壮，采蜜本领大，朱小连的采蜜成本又低，一个人一条狗，住在窝棚里，不用什么开销，朱小连的蜜价就低一点。别人来买蜜，总是冲着老乔来的，但他们看到朱小连也有蜜，就去跟老乔说，人家朱小连的蜜也不错，他的比你便宜。他们的意思，是相信老乔的蜜，但是希望老乔能在竞争中降一点价。老乔不吭声。他不吭声比他吭声更有用。大家都明白，老乔的蜜是不降价的。老乔就是硬气，便宜没好货，好货不便宜。老乔也仍然不吭声。但是大家虽然崇敬老乔，却还是跑到朱小连那里买蜜。朱小连好说话，有时候村上有人想讨一点蜜派一点小用场，他就让他们拿一点走。蜜又不是什么，蜜又没有什么的，朱小连说，拿走了明天又会酿出来的。

　　一只蜜蜂停在老乔的肩膀上，老乔甩了一下肩膀说："你不用跟我套近乎。"同行是冤家，朱小连来了，老乔再也不是一统天下了。可是老乔出错了，老乔听见了蜜蜂的嘲笑。老乔竟然真的错了，连自家的蜂都认不出来了。老乔从来没有出过错，他闭着眼睛听蜂的翅膀扇一扇，他甚至用不着用耳朵，闭着耳朵用心一想，就知道是谁。自从朱小连来了之后，老乔就开始出错，老乔心里有什么东西被搅乱了，乔世凤也越来越沉不住气了，她只知道跟老乔煽风说，他要是不走，我们怎么办？他要是不走，我们怎么办？

　　女人，女人，头发长见识短，他是谁，我是谁？

　　蜜蜂在前面走，老乔跟在后面。他是不想跟来的，他无所谓的，养了那么多年的蜂，他躺在床上都能听得见蜂的每一声哼哼，他不需要了解什么。可是现在他的脚步不听他的使唤，他跟那只蜜蜂说又怎么了，又怎么了，不就是来了一个朱小连吗，你们慌慌张张干什么。

　　你才慌慌张张呢。

　　老乔说："你也跟我辩嘴，你以为它们是来跟你做朋友的？还有那条狗，你明明知道它是来干什么的。"

　　它带着老乔走了又走。

　　你要带我到哪里去？

老乔渐渐地闻到了一些混杂的味道，在茶花地里，老乔知道蜂和蜂已经混成了一片。

马屁精。喜新厌旧啦。

朱小连高兴得眼睛眯成一缝，"老乔老乔，老乔你看，我说的吧，意大利蜂，好相处，它们不打架，像兄弟一样的。"

好相处不等于能采好花粉，酿好蜜。朱小连到底是懂行的还是不懂行的？他不会是个骗子吧？他来骗什么呢？

老乔冷了冷脸说："朱小连，我来告诉你一声，我明天走，岛西边有一片青梅，我要采青梅蜜了。"朱小连说："老乔你不要走，你走了，好像是我挤走你的，烧香赶出和尚，这不大好。"

你能赶得走我？你不知道我是谁？

老乔笑了笑说："朱小连，你还不了解我们的岛，我们岛上到处是蜜源，你怎能挤得走我？"朱小连说："对的对的，除非你挤得掉我，我怎么挤得掉你？"老乔说："岛上又不是只有一棵树，我们为什么要在一棵树上吊死呢。"

老乔的五十箱蜂搬走了，它们到了岛的西岸，那里有一片青梅树，可是蜂不太喜欢青梅，青梅的花，涩嘴。乔世凤的嘴更涩，她在村里到处跟人说，外面那么大的世界，他为什么偏要跑到岛上来。村里人告诉她，小连说了，外面的蜜源，遭到了破坏。

所以他就来破坏我们了。

乔世凤说，什么破坏，那些地方，无非就是造了房子，让人住罢了，花也还是那个花，树也还是那个树嘛。村里人却说，小连说了，人住了，蜜蜂就不去了，小连说，再好的花粉，它们也不采。

小连小连小连。

乔世凤憋不住跑到朱小连那里，"朱小连，我们的岛这么小，你来了，就把老乔挤走了。"朱小连茫然地看乔世凤，"岛小吗？可是老乔说岛很大，到处都是蜜源。"乔世凤说，老乔还说青梅蜜比茶花蜜好呢，你愿意相信他，买蜜的人可不相信他。

乔世凤走的时候，朱小连的狗一直送她，乔世凤赶它走，它也不走。

你皮真厚，跟你家主人一样。

狗笑了笑。狗回来的时候，朱小连跟它商量，要不我们采青梅吧？狗同意的。朱小连的决定，它没有不同意的。只有一次，就是他要上岛的时候，狗没有同意。但它还是跟来了。

乔世凤回家，看了老乔的脸色，老乔的脸很阴沉，他不说话。乔世凤有点怕他，也不说话了，后来她看见老乔的脸色越来越灰，越来越青，再后来就紫了。青梅地里有瘴气，老乔把自己埋在瘴气里不出来，得了病。

朱小连拍打着自己的脑壳，唉唉地自责，狗看着他，它不知道是应该劝他还是不要劝他，它是个没有主见的狗。下雨了，雨越下越大，朱小连去开箱，狗也没阻拦他。下雨的时候是不能开箱的，蜜蜂被雨震动了，会蜇他。朱小连有意让蜂来蜇他的，狗知道他的心思，所以没有阻拦他。蜂果然来蜇他了，他不怕疼，可是蜇了几下，他又心疼蜂了。

你们不要蜇了。

你们不要蜇了。

蜇了他的蜂就要死去了。可是它们没有停下来安静地死去，它们飞走了。朱小连舍不得它们孤独地死去，他跟着它们走，走到很远很深的一个山坞里，发现了南山蜜梅。

朱小连很年轻的时候，听一个老蜂人说过，在太湖的一个小岛上，有一种南山蜜梅，它是专为蜜蜂而生的。可是没有人找得到它们，更没有人能够带上他的蜂找到它们。从前朱小连在一本书上看到过它的模样，它的模样深深地印在他的心里。他一辈子都在找它，他以为一辈子都不会找到的。

南山蜜梅！

朱小连奔跑到老乔家里，"南山蜜梅，南山蜜梅！"他大声喊道："我找到南山蜜梅了。"老乔从床上一跃而起。

我没有生病。

乔世凤烧了红烧肉，老乔邀朱小连一起吃肉，老乔说："我们祖祖辈辈就在这里待着了,也没有想到南山蜜梅就在我们的眼皮底下。"乔世凤说:"你们喝点酒吧,应该喝点酒庆祝。"老乔愣了一愣,他张开嘴,想说什么,但最后并没有说出来。朱小连从来不喝酒,养蜂人是不能喝酒的。老乔年轻的时候是能喝点酒的,但是自从他接过了父亲的蜂箱,他就再也没有喝过酒,最后一顿酒,是在街上的一个酒馆,小酒馆的老板对他说你不是来了吗,到今天老乔还记得。乔世凤说:"喝一点吧,朱小连你不知道,南山蜜梅的香气,能盖住所有的气味。"朱小连说:"我听说过,我是听说过的。"

乔世凤脸绯红,忙着给两个男人斟酒,她把一瓶酒分作两半,倒在两个大玻璃杯子里,拿这个杯子给你加,拿那个杯子给他加,"看看你们到底谁能喝。"她说。朱小连笑了,"没听说南方人能喝过北方人的。"这是他上岛后说的第一句大话。老乔也笑了,"那可不一定",老乔说。

朱小连醉了,狗想牵住他,但是朱小连不要,朱小连不认为自己喝醉了,他只是觉得今天狗走得太快了。朱小连跟在狗的后面,"狗,你慢一点,"他说,"你慢一点,我老了,脚步不行了。"狗已经很慢了,再慢它就停下来了。它一停下来,朱小连就想去踢它的脚,但是没踢着,朱小连的动作总是比狗慢一拍。朱小连说:"你还不许我喝酒,你是条无知的狗,你不知道南山蜜梅什么也不怕。"

朱小连回到自己的窝里就睡着了,狗生气地趴在窝外。

朱小连睡着的时候,老乔和乔世凤忙着把他们的五十箱蜂,搬到了南山蜜梅的山坞里,老乔和朱小连一样,也喝了半斤,从前老乔的酒量是很好的,半斤酒不在话下,不过今天晚上他喝的是白开水。

老乔始终没有抬眼看乔世凤。当他喝第一口白开水的时候,他就没再看过乔世凤一眼,乔世凤转来转去想和他交换眼神,但是老乔始终不看她。他只是无声地把白开水当酒那样喝了,因为没有感受到酒的辛辣,他皱眉吸气的样子装得很不像。不过朱小连是看不出来的。乔世凤心情好,她唱起歌来。老乔浑身起了一层鸡皮疙瘩。你还唱歌,你配唱歌?第二天早晨朱小连打开蜂箱,可是他的蜜蜂却不肯出箱,它们被朱小连的一身酒气刺伤了，熏蒙了，它们不认得朱小连。这个人是谁？他是一个陌生人，我们不能听他的话，他会让我们上当受骗的。

狗过来对它们说，他是朱小连。可是蜜蜂连狗都不认得了，它们缩在蜂箱里探头探脑地看着狗，你是谁？

这时候，老乔的蜂已经满天遍野地撒在南山蜜梅的山坞里了。

朱小连已经醒过来了，传说毕竟只是传说，只能当它是传说，不能当它是真。南山蜜梅也许不怕酒，可是蜂怕酒，没有蜂，南山蜜梅就不是南山蜜梅了。朱小连先想到了老乔。老乔有五十箱呢。朱小连往老乔家跑，狗不远不近地跟着他，朱小连生气地说："你是没良心的狗，慢吞吞的想干什么？"狗怪怪地笑了一声。"老乔老乔，我有个秘方，你用蜜糖水洗个澡，它们就闻不出酒味了。"朱小连一路喊着过来，可是老乔家没有人，乔世凤也不在，老乔的五十箱蜂也不在。朱小连看到狗撇着嘴，朱小连说："你撇什么嘴，老乔的蜂百毒不侵，不像我，也不像我的蜂，没用。我得回去用蜜糖水洗澡了。"

朱小连用蜜糖水洗了澡，他的蜂赶在南山蜜梅凋谢之前酿出了传说中的梅蜜。一个客人打走了朱小连所有的梅蜜，他还在岛外到处告诉别人，朱小连让南山蜜梅的蜜从传说来到了现实。

乔世凤带回来一群蜂，悄悄地让它们停在桌子上，慌慌张张跟老乔说："蜂来了，天气也预报了，要变天了，要大变天。"老乔看了看那些赌着气的蜂，又看了看天，老乔跟它们说："你们以为不出声，就能骗得了我？"

根本就不会变天。

乔世凤赌咒发誓说："要来暴风雨了，大的暴风雨，老乔你三天之内无论如何不能放蜂。"

女人你懂什么，让我听你的？我怎么会听你的？我怎么可能听你的？

"你什么意思？"老乔问乔世凤，"明明好天气，你说要变天，你想干什么？"老乔去看乔世凤的眼睛，乔世凤避开了，老乔看不见她的眼睛，他忽然就感觉到一阵心慌，跟着心就掉下去了，掉到不知什么地方去了，找不到了。

老乔是会看天的,天不会变,根本就没有暴风雨,但是老乔竟然听了乔世凤的话,他没有放蜂。

见了鬼了,我听女人的话。

我只关一天。老乔在心里对自己说,我肯定只关一天,这么好的天气,不放蜂采花粉,罪过的。

朱小连没有看到老乔放蜂,担心老乔有什么事情,他过来看看老乔。老乔说:"我生病了,是胆结石。"乔世凤还说叫他少吃肥肉,他不肯,就生胆结石了。

人的舌头上有毒,没病不能说有病,说了有病就会真有病。晚上老乔真的胆结石发作,痛得在地上打滚,送到街上的医院去急诊。第二天一早朱小连到医院来看他,老乔躺在病床上,一眼看到朱小连走进来,老乔惊惶失措地竖起身子说:"朱小连,朱小连,出什么事情了?!"朱小连没头没脑,不知道老乔慌的什么,他说:"没出什么事情,听说你住院了,我来看看你。"老乔长长地泄出一口气。

可是我为什么仍然找不到乔世凤的眼睛?

乔世凤的眼睛正在山坞里,她眼睛里长满了死去的蜜蜂。朱小连的蜜蜂全死了。它们的肚子胀得像一面面小鼓朝天翻着。乔世凤笑了,笑着笑着,忽然间,她哭了,号啕大哭。她的哭声震荡着整个山坞,整个小岛。

这时候老乔的蜂正在蜂箱里探讨,这么好的天气,老乔怎么会叫我们歇着呢?后来乔世凤的哭声就震荡过来了,它们在片刻间就听懂了乔世凤的哭声,它们震惊了,它们在蜂箱里暴动,它们轰开了箱盖,像子弹一样射了出去。

朱小连把蜜蜂的尸体堆成了一座小山,他要点火烧掉它们,这样它们就能永远留在岛上,留在传说中的南山蜜梅树下。

"我叫你们不要贪嘴的,我叫你们不要贪嘴的——"朱小连反反复复地说着这同一句话给它们送行。狗离火堆很近,它的皮毛发出了焦煳的味道。老乔在远处看着,他担心狗会被烤焦了。朱小连说:"狗,我对不起你,狗,你叫我不要来的,我没有听你的。"他去把狗拉过来,狗没有抗拒,但它一直不吭声。

朱小连空着身体走了。

他没有坐车从桥上走,来的时候他是从桥上来的,他走的时候,不想再过桥,那是他的伤心桥。朱小连找到了船家,他要坐船走。

有了桥以后,船家就没活干了。可是后来船家又有活干了。没有桥的时候,大家想桥,有了桥,又有人不要走桥,要坐船。现在的船费比从前贵了,比过桥费还贵。但是人家还是要坐船,要不然他们挣了很多钱,怎么花得掉呢?

湖面上风平浪静,船家总是在跟朱小连说话,他总是在隐隐约约地告诉他什么,他说朱小连的蜂不是胀死的,可是朱小连听不进去。最后船家着急了,船家说如果用南山蜜梅的蜜拌上农药,蜜蜂就闻不出药味了。很久很久以前大家就知道,南山蜜梅的蜜,是能够盖住百味的。朱小连仍然没有听明白。他只是在想,要是有能力,他还要养二十箱蜂,他还要到岛上来,老乔说得不错,岛上遍地奇花异草,是养蜂的好地方。

老乔是个好人,他的女人也是个好人。她烧的红烧肉真好吃。

一只蜂飞到了老乔家的饭桌上,老乔不看它,它喊了老乔几声,老乔仍然不回头。蜂生气了,上来蜇老乔,老乔跳了起来,他养了这么多年蜂,蜂从来不蜇它。老乔跟它们说,你们不要蜇我,也不要蜇别人,因为你蜇了人,你就会死。蜜蜂不想死,它们听老乔的话,就不蜇人。但是现在老乔的蜂蜇人了,而且蜇的是老乔。

你想死啊,你活够了啊?老乔骂它,可是它仍然狠狠地蜇了老乔。

这只蜂蜇老乔的时候,他的几十万只蜂,正在村子里疯狂地蜇人,村里人抱头乱窜,无处躲藏,他们咒骂老乔。老乔跌跌撞撞跑来了,老乔在他们的咒骂声中痛哭起来,"你们别蜇了,你们别蜇了,蜇了他们你们会死的。"

老乔疯了,难道蜂比人还重要?老乔的蜂也疯了,它们简直就是集体自杀。村里有个人说,鲸鱼也会集体自杀的,它们来到海滩上,怎么赶它们都不肯回到海里去，最后它们就干死了。老乔的蜂正在一只一只地死去，它们死的时候，小小的身子直落落轻飘飘地往下掉，像洒落了一地的花粉，不像那些躺在海滩上的巨型鲸鱼。

老乔扑通一声跪下了，他朝着满天遍野疯狂的蜂哀求道"求求你们了，别蜇了，我答应你们，我们马上就走！"

乔世凤拉住老乔的衣襟，"你要干什么？你要到哪里去？你要丢下我一个人？"老乔扒拉开乔世凤的手。乔世凤哭了，她说："老乔老乔，我哭了，你看我的眼泪淌下来了。"

老乔打点了行装，收起蜂箱，他没有过桥，却去找了船家。

"我要坐船走。"老乔说。

船家不答理他。

"我要坐船走。"老乔又说了一遍。

我不愿意载你走。你也配坐我的船？

船家还是不答理他。

"他也是坐船走的，我也要坐船走。"老乔说。

船家终于开了口："你跟他不一样，你没有理由坐船走。"老乔说："我有理由的，我的蜂闻不得汽车上的汽油味。"船家说："船上也有味，有柴油味，跟汽油差不多。"老乔坚持说："差得多，差得很多，汽油和柴油，完全不一样的，汽油是汽油，柴油是柴油，我的蜂，它们知道。"

蜂飞出了蜂箱，围绕着船家哀求他。船家听不懂它们在说什么，但是船家被它们打动了。"看在它们的面子上，我载你走。"船家说。

船在风浪中前进。老乔没有感觉到风浪，也没有听到船家的抱怨，他想起多年前买过的那本书，书里的内容他看不太懂，却记住了其中的一句话：蜜蜂不知道是谁吃了它们采集的蜜。老乔不太同意这个说法，如果让老乔说，老乔就会告诉别人，蜜蜂不会在意谁吃了它们采集的蜜。老乔觉得自己的想法更靠谱，因为这是蜜蜂告诉他的，是它们亲口在他耳边说的，不会有错。

船到了岸，船家看到老乔往北走了。船家以为老乔走错了，往南走，才有蜜源，但是老乔却往北去了。老乔从来都是正确的，但这一次，老乔往错误的方向去了。

这时候，老乔正在想，朱小连，他为什么要别人叫他小连，我从来没有叫过他小连。

附记：当一只工蜂发现一处丰富的蜜源时，它就在蜂箱里跳舞，以这种方式向其他蜜蜂通报它的发现。舞姿不同，通报的内容就不同。如果蜜源就在附近，它就跳圆舞。

（选自《作家》2007 年第 5 期）

镜子与刀

徐则臣

一

　　前面是门，后面是窗户。门外是花街，一间间高瘦的灰瓦房，檐角像鸟的翅膀一样翘起来，几乎每个院子里都有一棵槐树。现在槐树花正盛开，白白的团团簇簇占了大半个院子，团团簇簇的香甜味跟着风斜着往天上跑，经过穆家饭店的两层楼。老板的儿子穆鱼站在二楼门前捂住鼻子和嘴，香味呛得他想咳嗽。他离开门，转身回到屋里，无所事事地转了几圈，从抽屉里拿出一面小镜子，圆的，背面贴着一只凤凰。他举着镜子爬到窗户边，对着窗外的石码头和运河照起来。然后，他在心里念念有词：

　　"天灵灵，地灵灵，大鱼小鱼现原形。"

　　一点动静都没有，石码头还是石码头，运河还是运河。有人在石阶上湿漉漉地走，有船在靠岸和离开，更多的船从运河上经过，摇桨的看起来好像原地不动，只有机动船才拖着大辫子一样的黑烟突突突驶过水面。天灵灵，地灵灵，大鱼小鱼现原形。没有鱼从水里漂上来。他觉得很没意思，甩了几下镜子，突然发现原来镜子里没有光。这是背阴的一面。他抓着镜子上了楼顶。

　　楼顶是个宽敞的平台，上午的阳光照在芦席上的四排鱼干上。穆鱼舞动镜子，阳光像手电筒一样照到鱼干上。然后是树、石码头、运河、船、来往的人，然后照到一条泊在岸边的巨大的乌篷船。天灵灵，地灵灵，他还在心里念叨，就看到椭圆形的阳光照在了船头的一张黑脸上。凭直觉，穆鱼认为那张脸应该超过八岁，具体超过多少他心里没数。他只能用自己的年龄去衡量别人，超过八岁他就不知道会长成什么样子了。那个男孩躺在船头睡觉，光头，肚子上只盖一件灰色的衣服，蜷缩得像条狗。他的个头比自己大，穆鱼一看就知道。这是个陌生人，穆鱼对他的兴趣开始只是他的光头，他发现镜子里的阳光照到光头上时，光头像灯泡一样发出了光。他一动不动地照着，让它坚持不懈地发光。

光头男孩动了动，挠了几下脑袋，他感到了热。他又张了张嘴。穆鱼就把椭圆的阳光对准了他的嘴，嘴没有感觉，又照他的眼。他动了，摇了摇头。穆鱼的兴趣就转移到了他的两只眼。不仅照着，还不停地晃动，他觉得自己是在用一个透明光亮的手去摸光头的眼。光头猛地摇了几下头，懵懵懂懂地睁开眼，疑惑地看看四周。穆鱼赶紧收起镜子。光头又睡了。穆鱼再照，一会儿光头又醒了，他拼命地揉眼，突然坐了起来，穆鱼的镜子收迟了，他看到了一个光源，一个男孩趴在楼顶上。他愣愣地看着穆鱼，突然从屁股后头摸出了一只白瓷碗。穆鱼觉得眼前明亮地一晃，白瓷碗像太阳和镜子一样对他发出了光。穆鱼偏脑袋躲过去，看到了光头咧开了嘴在笑，一口比碗还白的牙。

他们开始相互晃对方的眼。为了及时躲避远道而来的强光，两个人不断从这里移到那里。穆鱼的活动范围比光头大，所以他觉得自己更开心。他张大嘴嗷嗷地喊，一点声音也发不出来，但他不在乎。很久没有人跟他一块玩了。

二

三个月以前，他开始出疹子。医生说，最好不要见风和阳光。父母就跟学校请了假，把他关在家里，哪也不许去。后来疹子出完了，可以出门了，说话莫名其妙地又成了问题。刚开始嗓子有点哑，逐渐说话就变得困难，到了后来，干脆什么声音也发不出来了。到医院看，医生里里外外检查一遍，然后说，他们也不知道哪个环节出了毛病。倒是发现了他下巴底下长出了一个疙瘩，黄豆粒大小，用仪器扫来扫去，没什么可怕的东西藏在里面。可为什么就不能说话了呢？

父母又带他去了另外几家医院，结果大同小异，都没办法，就把他带回家了。整个花街都对这种稀奇古怪的病有了兴趣，谁也说不出个所以然来，但都争着献计献策。一会儿这东西能治，一会儿吃那东西可以试试。他们家是开饭店的，煎药熬东西人手多的是，但折腾了半天还是没效果，穆鱼还是只张嘴不出声，急得父母每天晚上送走了客人，就抱着儿子抹眼泪。后来豆腐店的麻婆拎着二斤豆腐过来，说她小时候在老家时好像听过有这怪病，得病的也是个孩子，九岁，请了跳大神的仙姑给祷告好的。麻婆说，要不也试一下？穆老板两口子大眼看小眼，试试吧，死马当活马医了。

就去几十里外的鹤顶请了个仙奶奶。仙奶奶九十多岁，裹小脚，会跳大神，还会算命看相和用罗盘看阴阳宅，反正和神神道道有关的事都能干。但她轻易不出山，年龄大了，呼神驱鬼的事情太耗精力，折寿。穆老板费了不少口舌才请到。仙奶奶说，要不是听说他的儿子才八岁，用飞机接她也不会来。

当然她是坐船来的。穆鱼一见到她就被吓哭了，只掉眼泪不出声。他从没见过头发那么白、人那么瘦的老太太，就比电视上的骷髅架多一层皮。仙奶奶嘎嘎嘎地笑，说：

"有戏。附身的鬼已经怕我了。"

她伸出一只枯瘦的手放在穆鱼头上，另一只抬起他下巴，"没错，"她说，"就是这个。不能让它落地，一落地孩子就彻底成哑巴了"。

穆鱼觉得她的手冰凉，带了飕飕的冷风。他继续张大嘴哭。

"落地？"穆老板和他老婆盯着儿子的脖子看，没听懂。

仙奶奶不理会穆鱼的眼泪，用长指甲在小疙瘩下面的某个位置上点一下，"这里，"她说，"不能让它走到这个地方。走到就是落了地，孩子这辈子都别想说话了"。穆鱼感觉她指甲尖也是凉的。

"那怎么办？"

"好办。"仙奶奶说，在送过来的椅子上坐下，接过一根正燃的烟插到自己的小烟袋里。"我过会儿做法驱一驱。还有，这孩子三个月不能踩地面。我是说，"她用烟袋指指脚底下和门外，"不能下楼，就待在楼上"。

三个月不下楼，连一楼都不行，穆老板觉得有点过分。你怎么可能让他楼都不下。仙奶奶不管这些,要治病就得按她的来。

"踩了地面,那鬼东西就可能落地,那就等着成哑巴吧。"

穆老板不敢再说什么了。老婆在一边说:"只能锁在楼上了。"

的确就是这么做的,当天就请李铁匠焊了一扇铁条门。为了给穆鱼提供尽可能大的活动空间,铁门装在一楼地面的前两个台阶上,他可以透过铁门看清一楼饭店里每一个客人,就是脚够不到地面。

做法的时候穆鱼倒不怕了,和电视里演的差不多。仙奶奶散开白发,风吹过来四散飘拂,手里一把木剑,烧香,燃纸,对着半空咕噜咕噜叫,然后一声大喊:

"天灵灵,地灵灵,大鬼小鬼现原形!"

木剑突然插进纸盆里。火灭了。仙奶奶说行了,最多三个月就能开口。

后来父母问穆鱼当时有什么感觉,他摇摇头,什么也没感觉到。他就是觉得仙奶奶的那句话好玩:天灵灵,地灵灵,大鬼小鬼现原形。仙奶奶一身的老骨头都在哆嗦。

三

一个多月了,他一直待在楼上。父母下楼就把铁门锁上,吃饭时叫他,把饭菜从铁条中间递过去。他端上楼,或者直接坐在楼梯上吃,一边吃一边看着来来往往的客人。他喜欢听他们说话,这些从水上经过的人来自四面八方,南腔北调,有的喝大了舌头出口就像鸟叫。有时候他对某件事感兴趣,不由自主就对他们大喊大叫,但是没有人听见。这种时候穆鱼最绝望,往往饭吃到一半再也咽不下去,他不知道为什么他们都听不见,委屈得泪流满面。开始他还踢几脚铁门出气,后来习惯了,放下饭碗就往楼上跑。有时候憋得难受了,就一个人在楼梯上来来回回跑。

没人跟他玩,只能自己跟自己玩。趴在走廊上看花街,或者伏在后窗上看石码头和运河。父母规定,晚上不许看花街,理由是经常有坏人在晚上出入花街。他当然不相信,他们以为他什么都不懂,为此他在心里暗暗笑话他们。他知道那些在夜晚出入花街的陌生男人都是去找女人的,那些在门楼上挂小灯笼的女人打开门迎接他们，把他们带进自己的屋子里，半个小时或者一个小时，也可能更长时间，再把他们送出来，他们就给她钱。他知道他们在干什么。所以，晚上他偷看花街的时候，只看那些门口挂灯笼的院子。院子里的女人他大部分都见过，有本地人，更多的是外地人，坐着船来到石码头，在花街上租一间屋子住下来。她们的生活就是一次次在门楼上挂灯笼，等男人来摘，男人走了她再挂出来。他也知道很多在他家饭店吃饭的跑船人，船老大和那些水手，酒足饭饱了也会去花街摘灯笼。

但是说到底，这些都不好玩，大人的事他其实没兴趣。

现在他发现了光头。他没想到可以用镜子和一个陌生人一起玩。他晃动镜子时高兴坏了，看得出来光头也很高兴。他们就这么照来照去，一个多小时就过去了，他正担心对方可能会厌倦，光头突然收起瓷碗转过身，蹲在船头开始摆弄什么东西。怎么照他都不转身。然后穆鱼看到一个陌生的瘦男人从岸边跳上船，他的右手比划了几下，从船舱里走出来一个女人，衣服耷在一边，露出光裸的右肩。瘦男人对着光头比划几下，又对着女人比划几下，一把将女人推进了船舱，接着他也进去了。船头只剩下蹲着的光头继续蹲着，穆鱼等着他转身，但他一直没转过来。然后，穆鱼看到船晃动起来。

船没完没了地摇荡，光头没完没了地背对他蹲着，太阳晒得穆鱼头发懵，他终于决定不再等，下楼找水喝。抓着扶手往下走时，他无意中瞥了一眼自家的院子，看到晾衣绳上挂满了从没见过的被褥和衣服，正湿漉漉地往下滴水。谁会把被褥里的棉花都洗了呢。

穆鱼拿着纸和笔来到铁门前，拍打铁门让正在择菜的母亲过来。他在纸上写：

"我要喝水。"

母亲倒了一大杯水递给他，继续择菜。他就坐在楼梯上喝。喝了一半他又拍打铁门，在纸上写了一行字让母亲看。

"谁家的被子和衣服在绳上？"

母亲说："过路人家的，借我们的院子晒晒。"

穆鱼接着又写:"被子怎么是湿的?"

"船翻了,被褥和衣服掉进水里,"母亲说,手里还在择菜。"就湿了。还喝吗?"

穆鱼摇摇头,站起来要往楼上跑,跑两个台阶又停下来。他再次写了一行字:

"船上的光头叫什么名字?"

母亲说:"哪个光头?哦,你说的是过路那家的小孩?不知道。"然后转身问正在厨房里忙活的丈夫,"你知道那家的小孩叫什么?"

父亲说:"哪有空问这个!"

这时候老枪从门外进来,枪杆上挂着四只野鸡。他是花街上的老猎手,多少年了一直靠打猎为生,打到了野物就卖给穆鱼家的饭店。老枪问:"哪家小孩?"

母亲说:"过路的那个老罗家的。"

"那就不知道了。听说那家伙打鱼是把好手,一年到头在水上漂。我就奇怪,玩了一辈子水,怎么就把船给弄翻了。"

"谁知道,"父亲拎了杆秤从厨房里出来,让老枪自己称那四只野鸡。"说是昨夜里大风雨,在芦溪翻的船。"

打听不到,穆鱼有点失望,他要了几根好看的野鸡翎就上了楼顶。乌篷船还在,光头不见了。露着右肩的女人坐在船头洗衣服。

四

母亲在楼下叫穆鱼吃午饭。他来到铁门前,母亲递饭时告诉他,那孩子叫九果。九果,他在心里把这名字说了一遍,觉得怪兮兮的。他把菜放到楼梯上,手里端着米饭,一粒一粒地往嘴里送。饭吃得慢一点就可以多看看饭店里的人,每天只在吃饭的时候他才能一下子看到这么多人。他喜欢人多,热闹。认识的不认识的人都进到饭店里。他看到一个瘦高个的男人拎着两条鱼走进来,进门就叫穆老板。

父亲从他看不见的地方走出来,说:"老罗,来了。"

"送两条鱼给你尝尝鲜,"老罗说,把鱼举到鼻子前。"我老婆说,要好好感谢你们。"

"老罗客气了,应该的。"穆老板把鱼推过去,

"这不是白大雁么?咱们清江浦最好的鱼。这可不能要,你拿回去,让孩子尝尝。这东西难得一见。"

"所以送给穆老板,一点心意,一定收下。你不收,我回去没法跟老婆交代。"

推让了半天,穆鱼看到父亲还是收下了。父亲拎着鱼对母亲说:"拿去收拾一下,我和老罗喝两盅。"然后找了张桌子坐下来,很快有人送来茶水和烟。他们等着酒菜,弹着烟灰聊起来。

老罗说:"这地方不错。"

"那就多住些日子。"穆老板说。

"我这四海为家的人,在哪都一样,有口饭吃就是家。对了,我听说你们这儿都认这种白大雁。穆老板你们需不需要?"

"当然需要。"穆老板替他点上一根烟,"有多少要多少。这东西肉嫩,听来往的客人说,就我们清江浦有,他们都爱吃,只是难抓。"

"这个好办,"老罗一下子把眉眼舒展开了,

"没有我抓不到的鱼,只要有。这么说,我们一家就可以在石码头上待下去了?"

"没问题,"穆老板说。酒和小菜上来了,他给老罗倒满,两人碰一下。"我正愁那些好这东西的客人没法打发呢。就这么定了。我高价收。"

穆鱼和他们一样高兴,那个叫九果的光头就会一直待在石码头上了。他三两口扒完饭菜,拍打着铁门,没等母亲过来收拾碗筷就上楼了。他在楼上看见九果背对这边蹲在船头,看不清在干什么。他从口袋里掏出小镜子,找到太阳,一根光柱打到九果身上。可惜九果没在意,甩甩手钻进了船舱。穆鱼就对着舱口照,那个露肩头的女人走出来,光照到她的光肩膀上。她看见了光,把衣服又往下拽了拽,露出的肩膀更多了。然后她对阳光来的方向眯起眼睛笑,牙也很白。穆鱼赶紧收起镜子趴下,只露出两只

眼偷偷地看。那女人对着他的方向歪头笑了很久，直到九果出来把她推到船舱里。

九果又在船头蹲下，这次是面对着他。穆鱼犹豫半天，重新把镜子拿出来。第一个光圈落在九果左脚边，九果没理会。穆鱼又把光打到他右脚上，九果还是没动静。穆鱼胆子渐渐大了，把光打到他脸上。他看到九果用左手揉了揉眼，右手抬起来转动一下，穆鱼立刻觉得一道冰凉的白光刺过来，赶紧把脑袋移开，发现那是一把形状怪异的刀。

刀长二十厘米左右，头是尖的。有分别折到一边的两翼，刀翼的边缘呈锯齿状，中间是一道凹槽。九果用它灵巧地杀鱼和刮鳞。九果的刀银白，粘着细碎的鱼鳞，鳞也在发光。那把刀的光亮远胜过一只白瓷碗。穆鱼觉得身上一凉，打了个寒战。他看见九果对他笑了，向他扬扬手里的杀鱼刀。

五

夜晚的花街含混又暧昧。倒洗脚水时经过走廊，穆鱼停下来，看那些灯笼一盏盏挂起来。此刻花街声息全无，淹没在夜里，就像淹没在满天地的月光和槐树花香里。有几个男人低头走在花街的青石板路上，忽快忽慢，走走停停，突然就摘下了某个灯笼开始敲门。他们的敲门声也很轻，其他院子里的人听不见。

母亲出现在另一个房间的门口，说："几点了，还不睡！"

穆鱼嘟着嘴快快地回到自己屋。躺到床上时他又想到了九果的那把刀。亮。其实挺好看。他想，头一歪睡着了。

一觉醒来，太阳老高。穆鱼跳下床就找小镜子，趿拉着鞋往楼顶跑。母亲在摊放鱼干。"跑什么，赶死啊！"她说。穆鱼没理她，找到太阳的位置，拿出小镜子就要照，发现石码头上的乌篷船不见了。他转着脑袋找，像投降一样举着镜子。然后慢慢蹲了下来。

"一大早你跑楼顶上发什么呆？"母亲说，见儿子没动，又说，"说你呢，刷牙洗脸去！"

穆鱼看着母亲，眼泪出来了。夜里他梦见和九果用镜子和刀说话。九果在刀上写了一行字照过来：你叫什么名字？穆鱼就在镜子上写：我叫穆鱼。你真叫九果吗？照过去。很快九果在刀上说：是啊，就九果。他还听到九果像鸭子一样的笑声。九果又说，他以后就在这里，哪儿也不去了。穆鱼又听到自己的笑声。

"你怎么哭了，儿子？"母亲放下鱼干，满手鱼腥味要给他擦眼泪，穆鱼躲开了，找到一块石子在楼板上写：

"九果呢？他们家的船不见了。"

母亲明白了，说："打鱼去了吧，没走呢。你看他妈还在石码头上。"

顺着母亲手指的方向，穆鱼看到那个女人倚着一棵槐树坐在石码头上，正往嘴里塞槐花。他难为情地抹掉眼泪，去洗漱了。

吃过饭他又来到楼顶。那女人依然歪着身子靠在槐树上，两腿张开，双手耷拉在身边。穆鱼拿不定她是否睡着了，就用镜子照她。光在她的头发里走动，到了脸上，穆鱼看到她用手抓了抓脸，胳膊又垂下来。她睡着了，一只鞋掉在脚边。从石码头上经过的人偶尔停下来看她，又走了。围在那里长久不散的是花街上的孩子，都比穆鱼小。一个男孩往她身上扔石子，完了跳到一边笑。穆鱼觉得这小家伙讨厌，用镜子照他。男孩被一道扑面而来的强光吓坏了，赶紧逃跑。其他孩子也跟着跑。

过了一会儿，裁缝店林婆婆的孙女秀琅又小心地回来了。她离那女人两步远的地方停下，从口袋里掏出一个东西扔到女人的脚边。女人没动静。她又扔了一次，落到女人腿上，她醒了。秀琅赶快跑，在远处看她。那女人见到花纸包裹的东西很高兴，一把抓住抱在怀里，然后对着秀琅眯起眼睛笑。秀琅羞涩地跑开了。

穆鱼在楼顶坐下来，等着她把糖塞到嘴里。五月里的阳光浩瀚无边，漫长的时间过去了，那女人只翻来覆去地看那两颗糖，就是不吃，弄得穆鱼也没耐心了。

一直到太阳落尽九果才回来。老罗坐在船头抽烟，九果在船尾摇橹。穆鱼对着西天的红霞晃动小镜子，没有光，失望地把它装进了口袋。在槐树底下坐了几乎一天的女人迅速站起来，船还没停稳她就跳上去，老罗差点从马扎上掉下来。女人来到船尾，手在九果面前张开，是那两颗包着花纸的糖。

六

第二天船没动，第三天九果又没了，隔一天捕一次鱼，有这个规律穆鱼心里就有数了，不再一天几十次地往楼顶跑。正常情况下，他只在九果在家的时候急着上楼顶，其余时间只能看心情。他们对镜子和刀的游戏已经十分娴熟和随意了，可以用来捉迷藏，也可以用来打仗。前者的做法是，一个人藏，另一个用镜子或刀找，光照到身上就算找到。后者则需要另一只手帮忙，当捂住镜子和刀的那只手突然撤掉时，光就射出来，中弹的人就要装出受伤倒地状，不停地遮和放，子弹就不停地射出来。当然，穆鱼也演练过梦境，在镜子上写字。开始因为镜子小，字更小，照到九果那里大约什么都没了。后来让父母买了一面大镜子，他用毛笔在上面写字，九果一定是看见了，但他一个劲儿地摇头。穆鱼一直弄不明白他为什么总摇头，后来终于想起来，九果可能不认识字。他就不再这么玩了，顶多在镜子上画点好玩的图案送过去，但绘画的过程太过漫长，九果根本等不了。

九果一直用他的杀鱼刀，随身携带，以便在走路的时候都能和穆鱼打招呼。在石码头时间久了，他对整个花街差不多也熟了，一个人常到青石板路上玩。正走着他会突然停下来，找准太阳的位置，一道强光就送到了穆鱼那儿。因为不断地被阳光清洗，穆鱼觉得九果的刀越来越亮，光也越来越凉，落到皮肤上如同清凉的刀刃。

有一天他和站在花街头上的九果相互照，九果突然收起了刀，转身往石码头上走。穆鱼觉得奇怪，九果突然连招呼都不打就收家伙。然后他看到老罗走在花街的青石板路上。他一下子又高兴起来，九果拿着刀的时候挺威猛，一看见老爸就不行了。老罗走得快，甩开两只长胳膊，等穆鱼转到楼顶的那一边时，老罗基本上已经追上九果了。九果开始跑，跳上了船，刚进船舱，老罗也跳上了船，接着穆鱼看到九果被老罗扔到了甲板上，九果还没爬起来，又一个人被扔出来，是露半个肩膀的女人。然后老罗出来了，捋起袖子一把拽住女人的上衣，上衣被撕坏了一个角，露出白色的肚皮，老罗的巴掌跟着就上了女人的脸。

老罗在打自己的老婆，一耳光一耳光地抽，偶尔也用上脚。穆鱼听到了那女人的号叫。九果坐在甲板上手脚并用地往后退，根本不敢上前，更别说劝架。他不停地往后退，退过了头，倒头栽进了水里。有人站在石码头上看，但一个跳上船的都没有。穆鱼跑下楼顶，先去自己屋里拿纸笔，接着跑到铁门前，拍着门告诉父母：九果爸妈打架了！

穆老板跳上船拉开了老罗。重新回到楼顶上的穆鱼看到，那女人已经披头散发，浑身上下已经没有一片完整的衣服，风吹过来，白色的身体一点一点露出来。爬上船的九果湿淋淋地站在甲板上的一角，像个可怜虫。他不喜欢可怜虫。

因为这个，穆鱼好多天没理九果。每次九果把刀子的光在他窗前和门前晃来晃去，他都装作没看见。当然很快他又恢复了镜子与刀的对话，他实在太无聊了，除了九果，找不到别的人玩。而且，照来照去其乐无穷。

七

午饭时穆鱼坐在铁门前吃午饭。斜对面的桌子上坐着父亲和老罗。他们常在一起喝酒，准确地说，父亲经常请老罗喝酒。他提供的白大雁如此之多，来往的客人都喜欢，最关键的是，老罗要价不高。穆老板对他的捕鱼能力惊叹不已。过去他曾向花街上所有吃水上饭的人收购白大雁，也就是寥寥几条，没下锅就被客人预订完了。老罗能喝，水上人差不多都这样，能喝能睡。老罗喝完酒脸色不变，跟没喝一样，出门的时候看起来比进饭店时还清醒。穆鱼那顿饭直吃到老罗离开饭店，他也放下碗筷去楼上了。

通常母亲都让他睡午觉，哪里睡得着，他觉得这几个月睡的觉多得一辈子都用不完。他爬到楼顶，看到老罗正往花街上走，大中午的阳光白花花地落到他身上，影子在脚底下像个侏儒。他拿镜子去照老罗后背，只敢照照后背。老罗没感觉，继续走，偶尔回下头，又走，穆鱼看见他推开了丹凤的大门。

花街上都说丹凤是扬州人，三年前顺流而下来到石码头。第一次听她说话，穆鱼没听懂，像鸟叫，不过很快就懂了。现在丹凤的当地话比花街人还溜。老罗穿过院子进了堂屋，因为被一棵小槐树挡着，穆鱼觉得老罗是一闪一闪进去的。老罗进了丹凤家，穆鱼觉得应该把这事告诉九果，可是，没灯笼啊，大白天的。

船停在河边的树阴下，九果躺在船头睡午觉。蜷得像只大虾。那女人歪着头倚在船舱上，肩膀露在外面，两腿叉开，应该也睡着了。穆鱼小心地把光照到九果脸上，一动一动地闪。九果没醒，那女人倒醒了，斜着脸往这边看，又笑了：她拍了拍九果，穆鱼及时地又把光送过去。九果坐起来，半天才从屁股后头摸出杀鱼刀。树阴下没有阳光。穆鱼把光圈落到九果的脚前，然后移到船边，停在那里。九果疑惑地看看穆鱼，又看看光圈。穆鱼急坏了，又喊不出声，不得不再重复一遍，这一次他特意照了照九果的脚。九果好像明白了，站起来去踩光圈，光圈一下子跑到前面，他再踩，光圈又跳开。那女人张开嘴笑，拍起了手，也站起来要去踩，被九果阻止了。他跟着光圈踩，上了岸。然后到了饭店旁边的路口。穆鱼赶快跑到楼顶靠路的那边，继续用镜子引导九果。九果跟着光圈走在花街上，逐渐没了兴致，他弄不懂穆鱼如此乏味的镜子到底想干什么。快到丹凤门楼下时，九果终于忍受不了，一转身往回走，刀拿在手里，一道耀眼的白光刺激得穆鱼眼晕，他一屁股坐下来，满头的汗，功败垂成。

他希望此刻老罗能出现在花街上，可是丹凤的院子里只有那棵槐树在动。他的光圈再也留不住九果，他边走边转动杀鱼刀，一道道动荡不安的白光闪过穆鱼的眼。然后九果跳上了船，背对穆鱼躺下了。穆鱼突然觉得没意思，没理会那女人对他的笑，镜子别到身后下了楼。

他在走廊里守了大约一个小时，盯着丹凤的院子都快睡过去了，老罗才从槐树底下走出来。丹凤把他送到大门前，被摸了一把脸才把门关上。穆鱼发现老罗腰有点弓，走路像喝醉了酒，他一路小跑上了楼顶。老罗的腰在上船之前突然就挺直了。他踏上船，九果和那女人几乎同时跳起来。老罗一探胳膊，九果又倒在船头，那女人转身想钻进船舱，被老罗一把揪住，拳头跟着就过来了。穆鱼听到女人的叫声，在安静的午后听起来虚幻缥缈。石码头空空荡荡，九果避到了船角，这次他没掉下水。老罗像上次一样，痛快地揍了一顿老婆。

穆鱼又用镜子引导过两次，九果终于开窍了。他不知道穆鱼的具体用意何在，但明白一定大有名堂，至少也会是一件好玩的事。有一天下午他被穆鱼从船头引到花街，一边跟着光圈走，一边用刀去晃穆鱼的眼。然后他发现，光圈在一个门楼前停下了，不再往前走。他看了看那个门楼，几乎和周围其他门楼没有区别。门关着，一点里面的动静都听不到。他用刀不停地往穆鱼身上照，穆鱼却坚持对着那门楼照。九果不明白，他甚至从门缝往里看，猜测是否有好玩的东西可以顺手带走。他看到一个光着胳膊的女人在院子里，背对着大门，女人弯下腰来的时候露出后腰上一圈丰腴的白肉。像在洗衣服，又像在摘豆角。九果对这些都没兴趣。

真正让九果明白的，是老罗。他爸走进花街时，他正在跟着穆鱼的镜子往前走，忽然发现光圈没了，他转身去找，看见老罗闷着头往这边走。九果藏起杀鱼刀，贴着墙根低头站着。穆鱼听不见他们父子俩的声音，只看见老罗指点一番，九果就灰溜溜地回了石码头。老罗看见他从花街上消失之后才往前走。

九果的刀对着穆鱼闪一下，他像只猫躲在饭店的墙角，脑袋伸向花街。老罗在某个门楼下停下，一侧身不见了。穆鱼的光圈重新出现在他脚前，一点点向花街移动。九果跟着，接近那个门楼时，他突然转身往回跑，快得穆鱼的镜子都跟不上他。穆鱼看到黑得像泥鳅的九果发疯似的跑向石码头，他没跳上自己的船，也没理会正在船头洗衣服的母亲，九果一个猛子扎进了运河里。

穆鱼在楼顶上坐下来，仔细盯着水面，他想在九果钻出水面的时候就把光打到他身上。可是九果迟迟不露头，应该是很久了，他已经等得心发慌头冒汗。连露肩膀的女人也等不了了，跳下了水。她在水中游了好一会儿，前面不远处露出九果的脑袋。他还活着，向母亲游过去。穆鱼的光圈出现在水面上时，九果已经抱住了母亲的胳膊。

八

  老罗隔三岔五去一次丹凤那里，穆鱼看在眼里。他觉得自己是花街上最闲的人。九果出了问题，他看得出来，镜子和刀对话常常接不上头。九果心不在焉，经常握着刀半天不动，根本不管他躲到了什么地方。九果去花街也不再需要跟着他的镜子，而是跟着老罗。当老罗消失在丹凤的门楼前，九果就在花街尽头出现了。他谨慎地走在青石板路上，顾不上用刀来回答楼上的镜子。但他每次都走不到丹凤的门前就回来了，回来往往是一路狂奔，有时候一边跑一边用刀子划墙，有青苔的地方划破青苔，没青苔的地方在石头上擦出火光。回到船上，在母亲对面坐下，一直坐到老罗轻飘飘地从花街上回来。老罗打老婆时他依然坐着，不再躲到一边，有一回甚至突然在老罗面前站了起来。尽管他刚及老罗的脖子，老罗还是愣了一下，然后是对老婆更猛烈的拳头和耳光。九果就那么站着不动，直到老罗打累了停下来。

  那天午饭后穆鱼听收音机，好听的歌把他迷糊过去，竟一觉睡到下午三点。他起来就往楼顶跑，果然看见九果在他们家楼下转来转去，杀鱼刀漫无目的地泛着光。他把光圈送到九果脚前，九果抬起了头。

  "看见他了？"九果问他。

  这是他第一次听到九果说话，还以为他是哑巴呢。他摇摇头，他知道"他"是谁。

  "去，那，那家了么？"九果又问。

  他又摇摇头。

  "没去？"

  他还是摇摇头。

  九果被弄糊涂了，有点着急："你哑巴啊？说话呀！"

  他不动了。

  "那你下来，下来啊。"九果向他招手，"我有事问你。"

  他还是不动。

"你瘸了是不是！"九果生气了，"下来！"

杀鱼刀晃了他的眼，他觉得眼泪一下子就出来了。他都快忘了说话和下楼这回事了。他突然委屈极了，狠狠地看了一眼九果，对着他大喊一声："我再也不理你了！"可是什么声音都没有，眼泪倒更多了。他一扭身往回走，下楼的时候对自己说，不跟他玩了，这辈子都不跟他玩了！回到了自己的房间。

随后几天，他不再去楼顶，看到九果不断地将刀子的光照到门和窗户上他也不出去。九果叫他也不理，他听见九果在外面过一会儿冒出来一声，喂，喂。甚至有天晚上九果也在楼下喂喂。再喂也不跟你玩。

那晚后，九果的声音没了，门和窗户上也不再出现刀光。穆鱼在房间里走来走去，觉得身上出汗时发现自己竟然已经上了楼顶，而且拿着镜子。他决定妥协了，往石码头那边找，乌篷船还在，露肩的女人坐在船头上发呆，没有九果。他转身往花街方向看，午后的石板路上铺满阳光，一个人没有，他下意识地瞟了一眼丹凤的院子，吓一跳，九果像只猫趴在墙头上，躬着背，他也看见了穆鱼，他对穆鱼远远地咧开嘴，一口白牙，然后手中一晃，白光在刀面上炸开来。穆鱼觉得自己如同突然活了过来，充满了不可名状的兴奋。他在楼顶跺起了脚，挥舞着两只胳膊，镜子里的光漫天飞舞，光消失在光里。

九果一侧身落到了墙下。

穆鱼把胳膊和脚停下来，对着丹凤的院子发愣。槐树花最繁盛的时期已经过去，空气中残余着香甜，细处有种颓败和忧伤的味道，因而也更浓更酽。他想起今年就没正经地吃过几串槐花，过去他总要吃很多，爬到树上，坐在枝杈间放开肚皮吃。一晃槐树花都开完了。他不知道九果到丹凤的院子里干什么。

时间很短，短得他想都没想清楚九果可能会干什么，九果就重新出现在墙头上。这一回九果没有让他看见自己的白牙。他只是看见九果在大阳底下扬了一下手中的东西，发出的分明是红光，鲜红艳丽，如同过年时漂亮的红焰火。穆鱼觉得头脑转得缓慢，他想不出来那焰火一样红的东西是什么。

九果已经过了墙，跳到了花街上，像过去一样向石码头狂奔。那一闪一闪的红。

然后穆鱼听到一个女人的叫声，有点远，丹凤光着身子在小槐树下又蹦又跳，忙得两只手不知道往哪里放，丹凤白得也晃眼。她叫了一会儿就停住了，因为周围有了动静。午睡的花街被惊醒，一扇扇门被打开，很多人穿着拖鞋往外跑。穆鱼看见那些穿着短裤、汗衫和拖鞋的邻居像一群白大雁游向丹凤的门楼。丹凤跑回了屋，当人们冲进她的院子，她已经用一条大床单把自己裹起来了。跟她一起走出屋的是老罗，披一件衬衫，抱着肚子，从手开始一直到脚，都是红的，他不断地弯腰，弯腰，如同一只掉进热锅里的大虾，头和脚的距离越来越近。

穆鱼听到人声乱起来，他突然想到九果，跑到楼顶的另一边，石码头上一个人影没有。乌篷船在走，他看到露肩的女人站在船上正对着石码头挥手，摇船的是九果。九果摇船像跑步，低头弓腰。

他迅速跑下楼，母亲刚打开铁门，端着一托盘的水果要往上走。他冲下去，撞掉托盘，水果顺着楼梯往下滚，穿过铁门时他听到母亲绝望地惊叫一声，已经来不及了。他踏上了一楼的地面。地面让他感觉陌生，出门被一个台阶绊倒了，一头抢到地上，啃了一嘴的泥。他一边跑一边咳嗽，跑到码头边上，乌篷船已经走远了。他觉得嘴里的泥怎么也咳嗽不净，一低头吐了出来。吐了第一口接着吐第二口，先吐午饭再吐早饭，再也没东西可吐了，他直起腰，觉得身体一下子轻了。母亲在身后把他抱离了地面，他挣扎，用尽力气对着午后的运河水喊：

"九果！"

他听见了自己的声音，然后摔到了地上。母亲惊得松开了手，她的嘴巴和眼睛同时变大："你说什么？"

"九果！"他再次发出了声音。他看见九果转过了身，把手举到半空。

他一定听见了他在喊他。

(选自《大家》2008年第1期)

西江月

韩少功

人们以为他是傻子，其实他识得字，会搓绳，能编筐，还收集各种男女旧鞋，大概对鞋业有研究兴趣。他只是有点懒，对各种招工告示漠不关心，碰到有人雇他挖沙或者卸煤也只当耳边风，情愿守在街边晒太阳，玩蚂蚁，磨石子，放出一个个哈欠，把自己固定成一处街头风景。

他一双耳朵很灵，薄薄的肉片微微一颤，就能听见远方似有若无的锣鼓或鞭炮声，能辨出那是红喜事还是白喜事。他嗖的一下及时现身那里，一身万国装五颜六色大小不齐男女混杂又洋又土，浓浓馊臭还让人们掩鼻而退，呼吸困难，差一点作呕。

"这里没有龙贵，到别的地方找去！"主人知道他经常寻找一个叫龙贵的人。

他翻一白眼，嘴里嘟嘟哝哝。

"客人还没到，你倒抢了个先！"主人气不打一处来。

他搓搓手。

他再挨骂也不报复，甚至不生气，也并不靠近酒席强讨，更不会突然上桌抢夺，只是远远地坐在树下，一声不吭地吞咽口水，好像是来为酒宴义务站岗。但这样一个蓬头垢面的哨兵有点煞风景，一旦撞入客人的视野就如无形叮咬，让人心里发毛。万一起风了，不知来自何处的馊臭徐徐入席，与各种佳肴串味，给各种恭维与祝贺的话增鲜，更会大败客人们的兴致。想到这里，主人只能自认倒霉，盛一碗肉饭前去恭请哨兵撤岗，去柴房或墙角单独进餐。更好心一些的主人不但管饭，还会塞几角钱，让这颗毒气弹早一点乐颠颠离去。

对于他来说，酒宴当然不是天天有。有时候，他爬上小镇附近的山头，竖耳细听好一阵，也没听到远方的锣鼓或鞭炮声，只得怏怏地回到街上游荡，收缩一下鼻孔，在这家门口炖墨鱼的气味中坐一坐，在那家门口煎豆腐的气味中倚一倚，困了就蜷缩身子睡一觉。他还是不会开口乞讨，不会那样没皮没脸。如果无人施饭，他就会抹抹嘴巴往垃圾站而去，找一点菜根菜叶什么的入口。日子长了，他连活蛤蟆和死老鼠也能吃，有时候吸一条蚯蚓像吸面条，嚼一只蚱蜢如嚼花生。但他从来不生病，有时脸上还有两块鲜鲜红晕。

"哇——哇——"他气得一只眼睛大，一只眼睛小，威胁那些把垃圾倒在站外的孩子。

如果发现有人倾倒霉变的香烟、腐烂的瓜果、过期的滋补品，他也必定冲着浪费者再次发飙，再次气得一只眼睛大，一只眼睛小："哇——哇——臭屎屎——"

不知道他是什么意思。

没人知道他的名字，见他龇着几颗龅牙，都叫他"龅牙仔"。他的年龄也难以确定，虽然已有抬头纹，但一张脸鲜嫩，嗓音很尖细，薄薄身子好像还没发育完全，看上去是老年与少年的随意组合。

比较熟悉他的是两个乞丐。一个外号铁拐李，是本地名丐，总是挂一钢管为杖，虽气象凶险，但每次只讨三分钱。你要是给他一分钱，他会坚决拒收。你要是给他一角钱，他追着喊着也要将七分钱找还给你，绝不占便宜，绝不乱规矩，让人们觉得特别有趣，也更愿意掏出钱来测试他的诚信。另一个外号变形金刚，是个大胡子，操四川口音。其绝活是在车站或码头占据最佳迎客位置，一屁股坐下来，三下五除二，让自己的左腿膝关节错位，来一个前后倒置，如同下身反接了一只脚，有点惨不忍睹。照他求助纸牌上的说法，东风浩荡，凯歌震天，红旗漫舞，革命形势一派大好越来越好，但建设祖国的无私奉献者们有苦何处说？无钱疗伤之苦可有人知？……他的动人说辞和志愿军、老劳模一类不知真假的身份，每次都为他赚了个盆盈钵满。但只要旅客们散去，他左右看看，咔嚓咔嚓两下，又能使膝关节复位，金刚再次变形，然后夹着纸牌从容回家。

据他们两人说，小花子已来花桥镇三年多，与他们同宿镇西门桥下，平时不怎么言语，也不做什么有伤丐德的坏事，只是喜欢偷偷公家的招牌，曾先后把学校、兽医站、计划生育协会、革命历史教育基地等牌子，偷搬到桥洞里来挂了个琳琅满目。他连镇政府的牌子也敢偷来当床板，说政府干部连垃圾站都管不好，搞得那里臭水横流没法下脚，实在臭屎屎，太臭屎屎，根本不配挂牌子。至于他自己的事，他家里的事，谁都没听他说过，只是听到他常在深夜梦中大喊一个人名："龙贵"，"龙贵"，"龙贵"……大概就是他常在街面上寻找的那个人。

"这里根本就没有姓龙的。"镇上有些人早对他宣告。

"你那个龙贵嘛，我认得。他到九江去了，江西九江，知道吗？"也曾有人这样打发他。

不知道他去过九江没有，去过人家胡乱说出的湘潭、永州、祁阳、安化、麻阳没有。不过他还是幽灵般地出没于小镇，似乎要死守这一个约会地点，深信他期待的人不可能失约，正在远处一步步朝他走来。龙贵是他什么人？给他许过什么愿呢？或者龙贵只是他梦中一位救苦救难的下凡仙人？……人们不得其解。每逢汽车喇叭或轮船汽笛鸣响，只见他应声而起，呼的一下蹿去车站或码头，在客流中穿插如梭，逢人便急急地掀起几颗龅牙："有叫龙贵的吗？"……见对方茫然，便进一步唾沫喷飞："龙马的龙，富贵的贵。"有时还在掌心上写给别人看。

人们总是对他摇头，或是被他油光光的衣衫片子吓住，慌慌地快步跳开，像避开一只硕大苍蝇。

这些旅客大多是来进香拜佛的。花桥镇是他们上山的必经之地。山上有一禅庙，近年来香火很旺，钟鼓常鸣，轻烟薄雾缭绕林间。穷人和富人都去那里祈福，特别是一些瘸子、瞎子、聋子、瘫子以及各等哎哎哟哟的重病者，不知道听了什么传言，都急着上山求医——据说那里有一位神僧颇得法力，不用针和药，只是撮土为丸，吐痰为汤，随便在来人脸上摸一摸，或者朝来人屁股拍两掌，就能包治百病。小镇因此越来越热闹了，不光出现了五花八门的斋菜馆，还有各种卖鞭炮、香烛、佛经、雕像、供品、碑刻拓片及各种旅游产品的店面。有些非法游贩也出现在此，躲过警察与市场管理人员，偷偷向旅客兜售神僧的指甲、皮屑、胡须乃至干粪便，声称这些秽物均有医疗神效——只是不知他们的货品是真是假。

有一个鞭炮店老板姓陈，这一天站在店前东张西望，最后把目光落在龅牙仔身上。"你过来，过来！"

小花子懒懒地看他一眼。

"你是要找龙贵吧？我可以帮你找到。"

龅牙仔眼睛发亮，朝他走近了两步。

"我还骗你不成？龙马的龙，富贵的贵。没错吧？不过，我不能白帮你，你得给我信息费。"

龅牙仔听懂了，撒开两只赤脚就跑，不一会儿气喘吁吁又回到老板面前，扒开一个旧塑料编织袋，出示里面的各种宝贝：一盏旧台灯，一只旧公文包，一台可以发声的旧收音机，还有一大堆男式和女式的旧皮鞋，轰隆隆的脚臭味扑面而来。

"把这里当废品站啊？要熏死我呀？"老板捂着鼻子后退，"这样吧，你给我一百块钱，要不就给我打五天工。"

龅牙仔沉下脸，提着编织袋就走。不过龙贵对他还是有吸引力的，他没走出两步又折回，挠挠头，指着隔壁小店里卖的包子。

老板好笑，"看不出，你小子还会讨价还价？好吧，我就每天加你两个包子，算是你的加班费"。

龅牙仔咬着两个包子，跟着老板走了。事后人们才知道，这一天鞭炮厂有工人嫌工钱少，突然辞工而去，人手忙不过来，陈胖子只好临时拉龅牙仔顶班。老板哪里知道什么龙贵，只是以为小花子好哄，到时候胡编个说法就行。他没料到，五天过去以后，龅牙仔成天追在他屁股后头问：龙贵！龙贵！龙贵！……差一点在他耳朵里磨出茧子，还抢他的帽子。实在混不过去了，老板只好装模作样打了一个电话，回头说："湖下村是有个龙贵，不过刚生出来，还差三天满月。东门外呢，有条癞皮狗也叫龙贵，大家都这么叫，你可以去找。第三嘛……"他还没有说完，龅牙仔一只眼睛大，一只眼睛小，发出持久的尖叫，夺过电话机就往地上砸。老板当然早有防备，出手夺回电话机，仗着自己腰圆膀壮还把小花子一身骨头扭得咯咯响。"老子给了你三条信息，没加收你的信息费，就算便宜你了。你还要在这里行武？找死啊？老子一个指头把你捏到门缝里去！"

他把龅牙仔轰出店门："滚远点，滚远点，要是再让我看见，我就把你吊到井里去凉快凉快！"

老板的大洋狗也及时出阵，冲着龅牙仔一阵犬吠。

小花子这才逃之夭夭。

陈老板财大气粗，是镇上有头有脸的人物，平时搬着肥大屁股随便往哪家一坐，主家就得笑脸相迎，又是敬茶又是敬烟，还得恭敬聆听各种教训。他说你家茶叶不好，你家茶叶就是不好。他说你家儿子太蠢，你家儿子就是太蠢。他说你家里有鸡屎臭，你即使从未养过鸡，即使在家里刚喷过三轮香水，也不敢说半个不字。大家都把他当菩萨他爹供着。不过，陈老板接下来的日子有点不顺。比方每天早上开门，他店门前不是有一堆臭屎，就是有几堆五光十色的垃圾，气得他脑袋大。一个"良种猪仔基地"的牌子不知何时挂在他门前，更让他满脸猪肝色，操起一张板凳就砸。但刚砸了这块牌子，两天后门前又冒出一块"烈士陵园"的牌子，比良种猪仔还糟心十倍。他气歪了脸，令手下人把牌子火烧了，在店门前一连放了十挂万子鞭。在门槛上淋了三道公鸡血，还觉得店门前不干净。陈老板不至于当烈士，不至于住陵园，但事情不能细想啊，一想就大病了一场。他重新出现在邻居面前时，头贴黑膏药，手脚僵硬，哼哼唧唧，还时不时胸闷欲吐。照他的说法，害他的不是别人，肯定是那个该千刀万剐的龅牙仔，真恨不得抓了那家伙的皮才好。他这次住医院、拜菩萨总共花了好几千块，算怎么回事？就算抓住了那个小杂种，把他剁成碎片卖上十次，也卖不出这么多钱吧？

"还是老班子说得对，花子惹不得，惹不得的。"陈胖子苦笑着直摇头，从此见了龅牙仔就躲，见了所有的乞丐都心虚气短。据说他后来花了一笔钱，买通一个黑工头，把龅牙仔骗到贵州去下井挖煤。

一个多月以后，一位赶郎猪的老头儿晚上回家，看见几条狗在水沟边嗅着什么。夜色昏暗,他看不大清楚,只觉得水沟里好像有动静,划燃火柴一看,发现那是一个人,面色苍白,嘴唇发黑,一条腿粗肿如桶,身上还有很多酱色的血渍和血痂——这不是龅牙仔吗?腿肿成这样,是不是被毒蛇咬了?

他是如何逃脱黑工头的魔掌,如何从千里以外的煤矿跑了回来,又如何不小心受到毒蛇攻击……没有人知道。他后来出现在街头一个拆走了轮子和机器的中巴车厢壳子里,颤抖在乱草丛中,鼻孔里气若游丝,一连昏迷了几天。一个卖瓜的九婆婆可怜他,每天驼着背送来米汤给他慢慢地喂下,还带来一罐浓浓的茶水,替他洗一洗身上伤口溃烂处的脓血。看见嗡嗡飞绕的蚊蝇,她还点燃了一支蚊烟。

"可怜可怜,你就没有个家吗?"九婆婆终于看见他醒了。

小花子两只眼睛里空空洞洞。

"你就没什么亲人了?"

死鱼般的眼睛还是直愣愣向天。

九婆婆撩起衣角擦擦眼睛,从怀里颤颤巍巍掏出一个小酒瓶。"苦命的伢,你活着为哪样呢?你爹妈把你生下来做什么呢?你的苦还没吃够哇?九婆婆今天给你做个主。你把它喝下去。"

小花子眼眸隐约一暗。

"你不要怕。这是快活汤,世界上最好的东西。你一喝下它,身上就不痛了,肚子也不饿了,心里什么烦恼都没有了,往后就一心一意过好日子。"

龅牙仔嘟哝出一个字:"龙……"

九婆婆知道他要说什么,叹了口气:"伢啊伢,世界上没有你要找的人。你死了这条心吧。"

"龙……龙……"

"莫说是你那个龙贵,就是菩萨也救不了你呀。"

龅牙仔咬紧牙关,死死堵住瓶口,就是不张嘴。一滴泪水终于出现在他眼角。

"这是为了你好哩，你听话，听话，啊？"老人没法灌，收回小酒瓶，揩去对方的泪滴，哀哀地哭了一场。据知情人后来说，九婆婆那一段是觉得自己气虚和腿重，看来是大限在即，哪一天跌倒就再也爬不起来了。她担心自己一旦撒手西去，哪一个来给龅牙仔送米汤？如果没有她的米汤，龅牙仔嗷嗷地如何活下去？

　　九婆婆一失足跌倒下去，确实再也没有起来。大概是感念九婆婆的善德，一些好心人东一碗汤，西一碗粥，把九婆婆的好事做到底，还叫来一位医生，抓了几帖药，竟使龅牙仔奇迹般地站了起来。虽然脸部多了一块暗疤，拉扯得表情有几分狰狞，虽然一条腿有些瘸，使他走路时尖尖屁股一撅一撅，但他还是重新进入人们的视野，在街边晒太阳，玩蚂蚁，磨石子，放出一个个哈欠。他还去河边九婆婆的坟前叩了几个头，在那里立了好几块牌子，有"先进幼儿园"、"商品质量信得过单位"，以及他曾经拿来垫床的"花桥镇人民政府"。经过一个多月的贵州行，他甚至更长本事了，伸出的指头不怕火烧，铁硬的脑袋扛得住棒打，还学会了吃土——随手捡起一块黄泥或黑泥，嚼巴嚼巴就能往下咽，令围观的小孩儿们十分好奇。有一次他没找到合适的泥巴，甚至还吃起了沥青和煤渣，嚼出了杏仁或蚕豆的声响。一位过路的电视台记者发现了这一点，想拍个奇人花絮之类的节目，曾给他三十块钱，想让他在镜头前表演吃土，只因他哇哇怒吼，捡起一个石头相威胁，才遗憾地作罢。

　　铁拐李想当他的经纪人，追着对记者说："加一点，给两百，给两百他就吃土。"

　　他在记者那里点了钱，回转身来，却发现龅牙仔不见了。

　　这一天，又一批外地旅客来到了小镇，停车场里大车小车很是热闹，到处是人头攒动和大呼小叫；有一中年鬈发男子戴着太阳镜，走出一辆白色轿车，刚好被龅牙仔远远地看见。"你认不认识龙贵？"瘸子挂着竹杖照例上前搭一腔。"龙马的龙，富贵的贵。"

　　对方正在锁后备箱，随口回了一句："我就是，什么事？"

　　好一阵没有声音。

还是好一阵没有声音。

事情似乎已经完了。对方回过头来，显然看见了龅牙仔呆若木鸡，脸色发白，全身颤抖，还有上气不接下气的喘息，差不多就是一个将要虚脱的病人。对方肯定以为自己倒霉，碰上了疯子，赶忙跳开一步，朝车那边的两个女人挥挥手，朝山上快步而去，一边走还一边回头。

龅牙仔终于发出呜呜呜的哭声，或者是笑声，追上去问："你……你……真的是龙贵？"

"一边去！我不认识你。"

"你肯定认识我姐。"

"我要喊警察啦。"

"你不就是在黄沙桥的人……"

"你……"

"你不就是龙天祥他二弟？"

对方听到这里，大吃一惊，全身僵住，忍不住将小花子上下打量。"你是……"他没说下去，只是乘人不备撒腿就跑，差一点撞倒身边的一个老头儿。但这已经足够，足以让龅牙仔完成认证并锁定目标。他大叫一声，旋起一阵风，啪啪两脚翻飞追了上去。后来有目击者说，那一刻他根本不像个瘸子，只见一道黑光闪过，飞向天空的竹杖还未落地，他已突然放大，像一只巨大蜘蛛缠住了前面的背影。

两个女人发出尖叫，吓得周围的人毛发倒竖引颈张望。他们终于看见两个黑影在河边的西门桥上扭成一团，像是拥抱，又像是厮打。他们来不及打听是怎么回事，就听见那里一声声大叫震天。"龙贵！""龙贵！""龙贵——"这叫声像是欢呼，又像是叫骂，怎么也让人听不明白。一切都来得这么快，快得让人眼花缭乱。直到两个时分时合的黑影在桥上一晃，翻过栏杆，双双掉入河里，激起沉闷的扑通一声，他们这才大致明白，刚才不是拥抱，也没有欢呼。事情似乎有点不妙。

"杀人啦——？"

"救命啊——"

两个警察终于从派出所那边赶过来。

他们来到西门桥，朝桥下看了看，只见水面一圈圈波纹渐息，没有什么东西冒出水面。他们见河边有几条船，忙上前交涉，请船老板把船划到刚才溅起水波处，用船篙探入水中搜索。但他们来来回回戳了好几轮，没有戳到什么。围观的人越来越多了。警察从中发现了几个熟面孔，大概是水性比较好的，要他们下水帮着寻找。加上哭哭啼啼的两个女人当场拍出一沓钱，那几个后生就脱了衣服，在腰间系上安全绳，一个接一个跳下水去。不过，直到人夜，直到东门那边升起一轮月亮，他们在水下捞出两只皮鞋。一只铁油桶，一个摩托车头盔，一头半腐的死猪，还有一张糊满泥巴的渔网，就是没有找到人。只有一只出水的男式皮鞋，由两位哆哆嗦嗦的女人辨认，是当事人的，由警察提到派出所去了。

"龙贵——"

"龙贵——"

"龙总，你在哪里啊——"

夜色降临，西垂的一轮明月下，苍茫远山垫在树林剪影的后面，河面上飘摇着一道闪闪烁烁的光斑。两个女人在河边一直哭喊到深夜，在码头的石阶上拍出更多钱，还有当场解下的金戒指、金项链以及金耳环，算是对救人有功者的重重悬赏。更多的船出动了，搅出了更多月光。更多的小镇居民聚集在河边交头接耳，惊得两岸狗吠声久久不息。一些手电筒、灯笼以及火把闪烁不定，沿着河岸向下游摇曳而去。

龙贵的尸体三天以后才浮出水面，漂到下游的一片芦苇边。据说他已全身浮肿，肚子胀大如鼓，虽然四肢还在，但鼻子没有了，耳朵没有了，上下嘴唇也没有了，整个脸盘似乎被木匠刨子刨去一层，刨去了毛边和棱角，只剩下一团圆嘟嘟血糊糊的肉瓤，暴露出多处白骨。法医从他脸上发现好几道深深肉沟，相信那是牙齿啃刨的痕迹。至于龅牙仔，当然也没活下来，据说他满嘴肉泥，身上至少有四处骨折。

这真是一桩离奇而惨烈的命案。

因为没找到身份证，也没法给中年男客恢复容貌，加上两个涉案女人失约，未去派出所留下笔录，驾着白色轿车不知去向，警察手里的破案线索实在有限。他们不知道死者是什么人。从鲍牙仔寻找龙贵这一点看，他并不认识后者，与后者应无直接的过节，那么他是为谁张开利嘴？为他父亲？母亲？姐妹？兄弟？师友或者乡亲？同样令人迷惑的是，这食肉之恨何来？是关乎钱财？关乎性命？关乎情爱或尊荣？……警察遍访小镇居民也没问出个所以然。九婆婆的儿子说，他听鲍牙仔昏睡时骂人。好像是骂自己没有用，但那是操一种奇怪方言，他没怎么听懂。铁拐李说，他发现鲍牙仔每年六月初到河边烧纸，祭悼什么人，但不知与案情是否有关。

上级公安机关也派人来查过，只查出那个叫龙贵的身家不菲，是山上禅庙的大施主，至少有过三笔数目不小的捐赠记录。

事情到此，看来也只能不了了之。警察叫来几个农民，把两具尸体埋葬在西门桥外。

街市恢复了往日的热闹，山上的香烛气息和钟鼓声响不时飘下来，流散在墙基或者檐角，流散在外地旅客的擦肩而过和蓦然回首之际。不知什么时候，人们发现街上出现了一个少年，也是在找人，逢人便问："你是不是王海？"如见对方迟疑，又急急地解释："龙王的王，海洋的海。"甚至还要在掌心中写出字来给你看。

更严重的情况是，不久后街上又冒出两个陌生面孔。一个是黑脸大汉，见人就问："你认识周华剑吗？"另一个是戴眼镜的妇人，见人就问："你知道李子明住在哪里？"

街上闲人们一听这话就心惊，好像自己就姓周或者姓李，凉气从背脊一直升到后脑，纷纷作鸟兽散，包括赶快揪回自家的孩子，哗啦啦拉下铁闸店门，让寻人者不免有些诧异。

他们都面带微笑，甚至衣冠楚楚，不像是刺客。说不定他们只是来寻找情人或恩人的？或者是拾金不昧来寻找失主的？或者是受人之托来寻找什么故旧？

他们四处探头探脑东游西荡的时候，街上寂静了许多。

据闲人们说，这个小镇的居民后来都习惯于晚开门和早关门，习惯于养看家烈犬,而且多了一些流行口语。人们见到做了恶事的人就忍不住诅咒:"等着吧,总有人要长龅牙齿的。"或者是:"就算老天没长眼,他也不一定过得了西门桥。"喜欢恶作剧的人还曾这样吓唬朋友:"不得了,今天街上有个眼生的人到处打听你哩。"直到有一次,一个被吓唬的人当场晕倒,口吐白沫,全身抽搐,差一点猝死,大家才知道这种玩笑不能乱开,往后的口舌才谨慎了许多。

(选自《西部·华语文学》2008年第2期)

良 宵

乔 叶

一

在这个地方，穿衣服总是显得怪异的，无论穿得多么少。她穿着统发的胸罩和裤头——洗浴中心大约是世界上唯一给员工们统发胸罩和裤头的地方了。这两样就是她们的工作服。

胸罩是艳足足的大红，裤头则是两侧带透明网纱的黑，这两种颜色的搭配按说应当既性感又精神，但在一群白花花赤裸裸的女人堆里，是谁都不在意的。这性感和精神没了用处，就变得有些灰不塌塌了。

她在第二个床位边，慢慢地搓着手下的身体。慢，因为速度的错觉，也可以看成是细腻和精致。这是一个老人的身体，她们行话里叫"皱"。"皱"是最难搓的。"皱"又分"胖皱"和"瘦皱"。她床上躺着的，是个胖皱。相对来说，胖皱比瘦皱还要好搓些，多少有些肉，能把皱撑得展些。那些瘦皱，层层叠叠的，只有皮。不下力，搓不净，下了力，她们又不经搓，会哎呀哎呀喊疼。难伺候呢。

西北风一起，来这里洗澡的人就多起来了。都说是一层秋雨一层寒，对洗浴中心来说，却是一层秋雨一层钱。今天是星期日，是一周里客人最多的时候。这是有缘故的，如果把双休日比做一道玩乐大餐，那一般都是周五订菜谱，周六做菜吃菜，疯欢一日，周日呢就得整理残局，该洗的洗，该睡的睡，总之是收拾锅碗瓢盆的日子——人的身子可不就是最麻烦的锅碗瓢盆么。

这两年，洗浴中心的生意越来越好。以前洗的男人多，把这洗浴中心当成一个上档次的地方，每人三十八元，二十四个小时，洗完了可以免费看电视，看电影，打麻将，下棋，健身，上网，还可以免费开个房间休息一晚上，连带免费第二天的早晨，又新鲜好玩又经济实惠。后来开洗浴中心的越来越多，生意抢得越来越厉害，就把女人的钱包也瞄上了。女人们账算得细，商家的账也跟着算得细：现在什么都涨价，外面最一般的大澡堂子也得四块钱一张票，全身搓澡另加四块，好歹得八块钱呢；在这里洗环境又好，又不挤匝，即便价钱高些，也高得眉清目秀，不是一笔糊涂账：带按摩每位二十八元，不带按摩每位十八元。十八元里有什么呢？一条毛巾，一条内裤，一双袜子，质量都不怎么好，可总归都是崭新的。再加上无限量免费提供的洗发水护发素沐浴液以及搽脸的"大宝"，还有全身搓澡，蛮划算的。她有几次看到那些洗完澡的女人往脸上搽完"大宝"又往手上和身上搽，有的还往脚上搽。一瓶"大宝"六块五，她一个身子搽完，用了半瓶。单这一项，就从十八块里捞回了三块。嗤！

"你儿子这个月的生活费得了么？"三号床的搓澡工问她。

"唔。"

"什么时候得的？"

"我们是半年一给，早得了。"她有些不情愿地含糊道。其实还没给，她不想说那么多。她也知道对方问也只是为了自己说。

"我那死鬼还没给呢。两个闺女，一个月才给五百，还不按日子给，你说缺德不缺德？五百，够什么吃的？莫不成叫我们娘仨喝洗澡水？"三床的唠叨声有些远去，是绕到了床的那一边，"你还好，一个儿子，给五百，虽说儿子吃得多，可总比我这两个闺女吃五百宽裕。五百，两个五百，一个才二百五，啧啧，说出来好听？"说着三床忍不住笑了，她也笑了。她们手下的两个身体也都笑起来。

"你不会告？"三床的客人说。这是个年轻的姑娘，她闭着眼睛，仰躺在那里，胳膊朝着头的方向全力伸着，有些像仰泳。

"说着容易做着难，丢不起那个人哪。"三床又道，"就是我丢得起那个人，两个闺女还不依呢。一边恨着，一边护着，也不知道她们是什么主意。"

"亲便亲，打断骨头连着筋。"她手下的胖皱说。

她一边听着一边将胖皱的胳膊折起，露出肘，在肘上圆圆地揉着。是啊，自己那儿子，还不是一样？一边恨着爹，一边护着，不让她说半句不是。但凡他来看他，他就绷着脸，也不和他多说半句闲话。她在一旁看着一根血管出来的爷俩，又解气又堵心。

造孽啊。

"什么时候轮到我们？"一个欢眉溜眼的小姑娘呱嗒呱嗒地跑到她的身边，"我们等得花儿都谢了！"

一群人哗地都笑了。总是有性子急的人。可再急也没有用，这里有这里的规矩。进门时发的那个带着更衣柜钥匙的电子手牌就是规矩，搓澡就是按手牌号的先后顺序来的。

"一会儿就会有人叫手牌号。"她道，"你仔细听着，叫到你，你就可以来了。"

"还得多久啊？"

"很快。"

二

丈夫姓花，是她一个厂里的推销员——已经是前夫了，她还习惯把他当成丈夫。当初找他的时候，母亲不太愿意，先挑剔工作，说推销员没几个本分的，完了又挑剔姓，说："姓什么不好偏姓花？花不棱登的。将来有了孩子，取个什么名儿好？花灯，花边，花粉，花卷，花砖，花菜，花椒？花柳病？怎么叫都难听。"瞧瞧，连花柳病都诌出来了。她的心已经对花开了花，就不乐意了，顶撞母亲道："不是还有花云吗？还有花木兰呢。还有花木莲。"

"花云花木兰我知道，那花木莲是哪个？"母亲果然糊涂了。

"花木莲么，是花木兰的姐姐。"她笑了。

要死要活地跟了姓花的，心甘情愿地被他花了，没承想他最终还是应了他的姓，花了心，花花肠子连带着花腔花调，给她弄出了一场又一场的花花事儿。真个是花红柳绿，花拳绣腿，花团锦簇，花枝招展，把她的心裂成了五花八门。起初都是她闹着要离婚，他不肯。到最后一次，他先提了离婚。他一提她就傻了。雷打千遍，要下真雨。她这才知道自己没有雨伞，没有雨衣，连屋顶也是漏的。但她硬生生地赌着一口气，在协议书上签了字。儿子房子都归她，另加三万块钱的存款。他说他净身出户——连厂里的工作都辞了，说去开店做生意。可他们离婚刚刚一个月就听说他又买了房子结了婚，那女人比她小十岁。后来她才拐弯抹角地知道那个女人早就跟上他了，他们结婚的时候，他们的女儿都上幼儿园了。

儿子叫花岩，那个女孩儿该叫什么名字呢？花朵？花瓣？花篮？花蕾？花鼓？没事的时候，她会瞎想。想着想着便会笑自己，真是咸吃萝卜淡操心。能过好自己的日子就不错了，还寻思人家。

"喂，你知道么，老八的男人也有人了。"三床说。

"知道。"她昨天就听说了。老八是八床，丈夫是个出租车司机，搭上了个开卫生用品店的女人。

"一个卖卫生纸的，他一个男人家，怎么就和她混到一起了！我说老八，我要是你，就一把火把她的店给点了。都是纸，好烧着呢。把那个小婊子的毛都趁势烧干净！对这些人，不能手软。你就是太软。离什么离？揪住他，别丢，拖也拖死他！"

"那不也拖死了我？"

"傻呀。他找，你不会也找？你就是不找，也得和那个女人当面锣对面鼓地闹一场出出气才是！就这么鸦没雀静地离了，我啥时候想想都替你窝囊！"

她笑。是啊，她也觉得自己窝囊。知道丈夫给自己藏了这么多猫腻，她也没有去闹。她对自己说：你就是去闹了又能怎么样呢？能把丈夫铁了的心回回炉熔回来么？当然，也是不会闹，不敢闹。这场拔河比赛，那母女两个赢了他们母子两个。她没分量是自然的，可儿子终归是个儿子呢。能让丈夫狠下心撒开手，可见那女人有多么厉害。

就这么着，她就轻轻易易地放过了丈夫和那个女人，直到现在，也没有见过那个女人一面。好事成双，祸不单行，离婚不久，她就下了岗，五万块的包赔费拿到手,她赶紧存到了银行,三年期。利率正好上涨,三年下来,能有好几千的利息。儿子今年才上的高一,三年过去考上大学,这笔钱正好派上用场。没了远虑,还有近忧。五百块的生活费就是吃馒头配萝卜条也不够,亏得她还能打能跳,就使出了浑身解数去挣。儿子一天三顿饭少不了,这三顿饭也把她的时间切成了三截。于是她上午去做钟点工,下午去超市卖菜,晚上来这里搓澡。

放过了别人,她没有放过自己。有一段时间,儿子迷上了网吧,三天两头偷她的钱逃学去上网,她怎么苦口婆心地劝都没有用。实在不知道该怎么办,她又恨儿子又恨自己,留了遗书,晕着胆子用水果刀割了腕。刚好母亲去给她送饺子馅,把她抢救到了医院。来看她的人说得最多的就是三个字:"想开些。"母亲也是这三个字。她耳朵都听出茧来了。那天她对母亲嚷:"想开些,想开些,谁不知道想开些?你们告诉我怎么想开些!"母亲不说话了,呜呜地哭。她也呜呜地哭。天知道她是多么想想开些啊。可挨个儿去找碰到这种事的女人们问问,哪个是想想开就能想开的?谁有这个本事?

三

现在,她的手下换成了个中年女人,她们行话里叫"棉"。这样的女人偏胖,肉又松,面积大,质量差,一搓起来就全身晃,可不跟棉花似的?这是小小的肉的海,这儿凹,那儿凸。搓凹的时候,凹的会更凹。搓凸的时候,凸的会四处流淌。因为肉不定型,"棉"的犄角旮旯还特别多。不过这样的女人也有她的好处,身体即使走了样,却很在意皮肤。就给了她机会。

"哟,你这皮肤多好啊。"她郑重地称赞。她的称赞因她的郑重而显得越加诚恳,"这好皮肤,可是不多见呢。"

"干。""棉"说。

"冬天哪有不干的?皮肤都缺水。"

"洗澡不就补水了?"

"那不一样。洗澡补的水太浅，就像渴的时候喝了口水，却只在嘴里漱了漱，又吐了出去。要补，得深补。蜂蜜，牛奶，都行。我仔细地给你按摩一下，肯定吸收得好。"她的口气清淡又随意，"咱这里有纯天然无污染的蜂蜜，要不，一会儿推一个？"

"那就推一个吧。"

她表面不动声色，手更加体贴地游走着，心底却暗暗地舒了一口气。

起先，她是不爱说话的，后来渐渐地就说开了。不说不行，一是整天闷闷的，别人看着别扭，自己也觉得和别人格格不入，合不了群，就孤单生分。二是不说话就只能搓平常的澡，她们行话叫"普搓"，一个普搓她们只能抽三块钱。平日里一晚上也就普搓十来个，周六周日再多出十来个，一个月就千把块。可要是能说动客人推个牛奶蜂蜜海藻泥，把这个收入和洗浴中心五五开，那就能多挣个一二十块，值多了。有那么几次，她还推销出了她们能力之内最贵的美容保健套装，提了三十块钱呢。老话道：会说能当银钱花。挣这个钱自然有运气的成分，更多的却是话里绕的功夫。认清了这个理，她就开始下这个功夫。还特意买了几本书研究。想向别人传道，自己先得懂经么。

当然，这事也得看菜下碟。来这里洗澡的女人要说日子都过得宽松，可人和人还是不一样。有的人躺在床上，浑身上下紧紧巴巴，打眼一瞧就知道是头一次来。给她们搓澡的时候，她们的神经也是紧巴的，总是赶趁着她的手。她的手还没搓到胳膊呢，她们的胳膊已经抬起来了。还没搓到膝盖呢，膝盖也已经弯出来了。这样的人，她的手劲儿轻些重些，她们都不说什么。她也不问。而有些人呢，就舒舒展展软软和和地躺着，一望而知是常客，等着她的手来调停。随她搓哪儿，随她怎么搓，都是一副自在的架势，就是手劲儿上有讲究，她要时刻地问轻不轻？重不重？背上要不要多按几巡？小腹要不要多按几圈？特色补养的那个钱，多半都是赚在这些人里。而这些人里又分几种：利落着口气要补贵的，那是有人买单，自己不掏腰包，大都是官太太，花钱的时候便有一股威风凛凛的劲头。仔细把价钱和功效问个明白才补的，是会过日子的精明老板，做生意的多些。

在补不补的问题上犹豫半天才下决心的，约略都是些光景刚刚开始改观的小家妇人。

因为眼明心亮，她只要开口，建议的成功率就很高。熟客虽然很少，且绝大多数人都只是一次交易，但对她来说，也就够了。铁打的营盘流水的兵。只要她这个营盘在这儿，只要有流水的兵，只要兵们的水能流到她的荷包里一两绺儿，就总能让她和儿子的日子活泛一些。

四

"海！来这张床！"一个年轻女人在二号床上躺下，朝刚才催问过的小姑娘叫道。小姑娘正在池里玩，闻声滴滴答答地跑了过来，一下子就爬到了三床上。

小姑娘看起来七八岁的样子。她们行话里管这种客人叫"水"。可不是水么？从头到脚，从眼睛到指甲，哪儿都嫩生生水灵灵的。搓"水"的时候，她们是格外愉快，也是格外小心的。一是"水"身上不藏泥，一搓就净，既省力，钱也不少拿，搓得精心些是应该的。二是生怕手一重就把"水"搓干巴了，搓疼了，搓跑了。三呢，她们都喜欢和"水"说话，和"水"说话最有趣。

"多大了？"三床问。

"再有一个月就七岁了。"

"叫什么名字？"

"你猜。"

"那可不好猜。你这不是让我大海里捞针么。"

"嗳，你这句话里就有我的名字。"

"针针？"

"还线线呢。"小女孩大笑起来，"海，大海的海。刚才我妈都叫我了。"

"我还以为你妈叫的是嗨呢。"三床也笑起来。搓着她一鼓一鼓的肚皮，"怎么取个男孩子名儿？"

"又没有规定女孩儿不能用。有个唱歌的女演员还叫祖海呢。"小姑娘嘴巴真是麻溜。

"上学了？"

"嗯，一年级。"小姑娘咯咯笑起来，"痒！"

年轻的母亲一直闭着眼睛。她顺起她的胳膊，把腕上的玉镯摘下来，放到一边的塑料高凳上。

"镯子成色看着挺不错的。"她说。其实她不懂。不过，好话不蚀本么。

"嗯。岫岩玉。"女人说，"孩子爸爸出差给买的。"

"多好，知道疼惜人。"

女人嘴角微微一扬。

"爸爸亲还是妈妈亲？"三床还在逗着女儿。

"唉，我都多大了还问这个。"小姑娘皱了皱眉，"能不能说点儿新鲜的呀？"

"新鲜的我们不懂，你说说我听。"

"好，那我给你讲几个脑筋急转弯吧。"小丫头来了兴致，"有一个人边刷牙边吹口哨，你说他是怎么做到的？"

"练出来的呗。"

"他刷的是，"小丫头得意地绷绷嘴，"假牙。"

周边搓着和被搓的人又一起笑了。母亲侧过脸，甜滋滋地看了女儿一眼。

"一头牛头朝东，朝右转三圈，朝左转两圈，再朝右转三圈，它的尾巴朝哪儿？"

"嗯……让我想想。"

"想什么想？朝下呀！"

……

在笑声里，她把目光投向对面的淋浴区。哗哗的水流下，全是赤裸的身体。胖的，瘦的，高的，矮的，每一个成年的身体上，都有那么几处黑。从黑发，到腋下，再到大腿根儿。小时候总是不明白，女人为什么是女人？为什么女人长大了就变成了这个样子？现在总算是明白了：没有为什么，女人就是女人。女人长大了就得变成这个样子。常常地，她搓着不同年龄段的女人的身体，从几岁，十几，二十几，到四五十，七八十，她就会有些恍惚。仿佛这些人都是一个人。也仿佛就是自己。于是，恍惚中，她的心里会涌起一阵阵莫名的酸楚和怜惜。

五

女儿搓完半天了，她把母亲才搓了一半。这是个典型的少妇的身体，她们行话里管这种女人叫"瓶"。真的是瓶呢。瓷实的肉，流畅的曲线，怎么看着都像瓶。这样的瓶插着女人的花，也捅着男人的念想。"瓶"的乳房饱满，圆润，如鼓胀的碗一样反扣在那里。她的手搓她的乳房时，能感觉到海绵一样丰柔弥漫的弹力。这样的身体几乎没有褶皱，是好搓的。不过，也有让她费力的地方，就是泥藏得深，得搓两遍甚至三遍。这满月一样的身体生机勃勃，连污垢也是生机勃勃的，灰白色的泥卷一层层涌上，似乎永远也搓不完。直到搓到她们的皮肤都红彤彤了，才有些干净的意思。

她又开始搓她的背。这个背光洁得如家里的小案板，可以用来擀面条。她也有过这么光洁的小案板似的背啊，当年使得丈夫那样爱不够。

"你怎么回事？搓着我头发了。"客人说。

她回回神，将客人散乱卜来的发丝绾上去，继续搓。已经十点了，洗浴的人还在不断地拥进来。看来今晚得搓过十二点呢。

没有比她们这一行能够见识更多的人体了。下午，她在熙熙攘攘的超市里看穿衣服的人，晚上，她在熙熙攘攘的大澡堂子里看不穿衣服的人。白天她看人的奇装异服，晚上她看人的奇身异体。

有一个女人上身黑下身白，有一个女人前面红后面黄，有一个女人的两只乳上都刺着玫瑰，有一个女人的背上绣着一只老鼠……更多女人的体征是在小腹，两道疤痕，不是横的就是竖的——剖腹产的印记。有一次，她在一个女人的下颔摸到了一堆大大小小的硬核，那女人告诉她：她刚做了下颔吸脂手术，把双下巴吸掉了。还有一次，她在一个女人的乳房边上摸到了一坨怪异的软体，那女人告诉她：这是假胸，里面垫了硅胶。嘱咐她轻一点儿。于是当她又一次在另一个女人的乳房边摸到硅胶的时候,她很自然地就把手放轻了。那女人要她重些,她说怕压坏里面的硅胶,女人勃然大怒道:"你胡说什么?什么硅胶?我是货真价实!你一个臭搓澡的,要你干什么你干就是了。穷嘴呱嗒舌,有你说话的份儿?"

　　本来她想忍。这一行好听些叫服务性行业,不好听些就是伺候人的行业。伺候人也就是一个字:忍。一般般的气,比如手重了手轻了被呵斥几句,人多的时候等搓澡的工夫长了发些牢骚,都在情理之中,能忍也就忍了。"忍气免伤财",她也是说四将五的人了,这个道理怎么会不懂?懂了就好,将那些恶声恶气恶言恶语如她们身上的油泥一样搓下来,被水哗啦啦地冲走,也就罢了。可是那天,她不想忍了。搓澡的就中了,凭什么骂还加个"臭"字?她哆嗦着嘴唇回敬那个女人:"再臭也比你的嘴巴香!"

　　"啊哟,你这么香怎么不摆到香水柜台去卖,在这里下力气,给人搓脚摸屁股?这是祖坟上烧的哪一炷高香修来的福分?"一竿子打翻一船人。女人的薄嘴皮子如刀,把十几个搓澡工的脸都割出了血。于是这些个搓澡工都住了手,围过来和这个女人理论。女人开始还死鱼一般瞪着眼噻着嘴,到后来也憷了,灭了气焰,灰溜溜地下了床,走了。

　　那天晚上下班之后,她把一帮姊妹们拦住,请她们吃了消夜。不过是到一个大排档点了几个小菜,一人一碗馄饨,一小杯啤酒,可她们都喜悦得什么似的,笑声顶得大排档棚布上的红蓝条条一鼓一鼓,直冲向天空。

六

　　"推个牛奶。"终于搓完了,女人躺着不动,说。
　　"噢。好。"
　　乍看都是赤裸的女人,仔细看却不一样。肤色肥瘦高矮美丑仅是面儿上的不一样,单凭躺着的神态,就可以看出底气的不一样。有的女人,看似静静地躺着,心里的焦躁却在眉眼里烧着。有的女人的静是从身到心真的静,那种静,气定神闲地从每个毛孔冒出来。有的女人嘴巴啰嗦,那种心里的富足却随着溢出了嘴角。有的女人再怎么喧嚣热闹也赶不走身上扎了根的阴沉。更多的女人是小琐碎，小烦恼，小喜乐，小得意……小心思小心事不遮不掩地挂了一头一脑，随便一晃就满身铃铛响。

　　见得多了，听得也就多了。女人光着身子躺着的时候，心也常常是光着的。搓个澡半小时的工夫，总有些憋不住的女人要说些什么。偌大一个城市，在澡堂子里川流不息，谁也不认识谁，谁也不知道谁，多半以后谁也见不到谁，那说说也就说说了。有一次，一个女人对她讲她和小叔子睡了觉。说她自打过门，小叔子就开始缠她。她拗不过，就给了他一次。有了一次就有两次，三次，乃至无穷次，刹不住了。她一直以为丈夫不知道，后来才知道丈夫也是知道的。然而知道也就知道了，日子还是糊糊涂涂地过了下去。还有一次，她给一个年轻女人搓澡，那个女人满身都是刚刚褪去疤痕的伤印。她告诉她：她是一个小姐，这是被客人虐待的。她是笑着告诉她的，说疼虽然疼，疼里却也有快乐。看着她目瞪口呆的样子，她对她打了个榧子："说了你也不懂。"还有什么事呢？丈夫比自己年龄小，晚上贪，例假也不放过，让她的妇科病从没断过。不过也好，省得去外面闹。炒基金大赚，股票牛逼，昨天在大户室却亲眼看着一个熟人脑溢血猝死。还有一次，她听两个老师模样的客人聊天，一个感叹人生如梦，一个感叹良宵苦短。人生如梦的意思她是明白的，良宵苦短是什么玩意呢？她小心翼翼地请教客人，客人笑道："良宵么，就是美好的夜晚。良宵苦短么，意思就是美好的夜晚总觉得是短暂的。"她点点头：长见识啊……形形色色，色色形形。搓澡工这样一个低微的职业，却因为短暂地亲密着她们的身体，便让她们的话都如身上的水一样，有了向下流淌的欲望。

　　她越来越喜欢这里了。听着客人们的闲言碎语，和这些个搓澡工说说笑笑，一晚一晚就打发过去了。等到客人散尽的时候，她们冲个澡，互相搓搓，孩子般地打打闹闹一番，回到家，倒在床上就睡到天亮。如此这般，夜复一夜，虽然累，却因为有趣，因为挣钱，居然也眨眨眼就过去了——良宵苦短，真个是呢。

　　逢到有什么好事，比如发了薪水，比如儿子测试的名次又靠前了，她的心情就会更好，简直是想什么什么好。看到了比自己好的，她会想：还有这般好过的，说不定自己也能过成这样吧。日子还有奔头呢。看到了比自己差的，她就想：这外光里涩的日子，还不如自己呢。看来自己的光景还不错。看到那些不好不坏的，她就想：这世上的人和自己都差不多吧，自己能随个大溜，这不也挺好的么。就是丈夫的事也不那么可恨了。虽然让她落了个孤儿寡母，可那是个什么丈夫？离了就离了，不可惜。他另找就另找了吧，他享他的花花福，自有人替她来受他的花花罪。她不信他狗改得了吃屎。现在的日子虽然不宽展，却也有房子住，银行里还有七八万的存款，自己还挣着一两千的活钱，儿子每天都能吃上荤菜，换季就有新衣，也不是太没办法。最要紧的是自己身子好，能兼着几份差，儿子也越来越懂事，知道学业上进——那次割腕不但没有死成，还戒了儿子的网瘾，开了他的灵窍，真真是天照顾呢。

渐渐地，她就觉得她的心似乎的确和以前不一样了。如同母亲劝自己的一样：想开了。这个开从哪里开的，怎么开的，似乎还不明白。但开是肯定开了的。

开了就好。心好了，手也好。心随手动，她搓澡搓得自然就越发轻快。一个又一个身体在她手下娴熟地翻动，脖颈、肩胛、乳房、肋骨、后腰、火腿根儿、小腿背儿、脚指头、手指缝儿……手到之处，泥垢滚滚而出，白花花的肉体前，她居高临下，是技法超群的医生，是手艺出众的厨师，是胸有成竹的导演，是指点江山的统帅，是不可一世的君王。在一个又一个身体的间隙，她用水盆冲洗床面。飞翔的水珠顺着她甩开的双臂在床面上跌落，瀑布一般欢流下去。这短短的一两分钟，是她喘气休息的唯一空当。她会长长地直一下腰，吐两口气，然后，把身体再次弯下去。

七

"妈，你什么时候能好啊。"小女孩又过来催的时候，她刚刚给女人涂满牛奶的身体按摩完最后一把。

"去把手机拿出来，让我给你爸打个电话。"女人把湿漉漉的手牌递给小女孩。小女孩接过手牌，蹦蹦跶跶地朝更衣室的方向跑去。很快就回来了。走到女人身边，却没有把手机递给女人，而是自己滴滴滴按了一通号码。

"爸，你洗好了没有？"又将脸转向女人，"他早就洗好了。"

"让他在外面等我们。"

小女孩向手机转述了妈妈的话，很快便把小嘴撅了起来："爸说他不等我们，我们太磨蹭，他要先回家。"

"他敢！"女人淡淡地说，一边朝淋浴那边走去。

"爸，你敢？"小女孩跟在女人身后，对着手机嘻嘻笑着。那边不知道说了什么，女孩的神情愈加放肆起来，清脆的童音高亢激越，"花志强，你敢！"

她站在那里，一瞬间，怔了怔。手停住了。整个澡堂子都静下来，在她心里。所有的水都没有了声音，就像她身体内所有的血都停止了流动。

是她。就是她。那个女人。刚才躺在那里的，就是她。刚才搓澡时的细节一下子涌到了她的脑子里，争先恐后，摩肩接踵，把她的头都要挤炸了。她感到一阵阵恶心。她想吐。她捂住眼睛，捂住嘴巴，但是没用。记忆中那女人的身体闪着冰一样雪亮的光，朝着她刺过来，刺过来。

她一屁股坐在了凳上，觉得自己再也没有了力气。在坐下去的瞬间，有什么东西硌了她一下。她把那个东西摸索到了手上。

是那个女人的玉镯子。

这个可恶的女人。这个该千刀万剐的女人。这个抢走自己丈夫的女人。这个狐狸精，贱人，骚货……她想骂，什么都想骂，却一个字都出不了口。这些话都在喉咙里挤成一团，交通堵塞。

"二床。"有人叫她。她不应。三床叫她，她也不应。三床和四床走了过来，摸了摸她的头，问她怎么了，她还不应。五床刚刚搓完一单，替她把客人接了过来。三床和四床着急地晃着她，其他的搓澡工也询问着向这边走来。在众人的围绕中，耀眼的冰光终于暗淡了下来，她抹了一把脸。

"累了。"她说。

三床和四床把她从凳子上拽了起来，让她赶快冲澡回家。她茫茫然地走到一个淋浴格内，打开开关。温热的水流顿时倾头而下，却似乎和她的身体毫无关系。她低头看看自己，这才发现胸罩和裤头没有脱。

这是她的身体，比那个女人衰老十年的身体。这个身体和那个身体都和同一个男人的身体有关。不同的是，这个身体是旧居，那个身体是新房。这个身体过去得到的爱抚，那个身体如今正在得到。这个身体今晚还给那个身体搓了一个昂贵的澡，回去之后他们就会有一个不折不扣的良宵……那个身体一直在羞辱着这个身体，从过去，到现在。

有说话声响起。不用看她也知道，是那个女人。她就在她隔壁的格子。她盯着旁边的盛物架。里面都是洗浴用品：飘柔洗发水，东洋之花洗面奶，力士护发素，隆力奇沐浴液……飘柔的瓶子最大，两千毫升的量，有四五斤重，砸下去能不能砸个包？或者干脆就揪住她头发打？她的头发挺长的。她要是开打，那帮姊妹们一定会帮她，她不会吃亏的……打！打！

她一拳头捶在雪白的墙砖上。她想不开，想不开，想不开。以为自己已经想开了，可事到临头才知道自己还是没有想开。有什么在冲撞着她的心，像洪水，又像岩浆，一浪一浪，一波一波，眼看就要把她撞破了。

撞破了，她也就好了吧？就像一个脓疮，挑开了，把毒挤出来，也就好了吧？

花洒里的水噗噗地落在她的身上，汇成一条条溪流。她的泪水混在溪流中倾泻而下。真没出息！你他妈的真没出息！她骂自己。该哭的人在隔壁，你哭个什么劲儿？！可她就是控制不住自己的泪水。所有的委屈都跟着水哗哗地奔流出来。她背对着浴池，面朝墙壁。没人听见她抑制不住的低声的呜咽。没人看见这个女人的表情。只能从她的红胸罩和黑裤头可以判断出，她是个搓澡工。

她直直地站在那里，如一棵立正的树。

八

不知道哭了多久，她止住泪，转过身，又看见了那个女人。

女人冲好了。女人来到了化妆镜前。女人取了一支一次性牙刷。女人打开牙刷，女人挤出牙膏。女人刷牙。女人叫女儿过来刷牙。女人刷了两遍牙。女人用毛巾去擦嘴角的余沫。女人上了一趟卫生间。女人又回到另一个淋浴格里冲了一遍澡。

她一直站在那里看着那个女人，没有动。

女人就要走了。

女人和孩子走到了门厅处。

她忽然感觉到了手里的异样：她还拿着那只玉镯。

女人和孩子各取了一块浴巾，换了拖鞋。

水流中的玉镯看起来晶莹碧透，鲜绿无比。她紧紧地捏住这只玉镯，似乎要把它捏碎。可是，她拿着这只镯子干什么呢？她忽然明白：无论如何，她都必须得把这只玉镯子还给她。她不能让这只玉镯子留在这里，留在今晚。绝不能。

但她不能送到她手里。

她要让她自己来取。

她得叫住她们。

然而，怎么叫呢？叫孩子还是叫她？叫"花海"还是"花海她妈"？

她不知道。

没有时间了。她们就要消失在门厅那里了。雾蒙蒙的水汽中，她顿了顿，终于高高地举起了那只镯子，仿佛举起了一个饱盈盈翠生生的句号。然后，她使出了全身的力量，朝着两个即将转弯的身影喊道：

"哎——"

（选自《2008 短篇小说》，人民文学出版社编辑部编选，人民文学出版社 2009 年版）

阿来小说二题

阿　来

秤　砣

还在故事起始处。秤和主人就已经苍老了。

秤的主人有好几个子女，一大堆亲戚，身上却带着孤人才有的冷飕飕的萧索味道。让人觉得，除那杆孑然的秤，他就没有别的亲人与伙伴。在人们印象中，这个人从来没有年轻过。大家想想，这个人真是从来就是这样吗？所有人皱起眉头，做出打开了脑子里专管记忆的机关的样子，静默好一阵子，才有人开口，说，是，一直就是现在这个样子。

要是他是一个修行的人，就可以宣称自己已经一百。甚至是更大的岁数了。但他不需要这样的神秘感。他对每一个对他年龄感兴趣的人都说，五十六，我今年五十六岁零二十七天了。他喜欢准确的数字。其实，他也是个马马虎虎的家伙，但是，自从那杆秤来到他身边，他就喜欢准确的数字了。

秤本来是头人家的。大概有两百年的时间吧，整个机村就只有两把秤。一把大秤，一把小秤。大秤称的是粮食啦药材啦这些大宗的东西。大秤把老百姓家里的这些大路货秤过去，小秤把头人家从远处运来的值钱的东西称出来：茶、盐、糖和一些香料，有时甚至是银子与宝石。但宝石总是难得一见的，更多的还是茶与盐。糖和香料出现的次数比茶盐少得多，又比宝石多得多了。过去，机村的日子是很缓慢的。就是远处的一个什么消息，在这个人口里沤上几天，又随另一个捎话人在什么地方盘桓一阵，真比天上缓缓飘动的云彩还要缓慢。

但一解放就不一样了。

被打倒的头人叹气说，共产党里都是些急性子的人哪！

为什么这么说呢？因为头天晚上得到通知，剥削阶级的财产要被没收。但他没有想到，第二天早上，工作组就带领着翻身的积极分子把他们一家子从高大轩昂的屋子里驱赶出来了。那时候，自己家里连一点细软都还没有来得及收拾。不是头人不爱财，而是按照机村的老节奏，越是重大的事情越要来得缓慢。这天早上，头人还准备和家里人讨论一下怎么样能够尽量不失体面地搬出这座大房子，去住一幢下人的小房子，工作组和翻了身的下人就已经涌进来，把连早饭都没有吃完的一家子赶出去了。很多年过去，头人对此还耿耿于怀，他说："妈的，最后一顿当老爷的饭也不让人吃好。"头人顾念的不是他的财产，而是他的面子，他做老爷，做人上人的最后一顿饭。一座大房子里是有不少财产，但架不住给那么多户人家一分，分到每一家就没有两样了。就说头人家的两杆秤吧。大的一杆，归了生产队。曾经称金分银的小的这一杆，就到了现在这主人的手上。他主动要的这杆秤。为什么呢？他说了一句古老的谚语，这句谚语给秤另外一个名字，叫公平。

　　他说，所以要这把秤，就是让它当得起公平这个称呼。

　　而有人引用了另一则谚语，这个谚语里把秤叫权力，说想要秤的人就是想掌握权柄。那时，他的脸上就是很沧桑的表情了——私下里，大家都在议论，说，这家伙以前就是这种表情吗？奇怪的是，没有人想得起他以前是种什么样的表情了。倒是他有话说，权柄，那杆大秤才是权柄。是啊，交了多少公粮，是那把大秤说了算，每人每户交了多少麦子与洋芋，也是那把大秤说了算。而他那把小秤呢？用时兴的话说，不过就是称量一些小农经济的尾巴。这家人有远客来了，从那家人借一斤油，那家人有件喜庆的事，请客，需要集中每户人家那几两配给的酒，都是从这把秤上过的。这秤过去在头人家里称过金银、宝石与鹿茸。到了他的手里，也就是这么些村民之间互相倒换救急的茶叶盐巴之类的东西了。秤有没有因此抱怨，人并不知道。但这杆秤的新主人确实没有因此抱怨过什么，他只是说："越是这样，就越是要公平啊。"

　　村子里传说，他认为自己得到这杆秤也是不公平的，所以，要用加倍的公平来对待它。在以斤以两论进出的交易中，秤的公平就体现在秤杆的平旺上。这一点，他对自己都没有太大的把握。终于，有一天，他想到了一个办法：把秤固定在一个地方悬挂起来，就在他家东南向的窗户跟前，每天，一个固定的时候，太阳光会透过窗户照射到屋子里。当最初的太阳光照射进来的时候，就把秤——更重要的是秤杆投影在墙上，他把秤杆在水平的状态上固定住，然后，把投影的位置刻在了墙上。以后，有人再要淘换东西找他过秤的时候，就一定得是晴天，一定得是最早的阳光投射进他们家窗户的那个时候。他这么孜孜以求一把秤的公平，人们虽然不以为然，但还是不想冒犯他。但凡一个人过于认真地对待一样事情的时候，别人都会小心一点，不要冒犯于他。但久而久之，面对这样一种仪式，前来称量东西的人也会生出非常虔敬的心情。

称东西的人总是提早到来。

他就把东西放上秤盘，然后，一起坐下来，静等着阳光透进窗户的那一个瞬间。

这个时候。有人会陪着小心说："经常这样，真是太麻烦你了。"

他那张紧巴巴的脸松弛了，露出了笑意，嘴里说出很诗意的话来："来吧，太阳出来了，看我们眼前是多么敞亮。"

但他这样的话并没有多少人理解。这么斤斤计较怎么可能让人心里温暖又敞亮呢？

太阳光照耀进来，他抿紧嘴唇，细眯起眼睛。一点点拨动那枚油浸浸的秤砣，直到秤杆的投影和墙上的刻痕重合在一起。

那个时候，每个工作组进村来都是分散了驻到村民的家里，叫做"同吃，同住，同劳动"。记不得是第几个工作组进村的了，秤砣家里也驻进了一个。这是个在会上热情坚定，而私下里却有些腼腆的年轻人。年轻人在会上大讲秤砣如此这般地使用一杆秤，对于破除小农经济思想，对于建立一大二公的社会具有多么多么重要的作用。他讲出来的意义太多，弄得秤砣自己都睡着了。

回到家里，他那张严肃的脸显得更严肃了，他说："工作同志，以后，你不要再讲我这杆秤了，弄得人家都来笑话我。"

"你不是很坚持原则的人吗？为了坚持原则不是从来不怕人说三道四吗？"

"我做的我受。不要因为别人说我的好话，来让别人笑话我。"

弄得这个年轻人当时就无话可说了。接着，秤砣有些艰难地开口了："工作同志，你是不是还欠我粮票？"

"我欠你粮票？"小伙子惊得差点就从地上蹦起来了。

按秤砣的算法，小伙子真的是差他粮票。差多少？三两。那个年代，工作组是不会受人招待的。他们住在农民家里，每天都按标准向主人交一定的钱和粮票。这次工作组的标准是每天五毛钱，一斤二两粮票。十天半月，就跟主人家算一次账，按标准如数交上钱粮。其实不是小伙子少交了粮票，而是秤砣算错了账。算错账的根子还在那杆宝贝秤上。

那杆秤是十六两一斤。

砣子当然也就认为天下所有的东西都是十六两一斤。工作组的年轻人给的是十两一斤，依他的年纪，也根本不知道世界上还有十六两一斤这回事情。第一次算账，秤砣就发现他少交了二两，但他没有说话。他不好意思把这么小的一件事情说出来，当然，他更怕说出来这样的事实会让犯错的对方感到尴尬。第二次，又少了三两。他继续隐忍不发。第三次，对上了。他想，年轻人已知错了。但是，这回，这个平常沉静羞怯的小伙子却在会上夸夸其谈，太多的好话让他成了别人眼中的一个笑柄。他并不想从任何一个地方得到表扬。他只是觉得，这么一杆秤落在自己手里，而不是随便哪个阿猫阿狗的手上，那他就要像一把秤的主人。他甚至觉得，既然树有树神，山有山神，一杆秤这么重要的东西也应该有一个神。他甚至想让庙里的画师画一幅秤神的像供在家里。这样离奇的想法让画师吃惊不小。他关于各种神像的度量经上从来没有出现过这样的说法。秤砣走了，画师又是上香又是诵经，因为这样荒谬的想法把他只听清净之音的耳朵污染了。一杆秤让他获得了人们的尊敬，他所做的一切都是不要失去这份敬意。但是，这个年轻人那些让人半懂不懂的话，让他成为了笑柄。他很生气，但他又找不到一个表示自己不高兴的有力的方式。于是，他终于忍无可忍把这样一个不公正的甚至关涉到人性中贪欲的事情说了出来："你差我三两粮票。"

粮票的数量很少，但是关乎一个人的品格，特别是当一个人具有把很小的东西赋予很多很多崇高意义的时候，这个问题绝对不是一个小问题了。

"我怎么会差你粮票？"

看到年轻人涨红了脸，急急的反问，他慢慢伸出了三根指头。像他这种个性，说出人家欠自己东西，而且是区区三两粮票也很伤自己面子。俗话说，再重的鼻子也压不住舌头。但他常常就是鼻子压住了舌头。但要不动舌头，把话压在心上，自己多少还是感到有些委屈。他有些不好意思，又很高兴终于能够向别人指明使自己吃亏在什么地方。于是，他总是一片死灰的脸上涌起了彤红的血色，并且坚定地伸出了三根手指。

年轻人掏出自己的笔记本，把记在某一页上的账目细算了一遍，笑了："我没有欠你的粮票。"

"你欠了。"

年轻人又算了一遍，更加肯定自己是正确的。但他还是坚持说对方错了。他脸上一点犹疑的神色都没有，只是坚定地说："你才算了两遍，告诉你吧，我在心里都算了一百遍了。"

"那把你的算法让我听听看。"

他就算了一遍。然后，是那个年轻人惊叫起来："什么，你说一斤是十六两？"

"难道一斤不是十六两？"

秤砣把年轻人拉到那杆秤的前面，指着已经显出木纹的秤杆上一枚枚的金花，一一数来。年轻人长了知识，过去是有一种秤，一斤就是一十六两。年轻人明白过来，也不想解释现在的秤早已经是十两一斤了，就大笑，说："对，对，我错了，我马上补给你三两粮票。"

秤砣眼里露出了满意的神情："你这个孩子，谁要你还几两粮票。我只是要你不要算错了账。"他那张潮红的脸更加潮红了。这么一算，他在心理上就对这个人取得了某种优势。年轻人则意识到趁着他这股得意劲，正好做些启发性的工作:"秤砣大叔,这秤到了你的手里真是公平,可过去在头人手里就未必公平吧?"

秤砣陷入了沉思,脸上的潮红也慢慢褪去了:"已经倒霉的人,就不要再提了吧。"接着,秤砣改换了话题:"好了,我要到镇上去一趟,我用豆子去换些大米,给你——咦,你们是怎么说的,'改善改善伙食'。"

临出发的时候,年轻人把一斤粮票交给他。秤砣找不开。年轻人心里忽然涌上一个想法:"零头不用找了,你就到馆子里吃顿饭,粮票算我请的。"

他没有想要接受年轻人的馈赠,他只说:"那我反欠你一十三两了。"

年轻人洒脱地挥挥手:"我说过不用找了。"

秤砣就带着些豆子,还有他那杆秤上路了。这天,他的心情很好,他想,这也不是个不学好的年轻人。而今天,自己已经给这个年轻人很好的教训了。秋天的太阳把地上的一切都晒得暖洋洋的。他一步步走过那些干净的温暖的石头,草丛,木桥,穿过落尽了叶子的桦树投在地上的稀疏的影子,那些豆子在袋子里互相轻轻碰触着发出愉快的声响。好像没走多久,就走出了几十里地,就看到了镇子在太阳下闪耀着的白灰的墙与青瓦的顶。真的,秋天里,世上的一切事物都显得那么干净,那样的从里至外,闪闪发光。

镇上吃国家配给粮的人喜欢机村的豆子,这些豆子干炒过后,膨松酥碎,是很好的零食。最适合看露天电影时揣上一把。当然,如果和肉炖在一起,又是另一种风味。镇上的人喜欢从配给的口粮中匀出一点大米,换几斤机村的豆子。有露天电影时,是孩子们的零嘴,下大雪的日子,旺旺的火炉上翻腾着一锅肉与豆子,也是日子过得平和的象征。

秤砣来到镇上,敲响了一家人的房门。主人打开门时,他已经称好了三斤豆子,手里稳稳地提着秤站在人家面前。主人也不说话,拿个瓷盆出来就倒豆子,倒是他提醒人家:"看秤。三斤。"

主人头也不回:"不看,不看,你的秤,放心!"返身又端了米出来,倒在秤盘里。砣子称了,倒回去一些,再一称,平了,这回,还不得他开口,主人就说:"谁不知道你的秤,不用看,不用看,放心!"

秤砣的脸上又泛起一片潮红，细细的眼缝里透出锥子般锐利的光。遇到热心的主人，还会搬出椅子，端出热茶，和他坐在太阳底下，闲话一阵乡下的收成。这一天也是这样，因为他去的都是相熟的人家。开照相馆的一家。裁缝铺的一家。卫生所的医生一家。手工合作社的铁匠家。铁匠老婆说："你来，就跟走亲戚一样。"

他也差不多就怀着这么一种心情，走在从这一家到那一家的路上。

之后，他走到了镇子最西头的一个院落里。那是他每年用豆子换大米的最后一家。那家的主人是邮局的投递员。门口停着那辆驮着绿色邮包的自行车。

最后，他来到了镇上的人民食堂。他坐下来，掏出了一斤粮票。点了肉菜，还点了三两米饭。这是年轻人欠他的三两。算账的时候，麻烦出现了。在他一斤十六两的盘算里，人家该找他十三两的票。但他点了三遍，心里就有些急了，人家居然只找了他七两。他当然不知道粮票都是按新秤的计量，都是十两一斤。按十六两一斤算，人家确实少找了他。于是，在结账的柜台那里，就起了争吵。看热闹的人们围拢过来，听清了事情的原委，相与大笑。

秤砣拿出了他的宝贝秤，冲到柜台跟前，一声一声数那老秤杆上的金色星星。数到十六的时候，他头上汗水都出来了。但好奇的人们爆发出了更大的笑声。血轰轰地冲上了头顶，他狂吼一声掀翻了齐胸高的柜台。然后，举起秤就往那个收款员身上砸去。没抽到几下，细细的秤杆就折断了。于是，他举起了那个光滑油腻的秤砣，连续几下，砸在了那家伙挂满自以为是表情的脸上。直到警察出现，叫人把那个满脸血污的家伙送到医生那里。他才慢慢清醒过来。

他对警察说的第一句话是："他少找我粮票。"

人们才齐声说："老乡，你错了！"

"我错了？"

"一斤早就不是十六两，而是十两了！"

因为自己不骗人，主持公道，所以知道不骗人的表情是什么样子。他环顾四周，所有人的表情都不是骗人的表情。

"一斤东西怎么可能不是十六两呢？"

有人把一杆新秤拿到他面前，给他细数上面的金色星星。是十颗，而不是十六颗。他把乞求的目光转向警察。警察忍住了笑说："跟我们走，秤早就是十两一斤了。"

秤砣就举着自己的秤给警察押着往派出所去了。他突然说："那是我多要了他三两粮票。"

"你说什么？"

"那这个年轻人为什么不告诉我？"然后，他举起了那个秤砣，对准自己的额头重重地拍了下去，然后，就晃晃悠悠地倒下了。他觉得自己就要死了，不能当面再问那个整天宣扬新思想的年轻人为什么不告诉普天下都换成了十两一斤的秤了。当然，他没有死成。只是从此再也不给人称秤，也不觉得能给什么人主持公道了。而那个年轻人，也因为这个错误，不等他出卫生院，就调离机村了。

从此，他就是机村一个再普通不过的老人了。又是十多年过去，伐木场礼堂里上演过一部彩色电影。里面有一个情节是，一个反革命，用一个秤砣干掉了一个人。人们给这部电影起了一个名字，叫做《难忘的秤砣》说起这个名字时，人们突然想起多年前机村自己的秤的故事，再看见他时，就有嘴巴尖刻的人说一句："难忘的秤砣。"

但秤砣自己并没有什么反应。一脸平静地做着自己该做的事情，后来，当新的流行语出现，人们也就将秤砣这个称呼给慢慢淡忘了。

番茄江村

查考字典，番茄不是中国的本土植物。

这种也叫西红柿的漂亮东西更不是机村的本土植物。

看机村那些蔬菜种植户，当省城来的大卡车拉走了地里的收成，在农业银行储蓄所走了一遭，腰上缠着的钱袋还很饱满，自然就会来到小酒馆里，叫菜的声音也很有底气："酒！大份的番茄汁烧牛排！"好像他们跟这东西已经打过几十辈子的交道了。其实，这种植物在机村落脚生根，开花结果还不到三年时间。

当然，机村人知道这个东西还要早那么十几二十年。到底是十几年，还是二十年，经历其事的人已经记得不是太清楚了。不是他们的脑子记不住东西，而是觉得没有这个必要。某种东西消失了，某种东西出现了，谁也不是历史学家，也分不清这出现与消失是偶然还是必然。

只有书呆子达瑟琢磨过这个问题。"番茄"，他皱着眉头说，"你们看，这个番茄的'番'，指的就是我们这些人嘛。"

"呆子又在说胡话了。"

达瑟可不管这个，自顾按着自己的思路说下去："问问老年人，过去汉人可不叫我们藏族，而是叫'西番'。就是这个番茄的'番'。"

如今，机村的年轻人都上过学，也识得字，却没人有兴趣去深究这两个字的异同，一个有草头，一个没有那个表示是植物的草头。但的确有人回去问了。也得到了确实答案。过去，也就是解放前，人家是把这一方的人叫做"西番"。一解放，实行了新的民族政策，这种称呼就消失了，西番就改唤做藏族了。人们的这番考据功夫已经偏离了达瑟的思路。他想的是，既然有这个番字，说明这个东西出处，就该是在这个地方。本来，他曾经拥有的百科全书上说得一清二楚，这东西如何是从印第安人的美洲传布到整个世界。但是，一个农民，如何能够长久拥有一套百科全书呢？艰辛的生活早把他的树上的书屋和那些书都摧毁殆尽了。这些年，日子一天天好过起来，偶尔，他的书瘾会发作一下，那也是青年时代激越情怀的遥远回声了。算了，就不说那些曾经如何被宝贝的书是如何零落与毁损了。只说，达瑟靠着这个名称推断番茄这个东西本该是出自西番之地。也就是机村这样的地方了。

且不说这个考据大有谬误，但说人们见了他努力思考的怔忡模样，不禁叹息，说："眼看日子舒心消停一点，他的老毛病又要犯了。"

达瑟和大家一起大口喝酒，却用怜悯的眼光看发出同情之声的伙伴。

酒酣耳热之时，江村一个人不声不响，想着什么事突然自己就笑起来。

那些酒喝得头大的人都说："嚯，又想起你的番茄罐头了。"

江村真的是想起番茄罐头的故事了。他笑道："真是奇怪得很，那阵觉得味道那么奇怪的东西，怎么就这么顺口了呢？"

那是江村自己十二三岁时的事情。那时，和他同龄的孩子都在准备考县里的中学，他却已经离开了学校，一个人四处游荡。经常两三天不回家，他老爹也不着急。这家伙说："反正读了中学回来也要这么浪荡，不如现在就去。早浪荡早收心，还来得及做一个好农民。"

江村每次回家，不但自己没有饿饭，还总能从怀里掏出点什么东西带回家来。有些人家，孩子根本不敢拿这些来路不明的东西回家。但江村老爹不管这个，他说："好，这孩子顾家。"

这些浪荡的孩子去什么地方呢？其实也就一个地方。从机村顺着支线公路出去一段，在河口交汇之处，公路支线与干线交汇了。从这里往东是乡政府所在的镇子，往西四十公里，公路翻越一座雪山，盘山公路狭窄陡峭。那时，不但路不好，路上的卡车性能也不怎样。刚一上坡道，汽车引擎就哭泣般呜呜嘶叫。那速度就不用提了。机村的野孩子们不知怎么发现了这个地方，无事可干时，喜欢走了长路到这里来与汽车赛跑。在好几个路段，他们甚至能够跑到汽车前面。这个游戏竟然一批传一批，伴随了机村好几拨喜欢好勇斗狠的半大小子。他们来到路上，倾听着远方隐隐传来的马达声，然后，一声喇叭，汽车驾驶窗的玻璃上闪烁着阳光，从弯道处拱了出来。上坡了，在平路上飞驰时拖着的烟尘尾巴在蓝空下慢慢消散。

半大小子们就站在路边，等汽车开过，然后，一阵猛跑，终于跑到了汽车前面。在一个弯道上，汽车爬行得更慢了，他们就站在公路中央，对着挡风玻璃后面司机模糊不清的脸绽开得意的笑容。司机可不管这个，死死地踏着油门，让卡车呜呜嘶叫着往山上爬。他们要等到卡车都到眼前了，才一下子跳到路边。如是几个回合，又走长路回到村子里边。回家路上那份无聊与厌烦就不用提了。直到有一天，一个胆大的家伙爬到了卡车上面，并从上面掀下来一只木箱。木箱砰然砸在路上，那么大的声音把小子们吓得够呛，他们四散奔逃进路边幽深的树林，紧伏在地上。咚咚的心跳声震得耳朵生疼。卡车并没有停下。他们来到路上,看到箱子已经裂开。里面一些玻璃瓶子也裂开了。里面流出乌黑的浆汁。首先伸手醮来尝试的大叫:"止咳糖浆!"

果然是止咳糖浆。大家一哄而上,吃得满嘴满脸。然后,躺在山坡上慢慢回忆刚刚结束这个过程中所有的细节。于是,一个生动的故事出现了,生动的故事成了这群小子骄傲的资本。

江村不属于这伙人。他年纪尚小。又过了几年,他才站到那段盘山公路上。他也遵守着过去那些半大小子们流传下来的规矩:只弄吃的东西。所以,他就遇到了番茄。第一辆车来了,他爬上去,掀开篷布,是一车厢整整齐齐的麻袋。他用刀挑开袋子,是盐。他跳下车,把舌尖上的咸盐吐在地上。舌尖上的苦咸味还没有过去。第二辆车就来了。他又上去了。这回,是一车留着很大缝隙的板条箱。他掀不动箱子,就用刀子起开箱盖,里面是白铁的小圆罐头。他揣了几罐在怀里,从车上跳了下来。他还特意跑到路边,向着后视镜里的司机挥手。他虽然是第一次来到这路上,但这所有的一切都是故事里听得烂熟的细节了。这一切司机都是知道的,但还是不管不顾地踩着油门把车轰轰地往山口开。

江村从车上弄下来的是几个番茄酱罐头。

罐头上的彩色包装真是漂亮:画中的红色果子红彤彤水汪汪。江村从来就没有看到过这样完美无瑕的果子:樱桃的质感,草莓的颜色,苹果的形状,自然应该把这个世界上所有果子的美味集于一身了。光想想这个,江村已经迫不及待了。手上的铁皮罐子密封得无懈可击,让他无从下手。他自然想到了刀子,这才发现,刀子落在了车上。而车已经翻越过山口了。要是他能忍耐,那就可以揣着罐头回到村子里。但他怎么等得及呢。于是,他用石头砸那罐头。只是轻轻一下,罐头就瘪下去了。再砸,这里瘪下去,那边却又鼓胀起来。他手里的力道加大了,狠劲地砸了三四下之后,铁皮的某一处裂开了。从裂缝中间,紫红色的浆汁冒了出来。他不知道罐头里不是完整的果子,而是怨恨自己大意丢了刀子,只能得到果子的汁液。他把嘴凑到裂缝边猛吸了一口,轻轻的一团黏稠就滑到了胃里,什么味道呢?

他没有尝到，只是鼻子好像闻到了一种奇怪的气味。怎么样的奇怪呢？他也说不上来。反正很陌生，也很新鲜。是那些新事物——塑料啦、油漆啦、尼龙袜子啦，诸如此类的事物的气味。当然更是那些机村人从来不吃或没有吃过的东西——豆腐皮蛋的气味。

这回，他慢慢地吮吸，让嘴巴里充满了从未品尝的味道。

他有些失望，画上的果子那么漂亮，但是，味道却并不如想象的那样，而是……很……闪烁不定，很……像梦境虚幻的微光。

带着那种味道的奇异感觉，他揣上罐头走在回村的路上了。

他没有把罐头带回家，而是埋在了村外一棵树下。晚上睡觉前，他走到门外，看见了稀薄月光下那株大树的朦胧影子。睡觉前，他把两个字描在了手心里，明天好去问达瑟。

当写着这两个字的手掌摊开来时，达瑟很奇怪："你在哪里看到这字的？不认识怎么会写？""我不告诉你。"达瑟说："番茄。""番——？""番茄。""番——茄？""对，番茄。""番茄！""对。"江村嘴里一直念着那水果的名字，从苔藓底下把罐头起出来。他嘿嘿一笑，说："伙计，我认识你了。我知道你叫什么名字了！"边说，他用刀子起开了罐头盖子，并叫了一声："番茄！"

呈现在眼前的不是画片上完美无瑕的果子，仍然是一团黏稠的紫红色浆汁。这使他失望之极。

十几年了，每一次江村讲起这番茄的故事时，大家都像是第一次听见一样，大笑着用手拍打着桌子。什么东西一旦现身过，以后就会频繁出现了。很快，江村就在镇上的饭馆里见到了那东西。和他一道的人至今还想得起来，隔着橱窗，他像遇见老熟人一样大叫道："番茄！"

他们尝试这东西和鸡蛋烩炒在一起的味道，和白菜煮在汤里的味道，最后，还习惯了把这东西当苹果一样生吃的味道。

农技员常常说这东西的营养是如何丰富，但机村人在这个问题上并不考究。但那农技员最初要在机村找一户人家试种番茄时，的确费了不少功夫。农技员说机村土壤的酸碱度，气温与日照，昼夜的温差，种植番茄都再合适不过。大家都对农技员说，你还是去找江村吧，他跟番茄有缘。但是江村不干。他说："我知道，那是一个难对付的东西。而且，我也不喜欢它那怪怪的，说不出名字的味道。"

农技员说："不要你喜欢，要城里人喜欢。"

终于，他好像给了农技员多大一个恩典，划出一块地试种一下。因为公路主线正在改道。改道后的公路主线不再翻越那个山头，而是从机村经过，并通过一条几公里长的隧道，穿过觉尔郎峡谷旅游区。夏天，番茄撑开了宽大的叶片，并不漂亮的花开过以后，青绿的果子一天天长大。硕大的果子，压得植株都要折断了。农技员指点他下种、松土、间苗、施肥。农技员还强迫他疏掉了植株上太密集的果子。就在隧道通车那天，他那些番茄也变红了。好像这些果子也跟机村人一样为这件事情兴奋不已。不久，真的有省城里来的蔬菜公司出很好的价钱买走了他全部的番茄。

第二年，他就是机村人种植番茄的师傅了。遇到不懂的问题，他就去县里农技员那里咨询一番。当机村好几户人家地里的番茄都长出累累果实的时候，他睡不着觉了。要是省城那个蔬菜公司不来怎么办。农技员让他放心，但他的确放心不下。于是，农技员就让他去了一趟省城。看见了公司的大房子和四处去拉菜的卡车队。他放心了，回来，在县城和农技员一起在饭馆里小酌。江村说："我给你讲讲我第一次遇到番茄的故事吧。"

"好啊。"

他就讲了起来。故事还没有讲完，讲到他在手心里写上那两个不认识的字，让达瑟辨认时，他自己笑了起来。他用手掌拍打着桌子，笑道："这就是他们为什么说我跟这个东西有缘分，这就是为什么你让我成了机村的番茄师傅！"

农技员只是又给他满上了一杯酒，说："干！"

江村却很奇怪："你为什么不笑？"

"这个故事我早就听过了。"然后，农技员自己也大笑起来。

（选自《花城》2008年第4期）

赶　街

罗伟章

这年杨兴顺九岁，夏天一个赶街的日子，父亲杨贵让他去卖一背篼谷糠。杨兴顺说，爸，我不知道怎么卖。杨贵说你去中街戏台底下蹲着，自然有人来问，一背篼卖八毛，但你要价不能要八毛，你得要一块，那些家伙会杀价，杀到八毛的时候，你得挡住，然后装出吃了大亏的样子，说好吧好吧，卖给你。杨兴顺说要是我挡不住呢？要是人家只给七毛呢？杨贵把脖子一挺：七毛？七毛就不卖！街上喂猪的又不止一家，你就蹲在那里等，直到有人给上八毛你再出手。

杨兴顺说好的。

往背篼里装谷糠的时候，杨贵把谷糠从麻袋里捧出来，让它从指缝间缓缓地往背篼里流。儿啦，杨贵说，你看见没有，像我这样，糠粒子就能在背篼里站住，本来需要三十捧才能装满的，现在只要二十五捧就满了，节约五捧出来，我们自己喂猪，五捧谷糠能让猪长二两肉呢，等到过年的时候，我们就能够多吃上二两肉。

杨兴顺的喉咙咕嘟地叫了一声，像里面潜伏着一只饥饿的青蛙。

他说，爸，我喉咙叫了一声你听见没有？

杨贵说不是你的喉咙在叫，是我的喉咙在叫。

杨兴顺说哪里呀，分明是我的在叫，不信你再听。

又是一声响。响得混混沌沌的。是两条喉咙同时发出的响声。父子俩笑起来。

杨兴顺把嘴凑到父亲的鼻子跟前，说爸你闻闻，我嗝出的全是一股稀饭味儿。

杨贵咂摸了一下嘴，说，你的是稀饭味儿，我的是野菜味儿……我们有好久没吃过干饭了，大半年没吃过肉了。这都怪你妈，你妈活着的时候，我们十天半月可以吃上一顿干饭，两个月可以打回牙祭，可你妈嫌活着太累，提前死了，不管我们两个了。

杨兴顺把眉头皱起来。他的脸窄，眼皮肿泡，眉头一皱，脸不那么窄了，眼皮却肿得更加厉害。

爸，你不会提前死吧？

我不会，我还有儿子，怎么会提前死呢。我不像你妈那样不要天良。

杨兴顺流下了眼泪。他流泪是因为父亲骂了母亲。他六岁多快满七岁的时候，母亲就死了；母亲死于一场天灾，那年四川东北部连续七十余天滴雨未下，本来长势良好的秧苗，抽穗时节就被干死，到了秋天，秧苗全都变成了长在野地上的枯草。母亲就被那些死去的生命急死了。

别人的母亲没被急死，我的母亲为啥就急死了呢？这是杨兴顺经常要想的事。他现在已年满九岁，在母亲去世的这两年多时间里，他上山割牛草，总躲在密林深处，偷看别人的母亲从野地上走过。别人的母亲踩着熟悉的土地，扑扇着热风或寒流；吆喝着自己的儿女……她们都活着。杨兴顺相信，他的母亲也在偷看，躲在坟地里偷看，她看到那些跟她差不多同时嫁过来的女人，甚至比她老得多的女人，都还像往常那样在吃喝拉撒，像往常那样为儿女做饭、添衣，她的心一定很痛。她想站起来，把藏在密林中的儿子叫到身边，搂进怀里，可她站不起来了，她被泥土埋掉了。母亲的坟旁，长着一片竹林，杨兴顺听人说，死人埋在竹林旁边，竹根就会蹿进死人的眼眶，转世之后，必成瞎子。这就是说，即便母亲立即投胎为人，也看不见了，认不出自己的儿子了。

杨兴顺觉得母亲多么可怜。

有一次，他对父亲杨贵说，爸，把妈坟边的那些竹子砍了吧。

杨贵说砍了？我们全靠它编花篮织席子呢！

杨兴顺说，我怕竹根瞎了妈的眼睛。

她人都死了，还怕瞎眼睛？

杨兴顺觉得父亲的话说得太难听了。

不要信那一套，杨贵接着说，我都不信，你还信？

杨兴顺说不上信，也说不上不信。他只是害怕，只是觉得母亲可怜。

　　他常常为母亲流泪，但都是没人的时候悄悄流。

　　今天是他第一回在父亲面前为母亲流泪。

　　杨贵见儿子的泪水一串追一串的，以为他是怕爸爸也提前死去，说，顺子，你放心，爸爸还没活够，爸爸不仅要把我自己的岁数活够，还要帮你妈把没活的年头也活出来；你妈死得太冤了，那天她去田地里走了一趟，回来就病了，我都还不知道她病了的时候，她就死了。

　　言毕，杨贵把手拍了拍，为儿子擦泪。擦了泪又继续装糠。谷糠把背篼填满，杨贵叉开五指，在表皮上轻轻地抚摸下掌印。儿啦，他说，你这么留下印子，别人看起来就是按过的，就以为装得很瓷实，给价的时候就不会太抠。你要学会这一招。你学会了吗？

　　杨兴顺说我学会了。

　　事情做完，杨贵再拍手，可他的手上沾过儿子的泪水，细小的糠粒怎么也拍不干净。他把手递到儿子的嘴唇边，让他舔。杨兴顺柔软的舌头，在父亲的手掌上细密地游走。

　　上街要下山二十里，再沿河走十里。山路陡峭，夏天被林木遮挡，显不出陡，等到木叶尽脱，你会看见那条被人踩白了的小路，像根绳索似的从上到下地绷着。杨兴顺背着谷糠，下了院坝，横穿几根田埂，过了母亲的坟茔，就吊到那根绳索上了。他要顺着那根绳往下滑。他滑得很慢，脖子缩着，脊背收住，每一脚抬起来，都轻轻地放下去。因为父亲说了，走得太快，下脚太重，背篼里的糠粒子就站不住了，就会躺下去，那么一躺，本是满满一背篼，到街上说不定就只剩下半背篼。

　　今天去赶街的人真多，他们一个接一个从后面追上来，见到杨兴顺，说顺子你能干啊，知道去卖谷糠了，你为啥走那么慢，数地上的蚂蚁呀？

　　杨兴顺说我的脚崴了，我只能走这么快。

　　脚崴了还上街？你爸呢，你爸为啥不去？

　　杨兴顺说我爸说他有事情，去不了。

问话的人又一个接一个从他身边挤过去，噔噔噔几声，就隐没于肥肥瘦瘦的绿荫里。

到了街上，已临近中午。那正是人潮最汹涌的时候，车在公路上寸步难行，不停地摁喇叭，摁得喇叭都生锈了，也不见人理，司机朝那些把屁股撅在车头前做买卖的人大声嚷：你到底要不要屁股嘛！嚷嚷声被嗡嗡的人语吞没，根本就听不见；听见了也当没听见。司机没了脾气，只得把双手搭在方向盘上，闷头闷脑地抽烟。地上到处是烟头、灰尘、甘蔗壳和纸屑，杨兴顺个矮，像密林中的一棵小树，阳光照不到他的头顶，只看见密密匝匝的腿搅和着地上的脏物。

街上他来过好几回，认识去中街的路。戏园的方位他也知道，五岁的时候，母亲领他来看过一回大木偶戏。他的背篼把人家的大腿刮得噗噗响，招来了一些痛骂，头上还挨了几拳。他不声不响地，只管往中街挤。他觉得，在这个世界上，再不可能有比这街更大的地方了，从接近中午一直挤到太阳偏西，他才进了戏园的东门。东门是一方圆门，有门框没门板，像尊乡间的牌坊。戏台底下的石坝上，买卖人大多傍墙蹲着，跟鸡似的。杨兴顺找到空缺处，把背篼往下放。一背谷糠并不重，可走了那么远的路，背篼湿淋淋地长进了肉里。好不容易将东西放下来，他才发现，谷糠果然躺下了，虽不止半背篼，可只到背篼的上沿。

杨兴顺心头一紧，连忙背转身，双手在背篼里搂。他要把那些躺下睡觉的糠粒子唤醒，扶它们重新站起来。糠粒子很听话，又肩垫肩地把空间挤得满满的。

随后，他像父亲教他的那样，叉开五指，在表皮上留下了一些指印。完成了这件事情，杨兴顺很骄傲，没想到旁边一个卖兔子的妇人早就盯住了他，撇着嘴对他说：从小就知道骗人，长大了不会是好东西。

杨兴顺觉得这个人细眉细眼，长得像他母亲。可母亲是不会这样咒他的。

他没理。

妇人却不想放过他，偏过头问，是爹教的还是妈教的？杨兴顺不想给爹妈丢脸,说是我自己会的。那就更不是好东西!妇人刚丢出这句话,就有一个中年男人走了过来。农历七月,天热得不可理喻,男人摇一把泛着白光的蒲扇,走到妇人跟前问:谷糠咋卖?

他以为杨兴顺是那妇人的儿子。

妇人很不高兴,咕哝道:又不是我的。

是你的?男人盯住杨兴顺。

杨兴顺说叔叔,是我的,我要一块钱。

男人抽了口气,笑着说,你这么小个背篼,就要一块?

话虽如此,看那样子却是要摸钱。

可妇人说,要是有一背篼就好了,只有半背篼!接着她把杨兴顺怎样作假的事告诉了男人。

男人摇着头,走了。妇人说你别走,你看看我的兔子吧。男人没回话,走到远处去了。

妇人大概来得很早,腿蹲麻了,微微一动,就一屁股坐了下去。她的兔子也饿得不行。兔子装在一个用黄荆条编成的笼子里,四蹄趴着,恹恹地打着瞌睡。她起了身,怒气冲冲地把兔耳朵扯了一把,兔子惊慌失措地站立起来,几千个趔趄之后,又趴下了。妇人朝着杨兴顺骂:就是你个倒霉蛋,谁让你跟我挤到一块儿来的,滚远些!

杨兴顺见不远处有个空位,就端上背篼往那边挪。蹲下去的时候没感觉累,这时候浑身却像抽了骨头,系在腰间的二两麦子,也让他觉得不胜重负。

那二两麦子是他父亲用一根花布口袋装着,系在他裤带上的;他父亲说,你把谷糠卖了,就去食店里换个馒头吃,二两麦子加两分钱,就能换个馒头。

杨兴顺挪位不久,另一个年轻妇人走过来,到卖兔子的妇人身边,神秘地说:桂嫂,卖不脱背回去算了。被叫着桂嫂的,把细瘦的脖子扬了一下,说背回去咋办,未必自己舍得吃?年轻妇人说,你以为人家认不出这兔子是害了瘟症的?前一个时辰申强把兔子都卖掉了,可那家伙贪玩,没及时回村，围在上街看人耍猴戏，结果买家寻来，把他抓住，退了钱不说，还差点儿挨打。桂嫂明显有了畏惧，有这事？年轻妇人说，我还诓你呀？说罢急匆匆地离去了。桂嫂眼眶红红的，她所过的紧巴巴的日子，纤毫毕现地挂在脸上。她再次抓住了兔耳，但没像开始那样扯它一把，而是怜惜地望着它灰灰的脊背，望了一阵，她站起来，拎着笼子走了。

杨兴顺明白了，被叫着桂嫂的人，和那个年轻妇人来自同一个村。他们那个村害了兔瘟病。畜生最讲有难同当，要得病大家得。

中街有三道门，东门、北门和西门，南边是戏台，临河。东西两道门是前往上街和下街的通道，北门出去是公社楼，因此北门总是闭着的。现在，从戏园穿行的人没那么密集了，证明赶街的人在陆续回家。像鸡一样傍墙蹲着的买卖人，也没有开始那么多。杨兴顺盯住来戏园转悠的镇上居民（再没有经验的眼睛，也能一眼就把居民和村民区分开。），可他们就是不到自己跟前来。他们不来，是因为他背篼里的谷糠又折下去一大截。谷糠跟人一样，坐久了站久了也想躺。

有好几次，杨兴顺都想伸手把谷糠搂一搂，可他感到羞耻！

那个妇人咒他的话，不是以言语的形式存在的，而是变成了一个人，这个人就站在杨兴顺面前，跟杨兴顺长得一般模样，只是年纪比他大，个子比他高——这就是杨兴顺长大了的形象。九岁的杨兴顺不敢正视这个形象，因为他"不是好东西"。自从母亲去世，杨兴顺最害怕的，就是别人这样骂他；当然，本村人不会骂这样狠，本村人骂他，有一句口头禅：没妈教的娃儿！他跟村里的伙伴去坡上割牛草，高兴起来互相扔土块，他被砸得头破血流也不哭，可别人被他扔了脚背也哭得撕心裂肺；他们有母亲在，有哭的资格。这种时候，要是被大人们碰见，就会点着他的鼻子说：没妈教的娃儿！玩耍时践踏了田地里的庄稼，大人也主要是责怪他，愤怒至极，会再加上两个字：硬是没妈教的娃儿！好像他母亲死那么早，既是母亲的耻辱，也是他的耻辱。他处在集体的蔑视里。正因此，杨兴顺特别希望自己长大了有出息，当他再不跟伙伴扎堆儿，独自走在上学路上或进入山林劳作的时候，常常望着起伏的连山和山下的长河幻想，那时候他成了一个衣锦还乡的大人物，那时候的朝霞和夕阳都无比灿烂，那时候：再无人骂他是没妈教的娃儿，他死去的母亲和活着的父亲，都享受着儿子带来的荣光。——然而，那个妇人却说他长大了不会是好东西……

谷糠在等待出售的时光中老去，身子又矮下一截。

但杨兴顺始终没去搂它们。

他舔食着那个长得像他母亲的妇人在他心里戳出的伤口，一心一意想他被土埋了的母亲。

他母亲跟他父亲很不一样，父亲认定农人就是泥土上的命，通常情况下，他连街也不上，母亲在世的时候，父亲几乎就没上过街。母亲却特别爱看稀奇，只要逢赶场天，有事无事都往街上跑，甚至跑到比街更远的地方。杨兴顺在她肚子里怀到七个月时，她跑了四十多里路，去土主坪看了场京剧《智取威虎山》；土主坪有个兵工厂，那场演出是北京来的演员，看完演出回到家里，天已经亮了。儿子出生后，如果山上别的生产队放电影、耍车车灯，不管路多难走，她都会舞着竹篙火把领儿子去看。杨兴顺五岁那年，母亲第一次带他上街，来戏园看大木偶戏《巫山神女》，演到第五场，四个仙女白天而降，在乐队后面齐声合唱："水滔滔兮百川煮，生灵涂炭兮任沉浮。魔鬼纷纷兮千村乱，黎庶倒悬兮自悲哭……"好像是仙女的话应了验，本是好端端的天，被一声霹雳震塌，顿时暴雨如注，看戏人来不及躲，终于把北门挤垮，往公社楼跑。公社楼里有个厅可以避雨。母亲拎着杨兴顺的胳膊，过门槛的时候，杨兴顺被挤倒了，母亲的手也跟他分开了，他只感觉到有无数只脚从他身上踏过，是怎样爬起来又回到了母亲身边，却一无所知，直到披头散发的母亲跪到一个人的脚下，感谢他的大恩大德，杨兴顺才知道自己被那个人救了。那个人一手抓住杨兴顺的肩，一手猛击那些踩踏他的人，才把他从脚底下捞出来，没让他成为肉泥。

那一次，母亲在那个人脚下跪了很长时间，母亲的头发披散在泥水里。

杨兴顺想他的母亲，想得忘记了时间。他刚进戏园的时候，地板上只有镰刀那样的一弯阴影，现在全都阴下去了。老人们说：戏园的地板，是从很远很远的老君山采下的白石，年深日久，白石变成了黑石，但是，太阳照耀着的时候，那层白还会被挖掘出来，在阳光里浮荡，太阳一阴，它又隐没于岁月深处，隐得异常彻底，正方形的地面就像一张浸入水中的纸，有种湿漉漉的暗……人越来越少了，卖东西的稀稀拉拉只有五六个。杨兴顺这才着了慌，不再去想母亲，眼睛抠住来戏园转悠的居民。那些人从他身边走过，停也懒得停一下。他相信，这里面一定有想买谷糠的，可他背篼里的谷糠太少了，人家看不上眼。这时候，他又想偷偷搂一搂，但他没这样做；别说现在做任何事都在别人的眼皮底下，根本没有偷偷搂一搂的机会，就是有机会，他也不会这样做。

那几个买卖人都先后脱手了，他们有卖鸡鸭的，有卖土豆南瓜的，脱手的价格，比预想的低了一半甚至大半，当他们收下钱，把货恭恭敬敬递给买主的时候，神色黯淡，无声叹息。大老远背来这些东西，都有一大堆计划，称盐，打煤油，买锄头铁耙……现在，他们不得不把计划削减。他们的日子，就是在不停的削减当中往下熬。终于有人朝杨兴顺走过来。是个老婆婆。大热天的，老婆婆头上却缠着青帕。还有好几步远，杨兴顺就激动得身上发冷，脑子里飞速地转着念头，他想我的谷糠只有大半背篼，再不能要一块钱，最多只能要九毛，不然就把别人吓跑了。吓跑了这个人，恐怕就不会有人理他了。再说天这么晚了，他总得把回家的时间给自己留出来。

老婆婆走到他身边，以近乎命令的口气说，四毛钱，把谷糠给我背去。

他没向杨兴顺问价。

杨兴顺身上的冷退下去，声音颤抖地问，婆婆，你说的几毛？

三毛五。

刚开始说的四毛，转个话怎么就成三毛五了呢？

杨兴顺说，婆婆你不是说的四毛吗？老婆婆很不耐烦，小小年纪咋就这么奸猾？我分明说的三毛五，你却说我说的四毛。要不是看你是个孩子，我才不依你这一套！四毛就四毛吧，给我背去。

话音未落，老婆婆已转身走了，杨兴顺立即背上背篼跟上。老婆婆住在下街，下街瘦长，两边的店铺已经收起了遮阳板，眼睛一斜，饼干、糖果等物尽收眼底。这时候杨兴顺才感到了饿。早上，他跟父亲各喝了两碗照得出人影的稀饭，在来街的路上，那两碗稀饭就变成了尿，哗哗哗地撒在了一棵橡子树上。越是感到饿，杨兴顺越是沮丧，大半背篼谷糠，不说卖九毛八毛，也该卖七毛，至少也得卖六毛，怎么四毛就卖掉了？他觉得自己中了老婆婆的圈套，想撤，可那太不成体统了，你跟上来，证明答应了别人出的价，中途反悔，就是不讲信用；不讲信用，就是那个姓桂的妇人说的"不是好东西"。

他没有撤，跟在老婆婆身后，像被牵着的一条小狗。

老婆婆住在下街尾子上，过了她那间倾斜的木屋，就不能叫街了。跟村里人一样，猪圈立在伙房旁边，从黑黢黢的猪圈巷子进去，打开后门，就是老婆婆的家。开门之前，杨兴顺看了看圈里的猪。是头白猪，起码有六七十斤重。还只是七月呢，要是喂到腊月，不知该肥成啥样了。想想自己家的猪，到该杀的时候，都像没长大的孩子。去年腊月，村里唯一的杀猪匠得了胃病，等他病好，还有一天就过年了，杀猪匠忙不过来，干脆把家伙摆在中间院坝，有猪要杀的就把猪赶去；杨兴顺家的猪不需要赶，他父亲杨贵只把猪往腋下一夹，就去排队，排了近两个时辰，也没把猪放下来。

杨兴顺的喉咙又像早上父亲装糠时那样，咕噜地叫了一声。

进屋去，他按指令把谷糠倒进了一口大黄桶。

老婆婆给他付钱。她有一个钱袋，滋地一拉，钱袋就开了。她拿出四张角票，递给杨兴顺。

杨兴顺把钱接过来，突然说，婆婆，你能再给我两分吗？

老婆婆说我为啥要再给你两分？

杨兴顺说，我带了二两麦子，我想去食店换个馒头吃。

你别担心，老婆婆说，你给一毛，人家找得开。

他是跑到食店去的。那时候他的肚子饿得隐隐作痛。他跑到中街的"红旗饭店"，站在比他高出许多的柜台前说：馒头。店主倾了半个身子，望着他，他解下腰间的口袋，高高举起，店主接过去，哗的一声倒进秤盘里称。几粒麦子蹦出来，掉到杨兴顺脚下，他弯腰捡起，紧张地注视着店主的秤杆。秤杆微微上翘，证明分量是足的，于是杨兴顺把那几粒麦子揣进了荷包。他付了钱，店主就从柜台里走出来，顺手在餐桌上取了口碗。店门之外，蹲着大火炉，金黄色的竹蒸笼重叠在火炉上，杨兴顺跟着店主走到蒸笼旁边，店主掀掉最上一层，蓬勃的热雾便倾巢而出。杨兴顺贪婪地吸着气，可店主手脚麻利，抓出一只馒头放进碗里，又迅捷地把蒸笼盖上。最后一丝雾气顺风逃向远处。

还要啥不？店主把碗放到餐桌上后，这样问。

杨兴顺说不要了。他坐下来吃。可是，把馒头拿上手准备下口的时候，他发现自己是饱的。

真的，他一点儿也不饿！他甚至觉得肚子还有些发胀。

因为他吸了从蒸笼里喷出的热气。那是粮食散发出的气味，粮食散发出的气味同样养人。

他想，我已经饱了，这个馒头应该留给我爸吃。

杨兴顺跟他母亲一道来街上吃过馒头，但他爸从没吃过。有一回杨兴顺的母亲留下半只给丈夫带回去，但杨贵坚决不吃，杨贵说把麦面弄成馒头，闻着就有股土腥味儿，我吃不了，要吃你自己吃，或者给顺子吃。杨兴顺的母亲嘻嘻哈哈笑，说丈夫是山猪吃不来细糠，然后把那半只馒头给了儿子。杨兴顺拿着就往嘴里塞，直到咽下最后一口，才注意到他爸的眼睛。

杨贵一直在盯着儿子，他的眼睛被儿子咽下去的馒头拽住了，像被儿子一起吞进了胃里。

其实，那一次杨兴顺不仅看到了他爸的眼睛，还看到了他爸的肠胃。

他看见爸的肠胃里有指头那么大的一小团野菜。

杨兴顺把馒头往荷包里一塞，出了店门。

走在回家路上，他脚步轻快。今天，他第一次来街上帮父亲做事，却把谷糠卖那么贱，他觉得对不起父亲。但他荷包里揣着一个二两的大馒头，他要逼着父亲把这个馒头吃下去，让父亲的肠胃里不再只装野菜和撒泡尿就空下去的稀饭。

他不知道他的父亲这时候也在街上。

杨兴顺出脚不久，杨贵就拿着弯刀进了老林。老林是公林，村里最好的树木和柴火都长在这片林子里。杨贵是去偷青冈树的。青冈树虽有一个树的名字，却不是树，只是柴。他要偷一些柴卖到扇子岩去。扇子岩在更高的山上，麻灰色的老鹰成日在青天下盘旋，巡视着这片高寒大地，这片大地上不仅没有松柏，连卑贱到骨子里去的马桑也难得一见，主要植物是旱杉，山民全靠旱杉烧火，割一大捆回去，往火膛一架，只听轰的一声，火势凶猛，但那轰的一声过去，大捆旱杉就成了灰。哪像青冈树，只需小小的两根就可煮好一顿饭。杨贵昨天夜里去守林人邱明家闲坐，探明他今天也要去赶街，今天早上，他送走儿子以后，就站到院坝边张望；院坝下面有条路，邱明赶街要从那条路上过。大约一袋烟工夫，邱明来了，他朝上一望，望见了杨贵，杨贵说，舅舅赶街去？（邱明的年龄跟杨贵差不多，但杨贵的母亲姓邱，且跟邱明一个辈分，杨贵便这样叫他。）邱明说赶街去，随后他高大的身影被一堵石堡坎遮住了。杨贵迅速回屋，把弯刀往衣服里一藏，进了老林。

虽然邱明走了，村里好多人都赶街去了，但杨贵下刀还是很小心，让响声别传太远。

他尽量照那些被虫蛀得快要死去的青冈树砍，砍得差不多了，他剁下一根葛藤，将柴合住一捆，又用葛藤做了两条背绁，将柴捆立起来，蹲下身背。

他的腰伸到一半的时候，突然向前猛地一扑。

是邱明在后面揉了一把。

杨贵的嘴磕在石头上，磕断了一颗门牙。柴捆沉重，他费尽力气挣扎着翻过身，看到了邱明。

舅舅……杨贵说……舅舅你平时好说话嘛。

邱明说对你这种人，老子从来就不好说话！

邱明说昨天晚上我就看出你有鬼名堂！

杨贵站起身，吐着口里的血沫子。他以为这么一吐，邱明就会让他把柴背走。可是邱明说，跟我去公社走一趟。杨贵继续吐血沫子，吐淡了，才说，舅舅，我顺子还有十几天就开学，我卖掉这捆柴是给他准备书学费的，他半季的书学费是三块，今天他卖谷糠去了，谷糠卖八毛，我这捆柴卖一块，还差一块二……舅舅你知道我顺子能读书，他下学期得了奖状，我贴到舅舅你的家里去。断了一颗门牙，他说话有些关不住风。

邱明说你千说万说也等于白说，你必须跟我去公社走一趟。我也不要你家顺子的奖状，你当真贴到我家里来，我还要花力气撕呢！

杨贵说，可惜我叫你一声舅舅。

邱明说你叫我爹也是那么回事。

他跨前一步，把杨贵的双手往背后一剪，推着他出了林子。他比杨贵高一个头，且力大无比，几百斤重的石碾子，能抱着走很长一段路。那时候的杨贵，就跟他儿子蹲在戏园里一样，像只小鸡。

杨兴顺想他母亲想得心痛的时候，杨贵被押进了公社楼，关进了一间黑屋子。

他要关三天才能放回家，然后在十天之内给队上交五元罚款。

杨兴顺看到了那棵永远也长不大的油桐树，他知道沿河的十里平路走完了。那棵油桐树是引领他上山的标记。那时候他又饿得不行，从蒸笼里吸入的几口粮食气味，到底顶不了事。他摸了摸荷包，右边的荷包鼓鼓囊囊，是那个留给父亲的馒头，左边的荷包瘪瘪的，但并非空无一物：红旗饭店店主称麦子的时候，蹦到地上去的那几粒，杨兴顺捡起来就揣进了左边的荷包。他很兴奋，摸出来数，一共是五粒。五粒已经不少了。只是干瘦，麦粒中间的那条线，影影绰绰的，像很羞愧。

从油桐树身边擦过，杨兴顺又把自己吊上了那根绷起来的绳索。上街是朝下滑，现在是往上滑，尽管背篓里空着，却要费更多的力气了。入山就是一段黄荆林，进入林子，杨兴顺伸出舌头，把一粒麦子小心地放在舌尖上，再把舌头缩进去，用牙尖嗑。麦粒晒得很干，在嘴里发出砰的一声响，随后窜出一股涩涩的味道。他不再用牙咬，只借助舌头和腮帮的力量慢慢抿，他害怕用牙咬，几下就咬没了。涩味很快过去，唾液里甜津津的，有阳光的气息，也有梁上的风的气息。

他以为一粒麦子可以这么一直抿下去，谁知黄荆林还没走完，嘴里就啥也没有了。他又把舌头伸出来，伸得长长的，想看看麦粒是不是真的不在了。他只看到了红红的舌尖。

他又往嘴里放入一颗麦粒。

这架山人烟稀少，住户集中在三个地段，傍河有一些，然后人烟断了，直到爬上鸦雀梁，也就是杨兴顺他们村，才能看到木梳一样摞起来的瘦瘠田土，再往上，就是扇子岩了。现在杨兴顺还没走出傍河的人家，他知道路上有狗，过黄荆林时还专门撇了根棍子防身，可他对嘴里的麦粒过于专注，没注意头顶的崖畔上有间土墙房，一条苍黄色的狗蹲在房前的碌碡上，居高临下地盯住杨兴顺，鼻子皱起来，牙齿露出来，但并没立即发起进攻，去年它从崖畔上飞纵而下进攻行人，摔断了一条前腿，现在它成熟了许多，不那么冲动了；它知道来人要从房子旁边一丛竹林里经过，等到那时候再说。杨兴顺不知道狗的心思，当他进入竹林，狗横跃而来的时候，他一点心理准备也没有。

他吓得哇的一声大叫，倒在笋箨满地的竹林里。

要不是手里的黄荆棍刚好捅进了狗嘴，事情就闹大了。

失败的狗很不甘心地退去，嘴显然被戳伤，很疼，但汹汹的气势不减，毛发倒竖，狺狺狂叫。杨兴顺爬起来，将背篼提在屁股后面，飞快地往上跑。那是一段笔陡的土梯，每上一步都要费很多体力，当他终于站上一根田埂，确信狗不会追来的时候，才停下脚，看着依然朝他吠叫的家伙，心想，要是没有那根黄荆棍，它会把我咬死，吃我的肉吗？

他相信会的。狗跟他一样，也饿慌了。

这一阵搏斗，杨兴顺虽没受伤，可吃进肚里的那两粒麦子，被恐惧和淌出来的汗水消耗得干干净净。他抬头望了一下。大山苍茫，望不到头。山林里，间或的鸟鸣像河里的波涛，起音切近，尾音却很渺茫。这是青冈树和荒草的世界，连花也少见，更别说野果。杨兴顺倒是望到了一笼刺藤，那刺藤上会结一种豌豆大小的红果——山里人叫它"红军果"，可惜红军果早就被摘光了。

凭一副空肚子爬山，杨兴顺没了信心。他把三粒麦子都摸出来，全部塞进嘴里。

这一次，他真真切切地吃出了粮食的味道。这味道真好哇，这味道给了他力量。他走得很快，遇到高坎，手脚并用，山羊那样蹬踏。他对自己说：走到老井就好了。

老井是大半个世纪前扇子岩一个善人捐资修在这条道上的，井的背后，有尊坟茔，听说就是那个善人的坟，他无儿无女，死后人们把他抬下山，葬在了这里。到了老井，杨兴顺就走完了大半路程，剩下的最艰难的路，是老井至清风桠。清风桠到鸦雀梁，虽至少还有三公里，但路相对平缓。

爬上老井的时候，杨兴顺看到了对面山头上一轮辉煌的落日。他一点儿也不着慌。时间有的是。尽管老井至清风桠陡得像竖起来的楼梯，但路途短，如果按他刚才的速度，半个钟头就上去了。

他走到老井旁边，肩膀一斜，背篼自己滚落到地上，随后他双膝一跪，头伏向井里喝水。

这时候宁愿不呼吸，也要喝水！

他把头抬起来后，发现太阳又滑下去一截。

水能止渴，却不止饿。当饥饿难忍，水只能加剧饥饿的程度。杨兴顺没有经验，不知道这种危险。他站起身，肚子里哐当乱鸣一阵，他就有了晕厥的感觉。晕厥的感觉一来就不走。这都是饿的。他胃里伸出了无数只手，张开了无数张嘴，找他要吃的，他的胃在责怪他：你这人，你荷包里不是有个馒头吗，为什么不吃掉呢！

杨兴顺又抬头望，清风桠就在上头，看得清清楚楚，他原以为喝一肚子水，就能轻轻松松地完成那段路，现在看来实在太难了。那段路像有一百里。他抓住背篼，犹豫着是不是往肩上挂，胃就朝他怒吼了：你磨蹭啥呢，赶快把馒头吃掉啊！他像是在胃的指令下坐了下来，去荷包里摸。馒头刚揣进去的时候,柔软如绵,现在变实沉了,也变小了。他摸出来,拿在手上,胃欢叫起来,馒头成了一块磁铁,把他的嘴往拢吸。

正在这时候,下面冒出一颗头来。是一个少妇,背着熟睡的孩子,手里还抱着背裙。这人杨兴顺不认识,肯定是扇子岩的。他迅速把馒头揣进荷包。他不习惯在别人面前吃东西。

杨兴顺正要走,妇人却叫住了他。妇人说,弟弟,你能把背裙帮我拿一下吗?

杨兴顺说可以阿姨。

妇人爬上来,把背裙扔进了杨兴顺的背篼。她没歇一口气,也没喝一口水,又接着上山。扇子岩那么远,一点儿不耽搁,也要摸很远很远的路。

杨兴顺跟在妇人后面。别看妇人面呈菜色,身体瘦弱,还背着孩子,可她的脚步真快。她走多快杨兴顺就走多快。妇人的东西还在他背篼里,他怎么能落后呢。妇人一路地跟他说话,但杨兴顺一句也没听清。他的肚子和耳朵都厉害地鸣叫着。他只是觉得,前面的那个阿姨像他的母亲。

母亲去世以后,杨兴顺看所有妇人都像他的母亲。

是怎样上了清风桠的,他回忆不起来。歪歪扭扭地踏上那步石级,他就再也支持不住了。

他说阿姨,我要歇口气,你歇吗?

妇人说我不歇,我还有那么远的路呢。她从杨兴顺的背篼里取出背裙,走了。

杨兴顺的眼里闪耀着金星,迷迷蒙蒙地见妇人钻入林子,他就躺下来。现在他不怕了,准备躺一躺就走。肚子再饿,不过就几里路吗,爬也能爬回去。他是多么感激那个阿姨呀,要不是她,他就把留给他爸的馒头吃掉了……夕阳早已落山,天地泼墨一般黑下来。杨兴顺的腕子里比天地还要黑得快、黑得遒劲。他侧卧着,一只蚂蚁钻入耳朵,那个馒头硌着肚子,只是他什么都没有感觉到。

(选自《十月》2008 年第 4 期)

为好人李木瓜送行

海 飞

一

球球坐在秋天的门槛上搓一根草绳，他把草绳搓得像这个季节一样绵长。草绳的一端是上下翻飞盘旋的稻草，另一端已经成形的绳子像一条蛇一样被球球压在屁股底下。球球搓草绳很认真，他不知道自己搓了多久，不知道这草绳搓了多长，只知道一担干草就快被他搓完了。他的手心发热，不停往手心吐唾沫，已经令他口干舌燥。这时候他很想休息一下，于是他抬起了头，看到秋天的风从他家的院门前经过。打开的院门，在秋风中发出吱吱呀呀的声音。球球就知道，冬天就要来临了。这时候，他看到了马寡妇瞒跚着向他家走来，马寡妇的裤脚管一只高一只低地出现在他家的院门口。她站在院门的门框下，摆出一个相对舒服的姿势。球球想，看上去，马寡妇多么像一幅秋天的油画呀，那门框就相当于画框。

马寡妇笑了，她闻到了稻草温暖的气息。马寡妇说，球球，你搓这么长一根绳子干什么？你难道想办一家草绳厂？

球球说，主要是我明年想种两季丝瓜，是丝瓜藤需要草绳。

马寡妇说，明年的事今年就开始做了，你想得真当长远。

球球冷笑了一声说，人无远虑，必有近忧。

马寡妇一下子愣住了，她完全没有想到球球会说出这样的话来。她愣了一下，抬眼看了看院子里的枣树。又一阵秋风经过了，天上掉下来几声零星的不成样子的雁鸣。这让马寡妇的心里突然涌起了一丝悲凉。马寡妇说，球球，告诉你也不要紧，李木瓜死了。

这个时候球球已经又开始搓绳了。他没有听清马寡妇的话。

马寡妇只好重复了一次，李木瓜死了。本来李木瓜是去替大竹院的一户人家报死的，他骑着自行车，骑在一条土埂上，突然就从自行车上掉了下来，像是被风吹下来的一件衣裳一样，掉在了地上。医生说，他的血冲到脑里面去了。球球你说说看，血怎么可以冲到脑里面去呢。

球球停止了搓草绳，他分明听清了马寡妇的话。他冷笑了一声，说，老天有眼呀，死得好，死了活该。

马寡妇长长地叹了一口气。球球，你怎么可以说这样的话。李木瓜人不错的，上次村长许大马私拆了我的信件，李木瓜还和许大马狠狠地吵了一架。

马寡妇把"狠狠"两个字咬得很重，来说明那一架留给她的印象很深。

球球说，你跟我绕了半天，原来是想说这件事。你跟我说这件事干什么，我不需要知道这件事。

马寡妇说，我主要是想告诉你，他专门给别人家报死，死的时候却没有人给他来报死。

球球说，活该。

马寡妇说，他已经被烧成灰了，从医院直接拖去了火葬场。因为许大马对医院里的人说，他没有亲人的，直接烧掉算了。

球球说，活该。

马寡妇说，现在骨灰就放在他的屋子里，但是许大马说，屋子是村部长期借给他的，现在村部要收回这屋子。那他的骨灰该放到哪儿去呢？还有，谁来为他送葬？

球球站直了身子，他一步步走到了院子，站在院子的中央，对马寡妇说，马兰花，你找错人了，你用不着来告诉我这些，我就当什么也不知道。

马寡妇的脸上露出了失望的神色。马寡妇说，球球，你真不是东西，我看错你了。

球球说，我本来就不是东西，我是球球。哈哈，李木瓜终于死了，活该，呸，呸呸，活该。

马寡妇不再说什么，她转身离开了院子的门框，像是从一幅油画中突然走掉了一样。她走路的样子依然蹒跚着，仿佛秋天是一口很深的井，她被井吸走了似的。

球球在院子中间站了许久，他主要是回想了一下李木瓜的脸容。李木瓜的脸很长，像丝瓜一样长。李木瓜的胡子是稀稀拉拉的，他笑的时候和不笑的时候，都像是似笑非笑的样子。他的腿很长，骑一辆二十八寸的墨绿色邮政自行车，看上去像一面移动着的屏风。另外，他总是喜欢穿中山装，中山装的扣子扣得严严的，生怕风会从领口漏进去。他还喜欢穿一双棕色的皮鞋，那是一双他穿了十多年的鞋，但是却仍然油光锃亮。李木瓜的形象在球球的脑海里越来越清晰，就像站在了球球的面前一样。

球球对着一团空气说，李木瓜，你也有今天哪。

李木瓜却什么也没有说，只是悲凉地笑笑，抬头看了看阴沉沉的天空，然后，他的身影就突然淡了，像洇开了墨汁的水墨画一样，淡下去淡下去，像烟一样消失。

球球虽然有些高兴，但却又有些怅然若失。他走回到屋里，抬头看到了墙上的老婆春树。春树在镜框里轻轻笑了一下。春树离开球球已经三年了，同样是在秋天。春树是在病床上走的，春树走的时候，咬着球球的耳朵轻声说，球球，我有一个秘密。

但是还没等她说出秘密，她就死了。

球球望着墙上的春树说，春树，你们怎么都走了呢。

二

黑夜来临了。球球蜷缩在黑暗的床上。那是一张宽大的老式眠床，因为春树的离去，球球总是觉得这床太大了。球球个子很小，其实只要睡很小的一块地方就够了。风轻手轻脚地从屋顶走过，零星的雁鸣再次响起，球球就在被窝里偷笑。大雁摸黑赶夜路干什么呢？

球球一直都没有睡着，因为他睡不着，他开始想象一个叫李木瓜的人。李木瓜是一个退休了的邮递员，他退休的时候，一直在村委会借给他的那间小屋前，望着那辆墨绿色自行车发呆。李木瓜问路过的人，我该干点啥吧，你说我该干点啥好。

很多人都说，你拿退休金，每天数数钞票就好了。

还有一些人说，你去镇上的茶楼听戏吧，那里有一个叫月娘的戏子，唱戏很好。

有一小部分人说，你不是有个儿子在北京吗？你去北京享福去。

只有春树走到他的面前，嘎嘎嘎老鸭一样笑起来。春树说，嘎嘎嘎，你不如替人报死去。

李木瓜终于开始替人报死，他的自行车后座上，夹了一把黑色的长柄雨伞。他放出风声说，我李木瓜要替人报死了。就会有死人的人家来找他，说，木瓜，报死去。李木瓜能挣到钱，他有退休工资，还有报死的钱。他本来应该有好多钱，但是他的钱全部被村里人借走了。

有人说，我要去买一只母猪，等我家母猪生了小猪，小猪被人买走了，我就把钱还你。

有人说，我家要造房子，造了房子我就讨儿媳妇，讨了儿媳妇我们家多了一个人，挣钱就容易多了，我们再把钱还给你。

有人说，我想要种一亩西瓜，但是买西瓜秧的钱没有了，你能不能借我。我卖掉了西瓜，就还你。

还有人直接就说，木瓜，借钱。

李木瓜的钱全借出去了。村里人达成了一个共识：李木瓜是个会动的银行。李木瓜其实比银行还银行，因为从李木瓜这儿错钱，不用还。

村里人都认为李木瓜算是一个好人。他在替人报死的时候，总是一边吃着这些人家端上来的点心，比如汤圆，比如鸡蛋，比如面条什么的，一边不停地边哭边向人家说死去的那个人，有多好。说得人家都泪水涟涟的。然后，他拿起长柄黑雨伞就走，他能听到呼啸而来的碗的声音，那是一只会飞的碗。风俗就是这样，对方等报死的人走后，要把碗给砸破。这种清脆的声音，会让李木瓜很不舒服，好像要把耳膜给撕裂开来。李木瓜骑上自行车就走，他把自行车蹬得飞快，那简直就是一个小伙子才能蹬出来的速度。他的脸也在风中涨得通红的，看上去他显得很有活力。风把他的衣服鼓起来，他的身体就显得膨大雄壮。他就这样在四季里横冲直撞，告诉一个又一个人，谁死了，谁谁死了，谁谁谁也死了。

球球蜷缩在床上，他看到了木窗口投进来的一小片月光。那小片的月光，在秋风的吹送下，显得有些缥缈。李木瓜其实也是一个缥缈的人。十多年了，他一直和球球争着春树。那时候春树新寡，球球觉得自己没有和李木瓜争的可能性。球球看到李木瓜送给春树一只煤气灶，一按开关，啪的一声蓝色的火焰，就把春树的脸也给映蓝了。李木瓜送春树大米，火腿，甚至小到几毛钱一根的油条。李木瓜说，春树，我的钱用也用不完，我是有工资的人。

而其实他的钱是用光的，他老是被村里的人借走钱，他不太会管钱，所以才会在他死的时候，一分钱也不剩。球球那时候只有力气，他就用力气给春树家种地，锄草，砍柴。直到有一天，春树病了，春树病得在床上一动也动不了。春树说，我想吃光棍潭的螺蛳青。螺蛳青不是螺蛳，而是一种鱼。春树刚说话，雪就在丹桂房的上空飘落下来。那时候李木瓜和球球都在春树的床前，球球笑了，球球大笑着走出屋去。他没有回家，而是去了光棍潭。

其实村里很多人都看到的，在十多年前的一个冬天，球球把自己脱得只剩下一条裤衩。球球跳进了潭里，一待就是半天。球球摸上来一条小得可怜的鱼，才手指头那么大。但是球球还是用它给春树熬了鱼汤。球球端着这根本就不像是鱼汤的鱼汤，送到了春树的面前。春树喝鱼汤的时候，看到球球不停地打喷嚏，她已经知道球球去光棍潭摸鱼的事，于是她说，你上床，你得暖身子。那时候球球哭了，球球哭得有些酣畅，球球说，春树春树，春树春树。球球说不出其他的话来。

李木瓜从此就退出了春树的目光。在春树无边无际的目光里，除了春夏秋冬和远处的青山，就是球球。春树有一天对球球说，球球，如果我让你去死，你会不会死？球球想了半天没答上来。春树笑了，春树说，你别想了，你会的。我非常清楚。球球说，你怎么知道，我都没想出来你居然知道了。春树说，那是螺蛳青告诉我的。

那时候的李木瓜，还没有开始为人报死，他只是枫桥镇上一名普通的邮递员。李木瓜看到球球和春树住在了一起，他就无比的失落。他的钱更没得多了，他的钱全部成了村里人的公共财产。村里人都说，李木瓜是好人。只有村长许大马没说这话，因为许大马和李木瓜干过一仗。

那时候，应该是许大马比现在青春无限的时候，许大马看上了马寡妇。许大马经常去马寡妇家，但是马寡妇老是和儿子在一起。许大马就知道，马寡妇是故意让儿子陪在身边的。许大马有一次从李木瓜手里接过了马寡妇的一封信，李木瓜说，这是马兰花的，你给马兰花吧。许大马说好的，许大马说好的好的好的。许大马虽然连着说了三个好的，但是却仍然把信给拆了，看了。信是马寡妇的弟弟从部队写来的，信上说，姐姐，我在部队挺好的，你常回爸妈家吧。我买了一件毛衣给妈妈，到时候你让她穿上吧……总之是，许大马没从信上看出一点儿名堂来，然后他就把信撕了，扔进了灶堂里烧掉。

许多天后，李木瓜沉着脸找到了许大马。李木瓜从自行车上下来，李木瓜说，许大马，你出来。许大马就从院里出来了。李木瓜说，信呢，你把信拿出来，我问马兰花了，马兰花说没有收到信。她没有收到信，就等于是我没有送到信。我李木瓜送了那么多年信，还从没有送不到的信。你把信拿出来！

许大马冷笑了一声。许大马说，信，我烧了，烧成灰，灰放到田里去肥田，田里长了庄稼，庄稼被我收了，吃了，吃了我又拉了。你要找信，你去茅坑里找去。

许大马是村长，但是李木瓜不怕村长。因为李木瓜并不是丹桂房人，只是他借用了村委会的一间房子而已。所以李木瓜就扑了上去，李木瓜和许大马在那个春天的午后，打得不可开交。他们的眼睛，都黑了一个圈，像两只颀长的熊猫。然后马寡妇出现了，马寡妇说，停！

很多人都听到，马寡妇对许大马和李木瓜说了无比简短的两句话。马寡妇对李木瓜说，好人，你是好人。马寡妇对许大马说，呸。

这是一个兴奋的夜晚。秋虫也在兴奋地叫着，球球兴奋得睡不着觉。他想到了很多关于李木瓜的往事，他清楚地记得，春树走的时候，是一个无比春天的春天，在这样的春天里，春树对球球说，球球，我怕是不行了，我要见一下李木瓜。

球球去找李木瓜，那时候李木瓜正在吃一碗面条，李木瓜把吃面条的声音弄得很响。球球耐心地站在李木瓜的面前，等李木瓜把面条吃完，然后说，春树要走了，春树说她想见你。

李木瓜说，我不去，我还要吃面，我的锅台上还有一碗面。球球你知道，我的钱很多，所以我有吃不完的面。

李木瓜说完，转身就走到了屋里。他去吃他的面了。

球球跪下来，球球跪倒在地膝行着进了屋。球球说，老哥，求你了，去看看春树，我不能让她走得死不瞑目。

李木瓜有些恼怒了，他皱着眉头说，滚开，你给我滚开，我在做重要的事，你没看到我在吃面吗？我不吃面，就送不动信。送不动信，就会耽误很多信的主人的事。你担得起这责任吗？

球球后来灰溜溜地回去了，那个下午显得无比漫长。他回到家的时候，俯下身紧紧握住春树的手说，春树，他刚好不在家，他可能是去办十分重要的事去了。

春树什么话也没有说，慢慢地合上了自己的眼睛。那时候球球握着春树慢慢冷却的手，咬着牙说，李木瓜，你是我的仇人了，你一不小心就成了我的仇人了。

球球去找了三根道士，三根道士正在家里听一只半导体收音机，收音机里有一个男人用普通话说，千万不要搞迷信活动。三根道士就很气愤，啪的一下关掉半导体。这时候球球出现在门口，球球的目光呆滞，眼泪鼻涕不停地往下掉。球球说，三根，三根，我家春树不在了，你去帮她唱道情，你去帮她做道场。你不是有个道士班吗，你把道士班带来，我一定要让春树热热闹闹地上路。

这是一个雨水充沛的春季。三根道士背上胡琴，合上破旧的门，去了球球家。球球家变得热闹非凡，道士班在球球的家里又唱又跳，把一个春天弄得支离破碎。为春树送葬的队伍，集合在祠堂道地。二踢脚在空中炸开，发出喑哑的声音。在这样的声音里，球球咬着牙对阴暗的天空说，李木瓜，你对我的恨是一辈子的，我对你的恨也是一辈子的。

这个漫长的夜晚，球球一直在想着这些往事。他睡不着，所以他不断地变换着睡姿，俯卧、侧卧、仰卧，他就差没有试一下站着睡觉了。球球在心里说，李木瓜，你也会有这一天，你对不起我的春树，我凭什么要对得起你？

天蒙蒙亮的时候，球球睡着了。球球是在凌晨的一场雨中睡着的，也许是那均匀如春蚕咬桑的雨声，让他宁静了下来。所以当他看到了窗口朦胧的白光时，睡意袭来，他沉沉地进入了梦乡。梦中，春树对她笑了一下，春树说，球球，李木瓜这家伙终于肯来见我的面了。

三

李木瓜的这个上午，一直都在沉睡着。他睡得很熨帖，身子屈了起来，像一个婴儿的睡姿。中午的时候他醒了，他想他必须要过一个从容的下午。他不搓草绳，他要在屋檐下，泡一壶茶。他要庆祝一个叫李木瓜的人离去。因为李木瓜没有给春树面子，因为李木瓜让春树走得一点也不开心，所以，球球也会一直不开心。现在，球球要开心了，球球一开心，他就想唱一首歌。

球球为自己煮了一碗玉米糊，他坐在屋檐下一边看雨一边吃玉米糊，他把玉米糊吃得稀里哗啦地响，吃得头上都挂满了汗珠。球球想，很久都没有这样爽了。院子里到处都是奔跑着的雨，它们奔跑的时候，掀起了一阵雾气。球球很喜欢这样的雾气，他起身为自己泡了一杯茶，茶就放在一张四方凳上。他还拿来了热水瓶，他要不断地喝茶添水，不断地看雾气重锁的院子里的光景。因为，一个叫李木瓜的人死了。

这时候，丹桂房的村庄以外，有一条奔腾的河，正巧被雨淋湿了。在这个心情愉快的下午，精力充沛的下午，球球很想去看一看那条受潮的河。球球很久没有去河边了，河的对岸就是春树的墓葬地。村里实行火葬，球球买了两个墓位，一个给自己留着，一个安放了春树。现在，球球想去隔着河思念一下春树，球球想隔着河对春树说，那个叫李木瓜的人，那个在你走的时候不愿来看你的人，现在完蛋了。

球球这样想着，就找来了一顶笠帽，他戴着笠帽向外走去。打开院门的时候，却看到了院门外不远的空地上，一枚钉子一样站着马寡妇。马寡妇撑着一把黑色的长柄雨伞，头上竟然包着一块白布。那长柄雨伞破了，有雨水从小洞流下来，已经湿了马寡妇的半块头巾。马寡妇仍然一只裤脚高，一只裤脚低，看上去她已经站了很久。她站得有些苍凉，或许是春寒的缘故，她甚至有些微的颤抖。球球想，多像一枚可怜的树叶呀，马寡妇这样子就像是一枚可怜的树叶。

马寡妇说，球球，你给我站住，你要干什么去？

球球说，我想去旅游，我想到埂上去看看河对面的风光。

马寡妇说，你不要去，你听我说几句话。

球球说，我不听。你是来给李木瓜讲好话的，你为什么要为他讲好话，他又不是你哥，不是你叔，不是你任何人。

马寡妇说，他是我的恩人。

球球说，他又没救过你，他怎么就成了你的恩人。你真是笑话。

马寡妇说，她为了我被拆开的信，和许大马吵了一架。没有人敢为我去和许大马吵架，只有他敢，他就是我的恩人。他是一个称职的邮递员。他既然是我的恩人，他的事我就不能不管。

球球说，那你去管好了，跟我有什么关系。你站在我家门前干什么，你是不是想把自己扮成树。

马寡妇说，只有你能帮他。村里人向他借了钱，但是现在都不出来为他送葬了。只有你能为他做这件事。

球球大笑起来，笑得有些上气不接下气。球球说，错，错错错，我恨他都来不及，我凭什么要给他料理后事。就是全世界的人都死光了，死得只剩下我一个人了，我也不给他料理后事。

马寡妇说，如果全世界的人都死光了，也就用不着你去为他送葬了。你听我说，我只要你三分钟时间。

球球想了想说，那你说吧，你要说快点。我有很要紧的事要去办。

马寡妇说，春树走的时候，你去找李木瓜，让李木瓜去看一下春树。但是李木瓜没有去，然后你就生气地走掉了。然后我刚好经过李木瓜的家门口，我看到李木瓜关了门，他躲在门背后哭。他哭得很低，他是怕别人听到他在哭。他哭得就像一条呜咽的狗一样。他说春树，他说春树春树春树你丢下我你也不能丢下球球呀。你难道不想喝螺蛳青的鱼汤了吗。他说春树，春树春树你上路吧。他哭了很久，然后他去找了三根道士。他给了三根道士很多钱，并且很认真地握着三根的手说，三根你不要给我骨头轻，你要给我好好唱，你要热热闹闹地把春树送上山。后来你去找三根，三根就跟你走了。你以为你那点钱就能请得动道士班，那全是李木瓜先把钱付了的……

马寡妇滔滔不绝地说着，说得嘴角都泛起了白色的泡沫。球球想，马寡妇怎么这样能说，马寡妇说起来简直就像丹桂房土埂外的河一样滔滔不绝，马寡妇怎么什么都知道，难道她是一个女特务？球球这样想着，就说，马兰花，你怎么知道三根收了李木瓜的钱。

马寡妇说，因为三根经常来敲我的窗。

球球猛地拍了一下自己的脑门，球球说，明白了，我终于明白了。你是想感动我，告诉你，门都没有。三分钟有没有到？

马寡妇露出了失望的神情，马寡妇说，到了。

球球说，到了你就走。站在我这院门口，是要收钱的。

球球说完，顾自向丹桂房村外的土埂走去。球球站在土埂上，土埂上风大，那雨就更斜了。斜雨把球球的目光也劈得斜斜的。球球隔着一条河望着对面的猪肚山，猪肚山上依稀可以看到村里公共用地上辟出的一小片公墓，白白一片，显得有些触目，看上去像虚幻的一个世界。球球用双手拢在嘴上，拢成一个喇叭的形状。他想喊一些什么，他想了好久，才大声地喊出来：春树，李木瓜这个杀坯死了，这个杀坯终于也死了。

春树没有理他。春树躲在河对面猪肚山斜斜的土坡上一言不发。

球球想了想，就又喊了一声：春树，你给我听好了，我要为李木瓜去料理后事。

球球说完,又在土埂上站了很久。他看到自己的话像一条会飞的白蛇,在雨雾中迅速穿行,直直地奔向对面的墓地。球球说完这句话,就觉得无比的苍凉。他不知道有一个叫马兰花的寡妇,站在很远的村口,手里撑着长柄黑雨伞,正在望着他的背影。此刻的丹桂房很安静,像被雨埋葬的坟。

四

李木瓜家的门被推开了,和光线一起涌入的是球球和马寡妇。他们挟带着一身雨水的潮气,走进了屋子。屋子正中是一张八仙桌,李木瓜就安静地躺在八仙桌上的木盒子里。

马寡妇说,李木瓜,球球来了,球球说,他要来帮你料理后事。

球球盯着李木瓜的木盒子,冷笑了一声说,李木瓜你件东西,想不到你也有今天。然后球球就坐在了八仙桌的边上,球球在想一个问题,李木瓜要葬到哪儿去?

球球想了好久,也没想到一个好地方。李木瓜不是丹桂房人,他是邮递员,户口在镇上,按理该葬到十里牌的墓地去。但是十里牌的墓地价钱有些吓人,要八千块钱一穴。李木瓜把钱全部瓜分了,统统被丹桂房人借光。到哪儿去找那么多钱?球球就想到了村里猪肚山上的那一片墓地,但是这要村长许大马批准。许大马和李木瓜是死对头,许大马会同意吗?

球球看到了挂在墙上的一长溜衣服,球球就开始翻找口袋里的东西。球球想翻出一些借条来,要是找到了借条,球球就可有理由问人家要钱了。但是球球翻遍了衣服,都没有找到借条。翻遍了几只破箱子,还是没有找到借条,却找到了一张照片。那是一张黑白的两寸照,李木瓜和春树非常幸福地笑着,都露出了大门牙。春树还把头靠在了李木瓜的肩上。

春树离去已经好多年了,但是球球的身体还是颤抖了起来。球球终于明白,春树说她有一个秘密,原来就是这样一个秘密。球球就猜想,他们原来也很好,就因为他在冬天为春树摸了螺蛳青,他才能和春树在一起。

马寡妇说,球球,球球你在发冷吗?

球球说，是有点儿冷，我发现今年的春天特别冷。

马寡妇说，你手里拿着什么照片。

球球说，手里不是照片，是一张小纸片。

马寡妇说，是借条吗？

球球说，不是借条，是一张检讨书，是李木瓜写给我的。因为他不愿在春树走的时候去看看春树，所以他就很内疚，一内疚就写了检讨书。

马寡妇说，那你原谅他了吗？

球球说，人都死了，人死为大，我原谅他。

球球想了想又对马寡妇说，马兰花，你不要再问来问去的，现在，我有一个任务要交给你。

马寡妇说，你说吧，我保证完成任务。

球球说，李木瓜要一块墓地，买墓地要钱，现在我命令你去挨家挨户问，有没有人向李木瓜借过钱。

马寡妇不再说什么，她转身走了，她和长柄黑雨伞一起消失。现在，她开始穿行在弄堂的春天里，她敲开了一家又一家的院门，问，你有没有欠李木瓜的钱，我和球球想给他买一块墓地。

所有的人都摇头，都不说话，都把院门轻轻合上。所以在这个春天的雨阵里，丹桂房响起了此起彼伏的敲门声。马寡妇经过了村长许大马井的小店门口时，许大马笑了。他坐在长凳上，屁股后垂着，像倒挂着的一个老南瓜。他在抽一支烟，烟灰已经烧得很长了，但是烟灰却没有掉下来。许大马无声地笑了，笑得眯起了眼睛，又突然睁大眼放出精光。马寡妇明白，眯眼是一种蔑视，而突然睁大眼，无疑是一种警告与威胁。马寡妇挺了挺腰身，突然觉得自己很像是地下党员。现在在春天的雨中，她一点也不怕，她要为李木瓜做点事。她认为她是一个有良心的人，有良心的人就要学会报恩。

马寡妇挺着胸从许大马的小店门口走过。尽管她没有要到一分钱，但是她仍然把步子迈得很大。她走到了李木瓜的屋门口，发现球球仍然拿着那一小片的检讨书发呆。马寡妇说，球球，你还在读检讨，现在不是读检讨的时候。

球球把那二寸大小的检讨给收了起来。球球说，任务完成了吗？

马寡妇说，没有完成。

球球显得有些手足无措，他问，你有没有钱。

马寡妇摇了摇头说，我只有一条命。

球球说，我有钱，但是我的钱太少了。现在，我再次命令你，你跟我去找许大马去。

五

在许大马的小店门口，马寡妇和球球笔直地站着，他们一个戴着笠帽，一个撑着雨伞，像两棵孤独的树。雨已经小了很多，但是没有完全停止。檐头的水，黄豆般大小，垂直地飞行与下坠，滴落在落水沟里。在球球和马寡妇听来，这是一种巨大的声音。许大马什么话也没有说，依然坐在长凳上并且把屁股下垂成一个老南瓜。他嘴里的烟，在燃烧。多么安静啊，球球想，多么安静的春天。他甚至能听许大马香烟燃烧的咝咝声了，接着，许大马笑了，皱纹舒展开来，并且用手捋了一把半灰半白的头发。就在那一瞬间，球球的耳朵跳动起来，他听到了许大马皱纹舒展和头发落地的声音。他想，许大马要站起来了。

许大马果然站起来了，他反背着双手，在他的小店里踱着步。球球故意不去看他，球球看着小店门口用红漆写着的字，许大马伐销店。球球就笑了，球球说，村长，代销店的代字写错了，写成了伐。

许大马说，什么伐，这怎么会是伐。

球球说，是伐木的伐，你有一次不是没有经过镇里批准，就把山上一棵一百多岁的老树给伐了吗？

许大马的脸就青了起来，许大马说，我说那是个代字，那就是个代字。马兰花，你说这是不是代字。

马寡妇显然比球球识相得多，马寡妇说，是代，这肯定是代，尽管多了一撇，但是它看上去仍然是一个代。

许大马的脸色缓和了下来。许大马说,马兰花,你答对了。

接着,许大马又开始踱步,他大约踱了五分钟的步。球球和马寡妇仍然一动不动地看着他,他终于开口了,李木瓜是个好人,但是好人也要讲原则。他不是村里的户口,怎么能分到村里的墓地。我很想帮他一把,但是村民们会不答应。村民们要是不答应了,我这村长怎么当得下去。

球球这时候非常气愤,他一气愤,胸脯就像波涛一样的涌了起来。

许大马说,现在,村委会决定,不能给李木瓜墓地。

球球大喝一声,你一个人怎么就是村委会了。

许大马瞪着一双小眼睛,他从小店里出来了,走到球球面前。他的脸和球球的脸只有一公分的距离,他咬着牙齿,一字一顿地说,我儿子是民兵连长,我女婿是村会计,我堂兄弟是治保主任,我说了和村委会说了,有什么两样。你说,有什么两样!?

马寡妇想了想,觉得这真的没什么两样。她长长地叹了一口气,一言不发地转身走了。本来球球想要说些什么,最后他也没再说什么,跟着马寡妇匆匆地离去。许大马就站在微雨里,他什么也没有说,而是抽出一支烟再次叼在嘴上。他掏出一盒火柴,火柴在雨中被划亮,散发着硫黄的气息。火柴点燃了香烟,这时候,雨又略略大了起来,马寡妇和球球的背影,在雨与雨之间显得尤比的缥缈。许大马轻轻甩了甩手,火柴被甩灭了。

然后,黄昏来临。再然后,夜晚来临。

球球和马寡妇坐在八仙桌的两边,长明灯燃了起来,就燃在八仙桌下。马寡妇说,你饿不饿?球球说,饿的,但是我现在没有心思回家烧饭。既然许大马这样说,那我一定要想办法把李木瓜葬出去。

马寡妇变戏法地掏出了一块饼干,她把饼干当中折断,递了一半给球球说,吃。

球球没有接。球球说,就那么点饼干,你吃吧。

马寡妇说,这是命令,拿着。这可是压缩饼干,是打仗的时候,解放军才吃得到的。

于是,两个人开始吃解放军才能吃得到的压缩饼干。黑夜终于完全来临，黑夜穿着黑色的袍子，把马寡妇和球球紧紧紧紧地包裹起来。这时候，马寡妇问，明天就是第三天了，李木瓜还能不能出丧？

球球在黑暗之中笑了，能，我说能，就能。

六

清晨正式来临了。球球出现在枫桥镇上。他是去找著名的时疯时不疯的癫佬海皮的。

海皮正在十字街口打太极拳，其时人来人往，但是海皮好像没有看到人一样，在自行车的铃声和人的嘈杂声中，打着他不知从哪儿学来的太极拳。打完太极拳，海皮对站在一边的球球说，你找我什么事？

球球说，李木瓜死了，他是个好人。

海皮说，好人也会死的，你连这也不懂，切。

球球说，没有人为他送葬，你能不能为他去举花圈。

海皮举起了一只右手，海皮的右手保养得很好，尽管指甲很长，但是却显得有些白嫩。海皮的右手翻了两翻，意思是说，他的报酬，需要十块钱。

球球伸出一只手，意思是，五块。

海皮摇了摇头。

球球又用右手做出八的手势，意思是八块。

海皮仍然摇了摇头。

球球猛地拍了拍胸膛，一把握住了海皮的手，意思是我豁出去了，成交。

然后，球球去了花圈店，买回一只花圈，让海皮举着。海皮举得很温雅，他竟然回家换了一袭脏兮兮的长衫，很有玉树临风的味道。球球又买了一封炮仗，他想，总要热热闹闹地替李木瓜送行才行。然后，球球带着李木瓜去了庙后弄，庙后弄里住着李木瓜唯一的亲戚周伯通。周伯通以前在腊石矿里干爆破工，但是有一次点炸药时，炸药没起爆，于是他就过去想看一看，没想到这时候爆了。周伯通大叫一声不好，因为他看到一块大石头飞起来，把他的两条腿压得像纸头一样的扁。周伯通后来就一直生活在一辆滑轮车上，他用两只手支撑地面，靠滑轮代步。看上去，他的行走，就像是在划船。

球球站在周伯通家的门前说，这是周伯通家吗。

门打开了，球球看到一个只有半人高的周伯通。周伯通抬起头说，是的，有何贵干？

球球说，你的远房亲戚李木瓜死了，我来请你去为他送行。

周伯通这时候哭了起来，周伯通呜咽着，把球球也感动了。球球没有想到，周伯通这个那么远的亲戚，怎么会那么动情。球球说，伯通，不要难过，人死不能复生的。周伯通却抽泣着说，他每个月都给我钱的，以后，我再也没有钱了。

这个清晨，球球在周伯通的滑轮车上吊了一根绳，他拉着周伯通前行。海皮举着花圈，在路上一直都唱着昏睡百年，国人渐已醒。他们很快抵达了丹桂房，很快抵达了李木瓜的家门口，远远的他们都听到了马寡妇的哭声，马寡妇在哭丧，马寡妇说，木瓜呀木瓜，木瓜呀木瓜。马寡妇哭得很伤心，她的脸上果然有一大片的眼泪。

在江南，春天的雨总是很多，多得像牛毛一样。一会儿，又下起了雨。球球安顿好海皮和周伯通，就去村里叫人，他想让村里人都去为李木瓜送行。他想了一个办法，手里拿着一刀白纸，在村里人面前不断地晃动着。球球说，这是借条，这是李木瓜留下来的借条。你去为李木瓜送行吧。送行完了，我就要把这些欠条全部烧掉。但是村里人仍然一言不发，他们都知道，村长许大马已经撑着一把雨伞站在了村口。许大马在看，究竟有哪些人，愿意为他的敌人李木瓜去送行。

村里人都没有动身，这让球球很失望。球球像斗败的公鸡一样回到了李木瓜的家门口。球球对马寡妇说，马兰花，你来哭丧，你在路上一定要哭一段跪一跪。

球球又对海皮说，你举好花圈，你让花圈上掉下一朵花来，我就让你的脑袋搬家。

球球还对周伯通说,伯通,我们要经过一座小木桥,你能过得去吗?你过不去,我就抱你过去。

周伯通说,过不过得去,到时候再说。

马寡妇说,球球,球球你墓地都没有找到,你还折腾个啥呀?

球球苦笑了一下说,我让李木瓜葬我的墓穴里,我让他和春树在一起,他可以陪春树说说话。

球球这样说着的时候,几乎想要哭出声来。但他终于没有哭,他大喝了一声,上路了,李木瓜你福气好,有我球球亲自送你上路。

球球这样说着,一把抱起了八仙桌上的骨灰盒。他把骨灰盒放在了自行车的后书包架上,用绳子绑起来。然后,他一手捧着二踢脚,一手牵着自行车,向前走去。海皮举着花圈,嘴里哇啦地叫着,模仿的是道士班在敲锣打鼓。他说,锵咚锵咚锵咚锵。周伯通双手撑地,滑轮车在向前滑行着。马寡妇抑扬顿挫的哭声响了起来,她说木瓜,木瓜我们送你上路了。你好好走啊。

这是一支简单得有些滑稽的送行队伍。球球不时地支起自行车,停下来放一个二踢脚。球球说,李木瓜你个天杀的,你个杀坯,你死了还要麻烦我。你不仅麻烦我,还抢我的墓穴。我下辈子不会放过你。球球嘴上虽然这样骂着,但是他的眼泪却下来了。瘦瘦高高的李木瓜骑着自行车的样子又浮现在他的面前,李木瓜的鼻子被风吹红,眼睛眯着,多么的可笑。

送葬的队伍经过了村口。村口的一棵树下,坐着村长许大马。许大马撑着一把伞,他坐在石凳上,像一尊石像。他要看看村里有哪些人和他唱对头戏,和他过不去。当他看到只有球球和马寡妇带着海皮和周伯通时,他就放心了。他在树下伸了一个懒腰,大笑起来。他说,你们这也叫送葬,简直是笑话。

球球和马寡妇都没有睬他,他们继续往前走,走到了河边。球球说,李木瓜你这个天杀的,你要小心,现在要过河了,你要走得稳稳的。球球牵着自行车过了桥,海皮和马寡妇也过了桥,只有坐滑轮车的周伯通过不去了,因为那是一座不平的木桥。周伯通笑了,他慢慢地弯下腰去,双手撑地，重重地将头磕在木桥上。周伯通大叫一声，好人李木瓜，我不送你了，你要走好。当周伯通重又将头抬起时，他的脸上已经是一片泪光。

球球、马寡妇和海皮丢下了周伯通，他们过了河，回过头去看时，只看到一个小小的周伯通，仍然在桥的那边向这儿张望。送葬的队伍继续向前，他们经过油菜地，经过了麦田，经过了那些流水与树木，那些空气与风，那些植物与泥土的气息。他们就穿行在春天里，把整个春天踩在脚下，踩得支离破碎。然后他们穿过密密的雨阵，终于到达了猪肚山的那片土坡。

球球一抬头，看到了无数的笠帽与雨伞，他们都是村里人，他们竟然早就到了这片墓地。球球冷笑了一声，球球对马寡妇说，看来他们都想要让我烧了欠条，他们真不是东西。要来就光明正大地来，他们还要避开许大马来。球球把自行车停好了，抱起了书包架上的骨灰盒。球球对着盒子说，李木瓜，算你走运，今天你的场面有些热闹。

球球捧着骨灰盒在前，哭声不断的马寡妇居中，手舞足蹈举着花圈的海皮殿后。他们像一只春天的鸭子拨开春水一样，穿越了人群。人群让出一小条路，让他们通行。然后，球球到了为自己留着的墓前。球球把李木瓜的骨灰盒放进了墓穴，并且把李木瓜和春树的二寸照片也放了进去，然后用水泥板盖好。

马寡妇说，你把检讨书放进去干什么。

球球有些生气，球球说，马兰花，你管得有点儿宽了，我命令你打住。

马寡妇果然没再说什么。这时候球球看到隔壁墓穴的墓碑瓷像上，春树对他笑了一下。看到春树的笑容，球球的心一下子酸了起来。酸得胃部都冒起了酸水。球球的眼泪再次掉落下来，说，春树，知道你很孤单，我让李木瓜这个天杀的先来陪你。

球球突然听到了爆竹的声音铺天盖地。村里人在放爆竹了，他们一言不发，看上去心情沉重。球球想，村里人还是好人多。球球看到那些爆炸的烟雾开始升腾，硫磺的气息爬满了山坡。村里人都从李木瓜的身边绕了一圈，他们就要回去了，他们不可能逗留太长的时间。这时候球球觉得，应该表现一下，于是他点起了火，把一堆白纸，扔进了火堆里。球球大声地说，我把大家欠李木瓜的欠条烧掉了，让这些欠条跟着李木瓜走吧。

这时候一个只有十六七的小伙子笑了。小伙子刚刚发育，站在雨水里，很像一枚豆芽。小伙子说，球球叔，你烧那么多白纸，是一种浪费。我爹说，李木瓜借钱出去，从不让人写借条。我们来送他，是因为李木瓜是一个好人。我娘生急病的时候，他亲自给我们家送钱了。

球球想了想，不甘示弱地说，我烧这白纸，也是为了给李木瓜送行。我只不过是和你们开一个玩笑罢了，你这个白痴。

村里人并没有理会球球，村里人开始陆续离去。他们像一群黑压压的蚂蚁，蹒跚着离开。他们离开的时候，都没有看到球球，其实球球是对着他们的背影，深深地鞠了一躬的。球球把腰弯下去，把头垂下去。球球鞠的躬是一个标准的90度角的躬。

坡地上又安静下来。在这样的安静里，只剩下被淋得浑身湿透的球球、马寡妇和海皮。球球说，马兰花，我们应该默哀三分钟的。于是三个人对着李木瓜的墓默哀。

七

春天的风一阵阵地吹着。春天的雨不知道停。球球很害怕，自己的身体被这春水一淋，会不会发芽。马寡妇停止了呜咽，她笑了起来，她说球球，我们把李木瓜送上山了。

球球说，是，我们把他送上山了。海皮呢，海皮怎么不见了。

马寡妇说，海皮走了。我看到他走的。

球球说，他还没算工钱呢，我还欠他十块钱工钱。

马寡妇说，海皮刚才说了，他不缺这十块钱，他要是拿了这十块钱，他晚上会睡不着的。

球球说，那看来他是不疯的。

马寡妇说，他疯的。他有时候疯有时候不疯。

球球说，那马兰花，你饿不饿。

球球刚说到这儿，马寡妇就觉得肚子在猛烈地叫着。马寡妇说，不行了，我饿得走不动了。球球，你要背我下山。

　　雨终于停了，路却是泥泞的。球球背着马寡妇高一脚低一脚地下山，鞋帮子上沾满了泥。下山的时候，他们脚下的野花在呼啸声中次第开放，他们一转眼，四处都是瞬间开放的野花。他们的心情，因此变得愉悦起来。马寡妇在球球的背上说，球球，你的墓穴被李木瓜占去了，你以后睡哪儿。

　　球球突然有些伤感，他停住了脚步说，以后，我让海皮把我的灰带到山顶上，把灰扬起来，风一吹，我就飘散了。我就不需要墓穴了。球球说完这话的时候，发现马寡妇的眼泪滴落在自己的脖颈上，凉凉的。这时候球球看到一条春天的蛇，蜿蜒地从他的脚前游过，迅速地隐没在春天的最深处。

（选自《江南》2008年第6期）

今天有鱼
林那北

一

　　杜俐死了，死时三十八岁。葬礼这天是五月三号，长假期间，市妇联的很多人是从麻将桌上被叫来的，脸上的伤感里明显透着经久不息的亢奋与疲倦。杜俐这个人，平日说话轻声低气，但冷不防又会突然陡峭起来。单位里的同事都有被她噎过的经历，抬头不见低头见，噎过之后，大家一般也只能笑笑，不予计较，但疤痕说到底还是留在那里了，不时会浮起来一下，又浮起来一下。

　　葬礼在殡仪馆举行，殡仪馆的哀乐总是更正宗，一声声都理直气壮又气势汹汹。哀乐把大家都笼罩了，面色凝着，欲言又止。来了很多人，密密麻麻挤了一屋，所送的花圈也比赛似的奢华，沿墙叠放，满墙竟五色缤纷起来。大家朝挽联上的落款扫几眼，就是不扫其实心里也是有数的。杜俐的丈夫沙卫星是区委书记，又传要当副市长，纷纷送来的花圈这时候竟有点不像是给杜俐，而像是给沙卫星的。这么说有点不厚道，但似乎又很接近事实。杜俐大学毕业十几年，一直都待在市妇联维权部，没挪过窝没升过迁，她死了，本来哪里可能惊动那么多公司、企业、市府一些部门以及沙卫星所在的那个区的各个局？因为是沙卫星的老婆，杜俐就死得高一个规格。如果要细想，这也有几丝让人不舒服的地方，但既然人都死了，再想就多余。让她安息吧。对于杜俐，这的确应该是最该给予她宽容的时刻，她躺在屋中央的玻璃棺内，明显缩小了好几圈，虽抹了胭脂上了粉，但怎么看也还是像塑料人。

　　大家心都不免颤几下，这时又拿眼角去看沙卫星。刚才已经跟沙卫星打过照面了，与他握握手，说些保重节哀之类的话。沙卫星微微点头，连声说着谢谢谢谢。那声音却基本上是机械重复的，并没有多少真情绪。细瞧他的眼，在眼里找血丝和泪水，一时却没找到。但他声音还是有点变化，变沙哑了，嗓子好像被砂纸砂过，话就说得毛糙，有破碎感。这说明什么？说明他确实有悲痛还是成功装出了悲痛？单位里到处摆着《知音》、《家庭》之类的杂志，妇联上班看妇女刊物是天经地义的，何况里头家长里短的故事也很吸引人，看多了，大家都觉得自己挺了然这个社会。有时看到里头登哪个官员包二奶的故事，会嘻嘻哈哈地递给杜俐看，让她从中吸取成功经验与失败教训。或者彼此开着玩笑，一不小心也会绕到沙卫星身上。那么多成功男人都上演着波澜壮阔的婚外情，沙卫星难道能独善其身？这时候杜俐总是跟着笑几声，慢悠悠说，他有这么大本事吗？这话可以理解成杜俐不相信沙卫星有泡妞能力，也可看成杜俐在询问大家沙卫星到底会不会泡妞。沙卫星是不是泡过妞呢？这还真不好说，从他脸上是看不出来的。现在反正杜俐死了，就是看出来又有什么用？大家跟他打过照面后，就走开了，走到杜俐的女儿沙音跟前，摸摸她的头或者脸，摸到一半，手往往就僵了，表情也木在那里，一时之间真不知道说什么才好。

  沙音！他们叫。

  沙音！他们又叫。

  十三岁的沙音一动不动地看着他们，眼神有点散，却没散透，像一棵风中的树，零乱地左右摇摆，枯叶沙沙落下。细看之下，树身其实还是稳当屹立的，只是屹立的姿态有点怪异，让人又放心又很不放心。沙卫星这时候跟过来，伸出手，似乎要把沙音的肩膀揽住。沙音身子一侧，动作幅度不大，姿态却有点凛然，棱角很分明。

  后来大家议论起沙家发生的事时，都不约而同地想起那天沙音的神态，不免大彻大悟。事情原来是有预兆的，千丝万缕都清晰织在生活的纹理里，只是当时大家都没发现罢了。

  那天沙音确实被人忽略了，大家的注意力主要放在沙卫星身上。中年失妻与少年失母哪种痛更甚？很多人毫不犹豫都选择后者。但毕竟沙音还是个孩子，孩子在这样的大事件中总是退到其次，偶然有眼光瞥到她身上，心里稍稍一惊，很快也就闪过了。她消瘦，非常瘦，腰背却挺得特别直，脖子也刻意往上拨，整个姿态汪洋着一股舞台感。但她的脸色是蜡黄的，不是黄在皮上，是肉黄，肉仿佛被染了一层水粉颜料，淤结凝滞在那儿，涩涩地晕到皮外。一阵不见，沙家的这个女儿在外形上已经有很大变化，究竟变在哪处？倒也没细究下去。开始向遗体告别了，大家排着队，在哀乐声中缓缓走，从装着杜俐的玻璃棺前绕过，停下，三鞠躬，再走过来，跟沙卫星握手，顺便也握一握沙音的手。沙音伸着手，看着从跟前走过的每一个人，她双眼里刚才还有些散的光此时都纠结在一起，绞成一条紧致细长的绳子，蛇一样冰凉地游过来。

二

明里暗里，很多人都曾羡慕过杜俐。一个女人没见得长相有多好，眉眼都通俗得倒大街了，出身也一般，老家在一个乡镇，父亲教师，母亲无业，总之处处极显平常，却偏偏命那么好，大学一毕业就分到市里，就遇到沙卫星。十来年前沙卫星还未发达，把杜俐从芸芸众生中衬出来的，不是沙卫星，而是沙音。沙音两三个月大名声就开始外传，市直机关各单位上班闲聊时，时不时就有人提起一个天使般的美婴。哇，那叫漂亮！杜俐挺愿意配合这样的惊叹，昏晨时，她把沙音抱下楼，在市直机关住宅小区里走来走去。

生儿育女是一项艰巨的工程，并非想怎么生就能随心所欲。肚子深处藏有一个多么奇曲复杂的化学工厂，它还那么天马行空自由自在，多高的权贵、多富的财主，都别想任意将某个精子与某个卵子指挥到一起。一切都只能静待十个月三百多天漫长的孕育反应，瓜熟蒂落之时，谜底才肯和盘托出，美丑智愚此时却早已注定。这有点像名瓷的烧制，不到窑门打开那一瞬，谁也无法知道窑变的真正结果。杜俐对此说过一句很贴切的话，她说：中奖了。这应该也算是杜俐的一个特点，杜俐平时话不多，很少主动开腔，而且基本上以短句为主，很像三句半的最后那半句，生动形象又能一语中的。

沙卫星那时还在党校教哲学，党校没分他房子，他骑一辆自行车来去，车把上常挂着新购的青菜鱼肉，嘀嘀嗒嗒还往下淌水。市直机关住宅小区有很多房子，但分到杜俐名下的只有一套五十多平方米单元房中的一半，也就是说是两家人合住的，厨房卫生间都共用。沙卫星没有怨言，看上去总是很满足的样子，与大家相处，温和，恭谦，甚至透着几丝自卑。有人问杜俐，你是以什么标准找老公的呀？杜俐说，以大寨人民的标准。这话别人来说未必有幽默感，但杜俐那么缓缓地接近私语般地说出来，脸上还云淡风轻的样子，马上就把人逗笑了，大家看看沙卫星，又哄地一笑。沙卫星也笑，笑得很透彻，把上下齿龈都直统统露出来，远远看去，像有四片嘴唇扣住两排牙齿。那时，确实还一点都看不出沙卫星未来会那么异峰突起。听到别人讴歌沙音，他的得意与欣喜劲估计一点都不在杜俐之下，只是他不像杜俐那样连胃带肠子倾盆表现出来，反而抿住唇，将嘴角微微扯起，很有分寸。这就是男人与女人的不同了。大家后来回过神来，原来沙卫星含而不露是一贯的，他天生具备大将之才呀。就遗传基因方面而言，沙音身上的优良资质，是不是更多来自于他呢？

　　那些年，为招商引资，市里动不动就搞大型演唱会。除了请外地大小明星外，市里文艺团体和青少年也会凑上几个节目。市里的节目本来只是补白型的，走走过场罢了，但是市直机关幼儿园和师范附属第一小学的节目却接连把风头抢去，不是一般的抢，是大抢，把所有的明星都盖得黯然失色。也不是幼儿园排了什么大戏，没有，无非一些小歌小舞，扮小鸡小鸭小蝌蚪之类天真蹦跳。而小学的孩子，她们夸张地舞动肢体，热烈颂扬春天的美丽或夏天的奔放，都没太多新意。内行人知道，这样的节目仅图个热闹，烟花般呼啦一下就匆匆散去了，什么也不会留下。

　　但是，每一次演出却有一个规律，这个规律几年间随着岁月的流逝而一点点放大，说得更明白一点，是沙音将其放大的。她在幼儿园时，幼儿园节目受捧，她上了小学，小学的节目立马上一台阶。她是领舞，总是领舞，一个人就把偌大的舞台都带动起来。这个小东西怎么那么那么活色生香呢？仿佛每一个毛孔都是为了应和舞台灯光而生长开放的啊，她究竟是哪一个妖精的投胎转世？

　　从三岁起沙音就已经懂得把自己全情绽放在最需要的地方，每一种造型，每一个亮相都眉飞色舞熠熠生辉。这都是在舞台上，卸了妆下了舞台，她却恬淡素净，就好似一把扇子，打开与合上面目迥异。她被杜俐抱着、牵着、挽着，市直机关住宅小区的人们目睹了冬去春来数个寒暑间一个女孩的成长过程，这个女孩绿油油地葱茏往上拔节，拔得修长而婀娜，如果拿一种植物来比喻她，想来想去，再没有比竹子更合适了。但是说实在的，大家对这根竹子并没有表现出应有的喜爱之情，看过她演出，鼓鼓掌，心里暗暗慨叹一番，回头路上碰到她，心里却一坑一洼的不想说些什么。这孩子不是没礼貌，杜俐的同事她都认得，见了会打招呼，还笑一笑，可是那招呼那笑，不知怎么总夹枪带棒，风一样冷冷地扫过来。从长相上看，她更多像沙卫星，可是那些鼻眼唇眉放在沙卫星脸上游兵散勇般缺乏生气，复制到沙音脸上，两者虽然一眼就能看出脉络根源，重新组合编排后，偏偏就是另一番天差地别的景象了。杜俐曾跟人开玩笑说沙音偏心父亲，长得一点都不像她。但大家觉得这话其实未必客观，和杜俐站在一起时，沙音竟又与她那么不谋而合，是眼神像，太像了，不时幽幽地透出精亮的光，锋利，短促，一闪而过。

三

　　杜俐得的是肠癌，开了刀，切去一大段肠子，又进行了化疗。有一种不知有没有被医学界认可的说法：肠癌手术后，如果挨得过五年，命就能保住，挨不过五年，就回天无力了。也就是说，五年是个坎，掰着指头算，一二三四五，相当惊心动魄。杜俐没有把一个巴掌数完，手术后她皮包骨头脸蜡黄地回来，大口喘息，走路颤颤，眉头紧锁，后又渐渐转暖，脸上血色再现，行走重又自如，甚至能上班。这样过了三个春四个秋，眼见着就能撑到头了，却没撑住，轰然倒下。再住院，再治疗。大家想现在医学发达，说不定还有一搏呢，不料还是去了。

　　生命的最后阶段，杜俐过得一点质量都没有。细数人生，其实都挺可悲，如果将浑浑然的幼童期、被学校家庭多方压迫的少年期以及百病交加的老年期剔除掉，真没剩多少可喜可贺的时光好逍遥。

好像是为了反衬她，那期间偏偏却是沙卫星最兴旺的发达期，旺死了，如有神助。

大概八九年前，也就是沙音还在上幼儿园时，市里刮过一阵哲学热，也没有太系统地热，马列、康德都可以放到嘴边，谁讲谁时髦。凡事一热，就会大浪淘沙，淘出金子。党校好几个教师都被叫到市委讲过课，沙卫星也去了，他自觉并不比其他人更出彩更有真知灼见，却有一位市委副书记在下面听，竟听得声声入耳，当场就动了念头，毅然将沙卫星调到市委办公厅，专门写材料写讲话稿的那种干活。据说刚开始沙卫星也犹豫过，党校明鱼明肉的油水不多，但毕竟也有自己的好。首先课程对付不难，剩下精力看看书打打乒乓球也胜似闲庭信步，如果哪天有事要办，只要不是升官发财那样吓人的大事，学员中有的是各级领导，拿点好脸色去求，他们一般也都肯抬抬手做个顺水人情。当然，这都是传到世面上的说法，真实的来龙去脉，别人一直没弄清。反正最终沙卫星离开党校，进了市委办公厅。一个向来清高自在惯了的教师匠，一下子要做起机关里的螺丝钉，并不见得能适应。沙卫星怪就怪在他不但适应了，而且适应得丝丝入扣，上手快，活好，简直非常好，无人能比。

那位市委副书记很快转正为书记，他仕途的顺利也给沙卫星带来顺利。市委办公厅副主任，副处级，这个台阶一上，就非同寻常了。接着沙卫星又调往下面一个区任区长，正处级，再提为区委书记，还是正处级，分量却大不一样，第一把手了嘛。

区里也有妇联，来开会时，区妇联的人私下会说沙卫星做事很强硬，很霸气。大家就不免诧异。那个曾经温和、恭谦、甚至自卑，笑起来露出两片猩红齿龈的"大寨人民"，与强硬、霸气这样的词毕竟有些距离。人当然会变的，平时在市直机关住宅小区碰了面，沙卫星总主动给对方或者对方的家属分烟，分的是软中华。沙卫星的烟瘾看来比以前大了，但一根烟抽上几口，还剩大半根，他用拇指与食指捏住，中指往前一弹，就把那半根烟远远弹到路边的垃圾桶里,非常准确,这样的派头以前是不可能有的。另外,他的神情也昂扬了,至少不再自卑。语气上的变化更大,夹烟的手往前一划,划出闪亮的一条线,他说:这有什么!"这有什么!"几乎可以算是他的口头语。大家想,妈的,他真是太顺了,一路上升,没跌过跟斗,所以口气这么大,以为天下没有他摆不平的事哩。生下出色的女儿沙卫星把得意憋住了,但官运风调雨顺后,人还是忍不住轻飘飘起来,即使他含而不露的能耐再高,最终也仍是露出尾巴。大家在他面前客气地点头称是,过后想想,越想心里越不是滋味,也越别扭起来。但别扭了半天,发现拿沙卫星其实是没办法的,回过头只能落到杜俐身上了。

　　市妇联里女人居多,男人寥寥无几,这种比例导致许多鸡毛蒜皮的琐事很容易浮到台面上。杜俐先前在单位不太能争,淡淡地得过且过,表现出应有的无欲感,大家觉得她安全系数高,不会挡着谁的道。可是沙卫星一路凯歌高奏后,虽然杜俐仍没挡谁,却渐渐变成沙子或者刺,时隐时现梗在那里。一场维权案件,别人可能三下两下就调解清楚了,杜俐却慢吞吞地一天两天、一个星期两个星期拖下来,各式议论就会起来,私底下横来竖去地说。杜俐本来就这样,就慢,可是以前的慢与后来的慢性质还是有区别的,以前你不过是党校普通教师的老婆,怎么能一样。看杜俐的眼睛大家是不知不觉间变斜变硬的,莫名的委屈动不动就会涌上来,左右不得劲。如果哪天她穿件新衣,大家眼比一个比一个尖,稍一瞥就知是多大的牌子,也估出大致的价码,心里吱一声,都猜是哪个老板为讨沙卫星的好而进贡的。难道她还会自己花这个钱?

　　沙卫星区长当到第三年时,杜俐第一次住院动手术。杜俐第二次再住院时,已经有传闻出来,说沙卫星有可能往副市长那个位置上移。原先分管文教卫生那个口的副市长不久前高升,空出来的位置需要人顶上,这个人看来会是沙卫星。副市长副厅级,在手的权力不如区委书记,但算是市领导,大跳一步,地位猛增。文教卫体,一大片意识形态领域都收归囊中,也是壮观的。传说的事不见得件件确实,但另一个有趣的现象是,民间的热议,八九不离十,往往果然成真。

妇联的人去医院探望杜俐，心情复杂地提起这个道听途说。似乎为了印证消息的真伪，他们开始祝贺，握着杜俐的手希望她快快好起来，能够以一副强壮的身体迎接新生活的到来。

杜俐笑笑，笑得意味深长。然后她说，谢谢。

又说，哪能呢？他当得了吗？

沙音此时就在旁边，整个身体趴在病床上，脸俯着，眼垂着，专注盯着杜俐看，要把杜俐的话一口一口吞下去似的。她没有插嘴，只是将两只手一上一下揪住被子，像以往黄昏在小区里散步时，揪住杜俐的手一样。医院的被子纯棉的，白色的，被洗得毛糙起边，散发着淡淡的消毒水味道，这种味道相当不好闻。

四

沙音舞台上的风光从幼儿园起一直延续下来，小学二年级时，她被市小菊花艺术团招入，演出的规格与频率霎时提高，上电视是常有的事，有两三次还被旅居海外的华侨请去，在当地华人圈轰动一时。但是到了小学四年级，她一下子退出舞台。没有人逼她退，相反，很多人劝她，挽留她，她抿着嘴，不吱声，不反抗，却还是一步也不再踏入排练场。她很忙，非常忙，下了课，就匆匆奔出校门。大多时间她是去医院，坐在病床边，听杜俐说话。杜俐那时刚病倒，动完手术化过疗，人非常虚弱，头发大把大把往下丢。如果杜俐状态不好，有气无力，说话的人就变成沙音，低声地，细细地，一句一句绵延下去。也不知她们说了什么，杜俐住的是单人间，雇了一个护工。护工小刘是四川人，人很勤快，总是不停地忙这忙那。不过即使她不忙，闲着手倾听，也不见就听得清杜俐与沙音间的对话，她们声音很小，而且用的多是本地方言。看到妇联的人来探望，小刘在一旁很亢奋，主人般迎来送往，脸红扑扑的，不时插话。她感叹说，这对母女感情太好了，真没见过这么懂事的孩子。

小刘还说，那个叔叔就没有女儿好了。

小刘说的叔叔指沙卫星。年龄上其实没那么大差距，但所有护工在病人及其家属面前，都习惯自降一个辈分，也算行规吧。

杜俐住院期间，沙卫星一般是中午或者清晨来。晚上他很少出现，晚上通常有应酬，吃过饭接下去可能还要开会，等散了场，时间也迟了。医院里的作息规律与外面不一样，连小刘都是早早睡下的。如果出差在外，沙卫星会打个电话过去。病房里装有电话，杜俐也带着手机，两人说上话并不难。但是每次通电话后杜俐情绪都不太好，抿着嘴长时间不说话。肠子短了一截后，眼见着身上的肉也跟着掉了几层。本来肉少了，原来契合在一起的皮就顿时多出来，无依无靠，显得松垮，看上去一张脸还算平整，只是颜色变了，从粉红变成蜡黄。

第一次杜俐在医院住了三个多月，能下地行走后，她就出院回家了。医生本来建议她再住一阵，进一步巩固一下还是有必要的，但杜俐不肯，她跟医生说你开些药我带回去吃，一段时间就进来复查一次，一样的。大家都知道医院与家里其实不可能一样，不说急救的措施，光用药的准确性与时效性都有很大区别，就好说歹说来劝她。但杜俐不听，一定坚持，就谁也没办法了。

小刘被杜俐带回家中。在医院小刘的工钱按每天五十元算，带回家后杜俐愿意一天付七十元。小刘答应了。一天多二十元，一个月多六百元，还可以省吃住的费用，小刘是乐意的。但是到家里，护工的性质就有点变了，变成更近似于保姆。市直机关住宅小区里没有一家保姆拿这么多工钱，小刘算个特殊。小刘对此应该很珍惜，连去超市买菜的活都是她干。她胖乎乎的，胳膊粗壮，大冬天都高挽袖子，走起路大步赶着小步。大家有时在小区里碰到她，不免问起杜俐的病情，她嘻嘻笑起，很感激的样子，好像人家关心的是她。她把一绺垂到脸颊上的头发撩到耳后，大声说挺好挺好。走几步又扭头喊道，谢谢你啊！

小刘在这个家待了十个月就离去了，那时杜俐行走已经很从容，虽仍是瘦，却瘦得有板有眼，脸上血色也好，一眼看去，不知情的人都不一定弄得清她的底细，甚至会以为那是扔钱给健身房，挥汗如雨死活练出来的。而且，化疗掉的头发也重新长出，长得竟比以前更密更粗更黑，像用劣质染发剂染过的样子。她恢复了上班，每天总要花半天时间到单位坐坐。具体工作谁也不敢再摊给她，她看个报纸翻翻各种妇女杂志，偶尔做点杂碎的小事，时间就打发过去了。大家这时候都真心愿意照顾她，人人都从自己身上看到仁慈的一面，挺受用的，感觉很好，回过头看杜俐，也觉出许多先前没发现的好来。要说杜俐的性格，虽然时阴时晴难以捉摸，不时没来由噎人一下，但也只是间歇性的，发作一次之后，转身又细声细气起地说着话，细得几乎有点像讨好人了。这当然可以理解成她噎人不是故意的，不是恶意的。一个丈夫走仕途的女人，而且那仕途还走得与时俱进前景看好，她却没有倚仗身后那座靠山张牙舞爪飞扬跋扈，已经不容易，她要是真张了舞了飞了跋了，把单位弄得鸡飞狗跳不得安宁，谁又能拿她怎么办？冲这点，无论怎么说她还算个不错的女人，不错的同事。都知道杜俐家里缺什么都不可能缺钱，但是她两次住院，大家都自发捐了款，你三百我五百的，表个心意罢了，而且三番五次带上鲜花水果轮流去医院看她。那时尽管觉得杜俐的病有点玄乎，不过既然她有一个那么能干的丈夫，应该还能拖延相当漫长的一个时期。

不想，第二次再住院，杜俐的病情却急转直下，并从此永绝。

有消息说，杜俐临终时又哭又喊歇斯底里骂了一个人，那人是沙卫星。

五

说沙卫星被杜俐骂的人是护工小刘。

几年前小刘离开杜俐家，不是双手空荡荡地走的，杜俐送她一部八成新手机又买一张 SIM 卡，这样杜俐就有了小刘的手机号码。第二次再犯病住院时，是沙音翻开客厅茶几上的通讯录给小刘打了电话。小刘还在做护工，给别人做，她一听是杜俐需要她，二话不说就把手头上的工辞掉，当天就过来了。几年前护工日工资五十元，如今涨到六十元。杜俐示意说可以给小刘每天七十元，小刘不肯，怎么都不肯。小刘说，阿姨，你先治，治好出院了，我再跟去，去你家每天再涨十块钱给我八十元，现在不必了，现在就按医院的标准给，别人多少我也多少，一分都不要多，多了我心里也不安。

大家在一旁听了，都有点感动。治好了出院，至少那时小刘还认为杜俐仍会像前几年那样，在医院治一阵，吃吃药吊吊瓶，最多再割掉一段肠子，然后又款款出院。可是，一切迹象表明不是这样，太不一样了。这一次癌细胞卷土重来，气势排山倒海，已经扩散到骨与脑。杜俐迅速崩溃。

办丧事时小刘一直在帮忙，是她自己主动要求的。葬礼后照例要在酒店里置下几桌饭菜，请各路来宾吃喝，海鲜啤酒一应俱全。妇联的人看到小刘从旁边经过，将她拉住，小声问：哎，你说那个杜俐骂她老公什么了？小刘一怔，嘴唇动动，左右看看，看到沙音正从远处往这边瞧，就摇摇头，一晃一晃地走掉。大家胃口被吊着，插空又碰到小刘，再拦下来问。这一次周围没人，小刘没有犹豫就开口了，她说，她是用本地话骂的，我听不懂哩。说着眼睛又红了。在殡仪馆里小刘就哭过，是真伤心了，肩膀一抽一抽的，嘴咧得很大，想合拢又怎么也拢不住的那种。大家说这个护工这么有情有义，太难得了，一万个里都找不出一个。又不约而同开始猜：究竟杜俐骂了什么呢？夫妻一场，都走到阴阳两隔的临界点上了，还要在那么宝贵的回光返照中，将心力拼出来，用在漫骂上，不是有一股浸入骨髓里去的不满，怎么可能？而但凡各式漫骂咒骂，都不可能有好言语与好句式，杜俐用恶语对两人这一生的关系进行总结，又以恶声宣告自己将带着怨恨踏上黄泉之路，她这是何苦呢？

肯定有内幕有隐情。

这事让人想一想，都不免暗生兴奋。女人凑一起，说家长里短总难免，丈夫怎样孩子怎样，彼此都很透明。但杜俐有点例外，杜俐以前从来没向谁抱怨过家庭的高低咸淡。夫妻两人不一起外出旅游，那是因为沙卫星忙；俩人不成双成对逛街看电影，那是因为沙卫星身份不便。官宦人家毕竟与普通百姓不一样，但天下男人却是一样的。沿着这个思路往下想，可以想出好几种故事模式：A. 妻子生病，沙卫星忍不住寂寞在外拈花惹草，见杜俐气息奄奄，终于良心发现，吐出真相，被痛骂；B. 杜俐早已怀疑沙卫星在外偷腥，无奈见其官运亨通，不想失去，于是抑制成疾，临终之时不愿再吞下最后一口气，终于爆发，痛骂一场；C. 沙卫星口口声声否认外遇，杜俐托人艰辛侦察，历经数年，终于在生命最后一刻获取证据，新仇旧恨无以复加，唯痛骂才能给这场婚姻画上一个句号；D. 沙卫星在外养小原本是杜俐认可的，但夫妻间还有另一条约定在先：在杜俐病逝之前，沙卫星必须尽心尽责予以金钱与精神的全力照顾，不得怠慢，可是沙卫星夜夜应酬日日开会，无非以此为借口避开责任也未可知？杜俐忍无可忍，知道再忍也全无意义，于是纵情痛骂……

可能性太多了，任何一种发生的几率都很高。但事实只能有一种，究竟是哪一种？要猜起来也挺费神的。大家上班或者下班后在小区里碰面时，一不小心就聊起这事，不敢放胆聊，也不是大范围地聊，不过三两个头凑到一起，声音低低的，类似于耳语。一来二去，即使什么结果都没聊出来，单这种神秘私密的氛围，也有几分撩人之处。杜俐走了，愿她一路走好。大家没有任何恶意，无非是被生活中的谜团所牵引，有好奇心很正常。把所有的推想拢到一起盘点时，很惊讶，无论故事如何走向，有一点都一成不变，那就是沙卫星情感有变！真的不是故意的，只能说是不约而同。

一些从前鸡零狗碎的细节被重新记起，比如小刘曾说过那个叔叔没有女儿好。护工整天在病房边，再笨也能看到点蛛丝马迹。又比如在殡仪馆沙卫星伸手揽沙音的肩，沙音却侧身躲掉。杜俐那么疼沙音，沙音又那么粘杜俐，母女连心哪，一旦发现父亲有异心，女儿在丧母之痛中，多少会发泄一点不满。最可怜的还是沙音，沙卫星反正没事。都说中年男人最盼望的就是升官发财死老婆，沙卫星这三样都占全了，他不知怎样偷着乐哩。现在剩下的悬念是，他到底什么时候才会把外面的那个美娇娘娶回家？

六

从与杜俐结婚起，沙卫星就一直住在市直机关住宅小区。原先是杜俐分的房子，虽只有半套，总算有个安顿的地方，也很可贵。沙卫星调到市委办公厅不久后，小区里恰好有几栋旧楼列入危房，便推倒重建，建成高层建筑，按级别、工龄福利再分房。夫妇俩只能一方拿房，沙卫星当时已是副处级,他名头下拿房子合算,杜俐就把旧的半套房退出来。那一年沙卫星拿到一套一百二十平方米的大房,超面积了,贴点钱而已。楼层不低,在十一楼,有电梯。房子是点状结构的,一梯七八户人家,门户相邻或者相对,彼此相安无事。按说沙卫星去区里当头后,总有机会拿更大更好的房子,却一直没搬走。有人以前也问过杜俐,杜俐懒洋洋地反问,为什么要搬呢?就把人问住了。小区的地点确实好,旁边一所小学一所中学都是市一类重点校,所有市直机关干部的子女甚至孙辈都在里头上学。沙音也正上学,上中学,单这一点,杜俐也绝不肯搬走的吧。

　　十三岁的沙音现在已经是初二学生了,她小学四年级退出市小菊花艺术团后,就渐行渐远,很少再有抛头露面的机会。糟糕的是,连学习也一落千丈了,在班上中游常常都排不上。妇联干部的子女有几个与沙音同班,他们回家少不了会在饭桌上提到沙音。沙音今天哭了,趴在桌上哭很久,老师问她为什么,她不说;沙音今天作业没交,被老师留下来罚做两遍;沙音今天只上了两节课,后两节不知溜哪里去,老师很生气……差不多都是这些,很少有正面的。大家回想起以前她尤物般活色生香,都不免惋惜,伤仲永似的。某时慈悲起来,还会叮嘱自己的子女:有空的话要多关心帮助沙音啊。

　　沙音在小区里成为一个很特别的孩子,她身子已经长开了,胳膊腿细长匀称,腰肢脖子婀娜挺拔,走路微微有些外八,都是有过密集舞蹈训练的人才有的那股味,只是缺了生机,曾经挡也挡不住的葱茏感已经分毫不见。别的孩子从学校回来,在草地上嬉闹欢腾喊成一片,沙音却静静的,或者出神,或者站一旁斜眼瞥过,眼里的阴郁像口幽深老井,既含义复杂,又水分不足。杜俐的病与死,生生把她的日子勾出一条惊悚的分界线,没妈的孩子就是可怜。反过来看沙卫星,他脸上水波不兴,哪里可寻半点伤痕?每天那部锃亮的奥迪A6把他接走送回,上下车门时如果恰有熟人从旁走过,他也一如往日,微微颔首,淡淡笑笑。

　　杜俐刚死时,其父母曾从老家来这里住过。大家以为沙卫星会留岳父母长住下去,他自己整天东奔西跑,沙音总得有人照顾。但是杜俐的父母很快走了，一百二十平方米的家里空荡荡的，也没见找来保姆。小区外有许多饭馆小吃店，午晚时沙音的身影常独自出现在那里。一天一天的，细心的人会发现，沙音脸上慢慢舒缓下来，不像她母亲刚去世时那么坚硬，那么凝固。这说明什么呢？也许她开始适应只有父亲没有母亲的日子了。人是多么柔软的动物，放在什么环境里，就得跟什么环境融为一体，否则怎么办呢，还要不要活下去？不管以后怎样，至少目前沙音还得靠沙卫星抚养，如果沙卫星现在再揽她的肩，估计她不会再侧掉了。

  天气热起来，阳光照在皮肤上都有种难忍的刺痛感，大家对十一楼沙家的注意力，显然也被炎热烤干瘪了一些。这期间，关于沙卫星接任副市长的消息多起来，可信度越来越高。大家就想，沙卫星在女色上还不见动静，会不会与此有关呢？在机关里待过的人都知道，每一次提拔之前都雷区遍地，任何风吹草动都是自取灭亡，唯有夹起尾巴老实做人，才能最终修成正果。拿颜色作比，官帽是金色的，女人是粉色的，再傻的人都知道先有什么，然后才能有什么。要是本末颠倒，其结果不言自明。问题是对于别人来说，金色太刺眼，看着心里多少会酸酸的，粉色却十分赏心悦目，恨不得日日观赏。副市长反正有人当，有很多人爱当，而杜俐五月初走了，已经走三个多月，隐在沙卫星背后的那个女人却还没浮起来。看来沙卫星果然是个高手啊，既是高手，想必一切都会雁过无痕。这么一想，大家就有点丧气，脑中原先绷起来的弦就渐渐松掉。

  南方夏季长，入了秋竟更燥热，整个世界仿佛都被道玻璃墙罩住了，一切静止，连身上的毛孔也一个个被堵住，汗都闷在里头，无法渗到皮外，都想学狗把舌头往外伸了。而树上的叶片也沉默地耷拉着，没有一丝风将它们吹动。大家觉得自己其实并不比树叶活得好，树叶不理会沙家的事，都已经疲劳成那样，何况他们？于是就打算收回目光，不再去费脑汁。这时候沙家却出事了。是沙音出事。

  九月一日新学期开学的第一天，沙音课上到一半，一声咕噜，呕了一地。班级里就弥漫了呛人的酸腐气。老师忍住气，叫班干部去操场装点沙子，覆在秽物上，扫掉。清理过了，回头看沙音，沙音手还压在腹部上，脸色苍白。老师要叫校医，沙音不肯。沙音说我回家躺躺就好。老师往外看看，看得见市直机关住宅小区的楼房，这么近，回家也好，回家让父母带去医院，责任有人负，于是就让班长陪沙音一起走。老师对班长说，你把沙音送到家就回来上课，快去快回。

就几步路而已，沙音进了小区，上了十一楼，掏钥匙打开门，跨进去后，人一颤，站住了。班长在门外刚要说沙音我回去了，却见咚的一声沙音书包丢到地上。班长身子往里探，正想问沙音怎么了，却见沙音猛地一转身，张着双臂往外奔出，差点把班长撞倒。沙音一边跑一边喊：今天有鱼，有鱼！妈妈，今天有鱼有鱼有鱼有鱼……

班长后来跟人说，她也看到当时沙音进屋时看到的景象了，是两个人，一男一女。男的当然是沙卫星，女的很年轻，留着长发，长发染成半红半紫的颜色。他们坐在沙发上，面对电视，电视却没打开。女的其实不是坐，是躺，她斜躺在沙卫星身上，而沙卫星一只手绕过她肩膀后就不见了，见到的只是女的衣领口那里鼓起来，整个前襟都是鼓的，看起来是沙卫星的手在里头。沙音进去，他们一下子站起来，可是迟了，沙音已经转身跑掉。

沙卫星追出来，沿着楼梯噼噼啪啪往下追，声嘶力竭追了五六层楼，才把沙音死死抱住。

班长说，吓死了，沙音喊叫成那个样子，像鬼叫，脸都歪了。

班长也是妇联干部的子女，她跟老师说，跟父母说，一说就说成广泛的新闻。谜底揭晓了，沙卫星还是有女人，确实有女人，这不都对上号了吗？只是那个年轻女人是谁？她什么时候来沙卫星家，又是什么时候悄然离去的？拿这些问题问班长，班长脸煞白，她不知道，她怎么知道？

七

沙音被沙卫星抱住，拖回家后，就没见她再露过面。沙家的门紧紧关着，里面没有动静。这事像个梦境，挺不真实的。小区门口的保安倒是提供一个确凿的信息，他们说，沙卫星平时很少上班时间回家，那天却中途回来。车开到电梯口，确实有两个人下车，当时没仔细看，人一晃也就不见了。后来车一直停在那里,司机坐在车里等。再后来,车子开走了。一共开出去两次,第一次出去很快就回来,第二次再开走,就没再看到。因为小区门口铺着减速带,车子进出时都慢下来,所以车子第二次出去时,保安曾听到里头小女孩的哭喊声。车窗关得很紧,喊什么不太清楚,但肯定喊了。那声音会不会就是沙音的?

在场的人听了都点头,不会错,是沙音。沙音是第二次被运走的,那么第一次运走的人就是那个年轻女子了。把年轻女子迅速转移走可以理解,把沙音也运走又是怎么回事?

几天后,小区里再一次炸了锅,有消息说沙音精神分裂,住进精神病院。

接下去另一条消息也地震般传来:沙卫星给市委递了信,要求放弃任何职务,回党校教书。与这封信一起递上去的据说还有一张请假条,沙卫星向市里请假,他要带沙音去北京治病。是不是真的呀?但不管怎么说,那之后大家确实都没再看到过沙卫星。

那一阵上班,没有谁能够专心干活,全忙着说话,说各路听来的种种消息。有一天上午,一个三十岁左右的妇女怯怯走进妇联,大家起初以为是来维权的,细一看竟是护工小刘。小刘双手在腹前绞着,心事重重的样子。大家问什么事。小刘低着头,用左脚尖在地上一前一后搓半天,终于说,你们谁知道沙音在那家医院?大家互相对看一眼,隐约觉得有戏,就接二连三从椅子上站起,走过来,问她,你找沙音干什么?

听说沙音住院,我懂护理,去照顾她。

谁雇你的?

没有人,我自己要去的。她在哪个医院?

大家沉默着,呆呆看着小刘。小刘早餐可能吃过韭菜,一星绿汪汪的韭菜叶正贴住牙缝,像一颗动物的眼睛,随着她嘴唇的张合,不时露一下。她已经不像刚进门时那么拘谨了,身子微微拔直一些,大声说,这孩子太可怜了!大家应和道,是啊,太可怜,她妈又死了。小刘受到鼓舞,脸涨红起来,她说,我觉得要说也是她妈害的。

为什么？

她妈不应该一直怀疑她爸在外面勾有人，这事也得有根有据才能说呀，凭空乱怀疑，能成吗？

乱怀疑？什么叫乱怀疑？

小刘咬咬唇，好像也发现了那星韭菜叶，卷起舌尖麻利一扫，牙就恢复成一色了。屋里所有人都已经站起来，连其他办公室的也聚拢过来，围住小刘。小刘大概从没被这么多人围住过，她说哎呀阿姨这个人什么都好，就是不该老是说死不瞑目，老是说她死了以后后妈会怎样怎样对沙音。阿姨还让沙音盯着叔叔，如果叔叔跟哪个女的在一起，阿姨吩咐说就要马上给她打电话，用暗号给她打……

什么暗号？

今天有鱼。

噢——！屋里轰了一声响起，尾音拖得很长。沙音那天喊叫的话，大家还没猜透是什么意思呢，原来是这样。看来杜俐早就知道沙卫星的事了，可她躺在病床上无能为力，就交办给沙音了。沙音肯定很想帮母亲找出证据，只有在证据前面父亲才能无言以对，然后幡然悔改，这个家也才能重归于好。她找了好几年，从小学一直找到初中，母亲已经死了，她以为再也不用找，突然那个场面却从天而降，终于把她已经被磨损得破破烂烂的神经彻底扯断。是不是这样？这个推断应该是合理的。只是小刘为什么知道这么多？以杜俐的性格，她不可能往外掏秘密啊，她那么爱面子，就是沙卫星公开跟谁搞在一起，她也不会跟别人喋喋不休，何况当时还只是怀疑，怎么会对护工说？

小刘声音大了起来，她说，我听得懂你们这里的本地话呀知道不知道？我故意说听不懂，阿姨以为我真不懂。我都在这里当十几年护工了不会说还能听不懂？我没那么傻！阿姨一直跟沙音讲，有一句没一句丢到我耳朵里，慢慢就知道是什么意思了。阿姨临死之前还骂叔叔，说叔叔流氓。她乱骂人的，叔叔没有跟别人，是她怕自己一病，叔叔会不要她，越想越怕，越怕越乱想，结果怎么样，自己命没了，孩子也被害了。孩子在哪住院，你们告诉我,我要去照顾她。

大家脑子都有点懵,脸像上了石膏,僵僵的扯不动。如果知道沙卫星和沙音的确切消息,这时候应该是愿意说出来的,可是谁说得清呢?谁也知道嘛。

小刘很失望,她叹了口气,转身挤出人群,已经走出办公室,过了一会又回来。这次她没再进来,只是站在门外说,你们是阿姨单位的人,当然会护着阿姨,可是叔叔以前真的没跟别的女人乱来,阿姨错怪他了。

大家看着她,没吭声,心里都想起那个年轻的头发染成半红半紫的女子。

小刘说,我妹妹现在跟他,那天去他家的人是我妹妹。说到这里她好像有点羞涩,停一下,翘翘嘴角,想笑的样子,最终并没笑出来。我妹妹年初报考区里的公务员,是我找叔叔帮的忙。我妹妹六月份大学毕业后才去上班,也就是两个多月前他们才见上面,一见就好上了。那时阿姨不是已经死了吗?阿姨不死他们也不会好上的。

屋里安静了几秒钟,大家瞪着眼,却觉得到处白花花的,脑子糊成一团。终于有人开口,很急促地问,你妹妹呢?小刘说,不知道呀,找不到了,她单位的人也不知道。这时候小刘的眼睛微微红了,声音也有点湿。我十五岁就出来做工,供妹妹上学,供了十几年,你看看她,去哪里竟把我也瞒下了!如果有她消息,你们告诉我好不好?大家看着小刘,都没说话。小刘就走了,她离开时,肩膀在门框上重重蹭一下,好像那里很痒,又好像很恼怒,只是一时不知她究竟是对什么恼怒。这时有人小声嘀咕一句:今天有鱼……所有的人猛地一扭头看过来,看说话的那个人。那个人怔了一下,又说,他妈的,真奇怪,今天有鱼,今天有鱼哩。

(选自《作家杂志》2008年第8期)

新闻线索

劳 马

"消防中心着火了!"

新闻热线的电话室里传来了一位男子急促的声音。

"说出具体位置。"我边问边把记者采访包挎在了身上。

"在莲花门西街七十六号。"对方气喘吁吁地说道。

"什么时间?"我问。

"大概十分钟前,我正好路过那里,发现大火从后院窜出。"那位男子很着急。

"好!谢谢你提供的新闻线索,请你明天上午十点到晚报社来领取报酬。请你把姓名和联系方式告诉我。"我急着四处找笔和纸。

"我姓魏,用的是公用电话,你们能给多少钱?"对方问。

"一百块!"我答。

"才一百块,这不是一般的火灾新闻啊!你有没有搞错,这可是消防队着火了。我又是第一时间向你们报告。怎么也不止一百块吧?"对方在讨价还价。

"对、对、对,魏先生,你说得对!我现在需要马上赶到现场,如果你说的是事实的话,这条新闻线索确实值钱,至少会给你五百块。"

"绝对是真的,大火正着着呢!说定了,五百块,我明天去领。"对方挂了电话。

我赶到现场时,大火刚被扑灭,浓烟还在冒着,看来损失不算大。消防队员们正在垂头丧气地清理火场。"××市消防中心"的大牌子被火烧得变了形,但字迹依然清晰。我赶紧抓拍了几个镜头,采访了几个目击者。

当日赶印出来的晚报把这次事故的消息放在了头版显著位置,还配发了几幅照片，特别是"消防中心"的那块大牌子在浓烟和消防队员的衬托下显得格外具有讽刺意味。

第二天，那位姓魏的男子应约来到了报社，高兴地领走了五百块钱。新闻线索提供人奖励制度的建立确实很有效果，我和同仁们再一次慨叹道。

五天以后，正巧还是我值班。新闻热线的电话又响了，我拿起话筒："喂，这里是新闻热线，有话请讲。"

"喂，我姓魏。"对方的声音很急促，"前几天，消防中心着火的案子破了，是人为纵火，嫌犯已被公安局抓获。"

"喂、喂、喂，你是谁？"还没等我问明情况，那边的电话就挂上了。听声音有点儿熟悉，有点儿像前些天那位提供消防中心火灾新闻线索的男子。

我急忙赶到公安局，请求采访犯罪嫌疑人。

警察一边审查我的记者证件，一边调侃说："你们记者的鼻子可真灵，比我们的警犬反应得都快。行啊，看来不是吃白饭的。"

等了将近三个小时，我才被获准前往一个看守所采访。在预审室里，我第一眼就认出了那位纵火嫌疑犯——正是当时提供新闻线索的那位"魏先生"。

"刚才是你打的电话吧？"我不解地问。

"对、对、对，正是我，这次能给多少钱？"姓魏的有些迫不及待了。

"先别说钱，你是怎么给我打的电话？"我越发迷糊了。

"他们抓捕我的时候，我知道跑不掉了，就冲到一个公共电话亭里给报社打了电话。刚说了两句，警察就一拥而上把我按倒了。"听口气他有些遗憾。

"消防中心的火是你放的？"

"是的。"

"为什么？就为了领那五百块钱？"

"不光是为了钱，消防队着火了，你不觉得有意思吗？多好玩啊！太有趣了。新闻得有刺激性，生活也需要刺激，你说对不对？你该谢谢我才是，说不定你拍的照片还能获得新闻摄影大奖呢……"他兴奋得两眼放光。

后来我了解到,这个姓魏的犯罪嫌疑人曾经读过大学新闻专业,三年级时因精神分裂症而被退学。

(选自《小说选刊》2008 年第 9 期)

灰袍子
石舒清

我们这样的村子，不知为什么，神秘人物总是从来都不会少的。像我的叔叔，就可以算得上一个。叔叔其实是一个生意人，但他觉得这只不过是他的一个外皮而已。按叔叔的说法，只是一个表皮皮子，是度世的人不得不有的一个扮相。人好像一辈子都是花费在了这个扮相上，其实这个扮相是假的。为人都有个扮相呢，因为假，看起来才那么多。真的就不会多，真的就一个。

叔叔说，为人都有个内里呢。叔叔也还有着一个通俗的说法，和他所谓的外皮皮子相对应相区别，叫内瓤瓤子。叔叔说，为人都有个内瓤瓤子，但多数人都忙活了表皮的事情，不知道自己有这么个内瓤瓤子，不知道这个内瓤瓤子有多贵重，只有少数受到造物主特别拣选的人，才能觉知到自己的这个内在。认得了真的就轻看了假的。因此只要是明白了自己内里的人，会觉得在这个世界上，再没有什么比自己里头的这个东西更贵重的了。

叔叔说，人都是抱着金饭碗当讨吃呢。人一辈子亏吃大了，亏得最厉害的就是自己本身，把一疙瘩黄金当废铁卖着呢。卖得个废铁的价钱还沾沾自喜呢，得了多大的便宜一样。人倒像是好在了这个不明白上，因为不明白，就还能昏昏沉沉高高兴兴地活着。今儿捡了个麻子，明儿得了个西瓜，都是高兴得很，得到啥都像是得到了宝贝一样，把啥都要像宝贝一样得到了才能安心，就是不知道这世上就只有一个宝贝，这宝贝就在自己的里头。得到了自己的人还要什么呢？什么也不要了，得不到自己的人才哇哇哇地叫着缺那个少这个。其实你就是把整个阿兰（世界）给他，他还觉得缺着呢，觉得不满足，觉得像是空的，实际这就是个空的嘛。为什么把整个阿兰给你你还不满足呢？就是说明整个阿兰跟你本身比起来没有你好，没你贵重嘛。就是这么个理。你还以为人是贪得无厌的，不容易给满足的，其实不是，其实人是很容易满足的，只要尝到他自己的内瓢瓢子的味道，没有一个不满足的。

　　叔叔虽然是一个生意人，但是比起生意经来，他是更喜欢与人谈论这些。村子的坟院里，修有拱北，里面曾经葬埋过宗教领袖。叔叔只要从市场上回来，就钻到拱北里去，长时间不出来。也不知他在里面干什么。也许是跪在里面想表皮皮子和内瓢瓢子的事吧。叔叔对我这个知识分子是很小看的，认为我所学得的那点知识，不过是和他的做买卖一样，都是混口饭吃混几片片衣裳穿而已。经他一说，我也觉得的确不过是如此。但人生不就是这样的么？吃穿里面也是有着很大的学问和人生要义的。人并非只是有那么个内瓢瓢子就罢了，就什么也不需要了，也不稀罕了，其实连叔叔也不是这样的，他不是也吃吃喝喝了几十年么？不是也想吃点可口的，穿点好看的么？说了这么多年，除了吃吃喝喝贵贱之人之外，那个贵重得不得了的内瓢瓢子究竟在哪里呢？它到底对我们有个什么作用呢？既然它确确实实就在我们身上，又一辈子不为我们所见，那么它的存在与否有什么关系呢？

　　叔叔也还是愿意和我争论的，因为我在他的眼里还算是一个知识分子，好像是可以代表一方，因此他觉得对我的说服是必要的。

　　他说有些有知识的人，还不如没知识的，为什么这么讲呢？譬如一面镜子，上面蒙了一层污垢，看起来就不清晰了吧，有些人的知识正像是这镜上的污垢，不是增加这清晰度的，反而是蒙蔽了镜子原有的光亮。再譬如一条口袋，空着是最能装东西的，就好像没知识的人容易学知识一样，可是你已经装了半口袋废铜烂铁，你又舍不得往外倒，还以为自己已经装满了，还以为自己装的东西都是好东西，再往里头装一些金银珠宝你也不愿意装，认为没有你的废铜烂铁好，就是装，你已经装了那么多东西了，已经是有那么个底底子了，再装能装多少呢？装进去和你的那些废铜烂铁一混，说不上是些什么东西了。叔叔讲起这些来是很自信的，似乎我怎么讲也只是在他的范围内。我觉得他的态度比他的辩才更能激怒我。

　　我说老爸（我叫他老爸），我觉得那个内瓢瓢子并没有你说得那样重要，它并不是生活的必需。譬如我一天不吃不喝就不得行，受不了，可是一辈子没这个内瓢瓢子，我还是可以活得好得很。叔叔大度地看着我，似乎一个知识分子说出这话来真是没水平的，但我这样的知识分子说出这样的话来又不使他意外。他说，这个道理简单得很：一，你要是真的知道你的内瓢瓢子的贵重，你就不说这个话了；二，你虽然不知道你的内瓢瓢子，可是你的内瓢瓢子无时无刻不在你本身，你说你一天不吃不喝就受不了，可你要是没这个内瓢瓢子一秒钟，你就不是个你了。其实你也是离不开它的，就像镜子上的光亮离不开镜子一样。这种奥妙凭嘴是说不清楚的。我真是想不清叔叔究竟觉得自己有多贵重。叔叔说，我贵起来是一疙瘩金子，贱起来不如一疙瘩土。能明了自己的贵贱，就明了啥是个人了。

  我有时也跟叔叔胡说，我说老爸，你有这样的认识，那么我觉得你要是脱了裤子在大街上走，也不会不自在的是吧？叔叔笑起来，说那也没什么，脱了裤子在大街上走算是个小事情。谁在那里走呢？又不是个我嘛。就算是个我，走了也就走了，就看你心里头咋想呢。你要考虑着这是个羞耻事情，就走不出去了。实际上这个时候，你就是在表皮皮子上了。人是容易活到表皮皮子上的，为人都是这么个。就像一个修炼的人，在坐静，坐得有些浑化了，已经是没有这个表皮皮子的我了，已经像是合一了，可是给一个蚊子咬他一下，就把他一下子咬回到表皮皮子上了，不管你走多远多深，都会把你给咬回来。比如你花费了好几个月工夫，好不容易一步一步走到了北京，但是给蚊子咬一下，一下子你就回到了原处，就像你没有去过北京，没有花费这几个月工夫一样。所以说修炼是很难的，不要说别的大灾大难，一个蚊子就能考验你呢。

  我还是想揪住叔叔不放，我说，老爸，你不要绕那么多弯子，我就问你一句话，你说你敢不敢脱了裤子在大街上走，还笑呵呵的。叔叔严肃了一下，很快说，关键是没这个必要。要是有这个必要的话，那还是走呢，走的时间那当然是笑呵呵的。我说你还是绕弯子。确实是没那个必要，叔叔说，不但是没必要，你这样的一走，叫那些见识浅薄的人看了，还起坏作用呢。必须是能起到好的作用，才可以做一些反常的事情。反常的事情最好还是不做的好。

　　总的来讲，叔叔这个人活得还是不错的，他也不与人多往来，但大家对他的评价也还不错。尽管一些人也说一些风言风语，说不要看那个人低头进低头出，其实心里是有野心的，他是想当老人家（宗教领袖）呢，但老人家是想当就能当上的么？他的传承呢？他的凭据呢？他是哪一条线上的哪一个环节呢？地方上的一些有名望的宗教人士也对叔叔颇有微词，定性他不过是个生意人，由嘴的胡说呢，要不可以试一试，让他不要再做生意，让他回到家里来专门坐静修炼，专门静修他的内瓤瓤子，他会这样做么？不要听人的说，说还不容易啊，谁的嘴皮皮子薄一点都会说呢，重要的是做，他就会做个生意。做生意是啥，就是过来过去地变着方子哄人嘛。

　　叔叔做的是布匹生意，说闲话的就举例子说，你十块钱进的布，十块钱给人卖出去，一分钱都不挣？你还是在挣嘛。这样的话好像是很具有说服力。我说老爸干脆你就不做生意了，反正你也是发不了什么财。叔叔说你也跟上人胡说呢，不做生意我咋得活？一大家子人谁来养活？光念书的娃就四个，都得花钱啊。我还想说什么，但是话在口头没说出来。我想着对我的叔叔不能太过分，他做到这一步已经是很不错了，至少是他没有给别人带来什么不便或不利。一个不给他人带来不便不利的人，做什么都是可以的，都是无可厚非的。

　　我是在说什么？我不该这样总结叔叔的。然而叔叔也是不需要我来总结他的吧。

　　村里还有一个老人，当过阿訇，口才不大好的缘故，使他的阿訇当得不怎么顺利，有时候看见他当阿訇去了，有时候又可以在村子里看到他，在田地里犁地拔麦子什么的，这就说明这段时间他不在当阿訇的。他要是穿起灰袍子来，就说明他是在阿訇的任上。他的仪表还是不错的，生得面目清峻，眼神幽邃，即使不熟悉的人，也容易猜测出他阿訇的职业来，甚至比阿訇的位置还要高一些的，譬如老人家（教主之意）什么的，至少也像是老人家的一个贴身跟随者。他穿了灰袍子在村巷里走过的时候，会给村子里带来一种神秘甚至是古怪的气息。他倒像是一个影子，而且他自己也愿意成为一个影子似的。也许这和他在坟院里住久了有关系吧。他的女人去世后不久，他就从阿訇的任上回来，阿訇也不当了，就在乱麻麻的坟堆后面建起一座小房子，他就搬去那里住了，一住就是许多年。起初几个儿子都去哭着劝谏，一个活人，教门上好大家都是知道的，也是理解的，活着是假的，人总归都有一死，可是既然一口气数还没有断，就还是住在人伙伙里的好，就是经典上也不鼓励一个活人住到坟地里去吧。另外，你撇下东垭（尘世）到这里图清省，知道的人说你一心在教门上，在化浊为清、修己归主呢，不知道的还以为我们这些当后人的不孝顺你，我妈前脚刚无常，后脚你就到这里来，我们做儿女的脸上也不光彩啊。不为你自己着想，也要为我们这些当后人的想一想啊。说不动老人，就又请了村里一些有脸面的人，陪同了去劝，这也是儿女们的一个手段，是做给村里人看的，让街坊邻居们看到，到这里完全是因为老人心在教门，不贪东垭了，并不是他们做儿女的不孝顺。

老人坚决得很，咋劝也是不回去，后半辈子就在这里住定了。这样他就在坟院里住了下来，一住就是多年。村里人他也好像是不认识了，有去给老人走坟的，他看见了像没看见一样，搞得走坟的人也没办法给他打招呼。然而对叔叔他还是有些热情的，若是叔叔去拱北上，他就会邀请叔叔去他的小屋里坐上一坐。两个人一坐会坐上很久，也不知他们两人谈的是什么。

我们村子的坟院里有拱北，而且是两个拱北，就是说，有两个圣徒墓在我们村里，这在方圆数百里可谓仅见。因此各道四处的人常来我们村子上坟沾吉，渐渐地也就形成了一个习惯，有些上坟的人不知是出于怎样的一种心理或举意，会到那老人的屋子里去，给他散点乜贴（有宗教意味的钱物），很快又退出来。有时候他的门却是自里面闩着的，他的窗玻璃厚厚的，不甚透明，看来那是他特选的玻璃，从外面隐隐能看到他就在里面，静静地坐着或是在做礼拜。要是不在礼拜，就不怕打扰的，上坟的人就会轻轻地敲门，但门一般不会开。

上坟的人就把乜贴钱从门缝里塞进去，或是放在窗台上，拿一个什么压住，然后悄然离去。

这就引出一些闲话来，说这个老人，原以为他是抛开了东垭，一心办教门呢，却原来心机是这么的深，好运气终于是来了，看多少人在给他散乜贴呢。那么多的乜贴钱都上哪里去了呢？唾沫星子能淹死人，老人的几个儿子坐不住了。他的几个儿子光阴都不错，其中的一个这几年更是挣了大钱，养着好几辆运输车。弟兄几个碰头一商量，不行，不能任人家这样说，咱们又不是缺那几个乜贴钱，咱们也不是能随便接受乜贴的人，乜贴也不是什么好东西，得的不正当了反过来伤人呢。弟兄几个私下里商量好了，就连哭带劝地把老人的那个小房子给拆了，把一脸不情愿的老人给背了回去。事情发生了很大的变化，几个儿子又给老人张罗着找了个老婆。大概其中也有过老人和儿子们的较量和谈判吧，后来几个儿子又在坟院外面的田地里盖了两小间屋子，让老人带新娶的女人住了过去。总之老人看来还是喜欢在坟地里住，儿子们的做法也可谓两全其美。在给老人盖房子的同时，儿子们又把坟院里归他们教派的那个拱北修葺一番，四围加了护栏，看来是花了不少钱。哪里来的钱呢？原来就是老人这几年得的乜贴钱，一分钱也没敢私沾，全部花在了老人家的拱北上。儿子们还倒贴了一些进去，当然这种倒贴他们是乐意的。现在老人虽说是毗邻着坟院，但毕竟不是住在坟院里了，毗邻着坟院的也不只老人一家，这样也免去了前来上坟的人再给老人散乜贴。

但是听说老人这几年在坟院里是没有白住，前世后世的事情老人都知道一些呢。于是一些人就去打听自家的亡人在后世的情况，都可以打听到的。父亲的一个朋友，去年一时想不开，跳到水窖里淹死了，这就算是自杀了。自杀者在教规上是遭谴责的，在后世里也会不大好过。父亲的这个朋友忠厚了一辈子，也没有享过什么福，又是这样的一个结局，父亲对他还是有一些牵念的，很想去找那老人打听一下朋友在后世里的情况。动念已久，却迟迟没去，不知道父亲心里打的是什么主意。

另有一个值得一说的人叫努尔，是父亲的一个堂舅。我叫他努尔舅爷，已是年过花甲。关于父亲的这个堂舅，我在好几篇文字中都已经写过他了。他生有十个儿子，一个女儿，引得村里人都替他发愁，说这么多的儿子，哪来的钱给他们说媳妇啊。想着媳妇娶到一半，努尔舅爷就可能撒手归去，不再管这些愁人的事了，毕竟他家的光阴从来就不是很好。儿多的母苦，当父亲的其实也是松活不了多少。

努尔舅爷家一直是村里的一个话题。努尔舅爷的苦性是很好的。按村里人的说法，就算是一头牛也未必苦得过他。村里人都会说到他的走。那是走么？那不是走了，那只能说是跑了。努尔舅爷一辈子都在跑着，就像他是在大风里头，不得不那样跑似的走。村里人会学努尔舅爷的见人打招呼，在村巷里碰到了，不要指望他站下来跟你打招呼，没这个事的，他是边走边斜了身子和你招呼着，说着话，人已经从你身边过去了，已经跑到前面去了，跑到远处去了，就像后面有人在追着，前面也有人在喊着那样。努尔舅爷的腿不怎么好了，像两根假腿勉强地给他利用着，可是他竟然可以用那样的两条腿走得那么快，而且一走竟走了那么多年。村里人学努尔舅爷的走取乐子，不管模仿技术多么差的人，只要他模仿努尔舅爷的走，都可以一眼被看出来。并没有像大家预想的那样，努尔舅爷并没有中途不负责任地撒手，他就那样一路小跑着给十个儿子陆续都娶上了媳妇。有人给他算过账，娶一个媳妇，少算，花两万，十个就是二十万了。啊呀，这样子一算，原来你是村里最富的人嘛。算账的人会当了努尔舅爷的面表现出这惊讶来。

努尔舅爷被这样的算法搞得很茫然，好像他并不清楚十个儿媳妇娶到家里他究竟花了多少钱。有这么多么？有二十万么？乖乖，二十万，那是多少钱？但他还是很高兴被人这样说的。都说从此他们老两口可以享福了，十个儿子，一人一次买二两肉，就是二斤肉了，老两口天天吃肉都是有可能的啊。然而事实并不是这样。树大分枝，十个儿子，一一分出去了，老院子里只余了老两口，也完全不是在享什么福的样子，倒似乎是更忙碌了，更不得消停了。一大堆孙子啊，张开口来会有多少嘴？在别处不大可能集中张嘴的，但集中到爷爷奶奶家来张嘴，却是常有的事，每一个嘴里多少都得填一些食啊，而且儿子们还要出去打工，一打工地就撂下了，谁来给犁地摆耧呢？弟兄们即使有闲，也是靠不住的。说来能指靠，能靠得稳的，还是努尔舅爷。就常常看到努尔舅爷在犁地，在摆耧，一时在这个儿子的地里，一时在那个儿子的地里，一看就好像是看明白了，要那么多的儿子干啥呢？有多少儿子老子也得受苦。

我先前写努尔舅爷的时候，就曾写过这些的，说来也是旧话重提，没多少意思。但是想不到努尔舅爷突然间神秘了起来，竟是能给人看病了，这真是让人始料未及。

听说努尔舅爷某次去上拱北时，有了感觉，从此就一发不可收拾，成天成夜地跪在拱北里不出来。这也算是在修行吧。说是努尔舅爷跪在拱北里，把膝盖都跪出了血。任何事只要下功夫都会有成效的，许多事都是怕吃苦给坏了的。尤其干教门方面，那更是不得了的苦啊，比六月天拔麦子还大的苦啊，即使不是修行干教门的人，也知道那是世上顶苦的事，一般人都受不了那样的苦，知难而退。

渐渐地就听说努尔舅爷给人看病了，看过病后，人们随心散他一点乜贴，也算是彼此得益。不知哪个儿子有孝心，给努尔舅爷也做了一身灰袍子。我们这里，凡干教门的人，即使很年轻，二十郎当岁，也会一袭灰袍在身，似乎穿上灰袍这一身份才能得以确立。人们对努尔舅爷穿灰袍也是议论不少。灰袍也不是人人都能穿的啊，有些人即使穿上灰袍子也不像，可以给人一眼识破似的。像努尔舅爷，那就更不像，他命定就不是穿灰袍子的人。于是有人又开始学努尔舅爷的穿灰袍子，即使是小娃娃来学，也会一眼看出是在学努尔舅爷。但是人家已经穿上了，你总不能给人家强脱下来吧。时常能听到努尔舅爷给人看病的话，首先是他把自己婆姨的病给医好了，婆姨有头晕眼花的病，有关节炎，走起路来的样子大家都是见过的。现在看起来，明显是有些不一样了吧？那就是让努尔舅爷给看好的。都在说努尔舅爷怎么给人治病。眼睛怎么闭着，嘴里怎么念念有词，怎么从一碗清水里捞出几粒麦子来吹几吹，让病人吃下去。要求病人闭牢嘴巴，不要说话。说来这也都是些传统医法，没什么稀奇的，但是搁到努尔舅爷身上，不知为什么，就使人觉得有些异样。就像原本是一头牛在拉犁，忽然间给换成了一只羊似的。

　　有病的人总是容易被这样一些消息所动。一天，父亲在犹豫很久之后，还是让母亲偷偷地把努尔舅爷叫了来。父亲的前列腺病已有多年，痛不堪言，银川的大医院里查过多次，只说是炎症，不打紧，吃一些药便好，然而吃了多少药也不见好，反而是越来越重，父亲真是自绝的心都有了。没想到这个病竟会如此麻烦。百思无计，想到了努尔舅爷，传说医院里也看不好的一些病，去寻努尔舅爷，努尔舅爷就给医好了。

　　努尔舅爷就来给父亲治病了。我当时在银川，并没有见到治病的过程。据母亲说，努尔舅爷的治病是很费工夫的，他先是要到坟院里去坐着，等星星出齐，他就掐几根坟草来给父亲治病。母亲说，先不说有效无效，努尔舅爷在父亲的病上真是下了大功夫了，他常常把自己折腾得气喘吁吁，满头大汗。每一次给父亲看罢病，要离开时，鸡已经叫过了三遍，寺里的喇叭里也响着了唤礼声，努尔舅爷这才擦了满头的汗，穿着他的不大合身的灰袍子，一瘸一拐地离去。也就是说，努尔舅爷看病的时候，需彻夜不眠，他还得使出本事来对付病魔。听了是让人感动的。就这样给父亲治了近一周，努尔舅爷才离去了。他还要尽力的，但是父亲却不愿意再配合了。父亲背地里埋怨说，简直是往伤口上撒盐呢，不但是不见管用，倒是越治越痛了，痛得厉害了父亲就大骂他的堂舅，倒好像这疼痛是努尔舅爷给他带来的。母亲小心地劝说着，说你的这个病，大医院里花了多少钱都治不好，咋能指望努尔舅舅呢？再说努尔舅舅没日没夜地给你治了一个礼拜，瞌睡耽搁了多少？汗珠子掉了多少？反过来说，咱们又给人家散了多少乜贴呢？努尔舅爷给父亲看了一场病，得到了三十块钱的乜贴钱。听母亲讲，拿到这三十块钱的努尔舅爷是很惭愧的，毕竟把病人的疼痛没能去掉，这样子拿人家的乜贴钱总是有些不舒坦的。他说父亲的这个病，的确是很复杂，他还有一种治法想在父亲身上试一试，不知道父亲配合不配合。努尔舅爷感慨地说，治病的时候，病人的配合是很重要的。他就举出例子来，说谁谁谁是多么的配合，让抬脚就给你抬脚，叫吐舌头就把舌头给你吐出来，不是叫他给治好了么？

然而看来父亲是不再愿意配合他了。

一次回村里来，中午闲得无聊，我就到村后的梁顶上去转悠，就看到努尔舅爷在远远的塬上犁地。日头都已经到了天顶，四际的山低矮下去，显得虚茫起来，努尔舅爷还深一脚浅一脚地走着，看不出来卸地的意思。他扶住犁把，跟着一对乏牛一步步走远了，听不到牛叫声，也听不到他的吆喝声，虚日下的塬上，一切都显得茫无声息。我觉得他要是再走得远些，会忽然消失了似的，连同他的犁铧和牛。犁地的时候，由于牛脚步的沉重与迟缓，使得努尔舅爷也不能像平日那样快走。时间在这里好像一动不动又无穷无尽。我向远处看，我还没有见过努尔舅爷穿灰袍子的样子呢。我忽然觉得冲动，真想回去就劝说父亲，让他再配合努尔舅爷一次。

（选自《人民文学》2008年第12期）

伴　宴

鲁　敏

一

看来这一次是让不过去了，得找她"谈话"。

仲熙，半是期望半是忧焦——说实话他是最愿意找她"谈话"的，哪怕是为着一个注定不欢而散的题目。

她姓宋，单字一个琛。以"王"作偏旁的字，通常与玉器有关。仲熙明明知道，还是特地翻了字典：琛，"珍宝"之意。这位珍宝姑娘是琵琶手，据说祖辈是大家，族中弟子好玩，器乐上个个都有专擅，若能同堂，拉出来起码能站满半边台子。包括一干亲戚，也大多与民乐沾边，最不济的，也是调音师或在器乐厂做松香。

仲熙的扬琴，高二才学，后来虽是进了艺院，专业上只能算个半调子。所以，对宋琛这种带有童子功的世家出身，总觉得有些神秘，况且，宋琛这个人，怎么说呢，她真是不好说的一个人。

她模样挺好看，但这好看颇有争议，因她眉眼较硬，五官十分浓烈，总之相当西化，若走在繁华大街，十分相宜。但她是弹琵琶的呀，这味道就明显不对了，往台上一亮相，是要减分的。

她业务也好，是团里一顶一的"大牌"，从省市到国家，能拿的奖都拿过，除了德艺双馨奖——就算她有一天资格够老，也绝不会拿到。不知怎么搞的，宋琛的人缘相当不好。这大概缘于她对个人隐私莫名其妙的高度屏蔽：她在团里，没有要好的女友；平常与众人对话，从不推心置腹，永远保持在社交寒暄的尺度，有时甚至连寒暄也省略，只说些必要的工作之事。这就叫人不舒服了，业务好就可以这样拒人于千里之外吗？所以，连带着，人们对她的业务，也不大肯褒扬了。

同时，由于她的冷淡，还造成了一种奇怪的陌生感，人们天天见她，却总说不上是真正认识她，比如，她的私人状况。除了年龄，去年二十八、今年二十九、后年三十，这个是清楚的，可控的，但别的，却一概囫囵：有男友否？已婚否？已离婚否？在分居吗？另有新男友吗？可真气人，这方面的来往与离合，她从来只字不提，填表时碰到婚否之类的格子，亦毫不理会地空着：家庭成员一栏，永远只写父母二人。若有人故意问起，她要么轻蔑一笑，要么信口胡说，用很低级的谎言来敷衍，像是着意嘲弄对方的智力与好奇心。这一切就让人更加愤怒了：有什么不能说的啊，谁比谁更金贵啊。你当你是生活在西方啊，一个搞民乐的，怎么着也该讲点中国的人情世故吧。

仲熙从文化局调来民乐团时，宋琛就是这么个背景与现状。介绍别的乐手，钱主任最多花五分钟，但讲到宋琛，钱主任倒足足说了半个钟点。所以，从一开始，仲熙就记下她了，不过，对她的这种种作为，倒也没大惊小怪。仲熙前几年在文化局，跟各色各路的艺术界人士打交道多了，他是知道的，这种"夹生"（金陵土语，不合作之意），乃艺术人士的专利，算不上什么大毛病。再说，也正因为人与人各不相同，这世界才有点意思嘛！

此外，还有一个小小的原因：仲熙三年前的离异，除了至交亲朋，一般人，他也是从不提起。所以，某种程度上，他理解宋琛，说不定，私生活上，她也的确是有难言之处吧。

真正一起共事，仲熙慢慢发觉，这个宋琛，虽然有点怪气，但总的来说，很讲道理，合情合理的分内事，她十分认真；反之，则寸步不让。仲熙其实倒喜欢如此，怕就怕那种忽左忽右、缺乏原则的人物。

直到碰上她拒绝"伴宴"，仲熙才意识到，宋琛，是个问题。

二

何为"伴宴"？这是团里约定俗成的简称，详指"给宴会伴奏"。具体说来，就是一席或数席的重要宴请；主办者邀请民乐团现场演奏一台音乐会,以助清雅之兴,使吃饭活动成为更艺术的娱乐、更高档的社交……若干年前,伴宴一般都是政治任务,级别约摸为市宴、省宴,在座的总有党和政府的领导人物,且半数涉外,有展示民族艺术瑰宝之意,乐手甚至要政审,众人为此突击排练、加班迟归,皆无怨言,反倒甚觉荣耀,因为日后说起,他们曾经为"某某"、"某某某"或"某某·某某某"奏过一曲。

但近年情况有变,因体制改革,民乐团得自己"找饭吃"——这个比喻,简直全无斯文,仲熙十分反感,但上上下下各种场合反复提及,他也就渐渐麻木了认同了,何况他还得带头去"找饭吃"——替团里上下的工资、奖金寻到出处!

唉,说实话,民乐的饭食,难找极了,现今谁有工夫、谁又有那个静气坐下来听一曲《渔樵问答》或《蕉窗夜雨》!到各处去联系演出,十有八九都是婉谢的,要么就问他有没有"十二乐坊"那样可以在台上边拉边扭的女队班子?唉,这当中的辛酸与委屈,不说也罢。总之,到最后,贵贱不遑挑,细小不敢舍,连"伴宴"也成为乐团上下老小的"饭食"之一种——企业主的周年庆,多金者的婚庆典,谈判方的鸿门宴,等等,只要有钱,民乐团无不贴身而上,弦动琴响,务求主客尽欢。

而伴宴一旦落到此等地步,对乐手们的自尊,便有了普遍意义上的打击,特别是碰上那些宴客,他们不再是从前的宴会聆乐者——吃饭几无声息、曲终必要礼节性拍手、只在两曲之间才相互致敬。而今,他们是各席面间奔走不息(名为"打的敬酒")、或数人同时敲桌干杯(名为"集体过电"),同时大声倾谈,以段子取乐,击掌哄然大笑,更不要说接电话、喝交杯酒、醉了乱嚷的,总之其景堪比闹市,全然不管台上的弦唱箫吟。

也曾有乐手为之冲冠一怒、抱琴而去,但又怎么样呢?隔几天还是要捏着鼻子上台。故而,大部分乐手都还是"懂事"与"配合"的,放下小我,服从大局,以"找饭吃"为第一要务,上了台只管垂着眼皮伴装自我沉醉。况且,也就是一台拼盘音乐会么,曲子都是经典选目;大家早已熟腻之极,真正奏来,并不耗费多少精力。算了,世事已至此,不独民乐,各样自命或被命为"高雅"、"严肃"的艺术,都是曲中求直、苟且偷生的,还有什么好说的。

也只有她,这个宋琛,从头至尾,一直是固执地保持着"大牌"的底线,抵死不肯"伴宴"。谁也说不动她,提到那两字,简直像剥了她的面皮、折了她的风骨。好在团里另外还有两个琵琶手,也能应付过去了,反正谁上台谁拿演出费呗。

这样,过往所有的伴宴,包括大小商演,从上一任团长手里就开始默认了——不喊她。只是,从组织纪律、集体主义的角度来看,作为一个业务尖子,她这等于是在公然对抗"创收",把自己与众乐手拉开层次,总之,影响不大好。

况且,目前的问题是:周五的这次伴宴,负责付钱的客户点明就要宋琛登台参演。

三

"客户?"坐到仲熙的办公室里,才听了半句,宋琛就冷笑起来,果真是大牌的脾气。"也对,所以我们团还有市场开发部、第三产业,而乐队呢,干脆叫流水车间好了。您呢,就是老总、CEO,可别再说自己是团长。"

仲熙望望她,就让她说两句吧,只要最终能答应就好。这次的客户,真的很有意思,说只要宋琛肯出来,他们还会介绍许多圈内的老总们来"照顾"民乐团。同时,在谈好的"伴宴"费之外,还特别暗示,会另外给宋琛本人一个大红包。换作别人,这"红包"会算个砝码,但她这里,仲熙决定提都不提,难保那只会把她推得更远——跟宋琛打交通,有种与众不同的挑战感,这反倒给了仲熙一种莫名的兴奋,要真能说得动她该多牛气!

"人家老总点明要听你的《十面埋伏》,说明是个行家呀,是个知音!自古以来,士为知己、女为……"仲熙开始编,这个角度肯定比"红包"更适合宋琛,许多恃才傲物的人,都会对知音网开一面。

"哼,这也叫知音?那全中国人都是我知音。不论谁,初次见面的,只要一听说我是弹琵琶的,对方就会一边点头一边说,哦,《十面埋伏》!《十面埋伏》!蛮好听蛮好听!"宋琛活灵活现地模仿起那种假充内行的神态,逗得仲熙差点笑起来,同时也暗自后悔,刚才该讲她的得奖曲目《霓裳羽衣》或《飞花点翠》就好了。

"你知道吗?那公司,不是一般的气派,人家本来打算请省歌舞团弦乐队伴宴的,那边连曲目单都准备好了,全是崇洋媚外的世界名曲,多亏我们这边的钱主任会办事,中国气派呀、民族精粹呀、传统经典呀一通轰炸,总算把这笔业务给抢了过来。"仲熙知道搞民乐的往往会跟西洋乐叫劲,他便故意无中生有,想激发宋琛的好战心。"而且,钱主任还跟我说,这家公司,因为是总部,所以每年都要搞元旦迎新、中秋茶会、新春团拜、VIP感恩宴之类,若这次伴宴弄得好了,会成为一个长期的高端客户,最起码,咱们每个月的福利就有了呀!"仲熙知道自己满嘴商业气味,但这会儿是故意如此,他就不相信,这个宋琛真是个不食人间烟火的,下个星期就是端午节了,到时发嘉兴肉粽与高邮双黄蛋她会不拿?

"反正我不会去的。"宋琛突然收了话题,全然不顾仲熙方才的一通说教还余音未绝。她站起身,仲熙以为她要告辞,她却站到窗户边往院子里看。

那个位置,仲熙也经常站。

民乐团的院子原本就小,加之现在有不少乐手买了车,里面更是挤挤挨挨,有人甚至嚷着要把两棵长了多年的柏树给移走。唉,每次站在这个窗口,看到那些锃亮的车子以及匆匆来去的乐手,仲熙心中也说不清是喜是忧,总的说来,民乐团是庙穷和尚不穷,很多乐手都在私下里带学生,虽然课金比西洋乐要低不少,但若是有些名气,也肯吃苦,外快还是可观的。搞创作的人呢,则在外面替人编曲子、节会庆典、店歌会歌之类——真正临到自己团里交代的差使,反倒成了兼职似的,草草应付了事。这些公私夹缠的情况,仲熙心中十分清楚,但也不忍下快刀禁行。说到底,他感到自己并无充分的理由与充分的底气,就算众人每天八小时齐齐坐在团里,又哪里去找那么多的演出项目、去保证大家的荷包呢?民乐呀,有时狠心想想，真像个老妇人，唉，本便是一日闲过一日、一日枯似一日的。

大约是见仲熙一直没有回答，窗前的宋琛又不咸不淡地加了一句："我之所以不去，也不是冲着你，是冲着外面。"

"外面是哪里？"仲熙倒也不急了，不知为什么，他总还存着一种朦胧的希望，觉得自己最终是可以说服宋琛的。

"于我而言，琵琶之外，都是外面。"宋琛顿了一顿，却又另外讲起别的。"唉，乐是什么？你一定知道这句'王宫悬，诸侯轩悬，卿大夫判悬，士特悬'。从小，家里人就跟我讲这些，我也一向信以为真，所以，是无论如何不肯走下来去伴宴的，请你理解。"

仲熙知道宋琛讲的是周代礼乐制度——悬，大略是指编钟之类的古乐。周代等级庄严，"乐"乃至高享受，不可随便举之，什么人可听什么级别的"乐"，都有严格规定。宫悬，即四面挂，此为王者特权；次之，为轩悬，即三面挂，是赐予诸侯的；而判悬（对挂）与特悬（独挂）则是分别为大夫与士所定的界限，万不可逾越……

仲熙听得明白，宋琛此话听上去是像是自我辩解，其实，当是在讥讽自己吧——把民乐自高堂大雅弄得如此不堪，乃至侍奉起一帮大嚼大吃的酒囊饭袋。可是，这又哪里是仲熙的错，由来已久矣，这"礼崩乐坏"连孔子都徒唤奈何呀。

但仲熙也不愿辩解，最主要的，他能感到，她对民乐的挚情，完全偏执于高雅一端，要让她转了弯上台伴宴，确乎是难于上青天。就好比是让一个专门吟诗作赋的人去搞有偿报告文学，完全说合不了的。

但不行，今天还是得说合！仲熙暗中咬牙，不是怨她，而是恨自己，为什么偏偏是个狗屁团长呢，得说各种言不由衷之辞，做各种不情不愿之事——这是世上每个人都会面临的迷局。况且，就算他肯让步，团里也没有人可以宽容她的洁身自好。凭什么为了她一个人的坚守，就要碍了整个团的利益？这对别的乐手而言，是不公平的。技艺虽有高下，但当初，哪个不是夏练三伏冬练三九过来的，从汗到泪到血，谁没流过？谁不想堂而皇之地万众瞩目、扬名立万！而今，别人都放下身段了，她怎的就不能放下!

想了一想,仲熙决定还是找她的软肋处说:"其实,宋琛,我懂得你的意思。但我们的民乐,不是要你这样去关起门来殉情的。你得先让她活才对,她活了你才能活。你若真把民乐当了你的命本,什么伴宴不伴宴,商演不商演,这些牛角尖都不必钻。君子能屈能伸,大道迂回求索。我觉得你的想法,太过狭隘了!你再考虑考虑吧!"

宋琛此时已走到门口,听了这话,停下站了一会儿,却没回头,终于还是走了。

她的这一停,让仲熙感到:可能还有希望。

四

仲熙复又站到窗口,看宋琛青灰色的裙子从排练房廊下一直消失在器乐室之后。她的背影,值得长时间盯着看——比看她的正面要安全得多。仲熙早注意到,宋琛不喜欢明媚的颜色,哪怕就是演出服,也是冷色调,红、黄、橙这些从不上身。一直看到那青灰色的身影消失,仲熙忽然间若有所思,想到个小主意。

便把钱主任喊了来,后者一进门便眼巴巴地盯着他,见仲熙的表情,绝望地叹口气:"没谈拢?真是的,连你的账也不买!怎么一点人味没有呢,有本事她住到月亮上去!"

仲熙摇摇手,让钱主任介绍介绍这个点明要宋琛上台的客户。

钱主任先是不解,只喃喃地开始絮叨:"嗳,是的呀,我当时也奇怪,就算宋琛在咱们圈子里算个名家,但社会上一般的人,哪里会知道她。不过我见到的人也不是老总,是秘书,小年轻儿,一开口就问我们团是不是有个叫宋琛的,我说有是有,但她不伴宴。于是这小家伙就买东西一样跟我讨价还价,中途出去接了个电话,回来后口气更牛,说只要宋琛肯出来,便如何如何,许下一串诺言。反之呢,就什么都不要谈了。没办法呀,我只有答应下来,人家出的那个价钱,多好的一块大肥肉!我要拒绝了简直就是犯罪呀!咦,对了,仲团长,莫不是,那家单位的老总看上宋琛了?"

钱主任脑袋忽然一低，面上露出一种通用的亲狎表情。

仲熙一阵不快，被冒犯了似的，又觉得自己莫名其妙，何况未见得钱主任就是妄加猜测，于是也就顺势往下说："这样，你的人脉一向最广，去打听打听，到底怎么回事，弄清楚了我们也好主动一点……"

"万一就是那么个情况，这不等于就是宋琛给我们惹的事情嘛。这样，我们反倒可以拿住她，上台还是不上台，她直接去跟对方谈好了，省得我们为难！"钱主任太聪明了，聪明的话这么多，说得准确而露骨，让仲熙都替自己的念头害臊起来。唉，许多事，想得，做得，偏说不得。多少人，在世间痴滚了几十个年头，都弄不好这个分寸。

仲熙想起方才与宋琛的对话，她倒是"会"说话的，一百句里，肚子先吃掉九十九句，只把最后一句，骨头一样吐出来。要有机会，仲熙真想与她好好长谈一下，恐怕她不会相信，他仲某对民乐的爱之深、痛之切，并不比她少。

五

当初在艺院，仲熙的方向是音乐史与理论研究，除了扬琴，别的也玩过几样，均是粗通而不精。但那几年里，终日浸淫，或听或赏，对民乐的喜欢，已深入骨髓。无数个清风明月之夜，他在校园里独自走路，远远地听各处传来的缥缈乐声，总是慨然系之。京胡的愤而激越、箫的无限留白、梆笛的哑涩胆怯、哪怕就是木鱼的"笃笃"两声，都让仲熙为之牵肠挂肚、心神俱往——民乐的大底子，是一个淡墨写就的悲字，如同老人回首世事，欲说还休；但细节的表现与起承上，却又吵闹亮丽，有种随意的天真主气。尤其是这几年，经过了婚姻离合之变、事业起伏之变，仲熙的心境，越发沉郁，越觉得这民乐里的好，与自己的人生哲学颇为贴合，其妙处，难与人细说。

故从文化局下来主持这日渐式微、摇摇欲坠的民乐团，别人只当是他是遭到发配、事业进入低谷——多少学民乐的都在往外转，他反从机关大院往里转，仲熙却感到别样的称心，满心期望就手按照自己的理解去革新民乐，使之起死回生、大放异彩……但没过多久，他即意识这一雄心的浅薄：民乐，如仅仅作为个人之好，仍可以像最初一样美轮美奂；但若作为一个乐团、以物质实体的形式来求生存，就不对了，甚至，仲熙总时不时感到一种似曾相识的暮夕之气，那是什么？

仲熙捂着脑袋想，对，在文化局，有一阵子，他曾经参与过"申遗"工作，看了不知多少早已死去、正在死去以及必将死去的"非物质文化遗产"：高台狮子戏、手工骨牌灯、雕花天鹅绒、阳腔目连戏等等好几十项，各处报来的介绍，均写得密密麻麻，真正下去一看，能知晓会演做的，大都已是豁牙瞽目之老人，就算尽力扑救，所得的约乎也仅是片鳞只爪或以讹传讹、将错就错之作，最可叹的是，"抢救"下来之后，仍不免束之高阁、录于典籍，并未获得生存与流传的新生。

对此，仲熙总存有深深的迷惑。固然，祖上所玩耍戏弄的各样奇巧技艺，做子孙的应当谨严收录不误，就算画虎成猫，也算是一种心理安慰，毕竟人类受文明教化甚深，已无法忍受任何艺术的失去，故而各地皆执念于"申遗"，并以为是功德无量之举。但有一点也要清楚，艺术的此消彼长，也循着物竞天择、适者生存的理数，一个时代便有一个时代的欢娱，失去了彼时的土壤与情境，就好比没了魂魄，再怎么勉力维护，还是一团枯槁的肉身，离祖上那清新活泼的乡野真趣已是天壤之别！

民乐里，仲熙也同样感觉到这种逼近而来的暮夕之气，所以，他一直拼着命地接洽各种商演，表面上是为了生存与经济，实际上，也是一种恐惧与抵抗，他宁可民乐这样粗俗泼辣、不尽如人意地活着，也好过于无人问津、孤芳自赏中凄惨地死去！

唉，有机会跟宋琛说这些吗？如果她真能理解到仲熙之一二，也许反倒可以明白，那以退求进的"伴宴"，其无奈与必要……

六

仅仅一天后，钱主任就带来了打探得来的结果，其时仲熙正在审定节目单，下面报来的单子上已赫然把宋琛的琵琶独奏排在第二位——第一曲通常是合奏，在宴席开始之前就要出来的，相当于暖场，第二曲才是主角。

钱主任拖着步子进来，虽是邀功但也显得失望："关于那个老总，我费了不少劲，转弯抹角，查是查到了，可是……"他居然卖起关子。

仲熙不答话，只盯着钱主任。他不喜欢这个关子，因为他的确想买这个关子。

为什么会这样？仲熙自问，真要为着伴宴本身，他大约不至于此吧。是的，承认吧，比起团里其他人，自己可能更加好奇宋琛的情感生活，甚至想透彻地研究、进入她的内心世界，了解她的爱恨，看到她私下里放松恣情的真面目……那么，这是有点喜欢她？他诘问自己，很快发现这问题毫无意义——

虽然自己而今复又单身，但宋琛的具体状况不明，况且她对自己，大约并无特别的好感；最要紧的，就算她有好感又如何？自己在机关里混迹数年，此刻又身为团长，要懂一切的利害与原则——与一个富有争议的大牌乐手，怎么可能！

但是，唉，人之为人啊，总有情难自禁的向善向美之心，而宋琛，她的模样，她的脾性，她的格格不入与固执行事，就恰好这样吸引他！此种情感的真实灿烂，正与其微小与虚无相当——只需暗中收藏，不必求对方任何的确认与回馈。有时候，人与人之间，就有这种若有若无的东西吧？这也正是生活比较有滋味的一部分。

只是，那个客户，真的会是宋琛的一个追求者吗？甚而用上了这种老派而蹩脚（叫堂会？赏红包？）的套路，这让仲熙泛上奇特的感觉，在瞧不起与嘲笑之后，他又希望那人"是"！这就说明宋琛的魅力、琵琶的魅力、民乐的魅力，一切美好事物击中世俗的魅力。

仲熙走神了，走了一个挺漫长的神。

终于，钱主任自己沉不住气，把嘴一撇说道："没什么！那家公司的老总是个女的，四十多岁，没什么特别的。并且，据我掌握的情况，她压根不喜欢民乐，女强人么，一心扑在事业上的那种……"

仲熙有些愣住了，一个女的？这里面会有什么吗？奇怪呀！

算了不必追究，有时候人就得相信简单，迷信简单！

仲熙说服了自己，同时也松一口气，这样也好，免得真要去跟宋琛谈论她一直避讳莫深的情感生活。再说，那些所谓的情感瓜葛，未必真就能"胁迫"到宋琛，说不定反而会让她彻底翻脸，把合作搞砸了，不仅她不上台，整个团都上不了台，演出费全泡汤……这样倒好，装个直心肠子，就当那客户只是心血来潮、附庸风雅吧。

钱主任耐心等仲熙消化完这消息，又另换了略显诡谲的表情，递上来几页文件。仲熙一看，是市里的"五个一重点人才"推荐表——如若被荐上，会拿到专业津贴、被组织出国考察、脱产培训之类，有若干的好处。每隔三年才会分到小小民乐团一个名额，也算是政府对民乐人才的一种"泽被"吧。

钱主任把表放到桌上，见仲熙视若无物，于是又重新拿在手上，不吐不快的样子："也是巧，今天刚收到这个通知！仲团长，从专业水平看，宋琛是团里的头号人选，虽然她群众基础差一点，但瑕不掩瑜，所以呢，我建议，咱们团就报她，但有个条件，让她小小地回报一下团里……"

仲熙埋着头听，完全听懂了钱主任的话外音。唉，这么明显的交易！对方可是宋琛啊。

其实，这次伴宴，宋琛若真不肯去，这笔业务黄了，也就算了，强扭上去，反是弄巧成拙，影响演出效果——有些事，必要时，不如抱着顺遂的心态，退一步便罢了。

但想想钱主任吧，当初为了"拉"到这笔业务，多不容易。将要看得见的丰硕受益，却一下子栽倒在宋琛手上，不仅他要跳脚，全团上下也会升腾起各样怨气，这对宋琛将大不利——仲熙实在不愿意那样。无论如何，大家现在都同在这民乐的小船上，只可一心一力才对。

这样一想，对钱主任提出的"建议"，也只有默认了，如果处理得当，不那么赤裸裸的，也未尝不是个办法。再说，这样，他又可以有事由再找宋琛"谈"一次"话"了不是吗？

也奇怪，就算经常会在团里见到，他竟仍然有些想念，想与她独处。

七

料想不到的是,这第二次"谈话",倒是宋琛主动约的仲熙,以一个简慢的方式:快到十一点,才打个电话,问是否有空中午在民乐团附近的茶馆见面。

仲熙自然是答应了,同时又觉得失落——这种仓促的约见,说明自己在她心目中完全没有一点分量。唉,她将永不会知道,自己竟会那么在意她。

宋琛仍是一身不起眼的灰绿色衣裳,但她五官鲜明,反而另有一种特别的味道。没有常见的寒暄与矜持,宋琛自作主张要了两份简餐。她显然是有话要说。

仲熙随身带上了"五个一"人才申报表及伴宴节目单,像是两份指向同一标的的合同似的,只觉得放在口袋里十分别扭。他暗自慨叹:要是这会儿,能以另一种身份、另一种心境,与这个引人遐思的女子这样临窗静坐,随便聊聊他最喜欢的敦煌古曲,会多么好……

令他略感安慰的是,宋琛的确是个很好的谈话对象。比如下面的开头,就像一篇文章的引子,顿时让仲熙感到和风扑面,心境为之跃然。

"其实,你到我们团之前,我就听过你一曲《苏武》。"

仲熙一听连忙摆手,差不多要脸红了。他知道宋琛有个舅舅专司扬琴,自己跟那老人家是根本没法比的,而且,他回忆,那支曲子,当众敲得很少,可能是某次同学会上的即席之奏,完全登不得大雅之堂,哪晓得她当时正在座下。

宋琛等他说完一堆表示惭愧和谦虚的话,忍不住笑了:"咦,我刚才只说听过,并没有夸你敲得好啊。"

见仲熙更加不安,宋琛连忙往下继续:"不过,你敲得很有风韵。我舅舅常说,扬琴这个器,一般人都以为,关键是在节奏快慢、点子的切分,对准确性的技术要求高过其他器乐。其实,真正的妙处倒恰在准与不准之间,其快与慢,要与曲子的意境相贴——欢腾畅快处,奏者一味求精准,反显得蠢相；滞重沉郁处，就算慢上八分之一拍，也是好的。这是我舅舅的歪歪理……而你那天敲的《苏武》，手一听就生，还有几处错音，但好就好在，如同水墨画的写意，里面的意思你'写'到了，复古拟古，曲风纯正。所以，我当时回去还跟舅舅说，今天倒看到一个懂得民乐的。"

仲熙被夸得有些醺然，内心十分高兴，因为刚才性急多话，这回索性只以一笑回应。

"所以，不用你多说，我也能理解，你到了团里，带着他们一起折腾，弄些钱、弄些市场、弄些影响，也是为了救民乐于濒亡。可是，我总觉得这样子下去，是背道而驰，对民乐的伤害多于补救，反会使之愈发地低廉轻贱……"

"愿闻其详。"仲熙想，这顿便饭，宋琛是要给他洗脑了。

"也没什么详。"宋琛却又把另外九十九句给咽下去了。吃了一会儿菜，她摸摸左手几个指肚上的老茧，也不看仲熙，像是自言自语，"从小到大，没有游戏，没有电视，没有伙伴，永远都是一天六个小时地练，除了年初一与生日可以放假半天。这么些年，只与琵琶守在一处，虽是小了点，但心反而大了。许多事情，比如打扮、吃喝、金钱，于我而言，也只是清水穿肠，不留痕迹。总之，我什么都不在意的。"

仲熙留心听，她方才只说"打扮、吃喝、金钱"，却没提到"男女"，他真有心想问一问，那方面如何呢，也是清水穿肠吗？

他想起她在台上的演出，黑漆漆的舞台，只一束白光打在琵琶上，她的演出服是冰蓝的长纱裙，如一朵莲花缀于天幕。她双目微闭，脸色处于半明半暗中，全部的精力只在十指。一曲《诉》里，具有多么惊人的柔情蜜意咽！若胸中没有缠绵，绝不可能奏出那样的衷肠！其实，这曲子是近人据《琵琶行》所作，重在技法繁复，夹弹、半轮、带起、泛音、绞弦，但意境稍弱，失之凄切，可宋琛指端的流淌，却让仲熙怦然心动、为之神往。这样的女子，什么样的人才能走到她的心中，并占有一个小小的位置啊！仲熙记得自己当时呆立于台下，心中长叹不已。

现在瞧瞧，她这双修长的、弹尽婉转与崎岖的手，可不就在眼前么！

他多想轻轻地握上一握、亲上一亲啊！这不是亲她本人，而是亲一种与她相关的东西；这跟肌肤无关，只是一种情绪，一种需要！

见仲熙表情异样，宋琛觉察到什么，她抬起头，把眼睛正对着仲熙亮了一下。奇怪，她什么都没说，可仲熙却清清楚楚地感到，那亮，正是明确地要驱散他任何的胡思乱想！瞧这女子，多聪明，会巧妙而友善地阻止那个种子发芽。

宋琛继续正襟危坐："哦，刚才扯远了。其实，我就是想跟你说，这器乐，有三相：声、音、韵，这三者，有境界上的递进关系，可谓发乎心、忘乎情、得乎性。但你让他们整日阶去敷衍那些闹哄哄的场面，能弹出来什么？下面又能听到什么？只能是'声'，连'音'都谈不上，所谓'知声者众，知音者稀'，更不要讲'韵'了！这哪里对得起祖宗传到我们手里的器！"宋琛似有一点激动，说罢往后一靠，完成此行的既定任务似的。

仲熙给她续了点水，一边点头。真要反驳宋琛，他同样可以讲出一百个理由来，可是他知道宋琛的，根本不必长篇大论，不如学着她，咽下九十九句，也只挑最要害的来说吧。

"你说的，都对。我只问你一句，若你是团长，一团人的工资福利、吃喝用度摆在跟前，还有离退休干部的工资与高额医疗费等等，你还可以这样关起门来，以乐为食，追求最深的精髓？宋琛啊，皮之不存，毛将焉附？我得先把这一大家口养起来再说啊！弄不好，这里上顿不接下顿，这小小的民乐团是会解体的！到时，我们恐怕连白日梦都无处寄托！"

宋琛虚虚地盯着仲熙，似有一点小小震动。

走之前，仲熙把列有宋琛节目的伴宴节目单递给了她："你看看，合不合适？"他自认为这话说得是有些技巧——不合适的，可以是排序，可以是曲目，也可以是演奏者，就看宋琛怎么改了。

"五个一"人才推荐表他仍旧捂着。这两个东西他真没法同时拿出来；或许，他是有些天真的自我期许，他对她，是以情动之，以理动之，大不必以利诱之。

八

　　一般来说，两个人的争辩，最后发言并结尾的那个似乎能占到一点记忆惯性的便宜——以此来说，中午在茶馆的谈话，仲熙并不能算是输在宋琛手下。可是，真奇怪，一整个下午，他却都在想宋琛的那段话。关于器之"三相"，她所讲的，像一根小肉刺，让他百般地感到不适……

　　他想起团里的另一个"创收"项目：古都雅韵风情音乐会。

　　这是通过文化局向旅游局好不容易争取到的一笔大"生意"，而后者也是特意照顾"没米下锅"的民乐团——让"古都雅韵风情音乐会"作为本地旅游项目的一个保留节目，只要是跟旅行社来的外地游客，都会被组织统一观看，逢上旅游旺季，每日两场，就算是淡季，一周也要三场。仲熙对这个长期而稳定的业务还是比较满意的——全团工资有二分之一要指靠它呢。

　　有时他也会到现场转转，情形当然不太乐观：那些衣着花花绿绿的各地游人，总是抱着骚动兴奋的过客心态，全然没有安坐的心情，他们最大的乐趣便在拍照与交谈，并东张西望日尽所见，以不枉此行。更有孩子四处乱跑，家长勉强拉住，用那种勤于教诲的口气指点台上：喏，记住，那个圆圆的有洞的是"员"（是埙，许多人只念半边字），那个叔叔吹的叫小号（其实是唢呐）……仲熙往往看得气闷，便转目至台上。

　　这一看，更糟，连再看第二眼的勇气都没了——即便是那短短的一眼，他已能强烈地感觉到，乐手们是怀着怎样木然的心情在演奏，不，可能比木然还糟，是压抑与恶心。这怨不得他们，每天三次啊，像磁带一样，永远是那一套经文化局、旅游局共同钦定的保留曲目：《茉莉花》《春江花月夜》《姑苏行》《金蛇狂舞》……再好再好的东西，就算是天下最美的那三个字，无穷无尽翻来覆去每天只用同一种音调在规定的时间用规定的方式说出来，且倾听的那一方完全无动于衷，谁不会发疯啊！

　　仲熙索性闭了眼，是啊，如果是外行，如果粗心一点听，所有的曲子都是驾轻就熟、流丽婉转的，可是他知道，那早已不是音乐了，只是一堆声音,正如宋琛所说,是器之三相里最低的一层。正是这种谋求稻粱的惨淡经营,让数千年来绵延下来的民乐仅留一个下"声"的外壳!

这样一想,仲熙不禁悲从中来,又伤心又激愤,在一种自我惩罚的情绪之下,他忽然觉得,宋琛去不去伴宴,此一步甚为关键,是关乎气节、关于精神的大事,往左走往右走,有巨大的隐喻与象征。

那么好吧,就这么定了,不管后果如何,同意她不去,支持她不去,永远不参加任何廉价或不廉价的商演,就让她作为最后一朵自由的小白花吧,孤傲地别在民乐团寒凉的衣襟上!

——此决定一做,仲熙反倒觉得一阵轻松,心情如暴雨突降后的澄明。他决定暂且不想该如何向钱主任自圆其说,解释自己的反水。

九

可哪知,仲熙这里刚刚艰难转身,宋琛却也兀自回头了。送回节目单时,她用与拒绝"伴宴"同样轻巧和目中无人的语气:"那个,我去了。"只在用词上,还不肯提"伴宴"二字。

仲熙吃惊地看她,她却不回看,只顾低头用手指点节目单,欲与仲熙讨论节目的顺序与内容。那意思是,她既是参加了,就希望一切都像点样子。

宋琛用铅笔做了一些修改,她认为这节目单不能算一篇好作文——一场音乐会,也是要求"豹头猪肚凤尾"的:"两头的么还行,但中间的几支曲子,怎么都那么绵啊,虚飘飘的,完全撑不住嘛。"

"噢那个啊。"也是,她这是头一次参加伴宴,不知道具体情况。仲熙压下心中的其他疑惑,先对她解释:"伴宴,就要讲究一个'伴'字,开始的曲目自然要先声夺人,主客双方往往在此际步入宴会现场,但一旦客人们酒杯端起,我们这里就是奏仙乐也入不了他们的耳啊。故而,中间的曲子就以慢曲为主,音色轻柔,恰如背景乐一般,若有若无,绝不可喧宾夺主,有扰客人的胃口。这样一直奏下去,直到快要终席,人家吃得差不多了,才会有闲情把注意力转到我们这边,他们会点些曲子,甚至会是通俗歌曲，也有时是我们自己来一个高潮，比如《花好月圆》或《步步高》，最后皆大欢喜……"这里面的小小门道，仲熙一直在做，并没有谁要听他解释，但今天这样明白地说出来，心里还真是有些酸楚，看看，这都落到什么份儿了！

宋琛边听边点头，倒也不见得怎么样感触："想不到有这些讲究。那么，除了《十面埋伏》，我还得另备一两支曲子，以防到后面被点到是不是？"看来这个宋琛，一旦决定要做什么事了，这个认真劲儿！可这种事，放在她身上，多么令人惭愧！心里真觉得对不起她！

仲熙就势把话说回来："怎么回事？你为什么又改变主意了……其实，我后来也想通了，我们堂堂一个民乐团，总得坚持点什么对吧？如果那个客户真喜欢你的琵琶，就应当专门去听你的音乐会才对……"

宋琛摇摇头迅速笑了一下："呃，这个，乐舞侍宴，自古有之。再说，我就算上了台，也还是在我自己的世界里。我咧，自有我的玻璃罩，可以挡住一切。"

仲熙没有勇气开口再往深里追问——宋琛的这一决定，究竟是为重温民乐古风还是为了帮他一把？也许是兼而有之，特别是后者，她自知不可能呼应他的情感，故而只有这样回报？不，这样很不好，情感上，他可从没要求她什么，都怪昨天在茶馆里有些失态……可是再想想，也好，她若肯怜悯，便是懂他、体恤他！这与爱之间，便只是一步之遥了！

仲熙百感交集地看着宋琛，谢也不是，推也不是。这个困扰他多日的难题，此刻一下子有了好的结果，却又说不上是高兴还是失落，他多想能够轻轻地抱一下宋琛啊，知己一般的，难友一般的。

十

晚宴是六点半开始，但仲熙要求乐手们五点半就要吃了晚饭全都到场，这是一个仪式感的问题，也是一个心理问题，正因为全团上下对伴宴都极为不屑，仲熙愈加规定严格，以此做一个反方向的张力，不至于大家坐到台上都松塌塌的没有样子。

而这一次，仲熙去得尤其早，跟服务员们一样早。那些女孩子正在忙着布席，仲熙台上台下绕了好几遍。不管怎么说，这是宋琛头一次伴宴，仲熙希望不要出任何差错。同时，他还存着一份好奇，想早点看看这家公司的女老总，为什么偏偏死活要宋琛出场呢，这件事想想还是有些蹊跷的。

女老总当然不会早到，倒是宋琛，比其他乐手来得都早。仲熙趁机给她再打一个预防针："……最好的演奏，就是要做到目中无人，不管下面贩夫走卒人仰马翻，都只当是与己无关。"仲熙还是怕她适应不了，这可不是音乐厅或大剧院。

宋琛什么脑袋，自然听懂了，她笑起来："你放心。所有的情况，蜘蛛都跟我说过了。"蜘蛛是另一个琵琶手的绰号，因她十指特别修长，故得此号。"好了，待会儿我就去换衣服了。你不要笑话，我选了最吓人的大红。因蜘蛛说客人一般都爱看琵琶手穿红衣。"

看着宋琛似乎是很轻松的背影，仲熙感到一阵难过。是啊，今天这是她的头一次伴宴，但仲熙绝不敢说是最后一次，许多事情都是这样，既是有了第一次，为什么不能有第二次第三次……唉，从此，宋琛也会成了一个伴宴的乐手吗？

仲熙一时感到自责和怆然。但此时此地毕竟不宜抒情，不多久，乐手们都到了，各就各位、化妆、更衣、备谱、调弦，一阵琴动弦响。而外面大厅里的签到迎接之声也渐渐哗然起来。很快，钱主任匆匆引着一位咖啡套装、身形偏胖的女人过来——就是出钱的衣食父母啊，仲熙马上满脸是笑，介绍、寒暄、相互致谢，然后仲熙告退，指挥上台，在宾客们一阵阵拥入落座之际，当晚的伴宴，以一曲合奏《节日》开场了。

仲熙坐于后台一侧，所谓的台子，只有三级楼梯高，离席面也很近，他可以斜着看到台下。他再次打量那女老总。

的确，太平常了，胖得平常，女强人得也平常。看来，真的没有什么。就连宋琛上台演奏，她也没有多加留意，只忙着与客人应酬，中途还掏出手机，一边打一边带着淡笑瞟着宋琛。

这样看了两支曲子，仲熙不禁有些昏然，索性起身到后台。宋琛果然在那里，另外尚有几个独奏的乐手在候场，也有刚刚下来的在歇着。要在平常，这里往往是发牢骚的最好地点，今天，大约是因为宋琛的出场，倒显得有些静默。宋琛仍跟在团里一样，谁也不理会，只独坐一边抱着琵琶。

仲熙站在那里，却也无话，总不能祝贺宋琛演出成功吧。

本以为这一晚大概就是要这样无话下去，忽听得前台有人急急走来，是钱主任，见到仲熙，他急忙把他往边上一扯，眼神从宋琛那里虚虚地掠过。

"女老总说，她有个重要客人刚刚才到，而且她先前也没注意到宋琛上台，所以……要宋琛重来一遍，还弹《十面埋伏》！"钱主任脑门子上全是汗，他也知道这话说不出口。有这样的吗？事先不是都有节目单的吗？就算要演员返场也不是这样返的。

仲熙跑到侧台，照钱主任的指点看，主桌并没有增加任何人，只在靠门口的边桌上，有一个新来的男人。"就是他，我刚才问过迎宾小姐，只有他是刚刚赶到的。"

仲熙细看，那男人面容白净，衣着散淡，倒不像官场中人，且神色灼然，有点坐立不安。他左手拿手机，右手在上面不停地写信息，根本无暇往台上瞧一眼。

"什么鸟重要客人！别听她的！"仲熙一到后台，就放开嗓子骂了一句，一口回绝。几个乐手马上围上来打探。宋琛恰好临时走开了不在。

钱主任顾不上避人了，在一边急得高一脚低一脚："我当时就表示为难的。可女老总说，只要宋琛再登台，这次咱们团整个出场费翻倍，宋琛的红包另算。"

"有这等好事啊！"乐手们纷纷感叹，又惊又喜。"反正闭着眼就能拨拉一遍的，我要是宋琛，上去十几趟都可以啊。能叫返场，也是种荣耀嘛，只要每次费用都翻倍！"唉，听听这话，仲熙简直要发火，可也不能怪乐手们眼皮浅不晓得自重，而是，怎么说呢，"伴宴"这件事，本质上就是来赚钱的嘛，还有什么好矜持的！

不知什么时候，宋琛进来了，大约早听清楚原委，没有半点犹豫，就开始戴指套:"行的,那帮我补一下妆,上去就是了。"她没什么表情,既不是委屈也不是高尚,反正,平常极了。

钱主任欢喜不尽地称谢不迭,一圈人也都捧场地哄笑,说要集体请宋琛吃饭之类,总之,人人都对宋琛刮目相看般的。

仲熙却嗒然无语,颓然若失,感到无颜再看宋琛。他往远处站了站,恨不能藏身至某个巨大的阴影里。他忽然想起宋琛说过的"玻璃罩子",看来,今晚,她真是把自己罩得刀枪不入了,故而再怎么样她都是不在乎的。

这时有人冲着宋琛殷勤地提醒:"你刚才出去时手机响的,响了好多声。会不会有急事啊!"宋琛这时已端坐到化妆台前,不领情地摇摇头:"要上台了,再有急事,也顾不得了。"

钱主任早在那里绕着圈子等了,她捧着琵琶,静了一会儿,站起身便上去了。

十一

"叮叮叮"一串清冽而凄绝的拨弦出来了,仲熙不由自主也跟了上去,站到钱主任一侧往台下瞧。

台下那女老总,却仍是随随便便瞟着台上,仍在跟人碰杯,毫不为意,神情举止中的轻慢,显得有些夸张,这让仲熙十分不解:她不是要死要活让宋琛重新上台的么,怎么听也不好好听?其他各桌的客人也是依然故我,奔走敬酒,一波波把宴会推向高潮。仲熙于是往后头看,看那新来的客人——

那男子正泥塑般一动不动盯着台上的宋琛,虽说四周个个喝得面红耳赤,他却是脸色发白,且那表情全然不是欣赏与陶醉,而是无法形容的痛心,似乎不忍看,可又愈加要看,而愈看又愈是不忍。

仲熙忽然感到不妙,可不妙在何处,却也说不清楚。他回头看台上的宋琛,她全不知情,只是微睁着眼,面色恬然,半掩在琵琶之后,方然物外,超逸尘世……

七分十四秒。《十面埋伏》的七分十四秒过去了。

宋琛仍旧闭着眼，照以往的经验，这应当是掌声起来的时候，当然现在没有，但宋琛依着她的老习惯，静候了一分钟，等自己的魂魄从某处归来似的，然后才慢慢睁开眼，也不看台下，只一手提着裙边起立，一边向台下欠身致谢，打算移步下台了。

掌声这时突兀地响起，差点把仲熙吓了一跳。一看，竟然是女老总，她一个人站了起来，大声地拍着巴掌。仲熙惶惑不安地盯着，不知这是什么意思。

女老总兴致十分高涨的样子，走到她方才致欢迎辞的麦克风前，用一个很漂亮的外交手势示意宋琛仍旧回到台上坐下。

她拍拍手，又拍拍麦克风，下面于是静了许多，不少人的鲍汁泰米饭刚吃到一半，仍旧接着吃——凉了再用，味道就走样了。

女老总回过头，定睛看了会儿宋琛，接着隆重并充满激情地向所有的宾客介绍她：几岁开始操琴，几岁开始获奖，某年获某奖，某年到某国演出……简直像一个演出经纪人似的滔滔不绝、如数家珍。

仲熙愈发吃惊，身边的钱主任又在扯他的衣服，仲熙侧头，钱主任却冲台上努努嘴——台上的宋琛，表情有异，正目不转睛地盯着台下，仲熙顺着她目光看下去。

她看的，正是那新来的客人。后者也已情不自禁站起，与她呆呆地对看，半是哀告半是绝望。很显然，这位姗姗迟来的"贵客"，并不欣赏女老总所安排的这个"惊喜"。

仲熙移开目光，心中叹息一声，没有别的可能，此人，一定就是宋琛一直隐而不揭的"男女"事，她炽烈而秘密的爱……这是意料中的存在，可仲熙仍然感到莫大的苦涩，他曾一万次地好奇，宋琛的心灵归宿究竟何在，可真正看到，却又觉得刺目和伤心，最后的幻想完全被打破了！

那台上，女老总演讲正酣："……各位各位，千载难逢，百年不遇，能有机会聆听到这样顶尖的艺术家为我们演奏。我建议，咱们每张桌子点一支曲子怎么样，一共来八首，这是很吉祥的数字！我相信，我们年轻漂亮的宋琛小姐一定不会让我们失望的，而同时我也可以保证，我的回报也绝不会让宋琛小姐失望的。请大家随意,尽情点你们最喜欢的曲子!一切我来买单……"

闹剧就此拉开序幕,为了给女老总面子,一群人嗷嗷大叫着表示赞同,并争先恐后地叫着曲名:《青藏高原》可以吗?周杰伦的《千里之外》!来一个《月亮代表我的心》……

仲熙只觉得全身燥热,想要冲上去拉宋琛下来,钱主任却拼死拽着,并在耳边说:"你别急,她会弹的,我听蜘蛛说,她连通俗歌曲的谱子都一并要了去准备的。"

这不堪的场面,宋琛竟皆视若无物,只带着一种奇异的解脱般的微笑,穿越崇山峻岭般盯着台下的那人。而只要有人报出曲名,她便礼貌地点点头,两手抚弦,好像随时会应声而动。

嗨,这个钱主任,还当真要等着宋琛弹!仲熙愤然地甩开他,正打算冲上去。却看见下面的局势略有变化,那站在最后面的男子,缓慢而引人注目地行动起来,他穿过一桌桌酒席,一直走到女老总边,祈求般地小声说了一句什么。那女老总却随意而坚决地摇摇头,反而一把拉住他,面带幸福微笑,用半倚半挽的方式绑架着他,把他逐一地介绍给主桌上的客人。那些客人立刻满面堆笑地向他们二人敬酒,而女老总,则亲昵地把自己的酒杯替男子一直端到嘴边……

直到这时,谜底才算真正揭开。仲熙绝不敢再看宋琛一眼!

看来还是钱主任最初的判断最为准确,这女老总,的确是看上了宋琛,早就看得好好的!她准确地抓住了要害啊,知道用什么最具破坏性的方式来对付宋琛……而他仲熙,又是个多么愚蠢的同谋,以拯救民乐的名义,以顾全大局的暗示,并夹缠着欲说还休的暧昧情意,一趟又一趟地,最终把宋琛拉到这里,让她穿上这样的大红纱裙,这样低下头颅,为心上人的妻子伴宴,弹奏这样一曲《月亮代表我的心》!

仲熙双目酸胀、气不可遏,只觉得脑袋里嗡的一声,他真想径直大步走上前去,真想去使劲敲打立杆话筒,发出刺耳的嚣叫声,然后尽他最可能的粗鲁,用最大的声音宣布:狗日的伴宴到此结束!永远结束!你们好好吃吧!

当然仲熙只是站在原处,两只手礼貌地对捏着,面带谦和的微笑,笑得甚至还挺像样子呢。

十二

深夜的大街,行人已是稀少。仲熙陪着宋琛默默地走。关于晚上的一切,她什么都没说。而他,也更是什么不好说了,难道说"对不起"?是谁发明了"对不起"啊,世界上还有比这更没用的话吗?

街对面的快餐店还开着,时髦的红橙色里有种隔世的温暖。仲熙想带宋琛过去坐坐。

进入长长的地下过街通道,仍有几个乞讨者在坚守,其中竟还有一个拉二胡的,穿得破破烂烂,手法极为流俗,拉的好像是刀郎的什么歌子,在带有回声的通道中撕扯,几近刺耳。按说,这种卖艺求乞的场景也不是头一次看到,但今晚,这会儿,更让仲熙感到巨大的沮丧,给打了两个耳光似的,又臊又恼,好像那个拉琴的就是他自己,如此委地成泥、令人羞耻!

想想这一个晚上吧,他们都品尝了什么?某种程度上,她与他,也都是乞讨者吧?乞讨爱,乞讨尊严,乞讨知音,以及一些不可能的幻梦……

宋琛默不作声地陪他站着,听那响亮的弦音,隔了一会儿,才慢慢地开口,仍是平常那若无其事的语气:"想起来我有个亲戚,曾发痴想要改进民间器乐,因为总有人说民乐的发声不及西洋器乐精准,在音域及和弦上有诸多缺憾,无法表达深刻复杂的内涵云云。当然,他后来的研究是不了了之,但倒发现一个有趣的现象,古器乐的材质,总取于天地自然,比如,笛与箫,乃竹;埙与缶,用的是土;鼓用了皮革;磬,为玉石;而响板,仅是两片脆木而已,此外,还有苇膜、蟒皮、马鬃……"

仲熙不知宋琛意在何指,但也不禁顺着往下想:也是,声无哀乐呀,这些古器,从来就是这么自在的,高居庙堂,或低在陋巷,都与它本身无关,正所谓近者自近,远者自远……推而言之,与物、与情、与人,世间万物，皆当如此——这样看来，宋琛的平静竟是真的。她日日与民乐厮磨，心智的弹性，已得其一二了。

念及此，倒让仲熙感到一种苦涩的欣慰。直听那二胡拉完一整支曲子，他们才走过去，淡然地走进混沌的夜色，跟别人一样，没有任何施舍。

（选自《中国作家》2009 年第 1 期）

隆 冬

尤凤伟

大年三十,树田在镇汽车站外面碰上外出打工的庆立。

树田来赶集。当地人将这一年里最后一天的集市称为"半半集"。"半"字包括时空两方面的含意。已到真正的年根,户下的年货该置办的都置办了,只有那些临时想起还缺点啥物什的人才到集上走一遭,也是快去快回,蜻蜓点水一般,卖东西的也不多,摊位星星点点像撒落在道边上的驴屎蛋。如此即便很不成样子,应景似的有一搭无一搭,挨不到天晌也就散了,叫"半半"是恰如其分的。

他看见庆立,庆立却没有看见他,那时刚下汽车的庆立正浑身上下掏摸口袋,一看便知在检查是否在车上被窃。这让树田生出一种不屑,心想穷人乍富,惶惶得不轻哩。他不喜见庆立,这不排除有嫉妒的成分。原本他过得比庆立好,后来就反过来了。再就是他觉得庆立太洋摆,每遭回乡都穿西服打领带蹬皮鞋,脖子梗梗着,胸脯一挺一挺的,逢人便说城里怎么怎么好,他能挣多少多少钱,眼馋得那些不知道底细的女人们直咽口水。庆立的所作所为让村里的男人们气短,在自家女人跟前挺不直腰板。庆立实在不起好作用。树田想到这儿便不愿理睬庆立,提着刚买的一条蒲扇大小的鱼径直往前走。这时庆立看见了他。

庆立高叫:"老树田,老树田!"一副见了救兵的样子。树田见躲不过,站下了,冷淡地看着庆立。他忽然生疑:他媳妇春枝呢?两口子一块出去咋没"夫妻双双把家还"呢?庆立奔到跟前,将两个大提包丢在地上,连声说:"真巧哩真巧哩。"树田明白,庆立说的巧是指需要时抓了他这个"脚夫"。

"给我提着这个包。"庆立指派说,口气像包工头。

他没吭声。

"哈,"庆立的眼光落在他手里提着的鱼,"老树田过年就买这么一条蛤蟆鱼?"

"是老板鱼。"他纠正说。想想又说:"图个吉利。"

"图吉利该买加吉呀。"庆立紧追一句。

树田无言以对,觉得心里很堵。为鱼的事早上和媳妇成巧闹了一通别扭。上集买了三斤刀鱼,他觉得能对付着过年了。可成巧说不行,说刀鱼上不了席。说别的能凑合,鱼不能。非逼他赶半半集再买不可。集上的好鱼倒是有,黄花、鲳鱼、鲈鱼,也有庆立说的加吉,都死贵,寻思了半天也没舍得,就买了这条老板鱼。

他想庆立哪壶不开提哪壶,是讥诮他哩。狗日的为富不仁哩……他一下子想起该回没回的春枝,心想这其中必有蹊跷,遂问:"庆立,咋你一个人回来了?媳妇呢?"

庆立的脸一下子变了颜色,嘴张了半天才说:"她,她,有,有事哩……"

他在心里哼了声:有事?还有比过年更大的事?胡诌!他断定是庆立和春枝之间有了"事",掰了。他觉得挺解气,想庆立摊上的窝囊事远超过他买不起上品鱼。哼!

树田提起庆立的一个包,撂腿上路了。

天阴沉着,像庆立的脸。

"庆立的媳妇跑了!"进家后树田将买来的老板鱼递给成巧,同时又递过这句话。

"跑了?!"成巧的眼睛瞪得溜圆。

"跑了。"他说,这是经一路思考得出的结论。

"你见着庆立了?"

"嗯,一块从集上回来。"他说。

"他和你说春枝跑了?"

"不用说,明摆着的事。"他坚信自己的推断正确。

"庆立不是个东西,活该。"成巧同样不同情庆立。况完便忙着收拾树田买回来的鱼。

庆立不是个东西,成巧说得没错,说跑了媳妇活该,也没错。当初庆立把春枝娶过来,美人似的新媳妇让全村人看了眼亮,男人女人都说鲜花插在牛粪上。问题是庆立耍大男子主义,拿豆包不当干粮,耍横,村人不时见手持棍子的庆立把媳妇撵得满街跑。想到这里,树田不由对照起自己。他和成巧大致也能用上鲜花和牛粪那句话,不同的是他把成巧摆在上面,在乎她。说酸点是爱她。当初成巧见别人进城撺弄他也去,他没听,他舍不得把媳妇自个儿留在家。成巧说可以跟他一块去,把儿子大满送到他姥爷家上学,他还是不同意,理由是女人不能出去见世面,见了世面心就野了,就拴不住了。气得成巧骂了他一通,也没辙。可眼下庆立的下场让树田觉得自己有先见之明。想狗日的庆立钱是挣了,可把老婆给弄丢了。自己穷,老婆还一心一意跟着自己过,吃亏就是占便宜。想到这儿他看看蹲在地上洗鱼的成巧,洋洋得意地说:"幸亏当初没听你的,要是进了城没准你也和春枝一样跑了人。"

"于树田,你,你放屁!"成巧光火了,站起身冲树田大声嚷叫。树田立刻意识到自己说了不当说的话,可一时又不知该怎样挽回,张着手哑口无言。

成巧不肯罢休,嘴像连珠炮:"你,你怕老婆跑了,就得养活得起!你寻思进城跑人,该跑不进城一样跑。于树田,我告诉你,我早就想跑了,我够了,跟着你,倒八辈子的霉,大过年要账的挤破门……"

"哪……哪个?哪个来……来要账?"树田一急竟口吃起来。

"哪个来?欠谁该谁你心里没个数?"

"庆东来了?"树田问。庆东是村委会主任,入冬来一直催那份教育集资款,催命似的。他今天去赶集,除了买鱼,也有躲庆东的意思。见成巧不回答,他又问:"庆东到底来了没有?"

"来了!来了!叫你去交钱,不交过了年就不让孩子进学校的门。"

"操你个妈!"树田骂道,"就不交,看你能把老子咋样!"树田充硬,好像面对着村头庆东。

成巧哭起来,泪哗哗流,边哭边数落树田,说他是男人顶不了天,挣不来钱,弄得全家人跟着受穷,连孩子的学费都交不上。她把平日里积攒的怒气一股脑儿倾倒出来。树田的心一点一点往下沉,像沉进冰水里,他后悔不该捅成巧这个马蜂窝。他很清楚,这个年过不好了。

树田家真的是过了一个暗淡无光的年。

俗话说没有不透风的墙。庆立"跑了老婆"的消息,如同寒风扬起的雪花,在村中不胫而走。对于一个常年沉寂闭塞的小山村,这不啻是个爆炸性新闻。无论是人们串门拜年还是走在街上,打了照面首先要提及的就是这件事。尽管没从当事人庆立那里得到确认,却没人怀疑其真实性。正如树田对他老婆成巧说的那样:事情是"明摆着"的。老婆不回家过年不会有别的解释。在农村,恐怕没有比男人跑了老婆更为耻辱的事了。可以想象这会给庆立造成多大的压力。据说除年三十那天庆立回爹妈那里过年,以后便闭门不出,很少有人看见他那穿洋装西服的身影。

树田再看见庆立是大年初七的傍黑,树田所以能将日子记得清楚是因为那天成巧又和他吵了架,起因还是百家姓的老二:钱。刚过了年,成巧在街上碰见庆东,他又催起欠款,瞪眼巴皮的。成巧的气出不来。回家便往树田身上撒,给他们家本来便不和美的年节又抹上一层阴影。

树田是在村头看见做贼似探头探脑的庆立,觉得庆立像是尾随自己,心里不由打个愣怔,想自己把庆立跑了老婆的事说出去,莫非要寻他算账?庆立一向是个不好惹的主,他知道,都知道。他戒备地注视着庆立,不吭声,后听庆立道句"树田哥过年好",悬着的心才落了下来,赶紧还礼:"庆立你过年好。"他有些疑惑,庆立一向叫他树田哥,进城以后改了,叫他老树田。今个咋又叫开哥了呢?过年通常是庄稼人"长膘"的时节,可眼前的庆立比年前见时瘦了一圈,脸色也很难看,像抹了一层鸡屎。他想庆立也可怜见的,日子不好过啊。遂安慰说庆立想开点啊。庆立没回应,脸上的肉棱子紧一下慢一下地抽搐,像刚杀死的青蛙腿。

"庆立想开点啊！"树田又说。他想不出其他安慰话，庆立的样子弄得他煞是紧张，觉得那颗灰蒙蒙的头颅就像拉了弦的地雷，随时都会爆炸。

庆立没炸，还是闷着。过了好久吁出一口气，说句："树田哥年过得好吗？"

"好个鸟哩！"树田连连摇头，"年还没过去狗日的黄世仁就逼债。"

"哪个？"庆立问。

"还有谁？"

"庆东？"

"可不。"

"大过年逼债，丧门人。"

"王八蛋。"

"是王八蛋。对他说，缓缓。"

"不成，说不交就停孩子的学。"

"欠多少钱？"

"一百二。"

"也不多嘛。"

"可过年过得一个钱也不剩啊！"树田苦着脸。

庆立想了想，说："也是，一文钱别倒英雄好汉哩！这样吧，黑了天你到我家一趟。"停停又说："别让人看见。"

"你……"

"别问，去了就知道了。"庆立说完就转身回村了。

树田想，看样庆立想借钱为他解急，心里闪开一道缝。

吃晚饭的时候，树田主动和解，对成巧说在村外遇见了庆立。成巧不搭腔，闷头吃饭。树田又说庆立要借钱给咱哩，叫我去他家拿。树田把猜测当事实是为了安抚成巧，果然十分奏效，成巧接茬了，问："他说的？"树田说："他说的。"成巧说："日头从西边出来呀。"树田说："他能借。"成巧说："给了才作数。"树田说："没问题。"

出门经冷风一吹,树田方意会到话说过头了,要是庆立不借钱,回去咋向成巧说呢?成巧还不把他给吃了。树田觉得腿沉起来,他不由想起庆立说的"一文钱别倒英雄好汉"的话,觉得自己就是被钱别倒的英雄好汉。本是要刚要强的人,今个却求到庆立门下。

倒是没碰上什么人。黑天雪地没人在大街上闲逛,只是一声陡起的驴叫把他吓了一大跳。

庆立在炕上独自喝酒,见树田进来用手往炕桌那边指指,又给树田倒了盅酒。树田属于那种恋酒却没有量的人,见酒必喝,一喝就醉,为此没少受成巧的嫌乎。不过今天他知道得管住自己,一切的一切是从庆立手里借到钱。他端盅向庆立举举,说句"庆立谢你啦",就把酒盅靠上嘴唇,抿了一口。

"干了。"庆立说。

"不行,刚才在家喝过了。"树田说了谎。

"一个人?"

"是。"

"那干吗不早点过来,咱哥俩好好喝一盅。"庆立说。

树田嘿嘿地笑,心想连个菜肴都没有,"好好喝"个屁哩?你个庆立这遭知道虐待老婆的下场了吧。

"这酒咋样?"庆立问。

"好酒,好喝。"树田朝桌上瞥瞥,是一瓶剑南春。

庆立又给树田递烟,树田抢先从桌上抓起打火机,给庆立点上。他再瞥瞥,是一盒泰山。心想烟酒都高级,庆立这东西倒驴不倒架哩。

"来这儿没人看见吧?"庆立问。

"没。"树田答。

"瞅准了?"

"嗯。"

庆立呷了一盅酒,说:"叫你来,是要告诉你……"

树田眼望着庆立,等他的下文。

"春枝叫人拐了。"庆立说。

树田的心一下子被失望所占据。原来庆立把他叫来是为了说这个。这事不用说，全村人都知道了。失望使他恢复了对庆立倒霉的幸灾乐祸，他刺庆立说："咋跑了？你俩不是在城里过得好好的吗？"

"好个鸟！"庆立低吼一声，接着大哭起来。哭声悲切，像老牛的哞叫。树田皱起眉头，他没想到庆立会哭。在乡间，男人是不兴哭的，那会被人耻笑。长这么大，他几乎就没见过哭泣的男人。他也不记得自己哭过。当然，该哭的事老鼻子了，要是遇事就哭，那还算个爷们儿？正是基于这种想法，庆立的哭不仅并没引起他的同情，倒让他鄙夷，想庆立里外里不是条汉子，也是自作自受。

庆立边哭边诉说春枝离他而去的过节。因为情绪激动，说得乱头无绪。树田只能听出个概略：拐了春枝的那个人姓薛，人称薛胖子，小包工头，本乡薛家岭子人。

不知怎么，听着听着树田眼前便浮现出春枝姣好的面容，笑盈盈，甜美美。心想，换成自己也是舍不得。

"春枝现在在哪儿？"树田问。

"听说回娘家了。"庆立说。

"你去找她呀。"

庆立摇摇头，眼里又涌出泪。

"庆立，想开点吧。"他安慰庆立，还是那句不变的话。

"不行！我咽不下这口气，我不算完！"庆立直嗓高呼，"我要把事摆平！"

"摆平？"

"我要把薛胖子干掉！"

嚯！树田吓了一跳，他没想到庆立起了杀心。

"不敢胡来！不敢胡来哟！"树田赶紧劝说，"慢慢想法子解决。"

"解决个鸟哩！人都叫他睡了，还能还原？不行，我非杀了他不可！"庆立端起酒盅，仰脖倒进口中，又把酒盅"砰"地蹾在桌上。

"杀人不犯轻易，人命关天咽！"树田定定神说。

"老子不怕，大不了一命换一命。"

树田不吱声了。他知道自己是劝不好庆立的，夺妻之恨使庆立不顾一切。他想借钱是没指望了，那就不如早走，免得一旦出事把自己搅拉进去，到时候跳进黄河也洗不清。他挪身子下炕说："庆立没有别的事我就走啦。"

"有事。"庆立说。

树田僵在炕边上，眼乜斜着庆立。

"喝酒。"

树田重新坐回去，响应地与庆立碰杯，心里似乎又升起希望。

"除薛胖子是铁定了……"

不知怎么树田耳畔响起那句熟得不能再熟的判决词："……罪大恶极，民愤极大，杀不足以平民愤……"

"不杀薛胖子誓不罢休，可这当间有个难处。"

"……"

"我一下手，春枝肯定知道是我干的，案子就破了。"

树田觉得对。

"所以，得另想法子。"

"啥法子？"

"让别人替我干。我出钱。"

雇凶杀人。树田脑子里跳出这四个字。这种事如今不断发生，电视上报了好几回。可庆立要这样干却把他惊得不轻。

"所以，我想找个人。"庆立说。

"谁干也是杀人偿命的事……"

"不一样。"庆立打断说，"别人干，公安难破案。和薛胖子无冤无仇的人怀疑不到他头上。"

树田觉得有道理。

"再说了，农村的公安水平低，破案光靠狗，狗光靠鼻子，不大管用的。"

听庆立这么说，树田记起前些年邻村发生的一个命案，死的是一个老光棍，让人用刀捅了。县公安局派去了侦探，把狗牵进屋闻了闻味儿，狗就带着人跑，出了村，到一条河边，狗不跑了，朝着河水汪汪叫。后来侦探回去了，案子到如今也没破。想到这儿他打个愣怔，想庆立的意思……

树田再看庆立，庆立不知啥时候掏出钱，全是百元大票，厚厚一沓子。他把钱分成两摞，并排在桌上，说："我总共这么多钱，二一添作五，我留一半，另一半谁替我把薛胖子除了，就归他。"

说完盯着树田看。

树田有些喘不动气了，他不敢看钱，也不敢看庆立，只看眼前的酒盅。

"树田，你咋样呢？"庆立问。

"不行，不行，我不行。"树田赶紧分辩。

"你行，我叫你来，就是觉得你行，你体格壮，又练过武功，是条汉子。"庆立说。

"我，我胆小……"树田嗫嚅道。

"艺高必胆大。"庆立说。他像玩扑克魔术似的不停地互换两摞钱的位置，动作越来越快，让人眼花缭乱，最后叹了口气说："只可惜是我的事，要是别人的事让我干，我不打艮，肯定。"停停又说："钱壮人胆。"

树田张了张嘴。

干呢还是不干？接下来的日子，树田翻来覆去地想，一想就心惊肉跳，好像已经杀过人了。那晚他没有答应庆立，也没拒绝。这是桩天大的事，得好好掂量掂量，不能草率行事。可庆立不容他久拖不决，给了个期限：正月十五以前。因为过了这一天，薛胖子（也包括庆立自己）就要返城，那就干不成了。庆立还说让他想好了，干，趁早动手，不干他另找别人。

这是树田有生以来碰到的最难决断的事，这事还不能跟别人商量，包括成巧。那晚回家他告诉成巧说庆立借钱。但得过了十五。成巧问为啥？

他说钱不凑手,又说庆立肯定会借,放心。成巧哼声说:他借?你做梦去吧。后来成巧发现,树田确实像进入梦境,成天神思恍惚,丢三落四,前言不搭后语,掉了魂一般。

不过,有一点树田还没糊涂到底,就是这事干与不干,取决于得到多少佣金。庆立说钱能壮胆,话倒不错,问题是多少钱才会把胆子壮足,足以去杀人。那晚庆立把一沓钱分成两摞,一摞看上有一指厚,一指厚的百元票有多大数目,他说不好。一度想问问庆立,终没张开口,因为一问庆立就明白他动了心,他不想让庆立早知道这个。也正因为如此,钱数便成为一个谜团。这谜团又好似一个刺猬,在他的胸腔里乱碰乱撞,弄得他心神不宁。

终是要弄清钱数,这是一定的,不能含糊。他想。

按说,这也算不上难事,只需将一指厚的百元票数数就成。可问题是树田拿不出那么多钱来。他没有,甚至可以说从来就没有那么多百元票从他手里经过。

树田终归不是个愚蠢之人,他开动脑筋,办法便随之而来:他趁一人在家时打开儿子的书包,从中找出一本厚度相宜的书,数将起来,书有号码,用不着现翻,可树田还是只相信自己。他数得极认真,一页一页地慢慢翻,翻几页蘸一下唾沫。数到末了不由脸热心跳:数目相当可观,远远超过他的预料。

然而欢欣只在瞬间,树田恍然有悟,他猛拍一下脑门,骂道:妈的,昏头哩,拿着骡子当成驴数,纸页一薄一厚咋能对上数呢?树田如冷水浇头,情绪一落千丈。

走"捷径"不成,树田打消了取巧心理,他想,也是,世上的事原本都是实打实,如同杀人必须见血。

于是乎树田的思路归于现实,他想"看"到那么多真钱,"实打实"把数目弄清楚。

他首先想到在村里设立果品收购站的外乡人林老板。林老板有钱。林老板常年在这一带收水果,低进高出,赚得海海的,买了汽车、盖了小楼,背着家里的老婆在这里包了个二奶，过得逍遥自在。乡下人一般不肯露富，而林老板不在乎，坦言自己有几百万身价。他想那就去找林老板，让他拿出一沓钱让自己数数，定是没问题的。可刚要欠身前往，他却第二次拍了脑门，林老板回家过年去了，鬼影不见哩。他懊恼地摇摇头。

树田再想，就想到村头庆东。想到庆东，树田又不由得摇了摇头，否定了。他知道自己不会去找庆东，找也没用。庆东就是让钱㩼压死，也不会把钱亮在他眼前。

树田打个愣，眼前倏然现出一张漂亮的女孩脸。那是前街永祥家闺女西美。

树田去找西美是傍晚时分。出门时成巧问他去哪儿，他说出去转转。他打马虎眼是怕招惹麻烦。西美在村里名声不好。自几年前进了城，尔后回家便一年比一年阔绰，村里人都说她在城里做了"小姐"。女人们不许自家男人与西美接近。树田决意去找，是认准西美有钱。

天上飘着雪花，新雪盖上旧雪，将村街铺了一层厚厚的白。树田一步一个脚窝由后街来到前街，在西美家门前他跺了跺脚，拉了门闩。

也是巧，只西美一人在家。树田心里暗暗高兴。见有人进门，西美忙将手里的烟头丢在地上踏灭，笑道："树田哥过年好啊。"树田连连说："过年好，过年好。"他不大敢看西美，他觉得西美越来越漂亮了，无论是穿戴还是模样，很扎人眼。特别脸皮像馍似的白，不由得想难道城里的日头晒不黑人？不知咋的，一向正经的树田这时陡然生出一种很下流的意念：干一次西美得花多少钱？这意念只是一闪而过，说出口的话却是："西美，哪天回家的呢？"

"腊月二十六。"西美说。

"啥时回去？"

"后天。"

"咋不过了十五再走？"

"忙啊。"

闲言少叙，树田想怎样开口提钱的事。

"我爹妈走亲戚去了。"西美说。

"我不找叔、婶。"树田说。

"找我兄弟？"

树田摇摇头。

"……找我？"

"嗯，我想求你一个事。"

"啥事？"

"钱……钱……"树田口吃起来。

"钱？你要借钱？"

"不，不是，是看看。"

"看看？"西美满脸疑惑，直盯着树田，"看钱？"

树田恼恨自己笨嘴拙舌，说不清意思。他使劲咽了几口唾沫，定定神，然后把自己的本意对西美说清楚：让她拿出一指厚的百元票让他数一数。没别的，就是数一数。

"树田哥，你，你有病啊？"西美笑了，笑着笑着眼神变了，像看劫犯似的盯着树田。

"西美，给我，看看，数数，就……"

"我没钱。"西美口气生硬。

"你有钱。"

"我没钱。"

"你，你怎么能没钱？"

"我怎么就有钱？"

"你，你干那个……还能少挣了……"

"于树田，你，他妈的给我滚，滚！滚出去！"西美怒吼，原本俊美的面庞一下子变了形，她张开双臂，像轰鸡似的把他往外撑，"滚！"

树田狼狈逃窜，来到街上满脸茫然。他想不通，自己好好和她说话，咋说恼就恼了呢？这么凶！树田惹了祸却不明就里，确是昏了头。

往回走的时候路过庆全老头的小卖部，树田再次鬼迷心窍打起庆全老头的主意。他觉得庆全老头做买卖每天都有进账，特别在年节间，大人孩子都上门，财源滚滚啊。他要说没钱可是不对头哩。

"树田，买点啥呢？"不等树田跨进门，庆全老头就向他打招呼。

"啊，啊。"树田吞吞吐吐，眼往货架子上溜，他装样子，是等一个买炮仗的半大孩子走。钱的事不能说在人前，也包括孩子。

孩子走了。

接受刚才遭西美无理的教训，树田努力按捺住躁动的情绪，尽量把话说得和缓。可不管怎么个说法，意思是不变的：看看人家的钱。

"树田，你喝醉酒了吗？"庆全老头瞪着混浊的眼睛问。

"我……我，没喝酒。"树田认真地说。

"没喝酒咋说醉话呢？"

这时从外面进来一个来买东西的女人，庆全老头就顾不上树田，忙起自己的生意，直到女人买完东西离开。

"树田，你，再说一遍，想干啥？"庆全老头似乎还在云里雾里。树田又把自己的意思说了一遍。庆全老头摇了摇头。

"树田你真是高抬我了，我哪来那么多钱？你看看。"庆全老头把钱匣了搬到柜台上，把手伸进去翻弄着给树田看，"树田你看看这不全是烂狗屎样的零碎票，庄户人谁舍得拿百元大票来花。要看大钱，到镇里银行，你去那儿看。"庆全老头喋喋不休地说。

"你有钱，我知道。"树田不退让。

"树田你这是啥话，咋就认准我有钱呢？"庆全老头问。

"做生意还能不赚钱么？不赚钱你早就不干了。"树田不讲理。

"树田，你这是说的啥话，你吃错药了咋的！大过年的来搅和。"庆全老头火辣辣地说。

"我又不是要你的钱，只是看看，钱见不得人吗？看看又看不丢，你怕啥哩！"树田耍起蛮来，对西美不敢这样，对庆全老头他不在乎。

"我……我……没钱，有钱，也……也不给你看。"庆全老头气得山羊胡直抖。

"奸商！为富不仁哩！"树田把手往钱匣子上猛地一拍，发狠道，"赔吧，使劲赔，赔你个六门到底！"反正无望，他破罐破摔。

"你，你狗日的，不是来上庙，是来捉弄老道啊！"庆全老头颤着声，一副要哭的样子。

"活该！"树田拔腿走出庆全老头的小卖部。

"你，你还赊着账呢！还钱！还钱！"气极的庆全老头追到门口嚷。

"还个鸟！"树田头也不回地走了。

树田没有回家，装着满腔郁闷在村街上来回走动，像头困兽。他实在想不出还有别的能帮助他的人，如此更增加了心中的愤懑。他想自己不过是把钱数数，就是数数，没半点不良企图，可就把一个个吓得要命，好像他是个打劫的胡子。想到这儿树田感到无限悲凄。自己没钱不说连看看的资格都没有，这是啥事呢？真他妈窝囊透顶！他陡然觉得自己应该有钱，必须有钱。同时冒出一个念头：一旦有了钱，他就要出一口恶气，用大票子朝庆东脸上摔，朝庆全老头脸上摔，还有婊子西美，嫖，嫖了她！完事把票子往她肚皮上摔……

他朝庆立家走去。

这时天色已晚，红霞布满西天，炊烟在一幢幢白色屋顶上方袅袅飘升，如此美景，树田却是视而不见。

刺客树田溜出村子，投于茫茫黑夜里。许是刚出热窝的缘故，他感觉极冷，不住地打战。风比白天收了些，雪下得更大了，直往他脸上扑，往脖领里灌。下雪倒是正中下怀的，雪会盖住脚印，使他的行动无踪无迹。

在村头他站下了，向前望望，他没望见什么。要是在白天，他能看到远处的汉河长长的河坝。再远，是呈扇面在天边排开的陈庄、吕店和河口。可现在他什么也看不见，天地间被风雪弥漫，还有夜，一片混沌。不过树田并不担心什么，他土生土长，对周遭一带地形熟得不能再熟，即使闭上眼睛，他也能勇往直前：登上河坝，穿过汉河，再穿过吕店村街，然后到达他要去的薛家岭子。

　　树田往下拉拉棉帽，往上提提袄领，又伸手摸了下怀里的家什（一把杀猪刀），便迈开步子往前走了。雪埋没了路面，夏天被大雨冲出的坑洼，暗藏险机。为提防摔跤，他行走缓慢，深弓着腰，像一头蹒跚在雪地里的熊罴。

　　今天是庆立的最后期限，他必须动手，不能再拖。所以挨到最后一刻，一是决心难定，再是要干也得有所准备。"杀人不犯轻易"，方方面面都是。包括他，也包括庆立。庆立倒是个合格的雇主，负责到底，不断叮嘱他一些注意事项，提供许多相关信息，如把薛胖子家在村中位置做了直观的图示。怕他杀错了人，又给他看了好几张照片。信息当中最使树田宽心的是薛胖子嗜酒，每晚都要喝个烂醉，这样便好对付，趁醉下手。杀人如同切瓜。

　　离村渐远，天地无遮，风雪立见肆虐，阵阵扑面令他几乎不能呼吸，无奈只好用手罩住鼻口。稍久，手便冻得猫咬似的痛。树田不由后悔起来，不是后悔自己当了杀手，而是应提早行动。前几天天气都好，错过了，实在太不应该，是自作自受。不过除了老天不作美，其他尚一切正常。连树田自己都感到惊奇的是自己十分镇定，没有恐惧的感觉，好像去干的不是杀人勾当，而是如走亲戚看朋友般平常。这似乎印证了庆立对他的评价：是条汉子。不过细想想倒也不足为怪，在情理之中。几天来该想的他想了不止千万遍，是好是歹也像烙饼似的翻来覆去地权衡。最终他认了，无论是成还是败。他想世上没有一桩好事能让人白捡。而且有大利必有大险。热被窝里搂着老婆睡觉自是舒坦，可那样大风能把钱票子刮进门？不会有那样便宜事情。总而言之，树田是决意豁上去了，想的只是行动，把事干成。前行中他倒想起一桩无干的事：那天没从西美和庆全老头那里"看"到钱，他就到庆立家，庆立似乎猜到他的心思，不说话，像上次那样把钱拿出分成两摞，把一摞给他点数。他点了。庆立收回钱去问句：多少？他说：五千。庆立纠正说：半万，当时他愣怔了，概念全乱，过了好一阵子才想到五千和半万一样，他在心里骂了句，想庆立自进了城啥都变得怪怪的，不可捉摸。

　　迷蒙中，树田短促的视线看到了隆起在身前的河坝。到汉河了。汉河，一条不起眼的河倒有个很气派的名字。当然，树田不会去想这个，他没有这份雅兴。他想的是路程已经过半了。从他的村到薛家岭子八里路，汉河不偏不倚横在中间。树田升上堤底，又降到河滩，这时他感受到更为强劲的河风。五冬六夏，风都认路，河道便是风道，畅通无阻。树田被风吹得摇摇晃晃，只能一步一停，好像等脚在雪窝里生根。这么走了一会儿，便来到河中，河水早已封冻，冰上的雪被风吹走，光溜溜的像是镜面。树田不及防备便滑倒了，跌得很重，很痛，树田不由叫唤起来，叫声很怪，如同狗吠。这声音先是教树田一怔，紧接脑袋轰的一响，全身紧绷，糟了，糟了，他心中暗叫，他意识到自己忽略了一个最为重大的问题：季节。季节不对。如果在河水流淌的季节，警犬无法对人进行追踪，而冬季就行。人在冰上过，狗在冰上追，那是插翅难逃。想到这些，树田也就心明：不行了，行动必须取消，不能干，干就是找死。性命与钱相比，钱还是次要。庆立自己不肯冒险，就说明这个事理。尽管这么想了，也千真万确，可树田仍心有不甘，觉得窝火、窝囊，几天来自己为这事折腾，备受煎熬，人不是人鬼不是鬼，整个是只野兽，到头来却是白遭了罪，一场空。树田恼恨地从冰上爬起，站着不动，似乎陷入迷顿。过了好久，方醒悟般吁了口气，折身后返。他觉出腿有些瘸，一步一晃，一晃一痛，痛得钻心，他想是把骨头摔断了么？想到这一层，心又一缩，他知道这可不是一般般的事，要残废了，以后连老婆孩子都不能养活，全完了。

　　树田忍住疼痛，心里的和身上的，一步一挪，一挪一晃，好容易攀上河坝，就再也拖不动腿了，风吹得他趔趔趄趄，晃悠了几下一腚蹲在坝上，没立即站起，想歇一会儿。他朝村子方向望望，灰蒙蒙的看不见一点影儿，满世界除了风雪没有别的。他懊丧极了，觉得这档子事，真他妈倒霉透了。又想自己弄到这般地步，全是狗日的庆立所为，他像个勾魂的鬼，愣把自己往死界里引。可恨的庆立！可恨！他真的恨庆立，恨得咬牙切齿。想狗日的庆立从根上就不是个东西，不安分守己，轻薄洋摆；吃喝嫖赌（他炫耀说在城里嫖过妓）；不孝父母；不怜兄弟；不疼老婆；老婆逃了，借刀杀人。树田一件件一桩桩在心中历数着庆立的劣迹、罪过，义愤填膺。陡然，树田周遭的世界阒然无声，这场冬季深夜里的大风雪风止雪消，树田似乎于死寂的冥冥中听到召唤：杀庆立！杀庆立！立时，他身上几近凝固的血液，奔腾汹涌起来，伴着呼啸直冲上头顶，像冲开了闸门，开启了他的思维，这思维是如此的奇异，石破天惊：杀薛胖子得钱——是脱了裤子放屁，省事合算——是杀庆立。杀了庆立得利是五千再加五千，用庆立狗日的话说是半万加半万，那就是一万，整整一万啊。多少年都盼着当上万元户，这遭却是一转身就成。他想自己咋没早想到这一层呢？其实这账是一清二楚的，连儿子大满都会算。是的，是的，一万，一万，阔了，阔了，发了，发了，他念叨不止，痴迷了一般，身体却像一台加足了油的手扶机车，驶进茫茫风雪中。

隆冬过去，很快就是清明。

就是清明这天，有人在村外一口废弃的机井旁发现一堆燃尽的纸灰，这种反常祭祀自是会引起人们的诧异与联想，于是便报了警，警察亦不费什么力气从井里打捞出一具尸体。由于严寒的保鲜，尸体没有腐烂，尽管是闭了双眼，可村人仍一眼就认出是正月十五在家里失踪的庆立。警察自会记得，夜里庆立的家人来到公安局报案，案子最终没有破，倒不是警察不尽心尽力，而是那场漫天大雪掩埋了所有可助于破案的线索，老虎吃天，无处下口，这事也只能不了了之。

失踪人找到了，且是被人残害而死，警方也就不敢怠慢，立即重启破案程序。他们先是将村里所有有作案能力的人列为怀疑对象，然后再一个个排除，然而真正作案人树田却始终没有进入警方视野，最终成为漏网之鱼。这同样不说明警方的弱智无能，而是树田与受害人庆立之间没有任何利害瓜葛，何况他在村里亦向有口碑，于是杀人案又陷入迷津。

只是下一个清明节，机井边没再出现祭祀留下的痕迹，细想想也似乎理所当然。当初树田一是觉得心中有愧，再是觉得庆立没有后人，死了得不到人间香火；当然最根本的是想通过这种方式给倒霉的庆立做些补偿，让他在阴间手头稍稍阔绰些，所以……他想既然如此这般都潜藏着不尽的危机，他也就不能再管许多了。

当又一个隆冬到来，一切复归平静，无声无迹。

(选自《中国作家》2009年第1期)

伊琳娜的礼帽

铁　凝

　　我站在莫斯科的道姆杰德瓦机场等待去往哈巴罗夫斯克的航班。懂俄语的人告诉我,"道姆杰德瓦"是小屋的意思。那么,这个机场也可以叫做小屋机场了。

　　这是二〇〇一年的夏天。

　　我本来是和我表姐结伴同游俄罗斯——俄罗斯十日游,我们都曾经以为彼此是对方最好的旅伴。不是有中学老师给即将放假的学生出过那么一道题吗:从北京到伦敦,最近的抵达方法是什么?答案不是飞机、网络什么的,而是:和朋友一起去。听起来真是不错。其实呢,旅途上最初的朋友往往会变成最终的敌人。我和我表姐从北京到莫斯科时还是朋友,从莫斯科到圣彼得堡时差不多已经成了敌人。原因是——我觉得,我那位表姐和我,我们都是刚离婚不久,我们在路上肯定会有一些共同语言,我们不再有丈夫的依傍或者说拖累,我们还可以肆无忌惮地诅咒前夫。但是——居然,我表姐她几乎在飞往莫斯科的飞机上就开始了她新的恋爱。我们邻座那位男士,和我们同属一个旅行团的,一落座就和她起劲地搭讪。我想用瞎搭葛来形容他们,但很快得知那男士也正处在无婚姻状态,真是赶了一个寸劲儿。我这才发现我表姐是一个盲目乐观主义者,并且善于讨好别人。我就没那么乐观了,与人相处,我总是先看见别人的缺点,我想不高兴就不高兴,也不顾忌时间和场合。我把脸一耷拉,面皮就像刷了一层糨糊,干硬且皱巴。这常常把我的心情弄得很沮丧。而当我对自己评价也不高的时候,反过来会更加恼火别人。在飞机上我冷眼观察我们的男邻座,立刻发现他双手的小拇指留着过长的指甲。他不时习惯性地抬起右手,跷起一根小拇指把垂在额前的头发往脑袋上方那么一划拉,那淡青色的半透明的大指甲,叫人不由得想起慈禧太后被洋人画像时戴了满手的金指甲套:

怪异，不洁，轻浮。加上他那有一声没一声的短笑，更是有声有色地侵犯了我的听觉。到达莫斯科入住宇宙大饭店之后，我迫不及待地把我的感受告诉给我表姐。她嘿嘿一笑说："客观地说，你是不够厚道吧。客观地说，他的有些见解还真不错。"我于是对我的表姐也有了一个新发现，我发现她有一个口头语那就是"客观地说"。什么叫"客观地说"？谁能证明当她说"客观地说"的时候她的说法是客观的呢？反倒是，一旦她把"客观地说"摆在口头，多半正是她要强调她那倾向性过强的观点的时候。我因此很讨厌我表姐的这个口头语。

当我站在"小屋"机场等待去往哈巴罗夫斯克的航班的时候，我归纳了一下我和我表姐中途分手的原因，仿佛就是那位男邻座过长的指甲和我表姐的口头语"客观地说"。这原因未免太小，却小到了被我不能容忍。我们从莫斯科到达圣彼得堡后，我耷拉着脸随旅行团勉强参观完铁匠大街上的陀思妥耶夫斯基故居，听一位精瘦的一脸威严的老妇人讲解员讲了一些陀氏故事。没记住什么，只记得老妇人嘴边碎褶子很多，好似被反复加热过的打了蔫儿的烧卖。还记得她说陀氏的重孙子现在就在陀氏故居所在街区开有轨电车。对这个事实我有点幸灾乐祸的快意：陀思妥耶夫斯基是俄罗斯的大人物，他的后代不是也有开有轨电车的么。我想起我母亲也是个作家，而我也没能按照她的希望出人头地。我的职业和婚姻可能都让她悲哀，但不管怎么说，我好歹还是个身在首都的国家公务员。我对我母亲的书房和文学从来就不感兴趣，所以，当我看见我表姐和她的新男友脑袋顶着脑袋凑在陀氏故居门厅的小柜台上购买印有这个大人物头像的书签时，当机立断作出决定：我要离开他们，一个人先回国。我没能等到返回我们所住的斯莫尔尼饭店，就皮笑肉不笑地把我的想法告诉了我的表姐。她怔了怔说："客观地说，你这是有点儿耍小孩子脾气。还有四天我们就能一起回去了。"我则在心里念叨着：别了，您那"客观地说"！

我想直接飞回北京但是不行，旅行社告诉我必须按他们合同上的计划出境。我应该从莫斯科飞哈巴罗夫斯克，再乘火车经由西伯利亚进入中国牡丹江。这是一条费事但听说省钱的路线，为此我愿意服从旅行社。

二〇〇一年夏天的这个晚上，我在陈旧、拥挤的小屋机场喝了两瓶口味奇异的格瓦斯之后，终于等来了飞往哈巴的航班，是架陈旧的图-154。我随着客流走进机舱，发现乘客多是来自远东，哈巴罗夫斯克人居多吧，只有少数莫斯科人和我这样的外国人。我既不懂俄语也分辨不清他们之间口音的差异，但说来奇怪，直觉使我区分出了莫斯科人和哈巴罗夫斯克人。我的座位在后部靠走道，能够方便地大面积地看清铺在舱内那红蓝相间的地毯。地毯已经很脏，花纹几近模糊，渗在上面的酒渍、汤渍和肉汁却顽强地清晰起来。偏胖的中年空姐动作迟缓地偶尔伸手助乘客一臂之力——帮助合上头顶的行李舱什么的，那溢出唇边的口红暴露了她们对自己的心不在焉，也好像给了乘客一个信号：这是一架随随便便的飞机，你在上面随便干什么都没有关系。我的前排是一男两女三个年轻人，打从我一进机舱，听见的就是他们的大笑和尖叫。那男的显然是个莫斯科新贵，他面色红润，头发清洁，指甲出人意料地整齐，如一枚枚精选出来的光泽一致的贝壳，镶嵌在手指上。他手握一款诺基亚超大彩屏手机正向一左一右两位卷发浓妆少女显摆。二〇〇一年的俄罗斯，手机还尚未普及，可以想象新贵掌中的这一超新款会在女孩子心里引起怎样的羡慕。似乎就为了它，她们甘愿让他对她们又是掐，又是咬，又是捏着鼻子灌酒，又是揪着头发点烟。我闷坐在他们后排，前座上方这三颗乱颤不已的脑袋，宛若三只上满了发条的电动小狮子狗。这新贵一定在哈巴有生意，那儿是俄罗斯远东地区重要的铁路枢纽，是河港、航空要站，有库页岛来的输油管道，石油加工、造船、机械制造什么的都很发达。也许这新贵是弄石油的，但我不关心他的生意，只惦记飞机的安全。我发现他丝毫没有要关机的意思，便忍不住用蹩脚的英语大声请他关机。我的脸色一定是难看的，竟然镇住了手机的主人。他关了机，一边回头不解地看着我，好像在说：您干吗生那么大气啊？

这时舱门口走来了这飞机的最后两位乘客：一个年轻女人和一个五岁左右的小男孩。女人的手提行李不少，最惹眼的是她手里的一个圆形大帽盒。大帽盒在她手中那些袋子的最前方，就像是帽盒正引领着她向前。她和孩子径直朝我这里走来，原来和我同排，在我右侧，隔着一条走道。我这才看清她是用一只手的小拇指钩住捆绑那米色帽盒上的咖啡色丝带的，我还看见帽盒侧面画着一顶橘子大的男式礼帽。同样是人手的小拇指在做动作，我对这个女人的小拇指就不那么反感。这个用小拇指钩住帽盒丝带的动作，让她显得脆弱并且顾家。这是一对属于哈巴罗夫斯克中等人家的母子，他们是到莫斯科走亲戚的。回来时带了不少东西，有亲戚送的，也有谨慎地从莫斯科买的。丈夫因事没和他们同行，她特别为他买了礼物：一顶礼帽。我在心里合理着我对这母子的判断，一边看她有点忙乱地将手中几个鼓鼓囊囊的袋子归位。她先把大帽盒安置在自己的座位上，让由于负重而显出红肿的那根小拇指小心翼翼地从帽盒的丝带圈里脱身出来，好像那帽盒本身是个正在熟睡的旅客。然后她再把手中其他袋子放进座位上方的行李舱。最后她双手捧起了帽盒，想要为它找个稳妥的去处。但是，原本就狭小的行李舱已被她塞满，其实已经容不下这庞大的帽盒。女人捧着帽盒在通道上原地转了个圈，指望远处的空姐能帮她一把。空姐没有过来，离这女人最近的我也没打算帮她——我又能帮上什么呢？换了我表姐，说不定会站起来象征性地帮着找找地方，我表姐会来这一套。这时女人前排一个瘦高的男人从座位上站起来，打开他头顶上方的行李舱，拽出一件面目不清的什么包，扔在通道上，然后不由分说地从女人怀里拿过帽盒，送进属于他的那一格行李舱。随着那舱盖轻松地啪的一声扣上，瘦高男人冲女人愉快地摊了摊手，意思是：这不解决了吗？接着他们俩有几句对话，我想内容应该是：女人指着地上的包说，您的包怎么办呢？男人捡起包胡乱塞进他的座位底下，说，它本来就不值得进入行李舱，就让它在座位下边待着好了。女人感激地一笑，喊回她的儿子——萨沙！这个词我听得懂。其时萨沙正站在我前排那莫斯科新贵跟前，凝神注视新贵手中的新款诺基亚。他不情愿地回到母亲身边，小声叨咕着什么。我猜是，女人要他坐在靠窗的里侧，就像有意把他和新贵隔离。而他偏要坐靠通道的座位。当然，最终他没能拗过他的母亲。这是一个麦色头发、表情懦弱的孩子，海蓝色的大眼睛下方有两纹浅浅的眼赘儿——我经常在一些欧洲孩子娇嫩的脸上看见本该在老人脸上看见的下眼赘儿，这让孩子显得忧郁，又仿佛这样的孩子个个都是老谋深算的哲学家。

飞机起飞了，我侧脸看着右边的女人，发现她竟是有些面熟。我想起来了，我在我那作家母亲的书架上见过一本名叫《卓娅和舒拉的故事》的旧书，书中卓娅的照片和我右边这位女邻座有几分相像。栗色头发，椭圆下巴，两只神情坚定的眼睛距离有点偏近。卓娅是我母亲那一代人心中的英雄，对我这种出生在二十世纪六十年代的人，她则太过遥远。当年我凝望她的照片，更多注意的是她的头发。尽管她是卫国战争时期的英雄，可从时尚的角度看，她一头极短的卷发倒像是能够引领先锋潮流。那时我喜欢她的发型，才顺便记住了她。现在我不想把飞机上我这位女邻座叫成卓娅，我给她编了个名字叫做伊琳娜。俄罗斯人有叫这个名字的吗？我不在乎。我只是觉得我的邻座很适合这几个字的发音：伊琳娜。她的绾在脑后的发髻，她那有点收缩的肩膀，她的长度过于保守的格子裙，她的两只对于女人来说偏大了点的骨关节泛红的白净的手，她那微微眯住的深棕色的眼睛和颤动的眼皮，那平静地等待回家的神情，都更像伊琳娜而不是卓娅。有广播响起来，告知乘客这架飞机飞行时间是九小时左右，将于明晨到达哈巴罗夫斯克。飞机十分钟之后为大家提供一份晚餐，而酒和其他食品则是收费供应。

我草草吃过半凉不热的晚饭，三片酸黄瓜、几个羊肉丸子和油腻的罗宋汤。我得闭眼睡一会儿。哈巴罗夫斯克不是我最后的目的地，我还得从那儿再坐一夜火车。一想起这些就觉得真累。人们为什么一定要旅行呢？

当我睁开眼时，我发现这机舱起了些变化。多数旅客仍在睡着，变化来自伊琳娜前排座位。她前排座上的那个瘦高男人正脸朝后地把胳膊肘架在椅背上，跪在自己座位上和后一排的伊琳娜聊天。我暂且就叫他做瘦子吧，他的一张瘦脸上，不合比例地长了满口白且大的马牙。他这脸朝后的跪相儿使他看上去有点卑微，有点上赶着。不过他那一身过于短小的、仿佛穿错了尺码的牛仔夹克牛仔裤，本身就含有几许卑微。他的表情是兴奋的，手中若再有一枝玫瑰，就基本可以充当街心公园里一尊求婚者的雕像。伊琳娜虽然没有直视他的眼，却对他并不反感。他们好像在议论对莫斯科的印象吧，或者不是。总之他们说得挺起劲。没有空姐过来制止瘦子的跪相儿，只有伊琳娜身边的萨沙仰脸警觉地盯着瘦子——尽管他困得上下眼皮直打架。后来，久跪不起的瘦子终于注意到了萨沙的情绪，他揿铃叫来空姐买了一罐可乐和一根俄罗斯红肠给萨沙。果然，萨沙的神情有所缓和，他在母亲的默许下，有点扭捏地接受了瘦子的馈赠。他一手攥着红肠，一手举着可乐，对这不期而至的美食，一时不知先吃哪样为好。瘦子趁热打铁——我认为，他把两条长胳膊伸向萨沙，他干脆要求和萨沙调换座位。他有点巴结地说他那个座位是多么多么好——靠走道啊，正是萨沙开始想要的啊。萨沙犹豫着，而伊琳娜突然红了脸，就像这是她和瘦子的一个合谋。她却没有拒绝瘦子的提议，她默不作声，双手交叠在一起反复摩挲着。瘦子则像得到鼓励一样，站起来走到后排，把手伸到萨沙胳肢窝底下轻轻一卡，就将孩子从座位上"掏"了出来，再一把放进前排他的老座位。也许那真该被称作是老座位了，只因为座位的改变预示着瘦子和伊琳娜关系的新起点。难道他们之间已经有了什么关系吗？

　　我看见瘦子如愿以偿地坐在了伊琳娜身边，他跷起一条长腿搭在另一条腿上，身子向伊琳娜这边半斜着，脚上是后跟已经歪斜的尖头皮便鞋，鞋里是中国产而大多数中国人已不再穿的灰色丝袜，袜筒上有绿豆大的烟洞。我看出瘦子可不是富人，飞机上的东西又贵得吓人。但是请看，瘦子又要花钱了：他再次揿铃叫空姐，他竟然给伊琳娜和自己买了一小瓶红酒。空姐连同酒杯也送了来，并为他们开启了瓶塞。他们同时举起酒杯，要碰没碰的样子，欲言又止的样子，像是某种事情到来之前的一个铺垫。我看见伊琳娜有些紧张地拿嘴够着杯口啜了一小口，好比那酒原本是一碗滚烫的粥。瘦子也喝了一口，紧接着他猛地用自己的杯子往伊琳娜的杯子上一碰，就像一个人挑衅似的拿自己的肩膀去撞另一个人的肩膀。伊琳娜杯中的酒荡漾了一下，她有点埋怨地冲他笑了。我很不喜欢她这种埋怨的笑，可以看作那是调情的开始，或者说是开始接受对方的调情。

　　我在我的座位上调整了一下姿势，让自己坐得更舒服，也可能是为了更便于观察我右侧的这对男女。我承认此时我的心态有几分阴暗，就像喜欢看名人倒霉是大众的普遍心理一样。虽然伊琳娜不是名人，但我觉得她至少是个正派女子。看正派女子出丑也会让我莫名其妙地满足。我颦眉皱眼地左顾右盼，并希望萨沙过来看看他母亲现在这副样子。萨沙正专心地品味红肠，从我这个角度可以看见他小小的半侧面。我前排那三位"电动狮子狗"在睡过了一阵之后同时醒来。他们一经睡醒就又开始忙着吃喝，几乎买遍飞机上所有能买的东西。他们喝酒也不用酒杯，他们一人一瓶，嘴对着瓶口直接灌，间或也互相灌几口。他们的粗放顿时让伊琳娜和瘦子显得文明而矜持，如果你愿意也完全可以说是让他俩显得寒碜。当我想到这个词的时候，杯中酒已经让伊琳娜放松了，她和瘦子从有距离的闲聊开始转为窃窃私语，她脑后的发髻在椅背的白色镂花靠巾上揉搓来揉搓去，一些碎发掉下来，垂在耳侧，泄露着她的欲望。是的，她有欲望，我在心里撇着嘴说。那欲望的气息已经在我周边弥漫。不过我似乎又觉得那不是纯粹主观感觉中的气息，而是——前方真的飘来了有着物质属性的气息。

从这机舱的前部，走来了两位衣冠楚楚的男士。当我把眼光从伊琳娜的发髻上挪开，看见前方这两个男人，顿时明白那气息来自他们——至少是其中一人身上的博柏利男用淡香水。我对香水所知甚少，所以对这款香水敏感，完全是我母亲的缘故，她用的就是这一款。记得我曾经讥讽我母亲说，您怎么用男人的香水啊。我母亲说，其实这是一款中性香水，男女都能用。我想起母亲书架上《卓娅和舒拉的故事》，对这位年轻时崇拜卓娅、年老时热衷博柏利男款香水的妇人常常迷惑不解。眼下这两位男士，就这架懒散、陈旧的飞机而言，颇有点从天而降的意味——尽管此时我们就在天上。他们年轻，高大，标致，华丽，他们考究，雕琢。打扮成如他们的，仿佛只有两种人：T型台上的男模和游走于五星级酒店的职业扒手。他们带着一身香气朝后边走来，腕上粗重的金手链连同手背上的浓密汗毛在昏暗的舱内闪着咄咄逼人的光。他们擦过我的身边，一眨眼便同时在机舱后部的洗手间门口消失了。

我的不光明的好奇心鼓动着我忍不住向后方窥测，我断定他们是一同进了洗手间而不是一个等在外边。在这里我强调了"一同"。此时最后一排空着的座位上，一个空姐正视而不见地歪着身子嗑着葵花子。显然，她对飞机上的这类行径习以为常。大约一刻钟后，我终于亲眼看见两个男人一前一后从洗手间出来了，其中一个还为另一个整理了一下歪斜的领带。我一边为我这亲眼看见有那么点兴奋，一边又为他们居然在众目睽睽之下，利用飞机上如此宝贵而又狭小的洗手间将两个身体同时挤了进去感到气愤。啊，这真是一架膨胀着情欲的飞机，两位华丽男士的洗手间之举将这情欲演绎成了赤裸裸的释放——甚至连这赤裸裸的释放也变成了表演。因为半小时之后，这二位又从前方他们的座位上站起来，示威似的相跟着，穿过我们的注视，又一同钻了一次洗手间。

我所以用了"我们"，是因为当华丽男士经过时，伊琳娜和瘦子也注意到了他们。而瘦子的右手，在这时已经搭上了伊琳娜的左肩。

过了半点钟，那只手滑至伊琳娜的腰。

过了半点钟，那只手从伊琳娜腰间抽出，试探地放上了她的大腿。

夜已很深，我已困乏之极，又舍不得放松我这暗暗的监视，就找出几块巧克力提神。巧克力还是我从国内带出来的，德芙牌。在国内时并不觉得它怎么好吃，到了俄罗斯才觉得我带出来的东西全都是好吃的。这时一直没有睡觉的萨沙也显出困乏地从前排站起来找伊琳娜了，他来到伊琳娜身边，一定是提醒她照顾他睡觉的。可当他看见伊琳娜正毫无知觉地和瘦子脑袋顶着脑袋窃窃私语，便突然猛一转身把脸扭向了我。他的眼光和我的眼光不期而遇，我看出那眼光里有一丝愠怒。那短短的几秒钟，他知道我知道为什么他会突然扭转身向我，我也知道他知道我看见了他母亲的什么。在那几秒钟里我觉得萨沙有点像一个被遗弃的孤儿。我本是一个缺乏热情的人，这时还是忍不住递给他一块巧克力。对食物充满兴趣的萨沙却没有接受我的巧克力，好像我这种怜悯同样使他愠怒。他又一个急转身，捯着小步回到他那被置换了的座位上，坐下，闭了眼，宛如一个苦大仇深的小老头。

我偷着扫了一眼伊琳娜，她的头一直扭向瘦子，她没有发现萨沙的到来和离开。

过了半点钟,瘦子的手还在伊琳娜腿上——或者已经向上挪了一寸?它就像摆在她格子裙上的一个有形状的悬念,鼓动我不断抬起沉重的眼皮生怕错过什么。好一阵子之后,我总算看见伊琳娜谨慎地拿开它,然后她起身去前排照看萨沙。萨沙已经睡着了——也许是假寐,这使伊琳娜有几分踏实地回到座位上,瘦子的手立刻又搭上了她的大腿。她看了看复又搭上来的这只手,和瘦子不再有话。她把眼闭上,好像要睡一会儿,又好像给人一个暗示:她不反感自己腿上的这只手。果然,那只手像受了这暗示的刺激一般,迅疾地隔着裙子行至她的腿间。只见伊琳娜的身体痉挛似的抖了一下,睁开了眼。她睁了眼,把自己的手放在瘦子那只手上,示意它从自己腿间挪开。而瘦子的手很是固执,差不多寸步不让,就像在指责伊琳娜刚才的"默许"和现在突然的反悔。两只手开始较劲,伊琳娜几经用力瘦子才算妥协。但就在他放弃的同时,又把自己的手翻到伊琳娜手上,握住她那已经松弛的手,试图将它摆上自己的腿裆。我看见伊琳娜的手激烈地抵抗着,瘦子则欲罢不能地使用着他强硬的腕力,仿佛迫切需要伊琳娜的手去抚慰他所有的焦虑。两只手在暗中彼此不服地又一次较量起来,伊琳娜由于力气处于劣势,身体显出失衡,她竭力控制着身体的稳定,那只被瘦子紧紧捉住的充血的手,拼死向回撤着。两人手上的角力,使他们的表情也突然变得严峻,他们的脑袋不再相抵,身体反而同时挺直,他们下意识地抬头目视正前方,仿佛那儿正有一场情节跌宕的电影。

我累了。我觉得这架飞机也累了。

就在我觉出累了的时候,我看见伊琳娜终于从瘦子手中夺回了自己的手,并把头转向我这边。她匆忙看了我一眼,我用平静的眼光接住了她对我匆忙的扫视,意思是我对你们的事情不感兴趣。我听见伊琳娜轻叹了一声,再次把头转到瘦子那边。接着,她就像对不起他似的,活动了一下被扭疼的手,又将这手轻轻送进瘦子的手中。这次瘦子的手不再强硬了,两个人这两只手仿佛因为经过了试探,对抗,争夺,谈判,最终逃离了它们之间的喧哗和骚动,它们找到了自己应该的位置,它们握了起来,十指相扣。最后,在这个夜的末尾,他们就那样十指相扣地握着手睡了。这回好像是真睡，也许是因为伊琳娜终于让瘦子知道，一切不可能再有新的可能。

哈巴罗夫斯克到了。我没能看见伊琳娜和瘦子何时醒来又怎样告别，当我睁开眼时，他们已经像两个陌生人一样，各走各的。伊琳娜已经把属于她的各种袋子拿在手上，领着萨沙抢先走到前边到达机舱门口，就像要刻意摆脱瘦子一样。睡眼惺忪的旅客们排在他们后边，离他们母子最近的是莫斯科新贵，他早已打开诺基亚，高声与什么人通着什么话。然后是那两位华丽男士。一整夜的旅行并没有使他们面带疲惫，相反他们仍然衣冠楚楚，头发也滑腻不乱，好比蜡像陈列馆里那些酷似真人的蜡像，也使昨晚的一切恍在梦中。

八月的哈巴罗夫斯克的清晨是清凛的，如中国这个季节的坝上草原。走出机场，我呼吸着这个略显空旷的城市的空气，打了个寒战。旅客们互相视而不见地各奔东西，你很少在奔出机场的匆匆的人群中见到特别关注他人的人。我也急着寻找旅行社来接我的地陪，却忽然看见在我前方有一样熟悉的东西——伊琳娜的大帽盒，现在它被拿在那个瘦子手里。他走在我前边，正跨着大步像在追赶什么。我想起来了，伊琳娜的帽盒被存进瘦子的行李舱，而她在下飞机时把它忘记了。

帽盒使昨晚的一切又变得真切起来，也再次勾起了我的好奇心。我紧跟在瘦子后面，看见他扬着手中的帽盒，张嘴想要喊出伊琳娜的名字，却没有发出声音。我想他们其实就没有交换彼此的姓名吧，这给他的追赶带来了难度。可是伊琳娜在哪儿呢？我在并不密集的人流中没有发现他们母子，他们就像突然蒸发了一样。又走了几步，在我前边的瘦子猛地停了下来，盯住一个地方。我也停下来顺着他的眼光看去：在停车场旁边，在离我和瘦子几米远的地方，伊琳娜正和一个男人拥抱，或者说正被一个男人拥抱。那男人背对着我们，因此看不清面目，只觉得他个子中等，体格结实，头颅显得壮硕，脖子上的肉厚，稍微溢出了衬衫的领子。伊琳娜手中那些袋子暂时摆放在地上，萨沙守在袋子旁边，心满意足地仰头看着他的父母——肯定是他的父母。

这情景一定难为了瘦子，而伊琳娜恰在这时从男人肩上抬起头来，她应该一眼就看见了帽盒以及替她拎来了帽盒的瘦子。她有点发愣,有点紧张,有点不知所措。在她看见了瘦子的同时我认为她也看见了我。她的儿子,那个正在兴高采烈的萨沙,更是立刻就认出了我们俩。他警觉并且困惑地盯着这两个飞机上的男女,好像一时间我和瘦子成了会给他们母子带来不测的一组同伙。一切都发生在几秒钟之内,来不及解释,也不应该出错。是的,不应该出错。我忽然觉得我才应该是那个为她送上帽盒的最佳人选,我很惊讶自己又一次当机立断。我不由分说地抢上一步,对瘦子略一点头算是打了招呼,接着从他手中拿过——准确地说是"夺过"帽盒,快步走到伊琳娜丈夫的背后,将帽盒轻轻递到她那正落在她丈夫肩上的手中。至此,瘦子,我,还有伊琳娜,我们就像共同圆满完成了一项跨越莫斯科与哈巴罗夫斯克的接力赛。也许我在递上最后这一"棒"时还冲她笑了笑?我不知道。我也看不见我身后瘦子的表情,只想脱身快走。

我所以没能马上脱身,是因为在这时萨沙对我做了一个动作:他朝我仰起脸,并举起右手,把他那根笋尖般细嫩的小小的食指竖在双唇中间,就像在示意我千万不要做声。可以看作这是一个威严的暗示,我和萨沙彼此都没有忘记昨晚我们之间那次心照不宣的对视。这也是一个不可辜负的手势,这手势让我感受到萨沙一种令人心碎的天真。而伊琳娜却仿佛一时失去了暗示我的能力,她也无法对我表示感激,更无法体现她起码的礼貌。就见她忽然松开丈夫的拥抱,开始解那帽盒上的丝带。也只有我能够感受到,她那解着丝带的双手,有着些微难以觉察的颤抖。她的丈夫在这时转过脸来,颇感意外地看着伊琳娜手中突然出现的帽盒。这是一个面善的中年人,他的脸实在是,实在是和戈尔巴乔夫十分相似。

伊琳娜手中的丝带滑落,她打开盒子,取出一顶做工精致的细呢礼帽。礼帽是一种非常干净的灰色,像在晴空下被艳阳高照着飞翔的灰鸽子的羽毛。这礼帽让戈尔巴乔夫似的丈夫惊喜地笑了,他以为——按常规,伊琳娜会为他戴上礼帽,但是,伊琳娜却丢掉帽盒,把礼帽扣在了自己头上。

我所以用"扣"来形容伊琳娜的戴礼帽,是因为这按照她丈夫的尺寸选购的男式礼帽戴在她头上显得过大了,她那颗秀气的脑袋就像被扣进了一口小锅。礼帽遮挡了她那张脸的大部,只露出一张表情不明的嘴。礼帽在一瞬间也遮挡了她的礼貌,隔离了她和外界的关系,她什么也看不见了,包括不再看见瘦子和我。她可以不必同任何生人、熟人再作寒暄,她甚至可能已经不再是她自己。她的丈夫再一次欣赏地笑了,他一定是在妻子扣着男式礼帽的小脑袋上,发现了一种他还从来没有见过的幽默。然后,他们一家三口就拎着大包小包,朝远处一辆样式规矩的黑轿车走去。

其实我从来就没想过要把昨晚飞机上的事告诉给第二个人。昨晚发生了什么吗?老实说什么也没有发生。是萨沙贴在唇上的手指和伊琳娜扣在自己头上的礼帽让我觉出了某种无以言说的托付。特别当我预感到我和他们终生也不会再次谋面时,这"托付"反而变得格外凝重起来。嗯,说到底,人是需要被人需要的。我一边这样想着,一边再次遥望了一下远处的伊琳娜,她头上晃荡的礼帽使她的体态有点滑稽,但客观地说,她仍然不失端庄——我知道我在这里初次用了一个我最讨厌的我表姐的口头语:"客观地说"。不过它用在这儿,似乎还称得上恰如其分。

我看见一个脸上长着痤疮的中国青年举着一块小木牌,上面写着我的名字。他就是我在哈巴罗夫斯克的地陪了,我冲他挥挥手,我们就算接上了头。

(选自《人民文学》2009年第3期)

放生羊

（藏族）次仁罗布

你形销骨立，眼眶深陷，衣裳褴褛，苍老得让我咋舌。

湖蓝色的发穗在你额际盘绕，枯枝似的右手伸过来，粗糙的指肚滑过我褶皱的脸颊，一阵刺热从我脸际滚过。我微张着嘴，心里极度难过。"你怎么成了这副样子？"我忧伤地问。你黑洞般的眼眶里，涌出几滴血泪，颤颤地回答，"我在地狱里，受着无尽的折磨。"你把藏装的袖子脱掉，撩起衬衣的一角。啊，佛祖呀，是谁把你的两个奶子剜掉了？血肉模糊的伤口上蛆虫在蠕动，鲜红的血珠滚落下来，腐臭味钻进我鼻孔。我的心抽紧，悲伤地落下泪水。"你在人世间，帮我多祈祷，救赎我造下的罪孽，尽早让我投胎转世吧。"你说。我握住你冰冷的手，哽咽着放在我的胸口，想让起伏跳动的心焐热这双手。"我得走了，鸡马上要叫。"你的脸上布满惊恐地说。"这是城里，现在不养鸡了，你听不到鸡叫声。"我刚说，你的手从我的手心里消融，整个人像一缕烟雾消散。

"桑姆——"我大声地喊你。

这声叫喊，把我从睡梦中惊醒，全身已是汗涔涔。睁眼，浓重的黑色裹着我，什么都看不清，心脏击鼓般敲打。我坐起来，啪地打开电灯。藏柜、电视、暖水瓶、木碗等在灯光下有了生命，它们精神爽朗地注视着我。你却不见了，留给我的是噩梦。不，是托梦，是你托给我的梦。刚才的一幕，就像真实发生的事情，让我惴惴不安。一急，我的胃部疼痛难忍，用手压住喘粗气。不久，疼痛慢慢消失，我又被那个梦缠绕。

你去世已经十二年了，这十二年里你一直没有投胎，这，我真的不曾想象过。你离开尘世后，我依旧每天都去转经，依旧逢到吉日要去拜佛，依旧向僧人和乞丐布施，难道说我做得还不够吗？让你一直受苦，我的心里很难受。今早我到大昭寺为你去烧斯乙，再去四方各小庙添供灯，帮你祈求尽早投胎转世。我已经没有了睡意，拉开窗帘向外张望，外面一片漆黑。窗玻璃上映现一张瘦削褶皱的面庞，衰老而丑陋，这就是此时的我了。我离死亡是这么的近，每晚躺下，我都不知道翌日还能不能活着醒来。孑然一身，我没有任何的牵挂和顾虑，只等待着哪天突然死去。我抬头看墙上的挂钟，才早晨五点，离天亮还有两个多小时。我起床，把手洗净，从自来水管里接了第一道水，在佛龛前添供水，点香，合掌祈求三宝发慈悲之心，引领你早点转世。

我把供灯、哈达、白酒等装进布兜包里出门。在路灯的照耀下我去转林廓，一路上有许多上了年纪的信徒拨动念珠，口诵经文，步履轻捷地从我身边走过。白日的喧嚣此刻消停了，除了偶尔有几辆车飞速奔驰外，只有喃喃的祈祷声在飘荡。唉，这时候人与神是最接近的，人心也会变得纯净澄澈，一切祷词涌自内心底。你看，前面一位白发苍苍的老妇人，一步一叩首地磕等身长头；再看那位摇动巨大玛呢的老头，身后有只小哈巴狗欢快地追随，一路撒下丁零零的铃声。这些景象让我的心情平静下来，看到了希望的亮光。桑姆，你听着，我会一路上祈求莲花生大师，让他指引你走向转世之路。"退松桑皆古如仁不其，欧珠衮达帝娃亲卜霞，巴皆衮嘶堆兑扎不最，索娃帝所尽给露度岁……嗡拜载古如拜麦索底哄……"

你看，天空已经开始泛白，布达拉宫已经矗立在我的眼前了。山脚的孜廓路上，转经的人如织，祈祷声和桑烟徐徐飘升到空际。墙脚边竖立的一溜金色玛呢桶，被人们转动得呼呼响。走累的我，坐在龙王潭里的一个石板凳上，望着人们匆忙的身影，虔诚的表情。坐在这里，我想到了你，想到活着该是何等的幸事，使我有机会为自己为你救赎罪孽。即使死亡突然降临，我也不会惧怕，在有限的生命里，我已经锻炼好了面对死亡时的心智。死亡并不能令我悲伤、恐惧，那只是一个生命流程的结束，它不是终点，魂灵还要不断地轮回投生，直至二障清净、智慧圆满。我的思绪又活跃了起来。一只水鸥的啼声，打断了我的思绪。

布达拉宫已经被初升的朝霞涂满，时候已经不早了，我得赶到大昭寺去拜佛、烧斯乙。

大昭寺大殿里，僧人用竹笔蘸着金粉，把你的名字写在了一张细长的红纸上，再拿到释迦牟尼佛祖前的金灯上焚烧。那升腾的烟雾里，我幻到了你憔悴、扭曲的面孔。我的胸口猛地发硬，哽得有些喘不过气来。"斯乙已经烧好了，你在佛祖面前虔诚地祈祷吧！"僧人说。我捂着胸口，把供灯递到僧人手里，爬上白铁皮包裹的阶梯，将哈达献给佛祖，脑袋抵在佛祖的右腿上为你祈求。

我又去了四方的各个寺庙，给护法神们敬献了白酒和纸币。等我全部拜完时，时间已经临近中午。这才发现我又渴又饿，走进了一家甜茶馆。这里有很多来旅游的外地人，他们穿那种宽松的、带有很多包的衣服。其中，有个来旅游的女孩子，坐到我的身旁，央求我跟她合影。我笑着答应了。等我吃完面喝完茶时，那些来旅游的人还很开心地交谈着，我悄然离开了。

出了甜茶馆，我走进一个幽深的小巷里，与一名甘肃男人相遇。他留着山羊胡，戴顶白色圆帽，手里牵四头绵羊。我想到他是个肉贩子。当甘肃人从我身边擦过时，有一头绵羊却驻足不前，脸朝向我咩咩地叫唤，声音里充满哀戚。我再看绵羊的这张脸，一种亲切感流遍周身，仿佛我与它熟识久矣。甘肃人用劲地往前拽，这头绵羊被含泪拖走。一种莫名的冲动涌来，我卜意识地喊了声，"喂——"甘肃人惊惧地回头望着我。"这些绵羊是要宰的吗？"我凑上前问。"这有问题吗？"甘肃人机警地反问道。我把念珠挂到脖子上，蹲下身抚摩这头刚刚还咩咩叫的绵羊。它全身战栗，眼睛里密布哀伤和惊惧，羊粪蛋不能自禁地排泄出来。我被绵羊的恐惧所打动，一腔怜悯蓬勃欲出。为了救赎桑姆的罪孽，我要买回即将要被宰杀的这头绵羊。"多少钱？"我问。"什么？"甘肃人被我问得有点糊涂。"这头绵羊多少钱？"我再次问。"不卖。""我一定要买。我要把它放生。"我说。甘肃人先是惊讶地望着我，之后陷入沉思中。灿烂的阳光盛开在他的脸上，脸蛋红扑扑的。他说，"我尊重你的意愿，也不要赚钱，就给个三百三十。"他能改变想法，着实让我高兴，我立刻掏出衣兜里的钱交给了他。甘肃人把钱揣进衣兜里，牵绳递到了我手里。他牵着其他绵羊走了。

"你这头绵羊跟我有缘,我把你放生,是因为你上上辈子积下的德今生有回报。"我自然地把绵羊称为了你。你没有理会我的话,冲着其他绵羊的背影又叫唤起来。甘肃人头都没有回,他和其他绵羊消失在小巷的尽头。我为那些即将被剥夺去的生命惋惜,取下脖子上的念珠,为那三只绵羊祈祷。我和你的身上涂抹着金灿的阳光,这阳光却无法驱散我们心头的隐忧。"我的钱只够救你,想想我们还要过日子呢。"我说。你抬起了头,我看到一汪清澈的泪水溢满你眼眶。我再次蹲下来,抚摸你毛茸茸的身子,上面还沾着杂草碎石。真是奇怪,我的脑子里把桑姆和你混合成了一体,从你的身上闻到了桑姆的气息,是那种汗臭和发香混杂的气味。这种久违的气息,刺激着我的感官,让我对你滋生出百般的爱怜来。我把脸埋进你的毛丛里,掉下了喜悦的泪水。幽深的小巷里,我和你相拥着,我为冥冥之中的这种注定而喜泣。

我带你回到了四合院,邻居们惊奇地望着我,小孩们兴奋地跑来围观。"爷爷,这是你的绵羊吗?""是我的。""它吃什么呢?""草和蔬菜。""⋯⋯"

这下午为了你,我把窗户底下清扫了一遍,把很多捡来舍不得丢掉的垃圾全给扔了。你一直用疑惑的目光注视我,粉色的鼻翼不时蠕动。我对你说,"你的窝被我腾了出来,今后你就要在此度过余生。"你听过我的话,眼睛依旧盯着我。我想你没有听懂我的话。

时针在奔跑,它把太阳送到了西边的山后。我先要给你去买些吃的。从八廓街通往清真寺的小巷里,晚上有很多摆摊卖菜的四川人,我从一个菜摊上买了十斤白菜,再要了一些丢掉的烂菜叶子,回到家切碎喂给你。你显得很优雅,低垂着头,一小口一小口地咀嚼,不时用你那晶亮的眼睛对视我一下。你的眼神变得柔和了些,但不时还有犹豫和惊恐闪现。我心满意足地冲着你呵呵笑。我喜欢你一身的白毛和敏感的双眼。你这头绵羊,为了你我把今天下午的那顿酒都忘了去喝。唉,一下午转眼就消失了,要是以往时间漫长得让我不知所措。

这一晚,我睡得很不踏实,心里老是惦记着你,醒来过三次,每次都要开门去看你。每次你都睡得很沉,在地上佝偻着身子,小脑袋缩在胸前,一副惹人爱怜的模样。桑姆的睡觉姿势也跟你差不多,你俩是何等的相像啊!我蹲在你的身旁,久久注视着你,心里充满温馨。

醒来,四合院里已经有人走动,还听到去上学的小孩叫闹声。

我睡过头了,急忙起来。

我解开套绳,牵你去转林廓时,你咩咩地叫喊,四蹄结结实实地抵在石板上,身子向后缩。来到院子中央打水的邻居见这般情景,过来帮我推你。你拗不过我们,只能顺从地跟在我的身后。我们俩穿过小巷走到了拉萨河边,碧蓝的江水一路陪伴我们,清风飘摇我沧桑的白发。翻越觉布日山时,你又跟我拗起来,死活不上陡峭的山坡。几个转经人从后面推你,我从前面拽。这样僵持一阵后,我的全身出汗湿透,你快把我的体力全耗掉了。疲惫的我愤怒地吼,"你再这样,我就把你送回甘肃人那里!"你的眼睛里拂过一丝惊惧,脑袋低沉下去,再也不看我一眼。"别急,你第一次带它来转经,可能有点害怕。""让它休息一下,我们帮你。""它怕了,看,身子都在抖。"七八个人围拢过来,站在爬山的狭窄小道上议论开了。风马旗在徐风中轻轻飘扬,发出微微的声响;刻玛呢石的人,盘腿坐在路边,在岩石板上叮叮咣咣地雕刻六字真言。有个老太婆从自己的包里,抓点揉好的糌粑坨,送到了你的嘴边。你湿漉的鼻翅儿蠕动,伸出舌头舔舐糌粑。"可怜的绵羊,你是被放生的,谁都不会伤害你,用不着害怕。"老太婆说着抚摩你的头。老太婆的手,轻轻地敲击你的背部,你顺从地向山坡上走去。我匆忙牵着绳走在前面。人们的念经声嗡嗡地在背后响起。

没有一会儿,我们来到仓琼甜茶馆,我把你拴在门口,让服务员给你一些菜叶吃。她们从厨房拿些菜叶子去喂你。一名服务员跑进来问我,"准备放生吗?""是放生羊。"我回答。"那你该给它穿耳,或身上涂颜料。"服务员又说。"这些我知道。只是它刚买回来,再说我也不会穿耳。""明天你带它过来,我帮你穿耳。"一位喝茶的老头插话说。他穿氆氇藏装,白色的胡须直抵胸前。"那太好了。谢谢您。"我向他表示感激。他说给绵羊穿耳,是他的一个绝活,绵羊不会感到一点疼痛。他的自信,使我踏实了很多。

"把你的包给我,我给你装点菜叶子。"服务员拿走了我的背包。

我背上满满当当的布兜包,领你从小昭寺门口过。街道两旁的店子开门营业了,嘈杂的音乐直冲天际,不时还能听到减价处理的叫喊声。我突然想带你去小昭寺,让你拜拜觉沃米居多吉(释迦牟尼佛),争取来世有个好的去处。我们穿越桑烟的缭绕,进了小昭寺大门,你用奇异的目光审视。有位僧人挡住了我们,不让你进寺庙里,说你会弄脏佛堂的。我向他恳求,说你是昨天刚买来的,是要放生的。他最终允许你进去。我提醒你,好好拜佛,用心祈求。你顺从地跟随我,你的目光落在慈祥的神佛和面目狰狞的护法神上,一种胆怯的虔诚表现出来,身子微弓,步伐轻柔。我从你的眼神里,发现你是一头很有灵性的绵羊,相信你跟着我会积很多的功德,这些以小积多的功德,最终会给你好的报应。

我俩坐在小昭寺院子里,晒着暖暖的阳光休息。空气里弥漫桑烟和酥油的气味,不时传来缓慢的鼓声,它们让我们的心远离浮躁,变得安静。我对你说,"你们羊都是好样的,知道吗?松赞干布建设大昭寺时,是山羊背土填湖,立下了头等功劳。现在大昭寺里还供奉着一头山羊。"你听完我的话,把下巴抵在我的大腿上。我用手指挠你下巴,你欢喜地眯上了眼睛。我知道你的身子很脏,羊毛都有些发黑,我们回到家我给你洗澡。

你在自来水管底乖巧地站着,银亮的水从你的背脊上迸碎,化成珠珠水滴,落进下水管道里。我赤脚给你打肥皂,十个指头穿行在茸茸的卷毛里,从项颈一直游弋到肚皮底,你的舒服劲我的指头感受着。水管再次拧开,银亮的水顺羊毛落下时变得很浑浊。我再次打肥皂,再次冲洗,你呀白得如同天空落下的雪,让我的眼睛生疼。唉,十几年前,桑姆还健在的时候,我都是这样帮桑姆洗头,桑姆白净的脖子也在阳光下这般地刺眼。那种甜蜜的时日,在我的记忆里已经空白了很长很长。此刻,我又仿佛寻找到了那种甜蜜。我们坐在自家的窗户下,我用梳子给你梳理羊毛。你把身子贴近我,用脑袋摩挲我的胸口。你那弯曲的羊角,抵得我瘦弱的胸口发痛,我只得赶紧制止。我回屋取来酥油,把它涂抹在你的羊角上,上面的纹路愈发地清晰。你的到来,使我有忙不完的活,使我有了寄托和牵挂,使桑姆的点点滴滴又鲜活在我的记忆里。我再不能像从前一样，每天下午到酒馆里喝得酩酊大醉，我要想着你，想到要给你喂草呢。

我口渴难忍，提着塑料桶去买青稞酒。回到家，我坐在一张矮小的木凳上，身披夕阳，一边看你一边喝酒。你站在面前，用桑姆惯用的那种羞怯、温情的眼神凝望着我。这种眼神，剥去了岁月在我心头堆砌的沧桑，心开始变得温柔起来。还有这酒，怎么落到肚子里，变成香甜的了？以往喝酒，怎么没有尝出香甜的余味呢？这是不是心境的变迁引来的，我真说不准。我一口一口地喝，这种香甜从舌苔上慢慢扩散向脑际，整个人被这种香甜沉溺。

这一夜我睡得很死，没有一个梦境出现。

你的两只耳朵被钢针沾着清油穿了孔，系上了红色的布条，这样你就显得引人注目。

桑姆，为了让你尽早投胎转世，我天天带着放生羊去转经。这头绵羊现在被我视如你了。

桑姆，你现在再没有出现在我的梦里，我不知道你现在的境况，有可能的话你再给我托一次梦吧。

现在，人们每天都能看到我和洁白的绵羊，顺着林廓路去转经。你耳朵上的红色布条，脊背中央点缀的红色颜料，向人们昭示着今生你要平安地度过，直到生老病死。

我带着你已经转了近一个月的林廓，你也熟悉了转经路上的一切。从今天开始我不再拴你了，我们相跟着去转经。我背上布兜包，里面装着我的茶碗和油炸果子，手里拨动念珠。我走走停停，看你是不是紧跟在我的身后。需要横穿马路时，我牵着你过，免得车子把你给撞了。路上我遇到熟人，跟他们唠叨时，你驻足站在我的身旁。认识的人都说，"年扎啦，你做了一件了不起的善事，你会有好报的。""这头绵羊懂人性啊！""年扎啦，给它脖子上拴个铃铛，你就用不着老回头。""遇到你，是这头绵羊的福分。"这些话让我听了心里乐滋滋的，你的到来我一直认定是前世注定的一个缘，桑姆刚托梦，你和我就不期而遇了，哪有这么巧合的事情？我进仓琼茶馆,你从门帘缝里挤进来,钻到桌子下面。"你待在外面,不能进来。"我对你喊。你蜷缩在桌子底,毫不理会我的叫喊。茶客们看着我,会心地微笑。"就让它躺在那里,它又不占位置。"服务员说。我没有再赶你,我从布兜包里掏出茶杯,搁在桌子上,再伸手取出油炸果子,掰碎了喂你。你用舌头把油炸果子卷进嘴里,用牙齿嚓嚓地嚼碎。我把甜茶喝了个饱,你却静静地躺着,脑袋随着进进出出的人摆动。"南边的三怙主殿正在维修,听说缺人手,要是谁能去帮忙,那功德无量。"有个中年人跟旁边的茶客说。这句话让我很振奋,我想这是一个多好的机会,我要去义务劳动。我把杯子里的那点剩茶倒掉,用毛巾把杯子擦干净,装进了布兜包里。我一起身,你机敏地从地上爬起来,一同出茶馆门,走到喧嚣的大街上。你已经不再注意周围的热闹了,一门心思地跟在我的身边。我们穿过热闹的小巷,回到了四合院里。

我把你拴在窗户底下,从麻袋里拿些干草,搁在掉了瓷的脸盆里;再用另一个盆,从自来水管里给你接上清水。你望着这两个盆,没有表现出饥渴的样子,只是清澈的眼睛里露出疲态来。你把四蹄关节一弯,卧躺在地上,耳朵轻轻地甩动。我知道你已经很累了,该让你休息一下。我进屋脱了鞋,把湿透的鞋垫放在窗台上,让阳光晒干,自己盘腿坐在床上。我在思想,为了桑姆该给三怙主殿捐多少钱,怎样才能让他们把我留在工地上。藏族人都知道,米拉日巴为了救赎自己的杀生罪孽,拜玛尔巴为师,用艰辛的劳动洗涤恶业,即使背部生疮化脓,手足割破,也咬着牙坚持,他最后得道了。为了桑姆有个好的去处,我捐五百元钱,再劳动一个月,为桑姆减轻一些恶业。这样想着,不知不觉中黑色的幕布把整个院子给罩住了。明天还要早起,现在我该入睡了。

一阵踢门声,把我惊醒。我匆忙坐起来,往门口喊,"是谁?"门不敲了,外面很安静。我猜不明白谁会这么早来敲门,难道是邻居生病了?"喂,是谁?"我喊着把灯给打开了。嘡嘡地又再敲,而且敲的声音比先前更重更急促了。裤子套在腿上,我急忙去开门。掀开门帘,借着灯光看,一个人都没有。稍一低头,看见你依在黑色的门套上,抬起脑袋咩咩地叫唤。紧张一下从我的头脑里消失，原来是你在敲门，催促我赶紧起床去转经。我嘴里骂你几句，心里却是很高兴。我给佛龛添了供水，烧了香。之后给你喂了些干草，然后我们一路去转经。路灯下的水泥板人行道，把你的蹄音震出来，嗒嗒的足音伴随我的诵经声，一切显得是如此的和谐。当我们走到功德林时，天空落下毛毛细雨，我们俩加快脚步，去找避雨的地方。雨下大了，噼噼啪啪地砸下来，人行道和马路上开始积水。我的鞋里灌进了水，你的身子被水浇透。前面有人喊，"过来，避雨。"我和你向一家餐馆的大门斗拱底跑去。这里已经聚了七八个人，绝大部分是来转经的。你可能太冷了，身子直往里面拱。站在最里面躲雨的小伙子，踢了你一脚。你什么反应都没有。旁边的一位老太婆忍不住，开始骂这个小伙子。"没有看到这是头放生羊吗？你还要踢它，畜生都不如。"小伙子刚要发作，其他的转经人都一同训斥他。他看清了自己的处境，跑进了大雨里，继续赶路。"这些年轻人，没有一点怜悯之心，活着跟牲畜一样。""可能喝了一晚上的酒，现在才回去呢。刚才我还闻到他一身的酒气。""一代不如一代。"我们待在斗拱底，听他们发出感慨，希望这雨尽早停下来。半个多小时后，雨变小了，我们又继续去转经。

我们湿漉漉地来到了南边的三怙主殿，找到了管事的僧人。我把钱捐给他，希望他留我们两个在这里当小工。他很爽快地答应了我们的请求，说，"除午饭殿里供应外，还要供应两次茶。"听到这个消息，我很高兴。这一天我就忙着装土、和泥。你却被我拴在了三怙主殿阶梯旁。回家我给你用布缝了个褡裢，翌日你背着褡裢运土运沙，来回往返不停，用自己的汗水建设殿堂。僧人们都说，"这头绵羊，活生生地给我们演绎建造大昭寺时的一幕。"

我俩在三怙主殿义务劳动了二十三天，后头的活路我们俩一点都帮不上忙，那是画师们的事情，他们要在墙上画壁画。结束工作后的第四天，三怙主殿的管事派了一名僧人，他推一辆手推车，送来了六袋鲜草和舍利药丸。我遵从他的指示，把药丸浸泡在水里。每次逢到吉日，我们两个喝上几口。偶尔，我用这圣水帮你清洗眼睛。

每天早晨你都要敲门弄醒我，然后你走在前头，我紧随其后。我路遇熟人，你会只顾往前走，到时候选个舒适的地方，站在那里等待我。到了茶馆，你会钻到我常坐的那个桌子底下，喝茶的人一见你，赶忙端着杯子，坐到别的位置上去，把地方腾给我们。人们都认识你了。

初夜我梦见到了桑姆。你走在一条云遮雾绕的山间小道上，表情恬淡、安详，走起路来从容稳健。后来你变得有些模糊，仿佛又幻成了另外一个人。我笑了，在梦境里我露出了白白的牙齿。这种喜悦使我睡醒过来。我端坐在床上，解析这个梦。我想你可能离开了地狱的煎熬，这从你的安详表情可以得到证明，梦境的后头你变得模糊起来，只能说明你已经转世投胎了。这么想着我很兴奋，于是睡意全无了。到了下半夜，我的胃部一阵疼痛，额头上沁出了颗颗汗珠。我想，这样疼的话，今天可能转不了经。那你怎么办？又想，这胃病，顶多会疼个把小时，之后会没有事的。我起床吃了几粒治胃的藏药，又躺进被窝里。当你踹门时，那酸溜溜的疼痛依然驻留在我胃上，它不会让我走动。你踹门的力度加强了，我只能硬撑着走到门口，把门打开，给你解了套绳，"我病了，你自己去转，转完赶紧回来。"我对你说。你仰头凝望我，等待我一同出门。我只得牵你到大门口，而后推你往前走。你回头怔怔地望着我。我向你挥挥手，示意向前走。你明白了我的意思，扭头向小巷的尽头走去，留下一阵清脆的蹄音，消失在小巷的尽头。

我躺在被窝里等着疼痛消失。

太阳光照到了窗台上，我躺在被窝里开始担心起你来。这种焦虑，让我心急如焚，忘却疼痛。我穿上衣服，出门寻找你。这疼痛让我头上冒汗，脚挪不动，只能坐在大门口，背靠门框上。疼痛减弱了些，我的眼光瞟向巷子尽头时，你一身的白烙在我的眼睛里。你从巷子的尽头不急不慢地走来，偶尔驻足向四周观察一番。你自己都能去转经了，我喜极而泣。我坚持站立起来，等待你靠近。我把你拴在窗户下，拿些干草喂你。唉，又一阵钻心的疼痛袭上来，我只能蹲下身，用手顶住发疼处。"年扎大爷，你怎么啦？""到医院去看病！""你的脸色怪吓人的，我们送你去医院。"……邻居们围过来，坚持要送我到医院去。我犟不过他们，只能到医院去检查。医生要我住院，说病得不轻。我却坚持不住院，说给我打个镇痛的针就行。邻居们也坚持要我住院，说，"三顿饭，我们轮流给你送。"我很感激，但我不能住院。医生把几个邻居叫到了外面，进来时个个脸色凝滞而呆板。我从他们的脸上窥视到我的病情，已经到了无法救治的地步。"医生，我孤寡一人，你就把病情告诉我吧！"我向医生央求。"您太累了，需要待在医院康复。"医生说。"您就实话告诉我吧，我刚才从邻居们的眼神里知道我的病情很严重。""别乱想了，病不重，你在医院里先住上。"邻居们好言相劝。"医生，您把病情单给我看看，即使是最坏的结果，我也能平静地接受。"医生的眼光落到了邻居们的脸上，邻居们低下头，谁都不吭一声。"我无儿无女，只能自己拿主意，你就给我看吧。"医生很无奈地把病情单递给了我。胃癌。这两个字跳入了我的眼睛里，心抖颤了一下。我想到时日不多了，要是我死了，你——放生羊该怎么办？这种牵挂让我的心情变得复杂起来，开始有些动摇了。我发现，面对死亡，我做不到无牵无挂。我盯着医生，问，"我还能支持多久？"医生回答，"不好说。配合治疗的话，比不治疗活得要久一些。"我不能住院，一旦住院，每天往我体内要灌输很多药水，那样我有限的时间全部耗掉在医院里了。再不可能天天去转经，去拜佛，那样我的身体没有垮掉之前，心灵会先枯竭死掉。"医生，今天给我打个镇痛的药。回去，我把家里的事情处理一下，明天过来住院。"我为了逃脱，开始跟医生撒谎。医生可能看出了我的伎俩，劝我道，"别拿自己的命来开玩笑。"我说了很多保证的话，才得以离开医院。

　　绵羊见邻居们扶着我回来，急忙从地上爬起来，向我靠过来。这不争气的眼泪，顿时哗哗流下来，把我的老脸溅湿了。桑姆也是这样被我们从医院里抱回来的，最后那口气是在自家的房子里断的。我这样流泪多不好，邻居们会以为我贪生怕死呢。他们把你推在一边，将我护送到房间里。我看到了你潮湿的眼睛，低垂下去的脑袋。邻居们围着我，劝我第二天去住院。有些还跑回家，给我送来了鸡蛋、酥油、牛肉。他们还向我承诺，一定看好带好喂好放生羊。这句话贴我的心，使缠绕我的担心减轻了不少。

邻居们怕我累着，陆续回了各自的家。

我把窗帘拉上，打开电灯。胃还是有一点轻微的灼痛感。我把你领到屋子里，自己坐在了木床上。你卧躺在我的脚旁，抬头凝视着。我身子前倾，给你挠痒。你惬意地眯上了眼睛。"我不知道自己什么时候会突然死去，活着的日子里，我会带你做很多的善事，这样你可以消除恶业，来世有个好的去处。即使我死了，你也会被院子里的人代养，直到老死。今生，我们俩把前世的缘续了下来，来世或几世之后还会接着续下去。"我动情地给你说。你仿佛听懂了我的话，站起来把两只前蹄搭在我的腿上，眼眶里闪耀泪花。我抱住你的脖子，尽情地哭泣。你湿润的呼吸在我的耳边流动，犹如桑姆的气息，它让我的情绪平稳下来。"我在祈求众生远离灾荒、战乱，远离病痛折磨的同时，也会给你祈求来世生在富贵人家，来世遇上慈祥父母，来世再与佛法相遇……"我跟你说了很多的话，好像自己真的明天就要死去一样。外面传来几声狗吠，这才知道时间已经很晚了，我和你该休息了。我把你牵回到院子里，让你早点睡觉。

我没有去住院，一种紧迫感促使我从这一天开始，带你去各大寺庙拜佛，逢到吉日到菜市场去买几十斤活鱼，由你驮着，到很远的河边去放生。那些被放生的鱼，从塑料口袋里欢快地游出，摆动尾巴钻进河边的水草里，寻不见踪影。几百条生命被我俩从死亡的边缘拯救，让它们摆脱了恐惧和绝望，在蓝盈盈的河水里重新开始生活。我和你望着清澈的河水，那里有蓝天、白云的倒影。清风拂过来，水面荡起波纹，蓝天白云开始飘摇；柳树枝舞动起来，发出沙沙的声响；河堤旁绿草萋萋，几只蝴蝶蹁跹起舞。我和你神清气爽，心里充满慈悲、爱怜。我盘腿坐在河边，打开那桶青稞酒，慢慢地啜饮。手里的念珠飞快地转动，念珠磕碰的轻微声响，让我的心灵宁静。你悠闲地低头啃草，偶尔竖立耳朵，警觉地注视呼啸奔驶的汽车。太阳落山之前，我和你慢腾腾地回家去。

这年的夏末，措门林寺里活佛在讲法。我带你去听法时，寺院院子里黑压压地坐满了人，我和你紧靠着坐在角落里。活佛讲法时，你竖着耳朵安安静静地卧躺在地上，眼睛时不时地瞟向法座上的活佛。待累了，你走向人群后面，转悠一圈，用不了多长时间，又回到我的身旁。看到你的这种表现，人们除了惊讶，还对你产生了怜惜之情。以后的每一天里，许多来听法的人会给你带些鲜草、蔬菜来，他们把这些堆放在你的面前，抚摩着你的背，说，"跟佛有缘，一定会有善的结果。"寺院的僧人们对你格外地开恩，允许你进入庙堂拜佛、转经，还给你赏了挂在耳朵上的红布条。

我和你每天都忙个不停，时间转眼到了中秋。这当中，我的胃虽有疼痛，但没有先前那般厉害了。桑姆再也没有托梦给我，但愿你已投胎成人。我对桑姆的牵挂稍稍一松懈，发现对放生羊的牵挂与日俱增，担心自己死掉后没有人照顾你，怕你受到虐待，怕你被人逐出院子。这种烦恼一直萦绕在我的头脑里，促使我努力多活几年。每天我都要祈祷三宝，让我在尘世多待些时日。趁着中秋时节，我想带你去林廓路上磕一圈长头。我跟你说这件事时，你的眼睛里充满了渴望。我给你重新缝了个褡裢，给我做了个帆布围裙，这样我们算准备停当了。

天，还没有发亮，黑色却一点一点地褪去，渐渐变成浅灰色。我一步一磕，行进速度非常缓慢。你慢腾腾地走在我的身边，不时用眼睛瞟我。你背上的褡裢左侧装着一小袋糌粑和一瓶茶，右边装了一把白菜和一塑料罐水。当阳光照耀时，我和你已经磕到了朵森格路南端。一辆辆大巴车开过来，停在路边，车上下来国内外来的游客。他们一见到我们俩，围拢过来，照相机噼噼啪啪地照个没完。我匍匐在地上又起来，走两步，接着跪拜在地上。你驮着东西，跟在我的身边。有些游客给我们施舍钱币，我把钱收了，合掌说，"谢谢！"这些钱哪天我们捐给寺庙吧。我们磕着头把他们甩在了身后。我只祈求三宝保佑我多活些时日，让我能够陪伴你久长一些。

午饭，我们坐在马路边吃的。我盘腿坐在人行道上，从褡裢里给你拿出白菜，掰碎了放在你的嘴下。你太饿了，几口就把它吃完了。我干脆把整坨白菜丢在你的面前，自己开始倒茶揉糌粑。路过的行人不免回头看我们，之后匆忙离开。我再给你喂了几坨糌粑，把水倒进塑料袋里，让你喝了个饱。我们俩在树阴底躺下休息。马路上飞驶的汽车和流动的人群，不能让我们完完全全地放松休息，嘈杂声使人的心悬吊。我们又开始磕起了长头，毒辣的阳光让我汗流浃背，滚烫的水泥板烫得我胸口发热。可这一切算得了什么，我要坚持一路磕下去。

翌日，我们又从昨天停顿的地方开始磕长头。发现，身边有几十个磕长头的人，从穿着来看，他们一定来自遥远的藏东。在嚓啦嚓啦的匍匐声中，我们一路前行，穿越了黎明。朝阳出来，金光哗啦啦地洒落下来，前面的道路霎时一片金灿灿。你白色的身子移动在这片金光中，显得愈加的纯净和光洁，似一朵盛开的白莲，一尘不染。

(选自《芳草》2009年第4期)

酒　窖

张　炜

一

经过不知多少代的开垦和经营，我们这里已经成了世界上最大的葡萄园之一。这片一望无际的绿园显然包含了一个地方的荣誉和尊严。我有时想，这么多的葡萄难道都酿成了酒？秋天，一辆辆马车汽车都载满了葡萄，驶向了榨汁厂。原野上，贮存葡萄汁的一个个大金属罐子在阳光下闪闪发亮，像巨人般耸立。

这一片大葡萄园，赖以存在的基础就是当地那个葡萄酒酿造公司。这个公司已经有几百年的历史了，它拥有全国最大的地下酒窖。我从得知了这个酒窖之后，就一直想亲眼看一看。有一天我甚至梦见自己走入了一个很大的地下洞穴，洞穴里排满了一个个椭圆形的大柞木桶；头上滴着水珠，地下是坚硬的泥土，一个个盛了葡萄汁的柞木桶被枕木垫起来。我沿着洞穴走着，不知走了多远，随着灯光越来越黯淡，寒冷和潮湿也阵阵袭来……我知道这是一处地下酒窖，美酒就是在这儿悄悄地、隐秘地贮藏着，发生一些微妙的变化。甘甜的葡萄汁在这里贮藏上许多许多年之后，再变成那些诱人的酒浆，贴上精致的商标，被轮船或火车运向四面八方。那么大一片葡萄园就应该配有这样一处地下酒窖，它们地上地下互相呼应和衬托：一个在阳光的照射下生机盎然，一个在地下隐秘的角落里默默酝酿……

那个梦境其实是有根据的，我好像在哪儿见过这样的酒窖。想着想着，终于记起是在东北的长白山下。那儿的一个小城也是著名的葡萄酒产地。那一次去长白山，途中好客的主人邀请我们参观当地名胜，其中一项就是地下酒窖。就是那样的一处地下洞穴，里面摆满了硕大的木桶；地下通道是旋转的、弯曲的，主人说如果拉直了算，有十公里长呢。葡萄汁都是野葡萄榨成的，长白山周围大大小小的丘陵和山坳都生满了野葡萄，是一个天然的葡萄园。

那一天主人还领我们参观了酿造车间。在一个接待室，我们品尝了各种酒。这些酒有的紫红，有的棕黄，有的是深黑色。我们每种都喝了很少一点，脸上开始发烧。我们还看到了挂在墙上的题词——从元帅到总理，都留下了赞美的词句。这些墨迹都经主人精心装裱，装在玻璃框中，悬在醒目处。

那次参观留下了如此难忘的印象，它植入了梦中。

当年我们在山上行走，不时要撩开浓密的藤蔓，看到黑紫的葡萄。人们就是把这些散布在漫山遍野的颗粒采集起来，一点一点汇聚到巨大的木桶中，藏入地下酒窖。

我们这片茫茫的海滩平原既有无边的葡萄园，就该有更大的酒窖。这个酒窖的准确位置到底在哪儿，我当时并不知道。我曾发现过一些很小的、零散分布在民间的一些小酒窖……那一年我流浪到南山时，曾经遇到一个奇怪的老人，他就把几只木桶藏在红薯窖里，里面装的竟是甜甜的葡萄汁。他有自己独特的酿酒方法，据说那些葡萄汁有的甚至是他的老爷爷藏下的。这一家酿酒的历史也许值得好好追溯——他的老爷爷就在赫赫有名的那个酿酒公司做过职员，后来由于很不体面的一件事被赶出来了。他大概一回到家里就捣鼓起了那个事情。

山里老人用自酿的葡萄酒招待客人，毫不吝啬。我记得那种酒多少有点艾草味儿，而且十分强烈。它在当地十分有名。

类似的私人酒窖我还可以举出很多。但我不得不承认，我所见过的最大的酒窖，还是当年在长白山下的那个。

由于酒窖所在地之不同，它们装的葡萄汁也不同，酿出的酒也千差万别。长白山下那个小城的葡萄酒有一种药味。记得那次酒厂主人带着自豪的口吻，告诉我们这里是全国最大的葡萄酒基地时，我心里曾响起一个反抗的声音，一句话差点脱口而出：最大的葡萄园、最大的葡萄酒基地，应该在我们的那片平原上……但我容忍了他的话并客气地、感激地喝了他的酒。

后来我才知道，我并没有把事情搞得更确切，他的本意，是指拥有全国最大的野葡萄酒基地。

那个小城的夜晚让我难忘。那天晚上我一个人走上了街头。记得街巷上灯很暗，我踉踉跄跄往前走，有些凉的初秋的风吹着胸脯。在一个路灯下，我看到了一个熟悉的面孔，心扑通跳了一下。我害怕地把脸转向一边。一会儿我侧过身子重新去看，一颗心才慢慢跳得平缓下来。

那不是她。只是那个侧影极其相似。

我松了一口气，可是额头已经渗出了一层汗珠。尽管这样，我却再也没有平静下来。

第二天还是参观。我极力压抑着心里的一点什么，可是很不成功。我的思绪再也不能收拢。那个下午我说话很少，同行的朋友交谈着什么，我也不太注意。好不容易把一个下午度过了。我们每个人都得到了一小瓶很精致的酒。

很早以前，我在一片葡萄园里发现了她。我觉得她的额头、发辫和眼睛，浑身上下都散发着葡萄的气味。当我看到她在那儿欢快地跳跃，跟周围的人讲话，总是不知怎样才好。我们的学校也在一片葡萄园里，我的确是在葡萄架下发现了她。上课的时候，无论有多少人，我总能感到她的存在。她的那双有点深陷的眼睛多么明亮，它也许要照耀我的一生。我那时想得多么简单，甚至认为这会是命中注定的一种结局，而且世界上的任何力量都难以改变这个结局。

后来我离开了学校和葡萄园，去了很远的一座城市。可是那双明亮的眼睛仍然在照耀着我。有一天乘市内公共汽车去郊区，在拥挤的乘客中一转脸，突然又发现了那双眼睛。我的心咚咚跳，双手颤抖，茫然若失地抓着车上的横梁，几次都抓空了。当我再一次回头看去的时候，发现她正若无其事地盯着车窗外。错了，不是她。

自那一天开始，一座偌大的城市化为了一片藤蔓，我需要不断地撩开一些披挂才能往前。

在长白山之夜，我也许根本就没有想过她。因为我完全被一路上的新奇所吸引，被崭新的事物唤起兴趣。可就在那个夜晚我蓦然回首——她又站在了路灯下……那个晚上我一个人走了很远，但没有迷路。

回到住处觉得有点头疼，并不知道那是一次感冒的前兆。第二天早晨开始发烧，我吃了一点药，坚持上路。半路上病得很厉害，有人听见我迷迷糊糊地说起了梦话，说了酒窖和葡萄园，还有一个陌生的名字……

长白山下的小城之夜距今已经三十几年了，这期间经历了多少事情，既平平淡淡又惊心动魄。关于与她的那个"结局"，实在是非常遥远了。

那不是我一个人的错误，类似的遗失可以属于生活中的每一个人。当我想起这一点的时候，才多少有些原谅，原谅生活和命运。我不知道该责备什么，正像我不知道该感谢什么一样。我没法忘记的只是源于葡萄园中的那双眼睛，明亮的眸子。

我偶尔回到那片葡萄园，可是如何寻觅昨天的足迹？葡萄园中那条坑坑洼洼的石子路还在，它还在。一次次归来，是因为梦中的酒窖对我产生了诱惑——与此同时，她也出现在梦中了。

我们好像一起走在葡萄园里。当我们俩很近地在一片熏风里迈着不紧不慢的步子，一言不发地往前的时候，当我们的手不得不紧紧地握在一起，依偎在那儿的时候，无法抗拒的辛酸也袭上心头。她的质地很厚的、做工特别讲究的暗黄色长裙挨在了我的身上。我在冰凉的葡萄架石桩上抵紧了后背，吻了她长长的眼睫毛、她有些消瘦的面颊……谁也没有询问共同的过去。我们带着过来人的宽宥和温厚互相抚摸着，平静而又热烈。我们都闭着眼睛，在黑夜里感受着那种奇怪的磁力，那种无所不在的引力和准确无误的抵达。它到底是怎样发生的？这世上究竟有没有一种我们所无法理解的东西在永远左右着你我他？它能够测知我们到底走向哪里、我们最终的归宿？这种感觉，这种超乎理性和逻辑的陌生之物，环绕着我们，不愿离去。它似乎真的存在，在哪儿指引我们。

她像一个很好的母亲那样微笑着，我像一个很好的父亲那样沉默着。

我们在那个夜晚都恰好是五十周岁生日的前后。我们当时用自己成熟的步伐丈量了大片的葡萄园。最后,也许是不经意间,她问了一句:

"你参观过酒窖吗?"

"什么酒窖?"

"就是我们这儿的葡萄酒城,那个大公司的酒窖呀,还有什么酒窖?"

我摇摇头。

二

小时候在葡萄园里劳动,跟随母亲在绿色的世界里进进出出。当时的葡萄园还是一小块一小块的,后来才连成了一大片一大片。葡萄园之外就是没有人工痕迹的荒原,我不敢一个人深入内部,总是走一会儿就折回。我常常拿着拣到的鸟蛋和蘑菇、一些奇奇怪怪的花朵归来。母亲在葡萄园里劳动,像别人一样熟练,做得又快又好,两只手慢慢磨出了老茧。葡萄园的人都同情她,因为在他们眼里,来自远城的母亲是不该做这种粗活的。

在我眼里没有比母亲更漂亮的人了,而且她永远年轻。

多少年之后,当我离开了母亲,不得不独自远行时,只靠藏在深处的怀念安慰自己。这样有十几年。

有一天我一个人徒步走回了那片荒原。那是一个傍晚,秋天的气息弥漫了大地。天气不太冷,狗的叫声在远处淡下去。我轻手轻脚往前,像怕惊动了母亲。这么多年了,这里的一切竟没有多少变化。我沿着小时候熟悉的路径往前。终于看到了我们的篱笆。推开了柴门,走向院子当心……母亲没有发现她的儿子。她坐在东间屋里,安详地坐在昏暗处,什么也没有做,两手合在一起。她比记忆中的要矮小和瘦削,头发差不多全白了。我站了足足有四五分钟,一声不吭。泪水在鼻子两侧流动。

"……"

母亲想站得直一些,但我看出她的两腿有些抖。我扶住了母亲。我把脸伏在她的肩上。

母亲没有问什么,需要询问的太多了。她一声不吭地把手按在我的后背上。

母亲原来这么瘦小。

从那时以后，我走得再远，也要频频回返，要站在母亲的视野里。

母亲越来越衰老了。她的眼睛再也看不清书上的字了，却能够用平淡的口吻谈论周围的一切。她的话很少，然而总是让我难以忘记，给我永远的警策。她常常问我过得怎么样，我告诉她：我像她一样不停地劳作和奔波，也不停地阅读。我能够在最绝望的日子里寻找下去。说过这些话之后，我的脸上一阵羞愧，轻轻地背过身去。我不敢迎视母亲的目光。

当我走出家门，重新开始了遥远的行程时，脑际又一次飘过葡萄园里那淡淡的清香，想起了第一次看见的那个姑娘、那片连同她一块儿毁掉了的废墟、我的惆怅和张望。在数不清的日子里，我从未忘记日落黄昏下那片破碎的砖石瓦砾。荒野上像幻景一样出现的那片青色屋顶，总是在遥远的天际闪动。我甚至想起了苦行的玄奘，想起了他向西的奔波以及那些脍炙人口的故事。

不久之后，我来到了莱茵河畔的乌珀塔尔，在欧洲这片出现了众多思想巨人的土地上，竟然有人在这里做一件耐人寻味的事情。

那一天我们得到消息，乌珀塔尔将有一个有趣的仪式——一个叫"自由思想者协会"的组织将要接纳一批新会员。于是我们一大清早就好奇地赶去了。尽管我们走得很早，到乌珀塔尔已经是当地时间上午九点了。我们走进会场时，会议已经开始了。台上装饰了鲜花和旗帜，有人讲话，接着是乐队奏乐、给新会员献花。合唱队唱起了歌，并再次向新会员祝贺。祝贺者讲话的大意是：你们从现在起成为自由思想者了，成了独立的人，但不要忘记自己的责任，等等。

介绍者说，"自由思想者协会"现在已经发展到四万多人。"入会的条件是什么呢？"我问他们。对方告诉：加入这个协会的唯一条件，就是放弃任何信仰，年龄要在十四岁以上。协会成员以工人和职员为主，还有少量知识分子。

一位长者对新入会的会员——一个小男孩说："要理解父母，他们对你们的管束都是以爱为前提的，明白吗？"

那个漂亮的男孩严肃地倾听，庄严地点头。

从"自由思想者协会"入会仪式上出来，我们又到巴门参观恩格斯纪念馆。在他的家乡，他受到了格外的尊重。纪念馆是恩格斯祖父的旧居改成的。我在留名簿上签名时，一个欧洲人用手指着说："东方人的字，就像一朵一朵的小花。"

纪念馆的人指引我们参观了一个地下酒窖。看来恩格斯的祖父是一个喜欢喝酒的人。这个酒窖很大，当我踩着石头阶梯走下去的时候，一股湿气扑面而来。我想起了长白山下的小城，那个巨大的酒窖。这儿也有一些很大的柞木桶，当然离长白山下的酒窖规模要差很多，但的确是一个名副其实的酒窖。通向酒窖的一个地下小厅是喝酒的场所，那儿摆着一个很长的木桌，挂了一排排的粗瓷酒杯。主人介绍说，当年很多朋友到这儿串门，恩格斯的祖父就和大家坐在这个桌旁喝酒的。

我们都觉得有趣，都坐在长条木桌旁。

从纪念馆出来不远，就是恩格斯的出生地，可惜那座建筑已经毁于第二次世界大战了。原址上立了一块石牌，上面刻了这样一行字：

这里曾经诞生了这座城市的伟大儿子，科学社会主义的创始人之一。

离开乌珀塔尔，我们驱车沿着莱茵河回到波恩。一路沉浸在回忆中，想象那座酒窖里谈笑风生的老人和他的后代、他们与东方的关系。想起长白山下的酒窖和那个当时还没有发现的地方——全国最大的葡萄酒窖之侧，那儿的一片大葡萄园。

列宁曾经用悲切的口吻谈到了恩格斯的去世，引用了涅克拉索夫纪念杜勃罗留波夫的诗句——"一盏多么明亮的智慧之灯熄灭了，一颗多么伟在的心停止跳动了"，接着列宁写道："一八九五年新历八月五日（七月二十四日）弗里德里希·恩格斯在伦敦与世长辞了"。

列宁说自己和马克思保留了黑格尔关于永恒的发展过程的思想，抛弃了那种偏执的唯心主义观点。他们转向实际生活之后看到，不能用精神的发展来解释自然界的发展，恰恰相反，要从自然界、从物质中找到对精神的解释。

另一个人出生在特利尔，这是卡尔·马克思。小心翼翼地踏上黄色橡木地板，从第一展室直看到第二十三展室。卡尔·马克思于一八八三年三月十四日在伦敦逝世。

特利尔的马克思故居经过一年多的翻修和整建，于一九八三年三月重新开放。接待室里是一些陈旧的家具。遗憾的是，马克思家的用具原件没有保存下来。这些家具是从特利尔其他市民之家买来的。这儿有马克思的父亲从事律师职业时的办公室。不远处有一口水井，那儿有厨房。第十一展室是卡尔·马克思诞生的房间。马克思和恩格斯的生平展览部分就从这里开始。

第二十一展室介绍了马克思的共产主义理论，从在《共产党宣言》中的首次阐述，到一九一七年马克思主义、列宁主义和民主社会主义的发展历史。马克思和恩格斯的共同著作《共产党宣言》，占据了展室的主要部分。我看到了这本著作的第一版、早期译文和其他重要版本。一个展室陈列了马克思的主要著作《资本论》——一个玻璃柜里摆着《资本论》第一卷，十分珍贵的平装本。这里还有马克思和恩格斯签名赠给友人的书籍、他们的手稿和书信，马克思赠给父亲的一本诗集的手抄本、他搜集的一本民歌。

在莱茵河畔的日子，正是一个初秋。几乎所有的城市都有美丽的野栗子树，有血橡树。野栗子树开一串白花，血橡树叶子暗红如血。有的野栗子树开一串红花，那更美丽。

从莱茵河畔回来，第一件事就是回去看望母亲。母亲似乎已经等待了很久。当我远远看到了母亲的白发在风中拂动时，一颗心剧烈地跳动起来。母亲接过我扑满尘土的黄色挎包，问：

"你看到了什么？"

我说："我看到了他们。"

我跟母亲描述了很多，特别是那两个人。"我走到了他们的出生地，用手摸过他们房间的墙壁。"

母亲没有做声，默默地倾听。

"我还看到了一个酒窖。那是他爷爷的。"

母亲抬起头来看着我："那么说，那个老人也是爱喝酒的人了？"

我点点头："也是个好客的老人，他有一个很大的长条桌，客人一去，他就跟他们喝起酒来。"

母亲笑了。

在这个晚上，我一个人在西间屋里，听到母亲安歇了，就轻轻地开了灯。睡不着，翻找起母亲堆在一角的书。取了一本赫鲁晓夫的《秘密报告》。读着他谴责斯大林的那些话……多少无辜的人被杀。赫鲁晓夫一一列举了他们的名字，一个很长很长的名单。开国元勋，声威显赫的将军，被列宁称为"党内最可爱的人"……都死在了斯大林时代。

合上了书，一阵窒息。做了一个又一个噩梦，不断从梦中惊醒。这个晚上我很想走到母亲身边，想让母亲像我小时候那样，让我依偎一会儿。我站在母亲门外，听着里面均匀的呼吸，站了一会儿又离开。

那个夜晚我回忆着过去的那个泥屋，回忆着泥屋四周一望无际的荒野，特别是，回忆起了父亲。他早已不在了，是他用一双大手养活了我们全家，把所有的力量都用尽了，然后倒下，死去。我们生活过的地方几乎没有留下一点痕迹。我们迁离了那里，小泥屋没有了。

天蒙蒙亮的时候，我再也不愿待在屋子里了，走出去，在灰暗的天色里踱步。四周还是一片沉睡，没有一点声音。我往前走，慢慢走到了郊外。郊外是一片葡萄园，我在葡萄园的石柱前驻足。葡萄已经全部收过了，架子上的葡萄叶被冰凉的风吹落，剩下的变得枯黄，很快就要脱落。似乎听到了芦青河的流水声，可这里离河毕竟远了一点。一些葡萄没有来得及被园子的主人摘下，这时就干结在架子上。这儿的葡萄太多了，葡萄榨汁厂也收不下这么多的葡萄，许多成熟的葡萄常常被遗忘。我取下一串干瘪的葡萄放在嘴里咀嚼，一丝甘甜和苦涩同时留在了舌尖上。我相信这些葡萄同样可以酿酒。

三

另一本书记叙了一个真实的故事：东方的一位胜者在建国初期到了苏联，去见斯大林。斯大林一见面就拉着对方的手，说："伟大，你真伟大！"一个深夜，客人被斯大林安排在一个长条桌的两边，喝起了葡萄酒。只有斯大林一个人喝了红葡萄酒和白葡萄酒（掺在一块儿）。客人当时觉得奇怪，悄悄问一个翻译："为什么只有斯大林一个人喝掺起来的酒？"翻译不明白，想问一下斯大林，客人把他制止了。那一天他们喝了很多葡萄酒。

我自然而然地注意了斯大林的著作，甚至粗粗地翻过了所有的译本。有一篇文章叫《不要忘记东方》，其中写道："帝国主义者一向把东方看作自己幸福的基础，东方各国的不可计量的资源、自然幅员，难道不是世界各国帝国主义者的纠纷的苹果吗？这其实也就说明为什么帝国主义者在欧洲作战和谈论西方的时候，从来没有不想到中国、印度、波斯、埃及和摩洛哥，因为问题其实是在东方。"他接着写道："但是，帝国主义者所需要的不仅仅是东方的幅员，他们还需要东方殖民地和半殖民地特多的听话的人力，他们需要东方各民族的随和的、廉价的劳动力。此外，他们需要东方各国的听话的年轻小伙子，从其中征募所谓有色军队，立即运回他们去对付自己的革命工人，正因为如此，他们把东方各国称为自己的取之不尽的后备力量。"

文章这样结束："因为必须彻底领会这个真理：谁要社会主义胜利，谁就不能忘记东方。"

这是一个夜晚，我合上他的著作，久久寻思其中的含义，那个陌生的、冷峻的面容浮在我的面前。我不知道是恐惧还是怎么，站起来，蹑手蹑脚地从想象中的塑像走开，没有留下一点声音。他的目光看着东方，他的声音至今还让我感到惊讶。我记得在我生活过的这个城市里，在她的心脏部位，那里矗立了一个花岗岩石雕。我曾经怀着无比的敬仰走近了它——那是一个大学广场，冬青树墙被修剪得整整齐齐，我急于找到通向那个雕塑的甬道，后来就费力地翻过冬青树墙。我小心地抚摸一下那坚硬的花岗岩，发觉像冰一样凉，铁一样硬。

　　那一夜我翻出所有的书，把它们摆满了床头。这么多的书怎么可以在一个夜晚读完呢。我只是拂去了书上的灰尘。我不止一次地搬动这些书了，只为了不让它们陌生。是的，它们毕竟是我们人类当中一些非常能干的人写下来的，是他们的声音。我只需抚摸一下这些书页，手指触到这些坚硬的外壳，就能与之接通。它们的颜色，气味，都沾上了一方泥土的气息，摩擦也是枉然。

　　这一年春天，我应朋友之邀，来到了生活过多年的那个城市。我在那里读完了自己的大学。每逢走到这里，我就有一阵按捺不住的冲动。在这熟悉的建筑旁，在这一条条弯曲的马路上，我掷下了一段最好的年华。我觉得自己很可笑：明明不会饮酒也要豪饮，结果一次次沉醉不醒，戕害了身心，留下了笑柄。我记得一个脸色苍白、身材娇小的姑娘喝过酒，喘息着和我们一块儿讨论东方西方、一些至大的人物和问题，没有血色的嘴唇很快地闪动，被一些概念弄得惊惶失措。那时候我们大家一块儿讨论，那么认真，小伙子被她玩弄的那些概念给整得晕头转向，就没有一个想起去吻她一下。她喝了酒变得有些可爱了，两颊通红，也愿意笑了。

　　有人提出去参观"葡萄酒城"，那个最大的酿酒公司。我怀着一点神秘感在他人陪伴下走了进去。我来得太晚了，我在葡萄园里生活了这么多年，流下了那么多汗水，却是第一次走到这个葡萄的归宿之地。主人请我们先到一个接待室，在这里，我们第一次看到了一件了不起的复制品——那是很久以前伟大的革命先行者孙中山的题词——他喝过了葡萄酒，写下了四个大字："品重醴泉"。

　　我们端起主人递来的葡萄酒，开始品尝。

　　"当年的孙中山也到过地下酒窖吗？"

　　"他肯定到过。"

　　我们开始看酒窖。迈下一些台阶，一下就闻到了浓重的葡萄汁的香气，它掺杂在湿气和腐木味道中间。这里果然是一个偌大的场面，明亮的灯光下，一排又一排巨大的橡木桶卧在面前。在这个地下的酒之长城里，我不知怎么走才好，只想兴奋地奔跑，像童年那样在一个个橡木桶间捉捉迷藏。有时我蹲下来，像寻找一种流水的声音，似乎期待着酒的河流在前面奔涌。头上，一滴水从水泥顶板的缝隙里渗下，衣服上落下了斑痕。长白山下、莱茵河畔，所有的酒窖——大地上这么多的葡萄园，这么多的酒。只要活着就要酿造，不再停止；只要活着就要饮用，不再停止。是的，不可避免地沉醉一次。那一片一片的葡萄园，无边无际，足以让人感到惊讶——当年我们驱车在莱茵河畔急驰的时候，有人曾指着高速公路两旁大片绿色的原野，问那是什么？我只稍稍瞥去一眼就答："葡萄园。"车子往前急驰，又出现了大片绿野，有人又问那是什么？我仍然不假思索地回答："葡萄园。"一个叫查理的先生笑了，说："这次您可说错了，那是啤酒花。"

这一天，结束参观地下酒窖之后，主人用最好的酒款待了我们。他搬出了四五种在国际博览会上得过金奖的酒给我们喝。经不住好酒的诱惑，我们开怀畅饮。由于没有节制，我们真的有些醉了。这些酒太让人愉快和兴奋。我们高声歌唱，一时像孩子一样乐不可支。我们走到了街上，在一片繁星下挥舞双手歌唱起来。我们互相叫着名字，互相取笑，有时还要热烈地辩论。总之这个夜晚过得愉快极了。我们之间有那么多话要说，好像永远不知疲倦，再沉重的话题在我们嘴里也没了分量。

这个夜晚我们一直狂欢到凌晨三点。

第二天一早，我被人唤醒了。那时候我睡得很沉，因为我实在疲惫了。可是砰砰的敲门声不管不顾，一直把我们大家都吵醒了。

敲门的人是找我的。他把我引到一边，悄悄说出的是一个噩耗……

原来就在我们大家冲动地呼喊和狂欢的那个时刻，我的母亲却像往常那样，合上书，躺下……她再也没有醒来，就此结束了坎坷漫长的生活。

（选自《山花》2009年第4期）

清　明

郭文斌

昨　天

　　东走走西走走，东瞅瞅西瞅瞅，总是拿不定主意买谁家的纸。六月有些着急，说随便买上些算了。五月回头看了六月一眼，说，祖宗虽远，祭祀不可不诚。五月的"不可不诚"还没有出口，六月抢先说，"子孙虽愚，经书不可不读"。把旁边一个卖纸的给惹笑了，说，这么好听的句子，谁教你的？六月说，没人教，自己会的。哈，好一个自己会的，再背两句听听。

　　居身务期俭朴，教子要有义方；勿贪意外之财，勿饮过量之酒。
　　与肩挑贸易，勿占便宜；见贫苦亲邻，须多温恤。
　　刻薄成家，理无久享；伦常乖舛，立见消亡。
　　兄弟叔侄，须分多润寡；长幼内外，宜法肃辞严。
　　听妇言，乖骨肉，岂是丈夫；重资财，薄父母，不成人子。
　　嫁女择佳婿，勿索重聘；娶媳求淑女，勿计厚奁……

　　厚奁……厚奁……六月接不上来了。五月补台：

　　见富贵而生谄容者，最可耻；遇贫穷而作骄态者，贱莫甚。
　　居家戒争讼，讼则终凶；处世戒多言，言多必失。
　　勿恃势力而凌逼孤寡，勿贪口腹而恣杀生禽。
　　乖僻自是，悔误必多；颓惰自甘，家道难成。
　　狎昵恶少，久必受其累；屈志老成，急则可相依。
　　轻听发言，安知非人之谮诉，当忍耐三思；因事相争，焉知非我之不是，须平心暗想。

五月背到这里，好多人围了上来，看戏的一样。五月有些紧张了，鼻梁上渗出汗来。六月见状，捏了五月的手，放大了音量：

凡事当留余地，得意不宜再往。
人有喜庆，不可生嫉妒心；人有祸患，不可生喜幸心。
善欲人见，不是真善；恶恐人知，便是大恶。
见色而起淫心，报在妻女；匿怨而用暗箭，祸延子孙。
家门和顺，虽饔飧不继，亦有余欢；国课早完，即囊橐无余，自得至乐。
读书志在圣贤，非徒科第；为官心存君国，岂计身家。

接下来，姐弟二人就不知该干什么了。六月看五月，五月的脸蛋红扑扑的，熟透的柿子一样。五月看六月，六月的脸蛋也红扑扑的，也像熟透的柿子一样。

这是谁家的一对儿？一个女人问。六月看了看五月，五月示意不要回答。六月却说，她是我姐，名叫五月。

你呢？你叫啥名字？六月。六月铿锵作答。

一定是山背后堡子里的。一个女人说。

当这女人说到"堡子里"三个字时，六月的心里忽闪了一下，就像捉迷藏被人找见似的，但这种"找见"却是一种渴望，一种对光荣的渴望。

下次跟集时还来吗？

六月不知如何回答，看着五月。五月说不知道。

还来好吗？还到我们这个摊儿，我把我儿子带上，你背一下给他听，让他见识一下你们的学问，可以吗？

六月说，那要看我爹让不让来。

女人说，你爹一定让来呢。说着，转身刷刷刷地卷了一卷纸给六月，这卷纸送给你。

六月说不要钱？

女人说不要钱。

六月就接过了。

五月却说不行，爹说白拿人家的东西就是偷。

六月说，爹还说如果是人家允许的就不是偷。

五月想了想，也对，就默许了。

我赞助一把蜡烛。

谢谢大妈。

不用谢，下次我也把我儿子带上，让他长长见识。

你们这不是逼人舍散嘛，看来我也得赞助一把香。口气不好听，表情却十分的亲热。

谢谢叔叔。

还有两双手在往五月六月的口袋里装糖果，一边装一边说，人家祖先肯定烧过长香的。

二人抱着满满当当的两包东西，乐颠颠地回家。五月和六月没有想到，一出《朱子家训》会换来这么多东西。六月想，回去一定要再背几首出来，爹让他背《弟子规》，他嫌太长了，看来得下决心背下来。总不能一直背《朱子家训》吧，五月说。六月就把五月想说的一句话给说出来了，六月说，咱们回去就背《弟子规》吧。五月说，你说爹让我们再来吗？六月说肯定让来，一次挣这么多东西，爹为啥不让来。五月说，你才说错了，得意不可再往，爹肯定又是这句话。六月说，可爹还说，几百年人家无非积善，第一等好事只是读书呢。五月说，是读书，又不是背书。六月说背书也是读书。五月说，不过没关系，就算爹不让我们下次到集上来，五月五马上就到，五月五爹总要让我们来买香料买花绳儿吧。六月说，谁能等到五月五，把人牙都等长了。五月说看把你急的。六月说如果一月有一个节就好了。五月说那你给咱们创造个节啊。六月说好吧，你说四月该设个啥节呢？五月说你说呢？六月说就设个"听背"节吧。五月不懂，"听背"节，啥叫"听背"节？六月说，听咱们背经啊。哈，哈哈，五月把全部的目光变成佩服，送给六月。这真是个好节日，一集的人都听咱们背经，那该多过瘾。六月说，就像正月唱大戏一样，一戏场的人都听咱们背经。可是，那该背多少经才能够啊。五月有些负担了。六月说，没关系啊，我们可以教地生、忙生、白云一起背啊，就像唱大戏，一人一出轮流上。五月就把目光开成一束花，送给六月。

六月的胳膊抱酸了，要把包背到背上。五月说不行，祭祖宗的东西，怎么能吊到屁眼上呢。说着，接过六月的包，自己抱了。六月说，爹说书中自有黄金贵，看来是真的。五月说，书中还有颜如玉呢。你说为啥第一等好事只是读书？五月说，因为书中自有黄金屋啊，书中自有颜如玉咧。六月又问，那你说几百年人家为啥无非积善？把五月给问住了。五月想了想说，大概是为了"庶乎近焉"吧。六月问啥叫"庶乎近焉"？五月说，大概就是像神仙一样吧。

上到山顶，二人坐下来歇息。六月望着远方说，你说姐夫是不是佳婿？五月问你什么意思？六月说，爹说，姐出嫁时，他啥礼都没要，那姐夫一定是佳婿了。五月就笑了。六月说，你出嫁时，是要"重聘"呢，还是要"佳婿"呢？五月就在六月的额头上点了一下，说，那你是要"淑女"呢，还是"厚奁"呢？六月说，我两个都要。惹得五月笑翻了天。

突然，六月说，我们今天只顾接着"子孙虽愚，经书不可不读"背了，把前面半截给忘了。语气里透着遗憾。五月说，是啊。六月说，下次一定要补给人家。五月说，是啊，爹说省下不该省的劲，也是偷。六月说，爹还说，该做的事不做，也是偷。五月说，对，做该做的，拿该拿的，就是"吉祥"——爹是怎么讲"如意"来着？六月说，爹说只有吉祥才能如意。五月说，爹好像还有个说法。六月说，好像是"就像天意"，只有合乎天意，才能如意。五月说，对对对，就是这么说的。六月说，但天意人怎么能够知道呢？五月说，爹说，经上说的，都合乎天意。六月说，那《朱子家训》是天意？五月说，当然啊，按爹的说法当然啊。

　　黎明即起，洒扫庭除，要内外整洁；既昏便息，关锁门户，必亲自检点。
　　一粥一饭，当思来之不易；半丝半缕，恒念物力维艰。
　　宜未雨而绸缪，勿临渴而掘井；自奉必须俭约，宴客切勿流连。
　　器具质而洁，瓦缶胜金玉；饮食约而精，园蔬胜珍馐。
　　勿营华屋，勿谋良田。
　　三姑六婆，实淫盗之媒；婢美妾娇，非闺房之福。
　　奴仆勿用俊美，妻妾切忌艳妆……

　　二人情不自禁地又把全文背了一遍，和以前的感觉大不一样了。
　　因为它是天意。

今　天

　　一早起来，爹就让五月裁纸。五月把纸折成一寸宽的绺儿，拿刃子裁。那刃子就从六月的心上噌噌噌地走过。这么好的白纸，眼看着变成纸条了，如果订成本子，该写多少字呢。六月说了自己的想法，五月想想也对，但又觉得没有理由不裁。就说，也许爷爷也需要本子写字呢。六月说，爷爷用这么窄的本子写字？五月又说，也许是爷爷需要它卷旱烟呢。六月觉得这个说法有道理。爹常把他们写过的本子裁成这么窄的纸条卷烟抽呢。每当爹点着用他们的本子裁成的纸条卷的旱烟棒时，他就觉得爹把许多知识抽到肚里去了。
　　那是爹第一次打他。
　　他撕了姐姐的一页废本子擦屁股，被爹看见，爹的巴掌就过来了。
　　爹打完他，才说，我没有告诉过你敬惜字纸吗？
　　告诉过。
　　告诉过为什么还要拿有字的纸擦屁股？

那你为什么拿字纸卷烟？

卷烟和擦屁股一样吗？

当然一样。

他的屁股上就麻辣了一下。

是不是上面的就是干净的，下面的就是脏的？六月问。五月说你啥意思？六月说，爹不让我拿字纸擦屁股，他却拿字纸卷烟。五月放下刃子，使劲看着六月，觉得六月提出了一个十分重大的问题。是啊，为什么人们把下半身上的东西都看成是脏的，把上半身看成是净的？你说呢？六月说，我发现凡是进去的地方是净的，出来的地方是脏的。五月想想，觉得有道理。人的下半身大多是出的，上半身多半是进的。可是鼻子里流出的鼻涕不也是脏的吗？六月说，那也没有屎脏。五月觉得对，又不完全对。六月说，那你说把人埋进土里，是进去呢，还是出来呢？五月睁大眼睛，说你怎么想到这么怪的……个问题。六月说，我们一会儿不是要上坟吗？要给爷爷奶奶挂纸吗？你说那坟是进去的地方还是出来的地方？五月说，当然是进去的啊。六月说，那过年时我们去请他们回来过年，不是又是出来吗？五月的脑筋就转不过来了，说，大概既是进去的，又是出来的吧。六月没有想到姐姐会这么回答他，但又觉得这个回答很美。

突然，五月说，赶快忏悔。六月问为啥要忏悔。五月说，爹说准备供品时，不能胡思乱想的。六月觉得五月说得对，他们不但胡思乱想，还想到脏，快快忏悔。

忏悔就是洗心对不对？六月问。五月从炕桌上直起身来，看着六月。六月说，爹说手拿了脏东西要洗手，眼睛看了脏东西要洗眼，那心想了脏东西也要洗心吗？五月说，对啊，很对啊，赶快把你的心掏出来洗啊。六月就打过一个战栗。如果把心掏出来，人不就死了吗？人死了，不就又要让没死的人过清明吗？一想到自己将要享受清明，六月又觉得死了挺好的。如果没有死，就没有清明。如果没有清明，这个三月该多没有意思啊。清明时节雨纷纷，路上行人欲断魂。原来是为了清明时节雨纷纷，路上行人才欲断魂呢。

雨就下起来了。不过不是大雨，是毛毛雨，像五月和六月的心情。

爹从门里进来，让六月把炕桌放到炕上。六月看见，爹的手里是一个花瓷碟子。六月就把炕桌抱到炕上。爹把碟子放在炕桌上，从地柜顶上取下来小木箱，打开，拿出一包颜色，倒在碟子里。碟子里的水就哗的一下红了。爹用一个竹签搅了一会儿，等颜色化匀了，就把一团新棉花放在里面。不一会儿，颜色就被棉花吃掉了。爹又从小木箱里拿出印版，交给六月。

六月就端庄了身子，开始印钱。

印纸钱是一件难活，要把颜色蘸得刚刚好，要不印出来的纸钱不是一塌糊涂，就是缺东少西。尽管六月努力把握，但开始几张还是印不到火候上，印出来的钱不是一个墨狗，就是一个墨猪。爹也不责怪，仍然让他印。印了几张纸，就好看了。而且越来越好看。六月喜欢印版不轻不重落在纸上的感觉，喜欢提起印版时，纸上出现的恰到好处的图案。

六月的心里被一次次成功的喜悦充满，那是一种水红色的喜悦，一种清明一样的喜悦。

水红颜色印在白纸上，让人觉得那纸钱不是纸钱，而是一张张年画。也许对于爷爷来说，纸钱就是年画呢。

忽然，六月的脑门亮了一下，姐，你说清明是啥颜色？

清明啥颜色？清明就是清明，还啥颜色。

我觉得就是水红色。

五月停下手里的刃子，看了看炕桌上的纸钱，又看看窗外雨蒙蒙的天，觉得六月说得有道理。

六月的另一个问题来了，你说为啥今天是清明？

五月说，又忘了，印纸时是要专心的。

六月就发现自己果然把一张十元票子印歪了，"冥府通用"四个字都有些不通了。

六月第一次觉得思想是不安全的。

爷爷的坟在麦地里。麦苗绿油油的，像个绿被面一样苫在地上。毛毛雨把地皮刚刚打湿，不粘脚，也不起土，正是清明的样子。六月看着五月姐错着脚在麦行里行走，身子一扭一扭的，花格棉袄一扭一扭的，心里一阵感动。他也错着脚在麦行里走，但有时难免不小心把麦苗给踩着。

昆虫草木，犹不可伤。
宜悯人之凶，乐人之善；济人之急，救人之危。
见人之得，如己之得；见人之失，如己之失。
不彰人短，不炫己长；遏恶扬善，推多取少。
受辱不怨，受宠若惊；施恩不求报，与人不追悔。
……

姐我们下次可以给他们背《太上感应篇》啊。五月说你能背下来吗？六月说差不多了。五月说好啊，你背会，我跟着你背就行了。六月说你背会我跟着你背。爹问，给谁背啊？六月看五月，五月停下脚步，回头看了六月一眼。六月就说，给我爷爷背。爹说，好啊，那你爷爷一定会奖励你的。我爷爷奖励我，他怎么奖励我？爹说，他会让你考一个状元。六月说状元能干啥？五月说状元能招驸马呢。爹就嗨的一声笑了，说，就是，状元能招驸马呢。驸马能干啥？能娶皇帝的女儿当媳妇呢，五月抢先说。六月说，那皇帝家的女儿是淑女吗？五月说当然啦。爹就嗨的一声笑了，六月又觉得爹刚才的一声笑就像是清明。

三人继续错着脚步在麦行里前进。
草木为啥不能踩？六月问。
因为草木也是命。
啥叫命呢？
活着的都是命。
麦子活着吗？
当然活着啊。
那它怎么不走路？

他走呢，只是你看不见。

那它怎么不说话？

他说呢，只是你听不见。

六月就听见了。六月听见麦子真在说话呢，六月看见满山遍野的麦子在说话呢，麦子在说什么呢？

坟院到了。荒草都老得不像个样子了。六月又觉得，这老得不像样子的荒草就是清明。

爹把纸条分成四份，盘里留了一份，他们仨人各一份，开始往坟院内的草上挂纸。一绺绺纸条挂在枯草上，一下子活了起来，风一吹，就像戏台上的戏子在舞袖。如果它是戏子的袖子，那么戏子呢？是爷爷吗？但这些纸条分明又是他、姐和爹挂上去的。六月第一次觉得风的不可捉摸，纸条的不可捉摸。

姐你看这挂纸像不像是戏子在舞袖？

六月一直搞不明白那袖子是咋舞起来的，至少一丈长的袖子，都要擦着台沿下他的脸了。问五月。五月说因为她是嫦娥。六月说，嫦娥是淑女吗？五月说嫦娥当然是淑女，怎么，想娶嫦娥做媳妇？六月说，我娶了嫦娥做媳妇，还不把你给伤心死。五月说，我才不伤心呢，如果你真能够娶了嫦娥做媳妇，我还能沾你的光到月亮上浪亲戚呢。六月说，那没问题，到时你带上爹和娘，我让吴刚给你们一人一瓶桂花酒。五月说，我不要酒，我要长生不老药。六月说，你想长生不老？五月说，当然啊，谁不想长生不老？六月说，如果我早娶了嫦娥，就可以让爷爷不死，让奶奶不死。五月说，可这戏台上的嫦娥又不是真嫦娥，爹说，要做真嫦娥，得做无数无数的好事才能行呢。

讨厌！不想六月突然变脸了。

五月吃惊地问咋了。

六月说谁让你提醒她不是真嫦娥。

五月停下来看了看说，我觉得不像。

那你说像啥？

我觉得像是想念。

六月没有想到五月说了这么有水平的一句话，把在风里飘舞的挂纸说成是想念，这就是爹说的诗吧？

怎么这么看着姐？姐的脸上又没有戏台。

六月突然换了十分老成的口气说，你想爷爷了？

你不想吗？

六月想了想，觉得既想又不想。但终归还是想。

经六月这么一说，五月也觉得飘在风里的纸条是活着的，它有头，有身子，有胳膊，有腿。五月似乎明白了为啥叫"挂纸"，它是不是和"牵挂"有关？

这时嫦娥的袖子又过来了，真真切切地在六月脸上拂了一下。五月还发现，在六月脸上拂了一下的，还有嫦娥的眼神，准确些说，不是拂，是挖。大概嫦娥真是看上他们家六月了。

之后，每当遇到六月出神，五月就说，是不是想人家嫦娥了？六月就打她。

现在，她似乎能够明白一点嫦娥舞袖中的意思了。

五月能够看见，嫦娥的舞袖中有一个清明。六月看着五月愣神，提醒说，祖宗虽远，祭祀不可不诚。五月忙把心思收回来，专心地挂纸。但她分明觉得，祖宗并不远，就在她的身边呢，就像拂过脸颊的风，就像这手里的纸条，就像……

六月把最后一绺纸用一个土块压在爷爷的坟头，直腰一看，坟院已经白了，六月的心被一种活着的"白"强烈地震撼了一下。有风，爹用右手把衣服下摆张开，挡了风，左手拿了黄裱，六月十分默契地打火。爹先把一张黄裱点燃，然后点大堆的纸钱，等大火旺了时，把香点着，插在土里，然后夹了碟子里的献饭，往四周扔。六月的小身子就打过一个颤抖，眼前出现了一张张模糊的嘴，一种让人不能明确形状的嘴，在享用爹的泼散。六月太喜欢这个场面了：一张张白色的纸钱在火里消失，就像那火是纸钱的家，它们一个个跑回去了。六月也喜欢看炉塘里的火，但那火过于从容，掌柜的一样，慢条斯理，不像纸钱这样匆忙，不假思索地赶路。六月还喜欢和爹和姐跪在坟院里的这种感觉，跪在风里的感觉，觉得这一刻，比家里更像一个家，更亲热，更温暖。

当火光变成灰烬时，爹右手拿起酒壶，左手托了右手，向坟地里奠酒，酒水落在土上，散发出一种清明的味道。六月学了爹的样子，端起茶壶，向地上奠茶，微温的茶水落在黄土上，同样散发出一种清明的味道。六月没有想到，奠茶的过程是如此的过瘾。

爹说磕头吧。三人就伏在地上磕头。

爹磕了三个，起来作揖。五月也磕了三个，起来作揖。

六月多磕了两个，起来作揖。把爹给惹笑了。你小子干啥都是个贪。

六月笑笑。心想多磕两个头总不是坏事。

五月的目光却在三炷香上。

五月觉得，它们就像一个暗号。

修补完坟院，爹点了支烟蹲在地埂上抽，二人也挨了爹的身子蹲下来，有种难言的幸福涌上心头。

过了会儿，爹让他们看看村子，有什么发现。五月和六月就看。五月说，四面山坡上一片一片地开出白花。六月说，这个村子其实是两个村子。爹问为啥是两个村子。六月说，一个是清明里面的，一个是清明外面的。爹有些吃惊地看了六月一眼，说，清明还有里外？六月咬着嘴唇，有些吃力地说他刚才说的其实不是心里感到的，反正是两个世界。爹沉吟了一下，说，你的这个发现能够申请专利呢。说着，起身端了盘子，却并不回家，而是朝相反的方向走去。

五月和六月一下子明白了。五月和六月后悔把一道极简单的题没有答出来。爹的盘子里明明还留着挂纸和供献，他们怎么就给疏忽了呢？

再看那两个没有挂纸的坟院，显得那么可怜，就像两个孤儿。

爹把那个脏小子带到家里来时，娘正好把饭做熟，五月和六月就有些不高兴，不想爹一边给脏小子洗脸，一边让他们先吃，说他已经吃过了，他的那份留给这个孩子。

　　爹的那份就一直留给这个孩子，直到后来县上成立孤儿院。爹说，他的父母都不在了，父母都不在的孩子叫孤儿。后来学了《太上感应篇》，他们才明白爹这是在"矜孤恤寡，敬老怀幼"，心底里对爹生出无比的敬意。

　　假如县上不成立孤儿院呢？爹会一直让他在咱们家长大吗？六月问。五月说，你说呢？六月说，假如他一直在咱们家长大，还得爹给他找淑女，再打一处院，最后死了，还要埋在咱们家坟里吗？五月说，这你得去问爹，我听娘说，爷爷年轻时就收养过两个孤儿，不过后来都害天花死了，那时，爹还没有出生呢。

　　六月就看见，有两个孤儿，在长长的清明里，向他们走来。

　　给乱人坟挂纸时，五月有些害怕，一步也不敢离开爹和六月。六月装出一副胆大的样子，其实心里也在打鼓。

　　爹看出了两人的胆怯，说，知道啥叫清明吗？二人说不知道。爹说，不浊为清，不迷为明，一个人只要在清明中，就没有什么可怕的。

　　六月不懂，悄悄地问五月，你在清明中吗？五月说当然在啊，今天谁还不在清明中啊。

　　六月再次把目光投到自家的坟院，觉得爹把他心中的那个清明给篡改了。但六月很快就放弃了追究这个问题，因为另一个问题出现在他的脑海。

　　姐你看咱们坟院里的那些纸条，像不像山的胡子？

　　五月盯着自家的坟院看了一会儿，说，你是说，山是一个人？六月说，是啊。五月的眼睛就眯成一条缝，对着山又瞅了半天，说，还真是一个人呢，不过是躺着的一个人。

　　六月又说，可是这山老人家，为啥只有到了清明才长胡子呢？

　　五月说，清明时节雨纷纷嘛。

　　雨就下了起来。

　　五月和六月的心里疼了一下，可惜了那些挂纸，全被雨打湿了。

（选自《人民文学》2009 年第 4 期）

汉泉耶稣

麦　家

我星期六都要去大姑姑家，因为星期六中午爷爷要去大姑姑家吃饭。没有人作这样的规定，但已经成了这样的规定，到了星期六，吃早饭的时候，爷爷总是要说："中午饭少烧一点，我去老大家吃。"

说的就是大姑姑家。

有时候姐姐和我都会跟去，但有时候姐姐又不去，只有我，是每一次都要跟去的。我每次都去也不完全是为了吃饭，主要是大姑姑的小儿子跟我同年纪，在学校里又是同班级。年纪是同的，但月份不同，他比我大半岁，所以我要喊他表哥。我和表哥经常打架，每次打完架的时候，我发誓再也不要见到他了，但是只要有一天不见，我又想他了。他也是这样——表哥。

开始我们打架，爷爷总是揪着我们俩的耳朵骂："明天别见面了！"

但明天我们还是见面，而且可能还要打架。后来爷爷看我们打架，连骂都懒得了，只是在一边冷笑，好像在看两个小日本佬。

平时都是表哥来我们家，他放学回家要经过我们家，看见我回家总要跟着来我家玩一会再走。所以，爷爷说他是我的跟屁虫。只有星期六，是我去他家。有时星期天我也要去，因为有时星期天爷爷也会去大姑家吃饭。

爷爷总是要到十点钟之后，吃了早饭，喝了茶，抽了烟，解了大溲，才慢悠悠地去大姑家。而我总是吃了早饭就走了，有时候是把早饭拿在手上，一边吃一边走。我走得这么早，这么急，倒不全是为了去见表哥，而是为了去看表哥的爷爷。表哥的爷爷我喊外爷爷，是一个怪人呢，留着又长又白的胡子，看谁都不会笑。我从来没有见他笑过，倒是经常看见他跪在地上哭。我第一次看见他哭时非常害怕，一个留着又长又白胡子的老头子，关着门（在厢房里），跪在地上（有个稻草蒲团垫着），闭着眼睛，流着泪，对着一个被钉在墙壁上的光身子男人（也有胡子），嘴里叽里咕噜的，却听不清在说什么，好像吃醉了酒，又好像是丢了魂灵。我和表哥从门缝里看着看着，经常吓得就不敢看了。

我问表哥："外爷爷在做什么啊？"

表哥说他也不知道。

我说："你不知道干吗不去问一问，要是我的爷爷我一定会去问的。"

所以，有一天表哥推开门，去问他爷爷："爷爷，你在做什么啊？"

外爷爷很生气，朝我们吼："你们进来干什么，去，出去！"

把我们赶出来。

和我爷爷比，我觉得外爷爷基本上可以说是个坏人，他一点不喜欢我们，从来不跟我们玩，不对我们笑，却经常要求我们做这个、不能做那个。他要求我们做事都是板着面孔，恶声恶气的，好像我们是坏人。

同样是爷爷，我的爷爷要好得多，不留胡子，也没什么怪毛病，平时总是笑嘻嘻的，我有什么问题问他时，他经常先是不停地笑。

我问他："爷爷，你笑什么？"

爷爷说："你问的问题好笑啊。"

说着又是一阵子哈哈大笑。

不过，那次我问他外爷爷跪在地上哭的事情时，他倒是没有笑，反而严肃地告诫我："这你不能到外面去说的。"

我说："你告诉我，我就不说。"

爷爷哈哈笑着："屁大一点娃娃还晓得使心计，好，有名堂，爷爷喜欢。"

我以为这下爷爷笑了，一定是要告诉我了，但爷爷笑完了又严肃地教训我说："外爷爷的事情是不能说的，跟谁都不能说。"

所以，很长时间我都不知道外爷爷的事情到底是什么。

上学是一个人很有意义的事情，因为从此以后你将会知道很多以前不知道的东西。

外爷爷的事情我就是在上学以后知道的。我不知道具体是谁告诉我的，好像没有哪个具体的人告诉过我，但我就是知道了。爷爷说，是年纪告诉我的。

爷爷经常说："人小的时候年纪是个宝贝，大一岁就会知道更多的东西。但是到了我这个年纪，老了，年纪就成了块臭肉，老一岁臭肉就会越来越臭，到最后就臭死了。"

我说道："是的，我现在就已经知道外爷爷每天早上跪在地上是在干什么。"

爷爷问："是干什么呢？"

我说："他是在对耶稣做祷告。"

是的，外爷爷信耶稣。

这在我们村可是件大新鲜事。

我们蒋家村是全县公认的第一大村、名村、好村，它的大，它的古老，它的富丽，它的人丁兴旺（有 8 000 多人），都使它显得不像一个村庄，而像一个古镇。在我出生前一个世纪，这里就有了翻造上海滩上的三层楼房，宽敞的回廊，红色的琉璃瓦，明亮的玻璃，高大的檀木台门（3 米高，2 米宽），龙飞凤舞的飞檐立柱，宽阔方正的天井，至今都令人叹为观止。因为太大，越来越大，大得都不大方便说事情了，于是被口头地分成上村、中村、下村。我们家和大姑家都在上村，但我去一趟大姑家至少也需要十来分钟。别以为我是小孩子，走得慢，其实爷爷比我还走得慢。我相信，如果让爷爷那么慢地从下村走到上村，起码得要一个钟头。我肯定要快一点，但也快不了多少，因为我快主要是靠跑，但谁能跑这么远呢。村子太大了，我跑着跑着就累了，跑不动了，只能靠走。我走当然没有爷爷快。爷爷还没有老到走不动，虽然他经常说老了，走不动了，但真正走起来还是比我快，我只有靠跑才能追得上他。

我这么说，是想说明我们村子实在是太大了。

爷爷说："村子大了，就像林子大了，什么鸟都会有，什么事都见得到。"

确实，连信耶稣这种稀罕事都有，还有什么事能没有？什么事都有。但是要说什么事最稀奇古怪，大家都公认是我外爷爷信耶稣的事。

爷爷说："这是我见过的最出奇出怪的事情了，蒋家村从古到今也找不出第二个人，以前耶稣这个人我们听都没听说过。"

因此，村里人都喊我外爷爷叫汉泉耶稣。汉泉是他的名字，但实际上这个名字是没人叫的，谁要这样叫，人家就想不到你叫的是汉泉耶稣。有一次，公社里来人找汉泉耶稣就犯了这个错误，他不说找汉泉耶稣，只说找蒋汉泉，结果谁都想不起他找的人。但如果你说耶稣，大家都知道你说的是谁，肯定是汉泉耶稣嘛。

爷爷说："汉泉耶稣可以简称耶稣，但不能简称汉泉。简称汉泉，就好比你本来是想剪掉他头发的，结果却把他整个头都掉了，谁还知道谁呢。"

我爷爷不是老师，但比老师都还会说话，说的话简单、生动，谁听了都会明白。我觉得，这跟我爷爷年轻时当过"长毛"有关——村里有这种说法，我爷爷以前当过长毛。

没有上学时，我不知道长毛是什么，听起来有点像野人、野兽一样的。后来上了学，听老师说，长毛就是太平天国的起义军，是好人，不是坏人。不过，村里的老人说起长毛总是把他们当坏人看的，放火，杀人，抢劫，跟日本佬差不了多少。村里的老人和学校的老师在很多事上的看法是不一样的，最突出的就是对国民党，老师们坚决说国民党是反动派，要打倒的，但老人们说国民党也打日本鬼子。我爷爷甚至还同我说过，国民党之所以被共产党打败，是因为他们打日本佬时死了太多的人。就是说，如果国民党不跟日本鬼子作战，共产党不一定能打败他们。我把这个说法在学校里说了，老师听了骂我爷爷是反动派，要抓起来去坐牢。可是，老师真正见了我爷爷总是点头哈腰的，很客气。

事实上，村里人都怕我爷爷。我爷爷的绰号叫"长毛野鬼"，听上去就蛮可怕的。虽然爷爷从来不承认他当过长毛，但我从村里人怕他的样子看，怀疑他恐怕真的当过长毛，至少是跟长毛有过关系吧。

与我爷爷比,外爷爷大家是不怕的,他最多只能吓唬一下小孩子,因为他是耶稣嘛,有点鬼里鬼气。大人们是不怕鬼的,只有小孩子才怕。

汉泉耶稣的家在横台门里,是一栋在村里也是数一数二的好房子,有小举人家之称。这就是说,村里还有大举人家。是的,大举人家就是那栋一百多年前从上海滩上翻造过来的三层楼,在中村。八十年前,汉泉耶稣的父亲卖掉了四十亩毛竹山,带着两个儿子——汉泉耶稣和他哥哥汉水——开始翻造这栋来自上海滩上的三层楼,虽然是缩小版的,只有二层,规模也要小得多,但依然给他们家带来了很长时间的美誉,赢得了一个小举人家的美称。小时候,我经常看到有外乡人去中村看了大举人家,然后就来上村,去横台门里看,参观,指着我熟视无睹的种种雕刻评头论足,流连忘返。那时候,横台门已经一分为二,一边是汉泉耶稣家的(就是我大姑家),一边是他哥哥汉水家的,中间用竹席隔开——竹席破破烂烂的,像一个有身份的人穿了双破鞋子,身份徒然大跌啊。

汉泉耶稣做祷告总是躲在厢房里,一天做两次,早上一次,晚上一次。晚上那次我是看不到的,包括我表哥也很少看得到,因为他做祷告时已经很迟了,我们都睡觉了。但早上的那次,只要我早饭吃快一点,路上不要耽误,赶过去,必定是看得到的。因为经常看,看多了,就不怕了,只觉得很好玩,又是跪,又是流泪,又是嘀嘀咕咕的,好像我犯错时被父亲罚跪一样的。有时候我和表哥还捉弄他,猛然推开门,或者大叫一声,把他气得嗷嗷叫,等见了我爷爷还要对爷爷告我们的状。

这时候,爷爷总是先把我们叫到面前骂一顿,然后又回头对他说:"汉泉耶稣啊,政府已经说了,你这是迷信,不准你搞的,你怎么还在搞啊。"

每次汉泉耶稣总是捋一捋长白胡子,抬起头望一望天,伸出手,指着天空中露出的一只红色的屋角说:"什么时候政府把它撤了,我就不搞了。"

他指的是他们家正大门前面的红房子。

红房子也是一栋三层楼,但与大举人家的三层楼是不能比的,甚至和缩小的横台门都不能比,主要是样子不考究,没有那么多纯属审美的铺张浪费,只是一栋结构比较简单、实用的三层楼,长长的一排,有点像现在的单位宿舍楼，外墙粉成怪怪的暗红色，屁股对着汉泉耶稣家的正前门，中间只隔着一条不到两米宽的堂弄。实际上，由于红房子的原因，汉泉耶稣家的正前门已经无法开了，开了等于是自找难堪，这么高、这么长的一排红房子这么近地横霸在前面，简直难过死了。而这也正是造红房子的人的用意。

爷爷告诉我，红房子家祖上和汉泉耶稣家的祖上是死对头，红房子所以造得这么高，这么摆放（屁股对着他们），而且还漆成古怪的红色，目的就是为了抑制汉泉耶稣家，破坏他家的风水。怪的是，自从红房子造好后，汉泉耶稣家便一直不兴旺，一年年败落下来。尽管汉泉耶稣家把房子结构作了调整，封死了正前门，在两边新开了门（所以叫横台门），但是效果并不明显，家道依然一直败落着，以致汉泉耶稣差一点就断了香火。

爷爷说："红房子是1936年造起来的，之前汉泉耶稣有两个儿子，他哥汉水有四个儿子，自造了红房子后，两兄弟再没有生过一个儿子，生出来的都是丫头片子。更想不到的是，汉泉耶稣的儿子还病死了一个，也不知道是什么毛病，反正就是上吐下泻，发冷发烧，没几天就死了。"

总共只有两个儿子，死了一个，生又生不出来，真正是命悬一线啊。正是在这种险急的情况下，汉泉耶稣孤身到上海求高人化险为夷，最后是跟一个传教士信了耶稣，回来后每天都钻在厢房里做祷告，求耶稣保佑他。

而耶稣也确实保佑了他。

说到耶稣怎么保佑他的，汉泉耶稣总是得意地说："我有七个孙子。"

就是说，我大姑有七个儿子（其中有一对双胞胎，年纪比我小三岁，要叫我表哥），是全蒋家村儿子最多的母亲。命悬一线的香火就这样变得子孙满堂，汉泉耶稣包括我爷爷，都认为这是耶稣的功劳。所以，尽管新中国成立后政府一再不准汉泉耶稣信耶稣，但汉泉耶稣照信不误，只是把耶稣像从正堂转移到了厢房，变成了悄悄地信，秘密地。因为是秘密地，所以不能拿出去乱说。所以，每次我在大姑家吃饭，汉泉耶稣总是要在饭桌上对我们几个孩子说："我已经跟你们说过很多次了，但我还是要再说，我在厢房做的事情你们是不能拿出去说的。"有时我爷爷也跟着说。

他们这样反复的说还真起到了作用，我们确实从来不敢在外面说这事。我知道我很想说，就是不敢。真的不敢。我怕外爷爷。孩子们都怕他。他的胡子，他的不会笑的面孔，他的严厉的骂人声，他从楼上下来的脚步声，他的咳嗽声，都叫我们害怕。我有时会莫名地觉得，他不是一个人，而是一个鬼，一个跟耶稣关系很好的鬼。

其实，村里很多孩子都认为他就是鬼，我经常在弄堂里看到，那些孩子遇见他后像遇见鬼一样的纷纷跑掉了，一边跑一边惊呼着：

"鬼来了，鬼来了！"

有些孩子还经常搞恶作剧，明明知道汉泉耶稣没来，但为了吓唬别人，吼一句：

"汉泉耶稣来了。"

那些孩子便惊惊乍乍地往家里跑，很有一点闻风丧胆的意味。

好在汉泉耶稣不像我爷爷一样会经常出门，如果他经常出门，我不知道我们这些孩子还敢不敢出来到外面玩。

汉泉耶稣，鬼啊——！

也有人是不怕鬼的，那是公社里来的红卫兵。

红卫兵是怎么来的，又是怎么冲到横台门把汉泉耶稣抓了，后来又是怎么走的，我都没看到，因为那天不是礼拜天，我在学校上学呢。用爷爷的话说，红卫兵像日本鬼子一样，说来就来了，来了就冲进汉泉耶稣做祷告的厢房里，把屋里所有跟耶稣有关的东西，什么经书啊，圣像啊，十字架啊，稻草蒲团啊，酥油灯啊，等等，统统都扔到天井里，点了火，烧了。汉泉耶稣见了，跟疯了似的冲上去，要把它们抢回来。但是红卫兵人多，有七八个（有两个女的），还有几把红缨枪，他们把汉泉耶稣拉到墙角，用红缨枪抵着他脖子，不准他动。就这样，汉泉眼睁睁地看着那些东西变成了熊熊火光，烧成了灰。

"那个十字架是铁的，怎么可能烧掉呢？"我问爷爷。

"是。"爷爷说，"一个十字架，还有一个带十字架的耶稣像，那是铁的，烧不掉的，他们没有烧，直接把它们带走了。"

虽然爷爷很同情汉泉耶稣，把那些红卫兵骂得狗血喷头，但不知怎么的，我一点也同情不起来。我心里好像还很高兴，好像汉泉耶稣不是我们的亲眷，那些红卫兵才是我们家的亲戚似的。不过，当我赶到横台门里，看见汉泉耶稣瘫坐在靠背椅上默默流泪的样子时，我又一下子变得同情起他来了。

要说汉泉耶稣流泪的样子我看得多，他做祷告时是经常流泪的，但是那天他流泪的样子和做祷告时完全不一样，做祷告时他流泪眼睛是闭紧的，或者说是微微闭着的，但现在他流泪眼睛是睁开的，睁得大大的，又一动不动的，好像是看见了什么，又好像什么也没看见，只是眼泪在不停地流出来，顺着眼角流进了他银白的头发里。有的泪珠子格外大，直接滴落在脸颊上，然后顺着脸颊流进了白胡子里。我从来没有见过他这样流泪的样子，一下子看见了，突然觉得心里非常难过，好像那些眼泪都流进了我心里头。

当时已经是黄昏，要吃夜饭了，而红卫兵是早上来的，我大姑对我爷爷说他已经这样哭了一天了，要爷爷去劝劝他。我大姑说："怎么办嘛，这样哭下去他的老毛病一定又会犯的。"

爷爷劝他："汉泉耶稣，吃饭吧，你这样哭下去，不把你的烂毛病又哭出来才怪呢。天塌下来也要吃饭，吃了饭，人有了力气，身子骨没病没痛，就什么都不怕的。"

外爷爷突然动了下眼珠子，像一个死人一样的说："还有什么呢？已经什么都没有了，他们把东西烧的烧了，拿走的拿走了，什么都没有了。"

爷爷说："烧的东西可以再做，拿走的东西可以上城里再买，你是耶稣，应该比我们都知道，天无绝人之路的嘛。"

外爷爷像被爷爷的话吓着了，哆嗦着说："不，不……耶稣不会保佑我了……我没有把耶稣保护好，我是耶稣的罪人哪……他不会保佑我了……"

说着，呜呜地哭出了声音，比刚才更伤心了。

我真没想到，外爷爷居然会这样子哭，像一个孩子似的。他好像是被什么东西吓坏了，怕死了，怕的样子远远比以前我们怕他的样子凶得多。

我突然觉得，早知道这样，我以前真不应该那么怕他。

以后，我真不是那么怕他了。

以后，我不但不怕他，反而是他怕我了，因为他需要我。

爷爷说："人啊，都是这样，求谁怕谁。"

以此类推，我想既然他需要我，就应该是怕我。

他怕我什么？

事情是这样的，在失去耶稣保佑的情况下，汉泉耶稣为了破除红房子对他们家的诅咒，想了很多土办法，比如在家里养蝙蝠、在家门口摆放石狮子、对着红房子杀鸡杀鸭杀猪等等。蝙蝠是吃血的，可以吃掉红房子"满身的血"；杀畜生是以血对血，以牙还牙，以毒攻毒；摆石狮子是壮威风——狮子大开口，吞下活阎王。总之，每做一件事他都是有讲究的。

爷爷说："他这是在做破红房子鬼魂阵的法事，不讲究不行的。"

在众多法事中，他做得最讲究、最经常的一件事是沿着红房子的墙角、屋边撒石灰粉。我第一次见他这么做时，觉得很稀奇，问他："外爷爷，你在做什么啊？"

他指了指红房子说："治里面的恶鬼。"

我说："鬼怎么会怕石灰粉呢？"

他认真地告诉我："世间的东西都是有怕的，山上的野兽怕火，地里的虫子怕水，阴间的鬼魂怕石灰粉。红房子里养着很多恶鬼，是专门要来作我们家的恶的，我这样撒上石灰粉，恶鬼就过不来了，我们家就安耽了。"

真不知道这个石灰粉还有这么大的本事。

就是这件事，他需要我陪着他去做。开始我不知道这是为什么，后来有一次，我们正在忙碌时，红房子二楼的一只窗户突然朝我们丢下一只烂的陶瓷罐子，砸在地上，飞起很多碎片，有一片从我耳朵边擦过去，把我吓哭了。

汉泉耶稣连忙把我拉到怀里，一边安慰着我，一边大声朝红房子里喊：

"丢啊,有本事再丢!把我砸死了不要你们赔,算我倒霉,白砸!可他要你们赔,你们知道你们砸着了谁,啊,把你们的狗头伸出来看一看,认一认,他是谁,他是长毛野鬼的孙子,日本佬的儿子,你们也敢砸!啊,我看你们是狗胆包天了,不想活命了!"

那感觉好像我爷爷和父亲是刽子手,是专门要人命的。

当然,我父亲是有点凶,至于爷爷——虽然村里对他一直有一种鬼鬼祟祟的说法,有的说他曾杀过长毛,有的说他当过长毛,但我一般是不相信。我觉得爷爷很和蔼的,老是笑嘻嘻的,一点也不可怕。

汉泉耶稣笑着对我说:"你小孩子不知道。"

我是不知道,也不想知道。不过,从那以后,只要我在场,红房子里再没有人敢往楼下丢东西,而如果我不在场,红房子就可能要丢东西。看来红房子的人确实有点怕我爷爷,或者我父亲。

爷爷说:"外爷爷在把你当枪使,当盾牌用,个狗日的汉泉耶稣,亏他想得出来。"

但爷爷并不阻止我去陪他。爷爷说:"既然你这么管用,就陪他去吧,他老了,走路不灵光了,万一哪天真给砸中了,还砸死个述呢。"

我说:"爷爷,那万一我给砸中了呢?"

爷爷哼一声,骂道:"敢?谅他们也不敢!"

这时候,我发觉爷爷真是很有力量的,眼睛里有凶光,牙齿里有杀气,好像真的是个杀人不眨眼的长毛,或者,是敢杀长毛的野鬼。

其实我到后来有点不想陪他去了,因为这是一件很枯燥也很辛苦的事情。红房子长着呢,长长的一排,从东到西,从主楼到附屋,有50多米长。每次,汉泉耶稣总是拎着一篮子白石灰,从头到尾一路撒过去,撒得石灰满天飞。我有时帮他拎篮子,有时帮他撒。但我经常撒不好,因为这个撒不是随便撒的,是有规矩的,必须撒得连成一线,哪里有断头都不行。每次我撒了,留下了断头,汉泉耶稣总是一边往我留下的断头补撒石灰,一边对我解释道:"不能有断头,有断头就不灵了。"

就是说,一年到头石灰粉都要连成一线,不能断头,哪里出现断头就要及时补上。遇到下雨天，雨水把石灰粉冲掉了，我们需要从头做起。有时候，我们刚撒好，天又下雨了，就等于我们刚才是白干了。正因为这样，我越来越不愿意陪他去，但他总能想出办法把我弄去，有时是通过一些小恩小惠引诱我，有时是通过大姑强迫我。有时实在不行（找不到我），他一个人也要去，那时他就有可能遭到来自红房子的袭击。我想，就是明知道他要挨袭击，哪怕是被丢下来的东西砸死，他也会去的。不过，袭击也都是吓吓他的，不敢真往他身上砸东西的。谁这么傻，砸他，不出人命才怪呢。汉泉耶稣是个病秧子，走路一步三摇的，风都要把他吹倒，倒下去了就可能永远立不起身了。

说真的，我不大相信这石灰粉有这么大本事，能把红房子里的恶鬼治了，我看它倒是把汉泉耶稣自己治倒了。汉泉耶稣有气管炎的老毛病，平时我经常听到他不停地咳嗽，那排山倒海的咳嗽声曾经是我对他的一个害怕。而撒石灰粉这个活，又脏，又刺鼻子，对气管刺激很大，经常把他的气管病刺激出来。只要气管病一犯，他总是蹲倒在地上，两只手捧着嘴咳啊咳的，有时候咳得太久，他脚蹲麻了，蹲不住，只好坐在地上。那时候，我就觉得外爷爷是挺可怜的，他已经七十好几岁了，老得已经不中用了，连咳嗽都对付不了了，可他还想对付恶鬼。我想，难怪村里人都说他是个怪人。

他确实是个怪人，汉泉耶稣。

是第二年的麦黄时节，也是多雨的季节，石灰线经常被雨水冲掉，需要我们经常去补撒。

有一天，我们照例去补撒，中途他的气管病发作了，他照例蹲下身子双手捧着嘴猛烈地咳嗽起来。我在一旁耐心等着，准备他咳嗽完了站起来，再带我往前去补撒。可他却再也没有站起来，有一会儿，我看见他嘴巴里吐出一口血，红红的，然后就一屁股坐在了青石板上，过了一会又吐出一口血，然后连坐都坐不住了，便滚倒在地上，上气不接下气地对我说："快去喊你大姑夫……"

当我把大姑夫找到，赶到他身边时，他已经昏过去了，像一只死狗一样趴在地上，显得很小。大姑夫抱着他翻转身，发现地上流着一大摊血，像他刚被人杀了。

大姑夫把他背回家，放在床上，他呼呼的喘气，每喘一口气，都有血从嘴角流出来。我爷爷赶来，见到这样子，摇摇头对大姑姑说："不行了，给他准备后事吧。"

果然，没有等到天黑，外爷爷就死了——他是耶稣，人们都说他是去了天国。

当得知他去世后，我马上想，以后还撒不撒石灰线呢？然后我又想，这难道真的能防治红房子里的恶鬼吗？

后面这个问题，我到现在也没有搞清楚。我有种奇怪的感觉，只要说起爷爷和外爷爷的事情，我就觉得自己依然是个小孩子，知道的东西太少了。两位老人家，像有魔法一样的，让我停留在他们的记忆中，而不是——他们停留在我的记忆中。

(选自《山花》2009 年第 5 期)

莲　舞
储福金

　　李寻常握着一束莲花出现在区政府机关的时候，门卫看他一张黝黑干瘦的脸，一副农民的模样，就拦住了他。李寻常说他是找科委的。他开口的时候，门卫就觉得他不像平常那些上访的农民，脸色和善了些。李寻常想到多少年前，他曾一度从这里出进过，那时的门卫现在都不在了。自离开后，他就没再来过区政府机关，这里的变化也大，显得很宽很深。李寻常伸头朝里望着，手机铃声响了，他向两边看了看，见没有人拿出手机来听，才确定是自己的手机响。李寻常很不习惯地掏出手机，朝它叫着：谁啊？听到是妻子阿莲的声音，声音显得很远的。他把莲花和手机转换一只手拿，朝门卫笑了一笑，随后朝手机说：知道了，我就回我就回。

　　他的口气像是下指示，手轻抖处，含苞的莲花开了一点，嫩粉红色的花瓣掉下了一瓣，飘飘地落下来。李寻常递给门卫一支莲花，说：这可是千瓣莲。门卫说：有一千瓣？李寻常说：只多不少，你不信，一瓣一瓣剥剥看。剥下来的莲瓣洗洗可以当菜吃。可不要糟蹋了。

　　正说着话，开来一辆吉普式的两厢轿车，车上按着喇叭。门卫拉李寻常偏过身，让车进门。李寻常转身一看，就伸出莲花来拦住车，朝车里驾驶的人叫着："方坚强，你装什么大人物！"

　　车门开开，方坚强从车里，俯身过来拉着李寻常的手，把他拉到了副驾位上，并不理会门卫，门一关，车就忽地一下，开进区政府的一段宽车道。

　　六月的天，车里开了空调，凉凉的。李寻常上了车便关了空调，方坚强笑着摇摇头。

　　"你来做什么？"两个人几乎同时问。

　　"快说快说，"李寻常说，"没时间多聊天，还有事忙着呢。"

"哪个没事？没事往这里跑？"方坚强说，"我是来要一个政策。"

"我是来要一张表。"

方坚强是房地产开发商，要政策，也就是要在地价上打点折扣。李寻常是想去科委要一张表，报国家科技奖的农民创新奖。

"你创什么新？"方坚强明显带着玩笑口吻。

李寻常把手里的莲花晃晃，说："我研究的新品种都有几十种了。你见过这种花色的莲花没有？"

李寻常从网上看到科技奖的消息，就打定主意要来申报这国家级的奖，但心里没底，便没有对任何人说，连对妻子阿莲也瞒住了。但看到方坚强，就忍不住说出来了。

二十年前，李寻常与方坚强结识在这机关大门前，那时县还没有改区，县机关搞了一次招聘干部活动。几百个城镇乡村青年参加招聘，经过多少场考试，经过多少层审核，经过多少时间等候，最后同时考进这机关的农民就他们两个，作为试点，成了机关的招聘干部。李寻常在农村工作部，方坚强在乡镇工业局。

成了干部的李寻常西装笔挺、皮鞋锃亮，在县机关里出出进进。有一天，方坚强找了李寻常，说他这样太招摇了，从几百个人中间挑出来进机关很不容易，且招聘搞了这一次就停了，户口一直没动，心里本来就不稳，这当口不要让人家说闲话。李寻常说，招来了是证明有工作能力，是锥子总会脱颖而出，他现在下乡调研写报告，桩桩件件都比整天在办公室里的人强，头儿常常夸的。穿什么。干卿何事？

然而，正因为他们是农村户口，关系一直没有转正，后来机关搞精简机构，首先就把他们精简了。已经出来过的他们，家里的一亩三分田已经容不了，各自做起各自的事。方坚强先是开了家经营公司，慢慢又转到房地产上来，生意做得很大了，有时他海吹，说亿元不在话下，有时又会哭穷，说日子过不下去了。

李寻常则是种起了莲，现在也有近百亩地，他种莲不在食用，而在观赏，搞花色研究。这许多年中，他们见面不多，但同进机关同出来，同是天涯沦落人，有着一种缘分，见时显得亲近。前两年方坚强开了一辆国产小车去看李寻常的莲池。那时李寻常的莲池规模也不大。方坚强说要把李寻常的莲池纳入到将建的红楼山庄里去，有大片莲花作背景，红楼别墅肯定卖得好。李寻常回了一句：道不同不相为谋。

方坚强笑说：你的道和我的道有什么不同？李寻常也笑说：你是搞钱，我是搞研究。方坚强越发笑起来，说：大言不惭，商品社会嘛，你研究出来的莲花，还不是想多赚钱？你的狗屁研究只是个人行为，我可有几百上千人的饭碗靠着我呢。李寻常说：十足的资本家理论。

两人下了车，各自往要找的部门去。

每次去过机关部门，李寻常总会有不舒服的感觉，只有对着朵朵莲花，他心中的浮躁才会安静下来。

六月到九月，一年中最热的季节是莲花的花季，强光高温时莲花开得最盛。这个季节也便是李寻常的忙季，也便是李寻常有期待的季节，也便是李寻常快乐的季节。这个季节里，除了吃饭睡觉，李寻常总是赤膊在莲池边，在他所培育的每一朵莲花前，蹲着，看着，量着，记着。从叶开始，特别是贴近花蕾边的一片伴生叶，那片嫩绿的小叶，是莲花的使者。莲花是古书中的小姐，伴生叶便是小姐的贴身丫环，小姐没出闺房，丫环出来传话。只要看看穿绿衣的小丫环，便知小姐秀美不秀美，大方不大方。测伴生叶柄的高度，可知花开在叶上，还是叶下，或者与叶并排。花在叶上当然观赏价值要高。量叶的直径，可认定新品种花的体形。花开了，要测要量的更多，花的大小，花瓣数的多少，花瓣长宽的比例，花一张开就可见"心皮数"，数一数那莲蓬的粒数……

初见花蕾时，李寻常就知道哪一朵花会开得好。莲花自含苞到开花间的十多天中，他依然带着一种期待，特别是对花色的期待，新的品种便是新的花色。莲色有红、粉、白、黄，黄色原来中国没有，从美洲引进，花色深黄重瓣，李寻常植入雄蕊花粉，远缘杂交，培育出的却是鲜红的花，比原来的红莲还艳红。

李寻常正对着一朵三重色的莲花，尖端是红的，中间是粉红的，基部是黄的。复色花贵，不知经他多少次育种变化而来。这朵花起名为江南好，旁边还矗着一块小木牌，牌上江南好三个字，还附着一首古词：江南好，风景旧曾谙，日出江花红似火，春来江水绿如蓝，能不忆江南。

每当他培育出新品种莲花都会立一块小牌，牌上有花的雅名，和配着的一首古诗或古文。

花名是李寻常起的，牌上的字也是他自己写的，做这一切，他都很得意。

他小心地用尺悬在花上去量，动作细腻得像个温柔的女人，花朵五点八厘米，一支笔杆咬在他的嘴上，他取下来在纸上记下了。他再细细地点一下花瓣数，不多不少五十八瓣，莲有少瓣莲、复瓣莲、重瓣莲，还有一种便是千瓣莲。少瓣莲有花瓣十四瓣到二十一瓣，是原始的莲；二十一瓣到五十瓣的叫复瓣莲；五十瓣以上叫重瓣莲。眼前的这朵莲花是重瓣莲，莲瓣重重，花在午间开足了，如层层花瓣之波，那么娇嫩鲜艳，那么整齐匀称。

李寻常停止了所有的动作，只是静静地看着莲花，他喜欢看莲花，与其他赏花人不同的是，他深深地了解它，知道它的一呼一吸，知道它的一静一动，知道它的情态，知道它的喜好。

微风轻轻拂过，似乎每朵花瓣都在颤动。随着花瓣的舞动，有清雅之极的花气一下子进入他的内心，在他的深深的内在幽幽地颤动，仿佛他的魂被引动了，浮了起来。瞬间中，蹲着的他的身子成了一种偶像，形神相离，莲花之魂无声无色，吸引着他，呼唤着他，抚慰着他，逗着他，挽着他，扶着他。他与花之魂连在了一起，在跳动，在飘浮，在莲花瓣中周游。每瓣花都在舞动着，向他展着优美的舞姿，一瓣一瓣像是迷宫一样，花瓣深处的轻舞，含着无限的娇羞，每一处的舞动，又呈现着各种色彩。

他神游了多长时间？他身子凝定也许只是一刻，但他的魂仿佛在花间经历了很长很长，他在花中自由地滑动，翻滚，时间本来就不是同一的，花的世界与现实人生的时间不同的，人世一刻，花界一时，那花世界的空间也无限地拓宽，无限地伸展。一朵花仿佛就是一片天地，游上花尖，那莲池的背景无限扩大，每一朵花魂都在舞动着，引着他，逗着他，邀着他去观赏各个不同的隐秘的色彩。

　　一只蜜蜂嗡嗡之声，把他的神思拉回到现实中，眼前还是那朵重瓣复色的莲花，刚才的一切，却还在他的心里，感觉比现实似乎还要真切。他无法再进入花魂的世界了，那一刻似乎那么长，又显得那么短。花开的时间真得很短，一朵花只开四天，晨开午合，也就四个半天。四开三闭，到了第四天花开后，就不再闭合了，慢慢地谢去。花期短暂，他与每一朵花相伴，最多也就那么几天。当然每一年都会有新花盛开，他的莲池有着那么多的花，但莲池属于他也是有时限的。他与当地的村子签约了三十年租期，二十年已经过去了，他培植莲花多了，当地的村长说他发了，再过十年，他是不是还会签到这块地呢，他也说不准。再过十年，他在这里种的树、花、草，还有他砌的房子与设施，也许都不再是他的了。不过，再过十年，他也走近了老年生涯，是不是还有精力侍弄莲呢？如此去想，人花相对，那最快乐的时光，也终有尽期。其实人生呢，想到底也短暂，再长也就百年吧。

　　阿莲走到莲池边的一片蓝花鼠尾草地，地里一串串的蓝花开得真艳，水面一只牛背鹭扇着翅膀，轻轻地飞起来，这一动静让阿莲站住了，她就站在那里看着在莲池间回形道上的李寻常。

　　李寻常手里捧着一本画册，那是一本英国皇家色谱，他久久地看着一朵小花蕾，随后摇了摇头，嘴里咕哝一声：……不是蓝色。

　　阿莲一时没走过去，与丈夫生活得时间长了，她清楚他这一刻不喜欢被人打扰。他看着花，她看着他，这也是经常的事，两个人都很专注，心里也都很欢喜。

　　他光着上身蹲在太阳下，他从不戴草帽，一到大热天，连汗衫背心也不穿，他和莲花一样喜欢阳光。莲花在遮阴处就开不好，只有在骄阳下色彩才开得艳。天愈热他愈喜欢，说是可以免费洗日光浴，他的黑皮被阳光晒得亮亮的，并没见太多汗，仿佛是被他的黑皮肤消化了，又像是他的黑皮肤天生就有蒸发汗水的功能。他总是说，莲花这么娇嫩，偏喜欢迎着太阳开花，他怕什么太阳！

李寻常经常说些阿莲听来不着调的话，也经常会做些阿莲看来不着调的事，比如这莲池周围他移植了不少开蓝花的草，眼前小灌木的鼠尾草，还有什么婆婆纳，是阿拉伯的；鸢尾草，是德国的；桔梗草等。天底下没有蓝色的莲荷之花。听说睡莲有淡蓝色的花，在亚马逊河热带野生，有英国人借此培育出蓝色的睡莲来。他也想触动莲荷之花的色彩基因，杂育出蓝色莲花来。可明明嫁植了蓝色花粉，但却在白色中开出粉红来，黄色中开出艳红来；于是，李寻常就在莲池边种了各种色彩不同的花草：夹竹桃花，美人蕉，千屈菜，梭鱼草，牵牛花……还引入了蜜蜂。一看到蝴蝶在花蕊上飞，他就久久地盯着看，像是他自个儿等着花粉授精。阿莲心里笑他想蓝色想疯了，才有不着调的举动。

他还满世界地去找不同的莲花花种，用来移植嫁接，这次他去区政府时，一位叫达西的朋友带来莲种，见李寻常没在，就走了。阿莲就是来将达西留下的话转告李寻常。

李寻常量着一朵粉红色的莲花，他量得那么认真，轻轻走过去的阿莲，在他身边站了一会儿，他也没注意。他的背脊上有一层极细的白霜，那是汗盐晒成的结晶，阿莲知道他对这根本没感觉，但还是有一点心疼。他量了一次又一次，以前阿莲会取笑他，说他算得也太精细了，她一眼就能测出花朵的直径，果然，说了几朵莲花的直径，结果与尺量的相差无几。但李寻常还是不让阿莲跟着。他还是要自己来量准了，称之为科学的态度。也许量莲花莲叶莲秆是他的喜欢，他希望这么去做。

李寻常终于发现了身边的阿莲，抬头朝她笑一笑：莲花就是好看。

天天看，日日看，你还没看够？

永远看不够，就像看你一样。

看我，你没这么仔细。

你睡着了，当然不知道。而它们没睡着。

它们喜欢你看？

是啊。你看这并蒂莲的花瓣一摇一摆的，动得很齐，像一对情人在跳舞。

又不着调了。

李寻常又凝神去看那朵并蒂莲，这是一朵花有两个花心的并蒂莲。莲蕊莲瓣成双成对。他相信花有精神，偶尔触碰到时，它们会微微颤动，他能感觉到它们的喜悦与难过。

阿莲喜欢看他入神的样子。他有两件事会入神，看花入神，看书入神。他在外面讲话也总夹着书里的话，阿莲觉得那不像一个种田人说的话。李寻常却说：我的话里可是有文化的。阿莲说：你和我说话，怎么没有那些不着调的文化？李寻常说：对你说那些话，我还嫌累呢。阿莲笑起来，想了想又问：是不是怕我听不懂？李寻常苦着脸说：你真能听得懂吗？他又笑了起来：哪一句不懂？我教你。

我怕你把我也教成了七着八不着。

七着八不着，是阿莲父亲当年对李寻常的评价，他出于农民本分，不赞成女儿与李寻常谈恋爱。未来的老岳父见过李寻常，在一个老农民的眼里，李寻常的做派不入眼。穿着太光鲜，夸夸其谈满嘴虚话，他从县里被赶回来，肯定就是不踏实的原因。但阿莲的母亲暗暗支持女儿。有一次赶集，她特意到李寻常的村上去看看他，正见他赤个膊在大日头底下，小心地侍弄莲花，精光的黑皮肤，亮晶晶的。她觉得这个小伙子身体好，有耐心，舍得吃苦。老夫妻有时背着女儿争执，阿莲偶尔听着了，觉得他们的理由都很奇怪。她就是喜欢他，也弄不清他的做派到底是好还是不好。

李寻常走进派出所，在一个办事窗口把填写好的科技奖申请表递进去。窗口里一身警服的人抬起头来，他发现那是一个女警察，无论从相貌与神情来看，她都还是一个女孩。女警瞟了一眼申请表，又看李寻常，带着感到奇怪的神情。李寻常也觉得有荒诞感，不光是眼前的女孩警察，还有自己怎么会跑到警察局来的。

"你要做什么?"女警问。

"我想打一个证明,证明我是农民。"

"你当农民要什么证明?没听说当农民还要有证明。你一站在人家面前就是证明。"女警带着点笑意,她一笑便显出成熟的模样了。

李寻常也笑了,他能理解她的话意,他的黑肤形象给谁都会认定他是个农民。

"这张表要证明。"李寻常手伸进窗口指指刚递进去的那张表。

女警仔细地看了看表:"你还搞科研?培育莲种?"

"我培育出几十种新品种莲花,大的莲花有盆大,小的莲花长在碗里。色彩有红莲、白莲、黄莲、红白杂色的莲,还有金碧辉煌的莲,我称之为金太阳……就是没有蓝花。"

女警说:"这么多莲花,肯定好看。我想问你个问题,莲花与荷花到底有什么区别?"

"莲花就是荷花。南人称莲,北人称荷。"李寻常笑说,见女孩脸上有点红起来,又说:"其实以前也有分别,古人称莲的绿茎为荷,后来才混为一谈。莲花在古代的称呼很多,《诗经》中还将莲花叫做水芙蓉、水芝、泽芝、水华、水环……"

女警说:"好了,我相信你能了。你到底打什么样的证明?"

"只要证明我是农民就行。"

女警笑嘻嘻地问:"你叫什么名字?"她食指微勾,让他把手头上的户口簿递过去。她翻开户口簿,准备写名字,随即却把户口簿递了出来。

"怎么了?"

女警说:"对不起,不能给你打农民的证明。你现在已经不是农民了。你那一片我知道,地都开发成道路和小区了。"

李寻常说:"可我现在干的就是农民的事。什么是农民?《辞海》的条目上说:是从事农业生产的劳动者。什么是农业呢?辞海的条目上说:利用动植物的生活机能,通过人工培育以取得产品的社会生产部门。我是从地里种出莲花来的,怎么不是农民呢。"

女警有点稀奇地看着掉书袋的李寻常，不明白这个种莲人哪来的满口文化："但你已没有地了。"

李寻常说，"我租地种的莲花。旧社会的贫农没有地，租地主的田种地，不能说他们没有地就不是农民吧。……你给我打一个失地农民的证明吧。只要是农民就行。"

女警只是望着他，笑说："人家都往城里迁，不想当农民。你啊，还不如往乡下迁，可以有自己的田。租地，还要交钱吧。"

李寻常说："是啊，租三十年好几万呢。"

女警摇着头："我不能给你打证明的。你自己看户口簿的第一页第一行，开头就是非农业户口。非农业户口，就说明你是城镇居民，不是农民了。"

李寻常发现自己再说下去就是纠缠女孩了，他只有出门了。

李寻常在派出所门前的街上，又见到了夹着个小包的方坚强。李寻常想避开他，却被方坚强一把拉住了，非要问他大气不顺的原因。李寻常只得把事说了，方坚强笑说：啊哈，一个假农民。

李寻常说：我不是农民是什么？

方坚强说：你也是老板，你有莲花商品。你忙时也招短工，你也是资本家。

李寻常想说一番农民从田里收东西的道理，但他的道理已在派出所里碰过壁了，眼前的方坚强对他了解得更多，胡搅蛮缠的理论也更多，他只能认栽。多少年来，他已甘心做一个农民，也一直做着农民的事，这一刻他希望人家认定他是一个真正的农民。过去他在南唐殿门口卖过莲花，那里有挺大的古董市场，他很不屑去看那遍地的假文物。现在居然一个户口簿，让他变成了假农民。

李寻常不想再说下去了，问："你怎么又在大街上转？"

方坚强说："我做房地产，就要看哪块地好，不在街上转在哪儿转？……我在跑衙门呢，现在做生意跑衙门不一定行，不跑衙门可万万不行。"

李寻常认为他说的都是废话，想移身走开，方坚强却还是拉着他："不想听了？别以为你满嘴文化，多的还是农民意识，跟不上时代。……好吧，你不是农民是一回事，你要一张是农民的证明又是另一回事。不就是一张证明吗？我来帮你想办法，给你这张证明，我还是能办到的。……你还是想一想，我们合作的事。"

李寻常说："什么合作的事？你就别趁火打劫了。我也不要一张假证明。我从来不做假，人家一揭发，我的脸还不知往哪儿埋去。"

李寻常这一回想做农民却做不成了。当年从机关被剔出来，他想到要回去当农民，一度对人生社会都失望了，便去后山宝成寺出家。宝成寺住持老和尚一时没接受他，说出家是一个信念，不是一时之气，留他在寺里考虑考虑。李寻常每天在寺里扫地做杂事，白天看许多的求财求缘的男女来庙里烧香磕头，夜里学盘腿打坐，这么过了十八天，觉得自己信念并不在庙里，也就有了悔意。住持老和尚看出来了，把他叫了去，说你还是还俗吧。说是还俗，其实他并没有真正入寺。住持老和尚问他回去做什么？他说种地，还做农民。住持老和尚说你心虽不在庙里，人来便是有缘，十八天中，把寺里的花草照顾得不错。于是，给了他十八颗莲子。

这是十八颗碗莲的种子，过去观赏莲只有皇宫官家与寺庙里有，民间种莲一般目的是收藕食用。李寻常拿回莲种，起初不知如何种它，用两颗放水里浸，放泥里泡，陈莲子坚硬如铁，就是不发芽。李寻常不知找谁去问，只有找书来读。他在市图书馆泡了好几天，得知干莲子埋在地底下上千年也不会发芽。终于在那本"起自耕农，终于醋酸"的古书《齐民要术》中找到育莲之术，书中提到把莲子一头磨破，可长出小戟叶。

莲子有两头，两头形不同，磨哪一头？李寻常就磨两颗莲子，各磨一头，发现是有凹点的一头磨破可发芽。这莲子算是倒发芽。莲种了，碗莲长成，看到第一朵小小的白莲花开时，李寻常有点吃惊，他没想到莲花有这么小的，他没想到莲花是这么的好看。

李寻常开始了他种莲的历史。观赏莲的收入必须要靠销售，最先他用板车拖几盆碗莲到南唐殿去卖，南唐殿外一大片广场是工艺品古董市场。

李寻常觉得想买古董的人，相对才有心思买莲花观赏。他将板车推在市场一角，捧一本书蹲在边上看。有人看到碗盆里的花，疑惑地问："这是莲花吗？是假的吧。"李寻常说："这里的古董大多不是真的，我的莲花却是假不了。"

种观赏莲，合着李寻常的心思，特别是花色的变化，引李寻常入迷。二十年种莲，要是单纯种藕食用，也许早就腻味了。每年有新的花色的莲花开出来，是他的期待，莲花的花色越来越多，但他没有满足，似乎他渴望着蓝色。他也不清楚从什么时候产生的意象，像是从寺里出来那天起，就有那么一种感觉在意念中存留，也许不是感觉是梦境或幻景：一朵蓝色的莲花上一个穿红色服装的女性在跳舞。后来他遇见了阿莲，第一次看到身材苗条的阿莲就是穿着一件红色衬衫，她的名字又叫阿莲。他就认定她是他的妻子。

达西来了。原以为他已经走了，他又出现了。达西说：他突然想到来就来了。李寻常说：我今天也想到了你，真是心有灵犀相通啊。达西说：你还是老样子，喜欢说古诗文，说的还是夹生的。李寻常说：你是这样感觉我的啊。

达西还是老样子，旅人行装，满面风尘。站在一起，他们有一点是相同的，一样的黑红肤色。

李寻常给达西办了一桌欢迎酒席，黄昏时的酒席安排在莲池边石亭里，亭里有一张圆石桌，还有几张圆石凳。当初，修亭置桌时，阿莲就说，做这个不实用，七着八不着的。李寻常说，都要讲究实用，还不要种莲花呢。

先上了一盏清凉解暑的荷叶茶。刚喝完，莲花酒就倒满了杯，接着上的一桌菜，都与莲连着。有莲子羹，有炒莲梗，有凉拌莲花，有蜜汁藕片，有藕丝，有藕饼，有糯米藕，有荷叶粽，有荷叶鸡，还有荷花汤。

当年的云南彝族地区，李寻常在普者黑湖边转来转去看莲荷，普者黑的莲长得高大，颇有名气。达西也到湖边看景，见住同一招待所的李寻常在湖边徘徊，觉得奇怪。傍晚时分，李寻常在湖的僻静处脱了衣服走下水去，达西以为他要轻生，就跟着下水去。普者黑水深，莲秆有几米高。李寻常生在江南，水性很好，潜到水底，扒开污泥找藕鞭。达西的水性也不差，但见李寻常沉入水下，眼前的水面泛上黑色污泥，认定李寻常是要轻生，过去一把把他拉到湖面上来。

爬到岸上，两人谈起，达西才知道李寻常是个种莲花的花迷。达西喜欢旅行，也爱赏莲，两个人交上朋友。当天，在招待所的房间里，两人对饮喝酒，酒喝多了，话也就多了。达西说：原以为你沉湖底偷死，谁知是偷种。李寻常说：偷乃不告而取。普者黑的莲是野生的，取天地自然之物也叫偷吗？他们喝得醉了相靠倒在地上，一直躺到第二天早上。

最初，李寻常不满足现有莲花品种，满世界求种，从报上从书中，只要知道哪里有好莲花便赶去。身上缺钱，就扒火车前往。种莲人心情相通，只要谈到种莲，谈到莲种，自然不会空手而归。因此结交了不少各地朋友。其实野生的莲开在无闻之地，自有珍奇品种。达西会把旅行途中看到的不同莲花拍下照来，寄给李寻常，李寻常想要的莲种，达西也会设法去取，邮递寄来。开始达西主要在藏区游，慢慢地，他的周游圈越来越大，李寻常的莲花销路大了，也资助他一点。近几年，李寻常寻莲花品种多在网上，网络的天地拓宽得很大。达西是老朋友，依然时有联系。

酒杯碰过，两个老友开始聊天，达西问李寻常在忙什么？李寻常说，做了一个梦，南柯一梦做完了。达西问他到底做的是什么梦？李寻常迟疑一下，就把那件事说了。达西说，你还是变了，变得爱名了，那不就是一个名吗？李寻常说，那是社会对我事业的承认。达西说，你要别人承认你什么？李寻常说，好了好了，我也知道你说的意思，我都懂。可是我就是喜欢做梦。人生要不做梦还有什么？你也是做着一个梦，要到各地跑一跑。

两个人你一句我一句地争辩着。手上不停地碰杯敬酒。多喝了几杯，说起当年两人相识的事。李寻常对阿莲说，当时他以为我是一个想自杀的人。我想过出家，就是没想过自杀。要是自杀了，还能有梦？

达西说：当初你为摆脱不了当农民苦恼，现在又为当不了农民烦恼，你心里就是农民不农民的坎儿，没过得去。

李寻常说：此一时彼一时。他说得有点哀伤，却又笑起来。

达西说：还是我到处周游好，看西藏一片连天的高原，看新疆一片无边的沙漠，看东北一片原始的黑土，看海南一片湛蓝的大海，心胸一下子宽了。这次到江南，看的亭园楼阁，美是美，好是好，就是太细巧了。

李寻常双腿盘起在石凳上，如打坐似的。他说：我就喜欢在莲园里看莲花，你看你看，这轻风一吹，莲花就像在风中舞动，莲花有魂，是花魂在舞，你要静静地看，细细地看，你能看到天地自然尽在莲中，皆显莲色。

一时有风，一时又无风，亭间有蚊与小虫飞动扰人，阿莲要在上风头点个蚊香，李寻常说不可，他去提了一个灭蚊灯来，蓝幽幽的灯引着蚊虫自投，发着轻微的叭叭声。李寻常说：选亭间喝酒，就是要看着莲花，嗅着莲香。此时蚊香比蚊虫还讨厌。

说得兴起，李寻常便去摘来几张荷叶，用水洗净了，达西看着他，他把酒倒在荷叶上，用嘴去吸下面的莲茎断处。酒在荷叶上晃动着，从凹处透过莲茎渗下去，李寻常说是从旧书上看到的，叫做"象鼻饮"，是古代雅士之举。酒经过荷叶莲茎，便有了一种清香，酒气净了，有了莲气。

达西也兴致勃勃地倒酒在荷叶上，倒多了，酒在荷叶上滚动泼洒，赶紧用手去托住，嘴在断茎处吸，一口没吸到，嘴里大叫吸不着嘛，再使劲一吸，便有一大口酒冲进了嗓子，并从鼻中喷出，不由得连连咳嗽，一边咳一边摇着头笑。

李寻常说：你还是少不了狂饮的酒心。

酒喝多了，达西想要去寻方便，绕到莲池南边一座房后，正要停住解拉链时，却被李寻常拉去莲池外树荫处。达西说：莲花出自污泥，需要的当然是肥料，再说一池子水又何在乎一泡尿？李寻常说：莲花经不得一点污糟，脏物溅上，花就不开了。再说，花有精神的，还是要对花存一点虔敬的心。达西说：你心中总还存着一点东西。两人并排朝草丛中撒尿。李寻常撞一下达西的肩，达西也撞一下李寻常的肩，两人笑看尿在半空中舞动。李寻常伸头在达西耳边问：你走南行北，看到过女人在莲上跳舞吗？达西以为他问的酒话，便说：有佛菩萨在莲上坐。

李寻常说，你说的是画像石刻啊？达西说，难不成你还真看过有人在莲花上跳舞？李寻常说，是了，就算是画像石刻，你见过有女人在莲上跳舞么？你好好想一想。达西便凝神想了一想，像是要把以往所见的景过滤一下，突然跺脚说：前些日子，我在柬埔寨的吴哥窟看到过石壁上雕有这种图像。李寻常说：是不是蓝色莲花上面跳着红衣天女？达西说：石头雕刻的，上面哪有什么色彩？不过也难说，雕刻时是不是上过色的。只是千年以来只留了石头本色。你问这个做什么？

　　李寻常摇着头说：也是一个梦吧。李寻常想到，这真是他的一个梦了，他还是不想承认那是幻象。真想去吴哥去看一看，是不是就是他感觉中的形象。倘若正是那般模样，难不成就认定他曾魂游吴哥？况且还可能是千年前的魂周游过。

　　喝多了，吃多了，李寻常拉着达西去月下赏花，看他培育的各类莲花品种。李寻常领路走在莲池回形的窄道前，摇着手电光，去指点莲池中的莲花。他的步子有点踉跄，一脚高一脚低，伸出双手来平衡身子，月光之下，莲池上浮着一个舞动的身影。

　　跟在后面的阿莲笑着说：七着八不着。

（选自《上海文学》2009年第5期）

公 羊

蒋一谈

人到中年，一晚上能做好几个不同的梦，梦的颜色经常是灰调子，梦和梦的交叉口，我会在床上翻身，有时也会惊醒，醒来就再难入睡。最痛苦的一次失眠是从夜里十一点辗转反侧到第二天清晨六点半儿子睡醒起床推开我的房门叫我："爸爸该上学了。"儿子的声音听起来怪怪的，他应该说"爸爸，该开车送我上学了。"不过我一点儿都不生气。

一年365天，除了寒暑假和公休日，我是儿子的司机。有一天我实在忍受不住了就对儿子他妈说："王玲，你去学车，咱俩轮流接送儿子吧。我最近老失眠，怕路上开车不安全。"她撇一下嘴，白我一眼："你有多少钱？再买辆车我立马去学！学会了没车开那叫什么事啊！"

忍无可忍还得忍。王玲有我两个重，睡相难看死了，晚上她的胖腿经常压住我的小腹，让我在睡梦中总感觉到被巨蟒缠绕，死活喘不上气。我害怕她的胖腿，经常偷偷卷起被褥在小客厅凑合。凑合的结果是我失眠的日益严重。

儿子乐乐读小学三年级，非常懂事。他知道我睡眠不足，或许也恐惧车祸吧，一上车就坐在后排中间位置，两只手紧紧抓住主驾和副座的后椅背，不停地提醒我"小心前面，别追尾了；左拐打灯，后方有车驶来；前方有警察，别压黄线；马路中间有个石头，减速绕行。"

有一次他这样问："爸爸，妈妈不想学开车，我能学吗？"我伸出右手想摸他的头发，他大声阻止："别动！小心驾驶！"

"儿子，你还小，十八岁以后才能学。"

他"哦"了一声，好像什么都明白，说："那我得等好几年后才能学啊！"

"你十八岁时,爸爸就五十岁喽。我大你三十二岁。"

"你干吗这么晚才要孩子?"

想不到他问出这话,好像这"孩子"不是指他似的。我刚想回答,他急切地把我的话顶了回去:"一辆急救车从后面冲上来了,小心避让!"我咽了口唾沫,整理一下思路,准备回答儿子刚才的问题:"我……"

"你不想回答我也无所谓。真的,我尊重你的隐私。"

我的嘴巴半张着,自己也在想:我为什么这么晚才要孩子?为什么是和王玲结婚生孩子呢?王玲又是怎样从一个苗条淑女变成胖女人的呢?"爸爸,怕追尾也别拉这么长的距离呀,后面的车都急了!"儿子提醒我。我醒过神,一踩油门追了上去。

现实无法改变,回忆徒增伤感。老天爷给我一个胖女人,也给了我一个乖巧的儿子。我载着儿子上下学,分明也载着我的梦啊。有什么累不能忍受?

我把车停在新华书店的院子里,熄灭了发动机,又把椅背往后调低。小睡一会儿吧,离上班还有一个小时。睡眠很浅,却很实在,无梦。能感觉到嘴角挂着笑意。睡梦中听见雨打玻璃的声音。我睁开眼,起身,看见看门的柳师傅正用长长的塑料水管子冲刷地面。"柳科长,没影响你睡觉吧。"见我从车里走出来伸懒腰,柳师傅笑吟吟地问我。他知道我的上班习惯。

"没事,我还以为下雨了呢。"

我和柳师傅同姓,老家在同一个镇,村不挨着。在正奋力扩张的北京城,能相识这么近的老乡实属不易。他刚来单位的时候,人生地不熟,我把单位新发的毛巾袜子什么的都送给了他。柳师傅除了看门,还负责整个院子的卫生。白天他在值班室,晚上一个人住在院子的最里面。一间小平房,房前有一小片空地,他围了一圈木栅栏,在里面种了很多葱。单位的同事吃午饭的时候会走进去拔几棵吃,也不通知他,其实通知了他也不敢生气。

"柳科长，我帮你洗洗车吧。"

"不用，我自己来。"

我双手接过水管子，右手拇指和食指压住水管头，好让喷出的水更有力度。可我没掌握好，水注正对我的脸冲上来。我的头发、脸和脖子都湿了，眼镜片挂满水珠。

"还是我来吧。"

我把水管子给他，顺手接过他递过来的毛巾。"毛巾还是您送给我的呢，"他笑着说，脸上的皱纹在夏天早晨的阳光下亮幽幽的，"袜子我舍不得穿，寄给在深圳打工的儿子了。"

看着他帮我洗车，我在想：等儿子长大后，我家里一定会雇专门的人洗车。这想法很单纯，也很幸福。

我其实不喜欢夏天，不，准确地说，应该是夏天的下午。儿子下午放学太早了，三四点钟时我还在上班。胖子在超市工作，早出晚归，一周六天，没工夫接儿子。有时候想，即使攒足了钱再买辆车，她的工作怎么办？中年女人失去了工作八成会疯掉的。

我只得借故出去半小时，当上科长后出去的理由好像更充分了。当然，我不敢太明目张胆，毕竟只是科长，再说同事也有孩子呀。有一次，孟欣路过办公室门口冲我摆摆手。我知道她对我有意，我也挺喜欢她，仅仅是喜欢不敢有更大胆的想法。

我坐在那儿等着她进来。孟欣30多岁，身材匀称，头发盘起，那双眼睛一笑就会弯弯地眯起来，挺好看的。她走进来，看办公室没人，就说："柳河，你出去不方便，我帮你接孩子吧。"

我愣了愣，说："不方便吧。"

"马上该评副处，人家会说你工作太随便。"

我轻轻一笑，说："心领了。"孟欣不再说话，笑着冲我一招手，走了。我还没见她和单位别的男人这样。我还真有那么大的魅力？

还有一次，我刚把儿子接上，手机就响了一下。是孟欣的短信：我看见你和你儿子了。你儿子真帅,和你特像。

我在车里往外四处张望,看见她站在校门口正朝我这儿看。

我发短信给她:你怎么在这儿?

她低下头,额头在发光。我收到她的回复:我也在接儿子。

你儿子多大了?上几年级?我试探着又发了一条短信。

我两个月前刚结婚。儿子是现在的丈夫带来的。

看来我对她了解得太浅了。我天生对女性迟钝吗?

回头见。我发动汽车,发出最后一条信息。

车走到十字路口等红灯变绿,我又收到孟欣的回复:同事对你有议论,说你几乎每天上班时间接孩子。别太固执。两个孩子我能一块接。我不怕别人说。

我握着方向盘,手有些发抖。

我经常会把儿子接到单位。我喝着茶扫尾一天的工作,儿子坐在我对面写作业。我挺喜欢这种状态。有时候也会想,没有胖子不也挺好吗?

至少没了丑陋女人的气息。不过这想法总会一闪而过。儿子没了妈妈肯定不好受。刚上小学时,他最喜欢躺在王玲的胸脯上先玩会儿再睡午觉。王玲很幸福地拍着儿子的小屁股。"妈妈像面包,大面包,真软乎。"儿子咧着小嘴叫,门牙刚掉,样子怪怪的。

"你想吃面包吗?"王玲问。

"想吃。"儿子说,在她的胸口上小咬一口。

这场景已成昨日。十几天前的一个周末,王玲拉住儿子的手,问他:"乐乐,你怎么不到妈妈身上睡午觉了?"儿子支吾不语。

"来,我抱你上来。"

儿子拗不过,顺从了。

"说'妈妈像面包,大面包,真软乎,'快说呀儿子。"

儿子小声说了一遍。

"你想吃面包吗?"王玲拍着儿子的屁股,继续追问。

儿子沉默。王玲又问一遍，儿子依然沉默。我在客厅听见王玲重重拍打儿子屁股的声音。儿子哭着跑到客厅，拉开冰箱门，掏出面包圈猛塞进嘴里。第二天送他上学，我在车里问他："你妈问你想不想吃面包，你怎么不回答？"停了半天，儿子才说："妈妈身上有味！"

和不香的女人睡一张床真够难受的。我恐怕又要失眠了，抱起枕头，想去客厅。王玲伸出胖腿拦住我说："干吗去？"

"睡不着难受。"

"要分居啊！"

"不是。"我口是心非。

"让儿子看见多不好！"

我躺回床上，说："家里有安眠药吗？"

"要那玩意干吗！一吃就甩不掉！"

我叹口气。

"你在心里数数！"她居然教我，"我没失眠过，可能数数管用！"

没有办法，只好闭着眼睛数数。1、2、3、4、5、6……数到几百或者上千吧，我迷迷糊糊地睡着了。我梦见了我妈。她穿着崭新的衣服，穿河而过，边走边朝我招手。我的梦又转到天安门广场，我妈说："天安门广场怎么没人？我看见毛主席了，他怎么不说话？儿呀，你快来接我回家吧。"我加速行车去接我妈。一个警察从胡同里斜插出来拦着我，非要搭我的车。我说你干吗呀我有急事儿，他瞪我一眼说你有国家的事儿急吗？我火了，想蹬他下车，他死死抓住方向盘，我们扭打起来，车翻了。我惊出了一身冷汗。我没接着我妈。王玲四仰八叉地酣睡，嘴巴张开。我真想把脏袜子塞进去。

常做梦的人总爱分析梦。这些人大都是失眠症患者。网上有一个失眠者俱乐部，我上去浏览，吓了一大跳，尽是失眠者的梦境回忆，多半是恐怖的，有的则散发着血腥。比如一篇文章是这样写的：我在厨房里切菜，我老公带着一个女人走进来。看了我一眼,直接往卧室走,把门关上。我气得浑身发抖,提着刀冲进去,使劲敲门,他们不开,还在大声笑;我用刀使劲跺门,可手上的刀却像纸片一样折下来。我瘫倒在地,门开了,我看见我自己披头散发拎着一把刀出来了。我把地上的我提起来挂在墙上,乱刀飞舞,我变成一摊血……

多愁善感的女人才会做这样的梦。王玲才不会呢!她可是我见过的最大的瞌睡虫!可是昨夜的梦依然令我不安。已经有两年没回去看我妈了。从北京到老家也就300多公里,开车顶多需要3个小时,我居然两年没回去。

我爸走得早,妈一个人住。从我结婚到现在,她在我北京的家居住的时间全加起来不会超过两个月。王玲不喜欢我妈,嫌我妈做饭不干净。儿子满月时,她把我妈送的一篮子红鸡蛋全都送给了楼下的老大妈。鸡蛋会不干净吗?我嘴巴都气歪了。我妈拦住我,只说了一句话:"王玲刚生完孩子,别气伤了她身体。"她的身体可好着呢!瞧她那胖劲,都能把我给举起来!

我的手机响了,熟悉的老家区号让我心头一惊。电话是邻居马大婶打来的,说我妈一个小时前被车撞了,让我马上回去。我向处长请了假,飞身冲下楼,把上楼的孟欣撞倒在地,额头上凸起了红包。她不顾疼痛,问:"柳河,你脸色怎么这么难看?怎么了?"

"我家出点事!回头再说!"我跳进车,朝她一作揖,"对不起对不起!"她摸着额头上的包迷惑地望着我。

我给王玲打电话:"我妈出事了!我得回去!儿子你接啊!"

"啥时候回来?"

"不知道!"

除了王玲,我没有第二个人可打电话。我爸是独子,我是独子,我儿子也是独子。独来独去,人丁不旺。要是能多几个兄弟姐妹们就好了。

挂断电话后王玲又追过来一个短信"早点回来,我一个人可顶不住!

你想累死我啊!"又来了一条短信,是孟欣的:需要帮忙,说一声。别客气!孟欣的短信让我的喉头有些发痒。

两个半小时。我只用两个半小时就跑了三百公里。我肯定被超速摄像头拍了无数次。无所谓。车到家门口已是夕阳西下。马大婶抹着泪迎上来。"你可回来了!"她才六十多岁,嘴里的牙全都掉光了。家里的院落还是老样子,好像更破败了。我说过要把家里的老围墙推倒重新砌一道新墙。我他妈的给忘了!我冲进屋,俯下身看我妈。她眼睛一放光,看我一眼,低声说:"河,你回来了?"

"妈,您怎么样?伤哪儿了?"我知道我的眼泪快流出来了。屋里光线暗,我妈没看见。马大婶指指床边:"被车撞到腿了。"

"哪辆车?"

"一辆货车。跑了!"马大婶一扬胳膊,"龟孙子!不要脸的!跑了!"

"记住车牌号了吗?"

"号?什么号?我看不清,眼花。"马大婶说。

我妈拉住我的手。她的皮肤像粗麻布一样。

"妈,咱们去医院!现在就走!"

"这不就等你回来商量嘛!"马大婶补充道,"村里的年轻人都外出打工了,留下的都岁数大了,不中用了。"

我想抱起我妈,她却使劲按下我的手。"不碍事,不碍事,又要花钱。明天再说吧,"她挥了挥手说,"我想喝口水。"

我想起车里给儿子预备的饮料,赶忙取来拧开想递给她。

"能直腰吗?"马大婶问。

这句话提醒了我。我托起我妈的后背,一口一口喂给她喝,隔着衣服能感觉到她的后背很瘦。死胖子!我在心里狠狠骂道。我想好了,这次就把我妈接走,在北京治腿,给她租房子,找个人伺候她老人家!我不想和我妈再分开!

晚饭是从小饭馆买回来的。我执意让马大婶留下来一块吃。没有马大婶,还会有人通知我吗?我不知道,也不敢想。我妈直不起腰,斜靠在床上。我把她的右腿固定好。"可能骨折了,千万别动,"我说,"吃完饭我拿冰给您敷敷。"话一出我就骂自己了,家里连冰箱都没买,哪里去找冰!马大婶吃了几口非要走,我也没拦,道了谢送她到门口,听她一路念叨:"你妈身子骨大不如前了,她大我5岁哩,年龄不饶人啊,只被撞伤了腿,亏了你们家那只羊,它把你妈顶了一下,要不然,唉……真是万幸!"

我连说"是是是",又问她的双胞胎儿子怎么样了。他们是我的高中同学。马大婶叹口气,摆摆手。"不说他们不说他们。"说完身影消失在夜色里。

回到屋看我妈正在那儿吐,把刚才吃的都吐在衣服上了。几只苍蝇飞来飞去。我连叫她几声,都没有回应。我意识到必须马上去医院。

镇上的人民医院晚上只有急诊,一个小护士边打呵欠边看书。空荡荡的医院只有我和我妈。我妈昏过去了。

我大叫:"有人吗?有病人!"

"叫什么叫,我不是人啊?怎么啦?"小护士探出脑袋。

"我妈昏过去了,被车撞了!"

"抬进来吧。"

我妈躺在木板床上轻咳了一声,微睁着眼低语:"河,河,我胸闷。"

我掏出500块钱。"给你的!赶快叫大夫来!"小护士"哦"了一声,拿起钱跑出门。

我到死也忘不了我妈弥留之际说的话。

"家里的羊……那只羊……是伴……是我的伴……它陪我……五年了……五年了……我……舍……舍不得它……你……你要替我……好好……养它……我……舍……不得……它。"

我狠狠地点头,眼里满是泪水。

就是马大婶说起过的那只羊吗?

"河……一……定……答……应……妈……为……它……养……老……

送……终……啊……啊……啊……"

我妈咽下最后一口气,走了。

我平生第一次放声大哭。

我平生第一次感受到真正的大哭几乎能把肺冲炸!

我蹲坐在地上看着这只羊。

是只山羊。它静静地望着我,好像知道我是谁的儿子。

它顶开我妈。货车碾过我妈的腿和腰。我赶回来了。

我见了我妈最后一面,又多相聚了五个小时。

我轻轻摸它的身子,又摸摸它的脑袋。

"我妈走了……"我嘴唇颤抖着说。

它喘口粗气,下巴上的胡须在抖动。我跪起身子,双手抱住它的脖颈,泪水再次模糊双眼。马大婶不知什么时候站在我身后了,说:"河,别哭伤了身子。"

"没事。"我抹着脸上的泪说。

"你妈说的没错,它就是你妈的伴。你妈和它一块儿遛弯,一块儿吃饭,一块儿看电视,一块儿聊天,一块儿睡觉。今年春晚就是它陪我们姐俩看的。"

"它有名字吗?"

马大婶愣在那儿。"名?它是羊,还会有名?"

"我妈平时称呼它吗?"

"那我可没听说过。你妈平时不爱说话。这羊挺聪明,从不在院子里拉屎撒尿。它怕累着你妈。它和你妈在外面遛弯的时候拉。"

羊叫了一声。我和马大婶同时扭头看它一眼。

"瞧见没有,知道说它呢。"

"这羊多大了?"

"快六岁了吧。我和你妈逛集市买的。一晃几年就过去了。真快。"

"公的母的?"

"公的。"

"我带它走。"

"真带回去？"

"我答应过我妈。"

"还是我替你养吧。"

"不了。我带它走。"

我打开车门，收拾好后座，在上面铺了一层报纸。马大婶追上来。"你家那口子能同意？"我没说话，又把一大堆青草放进后备箱。后备箱满了，乍一看就像一个大草堆。"平时喂青草就行了吧？"这点常识我还是有的，不过还是问了一句。

"最好伺候的就是羊。有草有水就得。河，你能成吗？北京城让养这玩意？"马大婶摊开双手说。

"马大婶，它不是玩意。它是我妈的伴。"我看着她，一字一句地说，心里倒不生她的气。她是我妈的好姐妹，也是一个伴啊！我掏出钱包，留下200块钱过油钱和过路费，把其余的都给了她。

"河，有难处就送回来。"

我点点头，脑子里始终在想：它是我妈的伴，总得有个名字吧。就叫它阿羊吧。我在心里默念着，阿羊，挺顺口。

我把阿羊脖子上的绳绕短几圈，抱它站在后座上。"咱们回北京吧。"我说。阿羊站立不稳，车开动后差点从座位上掉下来。我尽可能匀速前行。车到高速路，阿羊的腿不再发颤。我透过后视镜看见它前后左右地看，我回头它就看我，我转过去，它又前后左右地看，样子挺逗人的。听说狗不会笑，我想羊也不会笑吧。

车里有空调，我担心空气闷，摇下左后窗，它激动地把脑袋伸出去，一点都不怕。我在左视镜里发现它的胡须又白又长，迎风飞扬。我又摇下右后窗，它扭转身体，又把脑袋伸出去；把两扇窗都闭上，它乖乖地弯曲四肢卧下来，卧一会儿，又麻利地站起身。它的腿真有劲，要不然也不能把我妈顶到路边。有时它又会把脑袋伸到我的脸边，"咩""咩"地叫上几声。

　　我的车速始终控制在八十迈。汽车一辆接一辆呼啸而过我也不急。

　　前方有个服务区，我估摸着阿羊渴了，把车开进去停下来，摇下后窗，走下车，取出矿泉水，倒在左手掌里。阿羊伸出脑袋，我一点一点喂它喝。阿羊真渴了，一瓶矿泉水快喝完了。一辆旅行大巴开进来，伴随着一个男孩的惊呼："妈妈。羊！妈妈，羊！"男孩说着标准的北京话。我把瓶底剩的水一饮而尽，冲孩子一挥手。"它叫阿羊！"我大声说。旁边的人都笑起来。

　　重新上路没多久，阿羊就睡着了。我松了一下油门，把速度降到六十迈。我一点儿不急。我计算好了时间，今天是周日，单位院子里会空无一人，除了柳师傅。我和阿羊会在五点半至六点之间出现在柳师傅面前。时间足够。我把手伸到阿羊的脖子下面。它的脉搏清晰，呼吸平稳。它跟我一点不陌生。它把我的车当成家了？它真的能嗅出我是谁的儿子？"好聪明的阿羊！"我赞叹道。

　　我不打算让我认识的人知道我妈去世的消息。是自己的妈，与别人何干？除了给知道消息的人添堵，没有任何现实意义。王玲我也不会告诉。原因很简单：第一，她永远不会主动提起我妈。第二，她永远不会去看我妈。第三，除了我，再没有人可以告诉她我妈去世的消息。

　　乐乐我也不会告诉。奶奶在他脑海里只是一个老太太的形象，或者说这个词是对所有老太太的礼貌称呼。我觉得他长大以后会明白。我坚信他长大以后会明白的。

　　如果有人问我会怎么说？早想好了，就这样回答："我妈摔伤腿了，刚做完手术，打了石膏在老家修养呢。过三个月就能下床了。谢谢大家的关心。"

　　事实上我就是这样对柳师傅说的。他深信不疑，脸上表情由焦虑变为宽慰。可当我打开后车门，牵出阿羊的时候，他脸上惊诧的表情无法用言语形容。

台词成熟在胸。

"柳师傅，"我笑着说，"得麻烦您件事。"

柳师傅半张着嘴，没明白我的意思，没关系，接着讲。"我妈养了一辈子羊，这是她最喜欢的一只。我妈现在不能下床，我把羊带回北京养几天，回头再送过去。我想请您帮我代管一下，行吗？"

"行！行！"他说，"我也喜欢羊。我家也养过呢。"

我把后备箱里的青草抱到小平房前面的空地上。我的半张脸埋在青草里，好像闻到了我家院子里的味道。"这草真新鲜！还有土味呢！"柳师傅取出一根，放进嘴里嚼起来。阿羊挣脱我的手，低头往草里钻。它饿了。

"这羊五六岁了吧？"他说。

我扭头看他一眼，点点头："你可真神！这草能吃几天？"我划拉划拉地上的草，手上滑溜溜的。

"最多三天吧。"

"才三天？"我大为惊诧。

"羊一天到晚都会吃，睡觉的时候还能闭着眼嚼哩。"

我站起身，眼前一阵眩晕，定了定神，长出一口气，半是对他半是对自己说："我得走了。"

．

三天。三天以后怎么办？想问题会让脑袋发胀，也会缩短回家的路。我又饿又累，整个胃就像一个空的皮口袋，家就在眼前，可不想这么早回去，一打方向盘，拐进一条胡同，那儿有一家烩面馆。偶尔不想做饭，我会带儿子到这儿吃羊肉烩面。

面馆里坐满了人。我扫了一眼，角落里一张四人台只坐一对年轻男女。我走过去坐下来。他们在赌气。女孩把一碗辣椒油倒进男生的碗里。

"这么辣怎么吃呀！"男生说。

"你说过认识我之后就不再吃羊肉了。"女孩撅起嘴，想哭。

男声叹口气，把筷子一摔。

女孩继续说："我属羊，你知道我属羊。"

"这叫什么事！"男生把10块钱扔在桌上走了，女孩忽而笑起来，一跳一跳跟了出去。

我点了两瓶啤酒，一碗素烩面。这阵子我也不会吃羊肉烩面了。我闭上眼睛，感觉眼珠在眼眶里转，真想洗个澡好好睡一觉，再次睁开眼，发现十几张桌子之外，王玲正和儿子吃面呢。王玲的脸真大，和烩面碗一样大，儿子的脑袋还太小，一只碗足可以装下去。

我不想上去叫他们。我就这样看着他们。一直看到他们吃完，付完账走人，我才低下头。我把一瓶啤酒喝了下去，我又一口气把第二瓶啤酒喝了下去。

王玲应该听见了我推门进屋的声音，可她没出来。儿子也睡着了。走进卫生间，打开热水器，看着淋浴花洒喷出的水柱在身体上流淌，忽然悲从中来。

我的身体疲惫之极，却是热的。

我妈的身体却化成了一团灰，冷灰。

我抱着一团冷灰回来了。它就在车的后备箱里。

水流越来越大，冲出我的眼泪，也冲出我的哭声。我双腿发软，走出淋浴室，双手捂着脸坐在马桶上，门被推开了。

儿子站在我面前，说："爸爸。"

"儿——子。"

"爸你吃饭了吗？"

我站起身，一把将儿子搂在怀中。

"爸——爸，你没穿衣服！"

我听见自己在心里说："儿子，你奶奶死了，你奶奶死了！"

在梦里我把楼下院子里的草全给拔了。草堆成了山。阿羊在草里钻来钻去，欢快地叫，还打滚呢！我躺在草堆上晒太阳。儿子嘎嘎笑着跑过来，冲我的耳朵眼里哈气，哈醒了我。我睁开眼，胖子一本正经地看着我说：

"你送还是我送？"

没等我想明白，儿子抢先说道："爸爸送。"我拎着儿子的重书包往外走，身后传来王玲的话："河，你妈怎么样了？"声音不温不火，却出乎我的预料。我扭头看她一眼，什么也没说，走到电梯口。"我梦见你妈了，"她继续补充道，声音提高了一倍，"她给你包饺子吃呢！"

我的眼角有点涩。走进电梯间，儿子仰起脸问我："爸，你吃饺子了吗？"我摸摸他的脑袋，没说话。阿羊的脑袋和我儿子的脑袋一样柔软平滑。

"爸爸，车里什么味？"儿子钻进车问我。

"赶快走。"我说。

儿子像往常一样提示我开车时的注意事项。

几天没见儿子，他的声音真好听。

"爸爸，这是谁的毛啊？"

我回头看见儿子手里举着一团白毛。昨晚太累，忘了打扫。

"给我。"我伸出手接过来。阿羊掉下的毛有点硬。

"这儿还有一撮呢！"儿子又塞给我一小团。

我没说话。

"这是谁的白头发吧？"儿子对这些毛产生了兴趣，"奶奶的？"

"瞎说什么！你怎么不说是你姥姥的！"

"姥姥没这么多白头发。"儿子固执地说。

一辆车没打灯就并入我面前。我连按了三声喇叭。

"老师说连按三声喇叭是可耻行为。"

"老师还说什么？"

"老师说暑假学校要办一期英语口语训练营，去新加坡，欢迎家长陪同，爸，你去吗？"

"你妈怎么说？"

"我妈说就是丢掉工作也要去！"

"这么狠！"

"我妈还说跟你结婚这么多年还没出过国呢！"

一辆车快速从我身边驶过，然后又减缓速度和我并行，余光看见车的窗玻璃落下来，一个女的朝我这边又招手又叫喊。

我扭头一看，是孟欣，就摇下了窗。

"柳河，你回来了？"

"你头上的包消了吗？"

"你家没出什么大事吧？"

"没有。挺好的。"

"你也去送孩子啊。"我俩几乎同时说出这话，都笑了。

"到单位我找你去。"

"好。"

要不是后面的车催促，她肯定还会和我说下去。我也想说下去。

"爸爸，你去吗？"

"什么？"我还没回过神。

"新加坡！"

"我有事！"我想都没想，脱口而出。

儿子没说话。我伸手摸摸他的头，语气软下来说："爸爸工作忙，请不了假。"

柳师傅背对着我哼着小调冲刷地面。阿羊跪卧在值班室旁边的一棵树下，身上的毛湿淋淋的。

"你给它洗澡了？"我大声问道。

柳师傅惊了一下，手里的水管子倒在地上。

"洗澡？给羊洗澡？"

"它身上这么湿。"

"我还是头回听说给羊洗澡。羊不用洗澡。我家的羊就不洗澡。可能是刚才水溅的吧。"

我从车里取出纸巾，想把阿羊身上的水吸掉。纸巾一下子就变成了湿乎乎的纸团。阿羊睁眼看我一下，鼻子里发出"嗤"的一声，嘴巴不嚼了，几根草就在嘴角挂着。

"它昨晚睡得怎么样?"

柳师傅走过来,半弯着腰冲我一笑。"它可是只羊。"

"是我妈的羊!"我抬头看他一眼。

他收住笑,拾起地上的流水的皮管子,叹口气,说:"昨晚它可闹腾了,蹄子到处踢,还用头撞木栅栏。待会儿你瞧瞧吧,我的葱倒了一大片。不过没事。"我其实不必冷着脸说话,又从车里取出一条不知谁送的烟递到他手上,说:"柳师傅,给你的,麻烦你了。"他接过来,连连说:"没事没事。"我回头看一眼阿羊,背对着他说:"还是让它待在木栅栏里吧,一会儿单位来人不太好。"

我没在车里小睡,径直走进办公室。几天没来,屋里空气混浊闷热。窗台上的几盆花痛苦地弯着身子,八成快死了。我还看见一只死麻雀蜷缩在花盆之间。它是怎么进来的?真怪。这时我才发现门口地面上还躺着一张通知:

下周二上午集团领导来考察工作。
各部门人员务必到岗。
不得请假。不得早退。

桌上堆着一大摞报纸。在平时,我会从第一版看到最后一版,连广告和寻人启事都不放过。重要的文章我还会边读边记。院子里人声多起来。快上班了。我利用最后的10分钟闭目养神,可我忽然又想到一个问题:我妈的骨灰放在后备箱里是否会受热变味?

快到中午的时候,孟欣还没来找我。我拿起电话,想打给她,想了想又放下了。我盯着电话机,心里空落落的。我之前从未主动打过她的电话,可我现在真有打给她的理由:她额头上的包可是我撞的。我刚想抓起电话,电话铃突然响起来,是我的顶头上司叫我去他办公室,而且是立即马上。

"柳河，你搞什么名堂？"我推开门进屋还没落座他就冲我嚷了。他是处长，整整高我两个级别。我眨眨眼，故意做出不明所以的样子。其实上楼时我就料到了，他叫我肯定和阿羊有关。

他把茶杯重重放在桌上，一屁股陷在有高大背靠的皮转椅里。他没让我坐，我索性自己坐下来，就坐在他对面。

"你的羊？"他眯缝着眼，脸上的表情像哭又像笑。

我点一下头。

"你养羊？"语气里夹带着说不出味道的惊奇。

我又点一下头。我自己的妈死了，与他人何干？我不想解释。

他忽然仰头大笑起来，闭着眼咧着嘴大笑起来。

我第一次发现他嘴里上排最后四颗牙齿包着银。

"听过养狗养猫养乌龟……"他在空中胡乱摆着手，笑得喘不上气。

我沉默。当他最终停止笑的时候，我看见他的两个眼角挤出了几滴泪。"把桌上的纸巾递给我。"他晃着脑袋伸出手。我递给他纸巾。"单位的人都不敢拔葱吃了，怕得病……"他接着说。

"那些葱我赔。"我说。他不置可否，脸上恢复严肃的表情。"通知看了吗？"他敲了敲桌上的一张纸，继续说，"你也是科级干部，注意影响嘛。"

我叹口气，只是叹了口气。

"你下班后就把羊牵走。"他说，语气冰冷。

我望着窗外，一只叫不出名字的小鸟正在枝头上跳跃鸣叫，窗户关闭着，我听不见它叫的声音。我默默地看着它。

"别解释！如果明天上午八点羊还在……"

我依然望着窗外，淡淡一笑，说："我——走——人。"

"就是这意思。"他肯定地说。

同事见到我的反应不好也不坏，总之不自然。我站在屋里朝楼下看，柳师傅正从值班室探出头朝我窗户这边望。我没有一点胃口，闭上眼，斜靠在沙发上想办法。要是多几个兄弟姐妹就好了。我又这么想。我想到马大婶。不行,阿羊才和我待一天。太没面子。柳师傅?更是不可能!自从儿子外出打工,他就把自家的土地租给村委会,决心在城里生活了。现在离下班还有五个小时。离明天早晨八点还有不足20个小时。怎么办?最后我想到了王玲。

毕竟是结发夫妻。她肯定会理解的。别人养狗养猫养乌龟,我家就养羊了。儿子肯定会说太酷了!酷毙了!酷呆了!酷到天边了!儿子有个伴,王玲应该会高兴的。

"羊需要每天遛吗?"王玲问。

"也许吧。"

"你会吗?"王玲又问。

"阿羊很乖,没问题。"

"我牵着羊走,邻居会笑话吗?"王玲不好意思起来。

"妈,那才叫酷!"儿子亲了一口阿羊,又亲一口王玲。

"羊会咬我吗?"

"只听说过人吃羊,没听说过羊吃人。"

"羊吃的草从哪儿弄?"

"会有办法的。"我拍着她的手说。

王玲牵着阿羊往门外走,儿子手舞足蹈跟在后面,我在沙发上又跳又叫开心极了。我知道这是想象中的景象,可还是忍不住这么想:一家三口再加上阿羊,另一种新生活开始了。

一声敲门。两声敲门。敲到第五下时我把门拉开。孟欣望着我,手里晃动着一张小纸片,上面有四个字:宠物学校!

"这家宠物学校是我朋友推荐的,她家的狗就在里面寄养。"

"什么时间去看一下?"我非常激动。

"马上!"

"好!"

如果不是在单位,我一定会拉着孟欣的手往楼下跑。柳师傅看见我跑下楼，把头缩回值班室窗户下面。孟欣开车，我坐副座，她的车里散发出醉人的香气。

我听见自己的心脏在咚咚跳。

"你应该早点告诉我。"

我长舒一口气。"回头再告诉你吧。"

"还有秘密？"她笑着说。

"现在三点。"我想岔开话。

"时间足够。对好朋友不能保守秘密。"

"谢谢你。"我认真地说，扭头看她一眼，"为什么帮我？"

她眼睛直视着前方，微微一笑，嘴角在脸颊上挑起一道柔和的弧线。"你也帮过我呀。"

"我帮过你？"我迷惑不解。

"刚来单位时我生过一场急病，想起来了吗？"

我一下子没想起来。

"我向你请假，请五天，想起来了吗？"

我想起来了。"我给了你10天假。"

她咯咯笑起来，上半身一晃一晃的。

"为什么多给我5天？"

我没有马上回答。

我至少有四种回答方式：第一，我好歹大小是个领导，理应关心下属。第二，单位当时不太忙，多休息几天也无妨。第三，我对你的印象很好。第四，我一下子喜欢上了你。

"为什么多给我5天？"她又问道。

我极力搜寻过去的记忆碎片。没有找到。我改变了回答方式，说："找时间我一块儿告诉你。"

"好，我等着。"她说。

这是我第一次进宠物学校，对里面的一切充满好奇。一位自称客服总监的女子迎上来,笑吟吟地递上名片,带我们了解学校的历史、现在和未来发展规划。十几张印有狗照片的海报挂在墙上,海报上端统一印着这四个字:世界名狗,名狗世界。

这些狗都昂首挺胸,有的目视前方,像战士一样在观察,浑身上下充满警惕,有的转过头看着观众,似乎在说:"想和我说话吗?"或者"不喜欢我就滚远点!"我印象最深的还是那只身体肥硕,四肢奇短的小狗。它的肚皮快耷拉到地面了。我眼睛凑上去看:它的眼神和呆滞的老头的眼神没什么区别。还有一只狗我好像在一部电影里看到过,用手一指,问女子:"很熟悉,想不起来在哪部电影里见过。"

"日本电影《小Q的故事》,它是拉布拉多犬,第一流的导盲犬,聪明听话极了。北京人养拉布拉多和金毛寻回猎犬的特别多。"

孟欣落在后面。"好威猛的狗啊!"她叫道,我又折回去看,是只藏獒,又长又厚的毛,像公狮子一样的头,小而狠的眼睛,粗壮的四肢。

"我觉得它像狮子。"我说。

孟欣小声对我说:"我那位女朋友养的就是藏獒,她丈夫每天乖乖地做饭,擦地,一句狠话不敢说。藏獒是她的保镖。"说完她笑起来。

"这里是狗舍,这里是遛狗区,这里是培训区,这里是赛狗区,这里是狗友会所,有西餐提供,这里是游泳池。"客服总监的手指头在一个大沙盘模型上方点来点去。

"真不错!"孟欣啧啧叹道,又问我,"你觉得呢?"

"真不错!"我重复道。

孟欣看着墙上的寄养收费说明表。"还行不是太贵,柳河,你看一下。"

小型犬,身高35 cm以下,每月寄养费800元;大型犬,身高35 cm以上,每月寄养费1000元。训练费事宜培训中心有详细资料说明。

"先生,小姐,请问你们的爱犬是什么品种?"

我咽口唾沫，喉咙有点干。孟欣走到总监身旁，压低声音说："你们这儿寄养羊吗？"

"羊？"总监一愣。

我转身看窗外，听见女子又说："我得请示一下。"然后背后响起高跟鞋急促的咔咔声。一个矮胖的男人面无表情地走出来，总监跟在后面。孟欣迎上去。男人离孟欣还有十几步之远时，忽然开口说道："我们这儿除了人不能寄养，什么都可以！"他从孟欣身边走过去，保持着原来的速度，压根没有停下来的意思，然后穿过办公室，消失在门外。

总监小声对孟欣说："我们老板。"

我和孟欣都松口气。总监和我们一块儿坐下来，拿出笔和一个记事本。

"爱羊姓名？"她看看我又看看孟欣。

孟欣看着我。

"阿羊。"我说。

"年龄？"

"六岁。"

"性别？"

"公的。"

"品种？"

我摇头。

"颜色？"

"白色。"

"性格？"

"温顺。"

"训练过吗？"

"没有。"

"长毛短毛？"

"不长不短。"

"顶人吗？"

我停了一下,说:"顶过。"

"你不是说它温顺吗!"

"它救过人。"

孟欣不解地望着我。

"身高?"

我站起来在大腿和腰部之间上下比划着。"就这么高,大概……"

"60厘米。"总监随口说。

"体长?"

我伸开双臂左右丈量。"就这么长,不,应该更长一些。"

"120厘米。阿羊按大型犬收费标准办理寄养手续。先生,需要您的身份证复印件。还有,您打算寄养多久?"

"羊能活多久?"我前倾身子望着总监。

她猛地咽一口吐沫。"这我得查一下。"

孟欣碰一下我的胳膊。"先寄养一个月试试。"

"小姐说得对。我们也是第一次收养宠物羊,不过我们一定会尽心尽力。对了,先生,我们学校还有接送服务,四环路以外单送每次150元,一送一接240元,四环路以内单送每次100元,一接一送160元。我们可以在周末把您的爱羊送到您家里,和您家人团聚。周一早晨再接到学校。您觉得这样服务满意吗?"

我听傻了眼。心里也乐开了花。

阿羊的后半生会幸福的。

"您计划何时把您的爱羊送到我们学校?"

"今天。你们可以去接吗?"我说。

"当然。"

办完了登记交费手续,总监跑过来一脸歉意地说:"对不起,先生,我们的面包车在修理厂呢,估计到六七点才能回来,您看……"

"就今天。我可以等。"我把收据放回钱包,对孟欣说,"还得请你帮个忙。"

"替你接儿子。"孟欣马上说。

"三年级七班的,叫柳乐。"

"没问题。"

"回去的路熟吗?"

"忘了是谁带你来的啦?"

"回头请你吃饭,想吃什么?"

"盒饭就行。"

我和孟欣一问一答。总监在旁边抿着嘴笑,发现我回头看她,鞋跟原地一扭,身子转了过去。目送孟欣的车渐行渐远,我终于如释重负地喘一大口气,身体也一下子松软下来。

车到市区已近八点。天色完全黑了下来。我迷迷糊糊地睡了一路。面包车司机用胳膊肘捅了我一下,扬起下巴指指前方,说:"红绿灯往左还是往右?"

"左,到第一个红绿灯再往右200米,就到了。"

单位大门是关着的。司机还没停稳车,我就跳下来跑到值班室,叫柳师傅开大门。值班室里灯亮着,但人不在。旁边的小铁门虚掩,我推门进去,看见一个黑影在墙角一动不动。

"阿羊!"我大声叫道。

黑影动了一下。我走过去蹲下身细看,是柳师傅,他抱着头,在低声哭。

"怎么了?"

他的哭声大起来。"柳科长,我……"

"到底怎么了?你哭什么?我又没怪你!我给羊找到地方啦,今晚就带走。快起来开门啊,车在门外等着呢!"

"羊……羊跑了!"柳师傅哭得更凶了。

"跑了?跑哪儿了?"我的脑子一片空白。懵了。

"跑到街上去了,我找了半天没找到,"他使劲捶自己的脑袋,"我连一只羊都看不住，真笨啊！我说过我不来北京，可儿子偏要我来！我为什么要来这啊！"他又坐在地上哭起来。

我扶着墙站稳。门外司机在按喇叭。我走出门，给司机200块钱。"你走吧。"我无力地说。

"不接了？"

"你走吧！"我大声叫道。

望着满街的车流和人流，我在心里喊：阿羊，你会在哪儿？

我都不知道自己是怎样走进路边打字社的。看我垂头丧气的样子，打字女孩忽闪着大眼睛，问我："打寻人启事吧？"然后伸出手，补充道："给我文字。"我从口袋里掏出一张纸递过去。她一边看一边读："寻羊启事？"她挠挠头，看我不理她，继续念道："阿羊，是只山羊，白色，六岁，身高60厘米，体长120厘米，今晚走失，恳请大家协助查找。帮我找到者必有重谢！"

"快打吧。"我闭着眼睛靠在沙发上。

"联系人呢？电话呢？"

我飞快地抓起桌上的笔，写下姓名、单位地址、办公室电话、家里电话和我的手机，扔给她。她边打字边说："要是有照片会好找些，不过也说不准，城里羊少，目标大。"

我复印了整整100份，一路走一路贴，从单位门口一直贴到我家楼下。我紧紧握着手机，躺在楼下的草地上，望着夜空中时隐时现的星星，悲从中来，却又忽然失声大笑起来。

打开家里的门，屋里一片黑暗。我也没睁眼，走到沙发旁顺势倒了下去。我听到人的呼吸，越来越重的呼吸，我不熟悉这个声音。灯亮了，王玲站在我面前，满脸是泪。这么多年，我第一次看见她这么哭。我惊坐起来，发现茶几上放着两张纸：病危通知单和骨灰盒领取单。

"洗衣服时发现的……"王玲带着哭腔说，"为什么不告诉我……我就那么让你烦吗……我就那么不让你妈待见吗……"

我捂住脸，揉搓着，说："都过去了……"

"这是怎么回事？"王玲手里托着一团毛。

怎么回答呢？我从裤兜里掏出最后一张寻羊启示放在桌上。

"明天再说吧……我累了……"我叹口气，瘫倒在沙发上。王玲抽噎着关了灯，拖鞋蹭着地板，慢慢走向卧室。

第二天早晨是王玲送儿子去的学校。没听见他们发生任何声音。我比平时多睡了一个小时。洗漱完毕，我打车去赶往单位。在路上，我习惯性地回想昨夜的梦，却无论如何想不起来。路上车流如河，从高架桥上往下看，一辆辆汽车和铁盒子一模一样。前行的道路只有一条，铁盒子里的人别无选择。

柳师傅看见我，从值班室跑出来，不说一句话，神秘兮兮地拉我到墙角，自己又朝一条胡同跑去。不一会儿，他拉着一个男人的胳膊走出胡同，来到我面前。

"你说你看见羊了，在哪儿呢？快说在哪儿呢？"柳师傅急促地呼吸，继续说道："柳科长，这人一大清早就来敲门，说看见羊了，问柳科长您平常是不是说话算话？"

我看了看他，面相还算老实，只是身上脏乎乎的，有股汗臭味。

"我说话算话，你真看见羊了？"

他甩开柳师傅的手，点点头。

"你给多少钱？"他斜着眼问。

"1000块。"

"真的？"

"真的。"

"你先给我一半，我带你去，看见后你再给我另一半。"

我同意了，先给他500块。他在前面走，我和柳师傅跟在后面，到胡同口，他拐进去，来到一辆三轮平板车前停下了，警觉地看看四周，又看我们一眼，"刷"地一下揭开一块破编织袋。阿羊血肉模糊的尸体躺在那儿。"看见了吗？是这只羊吗？被车撞死的。"男人说。柳师傅"呀"地叫了一声，忙拉我的胳膊。我的腿有些发软，后背全湿了。"还有500块！"男人伸出手掌说。"我们要的是活羊。"柳师傅激动地大声叫道，青筋布满整个脸。"我也没说是活羊啊！"男人不依不饶，露出狠相，拽住柳师傅的脖子领，"到你们单位评评理去！敢吗？敢吗？我是收废品的，我怕谁啊！"我把500块钱甩给他，俯下身去，不敢看阿羊的眼睛，迅速用编织袋裹好它硬邦邦的尸体。"柳科长，我来抱吧。"柳师傅说。我用胳膊挡住他伸出的手，迅速背过脸去，因为我的眼泪早已滚落了下来。

当天下午我就找到一家动物标本制作公司，想给阿羊做一个标本。

"填充物要最好的！"我说。

"标本可保存五十年呢。"

他们先清洗阿羊的身体，看着阿羊身上的血水顺着下水道流走了，心里真不是滋味！制作人员拿出剪刀，准备开始掏阿羊的内脏。我不敢看，走出来坐在接待室翻看城市黄页，给我妈和阿羊找墓园。

"先生，内脏烧完后，用什么质量的骨灰盒装？"

"最好的！"我说。

在郊外找到一个墓园。

山村环绕，景色宜人。

王玲和儿子坐在后座，我开车把我妈和阿羊送到那里。

四周只有树叶在风中摇曳的声音，天空蓝极了，没有一丝云。

我把我妈和阿羊的骨灰盒放在一起，用一块白色的丝围巾包裹好。丝围巾是王玲选的，她还买了一束鲜花。

墓碑上没有文字，只刻印上了我妈和阿羊的照片。阿羊的照片是我照着标本拍的，它仰着头，胡须似乎还在飘扬。

我们三个人在墓碑前面默默站立良久，一句话也没说。

从墓地走向停车场的路上，儿子问我："爸爸，奶奶这回放心了吧？"我拍拍他的小脑门，不知说什么好。

我们上路了。汽车在高速公路上飞驰。我摇下车窗，听风在大声说话，看树在纷纷笑倒，我还听见持续不断的手机铃声。我不知道是谁的电话。这一刻，儿子抓起手机，用力按下接听键，放声大喊："我们要去新加坡！"王玲前倾身体，看我的眼神是异样的，我不知道她想让我说什么，我又能说什么。

（选自蒋一谈短篇小说集《伊斯特伍德的雕像》，作家出版社，2009年7月版）

艾多斯

邱华栋

有时候，生活中确定不会发生的事情，也许突然会在你的生活中发生。昨天，我就遇到了一个小小的奇迹。我最近买了一本英国作家德·昆西的中英文对照本散文著作《论谋杀》，从三联书店回家之后，我在细心翻阅和盖上我的藏书印的时候，发现我遇到了一本错版书——这本书其中有一个印张的篇幅，也就是有整整32个页码，被装订反了。我有些恼火，觉得自己在买书的时候应该仔细地翻翻，怎么这么粗心呢？于是，今天早晨开车出来的时候，我就特地带上了这本错版的《论谋杀》，打算在中午休息的时候，到三联书店里去更换一下。整个上午，我都在办公室忙碌，快到中午的时候，在MSN上，我忽然看到我的朋友，诗人、小说家楚尘——他如今已经是一个非常不错的出版策划人，他说要过来到我这里吃午饭，就吃我们杂志社小食堂的饭。我就等他过来。中午12点，他准时到了，然后，他从书包里掏出来一本《论谋杀》，递给了我，说，这是他新近策划出版的书，送我一本。

我当场就惊呆了！因为这套书一共有20多种，而他，竟然恰好带了这本我错版的书送给我，事先我既不知道这套书是他策划的，也不知道他会送书给我。而鬼使神差，他给我的恰好就是这本《论谋杀》！因此，我当时几乎是流出了激动的眼泪，两个爱书之人都觉得有些匪夷所思了。也许，这是上苍报答我喜爱书籍——这已日渐衰朽的癖好——从而带给我的一个小小的奇迹吧。

但是，我要说的事情，和楚尘没有关系。错版书这件事情，让我想起来我今年8月到达新疆喀纳斯地区采风的时候遇到的另外一件事情。具体说，实际上，我是遇到了一个人。

今年8月，北京酷暑难当，我和另外一个朋友去新疆北疆的喀纳斯地区旅行。过去，我没有去过新疆，只是从报纸上得知，这个叫喀纳斯湖的地方，如今是中国最美丽的地方之一。我已经去过中国内地大多数的风景名胜区，觉得论山水，也就九寨沟值得一看，其他的因为被旅游业的改造，也就不过如此了。我想倒是那些至今还没有怎么开发的西南地区，比如贵州、云南、西藏的一些冰山大川中那些还没有怎么被命名的地方，是值得一去的。如今，最美丽的风景，全部都隐藏在高山密林之中，过去由于交通的原因，人迹罕至。现在，人们凭借现代化的交通手段，终于可以比较轻松地到达这些地方。

8月底，盛夏时节，新疆也很热，不过，新疆的温差很大，而这个季节是去新疆的最好的季节。我们飞到了乌鲁木齐，然后又坐汽车，一路向西走了一天，傍晚的时候才到达了阿勒泰市，在市区里过了一个晚上。到了第二天的早晨，我们驱车北行，前往藏在阿尔泰山深处的喀纳斯湖。汽车在海拔逐渐升起来的山间急速地盘旋，依次越过了戈壁、秃山、高山草甸，最后在布满了松树和桦树的高山间盘旋。一条蓝色的河水蜿蜒在公路的边上，似乎我们渐渐地进入到了画幅之中。最后，在拐过了一个山岭时，我打开一点车窗，感到有一阵凉风吹了过来，我想，附近一定有大片的水域。果然，在正午的阳光下，白云在天空中飘浮，山脚下出现了一块蓝中带白的玉石一样的大湖喀纳斯湖。它是一个高山湖泊，依靠阿尔泰山主峰的冰川融水，最后形成了沿着一道峡谷流淌的河湖系统。因为水中含有大量的钙质，所以，看上去水色呈现出蓝白色——有些不真实的梦幻般的色彩。

到了湖边，我立刻被眼前的美景所打动，下了车，我迫不及待地向湖水冲去。喀纳斯湖地区实在是美丽无比，有着瑞士附近的阿尔卑斯山的风景特点。尤其是一些树叶正在变黄的漂亮的白桦树林，细弱的树干挺拔直溜，树叶在风中抖动，发出了奇特的哗哗声。

接下来的两天里，我们就在喀纳斯湖附近的各个景点游玩，也攀爬到了可以俯瞰整个喀纳斯湖的小山头，在观鱼亭里，察看湖水里有没有出没的水怪——大红鱼。但是，我没有发现。我们还到附近的一个蒙古人的支系——图瓦人的村落里，看他们酿马奶子酒，擀毡子。我们还乘坐快艇，在喀纳斯湖的六道湾戏水，一直到达很远的湖泊上游，从那里，可以清晰地看见近在咫尺的白色冰峰。据说，当年成吉思汗西征就是从那里翻越了阿尔泰山，直出中亚，一路打到了欧洲，很快就占领了无比广大的地区。

我们准备在第三天一早就要离开了。可是我似乎觉得还没有尽兴。在头天的下午，我中午喝了很多马奶子酒，有些醉了，就睡了一觉。醒来之后，发现同行的朋友给我留了一张纸条。说他们去湖泊的下游月亮湾一带漂流去了。

我觉得头疼，就走出模仿北欧别墅风格建造的尖顶木结构的宾馆房间，一个人往一片由松林围成的空地走过去。我很快就看见了一匹黑马，身上没有鞍鞯和缰绳，一边甩着长长的鬃毛，一边打着响鼻，慢慢走着，在埋头吃草。我向它走了过去。但是，它很警觉，即使它不抬头，也似乎知道我在向它靠近。我快，它也快，我慢，它也慢，就是和我保持一个安全的距离，仍旧在埋头吃草，对我不怎么理会，可是，又在戏弄我一般，就是不让我靠近它。我觉得很恼火，干脆跑着向它冲过去，它才扬蹄向一片后山林飞速跑去了。

我跟着跑了过去，我想抓住那匹马。我沿着一面到处都是鲜花盛开的山坡向上攀爬。我立刻被脚下的野花吸引了，这些野花竟然有十多种颜色，让我眼花缭乱。不断地有蚂蚱和蝈蝈在我眼前的草丛里蹦跳，我深一脚、浅一脚地很快就爬到了半山腰，可是，那匹马跷着健美的臀部，继续引诱我，躲进一片树林不见了。我汗流浃背，很失望，眼看着马匹钻入了一片松树林里，不见了。

我气喘吁吁地爬到了一棵松树边上，准备歇息歇息。然后，我看见了一个人，用毡帽盖着脸，正躺在树下，嘴唇在动，嘴里还嚼着一根长长的青草。看样子，像是一个哈萨克族牧羊人，正在那里休息。

我正准备离开，忽然，他开口说话了："陈林，是你吗？"

我惊呆了，这不是宿作东的声音吗？难道，他跑到这里来了？我站在那里，看他把帽子从脸上拿掉，一跃而起，向我露出一嘴的白牙，哈哈一笑,"我一听你走路的声音,就知道是你!"

我非常惊喜和诧异,我仔细地端详他。果然,几年没有见,这个家伙变化太大了,脸上长满了络腮胡子,很密集,不认真看还真认不出来他了。"真的是你吗?你这家伙——"我简直不敢相信自己的眼睛,但是接着,我们就很高兴甚至是狂喜般的拥抱了。我立刻闻到了他身上那种只有游牧民族才有的羊膻气味儿。看来,他在这里已经待了很长一段时间了。

我们找了一块凸起的大石头坐下来,他给我还铺了一块羊毛毯子。"我到这里,已经4年了。不过,现在,我已经不叫宿作东了。我有了一个哈萨克名字,我叫艾多斯了。"

我更吃惊了,问他,"你改名叫艾多斯了?"

"是的,我现在就叫艾多斯。这是一个哈萨克族老人给我取的名字。因为,我有了一个哈萨克名字,我才能够真正地融入这片土地。你知道我的名字——艾多斯,是什么意思吗?"

"不知道,我不懂哈萨克语。"我觉得很费解。

"是月亮的朋友的意思。我,现在是月亮的朋友。哈哈哈哈!"他大笑了起来。

他提起了月亮,我的记忆在这个时候就迅速地复活了。关于他的记忆在我的脑海里像潮水一样地掀了起来。我们是大学同学,一同度过了四年时光。宿作东是一个敏感的诗人,他是黑龙江漠河人,自小就和大山亲近,熟悉大自然对人的影响。一进学校,他就成了学校里的活跃人物,经常参加和举办各种活动,组织诗歌朗诵会和戏剧表演比赛。不过,因为一次爱情的失败——当时他喜欢一个外文系的漂亮女孩子,没有成功,加上他曾经带领学生和学校食堂闹了一次罢吃饭运动,被学校处分之后,这个家伙多少受到了一些打击,有一阵子不愿意和人打交道,开始自闭了。当时他的一些行为很神秘,甚至算得上古怪。比如,我记得,在1990年的某个时日,春天里,晚上的时光,我和女朋友在校园外面的小山上幽会,结果,在山顶上的一片松林里,看见他一个人拿着一把木剑在狂乱地舞动,嘴里大喊:"月亮!月亮!我要邀请你和我一同舞剑!"还有一次,在我们的宿舍里，我半夜感觉到有点异常，醒了过来，朦朦胧胧地看见有一个黑影子坐在我的床边，月光诡异地洒在他身上，脸是一片黑影，身子却是白色的，实在是吓人，我立刻被吓醒了，"你是谁？"我恐怖地尖叫道。

"是我，宿作东。"他默默地回答。

"你你你坐在这里干什么？"我问他——他睡在我的上床，是不应该来坐到我的床边的。

"这里月光很好，月光很好。"他喃喃自语，嘿嘿笑了一下，然后，又爬到上铺睡觉去了。

总之，这个家伙不知道为什么，那段时间变得有些神经、神秘、神叨叨。这类事情经常在他的生活中发生，弄得一些女生都有些害怕他了。不过，他的诗却越写越好，名气也越来越大了。毕业之后，他被分配到广州，在某个区政府任职。我觉得，这个家伙这种状态，到了广州那样的商业城市，能不能适应呢？但是后来，传到我的耳朵里的，有他投江自杀的传闻，也有他给一家石油公司写了一句特别棒的广告语，得到了100万元的传闻，两种结果相反的消息让我有些疑惑。但是后来证明他没有自杀，而是活得很好。他到了广州生活状态也很神秘，不怎么和同学往来，关于他的说法都是自相矛盾的。

但是，几年之后，我见到了他，就觉得他已经彻底地改变了。这时已经是1999年了，他来到北京是代表南方一家有名的地产公司，作为北京地区的总经理，运作房地产项目的，他是一副挥金如土、挥斥方遒的气概，带着大量的资金，来北京做大的房地产项目。我们偶尔接触一下，但是，更多的时候，我是在一些报纸上看到他。他拿地、搞规划设计、卖楼都非常有魄力，专门在财富扎堆的朝阳区CBD地区运作地产项目。这个区域是以中国国际贸易中心建筑群为核心的一个商务区，高楼大厦和写字楼荟萃，也是北京最国际化的建筑景观区域。我知道，在这个地方成功运作房地产项目的，除了任志强、潘石屹这样的专业地产商人，就是一些资金与背景都特别深厚的地产商，一般人是很难在这个寸土寸金的地方折腾开来的。可是，这个宿作东，昔日的诗人和神经质，昔日的自闭症患者和遁世者，昔日的恋爱失败者，变成了如今的房地产弄潮儿，他竟然在北京的核心地区，折腾出一个商务建筑群的项目来，不能不说，我对他是刮目相看，也不能说我的内心没有震动。因为，我们谁都没有料到这小子可以成为这样的人，一个地产明星。至于他是怎么崛起的，有不少的传说。几年之后，一个做房地产业报道的记者朋友告诉我，一开始，他基本上是用空手套白狼的方法，做房屋中介代理，一举成名，然后被广州一家相当大的股份制地产公司的董事长看中，让他坐了直升机，担任了总裁助理，开始了他传奇般的经历。这些，在我们偶尔的见面聚会中，他从来都不和我说，总是在谈北京地产的情况，总是一种意气风发、气吞山河的架势。

我知道，地产界里的黑幕很多，到处都是政府里的某些人和地产商勾结在一起，通过土地搞黑幕交易的事情发生。可是，他搞不搞那些场外交易？搞不搞行贿受贿？我从来都不问他这些事情。有一天，他专门让司机来接我去吃饭。坐在他的宝马760宽阔的后座上，司机沿着东三环行驶，从三元桥开始一直到双井桥，一路向南，我看到的都是鳞次栉比的亮晶晶的玻璃幕墙大厦群，这都是这个镀金时代里的财富象征物。但是，我却厌恶眼前的景色，因为，我在上海、深圳，甚至是香港、芝加哥、纽约，都见过这些劳什子，我一点也不喜欢，一个建筑师还把这些玻璃幕墙大厦称作是"人工屎林"。可是，宿作东喜欢，他历数一幢幢大楼的名字和高度，每座高楼都可以叫出名字，"这个，是财富中心大厦。那个，叫做银泰中心，有248米高。啊，那个正在焊接的钢筋水泥建筑，是国际贸易中心的3号楼，有330米高呢。你看，我的项目就是那个——"我顺着他的手指给我的方向，看到了一片透明的玻璃建筑，正在他刚才提到的那些建筑的中间，顽强地崛起着，生长着。那些建筑如同工业时代的一种很古怪的蘑菇，没有人性，但是却有着诱惑人的致幻力量。

我当然很佩服，我必须说，宿作东现在是这个城市的新弄潮儿。在北京，几年下来，他攻城略地，成功地运作了几个大型的房地产项目，实在是一个奇迹。而且，他还和我做了邻居。我住在一个低密度的社区里，他则在隔条马路，靠近温榆河的一个别墅区，买下来一幢别墅，走路的话，离我的住所只有 10 分钟的路程。所以，我经常去他那里玩儿。不过，他还是一个人，30 出头了，一直不结婚。尽管他的身边总是有漂亮女人，使我眼花缭乱，可是，他似乎没有固定的女朋友。

"你也该结婚成家了。"我说。

"我们不谈这个话题，我们不谈感情，这个没有意思——"他说这话的时候已经是 2003 年了，在他的那个外表看上去像是一个滑稽的儿童乐园的别墅里，他对我说，"我忽然产生了一种厌倦感。"他目光炯炯地看了我一眼，但是，又转到了墙上的一幅画。那是一幅高更的作品《我们是谁？我们从哪里来？我们到哪里去？》的复制品，据说，是深圳一个专门临摹世界名画的村子——大芬村的村民们临摹的，挂一幅临摹的世界名画实在是品位低下，我说他他也无所谓。"你看，最近我就在思考这个问题，那就是，我们是谁？我们从哪里来？要到哪里去？昨天，我在地铁里，看到了一个叫罗红的人，拍摄的很多非洲的照片。啊，那大片的红色火烈鸟在湖面上，大群的斑马在草原上奔驰，大象、老虎、狮子和鳄鱼，就在你的眼前跳跃。我想我应该改变生活方式，应该像罗红那样，去一边旅游，顺便搞搞摄影。"

"那你可以继续写诗啊，写诗现在已经是休闲阶层的事情了。"

"可我现在已经写不出诗来了。"他扔给我一本杂志，封面是另外一个地产商人黄石在攀登珠穆朗玛峰的照片，照片上，黄石在奋勇地沿着一条冰山的脊背在攀缘。"你看，黄石已经都爬上了珠穆朗玛峰，虽然，你知道吗，要是没有那些天生擅长在雪山上奔走的夏尔巴人和藏族人做助手，他很难爬上去，可是，他毕竟是上去了，而且不光如此，他还攀爬了很多高山。"

"难道，黄石他不打理地产公司的生意了吗？就整天爬山？"我觉得还是有些怀疑。

"他有很多能干的公司同事和下属啊。再说，现在的通讯手段，即使你在喜马拉雅山脉里，照样可以通过卫星电话指挥做生意啊。"

"我感到你最近情绪不太好，而且，似乎心事重重。"

"我萌生离开地产界的念头了。"他坚决地说。

随后，由于一位主管城市建设的政府官员的倒台，我就开始听到关于宿作东的一些传闻，传说他出钱利用女模特搞过性贿赂，搞定过一些政府官员；又传说，在拿地的时候他有很多不法行为；还有传说他在整个项目运作的过程中，除了自己应该得到的，他还贪污了不少。总之，不知道他在哪个环节得罪了哪些人，干了什么不该干的事情，他的处境开始不妙了起来。于是，某一天，他忽然就人间蒸发了。我给他打电话他也不接，我上门去敲他那幢像儿童乐园一样的别墅的门，那里从来都没有人。又过了两个月，我再去他家，发现房屋已经换了主人，他彻底地消失了，没有人知道他去了哪里，然后，就是在2006年的夏天，我在阿尔泰山的一面草坡上，遇到了他。

他让我在这里待上一个月，"现在，正是山上最好的时候。秋天了，一切都在收获，而且，再过半个月，我们就要从山上向山下转场了，而转场的过程是很有意思的。我希望你留下来，体验一下这种伟大的、也许总有一天要消失的游牧生活方式。你留下来吧。"

看着他热切的眼神，我想了一会儿，同意了。这天傍晚，我先到山下的旅馆，告诉我的同伴，我要在山里再待几天的决定，同伴觉得有些不能理解。"你要待在这里？再过一个月，就要大雪封山了呀。"

"不用管我，你们不用管我了，我要在这里待上一段时间。"

当天晚上，我就住到了山坡上艾多斯——月亮的朋友——我还是觉得他的这个名字有点儿古怪的陌生感——的帐篷里，就着煤油灯，和一种太阳能灯，和他彻夜地长谈。我很惊异地听他给我讲述他三年来在这里的生活。他隐名埋姓，来到了这里，给一些贫困地区捐款修建了几所学校，然后，要求成为一个当地牧民。他的要求被允许了。没有人知道他的底细，有人去打听，可他的保密工作做得特别好，直到现在，都没有人知道他是谁。

他说，他就想做一个彻头彻尾的牧羊人。三年前的那个秋天，在这座山那边靠近边境的一个地方,他扎下根来了。一开始,他买了20只母羊,在那年冬天,这些母羊都产下了羊羔。到了春天,他就拥有了自己的一小群羊。他和那些哈萨克牧羊人一样,在春夏之交的时候,赶着羊群,沿着草地,一路让羊群吃草,慢慢地翻山越岭,向阿尔泰山脉深处进发,到达这里的水草丰美的夏牧场。一路上,风餐露宿,住在临时搭建的毡房里。他就这样一点点地学会了游牧生活的技能,包括给羊打防疫针,做药浴,防止口蹄疫等疫病的发生。而在这里放牧,虽然是在山间游走,也并不是可以随心所欲地到处乱放。按照各家各户达成的默契,每家每户在放牧的时候,都有自己的线路,在春牧场和夏牧场也有自己的大致领地,互相很少进入对方的牧场范围。到了秋天,在大雪封山前的一段时间,他又要赶着羊群下山,翻越一座座高山,逐步地降低海拔,一路上沿着传统的牧道走,最后还要经过一片荒漠和戈壁滩,最后到达冬牧场,也就是县城附近的一个定居点,在那里待上一个冬天,还要准备好过冬的牧草。

"你,这样生活,一直没有一个帮手?也没有老婆或者……女朋友?"我总是很关心他的私人生活。

尽管光线不那么强烈,他的眼睛仍旧显得很黑亮,也很亲切。他带着一种豁达的笑意,"哈哈,我还是一个人。习惯了,这样挺好的。我也不需要帮手,因为,毕竟,说实话,我又不用靠放羊来维持生活。在银行里,我还有点积蓄。但是,我很少动用。其实,就是那天我和你谈论高更的画的时候,我就产生了在这个世界上突然消失的念头。我当时的确遇到了一些麻烦,我的确游走在一些危险事情的边缘,我在一个网中间,我在某个利益的链条里面,于是,我先是感到了害怕,然后忽然觉得商场没有什么意思了,我要赶紧选择过另外的一种生活,而且,在商场上我已经得到了那种高峰体验,我满足了,不想再过那样的生活了——实际上再那么运作下去,我可能就要进监狱了。于是,我就到这里来了。"

他这么说,我立即联想起来今年展开的反商业贿赂和社保基金案件的查处,很多案件都牵涉到官员和地产商人。看来,他后来要是仍旧在做地产,我就只能在监狱里见他了。

我留了下来，和他住在一起。他的毡房驻扎在山坡下面的一片空地上，每天的清晨，我就和他一起骑马把羊群向一面山坡上赶去。而我骑的马，正好就是那天调皮地引领我见到了艾多斯的那匹马。马是黑色的，眼睛非常地俊美漂亮，有着长长的挥洒自如的鬃毛。这是一匹3岁的公马，它的母亲，现在是艾多斯的坐骑。我很久没有骑马了，因此适应性训练了半天，我就会了。在山坡上骑马是需要技术的，我掌握得很好。而放牧似乎很简单，当羊群在一面开阔的山坡上像棋子一样地散开的时候，就不需要管它们了。

这个时候，我和他就一起坐在小山坡的一块石头上，看着远处的羊群，在自由地漫步，埋头吃草。太阳很快升起来了，阳光一瞬间就把一切，把天地之间的一切给点燃了，给大地涂抹上了一层耀眼的金黄色。人、树和石头都有了自己的影子，这影子在迅速地移动。我们坐在一起谈天说地：非常愉快。我和他聊起来过去的很多朋友和同学，岁月似乎已经漫漶了，他们都不怎么清晰了。不过，这样的感觉对于我也是久违的，我的身心逐渐地放松下来，那种在城市中养成的快节奏的紧张和焦虑感，没有了。

以后的一些天，白天里，我们就骑马在山林间游走，饿了，就啃一点馕，吃一点牛肉干，渴了，就喝一点他一个军用水壶里面的水，和一个皮囊里面的马奶子酒。困了，我们就随便地在山间的树荫下面打瞌睡，听那些哀叹秋天的虫子们在草丛里使劲地鸣唱。我感觉时间发生了变化，像某种流体那样缓慢了下来。天地之间，总是有云，云在缓慢地移动，有时候甚至不移动，让我觉得很奇怪，可是有时候，云又游走得特别快，仿佛有什么在追赶着云彩，但是不怎么下雨。大自然带给了我全新的一种体验。

在这里有一种说法，在阿尔泰山上放的羊，羊肉非常好吃，因为这里自古就是黄金的产地，一些地方还埋藏着金山，阿尔泰山就是金山的意思。因此，这里的羊有"走的是黄金道，喝的是矿泉水，吃的是中草药"的说法。的确，山泉是随处可见，而野生的贝母和其他各种中草药也很多，都是羊群爱吃的植物，这些走着黄金道、喝着矿泉水、吃着中草药的羊，自然也是膘肥体壮，羊肉也就很好吃了。每天，到了傍晚，需要把羊群赶下山了，我们只要将头羊往下山的道路上一赶，羊群就开始跟着头羊，往山下的驻扎地走去，非常听话。我们则骑马在羊群左右包抄，一直把羊群聚拢到一个由木桩和铁丝圈起来的简易羊圈里。在骑马快到毡房的时候，我骑的马差点摔倒了，因为它一脚踩到了一个草原田鼠的洞里了。山地草原被田鼠破坏得很厉害，不过幸亏我骑的这匹马非常的机灵，才没有马失前蹄。

艾多斯、月亮的朋友、宿作东，我都不知道应该怎么叫他比较好。我对他的新名字总是有些不适应，可是，他的确用了3年的时间，把自己变成了一个真正的牧人。比如，他和那些哈萨克牧羊人一样，有着一个绝佳的本领，就是在自家的羊群经过眼前的时候，能够快速地数清楚自己的羊，不会有一点差错和遗漏。即使是别人家的羊混入到自家的羊群里面了，也可以马上看出来。到了晚上，我发现，草原上夜空的星星特别密集，因为大地很暗，相互之间距离很远的一户户毡房里面，只有门缝里才泄露出一点光线。可以听见哈萨克妇女炒菜的声音，也可以闻见飘散过来的炊烟味道。现在的哈萨克牧人们，也可以在毡房里看电视、听收音机和使用太阳能灯具和炊具了，生活的形态朝现代化变了很多。用柴火做饭，越来越少了。

晚上，我们在毡房里，就着太阳能灯光，我看他在阅读一些古代波斯诗人的诗集，我问他："艾多斯，老宿，你还写诗吗？"

"写呀，怎么不写呢，你看——"他取出来一个小皮箱，皮箱的边都磨亮了，他打开来，从里面拿出来厚厚的一沓沓的纸。递给我，"这些都是我在山上的时候写下来的"。

我接过来，贪婪地阅读着，啊，真的是，都是一些非常美好的诗篇，这些诗篇，是一个人的心灵非常安静的时候才能写下来的，和他以往的风格，已经大为不同了。过去的那种紧张、焦虑和撕裂感，都不存在了，出现的是和现在的景色、和他的心境、和大地紧密联系的诗歌。我说："给我带走一些吧，我认识一些刊物的编辑，让他们看看——"

他从我的手上把那些诗稿夺了回去，"不不，我不想发表。我现在写诗，不再是为了发表了。就是为了写而已。我们存在于天地之间，就已经是诗了。我不会再发表诗歌了。"

我也在那一刻理解了他。

时光迅速地流逝，很快就过去了很多天。在山区牧场，我真的有一种乐不思蜀的感觉。在山里，我的时间概念也发生了变化，一般以太阳、月亮；白天、黑夜的自然变化来安排自己的活动。现在正在转向秋天，山下来牧羊的维吾尔族贩羊人也上山了，他们开着卡车，和哈萨克牧羊人进行着交易。一些牧人会在转场的路途中，卖掉一些羊，换一些现钱。一车车羊就那样被拉下山了，被运到了石河子、乌鲁木齐这样的大城市，甚至空运到北京，成为人们盘中的美好食物。艾多斯也卖掉了几十只羊，得到了几万块钱的收入。"这点钱，几年前是不是你一顿饭的饭钱？"我问他。

他笑而不答，"感觉完全不一样。感觉完全不一样。"

我还看到，一些大概是浙江人或者是江苏人构成的小商贩，一手拿着挡狗的棍子，一手提一个很大的袋子，来到哈萨克人的毡房，给哈萨克妇女和孩子们兜售衣服和各种生活用品。这个时候，狗吠声、孩子们兴奋的跑动声和妇女们展开的漂亮的衣衫，使得高山草甸上充满了欢乐，也使我很喜欢看到这样质朴的画面。不过，一直在我的脑海里盘旋的，使我感到有些疑惑的是，艾多斯，月亮的朋友，宿作东，他寻求这样一种生活方式。到底是为了什么？他又能够坚持多久？

很快，我就跟随他开始进行转场了。这是游牧民族最为重要的生活方式和生产方式之一。在下山的牧道上，我看到一家家、一户户的牧民，正在川流不息地依次向山下的冬牧场转移。在艾多斯的指导下，我和他一起把毡房拆掉，把毯子、毡子都卷好，把所有的生活物品捆好，按照体积大小，放到马车上，然后出发了。我们要逐步地向海拔低的地方转移。从夏牧场转移到冬牧场，一般需要半个月甚至更长的时间，牧民们必须在大雪封山之前，将羊群赶下山。这个转场的过程是走走停停，需要羊群边走边吃草，要在冬天到来之前尽力地抓膘，我和艾多斯就那样从有着很多松树和云杉的山林里,逐步地过度到了高山草甸上,后来,又来到了低地地区。不久,我就看见,在低地的边缘,横亘在我们面前的,是一片200多公里的戈壁滩。过了这片戈壁滩,就是他要去的过冬之地。

按照计划,第二天,我就要和他分手了。我已经在这里停留了20多天了,秋天在加速地从爽朗的天空中俯冲下来,而且很快,冬天也要来了。可我必须要了解到答案,那就是,他为什么愿意消失在另外的一种生活方式里?为什么他要改掉自己的名字,从而成为"月亮的朋友"?他什么时候才结束这样的生活,然后回到他过去的生活状态里?或者,这是他永远的选择他不会再改变了?我们坐在夜空中全都是星星在闪烁的草地上,我的内心洋溢着一种奇特的感动,问他这些,然后,我听他告诉我的答案:

"为什么我要叫月亮的朋友?因为,今天,你看,月亮几乎都看不见,可是在城市夜晚那耀眼的灯光的河流、甚至是海洋的辉映下,在城市里生活的人,能够看到这样美丽的、璀璨的星空吗?一定看不到。可以说,我也许就是愿意看到这样的星星,才来到了这里。三年来,我觉得我过得非常幸福,内心很安详甜美。除了星星,我还有那么多的自由,我并不像你想象的那样孤独,因为,我在这里有很多的朋友,哈萨克族的,还有大自然中的花草树木和岩石。比如,每年到山上,我都可以看见去年我就认识的树木,它们都用新的面貌、新的姿态欢迎我。我还认识很多块岩石,它们一直在和我说话,低语。这些是没有人知道的。年年的云彩都在天空飘浮,可是,你知道吗?很多都是我过去认识的云彩啊,它们很快乐地和我打招呼,然后继续漂移。那些去年已经衰朽的草,今年又开放了鲜花,这鲜花,就是去年那些草的儿女,仍旧有着我见识过它们的母亲的美丽面容。但是,我还不是一个返回大自然的那种自然主义者,我现在的生活,在你和你们看来,仍旧很艰苦,比如春夏秋冬,我都要为了我的羊群、牛和马忙碌,我要奔波在几百公里之间,我要注意天气的变化。假如遇到了雪灾,我一样要遭受巨大的损失,假如羊群得了口蹄疫,那么我也同样要承受牧民们承受的一切。我还要准备过冬的牧草,要准备很多。可是,我从一种生活变成了另外的一种生活形态,我接近了我内心需要的东西,那就是,我要成为月亮的朋友。我现在就已经是了。至于我什么时候想回到城市里，或者我一直待在这里，我都说不好。是的，也许还有爱情的因素。你知道吗，我大学追求的那个女孩子，她后来到了澳大利亚，在那里，她嫁给了一个澳洲牧场主。后来，那个牧场主死了，给她留下了很多的牛、羊和马，她现在成了一个牧人。我不能确切地说我还爱着她，但是，我想，我现在也是一个牧人，我们都在一样的月亮下面放牧，我因此体验到了一种深深的、类似呼吸一样的对她的想念。可这就够了。我不会也不想去打扰她，也不想被打扰——我不知道，现在，我说清楚了吗？"

此时，天已经亮了，我和他聊了整整一个晚上。我不能确定我是不是听明白了，但是，唯一的答案是，他现在是月亮的朋友——艾多斯，不再是而且永远都不是宿作东了。

天亮了，他要骑马赶着羊群穿越跟前那200公里的荒凉戈壁滩，而我，则要沿着相反的方向，去飞机场赶飞机。我们郑重地握手告别，"可惜啊，你不能带走这匹黑马，它很喜欢你。不过，你再来了的话，它仍旧是你的坐骑。记住，不要向任何人提起我，一定要保密啊。因为，我现在，甚至永远都会是艾多斯——月亮的朋友，我也是你的朋友"。

然后，他翻身上马，继续着他的旅程，带着他的羊群和马匹。

我目送他离去，我默默地念着，艾多斯，月亮的朋友，我看着他逐渐地消失在眼前戈壁滩上浮动的蜃气中，消失在一片大地的空茫之中。

（选自《绿洲》2009年第8期）

爱情到处流传

付秀莹

那时候，我们住在乡下。父亲在离家几十里的镇上教书。母亲带着我们兄妹两个，住在村子的最东头。这个村子，叫做芳村。芳村不大，也不过百十户人家。树却有很多，杨树，柳树，香椿树，刺槐。还有一种树，到现在我都不知道它的名字，叶子肥厚，长得极茂盛，树干上，常常有一种小虫子，长须，薄薄的翅子，伏在那里一动不动。待要悄悄把手伸过去的时候，小东西却忽然一张翅子，飞走了。

每个周末，父亲都回来。父亲骑着那辆破旧的自行车，在田间小路上疾驶。两旁，是庄稼地，青草蔓延，野花星星点点，开得恣意。阳光下，植物的气息在风中流荡。我立在村头，看着父亲的身影越来越近，内心里充满了欢喜。我知道，这是母亲的节日。

在芳村，父亲是一个特别的人。父亲有文化。他的气质，神情，谈吐，甚至他的微笑和沉默，都有一种与众不同的东西。这种东西把他同芳村的男人们区别开来，使得他的身上生出一种特别的吸引力。我猜想，芳村的女人们，都暗暗地喜欢他。也因此，在芳村，我的母亲，是一个很受人瞩目的人。女人们常常来我家串门，手里拿着活计，或者不拿。她们坐在院子里，说着话，东家长，西家短，不知道说到什么，就嘎嘎笑了。这是乡下女人特有的笑，爽朗，欢快，有那么一种微微的放肆在里面。为什么不呢？她们是妇人，历经了世事，她们什么都懂得。在芳村，妇人们，似乎有一种特权。她们可以说荤话，火辣辣的，直把男人们的脸都说红了。可以把某个男人捉住，退了他的衣裤，出他的丑。经过了漫长的姑娘时代的屈抑和拘谨，如今，她们是要任性一回了。然而，我父亲是个例外。微风吹过来，一片树叶掉在地上，轻轻的，起伏两下，也跑不到哪里去。我母亲坐在那里，一下一下地纳鞋底。线长长的，穿过鞋底子，发出哧啦哧啦的声响。对面的四婶子就笑了。拙老婆，纫长线。四婶子是在笑母亲的拙。怎么说呢，同四婶子比起来，母亲是拙了一些。四婶子是芳村有名的巧人儿，在女红方面，尤其出类。还有一条，四婶子人生得标致。丹凤眼，微微有点吊眼梢，看人的时候，眼风一飘，很媚了。尤其是，四婶子的身姿好，在街上走过，总有男人的眼睛追在后面，痴痴地看。在芳村，四婶子同母亲最要好。她常常来我们家，两个人坐在院子里，说话。说着说着，两个脑袋就挤在一处，声音低下来，低下来，忽然就听不见了。我蹲在树下，入迷地盯着蚂蚁阵。这些小东西，它们来来回回，忙忙碌碌。它们的世界里，都有些什么？我把一片树叶挡在一只蚂蚁面前，它们立刻乱了阵脚。这小小的树叶，我想，在它们眼里，一定无异于一座高山。那么，我的一口口水，在它们，简直就是一条汹涌的河流了吧。看着它们惊慌失措的样子，我咯咯地笑出了声。母亲诧异地朝这边看过来，妮妮，你在干什么——

在芳村，没有谁比我们家更关心星期几了。在芳村，人们更关心初一和十五，二十四节气。周末，是一件遥远的事，陌生而洋气。我很记得，每个周末，不，应该是过了周三，家里的空气就不一样了。到底有什么不一样呢，我也说不好。正仿佛发酵的面，醺醺然，甜里面，带着一丝微酸，一点一点地，慢慢膨胀起来，让人有一种说不出的喜悦，还有隐隐的不安。母亲的脾气，是越发好了。她进进出出地忙碌，根本无暇顾及我们。我知道，这个时候，如果提一些小小的要求，母亲多半会一口答应。假如是犯了错，这个时候，母亲也总是宽宏的。至多，她高高地举起巴掌，然后，在我的屁股上轻轻落下来，也就笑了。到了周五，傍晚，母亲派我们去村口，她自己，则忙着做饭。通常，是手擀面。上马饺子下马面，在这件事上，母亲近乎偏执了。我忘了说了，在厨房，母亲很有一手。她能把简单的饭食料理得有声有色。在母亲的一生中，厨艺，是她可以炫耀的为数不多的几个资本之一。有时候，看着父亲一面吃着母亲的饭菜，一面赞不绝口，我就不免想，学校里的食堂，一定是很糟糕。一周一回的牙祭，父亲同我们一样，想必也是期待已久的了。母亲坐在一旁，倚着身子，随时准备为父亲添饭。灯光在屋子里流淌，温暖，明亮，油炸花生米的香味在空气里弥漫，有一种肥沃繁华的气息。欢腾，跳跃，然而也安宁，也妥帖。多年以后，我依然记得那样的夜晚，那样的灯光，饭桌前，一家人静静地吃饭，父亲和母亲，一句一句地说着话。也有时候，什么也不说，只是沉默。院子里，风从树梢上掠过，簌簌响。小虫子在墙根底下，唧唧地鸣叫。一屋子的安宁。这是我们家的盛世，我忘不了。

芳村这个地方，怎么说呢，民风淳朴。人们在这里出生，长大，成熟，衰老，然后，归于泥土。永世的悲欢，哀愁，微茫的喜悦，不多的欢娱，在一生的光阴里，是那么漫长，又是那么短暂。然而，在这淳朴的民风里，却有一种很旷达的东西。我是说，这里的人们，他们没有文化，却看破了很多世事。这是真的。比如说，生死。村子里，谁家添了丁，谁家老了人，在人们眼里，仿佛庄稼的春天和秋天，发芽和收割，是再平常不过的事情。往往是，灵前，孝子们披麻戴孝，红肿着一双眼，接过旁人扔过来的烟，点燃，慢慢地吸上一口，容颜也就渐渐开了。悲伤倒还是悲伤的。哭灵的时候，声嘶力竭，数说着亡人在世的种种好处和不易，令围观的人都歔欷了。然而，院子里，响器吹打起来了，悲凉的调子中，竟然也有几许欢喜。还有门口，戏台子上，咿咿呀呀从门口经过，被我母亲叫住，稍稍立一下，说上两句，很快就过去了。看得出，此时，母亲唱着戏。才子佳人，花好月圆。峨冠博带，玉带蟒袍。大红的水袖舞起来，风流千古。人们喝彩了。孩子们在人群里跑来跑去，尖叫着。女人们在做饭，新盘的大灶子，还没有干透，湿气蒸腾上来，袅袅的，混合着饭菜的香味，令人感到莫名的欢腾。在这片土地上，在芳村，对于生与死都看得这么透彻，还有什么看不开的呢？然而，莫名其妙地，在芳村，就是这么矛盾。在男女之事上，人们似乎格外看重。他们的态度是，既开通，又保守。这真是一件颇费琢磨的事情。

父亲回来的夜晚，总有人来听房。听房的意思，就是听壁角。常常是一些辈分小的促狭鬼，在窗子下埋伏好了，专等着屋里的两个人忘形。在芳村，到处都流传着听来的段子，经过好事人的嘴巴，格外地香艳撩人。

村子里，有哪对夫妻没有被听过房？我的父亲，因为长年在外的缘故，周末回来，更是被关注的焦点。为了提防这些促狭鬼，母亲真是伤透了脑筋。父亲呢，则泰然得多了。听着母亲的唠叨，只是微笑。现在想来，那个时候，父亲不过才三十多岁，正是一个男人一生中最好的年华。成熟，笃定，从容，也有血气，也有激情。还有，父亲的眼镜。在那个年代，在芳村，眼镜简直意味着文化，意味着另外一种可能。父亲的眼镜，它是一种标志，一种象征，它超越了芳村的日常生活，在俗世之外，熠熠生辉。我猜想，村子里的许多女人，都对父亲的眼镜怀有别样的想象。多年以后，父亲步入老年，躺在藤椅上，微阖着双眼，养神。旁边，他的眼镜落寞地躺着。夕阳照在镜框上，一线流光，闪烁不已。我不知道，这个时候，父亲会想到什么。他是在回想他青枝碧叶般的年华吗？那些肉体的欢腾，那些尖叫，藏在身体的秘密角落里，一经点燃，就喷薄而出了。它们那么真切地存在过，让人慌乱，战栗。然而，都过去了。一片阳光从树叶的缝隙里漏下来，落在他的脸上，他微微蹙了蹙眉，把手盖在脸上。

母亲坐在院子里，把簸箕端在膝头，费力地勾着头。天热，小米都生虫子了。蝉在树上叫着，一声疾一声徐，霎时间，就吵成了一片。母亲专心捡着米，也不知想到了什么，就脸红了。她朝屋里望了望，父亲正拿着一本书在看，神态端正，心里就骂了一句，也就笑了。她顶喜欢看父亲这个样子。当年，也是因为父亲的文化，母亲才决然地要嫁给他。否则，单凭父亲的家境，怎么可能？算起来，母亲的娘家，祖上也是这一带有名的财主。只是到后来，没落了，然而架子还在。根深蒂固的门户观念，一直延续到我姥姥这一代。在芳村，这个偏远的小村庄，似乎从来没有受过时代风潮的影响。它藏在华北平原的一隅，遗世独立。这是真的。母亲又侧头看了一眼父亲，心里就忽然跳了一下。她说，这天，真热。父亲把头略抬一抬，眼睛依然看着手里的书本，说可不是，这天。母亲看了父亲一眼，也不知为什么，心头就起了一层薄薄的气恼。她闭了嘴，专心捡米。半晌，听不见动静，父亲才把眼睛从书本里抬起来。看了一眼母亲的背影，知道是冷落了她，就凑过来，伏下身子，逗母亲说话。母亲只管耷着眼皮，低头捡米。父亲无法，就叫我。其时，我正和邻家的三三抓刀螂，听见父亲叫，就跑过来。父亲说，妮妮，你娘她，叫你。我正待问，母亲就扑哧一声，笑了，说妮妮，去喝点水，看这一脑门汗。然后回头横了父亲一眼，错错牙，你，我把你——很恨了。我从水缸子的上端，懵懵懂懂地看着这一切，内心里充满了莫名的欢喜，还有颤动。多么好。我的父亲和母亲。多年以后，直到现在，我总是想起那样的午后。阳光。刀螂。蝉鸣。风轻轻掠过，挥汗如雨。这些，都与恩爱有关。

周末的时候，四婶子很少来我家。偶尔很希望别人同她分享自己的幸福。母亲红晕满面，眼睛深处，水波荡漾，很柔软，也很动人。说着话，常常忽然就失了神。人们见了，辈分小的，就不禁开起了玩笑。母亲轻声抗辩着，越发红了脸。也有时候，四婶子偶尔来家里，同我母亲在院子里说话。我父亲在屋子里，静静地看书。我注意到，这个时候，他看得似乎格外专心。他盯着书本，盯着那一页，半晌，也不见翻动。我轻轻走过去，倒把他吓一跳。说妮妮，捣什么乱！

事情是什么时候开始发生变化的呢，我说不好。总之，后来，记忆里，我的母亲总是独自垂泪。有时候，从外面疯回来，一进屋子，看见母亲满脸泪水，小小的心里，既吃惊，又困惑。母亲看到我，慌忙掩饰地转过身。也有时候，会一把把我揽在怀里，低低地啜泣不已。我伏在母亲的胸前，不知道究竟发生了什么。母亲的身体微微颤抖着，我能够感觉到，来自她内心深处的强烈的风暴，正在被她竭尽全力地抑住。我想问，却不知道该问些什么，如何开口。在我幼小而简单的心目中，母亲是无所不能的。她能干。这世上，没有什么能够难倒她。后来，我常常想，当年的母亲，一定知道了很多。她一直隐忍，沉默，她希望用自己的包容，唤回父亲的心。她装作什么都不知道。平日里，家里家外，她照常操持着一切。每个周末，她都会像往常一样，迎接父亲回来。对父亲，她只有比从前更好，温存，体贴，甚至卑屈，甚至谄媚。而且，一向不擅修饰的母亲，竟也渐渐开始了打扮。多年以后，我才发现，原来，母亲的打扮是有参照的。当然，你一定猜到了，这个参照，就是四婶子。

怎么说呢，在芳村，四婶子是一个特别的人物。四婶子的特别，不仅仅在于她的标致。更重要的是，四婶子有风姿。这是真的。穿着家常的衣裳，一举手，一投足，就是有一种动人的风姿在里面。你相信吗，世上有这样一种女人，她们天生就迷人。她们为男人而生。她们是男人的地狱，她们是男人的天堂。直到后来，我常常想，父亲这样一个读书人，敏感，细腻，也多情，也浪漫，偏偏遇上四婶子这样的一个人物，什么样的故事是不可能的呢？我忘了说了，四叔，四婶子的男人，早在新婚不久，就辞世了。据说是患了一种怪病。村子里的人都说，什么怪病？丑妻，近地，家中宝。这是老话。也有人说，桃花树下死，做鬼也风流。听的人就笑起来，很意味深长了。

关于父亲和四婶子，在芳村，有很多版本，流传至今。在人们眼里，这一对人儿，一个郎才，一个女貌，真是再相宜不过了。然而——人们叹息一声，就把话止住了。然而什么呢？人们摇摇头，又是一声叹息。我说过，芳村这个地方，对于男女之事，向来是自相矛盾的。保守的时候，恨不能唾沫星子把犯错的人淹死。开通的时候，怎么说呢，在芳村，庄稼地里，河套的林子间，村南的土窑后面，在夜色的掩映下，有多少野鸳鸯在那里寻欢作乐？有时候，我想，父亲和四婶子，他们之间，或许真的热烈地爱过。也或许，一直到老，他们依然在爱着。我不愿意相信，当年，父亲只是偶一失足，犯了男人们常犯的毛病。当然，这一桩风流事惹恼了很多人。男人们，对我的父亲咬牙切齿。女人们，则恨不能把四婶子撕碎。她们跑到母亲面前，声声诅咒着，替母亲不平。在她们眼里，父亲是无辜的。是四婶子，这个狐狸精，勾引了父亲，坏了他的清名。母亲只是听着，也不说话，脸上淡淡的，始终看不出什么。

周末，父亲照常地回家。我和哥哥受母亲的委派，在村口迎他。夕阳在天边慢慢融化了，绯红的霞光一片热烈，简直就要燃烧起来了。远处的树啊庄稼啊都被染上一层薄薄的金红。远远的，有一个黑点渐渐移过来，越来越近，越来越近。是父亲。我们欢呼起来。暮色一点一点笼罩下来，黄昏降临了。我们跟在父亲身旁，雀跃着，回家。淡紫色的炊烟在树梢上缠绕，同向晚的天色融在一起，很快就模糊了。至今，我老是想起那样的场景。黄昏，我们同父亲回家。家里，有温暖的灯光，可口的饭菜，还有，忙碌的母亲，她似乎从一开始就在那里，永远在等。

一家人静静地吃饭。父亲和母亲，照常说说闲话。我和哥哥，为了什么争执起来，打着嘴仗，手里的筷子也成了兵器，说着说着就纠缠在一起。父亲呵斥着，骂我们不懂事。你们两个，能不能让你娘少操些心？我们都住了口，默默地吃饭。母亲却忽然扭过头去。我惊讶地发现，她的眼里，分明有泪光。父亲不说话。他的半边脸隐在灯影里，灯光跳跃，我看不清他的表情。那一天，晚上，我半夜里醒来，听见母亲低低地啜泣，压抑地，却汹涌，仿佛从很深的地方，一点点升上来。父亲也例外地没有了鼾声。夜色空明，我想挣扎着睁开眼睛，然而，一不小心，又一脚跌入夜和梦的深渊。我实在是太困了。

现在想来，那个时候，父亲和母亲，或许正在经历着一生当中最致命的一场危机。他们在人前若无其事，尤其是，在我和哥哥面前，几乎从来没有流露过什么。然而，可以想象，在他们的内心深处，正在经受着怎样的海浪，潮汐，以及飓风。他们站在岁月的风口处，听任那些袭击降临，一次又一次。当然，平日里，他们也吃饭，睡觉。逢红白喜事，一起出礼。他们端正，平和，像天下大多数夫妇一样，昵近，亲厚，也淡然，也家常。一个眼神，一个手势，一句欲言又止的话，不待开口，全都心领神会了。人们见了，非常诧异了。当然，这里面，也有隐隐的失望和释然。因笑道，怎么样——我早说过的——

对这件事，母亲一直保持沉默。她没有像大多数女人一样，找上那个狐狸精的门，撒泼，示威，直唾到她的脸上，出尽胸中的那一口恶气。在家里，也没有跟父亲闹。母亲照常把家里家外收拾得清清爽爽，然后，把自己打扮整齐，等父亲回家。我记得，母亲甚至托人买了雪花膏。在那个年代，在芳村，雪花膏简直是天大的奢侈。一种精巧的小瓶子里，盛了如玉如脂的东西。我曾经趁母亲不注意，偷偷地尝试过，那一种香气，芬芳馥郁，令人想起所有跟美好有关的一切。后来，只要想到爱情，我总是想起多年前的那一种香气，穿越时光的尘埃，它扑面而来，让人莫名地心疼，黯然神伤。

四婶子，几乎再也不来我家串门了。不是万不得已，总是绕开我家的门口，宁愿多走一段冤枉路。有时候，在街上遇见，也是赶忙把眼睛转向别处，只作没有看见了。有一回，是个傍晚吧，我们几个孩子捉迷藏，绕来绕去，我看见一个麦秸垛。在乡间，到处都是这样的麦秸垛。麦秸垛已经被人掏走一块，留下一个窝，正可以容身。经过一天的日晒，麦秸垛散发出一种好闻的气息，夹杂着麦子的香味，热烈，干燥，烘烘的，把人紧紧包围。小伙伴的声音由远而近，看到了，早看到你了——妮妮——我躲在麦秸垛里，一颗心怦怦直跳，紧张，不安，还有模模糊糊的兴奋，我的心简直要蹦出来了。忽然，我听见一阵脚步声，很轻，但是很急。在麦秸垛前面，停住了。我的心跳得更厉害了。一定是三三，他识破我了。可是，却迟迟没有动静。许久，一个女人说，天，黑了。是四婶子。这个时候，四婶子是来抽麦秸吧。可不是，天都黑了。父亲！竟然是父亲！我记得，下午，母亲派父亲去姥姥家了。姥姥家在邻村。这个时候，父亲，和四婶子，在这麦秸垛后面，他们要做什么呢？我支起耳朵，却再也听不见什么。沉默。沉默之外，还是沉默。然而，在这黏稠的沉默里，却分明有一种异样的东西，它潮湿，危险，也妩媚，也疯狂，像林间有毒的蘑菇，在雨夜里潜滋暗长。也不知过了多久，脚步声，一前一后，渐渐地远了，远了，再也听不见了。我躲在麦秸垛里，一动不动心头忽然涌上一种莫名的忧伤，还有迷茫。我不知道这是为什么。暮色越来越浓了，四下里一片寂静。一个孩子，她无知，懵懂，仿佛一只小兽，尘世的风霜，还没有来得及在她身上留下痕迹。然而，在那一天，苍茫的暮色中，她却生平第一次，识破了一桩秘密。这是真的。父亲和四婶子，几乎是沉默的，可即便是只言片语，也能够使一些隐秘一泻千里。这是多么奇怪的事情。那一年，我只是个孩子，五岁。那一年，我什么都不懂。

想来，那一天，一定是个周末。我回到家的时候，夜色已经把芳村淹没了。屋子里，灯光明亮，一家人坐在桌前，桌上，是热腾腾的饭菜。看见我回来，父亲微笑了，说，来，吃饭了。母亲骂道，又去哪里疯了？看这一身的土。我坐在灯影里，静静地吃饭。父亲和母亲，偶尔说上两句。哥哥呢，始终不怎么开口。我忘了说了，从小，哥哥就是一个寡言的人。然而，长大以后，也不知道从哪一天开始，他忽然就变了。变得——怎么说——甚而有些油嘴滑舌了。他风趣，灵活，会说很多俏皮话。跟他相熟的人，谁不知道他那张嘴呢？想想都觉得不可思议。在我的童年记忆里，哥哥一直是沉默的。我无论如何努力，都听不见他的声音。当然，我们总有吵架的时候。吵架的时候不算。父亲和母亲说着话，不知说到了什么，父亲先自笑起来。我疑惑地看了一眼他的脸，平静，坦然，笑的时候，眼角已经有了细细的鱼尾纹。英俊倒还是英俊的。也不知为什么，我忽然感觉到了父亲的不平常。他在掩饰。那些从容后面，全是惊慌。他微笑着，有些艰难，有些吃力——至少，我是这么认为的。他慢慢地喝了一口汤，强自镇定。母亲也笑着。她正把一筷子菜夹到父亲碗里。我停下来，看着父亲，忽然跑到他的身后，把一根麦秸屑从他的头发上择下来。父亲惊诧地看着饭桌上的麦秸屑，它无辜地躺在那里，细，而且小，简直微不足道。然而，我分明感觉到父亲刹那间的震颤。我是说，父亲的内心，剧烈地摇晃了一下。灯光也倏忽间亮了，也只是一瞬间的事。那一根麦秸屑，衬了乌沉沉的饭桌，变得是那么的触目。那一刻，似乎一切都昭然若揭了。母亲抬眼看了一下电灯，咕哝道，这电压，不稳。一只蛾子在灯前跌跌撞撞，显得既悲壮，也让人感到苍凉。

夏天过去了。秋天来了。秋天的乡村，到处都流荡着一股醉人的气息。庄稼成熟了，一片，又一片，红的是高粱，黄的是玉米、谷子，白的是棉花，这些缤纷的色彩，在大平原上尽情地铺展，一直铺到遥远的天边。还有花生，红薯，它们藏在泥土深处，蓄了一季的心思，早已经膨胀了身子，有些等不及了。芳村的人们，都忙起来了。母亲更是脚不沾地。父亲的学校不放假，我们兄妹，又帮不上忙。收秋，全凭了母亲一个人。那些日子，母亲简直要累疯了。她穿着干活的旧衣裳，满脸汗水，疲惫，邋遢，委顿。然而，周末，父亲回家的时候，他看到的，却是另外一个母亲。母亲已经仔细洗了澡,头发湿漉漉的,还没有完全干透。米白的布衫,烟色的裤子,浑身上下,无一处不熨帖得体。她把饭菜端上来,笑吟吟的。转身的时候,就有一股雪花膏的香气淡淡地散开来,芬芳而馥郁。父亲看着她的背影,在刹那间,就怔忡了。他在想什么?或许,他是想起了当年。那时候,他们还那么年轻。他最不能忘记的,是她那一头黑发,在颈后梳成两条辫子,乌溜溜的,又粗又长,一直垂到腰际。走起路来,一荡一荡,简直要把他的心都荡飞了。那一回,也是个秋天吧,他们在通往镇上的乡间小路上,一前一后地走。忽然,一只野兔从田野里跑出来,把她吓了一跳。那是他第一次拉她的手。玉米正吐缨子。青草的气息潮润润的,带着一股温凉。风很轻,拂上发烫的脸颊。这一晃,多少年了!母亲把一双筷子递过来。父亲默默接了,半晌,叹一口气。

  一直到现在,我都无法明了,我的母亲,是如何独自走过了那一段艰难的岁月。那个年代,物质上,当然是贫乏的。她也曾经为了柴米而犯愁,忍受过旁人的轻侮。也尴尬过,带着两个年幼的儿女,捉襟见肘。然而,那个时候,她还想不到,物质上的贫乏,到底不能把人打倒。同精神上的磨难相比,它简直不值一提。那个时候,她还想不到,人生更大的不如意,还在后面。她还远远没有触及。这是真的。多年以后,母亲老了,坐在院子里,偶尔,抬头看一眼树梢,一片流云轻轻飘过去了。蝉在叫。忽然之间,就恍惚了。这还是多年前的蝉声吗?她也不知道,当年,自己怎么会那么——那么什么呢?她抬手拢一拢头发,微笑了,非常难为情了。父亲这个人,怎么说呢,自己的男人,她怎么不知道?当年,那么多,那么多的磨难,她竟然都一一承受了。有时候,想起来,她自己都不免要惊讶。这惊讶里有得意,也有疼惜。当年,她竟然去找那个女人,四婶子,主动同她交好。她若无其事地叫她,同她说笑,约她一道赶集,下地。请她到家里来,在周末。她和四婶子坐在一处,叽叽咕咕地说着女人间的体己话儿,忽然就格格笑了。阳光从侧面照过来,给四婶子镀上了一层淡淡的光晕。她脸颊上的绒毛微微颤动着,说话的时候,偶尔一摆头,眼波流转。母亲从旁看着,心里感叹一声。难怪。现在想来,那个时候,四婶子也不过刚满三十,也许,还不到。正仿佛清晨的花朵,经历了夜雨的洗礼,纯净而娇娆,也成熟,也单白,也宁静,也恣意。母亲入神地看着,不知道想到什么上去了,忽然就红了脸。这两年,也可能,是有些委屈他了。然而——母亲在心里恨一声,自己的男人,她怎么不知道?当然,也不止这些。她知道。她不识字。可是,这怪不得她。在芳村,有几个女人识字?四婶子,也不过是勉强能写写自己的名字罢了。然而——母亲在心里暗想——也许,这都不是最重要的。阳光在院子里盛开,满眼辉煌,也有些颓败。母亲坐在椅子上,隔着几十年的时光,静静打量着当年的一切。她叹了一口气,然而也微笑了。她是想起了那一天,想起了父亲。她小孩子一般,得意地微笑了,眼睛深处,却分明有东西迅即无声地淌下来。她抬手擦一把,看一眼四周,自己也不好意思了。

　　那一天,母亲和四婶子,在院子说话。父亲不出来,他在屋里看书。眼睛紧紧盯着书上的一行字。那些字密密麻麻,像蚂蚁,一点一点,细细地啃啮着他的心。院子里传来两个女人的轻笑,弄得他心神不宁。他的一只手握着书本,由于用力,都有些酸麻了。他盯着眼前的那一群蚂蚁,仿佛什么都没有看见,他看到虚空里去了。母亲在院子里叫他,扬着声,他这才猛然省过来,答应着,却不肯出去。母亲就派我叫,妮妮——父亲无法,慢腾腾地站起身,他来到院子里,从小井里提出水筲,把冰镇的西瓜拿出来,抱着,去厨房。他从四婶子身旁走过,轻轻地咳一声,把容颜正一正,他在掩饰了。四婶子呢,她坐在那里,半低着头,一团线绕在她的两个膝头,她的一双手灵活地在空中绕来绕去。眼睛向下,待看不看的。我母亲从旁看着这一切,微笑了。她把一牙瓜递过来,眼睛却看着父亲,问道,甜不甜,这瓜?父亲搭讪着走开去,心里恨得痒痒的。她这是故意——简直是——然而——父亲眼睛盯着书本,黯淡地笑了。

　　四婶子一辈子没有再嫁,也没有生养。我一直不敢确定,四婶子,这么多年不肯再嫁,是不是为了父亲。

　　关于我的父亲,和我的母亲,他们的婚姻,他们的爱情——如果还称得上的话,他们之间的种种纠葛,物质的,情感的,肉体的,精神的,他们之间的挣扎，对峙，相持，以及妥协，以及和解，其实，我并不比芳村的任何一棵庄稼知道得更多。我单知道，他们携了手，在那个年代，在漫长的岁月中，相互搀扶着，走过了许许多多的艰难，困厄。也有悲伤，也有喜悦，也有琐碎的幸福，出其不意的击打。然而，都过去了。他们的时代，早已经远去了。而今，是我们，他们的儿女的天下了。他们风风火火，来了又去。他们活得认真，没有半点敷衍。这很好。

院门开了，想必是孩子们回来了。他们在躺椅里欠一欠身，就又不动了。他们是懒得动了。

（选自《红豆》2009年第10期）

香炉山

叶　弥

一条路，一个人，一弯月亮。路两边是稻田，还没显亮的萤火虫在稻田里飞来飞去，却不落脚。一望无际的稻田里，有几处聚拢着蛙，精力充足地大喊大嚷。——大自然的声音，你不会觉得烦呢。

惬意地走着，还是看到了危险的东西：潮湿的路边，横躺着一只土黄色蝴蝶翅膀，有着咖啡色和淡黑色的波浪纹，比麻雀的翅膀略小一些。我心头一惊，朝前走了几步，又吓了一跳，路上又有躺着的蝴蝶翅膀，这回是一对，看来是从同一只蝴蝶身上扯下的。不知道为什么我想起镇上那个被杀的女人，杀害她的同居人说，并没有杀害她的念头，只是那天他心里不高兴，嫌她话多，掐着她的喉咙，直到她没有气息。她死了，杀人者先是痛快，过了一阵才感到害怕。……至于伤心，那是再以后的事。

撕下蝴蝶翅膀的人，怕也是这种心理：并没打算杀死蝴蝶，只为了一时的痛快。

什么样的人寻求这种痛快？

但愿不是孩子！

我捧起这对蝴蝶翅膀，走回去把前面那只蝴蝶翅膀也捡起来。为了不再让路人践踏，我用树枝在路坡上掘了一个小坑，把它们葬了。

身后忽然有一个人说：“旁边不是有一棵橘子树吗？怎么不埋在橘子树下？”

我抬头一看，边上真的有一棵结了累累小果子的橘子树，刚才又是恐惧又是难过，竟然没有看到它。再朝身后一看，见到那个说话的人了，一个年轻男子，穿着白衬衫和牛仔裤，身材极好，浑身上下充满削薄硬健的线条。令人看了，不由得眼睛一亮。天已经凉快了，他的手里还捏着一把蒲扇，有意地显得闲云野鹤似的。

——也不过眼睛一亮而已。这种年轻人，花码头镇上多得很，他们很聪明，一眼就能大致掂量出别人的身份家境。他们只对家境富裕的女性感兴趣，愿意与她们交往，成为干姐弟或干母子。那个被杀的女人，就是在路上认识了今后杀她的人，认了这个人做干弟弟，后来又同居了。

这个世上，蝴蝶要当心自己的翅膀，女人要当心自己的喉咙。我的眼神里一定流露出警觉和不屑，他的神情立刻现出了局促不安，掉头走下一个坡，朝北边的村庄去了。

我定了定神，决定继续我的行程。我恐慌，但我不想示弱。

他去的路正是我要去的，香炉山就在会稻路的北面。我不想跟在他的后面，以免被他看到了又回头来搭腔。我碰到过这种事，不止一次。陌生的男人对你感兴趣，千方百计地找机会搭腔。我决定朝西一直走，然后再找通向北边香炉山的小路。

我一直走到了蓝湖边。发育良好的蓝湖，还保留着远古的些许风韵，虽然说没有了史书上所记载的珍禽异兽和香草奇花，更没有传说中围湖一圈的水石。但是作为现代人，我早已学会珍惜眼前的东西，因为蓝湖正在缩小，我担心再过若干年，也许连湖水也看不到了。

担心和焦虑正在成为我们生活的一部分，所以我对你说，我具有的享乐精神是积极的态度，弥足珍贵。当人类在恐惧世界末日时，我正在让我的愉快成为未来的回忆。

我在蓝湖边找到了一条通往东方的小草路。我早已走过了香炉山，现在我要往回走，走过这条草路，再找到一条向北的路，才能到达香炉山。

天穹中的蓝变成紫，紫变了灰黑，不久都隐去。天黑了下来，上弦月明亮得就像宝石一样，它太细，它的光照不到路上。现在是七点半钟，它要消失掉，起码还有三个多小时。我有的是时间，并不着急。

这些村子我从没有进来过。每次从会稻路上隐隐约约地看到它们，总觉得它们的构成很简单，一模一样的屋子，种着菜蔬和稻子的田地，大大小小的树，无非是杨柳、香樟、白果、玉兰……今晚进来之后，才知道我小看了它们。它们是错综复杂的迷宫。村与村转承口，路与路的交接处，没有任何文明世界的文字标志。它们隐藏的标志只有村里人才知道：谁家的白果树那边拐弯可以到达大路，转过谁家的那堵废土墙才能找到那座小渡桥。从什么样的竹林里穿过才会走进另一个村庄……它们就像一个万花筒，不经意地一碰，就换了一个样式。又像魔方，拼错了一个环节，就错了整个方向。你也千万不要小看了那座独木桥，一根又粗又短的大柳木，横放在小河两头，它在老金家的屋后，另一头连着老王家的屋后。从老金家这头，走到老王家那头，才能从南边的村子转到北边的村子，才能找到上香山的小路。

　　我很快就在村子里迷了路，这是我没有想到的事。有些屋子我看到了好几遍，有些僻静的路陌生得让人害怕。走来走去，我发现我一直在几个村子里面转悠，总也出不去。其间，我敲开过六家村民的门，但是他们指出的路径都是一样的复杂，我走着走着又迷了路。村民们对陌生人都很冷漠，都疑心重重。当我敲开他们的大门时，他们都会朝我身后看一眼，确定我的身后没有可疑人物时，才搭理我的问话。……到后来，我没有了办法，对一位开门的中年妇女说："我就住在花码头镇上，你带我到香炉山去，回头我付你一百块带路费。"中年妇女慢慢伸出手说："行。那你把钱拿出来。"我摸摸灯笼裙的大口袋，里面只有瓜子和家门钥匙，别的什么都没有。中年妇女说："没钱也行，你把手机押在我这边。"我只有苦笑。我是个享乐至上的人，在我享受生活的时候，身边从来不带手机。这个中年妇女并不像精明得冷酷的人，憨厚的黑脸，说话的声音小而胆怯，向我伸出的那只手不自然地微微晃动，像害着羞似的，但她最后对我说的话却那么斩钉截铁，"什么都没有，那谁会相信你？你去找别人试试看，没有一个人相信你。"

　　信任的基础只是一只手机或一百块钱？

　　于是就关了门。

　　现在的问题是，我找不着到香炉山的路，也找不着回家的会稻路了。我在迷宫一样的村落里迷惑不已：不是说白菊湾的村民们很热情淳朴吗？谁说过这句话来？我想起来了，我奶奶说过，我妈也说过。现在轮到了我，我该怎样说？

  如果不是迷路的话，今夜会是一个很好的享受机会。我心里焦急，所见到的事物尽成过眼云烟。但是到了现在，时过境迁后，我可以从容地给你描绘一下这些村庄的美丽了。确实是美丽的村庄，每一个村子都被树木掩藏，路上铺着干净清凉的石块，村子里河道纵横，清澈的河水从每一户人家的屋前或者屋后流过，河水里穿行着一群群小鱼，在夜里喋喋有声。野菊花到处开着，竹林随风摇曳。所有的庄稼地都被辛勤的农人拾掇得秩序井然，棱是棱，角是角，田地里看不见杂草，就如干净女人的床一样。
  我抬头看看偏西方向的月亮，从它现在的位置判断，应该有十点钟了。我迷路两个多小时了。
  我的耳朵忽然听到歌声。有一个男人在唱歌，并且这个人向着我走来了。我掏出一粒瓜子，迅速地和自己打了一个赌：瓜子掉到头上，今夜的好运气来到。瓜子掉到地上，好运还没有来。我把瓜子朝头顶上方一抛，瓜子不偏不倚正好落在了我的头顶。哈哈，好运来了！我头顶瓜子，站在那里，微笑着迎接这个唱歌的人。
  唱着歌的男人走近了，他停下步子。很显然，他看得出我不是村里人，有些明白我的处境。他等着我开口。我说："请问……"刚说了两个字，我就不说话了，我认出来了，这个人就是我刚才在会稻路上看到的，一个我拒绝与他搭腔的年轻人。我不太信任他。他的手里还是拿着蒲扇。
  这时候，他也认出了我，站在那儿不吱声。
  两个人面对着面，样子难堪。
  还是他打破了沉默。
  "你有什么事吗？"他的语气里没有一点生硬的成分，看来他并没有为会稻路上的事感到不快。这使我的心里生出了警惕。我并不流露出警惕的样子，他也许是我今夜唯一的指路人。我轻松地说："迷路了。难道陌生人就要永远在村子里打转吗？"他笑了，声音轻而得体，自信地说："碰到我就不一样了。我认识这里所有的路。"

我喜欢这种自信的口气,但是自信并不说明什么。

我决定不回家,而是继续我的既定目标,这有些冒险,这个突然冒出来的带路人更是一个危险因素。我跟在他的后面,问他尊姓大名,他云里雾里地回答我,"苏家庄人,姓苏。"

他没有问我的姓名。我有些奇怪。

为了预防危险,我做了一件事:在暗地里捡了一小块砖,对他说,我要给丈夫打一个电话。于是就转身避开他的视线,大声地对砖头说:"你先睡吧。我还是要到香炉山上去看月亮。……没关系,小苏陪着我,他年轻力壮。……他是苏家庄人。"

把砖头放进口袋里,我转身对苏说:"苏,今天真悲惨。我碰了无数钉子,没有谁肯像你这样带路的,有的要钱,有的冷若冰霜,拒人于千里之外。"苏淡淡地说:"你运气不好。你要是碰到我燕姐姐和我老干娘的话,早就到了香炉山了。"

我跟着他穿行在一个又一个的小村庄里。我心里保持着紧张,苏却轻松地向我介绍每一个村子里的秘密。"这棵广玉兰树是老叶家的,有一百年了。夏初开花,半树白花,半树紫花。不是嫁接的,天生就这样。我们都叫它夫妻树。"

我心里一动:苏这么说,是有含义吧?

苏又介绍:"你看到这家人家门口的葫芦了吧?他家的葫芦上了菜市场,比别人家的贵一倍还不止,——还供不应求,因为他家的葫芦每一只都是并蒂葫芦。真是少有。"

我的心里又是一惊:并蒂葫芦?暗示?

苏在一户砖木结构的屋子后停下来,用扇子柄指指它,神秘地悄声问道:"你胆子大不大?说实话,大不大?"

我把这句问话放在心里迅速地盘算一下,这样回答,"我胆子很大,我练过跆拳道,空手跟一到两个男人打架不会输。"

苏好像有些失望,一下子兴味索然。

我要的就是这种效果。

我马上来了精神，说："你怎么不说了啊？你继续说下去啊。"

苏叹口气，一边走一边头也不回地叙说道："这家人家的爷爷，十八岁的时候结了第一次婚。新娘子是镇上的大户人家闺女，很漂亮，——就像你这样漂亮，结婚的那天夜里，男的起身上厕所，看见新娘在月光下梳头，新娘子头发很长，从梳妆桌上一直拖到地上——原来她把头拿下来了，放在桌子上梳头发。她是个狐狸精，狐狸美女。"

这一次，我怀疑苏是在调戏我。我还从来没有被男人说成是一个漂亮的狐狸精，没有男人敢这么说我。

我装聋作哑，紧催着苏快点走。我不怕他使坏，我给我的"丈夫"打过"电话"了，他会有所忌惮的。

从迷宫一样的村落里转出来，走到一条向着香炉山的直路。路的两旁边只有成片矮矮的野菊花，视野开阔。我这才轻松了一些，问苏："你还有干娘啊？刚才说的燕姐姐是谁？"

我马上就要让他离开我，从这里到香炉山的路，我熟悉。这条开满野菊花的路，北头连着香炉山，南边连着会稻路。我有礼貌地等着苏回答这个问题，回答完了就和他告别。

苏的话出乎我意料，他没有回答我的话，而是说："我陪你到了这里。礼尚往来，你要陪我到前面那个村子里去一趟。顺路的。我去看我的老干娘。"

苏指着前面的那个村子，村子就在香炉山脚下，我必经的地方。村里的一座屋子里，隐隐地亮着灯。

我对苏说："不行。我到香炉山就是去看月亮的。你看，月亮马上就要落到天底下去了。"

苏说："是啊。月亮马上就要落下去了。你还没爬到半山腰的观云台，就看不到了，还不如陪我一下。"

我承认这一点。折腾了三个多小时，面临着打道回府，我心有不甘。也许苏已看出了我的心思，但是这与他是没有关系的，也不存在这样的礼尚往来。我绷紧了脸问他："那个村子里有什么有趣的东西吗？并蒂葫芦还是双色玉兰花？"我居高临下的口气没有打消苏的热情，他几乎是急切地说:"跟着我,没错的。有很好玩的东西。走!"他走了几步,看我还在原地不动,跺一下脚,催我:"快走啊!你没听说过香炉山上今夜会出现神灯啊?我们去问问干娘,她知道神灯出现的时辰。"

有许多时候,我的好奇心会超过理性,就像猫一样。我真的跟着苏走了。神灯?香炉山上的神灯?我从来没有听说过这回事啊。如果真的存在这件事的话,为什么我从来没有听说过?也许是现在的人们有意地忽略这种事,只对杀人之类的事感兴趣;或者这种玄妙的事纯粹就是乡村的秘密——只属于乡村的秘密,只在乡里口口相传。

这些看似平淡的乡村还藏着多少的秘密?乡村的路是不是在夜里都会化成迷魂之路?

苏的干娘叫夏婆婆。村口那座亮着灯的土房子是乡村的小教堂,将近十一点,这个时间在乡里是躺在床上做梦的时间,但还是有许多人在里面虔诚地做着祈祷。

苏带着我走进小教堂,正好大家都跪着,他也跪下了。我站着不动,他扯我,把我扯得跪下了。我有些恼火。我对他说我不信教。他说他也不信教,不信教的人难道就不能表达一下对神明的敬畏吗?我没有理由相信他这句话,跪了几秒钟就跑到门外去了,苏刚才扯我的动作太亲密,我想让他知道我们之间的距离。

一会儿,苏和夏婆婆从小教堂里出来了,站在我边上唠嗑。

"今天是走来的?燕姐姐好些了吗?"满面起皱的夏婆婆问苏。她的脸真像一片脱了水的风干树叶。她的眼睛是亮晶晶的,吉祥温顺。

"好些了。刚才我去看了她。我一个星期没有去看她,她就是担心我变心,急出来的头晕。我去和她说说话,她也就好起来了。"苏回答。

"那你想不想变心呢?"

"想啊。"苏笑着说,听得出他是开玩笑。但是他瞄了我一眼,让我又气恼起来。真是见了鬼了!这种小土痞子。

"她那群金腰燕好不好?"

"一个个活得很开心呢。比她开心多了。"

"那你妈怎样呢？"夏婆婆换了一个问题。

"妈比去年的秋天好多了。她就是惦记增寿。今天晚上，原本是她差我来看你老人家的，顺便问问增寿的情况。我看时间还早，就先去看了燕姐姐，她要我多陪陪她，所以我就来晚了。"

"增寿好着呢。"夏婆婆说，"每天早上老早就起来了，到处玩。脾气坏，火性大。胃口大，什么都吃。啊唷喂，真是的。上次把我的小花瓶打碎了，被我追着打了几下，倒乖巧了几个时辰。"

夏婆婆笑起来。苏也跟着笑。他们这样愉快，我感受不到同样的愉快。我猜到那个"燕姐姐"定是苏的爱人，他有了爱人，还对我这个陌生女人有非分之想？

现在是夜里十一点钟了，我的恐惧还在，又增加了对一个人的厌恶。我考虑着回家的事。

我咳嗽了一声。

苏马上问夏婆婆："干娘。我听说今天夜里香炉山上看得见神灯呢，你会占卦，知道神灯什么时候出来。"

夏婆婆极为聪明地瞟我一眼，犹豫地说："可能年纪大了，算不准。……多少年没算准，没人信我了。我昨天算出神灯是今天夜里十二点一刻出来……但是谁知道呢？谁知道它出不出来？啊哟，我知道了，现在天象气候都变了，它也就不准时了。"

这夏婆婆，她把失算推在天象气候的变化上。

这两个人极为严肃地讨论神灯的问题，不像是一个陷阱——至少有百分之八十的安全保证。我想。我略一踌躇，不去细究这百分之八十里到底有多少可靠的依据，下决心上香炉山一探究竟。

"燕姐姐是你的妻子吗？"在路上，我问苏。

"算是吧，但我们还没拿结婚证书。"苏说。

"男人就应对女人负责，不管有没有正式结婚。"我一本正经地说。这句话在我的耳边"嗡嗡"作响。为这句话，我一时倒怔住了：我什么时候变得这样软弱？也学会说这样的话了？

"增寿是谁？"我又问。

苏忍不住大笑起来。他笑得酣畅淋漓，看来他真是一个快乐的人。

"增寿是一只母鸡。"他说。

而后，我明白了一件事：增寿确实是一只母鸡，养着它是为了给苏的亲娘增寿，所以它就叫"增寿"。三年前，苏的母亲生了怪病，吃什么吐什么，连大医院也看不好。眼看着奄奄一息。后来，苏的父亲到花码头镇上的大道观去求签。去晚了，一个道士也没碰到。大道观的看门人老邹听了他的叙述，就对他讲，养一只"增寿"鸡也许有用。以前的人就这样做。男的用公鸡，女的用母鸡。这鸡一定要精心养护的，鸡死人也死，鸡活着，人也活着。于是，苏的父亲就到花码头镇的集市上买了一只健壮的小母鸡，回家的路上，交给了苏的干娘夏婆婆养着。苏的母亲从此没有了呕吐的毛病，活下来了。

苏讲完了这件温情的乡里故事，我心里有些安定：这些都是心地善良的人啊！

……镇上的人不是都在说，那个杀人的人，平时脸上总是笑嘻嘻的，杂货店林家的孩子，不是被他抱过？还亲了一下……前两天看到一篇战事，说以前与汪精卫一起做汉奸的褚民谊，就在本市刑场被国民政府枪毙那天，还对记者说他的身体很好，可给医院作解剖用，心脏和骨骼尽数供给医学界研究之用。可见人是具有多面性的。夜深人静，荒郊野外，更要小心提防。

我不由得有些后悔起来。我是个女人，深知女性的弱点，爱吃后悔药就是弱点之一。现在到了山脚下了，来不及后悔了。

这时我又觉得苏有些怪异，他看得见夜里的一切东西：静悄悄藏在沼泽地里的白鹭，竹林里的野鸡，野苋菜下面的青蛙……甚至五六步以外的一株兰花他都看到了。他把他看到的悉数告诉我，因为我不相信，他还朝一根竹子上投去一个石子，结果惊起一只野鸡。关于那棵兰花，我坚决不信。他和我打了一个赌：赌一个拥抱。我的好奇战胜了提防心理，欣然应战。我们一起走下路沿，苏用手电筒光一照，真是一株野生兰化草。于是我们走回路上，苏也没提拥抱的事。他还算识趣。

夜里的这些东西我都看不到，我暗自羡慕他。

你是鬼吗？我心里问了一声。他当然不是鬼，是我今夜特别乱，我患得患失，怕他这个人，也怕他这人是一个鬼。神灯一定也是一个可怖的事物，或是某个不祥的信号，神灯升起时，苏会不会转眼变成一个鬼？

"你，你见过神灯吗？"我战战兢兢地问苏。

"我只见过一次，还是八岁那年，干娘带着我上山来看了。"

"什么样子的？"

他回答："小小的一个火苗，边上一圈光晕。从山下什么地方晃晃悠悠地升起来，快到半山腰时，不见了。当时看到有六盏吧，一模一样的，我觉得有仙女在暗里提着它们，上了山，就把它们吹了。"

苏的故事很有感染力，不管是真是假，反正我听了这个故事后，不再想入非非了。我得承认，这个世界确实有一些使人心旷神怡的东西，哪怕只是想一想它们，也会得到有力的安慰。

到了香炉山上的观云台，窄窄的上弦月一下子不见了。它不见以后，我更觉得四周的寂静，一丝风也没有。放眼从半山腰望下去，下面就如一条黑漆漆的大河。看久了，双脚恍如腾空，魂若离世。苏坐我边上，坐得很近，我听到他坐下来的时候，惬意地叹了一口气，这不是微妙，简直是明目张胆了。苏在地上扯了一根狗尾草，轻轻地哼起一首歌来，看来他真是很享受这一刻啊。离神灯出现还有二十多分钟，我必须安然度过这段时间。我问苏："刚才碰到你时，好像唱的也是这首歌。"苏回答我："正是。一把钥匙配一把锁，哥是钥匙妹是锁……"他还想唱下去，被我打断了，"你去看过燕姐姐了？你干妈说她有一群金腰燕。"

苏在淡薄的夜光里微笑，语气里也弥漫着笑意，"嗨，这个人，各别。"

"各别"就是特别，有个性的人就叫"各别"。这里的人都这么说。

"——她就是一个各别的女人。人家像她这样的，一定到城里去发展了。她读完师范学院，就回村子里当了小学老师，语文、数学、体育，全教，一是爱孩子，二是舍不得小学校里的那群金腰燕。那金腰燕关她什么事？有一百多只呢，住在小学校后山上的木房子里。她经常带着小孩子们去看燕子，给它们投食。燕子也经常到她上课的教室里去看她。……所以，人家叫她燕姐姐。其实她叫齐阿巧。我问她，齐阿巧，你到六十岁的时候，难道还让人叫燕姐姐吗？"

"哟。这是一个好人，你要好好珍惜她，早点结婚，让她安心。"我决不放过任何机会敲打苏。

"正是。"苏说，"你看，我本来有许多机会出去发展的，但她不让我走。我就留了下来。"

我问苏："为什么不让你走？"这是我第一次对他产生出兴趣。

"她是怕我变心，——女人都这样的。但是我这个人，走也好，不走也好。我在什么地方都会让自己过得舒舒服服的。"

"你为什么会这样？"我忍不住又问。苏好像没有想过他为什么会在任何地方都过得舒舒服服的。此时他认真地想了一想，竟说了一个让我想笑的理由：

"我会唱情歌！"

这话乍听之下让人发笑，细想一下，确有道理。

二十分钟过去了，我们没见到神灯从山下飘升到半山腰上。我觉得应该再等一下，就建议苏唱一个。苏有些不好意思，走到山崖边，背对着我，脸朝山下，蹲着唱：一把钥匙配一把锁，哥是钥匙妹是锁。河水清清河水长，哥是橹来妹是船。春来满山鸟咕咕，秋来枫叶满山红。

苏拖泥带水地唱完了，还是不见神灯。苏开始唱第二首情歌。他唱完后，我站起来向山下走去。苏追上来说："再等等看。我肚子里的情歌唱不完，唱到天亮都行。"

我没有搭理他。很快走下了山，走到通向会稻路的直路。苏在后面跟着我。这条路我认识，我加快步子，一面走一面对他说："你回去吧。谢谢你！我要快点走的，我丈夫在家里肯定着急了。"苏在后面说："不用你谢的，我也要穿过会稻路，苏家庄在会稻路的南边。"

我一直保持着匀速的快步，苏也一直跟在我后面看得见的地方。我气喘吁吁，他悠然自得地唱着歌。会稻路临近了，他停止了唱，小跑着接近我，在我的身后，我几乎感觉到了他的鼻息。

我猛地回过头，严厉地问他："你想干什么？"

我感到旁边的树叶都一惊一乍。

苏不好意思地说道："我想送你回家。"

我看看这条路。我从没听说过这条路上出过什么事。我放缓了语气说："不必了。这条路很安全。"我真想对他说，他才是一个不安全的因素。

苏说："我送你，跟安全无关。"

"那和什么有关？"

苏说："跟一个男人的面子有关。"

显而易见，不是这个理由。但我想了一想，决定尊重他说出来的这个理由。

我依旧走得有些快，而苏一直落在后面，一会儿，他跑上来，递给我一只又大又沉的稻穗，该有一斤吧。说实话，我有生以来没见过这么大的稻穗，它匀称，散发着令人感动的气息。我的感叹还没结束，苏又递过来一支野菊花，黄色的，微微沾上些露水，显得润而沉厚。它枝叶繁多，放在手上成一大捧，每一朵花儿都光泽亮丽。我"啊"地发出一声，我感觉到我的内心就在此时轻松畅快了。哦，许久没有这样的心情了。

我把稻穗和花放在一起，两样不相干的东西在一起竟然如此和谐。

苏喜笑颜开，大声说："谢天谢地，你终于高兴了。"

这句话感动了我。"谢谢你！"我真诚地说。到现在为止，与苏待了四个小时，这是我对他仅有的一次真诚。

花码头镇上一片灯光，我看得见我住的地方了。我停下来，意欲告别。

苏说："其实是我要谢谢你。我去年夏天第一次在蓝湖边上看到你，你穿了一件绿色的裙子，像仙女一样。昨晚，我在这条路上看你埋蝴蝶翅膀，心里想，不愧是一个仙女。人家都说有学问的女人不漂亮，你是一个例外呢……所以就想着和你说说话。我实现了这个愿望，是我的幸运。"苏的言语里透露出一丝不自信，不多，但足够让我知道，他是因为爱，才显出不自信。

苏难道早就暗地里认识了我？

苏忽然调皮地说："再见，艾我素老师。"

苏说完就走。远远的，我突然看见他在路上快乐地蹦跳着走路，那把扇子在他身边挥舞。……天，与他在一起，我也有了夜视的能力了？

苏知道我的姓名，他是认识我的，但我不认识他。他一定知道我许多事，譬如在大学里教书，写诗，写童话，独身，火暴的脾气……住在花码头镇后面的小区里……

那么，这砖头手机，给子虚乌有的丈夫用砖头打电话……

我想他早就看穿了我的把戏。

这个积极的人并不吹毛求疵，他实现了愿望，快乐了。而我呢？我怎么评价我度过的这一夜？他感到的是爱，我感到的是恐惧和厌恶。我自认为是一个很享受生活的人，却白白失去了一个享受愉悦的机会。

我是一个积极的人，我要重新享受一下昨夜风景。

回到家里，我开始给自己洗尘接风。我在院子里的瓷桌上放了三只酒杯，一只敬天地，一只代表苏，一只是我的。杂货店林家的花雕黄酒，五块二毛钱一斤，便宜而好喝，味道纯正雅致。苏给我的稻穗和黄菊花横放在瓷桌当中，在微微的晨曦里，它们各自显示出令人惊叹的对称之美。回想昨天一夜，浑身如沐春风：最初粉红色的上弦月，美丽的迷宫一样的村庄，苏的情歌和有趣的故事，乡村小教堂，干娘和燕姐姐，"增寿"鸡和金腰燕……我尤其感谢苏给我的一夜之爱。我知道，此夜之后，我会驱除怯懦，就像从前那样无所畏惧。

我端起酒杯碰碰苏的酒杯，说："苏，祝你妈妈长寿！祝你和燕姐姐一生幸福和快乐！"

（选自《收获》2010年第2期）

1956 年的债务

铁 凝

父亲临终的时候，托付给万宝山一件事：1956 年，父亲很肯定地回忆说，就是万宝山出生那年，他向老同事李玉泽借过钱。父亲说，好像就是你妈去医院生你，家里钱没凑够，我就找当时住对门的李玉泽借了五块钱。后来，也忘了为什么……为什么就是没有把钱还给人家。今年是 2009 年吧，五十三年了。六娃，无论如何，你要亲手替我把钱还上。

万宝山在兄弟姐妹中排行老六。人称六娃。六娃——万宝山，这个五十三岁的男人站在病床前，看着蜷缩在床上说话再无底气的父亲，不停地点着头。父亲见他点了头，吃力地撑起身子，从枕头底下抽出一个皱皱巴巴的牛皮纸信封托在手掌上说，这里装着该还的钱，当然不能是五块。五块钱按定期存款五十三年算利息，咱就按 1956 年的定期利息算吧，我记得是百分之五，加起来是五十八块左右。这一阵我天天计算这五块钱的利息。大齐概不会错。

万宝山从父亲手里接过信封，发现信封下方有红色仿宋体"福安市人民医院"字样。不觉在心里感慨：到底是父亲，一辈子精打细算。都病成这样了，也不知在什么时间、用什么办法弄到了医院不花钱的信封。可父亲说话却常常颠三倒四。比如他喜欢把"大概齐"说成"大齐概"，比如他永远把沙发说成"发沙"。这使他的思维看上去仿佛异于常人，同时也掩盖了他的心机。成年之后的万宝山想，父亲其实是有心机的，只是他一生的心机大都放在把家过日子上了，父亲一直掌握着家中的经济大权。万宝山将轻而薄的信封叠了个对折塞进衣兜，他无心核对信封里那连本带息的钱数。都五十三年了，多一分少一厘的真那么重要吗？这时，已经躺上枕头的父亲突然又奋力抬起身子，冲他的六娃张开了两条胳膊。那像是一种乞望，好比儿童对大人撒娇时要大人抱抱。或者那也是一种对托付之事的再次确认:我们爷儿俩抱了,你才算真的答应了我。万宝山对父亲的这种姿态缺乏心理准备,虽然他排行老六,是家中最小的孩子,但他和父亲从来没有这种亲密的身体接触。父亲也从不娇宠他。很可能是他不允许父亲娇宠。从小他就不喜欢父亲,在他印象中,父亲朋友很少,因为他那出了名的吝啬。父亲的吝啬也不时带给年幼的万宝山一些难堪。现在生命垂危的父亲用这种类似外国人的方式要和万宝山拥抱,他顽强地张着胳膊,白发蓬乱,眼球浑黄,面目黧黑,四肢枯瘦,宛若一只凄风中的大鸟,干脆更像是大鸟的标本,万宝山想。紧接着万宝山就被心中的大鸟标本这个比喻吓了一跳,刚才的扭捏才转换成一种不期而至的怜悯——刚才他扭捏了。他想,这拥抱的示意本不属于父亲的风格,但谁能判断一个行将结束的生命会有哪些意外举动呢?他微微弯下身子,小心地抱了一下父亲。父亲是肝癌晚期。这时已经轻若无骨。他还闻见了父亲身上的一股哈喇味儿,如同厨房里陈年的老油。

几天后,父亲去世了。

万宝山很想尽快完成父亲的嘱托。倒不是因为那五块钱的债务,而是父亲在病床上那奋力张开胳膊的姿势。正是那病鸟般的姿势提醒着他。他不愿意父亲死前的那个瞬间总在脑子里盘旋。只有还了钱,那形象才能从他脑子里消失。父亲特别提出要他"亲手"还钱,他理解这是当面归还的意思。那么,他必得亲自去一趟北京了。他向父亲工厂的老同事打听李玉泽在北京的具体地址。厂里很多人都知道。他们把地址写给他,还告诉他,李玉泽退休以后跟儿子住,那地址是儿子家的。

父亲在春天去世,但万宝山执行父亲的遗嘱一直拖到秋天。万宝山成人之后在一所中等卫生学校当水暖工,刚结婚就和父母分开单过。他的小家经济收支大致平衡,偶尔略有盈余。可万宝山出门也要算成本,假若他去还钱的成本超出了他要还的钱数,那他决不贸然行事。秋天了,学校借着新中国六十年大庆的气氛,在国庆节之后分批组织老师和职工去北京参观,这才给了万宝山当面向李玉泽还钱的机会。学校组织的参观是学校花钱,也可以看做这是一次公费旅游——北京公费一日游。

出门之前，万宝山才认真想到了债主李玉泽。其实他并不记得李玉泽，有关李玉泽一家，万宝山都是从大哥那里听说。从前李玉泽和万家住对门，两家都住在纺织厂宿舍。万宝山的父亲在厂办宣传科编厂报，李玉泽是厂里的技术员。在大哥印象里，李玉泽家总是比他们家吃得好。李玉泽的儿子李可心和万宝山的大哥是小学同学，他对万宝山的大哥说，夏天他爸每天都给他买一角西瓜。而万宝山的父亲只会号召万宝山的哥哥们攒牙膏皮卖钱。卖了钱也得上缴父亲，父亲每次返还三分钱，规定一个月吃一根小豆冰棍。后来李玉泽调到北京去了，那一年，万宝山还不到三岁。

但是，关于父亲的借钱不还，万宝山仿佛从记事起就知道。小学一年级的暑假里，他和几个孩子围着宿舍楼门口推冰棍车的奶奶买冰棍。他们都知道，这个卖冰棍的奶奶是可以赊账的，她是厂里工人的家属，认识这些孩子，他们可以先吃冰棍再回家拿钱。万宝山也想先吃冰棍后给钱，旁边一个大点的孩子立即指着他，揭短似的说，"他们家大人借钱不还！"万宝山已经伸出去的手，像被这喊声烫着似的赶紧缩了回来。那时的他还没有能力用"羞愧"来形容自己，却明白地知道，借钱不还会让一个人抬不起头。再大一点，他知道了五块钱在1956年的价值，便愈加意识到问题的严重性。1956年，在外省这个离北京三百公里的城市，父亲一个月挣三十六块钱就能养活全家八口人。虽然日子拮据，但总能将就着过去。

1956年，一个高级寄宿小学学生一个月的伙食费是十二块五毛钱。

1956年，一件斜纹咔叽布中山装是六块三毛钱。

1956年，母亲生了万宝山之后回乡下娘家坐月子，下了长途汽车在县车站小饭馆花一毛钱吃了一碗荷包蛋，那大海碗里足足有十个鸡蛋啊，一分钱硬币大的香油珠子飘了一层，硬是把碗都盖严了。这是母亲百讲不厌的一件往事，而父亲更愿意让她在全家吃饭时开讲，他说，这样就可以不炒菜了，一人举着一个窝头，就着故事里的香油荷包蛋吃。

1956年，五块钱是一个普通中国人家的一笔大钱。父亲从对门借的，对门邻居，正所谓低头不见抬头见，他用了什么办法，能够在长达两年的时间里拒不还钱呢？假如两年之后李玉泽没有搬出对门调去北京，父亲又将如何天天面对债主？这需要铁一样的脸皮钢一样的神经。万宝山在买冰棍赊账遭"揭发"之后问过母亲，母亲双手一拍，一只手的手背啪啪地砸着另一只手的手心说，她一看见对门李家的人，就恨不得有个地缝钻进去。可是，她不掌握钱，她是个没有工作的家庭妇女，花两分钱买火柴都得提前和父亲打招呼。长大一点的万宝山鼓足勇气去问父亲，父亲却不似母亲那么激动，他说，那五块钱啊，第一，我没说不还；第二，李玉泽家只一个独子，比咱家条件好不少，他又不急等这五块钱用；第三，人家李玉泽都从来没催过我还钱，你们着什么急呢！还有第四，父亲说，就在他准备好还钱的时候李玉泽调到北京去了，一下子就隔了一个城市啊……父亲对自己的不还欠债振振有词，但全家人都明白他更像是强词夺理。比如他说李玉泽家只一个儿子经济条件好，自己家是六个，仿佛李家的钱活该给他用。母亲有一次曾经抢白他说，知道人家背后都怎样讲吗，讲咱们生得起孩子还不起钱！父亲立刻对答道，是呀。所以六娃之后咱不就打住了么。万宝山想，这倒是真的。母亲的生育打住了，父亲的借钱行为也打住了。据万宝山所知，自从那"著名"的五块钱之后，父亲终生没再向别人借过钱。也许他心里很在乎厂里同事在背后的议论，特别是这议论已经伤及自家孩子的自尊。李玉泽固然没有当面催他还钱，但人们背后的议论最初肯定是来自李家。

　　父亲的借钱典故随着李玉泽一家的离开渐渐告一段落，他的另一种习性凸显出来，他吝啬。或者换句好听的话，他极端地节约。他嘱咐上街买菜的母亲说，你买茄子，是买一个大的呢还是买两个小的？依我看你要买一个大的。为什么？两个小的会多出一个茄盖儿，占分量。在家里他身体力行，带头喝隔夜的已经馊了的菜汤，吃过期的药片，不许点15瓦以上的灯泡。家里不买手纸，他利用编厂报的职务之便，把那些油印小报带回家来，亲自裁成幼儿巴掌大小做如厕之用。当孩子们抱怨纸面太小擦不干净时，他会耐心给他们讲授方法，这曾经让年幼的万宝山很有一种说不出的别扭。他还锯煤——把一整块蜂窝煤拦腰锯成两块，说这样分两次添煤烧得更透（可能是谬论）。他给煤盖了煤"屋"上了锁，钥匙挂在腰上，他不开锁，你休想取出一粒煤渣。哪怕你正要蒸馒头炒菜，炉中火急待添加新煤。家中的米、面、油更要上锁，每餐饭他都用自备的量具——母亲娘家一个核桃木的木碗量米量面。在万宝山印象里，他的童年和少年时代老是觉得饿，他和哥哥姐姐们从来没有放开肚子吃过饭。他们都在私底下盼着父亲出差，那样说不定就能获得饮食的暂时解放。可是父亲不出差——纺织厂无差可出。

2009年秋日的这个早上，万宝山坐在去往北京的城际列车上，衣兜里装着父亲嘱咐他要还的钱。他不吃一口零食，不喝一口需要花钱的水。车厢里的售货车来来回回在他眼前过了几趟，卖"娃哈哈营养快线"饮料的，卖快餐火烧、茶叶蛋的，还有黑瓜子白瓜子，奶油花生口香糖……同车厢的老师们把售货车上那些食品袋扒拉来扒拉去的，他则看得淡然。他只是忽然想到，自己这习性是不是受父亲的影响呢？售货车上那装在食品袋里烤得焦黄的看上去很香的火烧，只是让他想起少年时吃过的唯一一次火烧。那一次。父亲空前绝后地出差了，一走就是十天。省里举行大型职工业余汇演，纺织厂一个名叫《太阳光芒像金梭》的女声小合唱被选中，父亲参与了歌词的创作，因此有机会和演出队一起去省会。但父亲的短暂离家并没有让家人得以放开肚子吃饭，父亲对此早有准备。临走之前他已经把十天的米面提前备好，并不忘刨去自己的那一份，其余的自然又上了锁。母亲在父亲给粮食上锁之前及时申请出小半碗白面，她必须用它打糨糊。万家人是不买鞋的，全家都穿母亲纳底子做成的布鞋。纳底子需要糊袼褙，糊袼褙就要用糨糊。母亲在炉火上打糨糊时万宝山愿意歇在她跟前，他愿意闻那白面和水搅拌在一起，经炉火的熬制散发出的诱人清香。当糨糊打好时，他更会趁母亲不备，伸出食指挖出一坨糨糊迅速送入口中。吞咽完糨糊他还会长时间地嘬食指，他自认为面糊的暖香能在这根食指上存留好几天。每逢这时，母亲又会站在父亲一边劝慰她的六娃，她说你爸锁住米面是为了家里别吃了上顿没下顿，咱们的粮食有定量管着。万宝山知道定量是什么意思，定量之外，你就是有钱也没处去买粮食——何况万家也没有多余的钱，万家从来没有多余的钱。十天后父亲从省里回来了，万宝山盯着父亲手中那个他十分熟悉的、印着一架白色飞机的墨绿色帆布提包（直到2009年腊月父亲住院，这只"飞机"模糊、拉链破损的老提包依然跟随着父亲），他发现提包有点鼓，这让他兴奋，父亲该不会给他们带回了什么好吃的吧。在食品匮乏的年代，很多孩子特别关注外出回家的大人手里的提包。父亲的提包里果然有内容，他带回了八个火烧。

事情是这样的，父亲和纺织厂的演出队乘火车去省城，火车路过一个大站时，车厢里突然有广播说，这个大站的站台食堂专为旅客提供火烧，车上旅客可以凭车票购买，每张车票限购火烧一个。广播里特别强调说："椒盐发面火烧五分钱一个，不要粮票。"坐在火车上的父亲立即注意到了这则广播，他尤其注意了"不要粮票"这句话。在中国的票证时代，不要粮票的火烧几乎等于不要钱白给。这是当时国家对出门旅行的公民的优惠政策。除了在火车站的站台，其他地方几乎没有不要粮票的食品。父亲反应敏捷地开始行动，他挨个问同车的厂里同事一会儿是不是要下车买火烧，几个正忙着打扑克的女工都说不买，她们知道去省会参加汇演是有人管饭的。父亲立即把她们的车票敛到自己手中，一边说着借我用用。说话之间火车进站了，父亲飞速下车，在站台上那个瞬间形成的买火烧的队伍里，他的位置是前三名。父亲借到手七张车票，加上自己的那张，他买回八个火烧。厂里工人对父亲那著名的习性深有所知，现在他突然一下子买了八个火烧，大家忍不住尖刻地当面议论起来：精于算计的万师傅啊，这回可没算准。火烧不要粮票是占了便宜，可你什么时候吃呢？你要把它们放十天吗？回家时早长绿毛了！

父亲还有一个特点就是从不忌讳人们议论他的吝啬，父亲认为这和议论他借钱不还有本质的区别。为此他不仅经常像欣赏自己的优点一样欣赏人们奚落他的吝啬，还会适时做些补充。只见父亲把火烧藏进提包，对大家解释道，我听说在省里参加汇演这十天是统一发餐券的，要是用不完，最后凭餐券还能退给你粮票和钱，一张餐券少说也值四两粮票三毛钱吧。我准备每天吃一个火烧顶一顿饭，省下餐券就可以退成粮票和钱啊。你们有谁想到了！

父亲这构想居然对大家产生了吸引力，有几个工人也跃跃欲试。只是，她们没能如父亲那般手疾眼快抢购到不要粮票的火烧，而到达省会之后，父亲的预谋也没能"得逞"。原因是那次汇演的用餐方式没有采取餐券制，所有参会人员不领餐券了，大家可以随便吃。这是一个让与会者即刻狂欢的优待：随便吃！在那样的岁月里，"随便吃"带给人的惊喜就如同天天有人给你涨工资。在这做梦一般的餐饮狂欢面前，父亲的八个火烧果然如人们的预料，三天后就长毛了。但你不要以为父亲会抛弃它们，他把招待所房间的窗台擦净，将长着绿毛的火烧一字排开，在太阳下晒火烧。晒好一面，他用扫床的小笤帚扫去火烧上的绿毛，把火烧翻个过再晒。十天里，翻晒火烧是出差在外的父亲一个不大不小的乐趣。十天后，他重又把这八个干火烧或者叫火烧干背回了家。后来，父亲的"火烧事件"在厂内广为流传。在宣传科，在车间，在夏天里人们乘凉的家属院，和父亲同去省城的人公开把这事当成故事讲，并且不断添油加醋。每逢这时，作为听众之一的父亲甚至一块儿帮着补充材料，比如用小笤帚扫绿毛这个细节就是父亲本人贡献的。众人因为父亲对"事件"的当场证明而更加开心。

万宝山始终记得父亲带回火烧的那个晚上，那是一个欢乐而奢侈的晚上。晚饭时分，出差归来的父亲先是制止了母亲熬玉米面粥的计划，他说今晚能省下一顿粥了，今晚有干粮。说着，父亲郑重地从提包里捧出八个火烧分给围桌而坐的全家八口人。最后他把属于自己的那个递给万宝山说，六娃最小。吃个双份吧。哥哥姐姐们都看着万宝山笑，母亲阻拦说，还不到出力气的年纪，吃什么双份呢。又把火烧推到父亲眼前。父亲笑笑说，你没看见我胖了呀，开会吃的。这次汇演，不限制饭量，让我们随便吃。说着拿起火烧塞到万宝山手里。万宝山一手攥着一个火烧不撒手地看父亲，他发现父亲是胖了，腮帮子鼓着，脸上泛出油光。让他感到有趣的是，父亲脖子上还带了个西式衬衫的假领子，这个假领子是母亲用几块蓝白方格交织的手绢拼在一起缝成，连带一部分肩膀，肩部以下是空的，腋下有松紧带前后衔接固定在身上。父亲从来不买真衬衫，假衬衫领子也是做"礼服领"之用。刚才进门后他脱掉外衣就忙着给孩子们拿火烧，忘了把假领子摘下来。他带着假领子，假领子下边是补丁叠加的纺织厂自产的灰色针织秋衣。这使他看上去就像一个幼儿园里带着布围嘴的孩子。至少也是一个正在扮演孩子的大人。万宝山冲着带假领子的父亲笑了，他不客气地咬起那难以咬动的火烧，火烧干硬如铁，使牙齿在上面打滑，他还是咬出了这椒盐火烧不一般的香。夜里躺在床上，牙缝里残存的芝麻粒大的碎花椒被他用舌头舔了出来，他舍不得咽下去，小心地含住这喷香的花椒睡得很酣。后来他从旁人那里知道了父亲晒火烧的故事，他像以往听到这类故事一样的恼火，但这次的恼火并没有抵消那天晚上吃火烧的所有美好感觉。

　　三十几年过去了，万家的孩子都已长大，告别父母各立门户，且都先后离开了生养他们的这个城市。就仿佛他们共同被父亲的吝啬吓怕了，他们心照不宣地拒绝再和父亲近距离地生活。只有万宝山留在离父母不远的地方：他自己的家和父母的房子相隔两条马路。票证时代过去了，生活渐渐好起来。大米白面可以自由购买，人们炒菜也开始舍得放油。但父亲的吝啬却一如既往。他照旧把粮食锁进橱柜，为了便宜，他只去农贸市场采购那些快要孵出小鸡的鸡蛋。20世纪80年代，万宝山给父母买过一对人造革的仿皮沙发，第二天就被父亲卖掉，卖沙发的钱也被他理直气壮揣了起来。他逢人就讲："发沙"，又花钱又占地方。退休以后他时间更多了，他曾经要求万宝山把正在读小学的女儿放在他们身边照顾，被万宝山的爱人坚决拒绝。他无事可做，干脆就独自承担了买菜的任务。说他买菜不如说那是捡菜，每天下午市场快要收摊他才前往，他坦然捡拾着菜贩们遗弃的菜帮、菜叶，弄好了也有完整的收获：一个正在生芽的土豆，或一棵筋络粗大的老芹菜。院子里的老邻居们为此嘲笑他，他们说，老万什么时候捡到一块肉就好了，也改善生活做一顿红烧肉给我们看看。父亲说改善生活还用得着捡肉啊，我今天就改善。邻居们问他怎么改善，父亲自豪地说，他准备做一份红烧芹菜。众人笑起来，父亲却不觉得这是玩笑。吝啬在他，已不是生活所迫，那就像是他人生的一个信仰，或者生命的一个动力，简直须臾不可离开。吝啬在他，也没有什么不光彩，能够做到尽最大可能地不花钱，那才叫光彩。这的确，的确和借钱不还不同，这是一个人给自己找乐儿，碍着谁啦。

火车进站，北京到了。万宝山跟随卫生学校的同事们下车走出站台。在学校的安排下，他们参观了天安门广场、鸟巢和水立方。万宝山和同事们一起感叹，到底是首都，到底不一样啊。到底是开过奥运会的首都，到底是六十年大庆刚过的首都，到底是不一样啊。天空湛蓝，鲜花怒放，新楼们如森林一样错落，大街上的人个个神气活现……大家忙着在每一个参观点拍照。万宝山没有照相机，他请一个老师给他在鸟巢拍了一张留念照。就向他们此行的领队——一位副校长请假：他要去一个熟人家办点事。想到在北京打手机是漫游的价码，太贵，他又谎称自己的手机没电了，借用副校长的手机，按照父亲厂里老同事提供的号码给李玉泽打了电话。

电话是李玉泽本人接听，万宝山听出那是一个有点耳背的嗓音洪亮的老人。他大声向老人报出父亲的名字，简单说明是代父亲来看望他老人家的。他没在电话里提到还钱也没告之父亲已经去世，他觉得这话应该放在当面。李玉泽显然还记得父亲，五十多年前外省纺织厂那个住对门的邻居。他很痛快地答应万宝山来家中拜访，又详细告诉万宝山乘车的路线。他说儿子今天在家里办个大"趴替"，人多有点乱，不过没关系，他来了可以同他们一块儿喝酒。万宝山没听懂"趴替"这个词，他推断反正和人多、喝酒有关。他挂掉电话，在鸟巢乘地铁10号线，顺利找到了李玉泽的住址，一个名叫绿水庄园的地方。原来这是一片别墅，当万宝山确凿地站在庄园门口，盯着眼前那两扇巨大的、铸有一对鎏金麒麟的黑色铁艺大门，他才又想起父亲厂里老人们的介绍，他们说李玉泽的儿子李可心做的是房地产生意，李玉泽跟着儿子养老，有福了。万宝山正犹豫着不知如何进门，一个身穿藏蓝色制服、肩上缝着金色肩章的门卫从警卫室里跑出来，问他贵姓，他报了姓名，保安客气地说，刚才A8座的业主已经通知我们，对您放行。

保安引万宝山进了大门，热心地指给他去往A8座的路径：右转，上那座罗锅桥，下了桥一直向前两百米就是。万宝山机械地按照保安的指示走上那座弧度并不太大但跨度不小的罗锅桥，他看见了桥下的池水，水中的睡莲，环绕水池的大片草坪，喷泉，木椅，一些树种珍贵的树们。他下了桥，走两百米，路过了几幢白房子黄房子，他看见了一幢屋顶覆盖着铁灰色龟背形油毡瓦的红房子，他不知道为什么会特别注意这红房子的龟背形灰瓦，也许是因为他在外国电影里见过它们。一大片修剪整齐的毛茸茸的草坪由房脚处伸展开来，形成一个足有上千平方米的庭院。院门的浅褐色毛石门柱上，镶嵌有"A8"字样的紫铜门牌。万宝山站在门口，隔着院墙——半人高的漆成白色的木栅栏，看见一大片落地窗和一个从落地窗探出的白色大阳台，几位老人正闲坐在那里，晒着秋日里干爽的阳光。在他们当中，应该有一位是李玉泽吧。庭院草坪上有铺着雪白台布的长方形餐台，锃亮的银盘里是各种水果、点心和烤肉——一定是烤肉，因为不远处还有一架烧烤炉，两名头戴雪白高帽的厨师站在炉前忙碌，油烟夹着肉的香气不时飘扬过来。一些男人、女人，一些尖叫着的孩子，他们或坐或站或走来走去，吃着什么，喝着什么，聊着什么。一个五岁左右、留着分头的小男孩跺着脚正冲他的母亲（一定是母亲）大叫：我不喝法国的"依云"，我不喝法国的"依云"，我要刚才那种二十六块钱一瓶的"无量藏泉"，二十六块钱一瓶的矿泉水……

本打算进院的万宝山，站在 A8 的木栅栏之外背过身去，一阵莫名的瑟缩。他忽然不想让草坪上的人们看见他。他想，这就是刚才他在电话里听见的那个"趴替"吧？虽然他早已知道李玉泽父子的富裕生活，但眼前的场景还是远远超出了他的想象。那孩子要的二十六块钱一瓶的水，还让他立刻想起衣兜里父亲嘱托的那五十八块钱。五十八块钱在这样的院子里，也就刚够买两瓶水的。李玉泽或者李玉泽的儿子会怎样看待一个老邻居的儿子奉还的这五十八块钱呢？以他们今天这生活的气派，难道当真会记得五十三年前被别人借过的五块钱么？万宝山继而对自己有些怨忿起来：他这是干什么，也是五十几岁的人了，不远几百公里，又打电话又问地址，最后煞有介事地向这幢别墅交出一个皱巴巴的轻薄的信封。这简直有点滑稽。

一想到滑稽这个词，万宝山决意离开 A8。他沿着来时的路，迅速朝着远远的那座罗锅桥走去。他步履轻快，不一小会儿就行至桥下。他拔腿往桥上走，过了桥，就离这庄园的大门口不远了。就在这时，他的腿出了问题：他的腿忽然迈不开步了，他没有办法上桥。他定定神，换一条腿再迈步，不行，他还是走不动。他站在桥下发愣，不相信自己遇见了鬼，不相信这是鬼使神差。片刻，他镇静着自己慢慢调转身向着相反的方向——A8试着迈步，两条腿立刻又听他的使唤了。可当他借着这股劲儿转回身再次上桥，他的腿就再一次地抬不起来了。

万宝山僵着身体无助地站在罗锅桥跟前，好像一个正在思考高深问题的哲人。夕阳西下，在桥的两岸开阔的草地上，几个仰着脸放风筝的孩子引起了他的注意。既然他的腿像被施了法术似的不能动弹，他便只好随着孩子们的目光仰望天空。他看见了一些高高飞翔的鸟：燕子，蜈蚣，老鹰……一只红嘴的黑鹰展着双翅飞得最高，威风凛凛地俯视着大地。一个形象忽然在万宝山脑子里复活了：病床上的父亲张开胳膊对他的那个乞望。凄风中的大鸟样的乞望。他仰望着空中的黑鹰，该不是父亲的魂灵正俯视着他吧？他并不迷信，但那一刻他心生畏惧。他就在这样的俯视之下回转身，朝着A8迈步。他的步子顿时就迈开了，原来他的腿没病，他确信自己的腿是两条好腿。

他脚步均匀地再一次朝着A8走，那空中的老鹰依然在他头顶的天空翱翔，似是监督，似是护送。万宝山看看天空，又看看四周。天高气爽，四周无人，在这样的人居超低密度的地方，经常是四周无人。他就破天荒地在这陌生的庄园里，向着天空不好意思地爹了一下他的胳膊，宛若与天上的大鸟打着默契的招呼。他发现，当他勇敢地把胳膊舒展开来的时候，久已潜藏在身体内的什么东西嘎巴巴地奔涌了出来，他那颗发紧的心也略微感觉到了平安。

（选自《上海文学》2010年第5期）